宋詩惑問

宋詩は「近世」を表象するか？

内山精也著

研文出版

題字は、南宋・姜夔の「跋王献之保母帖」（北京・故宮博物院所蔵）より集字。

宋詩惑問《わくもん》　宋詩は「近世」を表象するか？

目次

III 蘇学余滴

Ⅳ　読書雑識

宋詩惑問《わくもん》

宋詩は「近世」を表象するか？

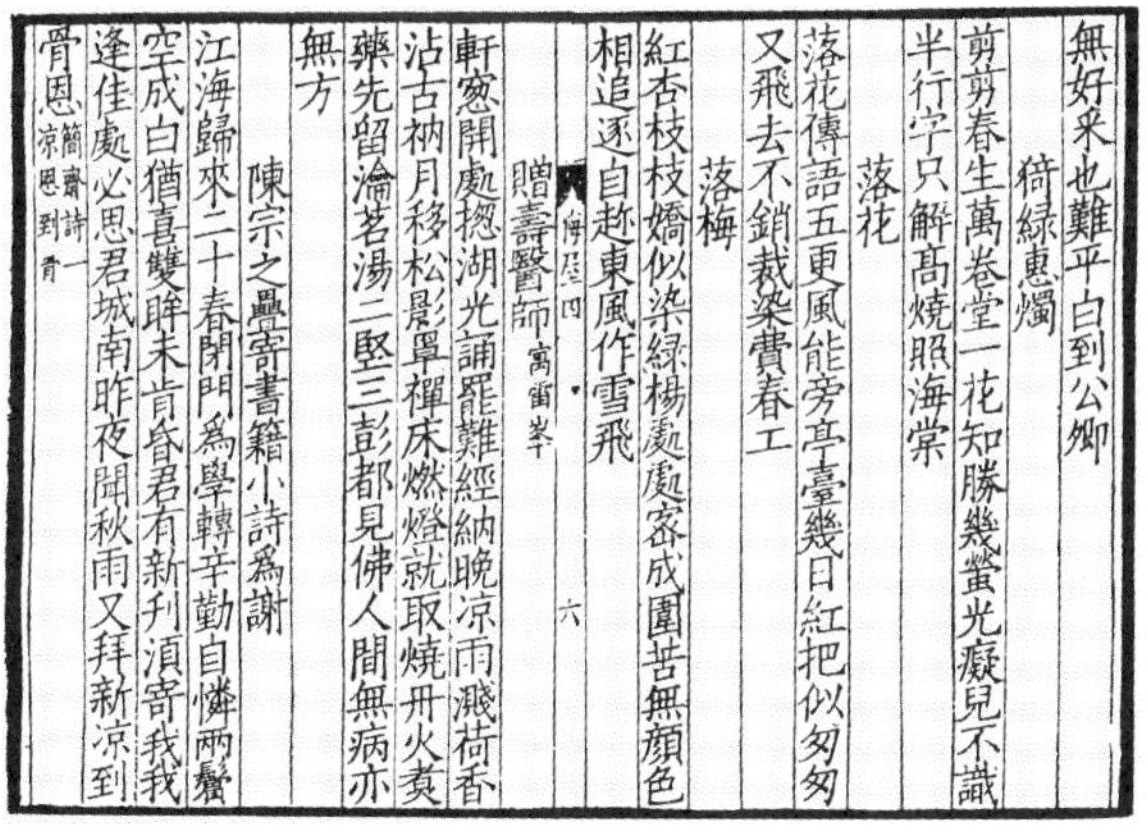

無好采也難平白到公卿

猗緑恵燭

剪剪春生萬巻堂一花知勝幾螢光癡兒不識半行字只解高燒照海棠

落花

落花傳語五更風能旁亭臺幾日紅把似匆匆又飛去不銷裁染費春工

落梅

紅杏枝枝嬌似染緑楊處處容成團苦無顏色相追逐自趂東風作雪飛

贈壽醫師 寓雷峯

軒窻開處揔湖光誦罷難經納晩涼雨濺荷香沾古衲月移松影罩禪床燃燈就取燒丹火煑藥先留瀹茗湯二豎三彭都見佛人間無病亦無方

陳宗之疊寄書籍小詩爲謝

江海歸來二十春閉門爲學轉辛勤自憐兩鬢空成白猶喜雙眸未肯昏君有新刊須寄我我逢佳處必思君城南昨夜聞秋雨又拜新涼到骨恩 簡齋詩一 凉恩到骨

まえがき

宋代になって一般化した著述形式の一つに「或問《わくもん》」がある。南宋・朱熹（一一三〇―一二〇〇）の『四書或問』がもっとも著名であり、かつまた後世への影響ももっとも多大であったが、朱熹より一世紀以上早く、欧陽脩（一〇〇七―七二）にも「易或問」という著作があるので、この形式は朱熹の創始というわけではない。「或問」とは元来、儒学関連の諸問題について、――「あるひと問う」という疑問形式によって問いが示され、その問いに答える形で著者の考えが披瀝される――宋代のQ&A方式の著述である。宋以降、儒学以外の領域でもこの書式が運用されるようになり普遍化した。

本書に「惑問」と名づけた所以は、むろんこの「或問」を意識してのことである。しかし、本書の「惑」には、ご覧の通り、「下心」がある。したがって、もとより欧陽脩や朱熹と同様の高邁な思想あっての命名ではない。宋人の「或問」は、Q&A形式であり、著者は問いに対する明確な答えを予め用意している。一方、わが「惑問」は、始めに疑問ありきという点では、宋人「或問」と変わりがないが、本書所録の文章はどれも事前に明確な答えを用意してから書き始めたものではない。文字通り、「惑《まど》」いながら自「問」しつづけた心の軌跡にほかならない。宋儒にあやかりながらも、書名に「下心」を加えた所以である。

前著『蘇軾詩研究』の「後記」にも記したことだが、宋詩の研究は近年ようやく緒に就いたばかりの新しい学問領域である。それでも、蘇軾のような大作家であれば、多くの先人がすでに多様な議論を展開していて、そこからヒントを与えられることも少なくはない。しかし、それは九千名いるとされる宋代詩人のなかでは、本当に一握りの詩人を研究対象とする時にのみ許された、ささやかな特権に過ぎない。宋詩全体を視野に納めつつ、そこに何らかの脈絡をつけようとすると、そのようなわずかな特権ですら、にわかに意味を失い、代わって未開の密林がたちまち姿を現し、われらが行く手に立ちはだかるのである。

幸いこの二十年余りの間に、この道なき密林にも、新たに道を通すに足るだけのインフラストラクチャーが少しずつ出来上がってきた。まずは、一九九八年十二月、『全宋詩』七十二冊三七八五巻（北京大学古文献研究所、北京大学出版社）が完成した。つづいて、二〇〇六年九月に、『全宋文』三六〇冊八三四五巻（四川大学古籍研究所、上海辞書出版社）が完成して、宋代詩文の全貌を窺うことのできる総集が我々の眼前に並べられるようになった。さらに、『四庫全書』や『全宋詩』の電子版も制作され、資料検索の質と利便が飛躍的に向上した。その結果、中国の若手研究者を中心として、この十年間に、未開の密林に開拓の手が加えられ、陽光の当たる耕地が大分拡がったように感じられる。とはいえ、筆者の感触では、前途なお遼遠であり、道は未だ半ばにすら到達していない。よって、わが「惑問」の旅も、これからしばらくの間、続きそうである。本書はその途次の、甚だまとまりのない中途報告に過ぎないが、ここでいったん大方の厳しいご批正を仰ぎ、今後の進路修正の一助としたい。

I

宋詩は「近世」を表象するか？

——新しい詩人階層の興起と出版——

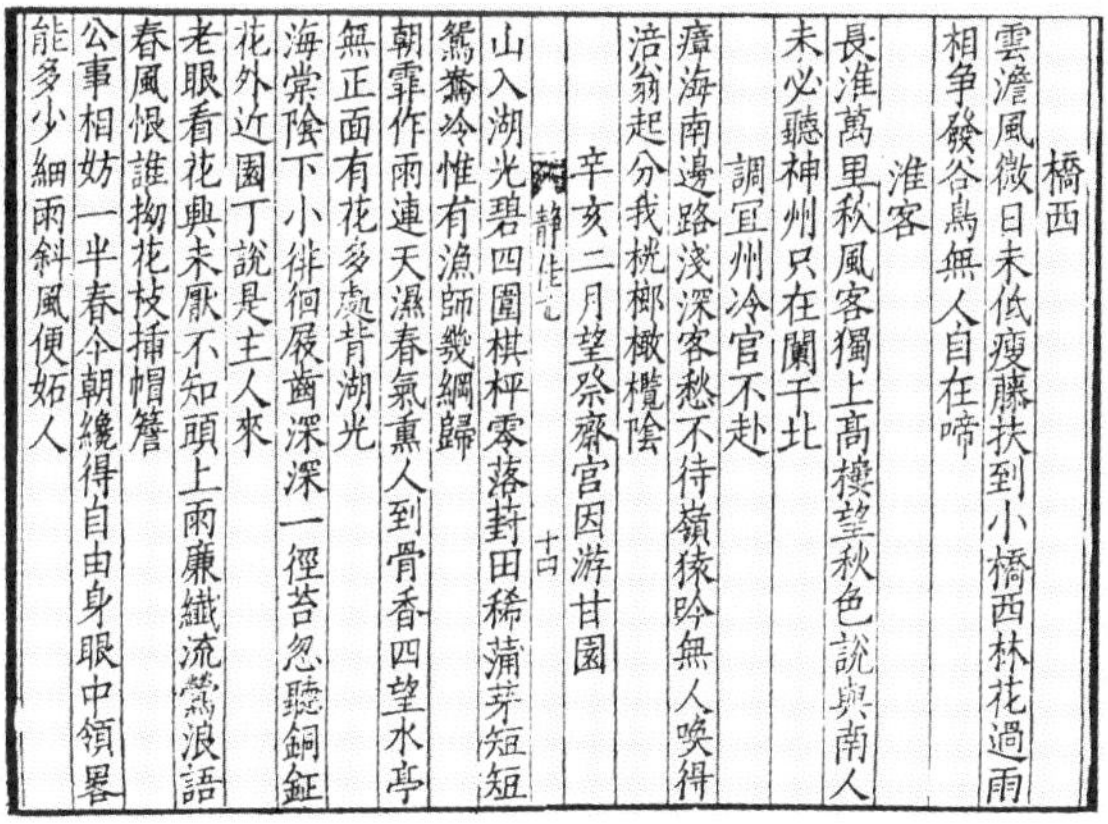

橋西

雲澹風微日未低瘦藤扶到小橋西林花過雨
相争發谷鳥無人自在啼

淮客

長淮萬里秋風客獨上高樓望秋色說與南人
未必聽神州只在闌干北

調宜州冷官不赴

瘴海南邊路淺深客愁不待嶺猿吟無人喚得
涪翁起分我桄榔橄欖陰

辛亥二月望祭齋宮因游甘園

静佳乙　十四

山入湖光碧四圍棋枰零落葑田稀蒲芽短短
鸂鶒冷惟有漁師幾網歸

朝霏作雨連天濕春氣熏人到骨香四望水亭
無正面有花多處背湖光

海棠陰下小徘徊屐齒深深一徑苔忽聽銅鉦
花外近園丁說是主人來

老眼看花與未厭不知頭上雨廉纖流鶯浪語
春風恨誰拗花枝插帽簷

公事相妨一半春今朝纔得自由身眼中領畧
能多少細雨斜風便妒人

01 宋詩は「近世」を表象するか？
──江湖派研究事始 その一──

はじめに

宋を中国近世社会始まりの時代と明確に位置づけた最初の人物は、我が国の内藤湖南である（「概括的唐宋時代観」、筑摩書房『内藤湖南全集』第八巻、一九六九年。初出は、一九二二年五月『歴史と地理』第九巻第五号）(1)。発表の当初、この説は大分物議を醸したようだが、少なくとも今日の我が国においては、もっとも広汎に受け入れられた中国史時代区分の通説といってよいであろう。

内藤は、唐宋間における政治構造上の変化を中心にして持論を展開し、あわせて経済、学術、文藝各分野の変化についても付随的に触れ、それらを総合して、唐を中世社会終焉の時代、北宋を近世社会の始まりと結論した。

この主張は、今日なお色あせておらず、大いに首肯すべき卓見である。だが、細部に亘ってはなお慎重な検証を要するものも含まれる。なぜならば、内藤の説はあくまで「概括的」な「時代観」に過ぎず、細大漏らさず周到に展開された詳論ではなかったからである。とくに、我々が問題とする文学に関しては付随的な言及に止まるのみならず、言及されたのが「詞」の一領域だけであった。

たしかに「詞」は新興のジャンルであるから、時代的な新しさをより多く反映しているという見方も十分に成り立つであろう。よって、もしも宋代の作り手たちがもっぱら「詞」のみを熱心に製作していたのだとしたら、この簡単な言及でも事足れりということになったかもしれない。しかし、現存資料による限り、宋人の意識はそれほど単純ではない。

「詞」と「詩」の有宋一代の総集『全宋詞』と『全宋詩』とを比較すると、前者の収録作者数は千三百余名であるのに対し、後者は九千名前後となり、実に「詞」の七倍近い人が今日に「詩」を伝えている。作品数については、まだ正確な統計をもたないが、単純に両者の頁数によって判断すると、『全宋詞』が五冊約四千頁であるのに対し、『全宋詩』は七二冊四万五千頁余となり、こちらも十倍を超える分量が伝わる（ちなみに、『全宋文』は計三六〇冊八三四五巻からなり、『全宋詩』のさらに数倍の分量である）。

この事実を率直に受け止めれば、宋人にとってより普遍的な価値をもった詩歌は、「詞」ではなく「詩」の方であった、と判断できる。よって、宋代詩歌における近世云々の問題を真正面から議論するのであれば、本来なら、まず「詩」のなかの革新的な変化を指摘してこそ、それがようやく始められるところであった。

そこで、本論では、この『詩経』以来の伝統文学領域において、どのような近世的現象が宋代に生まれたのかについて能う限り考えてみたい。

一　「近世」とは如何なる時代か？

すべての考察を始める前に、まず明確にしておかなければならないのは、「近世」とは如何なる時代か、という問題である。歴史区分における「近世（Early Modern）」は、有り体にいえば、もはや「中世（the Middle Ages）」ではなく、かといってまだ「近代（Modern）」でもないという、中間的な移行期である。中間的移行期ゆえに、この時代に唯一無二の普遍的な指標が存在するわけではないが、それを測る重要なキイワードを設定することはできる。それは、「世俗化」（「通俗化」）というキイワードである。

四区分説（古代―中世―近世―近代）に立つにせよ、三区分説（古代―中世―近代）に立つにせよ、はたまた二区分説（前近代―近代）に立つにせよ、それらに共通して貫かれる、もっとも基本的な理念は、人類の歴史を、奴隷制から民主制へ進化した過程と見なす歴史観、すなわち進歩（進化）史観である。そしてそれは主として政治権力の「世俗化」という観点から説明されることが多い。なかでも、「近世」は、「近代」に連続し「近代」を準備した時代と措定されるがゆえに、「世俗化」（「通俗化」）こそは、そのもっとも中核的なキイワードとなるのである。

北宋は、門閥貴族が消滅したことによって、科挙制度が為政者供給システムとして全き効力を発揮し始めた時代である。よって、政治権力の「世俗化」という「近世」の要件に、よく合致している。それゆえ、この一点をもってしても、内藤湖南の唐宋変革論に確かな合理性のあったことが確認される。

文学史においても、「世俗化」（「通俗化」）が、「近世」のキイワードとなることはいうまでもない。今日の中国文学史においてしばしば唱えられる「唐詩、宋詞、元曲、明清（白話）小説」説は、中国文学における「通俗化」のプロセスを確かに表現しており、この点において、近世文学史として一定の合理性を備えている。だがその反面、この説においては、新興ジャンルによる新陳代謝ばかりが強調され、それぞれのジャンルがどのように「世俗化」（「通俗化」）したのか、という具体的なプロセスが見えにくい。また、この説によりかかると、時代が下るにつれ、文言と白話の社会的地位があたかも逆転したかのような錯覚を抱かされるが、それも実態からは大きく乖離している。実態としてはむしろ、文言系の伝統的各ジャンルの方が、清末に至るまで、安定的に高い地位を占めていた、というべきであろう。

つまり、新興のジャンルに着目し、ジャンルの新陳代謝によって文学の「世俗化」を描写しようとする通行の文学史叙述法は、近世モデルを確立させることに急なあまり、もう一つの大きな真実を覆い隠してしまう危険性を孕んでいる。

もちろん、新興のジャンルは時代の新しさを表現する形式と内容とをより多く備えている。だが、新興なるがゆえに、長いスパンの歴史的変遷を概観するのには適していない。一方、詩文は、伝統ジャンルゆえの保守性をもち、時代的な新しさはより隠微な形でしか現れず、変化の速度も緩慢遅鈍、という難点がある。しかし、古代から近世までを貫くジャンルであるがゆえに、通時的な変化の跡を詳細に検証しやすい、という独自の長所をもっている。この一点において、伝統詩文が「近世」を測るツールとしても、きわめて有効であることを、ここに強調しておきたい。

以上のように「近世」の本質が「世俗化」（「通俗化」）にあるという一点を確認した上で、いよいよ本題の「古今体詩における近世」を探る考察へと入ることにする。

二　宋代士大夫の古今体詩は「近世」を表象するか？

「詩」＝古今体詩において、唐と宋との間に大きな質的異同のあることは、今さらここで縷々述べるまでもなかろう。明代中期以降、油然として誕生した詩派の動向に着目しさえすれば、この点は自明のこととなる。彼らは自派の宗旨を手っ取り早く示す旗頭として、「唐詩」派であるか「宋詩」派であるかを真っ先に標榜した。これは裏を返せば、唐詩と宋詩が、後世、相異なる二つの類型もしくは潮流として、明確に意識されていたことを端的に示している。

だが、異質であるということが、ただちに中世と近世を分ける指標になるわけではない。古今体詩といえども、その内実は時代とともに不断に変質しているのであって、それはなにも唐と宋の間に限ったことではないからだ。

たとえば、北宋の代表詩人、梅堯臣、王安石、蘇軾、黄庭堅等々の詩のなかに、唐詩には見られない新たな題材や表現傾向、ならびに表現技巧を見いだすことはとても容易い。その一つ一つは、たしかに宋詩の新しさを具体的に表現してはいる。しかし、それらを総括して「近世的」ときっぱり言い切ることが、果たしてできるであろうか。李杜韓白の詩に魏晋六朝詩にはない新しさがあるからといって、それをただちに「近世的」とは呼べないのと同じ道理である。

このような懸念は、主として次のような二つの背景から生じてくるものでもある。まず第一に、彼らが古今体詩において何一つ新しい形式を加えなかった、という厳然たる事実がある。この点については、銭鍾書が『宋詩選注』の序文のなかで、宋詩の欠点として詳論しているので(2)、それを参照されたい。よって、客観的にいえば、宋詩の新しさは、あくまで伝統という大枠を遵守するなかで、彼らが個性を競った結果現れ出た、風格乃至題材、表現レベルの異同に過ぎない。

第二に、彼ら自身の意識の有り様である。彼らの伝統詩文に関する言説は、おおむね「復古」「尚古」という方向性をもち、伝統との連続、伝統への回帰が、何より強く意識されている。文における古文復興がもっとも顕著な現れであるが、古今体詩も例外ではない。彼らの視線の先には、韓柳、李杜、陶謝、さらには『詩経』等々の具体的モデルが存在した。個々の表現においては、彼らも新奇さを追求したが、もしそれに古典的裏づけがなかったばあい、往々にして「俗」というマイナス評価が下された。したがって、彼らはなおも自ら進んで「前近世」的な価値観の中に身を置いていたのである。

彼らのなかに牢固として存在する保守性がいったい何許よりやって来るのかといえば、おそらく科挙という制度がこの価値観を不断に再生産しつづけたことに一つの大きな要因があろう。科挙制度は、前述のように、政治的には権力の通俗化＝近世化を実現したが、その反面、文化的には、むしろそれに逆行する役割を果たした。中世後期に誕生した制度であるがゆえに、文化制度としての科挙のなかには、中世の遺伝子がしっかりと組み込まれていたのである。

換言するならば、古今体詩は、科挙という国家制度によって、中世的文藝観を表象する媒体、もしくは具現する伝統そのものとして機能すべく強化された。よって、この制度に優秀な成績で合格し、社会的エリートとして伝統文化の継承を運命づけられた「士大夫」[3]たちの詩作が保守に傾くのは如何とも抗いがたい力学であり道理である。北宋士大夫の一人一人は、六朝〜唐のそれと比較すると、確実に「世俗化」した存在となった。しかし、彼らはこと文藝の創作という局面では、唐および唐以前の詩人たちに連続することを第一の価値と考えていたかのごとくである。したがって、北宋士大夫の詩作に、中世から近世へというような画期的な変化を見いだすことは、そもそも構造的に困難なのである。

しかし、「画期的な変化」は、むろんもっぱら新形式の創出という一点のみによって演出されるわけではあるまい。かつまた、この一点にばかり拘泥すれば、古今体詩に近世は存在しなかった、という結論に自ずと達せざるを得なくなる。なぜなら、有宋一代に限らず、元明清にいたっても、古今体詩の新しい形式は結局創出されなかったからである。

したがって、古今体詩の近世現象は、もっぱら形式の内側にばかり求めるべきではなく、もう一つの重要な要素、すなわち創作主体の方の変化により多く着目すべきであろう。つまり、士大夫以外の新たな詩人階層が誕生したのか否か＝詩人階層の通俗化現象が発生したのか否か、という点について、我々は細心の注意を払う必要がある。

三　北宋の古近体詩に見られる近世現象

近世社会の具体的指標としてしばしば指摘されるのが、都市経済の発達と市民階層の成熟である。明清における戯曲や各種説唱文藝、さらには白話小説等、いわゆる近世的文藝各ジャンルの隆盛が、この条件を抜きにしては成立し得なかったことに思いを致せば、文学の領域においても、この指標がなお有効であることを確認できよう。

この指標に照らしつつ、南北両宋を概観してみると、南宋については、通俗文藝関連の資料も存在し（『京本通俗小説』、『雨窓集』、『欹枕集』、羅燁『酔翁談録』等）、都市住民の日常的な文化活動の様子を垣間見られる記録も複数存在する（呉自牧『夢粱録』、周密『武林旧事』、耐得庵趙氏『都城紀勝』、佚名『西湖老人繁勝録』等）ので、近世的都市文化の息吹を十分に感じ取ることができる。一方、北宋の百五十年間には、ほとんどそれを見いだせない。せいぜい、孟元老『東京夢華録』（巻五「京瓦伎藝」）の伝える、北宋滅亡前夜における開封の情況が知られる程度である。

それでは、古今体詩においてはどうであろうか。結論的にいえば、北宋は、ほぼ士大夫の独擅場といっても過言ではない。わずかな例外として、九僧等の詩僧、魏野（九六〇―一〇一九）、林逋（九六七―一〇二八）等隠士の存在が挙げられるが、彼らの行動様式は晩唐五代およびそれ以前の詩僧や隠士のそれと大きく異なるものではないので、彼らを宋代になって新たに出現した新しいタイプの詩人と見なすこともできない。しかも、彼らが活躍した時期はいずれも真宗朝までの前期に集中し、北宋中期以降は彼らのような非士大夫詩人の存在がほとんど目立たなくなる。

北宋の中期以降、各種文献に「詩社」や「吟社」の存在が記録され始め[4]、古今体詩の民間への普及拡大を予感させるが、実際には、その大多数が士大夫を中心とする結社であった。すなわち、詩名のある士大夫が地方に外任したり、致仕して隠居したりした際に、彼らを敬慕する近在の有志が集って作詩サークルが作られるという形がほとんどである。よって、南宋末以降に増加する非士大夫層による結社とは質を異にしている。

とはいえ、こういうサークルのなかにも、非士大夫の民間人が加わっていたことを確認できるものが存在する。次の記事は、北宋後期、元祐年間（一〇八六―一〇九四）の金陵（江蘇南京）における、「市民参加型」詩社の様子を今日に伝える稀有な資料である。

元祐閒、滎天和先生客金陵、僦居清化市、爲學館、質庫王四十郎、酒肆王念四郎、貨角梳陳二叔皆在席下、餘人不復能記。諸公多爲平仄之學、似乎北方詩社。王念四郎名莊、字子溫、嘗有送客一絶云、「楊花撩亂繞煙村、感觸離人更斷魂。江上歸來無好思、滿庭風雨易黃昏」。王四十郎名松、字不凋。僕寓京師、從事禁中、不凋寄示長篇、僅能記一聯、云、「舊菊籬邊又開了、故人天際未歸來」。陳二叔忘其名、金陵人、號爲陳角梳、有石榴詩云、「金刀劈破紫穰瓢、撒下丹砂數百粒」。諸公篇章富有、皆曾編集。僕以攜家南奔避寇、往返萬餘里、所藏書畫厄於兵火、今屈指、當時詩社集六十餘、載諸公佳句、可惜不傳。今僅能記其一二、以遺寧川好事者、欲爲詩社、可以效此、不亦善乎。

右の文は、北宋末・南宋初の人、呉可の『蔵海詩話』（丁福保『歴代詩話続編』所収）の一節である。[5]呉可の詳しい経歴は分からないが、郭紹虞『宋詩話考』（中華書局、一九七九年八月）によれば、甌寧（福建建甌）の人で、金陵にて生まれ育った、という。字は思道、大観三年（一一〇九）に、進士に及第し、南宋の乾道（一一六五―一一七三）淳熙（一一七四―一一八九）の間もなお健在であった、という（『四庫全書総目提要』巻一五七）。詩話以外にも『蔵海居士集』二巻が伝わり、四庫全書に著録されている（永楽大典採輯本）。その詩は蘇軾（一〇三七―一一〇一）や李之儀（一〇四八―一一二八？）に称賛され、趙令畤（一〇六一―一一三四）や米友仁（一〇六九―一一五一）とも交遊があった。

文の冒頭の栄天和という人物についても、詳細は分からないが、李之儀の『姑渓居士前集』のなかに、彼に贈った詩や書簡が複数収められている。それらを見ると、両者は金陵において交遊の機会をもったようである。曾棗荘「李之儀年譜」（『北宋文学家年譜』所収、文津出版社、一九九九年六月）によれば、李之儀が元祐年間以後、金陵に一定期間滞在したのは、崇寧五年（一一〇六）から大観二年（一一〇八）にかけてのことである。よって、両者の交遊も自ずとこの数年を中心とするであろう。なお、李之儀が栄天和に宛てた書簡には「思道」の名が複数回見える上、『姑渓居士前集』には、呉可に単独に送った書簡も収められている。おそらく呉可は、わが師と李之儀の交遊の場に同席し、師弟で彼を接待したのであろう。そして李之儀との交遊の事実によって、呉可が元祐年間から大観二年に至るまで、およそ二十年の間、金陵に在って、栄天和の学館で挙子業に勤しむ傍ら、「詩社」に参加していたことが分かる。

さて、引用文中の「清化」は、金陵城内の西にあった坊の名（『景定建康志』巻一六、疆域志二「坊里」に見える）。栄天和が清化坊に開いた学館には、「質庫」、「酒肆」、「貨角梳」等の稼業を営む者が「平仄之學」を学んでいた、という。「貨角梳」とは、おそらく水牛等の角を加工した櫛（＝角梳）を売買する商賈であろう。また、「平仄之學」とは、近体を主とする作詩法を学ぶことを指そう。この文には、「王念四郎莊」、「王四十郎松」、「陳二叔」等の実名が彼らの職業とともに記され、彼らの詠じた佳句も引用されている。さらには、彼らが詩集を編んでいた事実も語られている。その数、六十余というのであるから、彼らの創作活動がいかに盛んであったかが分かる。末尾の「寧川」がどこを指すのか未詳であるが、呉可と深い縁のある土地であろう。彼が起家する前に加わった金陵栄天和の詩社をモデルとして、「寧川」にも詩社を作ろう、と呼びかけているかのようである。

『蔵海詩話』には、これ以外にも詩社について言及した、次のような短い一則がある。

　幼年聞北方有詩社、一切人皆預焉。屠兒爲蜘蛛詩、流傳海内、忘其全篇、但記其一句云、「不知身在網羅中」、亦足爲佳句也。

前掲文においても言及されていた、「北方詩社」のことが、この文でも語られている。おそらくは都開封の詩社を指すであろう。そして、その詩社には、「一切人」＝あらゆる職種の人が加わっていた。その一例として、「屠兒」＝屠殺業者の作った詩が挙げられ、その詩が評判になって多くの人の知るところとなっていたことも伝えている。

以上のように、『蔵海詩話』には、北と南の詩社の様子が比較的詳細に紹介されている。このように民間人の古今体詩創作の実態を伝える資料はまだ極めて少なく、これを普遍的な現象と見なすことはためらわれるが、北宋においてもすでに、大都市に暮らす非士大夫の市民が詩社に加わり、作詩を学び、詩作に精を出していたことを窺い知ることができる。それはすなわち、新たなる詩人階層の出現、換言すれば古今体詩の近世化（通俗化）を、我々に告げるものでもある。

だが、残念なことに、彼ら民間詩人の作品は、呉氏が引用した断句を除き、すべてが散逸し今日には伝わらない。しかも、王朝の南渡という騒乱のなかで、その存在すら忘れ去られてしまった。今日に一定の作品数を伝える民間詩人の出現は、南宋の後期まで待たなければならない。

四　女性詩人が表象する古今体詩の近世

北宋後期の「市民参加型」詩社の出現につづき、南渡の前後から、また一つ新たな気運が兆し始めた。——李清照（一〇八四—一一五五？）と朱淑真という二人の女性詩人の出現である。

唐代にあっても、薛濤や魚玄機等の女性詩人の活躍があったが、彼らは、当時の知識階層における平均的な婦女とはいいがたい、特異な経歴をもつ女性であった(6)。

一方、李清照と朱淑真はいずれも士大夫の家庭に生まれて何不自由なく育ち、平常の——それが幸福であったか否かは別として——結婚生活を送ったので、彼らの作品も、知識階層の、より平均的な女性の心情を反映している、といってよい。つまり、後宮や北里、道観といった特殊な空間に身を寄せる女性ではなく、「普通」の士大夫家庭に暮らした、いわゆる「閨閣」の女性による一人称的抒情である点が、何よりもまず新しいのである。

ここに一つのデータを示そう。近人・胡文楷の『歴代婦女著作考』二十一巻（商務印書館、一九五七年十一月）には、魏晋から清に至る計四千余家の女性作家（およびその著作）が、時代ごと姓氏の別によって列記されている。この目録によれば、魏晋六朝＝32名、唐五代＝23名、宋代＝46名、元代＝16名、魏晋から元までの一千年余の間に著作を遺した女性作家の総数は計117名である。唐から宋の間に倍増してはいるが、いずれにしても当時の男性作家とは比較にならぬほど寥寥たる数である。しかし、明代以降、ここに顕著な変化が現れる。明一代約三百年間の女性作家の数は計238名、魏晋～元代の総和の二倍にまで急増する。清代に入ると、その数はさらに急増する。その数、実に魏晋～明の総和の十倍、計3573名もの作家が誕生するに至る(7)。

それでも同時代の男性詩人と比較すれば、それぞれかなりの少数と見なされるであろうが、魏晋～元と明清との間に大きな溝が存在することは、このデータから見て取ることができよう。そして、明清のこのような急増を支えているのが、李清照・朱淑真と類を同じくする、いわゆる「閨閣詩人」の存在に他ならない。

ここまで顕著に偏差が認められると、これを単なる時代的流行として片づけるわけにはゆかなくなる。おそらくこれは、「閨閣」の女性を取り巻く社会通念が、明清に至って劇的に変化したことを暗示するデータといってよい。つまり、先秦以来、「閨閣」詩人の誕生を阻んできた、知識階層の社会通念が、明清に至って、とみに弱化するか取り払われるかしたに相違ない。

『礼記』（先秦）、『後漢書』列女伝「曹世叔妻」（漢）、『女論語』（唐）等々の「女教」関連の条を読むと、そこには、あたかも千載不易のごとき儒家的婦女観が綴られている。それらに共通して見いだされる婦女像は、屋敷の奥深くに閉じこめられ、行動、言動に様々な拘束をかけられた不自由な存在である。

言動についていうと、「女は外を言はず」（『礼記』内則）、「内言　梱より出ださず」（『礼記』曲礼）というように、家の外のことは問わず、家の内のことを他言しない節度が「閨閣」の婦女には要求された。口を開く時にも、「辞を択びて説き、悪語を道はず、時然りて後に言ひ、人に厭はれざる」（『後漢書』列女伝「曹世叔妻」）よう慎むことが求められた。また、男子は「書堂」に在って師に就いて礼儀を習い、「詩を吟じ賦を作る」ことが必須とされるのに対し、女子は「閨門」の内にいて、めったに外出せず、ひたすら父母の命に従順であるべきことが強調されている（『女論語』訓男女）。

　このような古代～中世の婦女観に照らすと、女性が詩作に没頭し、あまつさえそれを詩集にまとめて対外的に公表するという行為は、当時の社会通念から大きく外れるものと見なされたはずである。魏晋から唐に至るまで、「閨閣」詩人が極端に少ないのは、この様な伝統的婦女観とも大きな関わりがあろう。

　明清における急増現象は、古代・中世の婦女観に相反して、詩作が「閨閣」の婦女にとっても重要な教養に転じたことを示唆している。詩の一つも作れなければ良家の婦女とはいえない、というが如き社会通念の大転換があればこそ、女性詩人の爆発的急増という現象を生んだのであろう。したがって、女性詩人、とりわけ「閨閣」詩人の存在は、中世以前には常見できない、古今体詩の新しい作り手が誕生したことを、きわめて明瞭に我々に示しているのである。彼女たちの多くは、現実に士大夫文化圏に身を置いているものの、厳密にいえば、非士大夫詩人である。そういう意味において、彼女たちも古近体詩の世俗化、通俗化を具現している。

　明清ほどの顕著な量的変化はまだ見られないものの、宋代にも李清照と朱淑真という「閨閣」詩人が確かに存在した。明清以前において、この二人の存在感は際だっている。そして、彼らが魁となって切り開いた道が、明清へと真っ直ぐ連なっていることは、疑いを容れない。彼らの作品の流行が、知識階層の「閨閣」詩人に対する眼差しを、時間をかけゆっくりと寛大なものに変えていった、といえるのではないだろうか。

五　朱淑真『断腸詩集』の流行に見る古今体詩の近世

朱淑真の生平はほとんど不明で生存時期についても諸説あり一定しないが[8]、諸説のなかでほぼ共通するのは、李清照と相前後して同時代を生きた詩人という一点である。

両者はともに士大夫階層の家に生まれたが、李清照が良家の出（父は李格非）で高官の子弟（宰相・趙挺之の子、趙明誠）に嫁いだのに対し、朱淑真は下層の士大夫階級の出であったようだ。そのため、両親のことも嫁ぎ先のことも、詳しいことはまったく分からない。また、李清照は当時から詞人としての評価が高く、古今体詩はさほど伝わっていない（上海古籍出版社『李清照集箋注』では、詩17首、詞53首）のに対し、朱淑真は詩人としての評価がより高かった（上海古籍出版社『朱淑真集』には、詩337首、詞33首を収める）。したがって、古今体詩における時代的な新しさは、より多く朱淑真の方に表現されている。

朱淑真の死後、彼女の詩集『断腸詩集』を編集した魏仲恭[9]は、彼女の両親に識見が乏しかったため、彼女は「嫁いで市井の民家の妻と為」らざるを得なかったと記し、しかもその夫が「一庸夫」であったとも明言している（淳熙九年〔一一八二〕の序）。しかし、その実、詩集のなかには、夫の淮南や湖南への宦遊に従ったことを窺わせる詩が含まれており、彼女が「市井の民家」に嫁いだのではないことは明らかである。どうやら、序を書いた魏仲恭ですら、朱淑真

の確かな個人情報を何一つ知り得ていなかったようだ。

婚姻に関わる記述は、おそらく当時の俗説に従ったものであろう。しかし、そういう俗説がいったいどこから発生したのかといえば、結局のところ、すべてが彼女の作品世界から来ているように筆者には思われる。彼女の私小説的な詩歌世界が、読者をして彼女の虚像を膨らませ、それが結果として、——「市井の民家」の「庸夫」と無理やり結婚させられ、鬱々として楽しまず、夫とは別の男性に慕情を寄せ、人知れず胸中の思いを詩に綴りつづけた——薄倖の女性、という朱淑真像を形づくったのではないだろうか。

もしも少し穿った見方をして、不倫のカタルシスとして——彼女とは不釣り合いな——「庸夫」が仮構されたのだとすると、そこには、作品を媒介として、彼女の不倫に荷担してゆく、読者と作者の共犯関係すら看て取ることができる。

ともあれ、彼女の詩は、南宋末までに、注本（鄭元佐注）までもが作られており、一群の読者にずっと愛好されていたことが知られる。

ところで、同じく宋人注のある王安石や「蘇黄」等と比べると、彼女の詩の各表現はずっと平易で、典故の種類や用い方も遥かにオーソドックスである。それにもかかわらず注本が作られたという事実は、彼女の詩がどのような読者層に愛好されたのかをも同時に物語っているように思われる。すなわち、それは士大夫文化の中心に立つ者たちではなく、周縁部の、古典に余り縁のなかった階層ではないか、と想像される。しかも、彼女の詩の内容から判断すれば、それは挙子業に勤しむ若年の初学者よりも、実際に結婚生活を送り、市井に暮らす富裕な壮年層の方がより相応しい。そして、そのなかには、いわゆる「閨閣」の婦女たちも含まれたであろう。

この推測がもし誤っていなければ、ここにも、古今体詩の通俗化、すなわち近世化の現象を認めることができる。つまり、非士大夫の読者層が、南宋当時、確実に存在した可能性を示す事例と見なされる。

六　「江湖派」という詩派

北宋元祐年間の市民参加型詩社、南宋初期の閭閻詩人の活躍に続く第三の「近世」的現象が、南宋後期、十三世紀の詩壇を席巻した、「江湖詩派」である。

文学史にいわゆる「江湖詩派」は、その名称のごとく、主として在野の布衣によって構成される詩人の一群を指し、杭州の書肆（臨安府棚北大街睦親坊陳宅書籍鋪）、陳起（?—一二五六／銭塘の人、字宗之、号芸居《うんきょ》）が『江湖集』九巻を編纂刊行し、それが大いに好評を博したことによって一躍著名になった。南宋の後期、理宗の宝慶年間（一二二五—一二二七）のことである。

日中通じてもっとも早く、そしてもっとも系統的にこのグループを研究した専著に、張宏生『江湖詩派研究』（中華書局、一九九五年一月）がある。(10) 張氏はこの詩派の範囲と成員を確定するために、以下のような五つの原則を立てている。

第一に、社会的地位が無位無官の「布衣」もしくは諸国を歴遊する「游客」であったこと。科挙に応じたり、出仕したりしたとしても、一時的な仕官に止まり、より多く「江湖」に在ったと判断できる詩人。

第二に、嘉定二年（一二〇九）を上限とし、景炎元年（一二七六）を下限とする期間に活躍した詩人。

第三に、各種江湖詩集のなかに収められた詩人であること。張氏は、『江湖集』九巻を始めとして『江湖後集』『江湖小集』等、南宋後期に編纂された、計23種の類似の詩集を調査し、成員を確定している。

第四に、各種江湖詩集の編者、陳起と詩の応酬をし交遊のある詩人。

第五に、以上四つの原則に該当しなくとも、従来の伝統的見方で成員と見なされた詩人。

江湖派の成員

士大夫階層(75)	上	〔福建〕	2	劉克荘、林希逸	(2)
	中	〔浙江〕	5	王同祖、盧祖皐、史文卿、姚鏞、高似孫	
		〔江西〕	5	劉子澄、危稹、趙汝鐩、趙善扛、裘万頃	
		〔福建〕	3	朱復之、劉克遜、黄簡	
		〔安徽〕	1	方岳	(14)
	下	〔浙江〕	20	王琮、劉植、鞏豊、杜旃、宋慶之、宋伯仁、沈説、張良臣、陳允平、邵桂子、周師成、鄭克己、趙汝回、趙汝迕、趙師秀、徐璣、兪桂、柴望、薛嵎、戴埴	
		〔江西〕	14	鄧林、李泳、利登、羅椅、趙与時、趙崇鉘、趙崇嶓、徐文卿、黄大受、黄文雷、蕭立之、蕭澥、章采、曾極	
		〔福建〕	13	葉紹翁、朱継芳、厳粲、陳翊、陳必復、陳鑑之、林同、林昉、趙庚夫、胡仲弓、敖陶孫、徐集孫、曾由基	
		〔江蘇〕	11	王志道、朱南傑、周弼、張榘、張蘊、張端義、陳造、周端臣、趙汝淳、趙希㑺、施樞	
		〔湖南〕	1	楽雷発	(59)
非士大夫階層(63)		〔浙江〕	17	翁巻、毛珝、史衛卿、許棐、呉仲方、何応龍、宋自遜、張煒、陳起、林表民、徐照、高翥、盛烈、葛天民、趙汝績、薛師石、戴復古	
		〔江西〕	16	鄧允端、劉過、劉仙倫、李濤、李自中、呉汝弌、余観復、鄒登龍、羅与之、姜夔、高吉、黄敏求、蕭元之、章粲、董杞、釈紹嵩	
		〔江蘇〕	8	王諶、葉茵、李龏、呉惟信、葛起文、葛起耕、張紹文、儲泳	
		〔福建〕	7	劉翼、張至龍、林洪、林尚仁、胡仲参、盛世忠、釈円悟	
		〔河南〕	3	張弋、武衍（浙江杭州に寓す）、趙希桸	
		〔安徽〕	2	程垣、程炎子	
		〔湖北〕	1	万俟紹之（江蘇常熟に寓す）	
		〔湖南〕	1	劉翰	
		〔山東〕	1	周文璞	
		〔未詳〕	7	李時可、来梓、陳宗遠、徐従善、郭従範、釈永頤、釈斯植	

この表は、張宏生『江湖詩派研究』（中華書局、1995年１月）附録一「江湖詩派成員考」に掲げられた計138名のリストを、「士大夫階層」（さらに上中下に細分）と「非士大夫階層」とに分類した上で、出身地別に並びかえたものである。「士大夫階層」の上中下の区分は、就いた官職の上下による。「上」は、中央の顕官に就いた者、「中」は、知府・知州もしくは州級の通判に就いた者、「下」は、それ以外の属官、学官等の職に就いた者、あるいは進士及第の記録のみで官歴未詳の者を指す。出身地（現在の省による区分）は、原則として、祖籍ではなく、居住地によっている。

張氏は、このような五つの原則にもとづき、計138名の詩人を「江湖派詩人」と確定した。張氏がリスト・アップした138名を、士大夫階層と非士大夫階層に分類し、士大夫階層のばあいには、官位の高低によって、さらに上中下に下位分類したものを表にして前頁に掲げたので参照されたい。また、それぞれの出身地を現在の地方行政区分（省別）によって再分類して掲げてみた。

この表によって改めて確認される点は、第一に、下層の士大夫と布衣を併せると、122名となり、全体の88％という高比率を占めること、第二に、浙江、江西、福建、江蘇の四地域出身者が計121名に上り、やはり88％に近い高比率を占めていることである。

第一の点は、「江湖派」が、名実そなわり、主として士大夫階層の周縁部に位置する詩人や在野の詩人によって構成されていたことを証明している。非士大夫階層に属する62名のうち、その足跡がわずかにでも分かるのは、姜夔、劉過、徐照、戴復古、高翥、許棐、そして陳起等、ごく一握りであり、大多数の詩人の経歴はまったく分からないが、これだけ多数の同時代布衣詩人の氏名がその作品とともに後世に伝えられたのは、中国詩歌史において空前のことである。

本論では、宋代の非士大夫詩人の実例として、これまでに北宋後期の詩社に参加した市井の詩人と、南宋初期の李清照・朱淑真の二例を紹介したが、「江湖派」は、紛れもなく三つ目にしてもっとも顕著な実例となる。

第二の点はこの「詩派」の特性を色濃く示している。すなわち、現代の行政区分でいえば、浙江を中心として、隣接する江蘇、江西、福建三省に跨る、かなり広域の詩作グループであった、という点である。

中国文学史において比較的よく知られた詩派に、宋代の江西詩派、明代の公安派、竟陵派、清代の虞山派、雲間派、浙西派……等々があるが、その地域的広がりは、もっとも広域的な江西詩派でも、おおむね一省レベルの面積内に納まる。(11) 一般に、「詩社」が、場の共有を前提とするために土着性が強いのに対し、「詩派」は、人的ネットワークによって成り立つので、メンバーが移動すれば、その影響の範囲も拡大されて、より広域となる。とはいえ、詩派は、独自の詩学観を共有する詩人同士の強固な個人的関係によって結ばれる集団であるがゆえに、自ずとある種の排他性・閉鎖性を帯びる傾向もあり、無原則にそのネットワークが拡大するわけではない。よって、通常の詩派がせいぜい一つの省レベルの地域サイズに納まったのも、それなりの理由あってのことだった。

逆にいえば、「江湖派」の、百名を優に超え、四省に跨る範囲をもつという特徴は、このグループが規格外の「詩派」であったことを端的に示している。

同時代の前例、江西詩派と具体的に比較してみよう。江西詩派は、呂本中（一〇八四―一一四五）が「江西詩社宗派図」を記し、禅家の伝灯に擬えて、黄庭堅（一〇四五―一一〇五）以下25名の詩人を、一つの系脈のなかに列したことに由来する。このことからも分かるように、この詩派は、黄庭堅を頂点とする師承関係によって支えられ、明確な縦の関係によって結ばれている。また、典範としての具体的な学習対象（杜甫）を共有し、独自の詩学的主張（「換骨奪胎」、「活法」等）を唱えてもいる。

それに対し、江湖派詩人の間には、横の関係性はすぐに見出せても、縦の関係性がはなはだ希薄である。138名のなかで領袖にもっとも相応しい人物といえば、その社会的名声といい、詩学関連の著述の豊かさといい、劉克荘（一一八七―一二六九）をおいて他には見当たらない。彼の周囲にはその名声ゆえに確かに多くの人が集まったので、そこに師承に類する関係を見出すこともむろん可能であろう。だがそれは、とうていこの「詩派」全体138名に及ぶものではない。

また、彼自身の詩論のなかに、この詩派を統括し主導するかのごとき詩学的主張や言説を見出すこともできない。それどころか彼は、名指しこそしていないものの、この詩派に属すると思しき一群の詩人たちを指して、痛烈な批判を加えてさえいるのである。(12)しかも、明らかに己を彼らの埒外に置いて発言しており、同志を叱咤激励するという類の言説とは似ても似つかぬものである。

つまり、リーダーはおろか、この詩派の成員であるという自覚を劉克荘がもっていたのか否かでさえ、かなり怪しいのである。張宏生氏は前掲『江湖詩派研究』（第一章「江湖詩派的形成」）のなかで、江西派における黄庭堅とは明らかに異なることを認めつつも、劉克荘をこの詩派における第一のリーダーに挙げているが、おそらくそれは実態と大きくかけ離れていよう。少なくとも彼自身の言説から、そのような明確な自覚を見出すことは困難である。

このように、「江湖詩派」には、グループ全体を統括するような突出したリーダーが存在しなかった。しかも、詩派として独自の詩学的主張を声高に唱えた形跡もない。よって、この二つを拠り所として、江湖詩派なる詩派は当時、存在しなかった、と結論することも可能かもしれない。

結局のところ、この138名を一つに繋ぐ確かな絆は、杭州の書肆、陳起等によって編纂刊刻された一連の詩集をおいて他には見出しがたいのである。よって、翻って、こうも推測できるのではなかろうか。——すなわち、江湖派という詩派が当時、明確な形で存在したわけではなく、実態としてはむしろ、陳起編刻の詩集が、——もともとゆるやかな横の繋がりしかなく、総体としての連携に乏しい——江湖詩人の一群を結びつけ、仮想現実的にあたかも詩派が存在したかのように演出しただけのことではないか、という推測である。もし、この推測が正しければ、江湖派における最重要人物は、『江湖集』を編刻し世に問うた、陳起その人ということになる（張宏生氏も陳起の果たした重要な役割について真っ先に言及しているが、彼は主に「組織聯絡」の役割を担ったとし、リーダーという位置づけで陳起をとらえてはいない）。

本論では、宋詩における近世現象を新たな詩人階層という点に着目して探ってきたが、北宋後期（詩社）と南宋初期（閨閣詩人）の二例は、他に類例を見出しがたいという意味において、いくらか孤立した事例と見なされる。しかし、江湖派は、人数の多さに加え、印刷メディアが彼らのすぐ傍らにあるという時代条件によって、すでに十分大きな存在感を主張している。よって、どんなに遅くとも、江湖派の時代に、古今体詩の通俗化はすでに一定程度実現していた、と見なされる。

このように、南北両宋約三百年の歴史の幕がまもなく下ろされようというその時に、古今体詩はようやく士大夫文化圏の外縁に独自の新たな製作の場を確かに獲得した、といえるであろう。ここに、我々は古今体詩の通俗化、すなわち近世の萌芽を認めるものである。

七　「江湖派」研究の課題

「江湖派」という用語を、ここで再定義しておきたい。本論でも疑義を呈したように、「江湖詩派」なる詩派は、厳密にいえば実在しなかった可能性が大きい。しかし、南宋後期に江湖詩人の一群が活躍したことは紛れもない事実である。そこで、我々は彼ら江湖詩人の総体を指す、あくまで便宜的な呼称として、「江湖派」という言葉を用いる。よって、張宏生氏の定義よりも、ずっと緩やかな含意でこの語を用いることとする。

つまり、張氏のそれは、陳宅書籍鋪の刊行した一連の江湖詩集を最大の依拠材料とし、陳起のネットワークを中心として詩派を主に浙江、江蘇、江西、福建四省という地域的広がりに限定した。むろん今日、我々がこの時期の江湖詩人を考察しようとすれば、現存資料の制約から、張氏の確定した138名が自ずと中心的な研究対象とならざるを得ない。しかし、伝統的な詩派と比べ、そもそもバーチャルで特異な詩派であることを考慮に入れれば、初めからこの138名に限定する必然性にも乏しい。

そこで、我々はそのような人的ネットワークもしくは地域に必ずしも拘泥せず、広くこの時期の江湖詩人を考察の対象に含めようと思う。どれほど多くの詩人が存在したかについて、我々はまだ統計をもたないが、出版の盛地である蜀にも江湖詩人が存在した可能性はあるし、両湖、嶺南地方にも存在したであろう。また、時間的にも前後延伸して、南宋の中期から元末くらいまでを範囲に含めて考えたい。とくに宋末元初には「遺民」という形の江湖詩人が多数存在した。

あえて範囲を拡大することによって、古今体詩近世化の諸現象をより包括的に意味づけられるようになると我々は考える。同時にまた、いわゆる「江湖詩派」についても、より客観的にその独自性を検証できるようになるのではないか、と考える。

以上のように、我々が想定する「江湖派」は、張氏の確定した138名を中心にすえつつも、前後左右に時間と空間をさらに延伸拡大した範囲を包含するものである。よって、前述の通り、あくまでも便宜的な用語であり、厳密な意味で「江湖派」という詩派が存在したことを筆者が主張するものではない。

＊

我々が『江湖派研究』を創刊する（二〇一八年一月現在、第四輯を編集中）のは、これまで余り重視されてこなかったこの対象が、古今体詩の近世という問題を考察する時、極めて重要な意義をもつ、と認識するからである。しかし、遺憾ながら、この群体のディテールについて我々はまだ何も知らない。したがって、まずは個別の事象の検討を積み上げることから始めなければならないであろう。

我々が彼らを対象と定めるのは、むろん文学的関心によるものであるから、彼らの遺した文学テキストを丹念に読み解くことが研究のすべての前提となり、基礎となる。共同で読み進める対象は暫時戴復古の五律一本に絞るが、他の詩人についても必要に応じて、本誌に訳注を掲載してゆきたいと願っている。

そういう読詩のプロセスから、様々な個別的問題が発生してくるであろうが、その際、併せて江湖詩人を取り巻く環境についても思いを繞らせてゆくことになろう。そうすれば、以下のような三つの問題点が俄に浮上して来る。

第一に、印刷文化に関わる問題である。第二章においてその一端を記すが、個々の江湖詩人と印刷がどのように関わっていたかについては、なお一層の探求と精査を必要とする。王嵐氏「戴復古集編刻流伝考」論文（江湖派研究班『江湖派研究』第一輯、二〇〇九年二月）は、戴復古がどのようにして己の詩集を刊行していたかという問題に答える力作である。このような具体例をより多く集めることも、江湖派を考察する重要な手だてとなろう。

第二に、地域文化に関わる問題である。たとえば、南宋における坊刻本出版の一大拠点、福建と江湖詩人の関わり等は、すぐにでも取りかかるべき喫緊の課題である。また、江湖詩人は総じて各地を転々と移動する。そこには人的ネットワークとともに地域間のネットワークも見出される。さらにそれに書院や家塾を中心とする学統系ネットワーク、出版や書籍流通のネットワーク等も加わる。こういう様々なレベルの複合的な地縁的ネットワークと江湖詩人の関わりについても、我々は考察してゆかねばならないであろう。

第三に、江湖派詩人の生活基盤に関わる問題である。士大夫詩人と異なり、彼らの生活基盤は今日となっては甚だ見えにくい。彼らは自らの「詩藝」を売り物とし、士大夫たちと交遊したが、総じて彼ら個人の社会的身分ははなはだ不安定であり、貧困と隣り合わせの一生を送ったようである。すでに張宏生氏（「南宋江湖謁客考論」、前掲『江湖詩派研究』附録二）と費君清氏（「南宋江湖詩人的謀生方式」、『文学遺産』二〇〇六年第六期）にすぐれた関連の研究成果があるが、さらにそれを深化させる余地はまだ十分にある。定収入をもたない彼らが、なにゆえ専業詩人のごとき一生を送れたのかという問題は、古くて新しい重要な問題である。

これら「江湖派」をめぐる一連の諸問題は、むろん南宋後期にのみ限定されるものではない。いずれも、ただちに元明清三代の詩歌史に連結している。――我々が「江湖派」を古今体詩の近世化現象としてとらえる所以である。

注

（1）内藤湖南の中国近世史観がもっとも詳細かつ具体的に展開された書は、『中国近世史』（弘文堂書房、一九四七年四月）であろう。この書は大正時代に、京都大学で「支那近世史」と題して複数回行った講義の講義録で、湖南の没後に刊行された。近年、岩波文庫に収められている（岩波書店、二〇一五年七月）。

（2）人民文学出版社、二〇〇二年一月、大学生必読版、「序」第二節（8頁以下）。平凡社、東洋文庫722、宋代詩文研究会訳注『宋詩選注1』（二〇〇四年一月、31頁以下）。

（3）本論において用いる「士大夫」は原則として、科挙もしくはそれに準ずる方法（特奏名、恩蔭）により、すでに「官」となった者のみを指し、胥吏を含まない。また、挙子業に勤しむ書生や科挙浪人も原則として含まない。本稿では彼らを「非士大夫知識人」と総称する。

（4）宋代の詩社について考察したものに、欧陽光『宋元詩社研究叢編』（広東高等教育出版社、一九九六年九月）があり、その下編「宋元詩社叢考」に、宋元の文献に見える代表的な詩社が紹介されている。また、末尾に「宋元詩社活動年表」が附され、これを見ると、宋末元初に近づくにつれ、詩社の様態や成員が多様化してゆく傾向を認めることができる。

（5）注（4）所掲の欧陽光『宋元詩社研究叢編』は、この詩社の存在について言及していない。筆者は、吉川幸次郎『宋詩概説』（岩波書店、中国詩人選集第二集、一九六二年十月。のち、岩波文庫、二〇〇六年二月）の指摘によってこの条を知った（第六章「十三世紀南宋末期」、第一節「民間の詩人たち」）。

（6）薛濤は長安の良家の娘であったが、父の赴任に従い蜀の成都に来た時、父が亡くなり、妓女となった。彼女は歴代の節度使や「元白」等の著名詩人と交遊し詩の応酬をしたため著名となった。魚玄機は初め李億の妾となったが、情愛の薄れたのを恨み、出家して道観に入り女冠となった。のち、とあることで侍婢を私刑し死に至らしめ、それが発覚して捕らえられ、死刑に処された、という。この他の女流詩人に、李冶がいるが、彼女も女冠であった。

（7）明清、とくに清代における閨閣詩人の急増現象に着目する研究は、近年、女性学の高まりと相俟って増加している。管見の及ぶ範囲でも、中国で張宏生、張雁編『古代女詩人研究』（湖北教育出版社、20世紀学術文存、二〇〇二年八月）所収の各篇、陳玉蘭『清代嘉道時期江南寒士与閨閣詩侶研究』（人民文学出版社、二〇〇四年十一月）、段継紅『清代閨閣文学研究』（南開大学出版社、二〇〇七年六月）等の優れた成果が出ている。

　また、我が国では、合山究『明清時代の女性と文学』（汲古書院、二〇〇六年二月）に関連の詳論が収められている。合山氏は、明の後期にいたって、主知的・道徳主義的な「理」の文化（宋元型）から主情主義的な「情」の文化（明清型）へと、社会の文化スタイルが大きく変質したことを指摘し、それをキイワードとして、明清における女性文学の隆盛を分析しておられる（第一篇「『情』と明清文化」各章）。その他、袁枚の女弟子についての専著、蕭燕婉『清代の女性詩人たち—袁枚の女弟子点描—』（中国書店、二〇〇七年十月）もある。なお、蕭燕婉氏も胡文楷『歴代婦女著作考』の著録データを冒頭に掲げているが、一九八五年に上海古籍出版社より刊行された増補本によるもので、本稿で掲げたものと若干の異同がある。魏晋六朝＝33名、唐＝22名、宋＝46名、元＝16名、明＝245名、清＝3682名となっている。また、胡氏『歴代婦女著作考』は近年、張宏生、石旻氏等によって増訂本が出版されている（上海古籍出版社、二〇〇八年八月）。

（8）黄嫣梨『朱淑真研究』（上海三聯書店、一九九二年八月）によれば主に三説あり、北宋人という説、北宋末南宋初の人という説、南宋人という説がある。黄氏は第三の説を支持し、近年の校注者、冀勤（浙江古籍出版社、両浙作家文叢『朱淑真集注』、一九八五年一月）および張璋・黄畬（上海古籍出版社、『朱淑真集』、一九八六年六月）は第二の説を採る。

（9）魏仲恭については、この序文の署名によって、宛陵（安徽省宣城）の人であることが分かる。祝尚書『宋人別集叙録』（中華書局、一九九九年十一月）によれば、北京（国家）図書館所蔵の明刻遞修本『新注断腸詩集』巻首の序には、「宋通判平江軍事魏仲恭撰、銭塘鄭元佐注」という署名がある、という（下冊九四九頁）。また、『咸淳臨安志』巻五一にも、富陽県の歴代県令を列記した部分に、「魏仲恭」の名が見える。

（10）張宏生『江湖詩派研究』以後に公刊された専著に、張瑞君『南宋江湖派研究』（中国文聯出版社、一九九九年五月）と陳書良『南宋江湖詩派与儒商思潮』（甘粛文化出版社、二〇〇四年七月）がある。両著とも張宏生氏の論著を踏まえつつ、それぞれ独自の特徴を出している。前者は、張氏の確定した江湖詩派の成員を再検討し、幾つかのグループに再分類した他、約七〇年に及ぶ江湖詩派の活動期を前・後期に分け、その特徴や変遷を詳細に論じている。後者は、葉適の功利論説に依拠しつつ、「儒商」をキイワードとして、江湖詩派および陳起の活躍を論じている。また、「詩派」ではないが、同時期の江湖「詞人」を論じたものに、郭鋒『南宋江湖詞派研究』（巴蜀書社、二〇〇四年十月）がある。

（11）江西以外の出身者が多く加わる「江西詩派」がなぜ「江西」と呼ばれるのか、という点については諸説ある（伍暁蔓『江西宗派研究』（巴蜀書社、二〇〇五年六月）緒論第二節「江西宗派釈名」参照）が、呂本中「江西詩社宗派図」に列記された25名のうち、少なくとも17名の詩人の出身地が、湖北黄州から江西臨川の範囲の中に納まる。

(12) たとえば、「瓜圃集序」(四部叢刊本『後村先生大全集』巻九十四)、「林子㬎序」(巻九十八／※咸淳三年(一二六七))には永嘉四霊に対する批判が、「劉圻父詩序」(巻九十四)、「林同詩序」(巻九十六／※宝祐三年(一二五五))、「晩学□稿序」(巻九十七／※宝祐五年(一二五六))、「聴蛙詩序」(巻九十七)、「汪薦文巻」、「王元邃詩」(巻一〇一)、「何謙詩」(巻一〇六)等には江湖詩人に対する批判が見える(※印は、程章燦『劉克荘年譜』(貴州人民出版社、一九九三年二月)による編年)。なお、劉克荘の江湖詩人に対する批判的姿勢については、近年の劉克荘研究が均しく指摘するところとなっている。王錫九『劉克荘詩学研究』(黄山書社、二〇〇七年九月)第三章「五、関於四霊、江湖詩人的評述及所表現的詩学旨趣」、景紅録『劉克荘詩歌研究』(上海古籍出版社、二〇〇七年十二月)詩学篇、第一章第二節、王述堯『劉克荘与南宋後期文学研究』(東方出版中心、二〇〇八年二月)第六章等、参照。

02 宋代印刷出版業の発展と宋詩の「近世」化現象
——江湖派研究事始 その二

はじめに

宋代にいたって、印刷出版業が空前の発展を遂げ、士大夫階層を中心に多大なる社会的影響を及ぼし始めたことについては、すでに周知の事実であろう。写本から版本への変化は、朝野に流布する情報の均質化を促し、伝播の速度を向上させ、伝播の範囲を大いに拡大した。つまり、版本の普及は、情報や各種知識の世俗化・通俗化を促進する一大原動力となった、と見なされる。

もちろん、社会的影響の大小という点からみれば、宋代の出版は、マス・メディアの高度に発達した近現代におけるそれとは比較にならぬほど微弱であったに相違ない。また、明末～清代のそれと比べても、なお一段劣るといってよいであろう。しかしそうとはいえ、唐までの写本独占の時代と比較すれば、そこに革命的といえるほどの相違を見出すこともできるはずである。なぜなら、明末～清代の隆盛は、結局のところ量的な発展の形態を示しているにすぎず、あくまで宋代の延長線上にあると考えられるのに対し、唐と宋の間には、確実に不連続な溝が存在するからである。それゆえ、宋代における印刷出版業の発展、すなわち版本の普及こそは、紙と毛筆の普及に続く、中国第二のメディア革命と称することができる。

従来、中国版本の文化史的研究は、現存版本の数量と種類の多さから、明清を中心に構成されることが多かった。しかし、版本の普及によって、知識人の間にどのような意識変化が生じ、その結果としてどのような文化現象が新たに生まれたのかという、より根本的な問題を具体的に探ろうとするならば、――版本が各種知識・情報の供給源としてすでに安定的に大きな社会的機能を果たしていた――明清よりも、それが普及してまだ間もない宋代を注意深く観察するに如くはない。「寡」から「多」の変化よりも、「無」から「有」の変化のなかにこそ、それはより顕著な形で立ち現れるはずだからである。

また、史学の領域においても、「唐宋変革論」の称で知られるとおり、唐と宋の間に大きな社会変革の画期を認めようとする考え方がつとに提示され、賛否両論あったとはいえ、唐を「中世」の終焉、宋を「近世」の始まりと見なす認識が、すでに一般化している。「近世」という時代区分は、Early Modern という英語によって明らかなように、近代（Modern）の初期形態、もしくは近代を準備したと性格づけられる時代である。民主制を主とし、大衆が主体化された時代を近代とするならば、そこに直接連続する「近世」は、「中世（the Middle Ages）」とはすでに異なり、「近代」の方に大きく近づいていなければならない。したがって、「近世」においては、「通俗化」「世俗化」「大衆化」の諸現象がもっとも重要な要素となる。よって冒頭で述べた、――宋代にいたって印刷出版業が発展を遂げ、版本が普及し始めた――という歴史事実を再解釈すれば、各種の知識や情報の通俗化を促した雕版印刷＝版本こそは、中国の「近世」をもっともよく象徴するメディアであった、と見なすことができよう。

他方、「詩」は、中国文学各ジャンルの中で、『詩経』以来、つねに伝統の中核的役割を果たしてきた文体の一つである。そして、「詩」の形式的伝統は唐代初期において完成し、以後の一千年余の間、この伝統に新たに加えられた形式は存在しなかった。伝統中の伝統であるがゆえに、保守的で変わらぬことこそが求められたジャンルといっても過言ではない。「近世」中国において、「詩」＝古今体詩は、唐代に完成した中世的文藝観を表象し、また体現するジャンルとして、復古や伝統回帰というベクトルをつねに潜在させながら製作されつづけた言語文化の伝統であった。では、この言語文化の伝統は、近世的メディア＝版本の出現と普及という新たな社会現象に、何一つ影響を受けなかったのだろうか。一般論としていえば、この両者が相互無関係であったとはとうてい考えられない。なぜなら、宋以降の詩人たちの多くは、印刷された数々の詩集から「詩」の伝統を学びとる一方で、この新興メディアに載って自己の作品が広く流布することを大いに期待したに違いないからである。

このような観点から、本論では、「印刷出版」と「近世」という二つのキイワードを中心にすえ、宋代における刻書印刷業の発展が、当時の文化的先導者である士大夫[1]に如何なる意識変化をもたらしたのか、という問題、さらにはそれが伝統ジャンルの詩に如何なる近世的変化（世俗化、通俗化）を生み出したのか、という問題について論じてみたい。

一　印刷の普及が宋人にもたらしたもの

宋代における版本普及の度合いは、明末以降の状況と比べれば、むろんまだ初歩的段階に止まり、社会の各階層すべてに影響が及ぶという段階にまでは達していない。とはいえ、両宋約三世紀の間、印刷メディアは確実にその影響力を強め、急速に社会の上層・中間層に浸透していっており、我々が宋人の詩作環境を考える際に、とうてい無視できぬほど重要な因子ともなっている。また、急速に浸透したがゆえに、同じ宋代でも、北宋と南宋とでは、すでに次元が異なるといってよいくらい、印刷文化の発展段階ならびに浸透の程度に相違が認められる。ひと言でいえば、北宋は士大夫階層の内部で印刷媒体の影響力が浸透した時代、南宋は影響の範囲が拡大し、中間層である民間の富裕層にまでそれが及んだ時代と概括できる。

本論の目的は、古今体詩における近世現象を指摘することにあるので、もし右の概括に誤りがなければ、南宋における印刷文化を論ずれば、ただちにそれが所期の目的達成に近づくことを意味する。しかし本論では、その前に、やや迂遠な形になるが、そういう変化を用意した北宋にまで遡って、印刷メディアが士大夫階層にいかなる意識変化をもたらしたのか、という点をまず確認しておきたい。それによって、南宋における諸現象の意味もいっそう正確に位置づけられると考える。

印刷文化の浸透とともに、北宋の間に、まず最初に起きたと予想される大きな変化は、士大夫階層を中心として、個人が書籍を入手しやすい環境が急速に整備された、という点である。一度に数十〜数百という単位で伝本を生み出す印刷は、もっぱら書写という手段で副本が生産されていた時代と比較すると、書籍伝播の速度を倍加させ、それゆえに一定時間内における流伝の範囲を格段に拡大した。(2)

北宋の当時、かりに個人の所蔵する書籍の多くが版本ではなく、なお写本の形態であったとしても、伝写の過程で版本が起点となっていれば、原本（版本）からその写本までの伝播時間は確実に短縮される。かつまた、伝播の起点が、写本時代と比べ、少なくとも数十〜数百倍存在するので、伝播の範囲もそれだけ拡がることを意味するからである。

このように、印刷文化が急速に広まった時代に生きた北宋の士大夫は、写本独占の時代に生きた士大夫より、新しい書籍に触れる機会そのものが遥かに増大し、その結果、多くの書籍を個人レベルで所蔵できる環境が整えられた、と考えられる。むろん、士大夫一人一人が数千巻や一万巻を超えるような蔵書家になった、ということをここで主張したいわけではない。ごく平均的な士大夫にとっても、数百巻レベルの蔵書ならば、そう困難ではなくなった、という意味においてである。

そして、このような条件を彼らが具備したのは、おおよそ北宋の後期、11世紀の後半以降のことと推定される。それは、蘇軾（一〇三七―一一〇一）の言によって裏づけられる。彼は、「李氏山房蔵書記」（中華書局『蘇軾文集』巻十一）のなかで、ある「老儒先生」から聞いた昔話を引きながら、この「記」が書かれた当時の書籍がいかに多く、入手しやすくなったかを説いている。――「老儒」がまだ年少だった頃、『史記』や『漢書』等のもっとも基本的な典籍ですら、なかなか手に入らず、やっとのことで手に入れると、自らそれを書き写して、日夜「誦読」に努めたものだった。それが、「近歳」は、民間の書肆が諸子百家の書に至るまで盛んに出版するので、学問に志す者は容易く書を入手できるようになり、多くの書を所有している……、と蘇軾は述べている。

この「記」は、煕寧九年（一〇七六）十一月に書かれている（孔凡礼『蘇軾年譜』巻十五、三三九頁、中華書局、一九九八年二月）。「老儒」とあるから、おそらく蘇軾の二世代ほど上の人物であろう。その若かりし頃の話であるから、この「記」の書かれたおおよそ半世紀～八十年ほど昔の実情となろう。もしも、この「記」の伝える通りならば、11世紀初頭から後半に至る約50～80年間に、民間の出版業が隆盛し、書籍の流通量が劇的に増加したことを示唆している。

ちなみに、蘇軾が朝政誹謗の科で御史台に繫がれた時（元豊二年（一〇七九）秋冬）、証拠物件として呈上された版本（『元豊続添蘇子瞻学士銭塘集』）の原本が、杭州の書肆によって編集され、杭州の街で鬻がれていたのも、この「記」の書かれた前後一年間のことである(3)。この時期、民間の書肆はすでに同時代作家の詩集をも出版の範囲に納めていた。この事実も、当時の民間出版業の活況を証明していよう。

写本独占時代は、巷間に流通する書籍の絶対量が、印刷時代よりもかなり少なかったと予想されるので、士大夫といえども、すぐに利用したい書籍や新しい書籍を手軽に入手できる環境を共有してはいなかった、と想像される。また、目睹することのできた書籍をすべてただちに書写し蔵書できるわけではないから、個人のレベルでは、いきおい記憶力に頼った情報保有がなお主流にならざるをえなかったであろう。

しかし、版本の普及によって、書籍の流通量が急増したことにより、個人レベルの蔵書が容易になってくると、書籍に記された情報については、それを随時参照することが可能になるから、情報の一一を記憶する必要性が低下する。もちろん、情報保有の形態は、いつの世も、書籍と記憶の両者併存の形をとるのが一般的であるから、個人の蔵書がいくらか充実したからといって、すぐさま記憶を棄て書籍一辺倒へと移行するわけではない。また、印刷時代にあっても、士大夫が暗記すべき基本的な古典籍の数量はいささかも減少してはいないし、「一たび目を過ぐれば終身忘れず」（『宋史』王安石伝）、「読書数過すれば輒ち誦を成す」（『宋史』黄庭堅伝）といった、博覧強記に対する社会的評価も、高まりこそすれ、衰えることはなかった。よって、むしろ実態としては、記憶力への高い依存が、宋代においてもなお依然として続いていたに相違ない。少なくとも、書籍対記憶の比重のかけ方は、現代社会よりも、写本時代に限りなく近い様態であった、と想像される。

とはいえ、総体として見れば、両者の比重のかけ方に変化が生じたであろうことも、ほぼ疑いようがない。書籍に記録された各種情報は、収蔵者によって、おそらく一字一句の暗記を必須とする知識と、必要に応じて書籍を参照し確認すればよい知識の二種類に区分されたであろう。そして、書籍流通量の増加にともない、後者の知識が加速度的に増加していったものと予想される。この一点をとっただけでも、印刷時代の士大夫に、比較的大きな意識変化が生まれたことは、容易に想像できる。

さらに、この変化によって、彼らの間で、知っていて当然とされる情報の量が増大し、同時に情報の精度も高く求められるようになったに違いない。つまり、より多く、より広く、より深く、より精確な知識を自ら追求するとともに、他者に対しても、それを求めてゆく気風が、士大夫社会全体に広まった、と想像されるのである。

印刷の普及がもたらした、情報の保有形態における変革は、このように、情報に対する士大夫の構えをも同時に変革した、といってよい。そして、結果的に士大夫社会全体の知的基盤をも高度に底上げしたと考えられる。(4)

このような変化が、彼らの発信する情報の質に影響を及ぼすのは必定である。なぜなら、士大夫の言説は、結局のところ、己と同じ知的基盤をもつ士大夫を第一の読者に想定して構想され、彼らに向かって発信されたからである。宋人の詩は後世しばしば、「以才学為詩」や「資書以為詩」と揶揄されたが、彼らがそのような詩をことさら好んで書いたのは、それを良しとする気風がまず士大夫社会において普遍的に存在したからである。そして、そのような気風を醸成させたのに、印刷の普及と、それに伴う個人蔵書の充実とが、深く関わっていたのではないか、と筆者は考える。

ひとり詩作のみならず、学問形成にも、印刷の普及は多大な影響を及ぼしたであろう。もちろん、すべてがプラスに作用したわけではないようだ。蘇軾は前掲の「記」において、最近の科挙受験生が、所有するたくさんの「書を束ねて観ず」、空理空論に現をぬかしてばかりいる、と批判しているし、北宋末南宋初の葉夢得（一〇七七—一一四八）も、版本の流通により書が入手しやすくなってから、人は精神を集中して書を読破しなくなった、といっている（『石林燕語』巻八）。さらに、南宋中期の朱熹（一一三〇—一二〇〇）は、書籍が常に傍らにある気安さによって、読書行為がおざなりになり、そのため学問が古に比べて軽薄になった、と慨嘆してもいる(5)。

しかし、習得すべき知識の総量が増加すれば、知識一つ一つの重みが相対的に軽くなるのは避けがたい必然でもある。よって、三者が共通して指摘した弊害は——情報の伝達や保有形態の近世化を促した——印刷術という強力な新薬の、ささやかな副作用の一つに過ぎない。彼ら自身も、おそらく本音の部分では、その多大なる薬効を実感していたはずである。

そのことを端的に示すのが、三者のうち、活躍の時代がもっとも遅く、それゆえ印刷の社会的影響力がもっとも多大であった朱熹の出版との関わり方である。彼は上梓刊行を前提として『四書章句集注』等の教科書を執筆編纂しており、自己の思想的影響力を拡大するのに、印刷メディアをすでに十分戦略的に活用していた。朱子学の影響拡大を考える際、版本の効力を無視しては、もはや何も語れない。朱子学は思想の体系や内容ばかりでなく、伝播の方法もすぐれて近世的であったのである(6)。

この事例は、蘇軾から朱熹の約一世紀の間に、印刷メディアがどれほど士大夫社会に浸透したかを雄弁に物語っている。蘇軾は、自らが烏台詩案で獄に繫がれた体験により、同時代の誰よりも印刷の効力の大きさ、ないしは怖ろしさについて痛感していたであろうが、おそらくその体験ゆえに自著の出版については、むしろ終始、受け身であり、消極的であった。一方、朱熹は、前述の通り、自ら出版に乗り出し、積極的に印刷メディアと関わっている。ここにも、北宋と南宋の相違が、顕著に現れ出ている。

ところで、印刷の普及によって書籍からの情報流入が不断に増加すると、今度は各種情報の類別化と集約化も図られるようになる。そして、それに校訂が加えられて、より確実でより豊かな情報を備えた、利用しやすい書籍に再編されてゆく。

たとえば、無注本→単注本→集注本→評点集注本というようなプロセスや、あるテキストが内容によって分類編集し直されたり、編年配列で編集し直されたり、詳細な校訂を加えられたり、というようなプロセスがそれである。この、いわば書籍再生のプロセスは、南宋に入った後、民間の書肆が主導する形で、より顕著になっていった。しかも、民間の書肆が主導するゆえに、官刻本が出版界をリードした北宋とは、明らかに異なる展開をも見せている。

本節では、北宋を中心として、版本が士大夫階層にどのような変化をもたらしたか、という問題を概念的に論じたが、次節以降は、南宋において、それが非士大夫階層にどのように波及していったか、という問題を、具体例に即して論じてゆきたい。書籍の編集形態や内容の推移に着目することによって、書籍受容層の変化をも浮き彫りにできるはずである。

二　東坡詩集の分門集注本と編年注本が意味すること

南渡の後、顕著になった書籍再編のプロセスのなかで、もっとも早く現れたのは、注本の急増である。とくに、別集類の注本に大きな時代的特徴が現れ出ている。すでに述べたように、北宋においても、印刷出版業は一定程度発達していたが、「集部」に属する注本の上梓刊行ということになると、せいぜい『文選』の李善注や六臣注くらいしか記録には残っていない。ところが、南宋に入ると、別集類に属する注本の編纂刊刻が確実に急増する。しかも、陶淵明（湯漢注）、杜甫（九家注、百家注、千家注、分門集注……）や韓愈（姚寛注、五百家注、音注……）、柳宗元（百家注、五百家注、添注……）等々[7]、唐および唐以前の詩人ばかりでなく、王安石、蘇軾、黄庭堅、陳師道、陳与義さらには朱淑真等、同時代詩人の詩注本が作られ始めるのである。

蘇軾の例を挙げよう。彼の詩は、南宋初期の紹興年間（一一三一―六二）の段階で、「五注」、「八注」、「十注」本が刊刻され、おそくとも淳熙・慶元の間（一一七四―一二〇〇）までに「王状元百家注本」が編集刊刻された。また、施元之、施宿父子と顧禧による編年注本（『施顧注本』）も、嘉定六年（一二一三）に刊行され、景定三年（一二六二）には補刊本が刷られている。ちなみに、詞も紹興年間の初めに傅幹注本が刊行され、文も郎曄注本（『経進東坡文集事略』）が紹熙年間（一一九〇―九四）に刊行された。

これら夥しい注本の存在は、彼の作品が南宋当時いかに愛好されたかを具体的に伝える物証であるが、同時に古今体詩の読者層の拡大をも暗示している。とりわけ、王状元百家注本は刊行部数、編集形態の二点において、南宋の出版文化と古今体詩の普及拡大をもっともよく示している。そこで以下、便宜的にこの分類集注本を中心に、南宋における変化の実態を探ってゆくこととする。

「王状元百家注本」（『王状元集百家注分類東坡先生詩』二十五巻）の現存最古のテキストは福建建陽の黄善夫家塾本である。いわゆる「家塾本」は、編纂校訂および印刷の品質が高く、書誌・文献学的には他の書坊刻本（いわゆる坊刻本）と区別して扱われることが多い。しかし、この版本の後、分類（分門）の項目も注文の内容もほとんど異同のない同じ系統の版本が、建陽の書坊を中心に刊刻され、元明に至るまでロングセラーを続けた。現在この系統の版本は10種以上伝わっており、(8) 南宋から明に至るまで、蘇軾詩のテキストとして、もっとも多く印刷され、もっともポピュラーな版本であったことを証明している。

ところで、今日における蘇軾詩のもっともオーソドックスなテキスト（査慎行注本、馮応榴合注本、王文誥編注本）はいずれも清代に編纂された編年注本である。清代の蘇詩学は、埋没していた南宋のもう一つの詩注、「施顧注」を、発掘し復原することから全てが始まった。右の清朝三家も施顧注を中心にすえ、さらに独自の考証を加えてそれぞれの特徴をもつ注本を完成させている。これら集大成的編年注本の出現によって、分類本に対する編年本の優位性が確立され、それがそのまま今日にまで受け継がれている。

時系列で配列された注本は、作品そのものよりも、作品の背後にある詩人の存在をつねに我々に強く意識させる特性をもっている。ある作品が、何歳の時の、いかなる環境のなか産み落とされたのかが具体的に示されるので、我々は自ずとそれらの情報を念頭に入れつつ、作品を鑑賞することになる。よって、編年注本は、読者に対し、作品を媒介として、詩人の人生を再構成するようにして読む姿勢を要求する。

一方、分類本はどうであろうか。王状元百家注本の場合は、年譜が付録され、題下には製作時期についての懇切な注も付されているが、編年本を読む時のように、つねに伝記的背景の確認が求められるわけではないし、そもそもそういう読み方にこのテキストは不向きである。なぜなら、たとえ各門類内の作品が時系列で並べられていたとしても、分類本では製作時間に隔たりのある作品が連続して現れるのが通常であり、門類が異なればその度ごとに作者の人生時間はリセットされるからである。では、このようなテキストが編纂され、しかも大いに流行した理由はいったいどこにあるのであろうか。

分門分類形式の最大の特長は、類書の性格と同じく、(9)参考の利便性に優れるという点に求められる。たとえば、蘇軾が月を主題にどのような詩を詠じているのかを知りたければ、集のなかから「月」という門類を捜し、原則としてそこに配列された作品のみを参照すればよい。しかし、編年本だとこうはいかない。

したがって、王状元百家注本編集の主たる目的は、蘇軾の詩を類書のごとき参考書に仕立てることにあったといってもよいであろう。つまり、蘇軾の詩を手本として、主題に応じた詩の書き方を学ぶのに適した参考書、それがこの分類注本の一大特徴といえるのではないだろうか。そして、この特徴は、自己のスタイルをすでに確立したベテランよりも、作詩の鍛錬をいままさに積んでいる初学者の要求により適合している。

三　東坡詩分門集注本の購買者

前述の通り、王状元百家注本の刊行とほぼ時を同じくして、施顧注という編年注本も刊行されていた。この両者を比較検討することで、王状元百家注本の特徴をさらに浮き彫りにしてみたい。

ともに蘇軾の全詩を対象とし、ほぼ時を同じくして刊行されたが、両者は編集形式のみならず、そもそも想定した読者層も微妙に異なるのではないか、と筆者は考える。

施顧注本は淮東倉司（提挙淮東常平茶塩司）という地方の官署において刊刻された、いわゆる「官刻本」であり、出版に直接功のあった施氏父子も青史に名をとどめる、れっきとした士大夫であった（陸心源『宋史翼』巻二八、二九に伝がある)。したがって、彼らが第一に念頭に置いた読者は、士大夫階層に属する知識人と考えられる。また、官刻本ゆえに、文化事業としての性格が強く、自ずと印刷の量よりは質を重視するものであったに相違ない。したがって、市場に出回る部数にも限りがあり、非士大夫層や挙子業に勤しむ初学者にとって、たやすく入手できる版本ではなかった、と考えられる。清代初期の時点ですでに伝存版本が極めて少なく、今日、完本が一つも現存しない理由は、この辺りにも一因があろう。

一方、王状元百家注本の方は、王状元＝王十朋(一一一二―七一)の名を冠してはいるものの、彼が直接編纂にタッチしたわけではなく、書肆が販路の拡大を企図して彼の盛名に仮託したとするのが、今日の通説である。[10] 版元は、黄善夫や魏仲卿等の家塾を除くと、あとは虞氏務本堂、余氏万巻堂等々いずれも建陽(もしくは廬陵〔江西吉州〕)の書坊であった。家塾本は挙子業のための受験参考書という性格が濃く、信用を売り物とするので、一定の高品質を追求する(それゆえ、後世の学者や近現代の書誌学者からも相対的に高い評価を獲得している)が、いわゆる坊刻本は、一般に「速售」多売を第一の目的に掲げるので、品質は二の次三の次となるばあいが多い。

王状元百家注本のばあいも、宋末元初以降の坊刻本には、書名に往々「増刊校正」の四文字が冠せられたり、劉辰翁の評点が加えられたり、あるいはまた王状元の名が書名から削られたりして、目新しさや付加価値が強調され購買意欲を刺激する工夫がなされている。しかしその実、分門や注の内容自体には特に大きな異同は存在しない。このように、王状元百家注本の系統は、民間の書肆による刊行であり、家塾本も含め、営利という要素を完全には払拭できない「商品」であった。

商品である以上、身分の高低にかかわらず購買能力がありさえすれば入手できたはずだから、士大夫が購入した可能性も十分にあったであろう。南宋の進士科は、すでに詩賦コースと経義コースとに二分され、後者を受験したばあいには、詩賦の創作は必須の要件ではなかったので、経義の進士(または恩蔭によって士大夫の地位を得た者)は、詩賦の進士よりも、作詩の技量が総じて劣っていたと推測される。したがって、王状元百家注本の読者のなかに、詩賦の進士以外の経路で官になった士大夫が含まれた可能性も否定できないし、実際にそういう人々も含まれていたであろう。

だが、前述の通り、このテキストの編集上の特徴および注の内容は、初学者向けというに相応しく、すでに高度な古典知識を備えた士大夫にとっては、不要な情報が余りに多い。よって士大夫たちは、おそらくこの種のテキストを小馬鹿にして、自ら進んでは手にしなかったのではなかろうか。このテキストのもつ啓蒙性や実用性が、士大夫としての自尊心を逆なでして、むしろ士大夫を遠ざける効果として働いた可能性も否定しきれないのである。よって、このテキストの主要な読者は、士大夫の周縁に位置する非士大夫知識層と考えるのがもっとも穏当であろう。

嘉泰二年（一二〇二）、「施顧注本」に序を寄せた陸游（一一二五—一二一〇）も、任淵が宋祁、陳師道、黄庭堅三家の詩に注したことには言及するが、蘇軾詩の先行注については、まったく無視している[11]。王状元百家注本は、この序文の執筆時期と刊行時期が近接しているので、陸游がまだ手にしていなかった可能性もあるが、王状元百家注本が基礎を置いた趙次公を始めとする、「五注」、「八注」、「十注」本はつとに刊行されていたので、その存在をまったく知らなかったはずはない（ちなみに、施宿は「八注」について触れている）。よって、陸游が歯牙にもかけなかったという事実が、王状元百家注本に連なる系譜の注本に対する、当時の士大夫層の反応を、もっとも象徴的に示しているように、筆者の目には映る。

四　科挙＝年平均一万人の非士大夫知識人を量産する制度

では、建陽の書肆たちが想定した購買層はいったい、どのような階層のどのような職種の人たちなのであろうか。

関連の資料は存在しないので、以下述べることはすべて臆測に過ぎないが、大雑把にこの問題を考えてみたい。

まず常識的な判断として、購買層が知識階層であることは論を俟たない。だが、その知識階層の中にも、これまで述べてきたように、「士大夫階層」と「非士大夫階層」の二層が存在する。前者は、科挙もしくはそれに準ずる方法（恩蔭、特奏名等）で官位を得た為政者を指し、後者はそれ以外の知識人を指す。後者の中には、胥吏、挙子業に勤しむ書生、州県の幕友、州県学の補助教官や書院・私塾等の教師、医師、富商、書会（脚本作家や藝人の同業者組合）の人々……等々が含まれる（後述）。胥吏は為政者の側に属し、広義の官であるが、制度的には士大夫と明確に区別されるので、ここでは非士大夫と見なす。

「士大夫階層」は、三歳一挙の科挙、ならびに恩蔭によって定期的に一定数の人員が補給される。南宋の科挙は、荒木敏一氏の統計（『宋代科挙制度研究』付篇、同朋舎、一九六九年三月）によると、計49回実施され、うち及第者数のデータが残っているのは38回で、平均すると毎回440名余の進士及第者が誕生している。同様に特奏名による同出身者の数は、平均して約490名余に上る。三年に一度の実施頻度であるので、年平均にすると、毎年147名の進士及第と163名の同出身、併せて計300名余の士大夫が科挙によって新たに誕生している（恩蔭により官を得る者も同数以上いた、という）[12]。

毎回の科挙受験者の総数は資料的な制約により正確な数を知ることは困難だが、村上哲見氏によれば（講談社学術文庫版『科挙の話』第二章「宋代における科挙の規模」、二〇〇〇年四月）、北宋末宣和五年の科挙では、礼部省試（同六年実施）に「万五千人」が参加した、という。また、南宋においても「万余人を下らず」（『夢粱録』巻三「諸州府得解士人赴省闈」）という状況であった。かりに宣和六年（一一二四）の礼部省試を例にとると、及第者は805名（荒木敏一『宋代科挙制度研究』付篇）であるので、競争率は20倍近い。『夢粱録』の記載を少なく見積もって一万とし、前掲の平均値で計算すると、進士及第倍率は22倍、特奏名を含めて11倍となる。郷試の受験者まで含めれば、さらに数倍の参加があったと予想され、少なく見積もっても毎回、四、五万人が受験していたと考えられる。非常に大雑把な見積もりでは、年平均で一万余の受験者がいた勘定になる。

ところで、科挙は、新しい士大夫を定期的に産出するシステムではあるが、見方を変えれば、同時により多くの「非士大夫知識人」を量産するシステムでもある。右のデータを用いて説明すれば、南宋の科挙で士大夫の位を得られるのは、郷試合格者の十分の一、郷試の受験者総数で見積もれば、おそらく百人に数人という低比率であろう。のこり九割余の圧倒的多数は、士大夫の地位を手にできず、ふるい落とされる。よって、科挙というシステムによって、年平均で少なくとも約一万人規模の「非士大夫知識人」が社会に生まれるのである。単純にのべ計算すれば、十年で十万、二十年で二十万という大量の「非士大夫知識人」が生産される計算になる。それに、科挙受験に向け挙子業に勤しむ若年層を加えれば、さらに数倍、数十倍する数の非士大夫知識人が当時存在したことになろう。

南宋の官員数は、平均して約四万人いた[13]、という。このうち、約一万五千人が武官であるので、のこる二万五千人が文学の主たる受容者兼創作主体となる。

書肆が営利事業として詩文集を出版刊行する際、この二万五千人と、数十万におよぶであろう非士大夫知識層と、そのいずれに営業の対象を定めるかは、容易に察しがつくであろう。

書籍の編纂刊行は、もともと士大夫文化のなかから発生した事業であり、しかも朝廷が折にふれ民間の出版を厳しく規制したから、ある時期までは、書肆の側も、もっぱら士大夫層（および科挙の受験生）を見つめながら、彼らを主たる購買者層と定めて事業拡大していったものと予想される。しかし、士大夫層を下から支える「非士大夫知識階層」が成熟してくれば、事情は変わってこよう。人口が多く、販路の拡大をより多く期待できる彼らを、第一の読者対象に想定する出版物が増加するのは、経済原理からいっても、きわめて自然な展開である。

五　南宋の非士大夫知識人

民間の書肆が、営業のターゲットを上層の士大夫から中間層の非士大夫知識人に転換するのがいったい何時ごろなのかはにわかには断定しがたいが、建陽（または廬陵）の坊刻本がその転換を具体的に示す事例と見なせるのではないだろうか。伝存版本や関連の資料による限り、南宋中期にその傾向がより顕著に現れ始め（各種集注本、類聚本の出現）、宋末元初以後、本格化した（通俗的類書や帯図本平話の出現[14]）と、いってよいと思う。

科挙に落第した者の何割かは再度の挑戦を試み再び挙子業に勤しんだであろう。なかには、目標を下方修正して地方の幕友や胥吏となることを目指した者もいたに違いない。また、自薦他薦で州県学の補助教官や書院・私塾の教師、富裕層の家庭教師に就職した者もいたであろう。また、何割かは、役人への道を断念し、医師や商人その他の職業に転じた者もいたに違いない。

そして、そもそも挙子業と無縁であった者のなかにも、士大夫や右のごとき非士大夫知識人と接点をもつうち、古典的教養の必要性を感じて、書物を入手しようとした人々が必ずや一定数存在したはずである。たとえば、前章で採り上げた、北宋の詩社の民間人等もそういう中に含まれよう。

余英時氏は『士与中国文化』（上海人民出版社、一九八七年十二月）のなかで、「新四民論」を展開し、明代後期16世紀になると、伝統的な階級意識が大きく揺らぎ、士の地位が相対化され、士と商を同等のものと見なす考えが拡まった、と指摘している。その結果、士から商へと転身する者が現れたり、士を目指すよりも商人になる方がよいといった実利的言説も多く現れた、という。

余氏は明代の変化を説明するために、士が商に対しなお優位を保っていた宋代の言説を多く引用している。そのなかで、次の袁采（?—?、隆興元年〔一一六三〕進士）『袁氏世範』の一節は、南宋後期の士大夫一家における職業観を垣間見ることのできる貴重な史料である。

士大夫之子弟、苟無世祿可守、無常產可依、而欲爲仰事俯育之資、莫如爲儒。其才質之美、能習進士業者、①上可以取科第致富貴、②次可以開門教授、以受束修之奉。其不能習進士業者、③上可以事筆札、代箋簡之役、④次可以習點讀、爲童蒙之師。如不能爲儒、則⑤巫醫・僧道・農圃・商賈・伎術、凡可以養生而不至於辱先者、皆可爲也。

子弟之流蕩、至於爲乞丐・盜竊、此最辱先之甚。然世之不能爲儒者、乃不肯爲巫醫・僧道・農圃・商賈・伎術等事、而甘心爲乞丐・盜竊者、深可誅也。（巻二「處己」）(15)

士大夫の子弟は第一に「儒者」となることを目指すべきと、袁氏は訓戒する。「儒者」とはむろん儒学を修めた者の謂いであるが、ここではより広く、師について古典的学問を修めた知識人というに等しいであろう。そして、①〜④が、「儒者」の具体的な進路である。①と②は科挙の受験コースで、①は及第し士大夫となる最善のコース、②は不合格でも私塾を開き、学生の束修によって生計を立てる次善のコースである。③と④は科挙受験が覚つかない子弟のコースで、③は文書や書簡の代筆業。おそらく上は官庁から下は民間の大店まで、日常的に多くの文書作成を必要とする所に雇われてゆくことを指そう。胥吏や幕友、館客等がここに含まれる。④は、子どもたちを相手に読み書きを教える教師である。

⑤は「儒者」になり損ねた者の進路である。医者、占い師（八卦見、占星術師、人相見）、農田経営、商人、技藝・方術つかい……等の職種が並ぶ。最後に、儒者にもなれず、⑤のような真っ当な職業にも就かず、乞食や盗賊になり果てることだけは断じて慎むべし、と結ばれる。

『袁氏世範』は、いわゆる「家塾訓蒙の書」（四庫全書総目提要）ではあるが、観念的な訓戒に止まらず、このように当時の社会の実態に即した事細かな指針が示されてもいる。

この文では、儒者と非儒者という線引きがなされているが、士大夫家庭の子弟ともなれば、いずれも幼少期に相応の教育を受けていたであろうから、たとえ⑤＝非儒者のケースであれ、知識人の一員と見なして差し支えないであろう。余英時氏は、右の文を明代の大転換以前における伝統的職業観を示すものとして引用しているが、この文においても「士大夫」と「非士大夫」の距離がすでに大分近づいてきていることを感得できる。かつまた、余氏のいう「新四民」意識が南宋の当時、すでに兆していたことをも読みとることができよう。いずれにせよ、この文は、士大夫層からこぼれ落ち、民間の知識層へと転じる者の多かった当時の実態を、ありありと今日に伝えている。

もう一つ、非士大夫知識人について記した資料を引用する。呉自牧の『夢粱録』巻一九「閑人」と題する一条である（ほぼ同じ内容が、『都城紀勝』にも見える）。都臨安という繁華な都会の、滅亡前夜の殷賑を伝える特殊な記事ではあるが、袁采の記事とも重なる部分があり、参考価値は高い。

開人本食客人。孟嘗君門下、有三千人、皆客矣。姑以今時府第宅舍言之、食客者、又❶訓導蒙童子弟者、謂之「館客」。又❷有講古論今、吟詩和曲、圍棋撫琴、投壺打馬、撇竹寫蘭、名曰「食客」、此之謂「閒人」也。❸更有一等不著業藝、食於人家者、此是無成子弟、能文、知書、寫字、善音樂、今則百藝不通、精專陪涉富豪子弟郎君、遊宴執役、甘爲下流、及相伴外方官員財主、到都營幹。又❹有猥下之徒、與妓館家書寫簡帖取送之類、更專以參隨服役之生、舊有百業皆通者、如紐元子、學像生叫聲、教蟲蟻、動音樂、雜手藝、唱詞白話、打令商謎、弄水使拳、及善能取覆供過、傳言送語。又❺有專爲棚頭、鬬黃頭、養百蟲蟻・促織兒。又謂之「閑漢」、凡擎鷹、架鷂、調鵓鴿、鬬鵪鶉、鬬雞、賭撲落生之類。又❻有一等手作人、專攻刀鑷、出入宅院、趨奉郎君子弟、專爲幹當雜事、挿花掛畫、說合交易、幇涉妄作、謂之「涉兒」。蓋取過水之意。❼更有一等不本色業藝、專爲探聽妓家賓客、趕赴唱喏、買物供過、及遊湖酒樓飮宴所在、以獻香送勸爲由、乞覓贍家財、謂之「厮波」。大抵此輩、若顧之則貪婪不已、不顧之則强顏取奉、必滿其意而後已。但看賞花宴飮君子、出著發放何如耳。（四庫全書文淵閣本）

この文は、都会に寄食する「閑人」を詳細に記述したものだが、❶、❷が、真っ当な「閑人」、❸～❹は、そのなれの果てということになろう。うち、❶「館客」と❷「食客」は、袁氏が「儒者」の進路として記した最後の職種④に相当するであろう。

「館客」は、宋代の文献にしばしば登場するが、それらを読むと、館客の身の上から科挙に応じ、及第して官に転身した者もいたようである。館客になる者の側からすれば、衣食の心配をせず試験に備える良好な環境を手に入れられるという利点があり、彼らを養う権貴や富民の側からすれば、武挙に応じる予定の館客には、ボディーガードとしての役割を期待できたであろうし、進士科に応じる予定の館客には、秘書や補佐役、文書類の代筆役としての役割を期待できたし、引用文にあるように、子どもたちの家庭教師という役割も期待できた。さらには、彼らが首尾よく及第して官になった暁には、官界に太いパイプができることも期待できた。よって、両者は主客の関係の他に、実利の関係でも結ばれていたのである。

このように士大夫層の周縁部に立つ者たちや、民間で知的職業に従事する中間層（非士大夫知識人）が確実に存在したことを、右二種の引用文によっても裏づけられる。現在のところ、彼らと坊刻本とを確実に結びつける史料を、筆者は捜し得てはいないけれども、――主として都市部で生活し、多種多様な知的職業に従事する――彼らのごとき非士大夫知識人が、南宋後期以降、建陽の書坊を中心に多数刊行される日用類書や書簡例文集、医書、易学啓蒙書等の潜在的読者層となったと推定することは、おそらく実態からそうかけ離れてはいないであろう。逆にいえば、こういう階層に書物が比較的容易に流布する環境を、民間の営利出版が用意したのだ、と考えられる。
そして、王状元分類注本を購入したのも、右のごとき書籍の購買層と相重なり合う知識人たちではなかったか、と推察される。

六　南宋末期～元の作詩教本、選本、類書の編集刊刻と流行

福建建陽の書坊が中心となって、杜甫、韓愈、柳宗元や蘇軾の集注本、とくに百家、五百家、千家注等々、注家の多さを誇る集注本が、南宋の中期から陸続と編集刊刻されたことは、すでに述べた。これら一連の注本の出現に前後して、多数の選本や作詩教本、詩学関連の類書が出版され始めた事実にも着目すべきであろう。なお、本節で述べる内容は、本論のもう一つの課題、宋末江湖派の詩人たちが活躍した時代にすぐ連続する時代の出版文化であることを明記しておく。

吉川幸次郎氏はつとに『宋詩概説』（岩波書店、中国詩人選集第二集、一九六二年十月。のち、岩波文庫、二〇〇六年二月）のなかで、南宋末における坊刻本出版の盛行を市民の文学熱の高まりと関連づけ論じている（第六章「13世紀　南宋末期」第六節「三体詩　詩人玉屑　滄浪詩話」）が、その論拠は必ずしも明確には示されていない。本稿では、『宋詩概説』よりも対象の範囲をもう少し拡大して元までを視野に納め、両者の関係性について今一度具体的に検証してみたい。

吉川氏が採り上げた『三体詩』、『詩人玉屑』をも含め、代表的なものを、刊行または成書の順で並べれば、次のa～mのような13種のリストになる（各項末尾に掲げた〔　〕内の情報は、筆者所見の本である）。

cf・『江湖集』9巻〔佚〕……陳起（銭塘〔浙江杭州〕人、字宗之、号芸居、臨安府棚北大街睦親坊陳宅書籍舗主人）編

／宝慶年間（一二二五―一二二七）編刻

a. 『文章正宗』正24巻、続20巻……真徳秀（一一七八―一二三五　浦城〔福建〕人、字景元・希元、号西山）編／紹定五年（一二三二）。※正集巻二二以下に、古体を中心に唐までの詩を選録する。〔四庫全書文淵閣本〕

b. 『詩人玉屑』21巻……魏慶之（?―一二七二前後　建安〔福建建甌〕人、字醇甫、号菊荘）編／淳祐四年（一二四四）序。〔上海古籍出版社校点本〕

c. 『唐詩三体家法』（『三体詩』）3巻……周弼（一一九四―?　笠沢〔江蘇蘇州〕人、字伯弜）編／淳祐十年（一二五〇）序。元・釈円至（高安〔江西〕人、俗姓姚氏、号天隠）注20巻本、裴庾（東嘉〔浙江温州〕人、字季昌）注3巻本〔村上哲見、朝日新聞社、中国古典選本／王礼卿、台湾学生書局『唐賢三体詩法詮評』〕

d. 『分門纂類唐宋時賢千家詩選』（『後村千家詩』）前集25巻、後集10巻……伝・劉克荘（一一八七―一二六九　莆田〔福建〕人、字潜夫、号後村）編／刊刻時期未詳（元刻本あり）〔李更、陳新校証、人民文学出版社「校証」本〕

e. 『精選古今名賢叢話詩林広記』（『詩林広記』）前後集各10巻……蔡正孫（建安人、字粋然、号蒙斎野逸）編／元・至元二六年（一二八九）序刊〔中華書局校点本〕

f. 『唐宋千家聯珠詩格』（『聯珠詩格』）20巻……于済（番易〔江西鄱陽〕人、字徳夫、号黙斎）、蔡正孫編／元・大徳三年（一二九九）〔卞東波校証、鳳凰出版社「校証」本〕

g. 『増広事聯詩学大成』30巻……毛直方（宋末元初、建安人、字静可）編／元・至順三年（一三三二）建安広勤堂重刊刻

h. 『韻府群玉』20巻……陰時夫（奉新〔江西〕人、一作陰勁弦）編、梅渓書院刻／元・元統二年（一三三四）刻〔四庫全書文淵閣本〕

※『新増説文韻府群玉』20巻……陰時夫編／至正一六年（一三五六）、建安劉氏日新堂増補刻

i．『新編詩学集成押韻淵海』20巻……厳毅（建安人、字子仁）編、蔡氏梅軒刻／元・至元六年（一三四〇）〔続修四庫全書本〕

j．『聯新事備詩学大成』30巻……毛直方編、林楨（三山〔福建福州〕人、字以正）増補／元・至正九年（一三四九）建安劉衡甫刻〔続修四庫全書本〕

k．『重刊増広門類換易新聯詩学攔江網』七集70巻……元坊刻

l．『瀛奎律髄』49巻……方回（一二二七—一三〇七　歙県〔安徽〕人、字万里・淵甫、号虚谷）編／元・至正二五年（一三六五）〔上海古籍出版社「彙評」本〕

m．『魁本大字諸儒箋解古文真宝』（「古文真宝」）前、後集各10巻……黄堅（永易〔安徽滁州〕人）編、林楨（三山〔福建福州〕人、字以正）注／元・至正二六年（一三六六）序刊　※前集に古体を中心に詩を選録する。〔佐藤保・和泉新、学習研究社、中国の古典〕

この13種を四庫分類によって分類すると、

Ⅰ　子部—類書類〔詩語用例集成〕
g．『増広事聯詩学大成』
h．『韻府群玉』
i．『新編詩学集成押韻淵海』
j．『聯新事備詩学大成』
k．『重刊増広門類換易新聯詩学攔江網』

Ⅱ　集部—総集類〔選本、教本〕

a.『文章正宗』
c.『唐詩三体家法』
d.『分門纂類唐宋時賢千家詩選』
f.『唐宋千家聯珠詩格』
l.『瀛奎律髄』
m.『魁本大字諸儒箋解古文真宝』
Ⅲ　集部――詩文評類（詩話総集）
b.『詩人玉屑』
e.『精選古今名賢叢話詩林広記』

となろう。

Ⅰ　類　書――作詩初学者の実用的参考書――

このうち、Ⅰの五種は、作詩初学者向けの字書兼用語用例集とでもいうべき参考書である（kは筆者未見、gは『宋元版刻図釈』〔学苑出版社、二〇〇〇年一〇月〕収録の書影による確認のみ）。

i『新編詩学集成押韻淵海』（以下、『押韻淵海』と略称／『続修四庫全書』著録元刊影印本）の巻頭には凡例が掲載されており、それによれば、『詩学活套押韻大成』という、廬陵胡氏と建安丁氏が各々編んだ、二種の先行類書もあった、という。また、我が国五山版に『増広事吟料詩韻大成』という類書もあり、川瀬一馬氏の解題（川瀬一馬『五山版の研

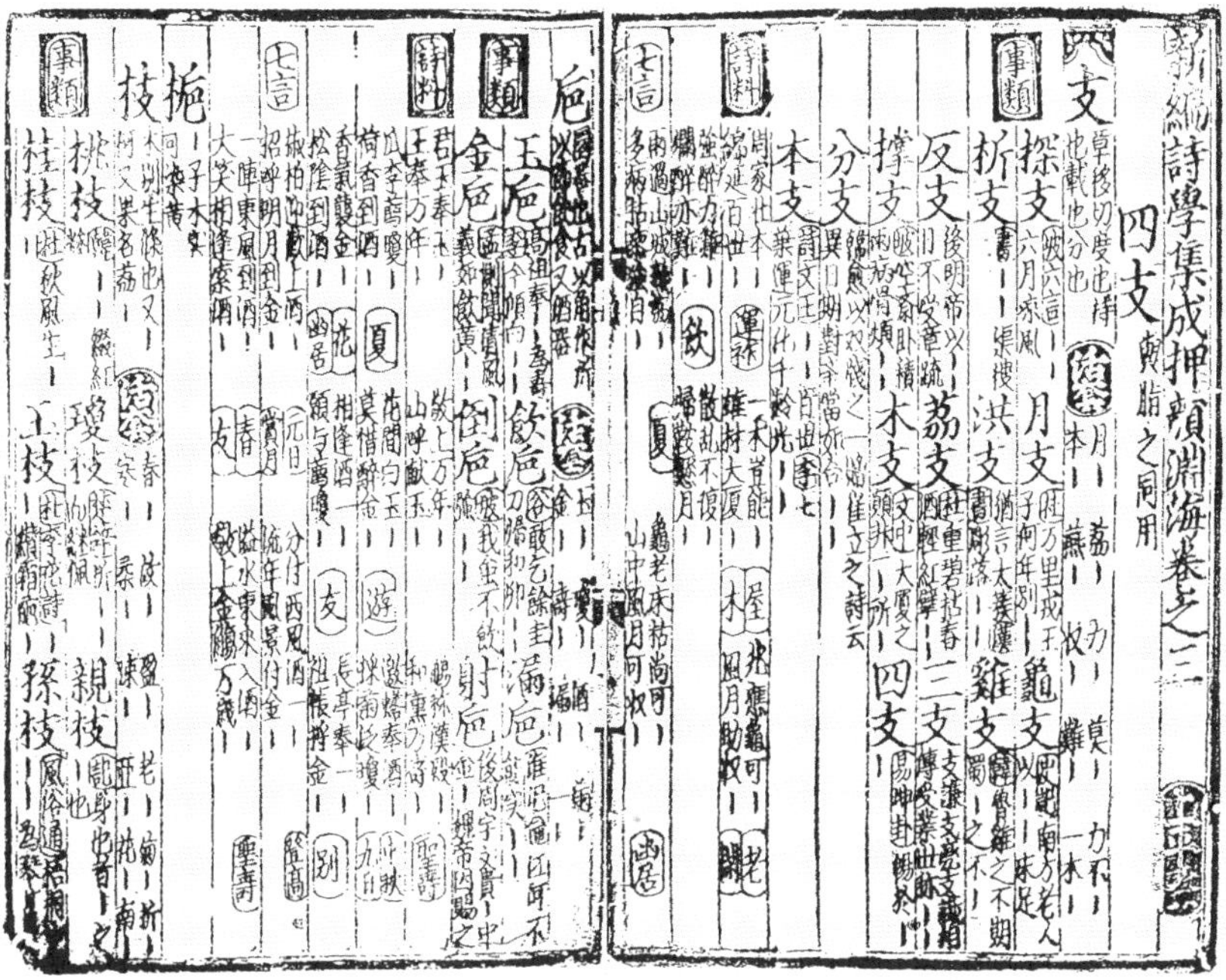

究』、一九七〇年三月）によれば、宋・胡継宗の編（ただし、五山版の底本は明・洪武年間刊本）とあるので、この五山版の祖本もiに先行する可能性が高い（この「胡継宗」は、iの巻頭凡例にいう「廬陵胡氏」を指すかもしれない）。この書の内容を、前掲『五山版の研究』所掲の書影によって確認すると、韻目による編集形式であるので、iに近似するテキストであることが分かる。

i『押韻淵海』の凡例には、「惟だに初学の用に資するのみに非ず、而して詩人騒客も亦た以て触れて長じ引きて伸ばすを得、小補無きにあらず」と記され、上級者にとっても利用価値のあることが説かれているが、体裁、内容いずれをとっても、「初学の用に資する」ことを第一の目的として編まれた書であることは、明白である。ただし「初学」とは、科挙受験生に限定されるのではなく、もっと広範囲の対象を指すであろう。

『押韻淵海』は、平声三十韻目によって巻を分かち、主要な韻字ごとに、反切や訓詁等の字書レベルの情報を列記した後、「活套」、（「体字」）、「事類」、「詩料」の順に、用語、用例を掲げている。h『韻府群玉』に盛られた情報と大差はないが、レイアウトに着目すると、かなりの異同がある。『韻府群玉』は機能重視という性格がより前面に出ている（筆者は、明・弘治七年刻と清・康熙五五年刻『新増説文韻府群玉』と、文淵閣四庫全書本の三種を調査したが、いずれも框郭内に余白がなく、すべて追い込みのレイアウトで、びっしり字が列べられていた）のに対し、『押韻淵海』は視覚的効果を重視し、余白や改行が適宜設けられるほか、陰文を多用する等、レイアウトに工夫が見られる（挿図参照）。また、『韻府群玉』が四声一〇六韻目すべてを収めるのに対し、『押韻淵海』は、前述のとおり、平声三十韻目だけであるという点も大きな相違点である。

jの『聯新事備詩学大成』（『続修四庫全書』著録元刊影印本）は、「天文」「地理」「時令」……「走獣」「鱗介」「昆蟲」等32の門類、「天」「天河」「日」「春日」……「蟻」「蚊」「蝸」等819の子目に分かち、それぞれまず「事類」という項を立て、二乃至四字の常用語彙とその用例を示した後、「起」「聯」「結」に分け対聯の用例を掲げている。『押韻淵海』が韻字を基に作詩する際の参考書だとすると、『聯新事備』の方は、題や内容から詩句を構想する際の参考書と見なされる。そして、前者が平声韻のみを対象とし、後者が対聯を中心に用例を示していることを考慮に入れると、両者はいずれも近体の格律詩製作のための類書であった、と判断される。

宋末から元にかけて、Iの各書のような作詩用の通俗的類書が多数編まれ、刊行された事実は、当時における作詩人口の増大と作詩階層の拡大を如実に示している、と見てよいであろう。

II　選本　―初学者向け課本―

IIとIIIに掲げたのは、我々にも馴染み深い書ばかりであるが、これらを批評史や受容史の考察対象としてではなく、つとめて当時の時代文脈のなかに置き直し、それぞれの読者対象を想像しながら諸書の性格や位相を改めて考えてみたい。

Ⅱの六種についてであるが、各書の内容を踏まえると、読者対象はむろん同一ではないであろう。おそらく、a『文章正宗』、l『瀛奎律髄』の二種は、中~上級者向け、その他は初~中級者向けの選本と推定される。

a真徳秀『文章正宗』は、正集が「辞命」「議論」「叙事」「詩歌」の四類に分かち、それぞれ唐までの作品を収める。ただし、歴代の文をバランスよく選録するわけではなく、先秦の文は『左伝』と『国語』から、漢は『史記』と『漢書』から抜粋するばあいが多く、のこりはほとんど韓愈・柳宗元の文章である。続集は「論理」「叙事」「論事」の三類に分かち、宋六大家を中心に選び、さらに蘇門四学士やその他北宋作家若干名の作例を収める。

「正宗」と謳うだけあって、編集の主眼は正統的な古文の教養と基礎力を涵養することにあるようである。また、選録された作品の内容から判断すると、すでに中級以上の基礎を備えた学生を対象とした課本といってよいだろう。ちなみに、詩を含まないので、右のリストには入れなかったが、楼昉（?—?、字暘叔、号迂斎、鄞県〔浙江寧波〕人）編『迂斎先生標注崇古文訣』（三五巻、宝慶二年〔一二二六〕成書。『文章正宗』より約六年早い。以下、『崇古文訣』と略称）という古文の選本もある。このテキストは、先秦から宋まで時代順に珠玉名篇を選録する。aと同じく、漢および唐宋に偏り、唐宋についてはさらに八大家偏重の傾向があるが、量的には少ないものの、三国や六朝の作品も収め、宋文では范仲淹、司馬光、李清臣、張耒や南宋初期の作家の作例も選録するので、aよりも遥かにバラエティーに富む。

元に入ると、『論学縄尺』(16)（十巻、魏天応編、林子長注）や『精選増入文筌諸儒奥論策学統宗』（八巻、陳鐸曾、譚金孫編）等、科挙の策論対策に特化した模範解答文例集が出版されたが、これらに比べると、aはより広範で基礎的な文章力を養うための教本と見なされる。ただし、長大な作品も厭わず選録していることから見て、m『魁本大字諸儒箋解古文真宝』（以下、『古文真宝』と略称）もしくは謝枋得『文章軌範』よりも、ずっと本格指向の強い選本である。

l方回『瀛奎律髄』(17)は律詩専門の選本である。「登覧」「朝省」「懐古」……「釈梵」「仙逸」「傷悼」等、49の門類に分かち、唐宋の名篇約三千首を作者の時代順に収める。各篇に方回の短い評注が付されてはいるが、典故の指摘や訓詁の提示、句意の説明等は皆無である。その点、右のリストに掲げたaを除く他の選本と大きく異なっており、初学者に対する啓蒙的意図がかなり希薄な選本といってよい。よって、このテキストも上級者向けの選本と見なされる。

のこるc『唐詩三体家法』、d『分門纂類唐宋時賢千家詩選』、f『唐宋千家聯珠詩格』、m『古文真宝』の四種は、初～中級者向けの入門的教本兼参考書と見なされる。

c周弼『唐詩三体家法』(18)（別称「唐賢絶句三体詩法」）は、七絶、七律、五律の近体三詩型のみを対象とする選本で、計500首近くを収める。書名に「家法」や「詩法」とあるように、近体三体の、主として詩句構成のバリエーションを説明しながら、作詩法を説く教本でもある。たとえば、絶句の転句に叙景句を配する「実接」、抒情句を配する「虚接」、前半二句に対を配する「前対」、後半二句の「後対」……等々の構成法が提示され、それに該当する唐の作例が選録されている。

f蔡正孫『唐宋千家聯珠詩格』(19)は、もっぱら七絶のみを対象とし、計一千首以上の作品を収め、それを「四句全対格」「起聯平側対格」……「用只字格」「用如字格」等々、340余の「格」に分類帰納させ、作詩法を説くものである。「格」は、法則、方式の意味で、cの書名の「家法」「詩法」の「法」とほぼ同義であろう。

cとfの両書は、対象とする詩型や収録作品数の多寡という点において違いがあるが、ともにもっぱら近体の短詩型を採り上げる点、かつまた多様な「型」を提示しながら、具体的作例に即して、それぞれの特徴を明示しつつ詩法を説く点の二点において、相共通する部分も多い。したがって、両書は類似の発想から編まれた選本と考えてよい。ただし、cが唐詩のみを対象とするのに対し、fは宋詩を含む。しかも、南宋後期、とくに江湖詩人の作例を多く選録する。この特徴は、むしろd『分門纂類唐宋時賢千家詩選』に近い。

その『分門纂類唐宋時賢千家詩選』(20)は、「時令」「節候」「気候」……「饋送」「謝恵」「謝饋送」等々の、20余の門類に分け、さらに230の子目に細分して、唐と宋、ならびに南宋の佳作を順次掲げる、内容分類による選本である。収録するのはすべて絶句や律詩である。したがって、形式（型）によって分類するcおよびfと、相補関係にある選本と見なされる。

また、分門の内容に着目すると、前掲j『聯新事備』とも相通ずるところが多い。もちろん、jが類書であるのに対し、dは選本であるという点において、両書の性格は異なるが、両書に共通する分門分類の形式および内容は、初学者が、詠ずべき主題に即した模範例を捜すのに、もっとも便利であり、同様の実用性を備えている。とくにdは、当時の読者にとってより身近な江湖派をはじめ南宋後期の詩人の作例を多く含んでいるので、いっそう時宜に適った利便性を感じたに相違ない。

m『古文真宝』は、a『文章正宗』（および『崇古文訣』）に類似する古文の選本（課本）であるが、aがおそらく中級以上を対象とするのに対し、この書は初級者を対象とするものであろう。その特徴は、平明かつ短篇の作品を中心に選録し、詳細な「箋解」を付すところに端的に現れている。唐宋八大家の作品が多いとはいえ、『崇古文訣』以上に、時代的な拡がりをもち、多様な作家が採られている。——入門期の課本は、選者の個人的な価値観を明快に打ち出したものより、たとえ没個性的であっても多種多様な名作が幅広く採られている方がよい——こういう編集意図が感じられる選本である。なお、この書に収められた詩は、すべてが古体であり、c、d、f、lの四種とちょうど相補関係にある。

ところで、一般論としていうと、近体詩の各種格律は、まったくの初学者にとっては厄介な障害と映ったかもしれないが、一定の訓練を積んだ者にとっては、むしろ創作全般に付帯するある種の心理的な圧迫感を軽減する機能としてプラスに働いた可能性が大きい。近体には、一字レベル、一句レベル、二句レベル、そして一首全体というように、段階的に各種格律が用意されている。それらは、もともと作品の質を保証するために定められた約束事であるから、逆にいえば、一つ一つクリアーすれば、自ずとそれらしく形が整い、一定の水準を超えるように設けられてもいる。したがって、初学者にとっては、これら段階的に用意された格律が、創作の階梯ともなり、恰好のガイドともなったはずである。

一方、古体は格律から自由な詩型である。自由ということは、すなわち明示的な規則も、客観的な階梯も、原則として存在しないことを意味する。よって、古体の作り手には、内容や風格レベルの、より高次の表現要求がいきなり課せられることになる。古体が保証する大きな自由は、これから一つ一つ技巧を積み上げようとする初学者にとっては、茫洋たる大海原に等しく、どこをどう漕ぎ進んでゆけばよいのかすら判断し難かったであろう。つまり、大きな自由が、初学者にとっては、かえって大きな手枷足枷となるのである。

古体詩は、古ぶりを表現することが重要な条件となるので、『詩経』以来の古典的な先例により多く触れて、そのなかから措辞や句法の伝統を学習することが、初期段階では何より重要になる。古文も、古くは先秦や漢、近くは唐宋に範を求めるのが通常であるから、まずそれら古典的先例をより多く学習しなければならない。詩における古体詩と近体詩の関係は、文章における古文と駢文の関係に相似し、学習方法も古文と古体詩（近体詩と駢文）には相通ずるところが多い。したがって、古文と併せて古体の詩を掲載する、『文章正宗』や『古文真宝』のような選本が生まれたのは、理由のないことではない。

一方、入門期の学習プロセスが比較的明確で定型化している近体詩は、もとより独立して教本なり選本なりが編纂されてしかるべきであった。よって、もっぱら近体詩のみを採録し対象とするc、d、f、lのような書が現れたのも、きわめて自然な展開である。

Ⅲ　詩話総集 ─読本的作詩教本─

Ⅲ類の詩話総集にも、この時代の特徴が滲み出ている。まず、b魏慶之『詩人玉屑』[21]について、二十一巻本に即して述べると、前半の十二巻には、主として詩の創作に関わる技術論的内容が盛られ、後半の九巻には、主として歴代の詩人ごとに、各種詩話からの抜粋記事が掲載されている。このうち、前半にその特徴がより濃く現れ出ている。

前半は、「詩辨」「詩法」「詩評」「詩体」……「古詩」「律詩」「絶句」等々の40余の門類に分けられている。一般に、冒頭四つの門類に引用される厳羽（一一九二?─一二四五?、字丹丘、儀卿、号滄浪逋客、邵武〔福建〕人）の説に、多くの人の注意が向けられがちだが、筆者はむしろ厳羽の引用が終わった「詩体下」以下、巻十二までの門類と内容に目を奪われる。とくに巻五～八には、作詩の初学者が踏まえるべき技術論的要点が、創作過程の次序に沿うようにして、一つ一つ採り上げられている。

すなわち、「口訣」「初学蹊径」を皮切りに、「命意」「造語」「下字」「用字」「圧韻」「属対」「煅煉」「沿襲」等々の門類が立てられ、諸家の説がそれぞれ引用されている。「口訣」には、作詩の心得や秘訣を諸家が簡潔な数句で表現したものを収め、「初学蹊径」には、初学者が心に銘ずべき要点や、進むべき道筋が示されている。「命意」以下の門類は、それぞれの具体的創作プロセスにおいて、諸家が重要だと見なす留意点が掲げられている。

本書は編者が独自の詩論を系統的に説くものではないので、引用された言説のレベルも様々だが、編集の意図はきわめてはっきりしている。すなわち、作詩の鍛錬を今まさに積んでいる初学者に、関連の情報を、より多くより具体的に提供するという点に重きが置かれている、といってよい[22]。したがって、本書のこの部分は、作詩心得の類書とでもいうべき性格をもち、Ⅰ類に掲げた諸書とも相補関係にある。

また、もう一つの特徴として、北宋末以後の諸家の説が多く引用される点が挙げられよう。前述の厳羽のほか、恵洪（一〇七一─一一二八、徳洪、字覚範、筠州〔江西高安〕人）、韓駒（一〇八〇─一一三五、字子蒼、陵陽仙井監〔四川井研〕

人）、呂本中（一〇八四—一一四五、字居仁、号紫微、寿州〔安徽寿県〕人）、楊万里（一一二七—一二〇六、字廷秀、号誠斎、吉州吉安〔江西〕人）、朱熹（一一三〇—一二〇〇、字元晦、号晦庵、徽州婺源〔江西〕人）、趙蕃（一一四三—一二二九、字昌父、号章泉、鄭州〔河南〕人）、敖陶孫（一一五四—一二二七、字器之、号臞翁、福清〔福建〕人）、姜夔（一一五五？—一二二一？、字堯章、号白石道人、鄱陽〔江西〕人）等の説がしばしば引用される。

この点は、d『分門纂類唐宋時賢千家詩選』やf『唐宋千家聯珠詩格』の編集と傾向を同じくする。当時の実態に、時間的にも環境的にもより近似し、それゆえに参照価値のより高い、同時代の言説を中心にすえて編集することで、読者の需めに応えようとしたものと考えられる。また、見方を変えれば、南北両宋の交代期の前後から、作詩技術や創作方法に関わる説がより多くより具体的に語られ始め、そういう時代的傾向を本書がストレートに反映している、と解することもできる。

いずれにしても、『詩人玉屑』において、作詩のノーハウを説く多様な言説が分類整理され、さらにはそれが上梓されたという事実の背後に、作詩人口の増大という現象を想定することは、いたって妥当であろう。

e蔡正孫『詩林広記』は、詩人別の編集形式からなり、前集十巻に、陶淵明、杜甫、李白、韓愈、白居易等の晋唐の詩人を配し、後集十巻に、欧陽脩、王安石、蘇軾、黄庭堅等北宋の詩人を配する構成をとる。各詩人の下、まず作品を全篇掲げ、その後に関連の詩話・筆記を付録する。

詩人別の編集という点では、南宋初期の胡仔『苕渓漁隠叢話』や魏慶之『詩人玉屑』（の巻一三以下）と類似するが、この両者と大きく異なるのは、作品が正、詩話が副、という編集になっていることである。胡・魏の両書は、典型的な詩話の総集であり、「話」が中心となり、作品はあくまで話題に関わる部分だけ引用されるのが通常である。よって、『詩林広記』は両書に比べ、選本という性格がより前面に出ている。読者に、著名詩人の作品を味わいながら、詩の背後にあるエピソードや諸家の評論を併せ読み、関連の知識を拡げてもらおう、という意図の編集であろう。

諸家の説の引用には、一定の傾向が見いだされる。謝枋得、ついで朱熹、劉克荘、楊万里の順に引用数が多く、楊時、葉適、真徳秀も併せ、南宋の儒者の言が比較的多く引かれている。近人・郭紹虞によれば、蔡正孫は朱熹／陸九淵―湯巾―徐霖―謝枋得という道学の系脈に連なる儒学の徒であったので、本書にも道学色が滲み出ている、という（『宋詩話考』巻上、一二五頁。中華書局、一九七九年八月）。なお、蔡正孫は『唐宋千家聯珠詩格』の編者でもある。

『詩林広記』の約十年後に、この書を完成させているが、この書にも南宋道学者の詩が多く収められている。

本書は、しばしば胡仔の説を引用し、『苕渓漁隠叢話』を出典とする故事を多く掲載しているが、成書時期がより近い『詩人玉屑』や魏慶之に言及することはない。蔡正孫は魏慶之の子、天応と親交があり、ともに謝枋得に師事した同郷の同門であった(23)（魏天応とともに『論学縄尺』を編んだ林子長とも親交があった）。よって、世代が異なるとはいえ、魏慶之および『詩人玉屑』について、彼は熟知していたはずである。にもかかわらず言及がないのは、おそらく、『詩人玉屑』を強く意識して、意図的に回避したゆえの結果であろう。つまり、『詩人玉屑』をすでに所蔵していても購入したくなる新たな総集を目指したのが、『詩林広記』なのではないかと考えられる。『詩林広記』と『詩人玉屑』は、巻数がほぼ同じだが、前者が詩の全篇を掲げるのを原則とするのに対し、後者はもっぱら詩話のみを掲載するので情報量が前者より相対的に多い。とはいえ、『詩林広記』には『詩人玉屑』に見られない情報も多く含まれるので、『詩林広記』にも、詩話総集としての内容的な独自性が存在する。よって、一定の影響関係が認められるものの、結局のところ両者は独自の個性をもつ別趣の詩話総集と見なされる。

七　南宋末～元の詩学関連書籍の編集刊刻が意味すること

これまで述べてきたように、南宋中期の書坊による集注本編集刊刻の流行を受け、南宋末から元にかけ、多種多様な詩学関連の書が堰を切ったように多数刊行された。この間の全体的な傾向として、時代が下るにつれ、初学者の利用の便を第一に考慮した、きめ細やかな編集を売り物にした書、視覚に訴えるレイアウト上の工夫を凝らした書が増加していることを指摘できよう。当時の出版業は、詩学入門書籍に限らず、すべてのジャンルにおいて出版件数が増加していた可能性が大きいが、それでもこの種の書物の絶対数が乏しかった北宋から南宋前期までの状況とは歴然とした違いが生まれている。

これらの書の増加は、民間の刻印業における出版の体験・実績と技術とが蓄積されたこととむろん無縁ではない。しかし、より本質的な要因は、これらの書物を待ち望む購買者層が確実に存在した、という点である。そのなかに、士大夫層が含まれる可能性も排除できないが、書物の性格からいえば、非士大夫知識人が主たる購買層であったことは疑いを容れない。さらにいえば、それは挙子業に勤しむ学生ばかりでなく、富裕な中間層も主要な購買者となったと考えられる。これら一群の書物が、もともと創作のための参考書であったという点を考慮に入れれば、購買者層＝創作者層となり、これらの書物の存在が取りも直さず詩人層の拡大をストレートに示唆していることになろう。

読者層の想定は、資料的な制約により、編者や出版社の編集意図を探る以上に困難であるが、ここに一つの傍証を示そう。それは、我が国の実例である。

周知のとおり、これら南宋末から元代にかけての書物を精力的に招来し受容したのが、我が国の五山僧である。彼らは、この時期に編纂された特定の書物に関心を集中させ、抄物という講義録をのこしたのみならず、五山版として覆刻し、同時代および後世に伝えた。本稿で採り上げた13種のうち、実に半数を超える七種の五山版が伝存する（前掲、川瀬一馬『五山版の研究』）。[24]そのリストは以下のとおりである。

b.『詩人玉屑』

c．『唐詩三体家法』
e．『精選古今名賢叢話詩林広記』
f．『唐宋千家聯珠詩格』
h．『韻府群玉』
j．『聯新事備詩学大成』
m．『魁本大字諸儒箋解古文真宝』

このうち、bには「以禅喩詩」と評される厳羽の詩説が引用され、cには釈氏（円至〔号天隠〕）の注本があるので、五山の僧がとくにこの両書に親近感を抱き、これを広く伝えようとしたと説明することも十分可能である。しかし、他の五種は、禅とは直接関わりのない書であるから、これらが覆刻された事実に対しては、別の角度からの説明が必要となろう。

数多くある同類の書物の中から、五山僧がこれらの書を選別し覆刻したのは、これらが彼らの求めにもっともよく適合していたから、と考えるべきであろう。外典であるこれらの書を彼らが積極的に受容したのは、彼らが置かれた当時の文化的環境と深い関わりがある。彼らが進んで作詩を学んだ背景には、少なくとも二つの理由があったはずである。一つは、偈頌を書くための基礎力を養成するという理由で、これは宗教上の要求である。他の一つは、権貴や同時代人（僧俗双方を含む）との社交に必要であったという世俗的要求からくる理由である。いずれにしても、当時の五山をはじめ禅林の僧侶たち（とくに後期五山においてこの傾向が甚だしい）は、「漢詩」の作り方を学習する必要に迫られていた。そういう彼らが選んだのが、前掲七種の書なのであった。出家して禅門に入った年齢も出身の階層も一様ではなかっただろうが、彼らが入山の前に漢詩学習の機会を与えられていた可能性は、いずれにしても低い。したがって、彼らはまったくの初学者という立場で作詩を学び始めた、と考えられる。つまり、ほぼ日本人のみによって構成される五山という空間に受け入れられたという事実が、これらの書の位相をも客観的に示しているのである。

それは、第一に、これらが入門期の作詩学習者に向けて編まれた書であるということ、第二に、これらがもっぱら挙子業対策としてのみ存在したわけではなく、科挙と無縁の人の需要にもよく応えたものであった、という二点である。第二の点は、同時に古今体詩の新たなる作り手の出現を、はっきりと物語るものでもある。

八　「江湖派」プロモーターとしての陳起

陳起の出版した詩集が評判を呼び、結果として江湖詩人たちの詩作に注目が集まったのは紛れもない事実である（この詩集に収める詩の一部に時政誹謗の句ありと御史台によって指弾され、曾極、劉克荘、敖陶孫、陳起等が連座して罪に問われ、版木廃棄の処分が下された(25)）。だとすると、彼に明確な意図があったか否かを問わず、民間の書肆が同時代の詩人をプロデュースし、一つの潮流を造り出したことになろう。かつては印刷文化の裏方であった書肆が、有能なプロデューサーとして活躍し、新しい潮流を造りだしてゆく姿を、我々は陳起に見出すことができる。

筆者は、江湖派が名実そなわる正真正銘の詩派であったか否かということよりも、この時期、現実に江湖詩人の一群が出現し、しかも一世を風靡した、という事実の方が遥かに重く大きいと考える。そして、そういう潮流を生み出すのに直接寄与したのが民間の書肆であった、という点は、なおさら大きな意味をもつ、と考える。

ところで、陳起が同時代詩人の詩集を刊行したのは、『江湖集』が最初のことではない。彼は、徐照（？―一二一一／字霊暉）、徐璣（一一六二―一二一四／号霊淵）、翁巻（？―？／字霊舒）、趙師秀（一一七〇―一二二〇／字霊秀）、いわゆる永嘉四霊の『四霊詩選』四巻を刊行している。すでに伝本は存在しないので、版本の詳細については知る術がないが、許棐の跋文がのこっており（四庫全書文淵閣本『梅屋集』「襍著」）、それにより、この選集が、葉適（一一五〇—一二二三）によって編選され、陳起によって刊行されたことが知られるのである。

葉適が永嘉に退居したのは、開禧三年（一二〇七）であるので、四霊との交遊もそれ以降本格化したと考えられる。また、葉適は最晩年に劉克荘の『南岳詩稿』に跋文を記しており（『水心文集』巻二九、「題劉潜夫南岳詩稿」）、そのなかで当時、四霊の詩がすでに極めて流行していることを匂わせている。劉克荘の『南岳詩稿』が編まれたのは、嘉定十五年（一二二二）のこと（程章燦『劉克荘年譜』七四頁（貴州人民出版社、一九九三年二月））なので、葉適の跋文もこの年の作とすれば、詩選はその時点ですでに刊行されて久しい頃であろう。よって、『四霊詩選』の刊行は、早くとも開禧三年、遅くとも嘉定十年前後、の約10年間のことと推定される。いずれにせよ、『江湖集』の刊行よりも、数年乃至十数年先行している。

李伝軍「南宋臨安睦親坊陳宅書籍鋪考略」（『青島大学師範学院学報』第24巻第二期、二〇〇七年二月）によれば、陳起、陳続芸父子二代の出版活動は、宝慶年間の筆禍事件を境として、大きく二期に分けられ、前期は唐人の詩集や書画藝術関連の書籍、ならびに江湖詩人の作品を刊刻し、後期は江湖詩集の編集刊刻を畢生の事業とした、という。

前期の陳宅書籍鋪が主として刊刻したいわゆる「書棚本」の唐人詩集は、影印本、翻刻本を含めると、今日に60種以上が伝わっている。[26] そのうち、王勃、楊烱、盧照鄰、駱賓王、杜審言、常建の六家を除くと、他はすべて中晩唐詩人の詩集で、なかでも晩唐五代の詩人が占める割合がとりわけ高い。また、韋応物、孟郊、王建、羅隠、韋荘（以上十巻）、李群玉（八巻）、李咸用（六巻）、李賀（四巻）を除くと、他はいずれも三巻以下の小集で、その割合は八割以上を占める（一巻本37種、二巻本12種、三巻本4種）。

これらは一部多くても十巻という分量であるから、冊数で勘定すると、せいぜい三冊に過ぎない。強半は一冊だけの詩集ばかりである。携帯に適する上、価格も安価であったと想像される。また、経書や古文を読む時のような堅苦しさ重々しさを感じずにすみ、それでいて浅近卑俗とも異なる雅趣を備えた内容であるから、中間層の知識人にとっては、まことに購買意欲をそそられるシリーズ物の詩集だったであろう。

江湖詩人の一人、趙汝績（?―?）が次のような七絶を詠じている（四庫全書文淵閣本『江湖後集』巻七「山台吟稿」）。

柬陳宗之　　陳宗之に柬《かん》す

略約東風客袖寒　　略約たる東風　客袖　寒く

賣花聲裏立闌干　　売花の声裏　闌干に立つ

有錢不肯沽春酒　　銭　有るも　肯へて春酒を沽《か》はず

旋買唐詩對雨看　　旋《かへ》って唐詩を買ひて雨に対して看る

詩題の「柬」は「簡」に同じ。手紙の代わりに送った詩ということ。起句の「略約」は「約略」と同じく、「そよそよと」の意（中華書局『近代漢語大詞典』）。

趙汝績は太宗八世の孫だが、布衣のまま終わったようである。詩の後半、新酒を買う金で（陳起が出版した）唐人詩集を買って読む、と彼は詠じている。客愁に打ち沈む作者の像を浮かび上がらせる前半の書きぶりは、通常なら、飲酒の場面への展開を暗示するが、この詩ではそれを翻案して一篇を結んでいる。異郷にある江湖詩人に、酒以外に忘憂物がもう一つ誕生したことを詠じているかのごとくである。陳起が創り出した流行の反映をここに見てとることができよう。

さて、陳起は一度は仕宦を目指し、寧宗の頃（在位一一九四―一二二四）、郷試に主席合格した経歴を有し、時人に「陳解元」や「陳秀才」と称された。結局、省試には及第せず、おそらく家庭の事情（四庫全書文淵閣本『両宋名賢小集』巻三四八の小伝によれば、母に孝養を尽くすため仕宦の道を断念した旨が記されている）により、転身して書籍鋪を開くことになったようだ（本論第五節「南宋の非士大夫知識人」に引用した『袁氏世範』の分類では、⑤のパターンとなろう）。「解元」となった事実が証明するとおり、彼の学識は平均的な士大夫と十分伍するだけのものを備えていた。また、詩を善くし、『芸居乙稿』一巻が今日に伝わっている。このような彼の経歴と学識・才覚が布衣詩人や下層の士大夫たちの強い信頼を勝ち取り、結果的に浙江および近隣三省に跨る広域の詩人ネットワークを作りあげたのであろう。

陳起は書肆の店主であるから、唐人詩集のシリーズを刊行したのも、まずは採算が取れるという商業的判断があってのことであろう。しかし、たまさか数種の詩集を刊行したのと異なり、60種を超える詩集を系統的に刊行し続けたからには、陳起に確たる戦略が存在したと考えるべきである。しかも、60種の強半は中晩唐のマイナーポエットの詩集であり、いわゆる「晩唐体」(27)もしくはそれに比較的類似する詩風の詩人が大多数であったから、詩人の選択にも確かな系統性が認められる。

同時期に、四霊の一人、趙師秀（一一七〇―一二一九）が、賈島と姚合二人の選集『二妙集』（北京国家図書館に明・嘉靖間鈔本がある）(28)と、中晩唐詩人を中心に、76家228首選んだ唐詩選集『衆妙集』を編んでいるが、その出版にも陳起が関与していた可能性がある。というのも、趙師秀が陳起に贈った詩がのこっており（四庫全書文淵閣本『清苑斎詩集』）、それによって両者に親交のあったことが知られるからである。

贈陳宗之　　一云贈賣書陳秀才

四圍皆古今　　四囲　皆な古今
永日坐中心　　永日　中心に坐す
門對官河水　　門は対す　官河の水
簷依綠樹陰　　簷は依る　緑樹の陰

毎留名士飲　名士を留めて飲むごとに
屢索老夫吟　屢しば老夫の吟を索む
最感書焼盡　最も感ず 書の焼尽せらるるに
時容借検尋　時に借検に尋ぬるを容れよ

この詩はおそらく趙師秀が晩年、杭州に寓居した後の作であろう。頸聯に、陳起が名士を招いて酒宴を開くたびに、彼もその席に呼ばれた、とあり、両者の交遊の密なることが窺われる。こういう交遊関係を踏まえ、さらに陳宅書籍鋪の出版傾向をも考慮に入れると、『二妙集』と『衆妙集』を出版したのも、陳起であった可能性が高い。

このように、『江湖集』の編集刊刻に先立つこと十～二十年の間に、陳起は中晩唐のマイナーポエットの詩集を陸続と刊行する一方で、永嘉四霊の詩選や彼らの好みを鮮明に打ち出した唐詩選をも刊行していた（可能性が大きい）。これら一連の出版事業が呼び水となって、巷間では晩唐体が流行し、江湖詩人の間に急速に浸透していった。

もちろん、彼らよりも前に、楊万里（一一二七―一二〇六）が晩唐詩を高く評価していたことも、見落としてはならないであろう。彼が晩唐体流行の下地をつくり、嘉定年間（一二〇八―一二二四）以後、朝野の詩人に多大な影響を及ぼしたことは疑いようもない。だが、その方向性を決定的なものに変えたより直接的な要因は、永嘉四霊の成功であり、その成功を支えた陳宅書籍鋪による一連の出版事業であった、と判断される。

『四霊詩選』刊行の際、陳起はまだ裏方役に徹していたようだが、その成功によって、同時代の無名詩人の詩が奇貨となりうることを実感したに違いない。かくて、自らが陰となり日向となって生み出した晩唐体流行のなかで、『江湖集』を刊行するに至ったのである。それが筆禍事件にまで発展し版木の廃棄という憂き目に遭うとは、むろん陳起も予測だにし得なかったであろう。だが、自ら編集刊行した同時代詩人の選集が世人の注目を集め、やがて朝廷

（御史台）をも刺激するまでになった事実に、出版プロデューサーとしての彼は大いに自信を深めたに相違ない。この筆禍事件を境にして、陳宅書籍鋪は江湖詩人の小集を本格的に編集刊刻し陸続と世に問い始めるのである。

江湖詩人の一人、葉茵（一二〇〇？—？）の次の詩（「贈陳芸居」／四庫全書文淵閣本『江湖小集』巻四〇「順適堂吟稿」）は、当時、彼らの間にあって陳起がどのような存在であったかを示している。

氣貌老成聞見熟　気貌 老成して 聞見 熟し
江湖指作定南針　江湖 指し定南の針と作す
得書愛與世人讀　書を得ては 愛《この》んで世人と読み
選句長教野客吟　句を選んでは 長《つね》に野客をして吟ぜしむ
富貴天街分耳目　富貴の天街 耳目を分ち
清閒地位當山林　清閑の地位 山林に当たる
料君閲遍興亡事　料る 君 興亡の事を閲し遍くせば
對坐蕭然一片心　対坐するや蕭然たる一片の心なりと

第五句は、「天街」すなわち、都の大路で人の評判を二分するほどの「富貴」を誇る、の意であろう。また、末句の「蕭然」は、「悠閑」もしくは「蕭洒」の意（上海辞書出版社『漢語大詞典』）で、何事にも動じない、陳起の清閑なる心映えを称えたものであろう。

葉茵は、——すでに富と名声とを我が物とし、世の中の酸いも甘いも噛み分ける——陳起を、我らが「定南針」と形容している。「定南針」は「指南針」に同じく、羅針儀のこと。常に進むべき正しい道すじを示してくれる指南役の意である。頷聯は、陳起が単に書物を作り売るだけの商賈ではなく、なによりもまず読書人であり、そのうえで詩の善し悪しを見分ける確かな眼をもった編者であったことを示している。

また、許棐（？―？）の別集には、陳起と江湖詩人がどのように関わっていたかを窺わせる詩や記録が幾つかのこっている。彼の別集は、四庫全書本では『梅屋詩稿』、『融春小綴』、『梅屋第三稿』、『梅屋第四稿』、『梅屋襍著』という五部から成る（各一巻）。うち、『襍著』が序跋等の散文を収める他は、いずれも詩集である。四部の詩集のうち、『融春小綴』以下の三集には、許棐による短い序跋が付されており、それによってその編纂時期や経緯が分かる。

それによると、『融春小綴』には「自甲午至已亥詩」、すなわち端平元年（一二三四）から嘉熙三年（一二三九）に至る六年間の詩「不満三十」首（実際には24首）を収め、『第三稿』には「已亥至癸卯詩」、嘉熙三年から淳祐三年（一二四三）に至る五年間の詩「不満二十首」（実際には15首）を収め、『第四稿』には「甲辰一春」、すなわち淳祐四年（一二四四）の春三ヶ月に作った詩「四十余篇」（実際には34首）を収める。『梅屋詩稿』には何の序跋も付されていないが、おそらく端平元年以前の詩を収めるのであろう。ここには、もっとも多い112首が収録されている。

うち、『融春小綴』に、次のような詩が収められている。

　宗之恵梅窠水玉牋　　宗之　梅窠水玉牋を恵む
百幅呉氷千蘂雪　　百幅の呉氷　千蘂の雪
對吟終日不成詩　　対吟　終日　詩を成さず
憶君同在孤山下　　憶ふ君と同に孤山の下に在りて
商略春風弄筆時　　商略し春風に筆を弄せし時

『融春小綴』所収の詩であるから、右の詩も端平元年（一二三四）から嘉熙三年（一二三九）の間の作となる。おそらく、許棐が海塩の秦渓に梅屋を構えた後の詩であろう。時に、宝慶の「江湖詩禍」から十年前後後のことである。

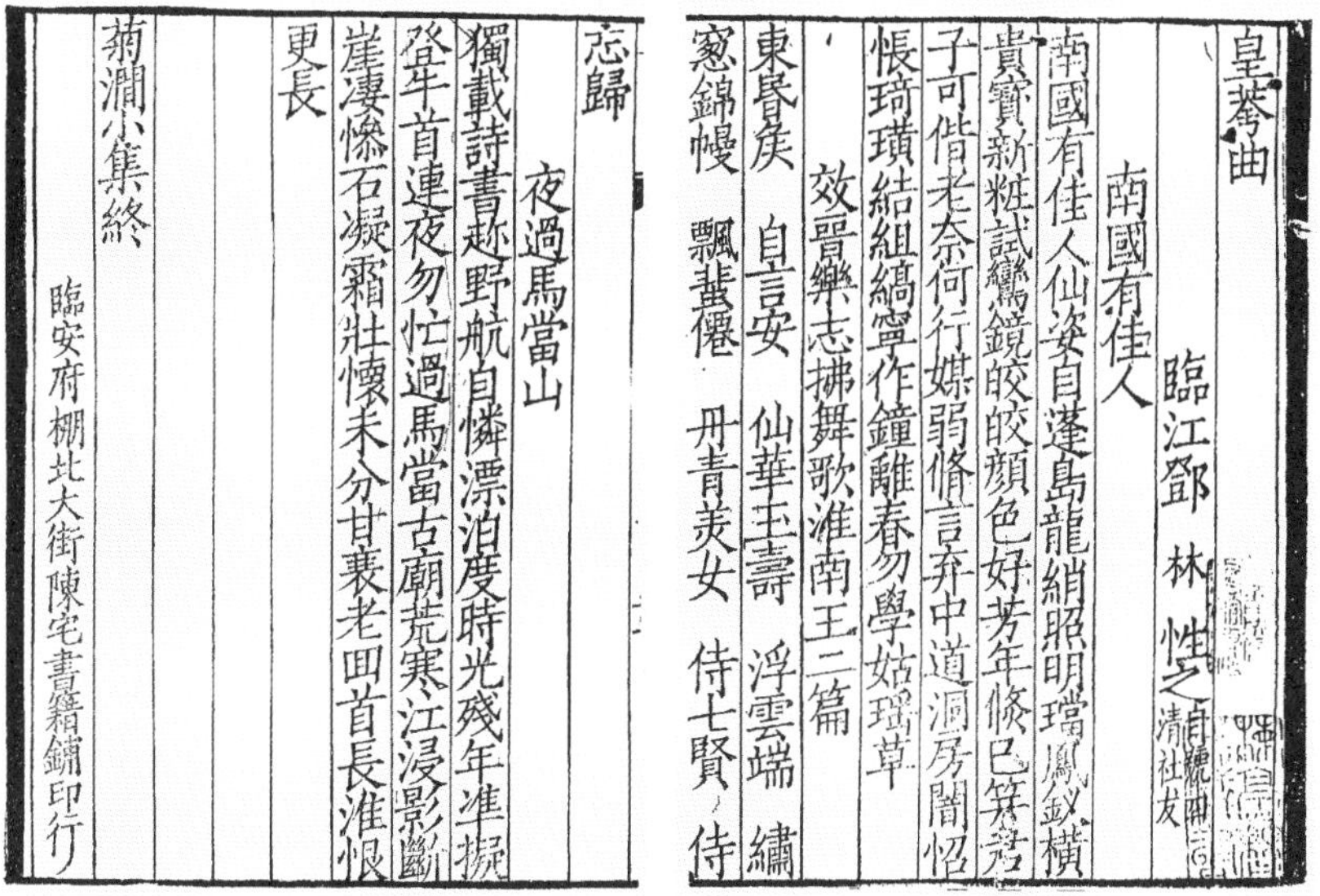
皇荂曲

臨江鄧林性之　自號□□清社友

南國有佳人

南國有佳人仙姿自蓬島龍綃照明璫鳳釵橫
貴寶新粧試鸞鏡皎皎顏色好芳年倐已笄君
子可偕老奈何行媒弱脩言弃中道洞房闇悄
悵琦璸結組縞雲作鐘離春匆學姑瑤草

效晋樂志拂舞歌淮南王二篇

東昏侯　自言安　仙華玉壽　浮雲端　繡
窻錦幔　飄萬僊　册青羡女　侍七賢　侍

忘歸

夜過馬當山

獨載詩書趂野航自憐漂泊度時光殘年準擬
登年首連夜匆忙過馬當古廟荒寒江浸影斷
崖淒慘石凝霜壯懷未分甘衰老回首長淮恨
更長

菊澗小集終

臨安府棚北大街陳宅書籍鋪印行

台湾国家図書館所蔵、南宋刊本『南宋群賢小集』書影
（陸堅、馬文大輯『宋元版刻図釈』、学苑出版社、2000年10月による）

詩題にいう「梅窠水玉牋」が具体的に如何なるものかは分からないが、おそらく許棐の庵「梅屋」に因んで梅花の模様をあしらった詩箋であろう。『第三稿』の小序のなかで彼は、「已亥から癸卯の五年間に二十首すら書けなかったのに、甲辰一春だけで四十首余り書けた。詩作の遅速多寡は天の思し召しによるらしい」という主旨のことを記しているが、「終日詩を成さず」と詠じているところをみると、この詩が書かれた当時、どうやら彼はまだスランプの只中にあったようだ。陳起が詩箋を「百幅」彼に贈ったのも、彼の創作を激励する気持ちを込めていたであろう。

詩の後半には、かつての想い出が綴られている。「商略」は、ここでは「品評」「評論」の意。「孤山の下」でたがいに詩を論評し合い詩を吟じたことを詠じる。この詩から窺われる陳起の像は、彼らの創作を案じる編集者であると同時に、ともに詩を論評し吟じ合う詩友でもある。

また、『梅屋第四稿』の末尾に、次のような短い跋文が付されている。

右甲辰一春詩、詩共四五十篇、錄求芸居吟友印可。棐惶恐。

この跋文によって、ある程度数がまとまると、許棐が陳起に詩稿を送って論評してもらっていたことが分かる。許棐が「四五十篇」といっているにもかかわらず、実際には34首しか収録されていないところをみると、陳起（およびその「吟友」）によってのこる十首前後は篩にかけられたのであろう。

この他、陳起が江湖詩人たちに書を貸し出していたこと（許棐「陳宗之畳寄書籍小詩為謝」、張弋「夏日従陳宗之借書偶成」）や、彼らの蔵書を買い取っていたこと（葉紹翁「贈陳宗之」）も、彼らの詩のなかから窺い知ることができる。

これら江湖詩人の言説から、陳起が彼らの詩を編集し刊行していた以外に、細やかな物心《ぶっしん》両面の支援を行っていたことが理解される。すでに述べたように、張宏生氏のいうような「江湖詩派」が仮に存在していたとするならば、その中核にあって詩派の成員を相互に繋いだ中心的リーダーは、紛れもなく陳起その人であった、といってよい。

今日に伝わる江湖諸集は、概ね明清の頃の鈔本か永楽大典採輯本で、原刻本は僅かに台湾の国家図書館が所蔵する『南宋群賢小集』九六巻だけである（挿図参照）が、張宏生氏の整理にもとづき、書名の類似するものを一つにまとめて再提示すると、以下の如き関連のエディションが存在する。

①江湖集9巻
②江湖後集（四庫全書輯本24巻）
③江湖続集

④中興江湖集
⑤江湖前賢小集
⑥江湖前賢小集拾遺（②〜⑥永楽大典）
⑦南宋六十家小集96巻（清・毛氏汲古閣影宋鈔本）
⑧六十名家小集78巻（清・冰蘧閣鈔本）
⑨江湖小集43種57巻（清初鈔本）
⑩南宋群賢小集91〜96巻（台湾国家図書館蔵南宋刊本、清・趙氏小山堂鈔本、清・顧修読画斎刊本）
⑪群賢小集68種122巻（清鈔本）
⑫江湖小集95巻（四庫全書本）

これら十種を超えるエディションの重複や異同については、なお精査が俟たれる。また、右の如き巻帙に富むエディションが最初からまとめて一度に刊行されたのか、小集一部ごとに逐次刊行されたものがある時期にまとめられ総集として再刊行されたのか、についても検討に値する。しかし、いずれにせよ、宝慶年間の筆禍事件を境に、前期＝中晩唐詩人の小集、後期＝江湖詩人の小集というように、陳宅書籍鋪の出版傾向に変化が生じたことは確かであろう。

主として南宋後期の嘉定（一二〇八―一二二四）の前後から景定（一二六〇―一二六四）の前後の間に、陳宅書籍鋪が精力的かつ戦略的に出版活動を展開したことによって、――五律や七絶を中心とする近体詩によって、個人生活の一齣一齣や花鳥風月を細やかに詠じる――晩唐体が流行し、同時代の江湖詩人による許多の実作が営利出版という形で広く伝えられた。このことにより、それまで詩作を敬遠していた階層の、古今体とりわけ近体詩に対する距離感がぐっと近づいたであろうことは想像に難くない。

本論第六節において採り上げた諸書は、早期の三種（『文章正宗』、『詩人玉屑』、『三体詩』）[29]が陳宅書籍鋪の後期活動期と重なるが、それ以外はすべてその出版事業が衰退した後に出版された書物である。作詩の初学者をもっぱら対象としたようなこれらの書物が、陳宅書籍鋪による一連の江湖詩集の後、雨後の筍のごとく編集刊刻された事実は注意されてよい。この現象は、非士大夫詩人による詩作が、非士大夫である民間の書肆によって上梓されて人気を博し、非士大夫層の多くの読者を獲得したことと、おそらく深い関わりがあるであろう。

注

（1）本論において用いる「士大夫」は原則として、科挙もしくはそれに準ずる方法（特奏名、恩蔭）により、すでに「官」となった者のみを指し、胥吏を含まない。また、挙子業に勤しむ書生や科挙浪人も原則として含まない。本論では彼らを「非士大夫知識人」と総称する。

（2）宋代における平均的な印刷部数については、今日、正確なことは分からない。ただ、銭存訓は「中国雕版印刷術雑談」（『中国書籍、紙墨及印刷史論文集』所収、中文大学出版社、一九九二年）のなかで幾つかの方法から推定している。一つは、16世紀末の宣教師、マテオ・リッチ『中国札記』と、フランスの杜哈徳 Y-B. du Holde が一七三六年に編んだ『中華帝国志』の記載により、推定している。前者には熟練工であれば日に千五百枚は印刷できたと記され、後者には一つの版木から一万六千枚が印刷可能と記されている。この記事を信用すれば、一万部を超える部数が刷られた可能性がある。また、銭氏は、元・大徳年間の木活字印刷、明・万暦年間の銅活字印刷、清・道光年間の泥活字印刷の記録も紹介している。この三者は、前二者が各百部、最後が四百部という部数である。銭氏はこれらを総合して、木版印刷の一度の印刷部数は百部前後が平均的な数であろうと推定している。筆者の考えを加えれば、一万を超える部数というのは、あくまで技術的に可能な数を示しただけのことであって、実際の印刷部数は、需給関係や紙の調達等の制約により決まるので、銭氏の推定部数が妥当な線と考える。とくに北宋において、一万部を超える部数というのは考えにくい。二つの例を挙げる。一つは、『続資治通鑑長編』巻一〇二、天聖二年（一〇二四）十月の記事に「教書」を印刷することについての議論が記されているが、印刷反対論者の論のなかに、「一本誤則千百本誤矣」という記述がある。北宋中期の印刷数がせいぜい千の単位以下であったことを示唆する。もう一つは、『続資治通鑑長編』巻二六八、熙寧八年（一〇七五）九月の記事である。いわゆる王安石新学の典籍の一『詩経新義』の刊行についての記事があり、「得旨刊布、幾及千本」という呂恵卿の言が引用されている。新法政権下における王学の地位は疑いようもなく高く、しかも皇帝の聖旨を承けての出版であったにもかかわらず、印刷部数は「千本」に満たない数であった。コンテクストから見て、この部数は異例の多さを示すようである。したがって、通常一度の印刷部数は、数十〜数百の範囲と見積もっておくのが穏当であろう。

（3）拙稿「蘇軾の文学と印刷メディア―同時代文学と印刷メディアの邂逅―」（中国古典学会『中国古典研究』第四六号、二〇〇一年十二月）、後、拙著『蘇軾詩研究 宋代士大夫詩人の構造』（研文出版、二〇一〇年十月）所収参照。

（4）王水照「作品、産品与商品―古代文学作品商品化的一点考察―」（『文学遺産』二〇〇七年第三期）が、すでに印刷文化によって、宋代士大夫の平均的知識量が増大したことについて触れている。なお、本節で採り上げた諸現象について、もっとも豊富に関連資料を引用し、もっとも多角的に論じた近著に、張高評『印刷媒体与宋詩特色―兼論図書伝播与詩分唐宋』（里仁書局、二〇〇八年三月）がある。併せて参照されたい。

（5）清水茂氏が「印刷術の普及と宋代の学問」（『東方学会創立五十周年記念 東方学論集』所収、一九九七年五月）のなかで、すでに『朱子語類』（巻一〇、読書法上）を引いて、版本普及の弊害を論じている。ロナルド・イーガン「書籍の流通は宋代文人のテキストに対する意識に如何に影響したか」（阿部順子訳、宋代詩文研究会『橄欖』第十四号、二〇〇七年三月）でも、「朱熹と学術の危機」という一節を立て、この問題を論じている。その他、さらに、注（4）王水照論文でも、宋代士大夫が写本を重んじ、版本を軽視した理由を解析し、併せて商品としての坊刻本について論じている。

（6）朱熹と印刷との関わりについての専論に、小島毅「朱子学の展開と印刷文化」（『知識人の諸相―中国宋代を基点として―』所収、勉誠出版、二〇〇一年四月）がある。また、注（5）所掲のイーガン論文でも、印刷に対する朱熹の言行不一致について言及している。

（7）張秀民『中国印刷史』（上海人民出版社、一九八九年九月）「宋代」の章参照。

（8）西野貞治「東坡詩王状元集注本について」（大阪市立大学『人文研究』15―6、一九六四年七月）では、二五巻本12種（五山版、朝鮮古活字版、慶長古活字版各一種を含む）と明・茅維改編三二巻本3種について、書誌データを交えつつ詳細に紹介している。また、劉尚栄『蘇軾著作版本論叢』（巴蜀書社、一九八八年三月）にも「『百家注分類東坡詩集』考」が収められ、同様に現存版本について詳細な紹介がなされている。その他、倉田淳之助「東坡詩次公注について」（『お茶の水女子大学人文科学紀要』19、一九六六年三月）、西野貞治「蘇軾の注と年譜について」（同朋舎『神田喜一郎博士追悼中国学論集』、一九八六年十二月）等参照。

（9）分類注本を類書との関わりで論じた例に、藤原祐子「『草堂詩余』の類書的性格について」（宋詞研究会『風絮』第三号、二〇〇七年三月）や同氏「『草堂詩余』と書会」（『日本中国学会報』第五九集、二〇〇七年一〇月）がある。これは、詞の選注本である『草堂詩余』について、その特徴を論じたものであるが、詞の注本としては周邦彦の『詳注周美成詞片玉集』（南宋・陳元龍注、建陽刻本）も、「春景」「夏景」「秋景」「冬景」「単題」「雑賦」によって類を分かつ分類本である。また、朱淑真の注本『断腸詩集』も、「春景」「夏景」「秋景」「冬景」「吟賞」「閨怨」「雑題」等の類によって分かち、近親性を示す。古今体詩の選本では、『分門纂類唐宋時賢千家詩選（後村千家詩）』が分類本の代表格だが、最初の門類が「時令門」で、春夏秋冬によって類を分かっている。筆者は、分類注形式の普及に、詩詞の通俗化を見いだすが、いずれにしても、南宋の中期以降増加する分類本と書坊の関係、さらには読者層の関わりについては、詩詞文、経子史集等のジャンルを超えて総合的に考察する必要性がある。

（10）王十朋の偽托説は、注（8）所掲の論文がひとしく唱えるところである。なお、蘇軾の詩注本以外にも、王状元の名を冠した杜甫の建陽刊本がある（『王状元集百家注編年杜陵詩史』三二巻、『王状元標目集注唐文類』六巻）。また、史部の書となるが、蔡建侯の家塾本に『陸状元集百家注資治通鑑詳節』という同類の集注本もある。注家の多さを誇る注本に、魏仲卿家塾の『新刊五百家注音弁昌黎先生文集』や『新刊五百家注音弁柳先生文集』があり、杜甫にも『黄氏補千家集注杜工部詩史』や元に入ってからの『集千家注分類杜工部詩』がある。詳細は、謝水順、李珽『福建古代刻書』（福建人民出版社、一九九七年六月）第一章「宋代福建刻書業的興建」、方彦寿「建陽古代刻書考」（中国書籍出版社『出版史研究』第六輯、一九九八年二月）等を参照。

（11）陸游「施司諫注東坡詩序」（『渭南文集』巻一五）。

（12）曹福鉉「宋代官員人数的増加及其原因」（『河北大学学報』哲学社会科学版24—3、一九九九年九月）参照。

（13）前注（12）所掲論文参照。

(14) たとえば、建安劉徳亭が景定二年（一二六一）に刊刻した『古今合璧事類備要』四一六巻、元の大徳十一年（一三〇七）の刻『事文類聚翰墨大全』一〇〇巻、至治年間（一三二一―一三二三）に建安虞氏が刊刻した『新刊全相平話武王伐紂書』三巻等全相平話五種、鄭氏積誠堂が至元六年（一三四〇）に刻した『纂図増新群書類要事林広記』四二巻、劉衡甫が至正九年（一三四九）に刻した『聯新事備詩学大成』三〇巻、熊氏鰲峰書院が元の至正一一年（一三五一）に刊刻した『勿軒易学啓蒙図伝通義』七巻等々がある。なお、福建建陽の坊刻本については、謝水順、李珽『福建古代刻書』（福建人民出版社、福建文化叢書、一九九七年六月）や、方彦寿「建陽古代刻書通考」（葉再生主編『出版史研究』第六輯、中国書籍出版社、一九九八年二月）、李瑞良『中国出版編年史（増訂版）』（福建人民出版社、二〇〇六年十二月）等参照。

(15) 上海人民出版社、李勤璞校注、二〇一七年一月。四庫全書文淵閣本では、「巫醫・僧道」を、「醫卜・星相」に作る。

(16) 張海鷗、孫耀斌「『論学縄尺』与南宋論体文及南宋論学」（『文学遺産』二〇〇六年第一期）参照。

(17) 『瀛奎律髓』研究の専著ではないが、詹杭倫『方回的唐宋詩律学』（中華書局、二〇〇二年十二月）という論著がある。なお、注(18)査屏球論文によれば、『唐三体詩法』が『瀛奎律髓』に間接的に影響を与えていた、という。

(18) 査屏球「周弼『三体唐詩』流行与宋元出版中心的関係—以考察周弼『唐三体詩法』原貌為中心—」（東北大学東北アジア研究センター『「第四回東アジア出版文化に関する国際学術会議」予稿集』二〇〇八年七月）参照。

(19) 張健「『蔡正孫考論—以『唐宋千家聯珠詩格』為中心—』（『北京大学学報（哲学社会科学版）』第41巻第二期、二〇〇四年三月）、または卞東波「『唐宋千家聯珠詩格』的資料来源、文献価値及其訛誤」（鳳凰出版社『唐宋千家聯珠詩格校証』巻頭、二〇〇七年十二月）参照。

(20) 李更、陳新『分門纂類唐宋時賢千家詩選校証』（人民文学出版社、二〇〇二年十二月）に、本書についての詳論が付録されている（下冊八七四頁以下）。なお、劉克荘と本書の関係、本書と明以降流行する伝、謝枋得選『（七言）千家詩』および清初以後の謝枋得、王相『千家詩』との関係について詳論したものに、程章燦「所謂『後村千家詩』考」（『中国詩学』第四輯、南京大学出版社、一九九五年十二月）がある。

(21) 張健「魏慶之と『詩人玉屑』」（会谷佳光訳、宋代詩文研究会『橄欖』第12号、二〇〇四年九月）参照。

(22) 『詩人玉屑』に見られるこの特徴は、元の詩法関連の著書にも確実に受け継がれたようである。張健編『元代詩法校考』（北京大学出版社、二〇〇一年九月）には、計25種の関連文献が掲載されているが、うちたとえば楊載『詩法家数』等はその発展型と解しうる。

(23) 注（19）、（21）張健氏論文参照。

(24) 別集類では、蘇軾の王状元集注分類本、黄庭堅の注本、杜甫の千家注分類本、韓愈の五百家注音弁本、柳宗元の五百家注音弁本等の五山版も伝わっている。

(25) 筆禍事件については、羅大経（?―?、宝慶二年〔一二二六〕進士及第）『鶴林玉露』乙編巻四「詩禍」、周密（一二三二―九八）『斉東野語』巻一六「詩道否泰」、方回（一二二七―一三〇七）『瀛奎律髄』巻二〇「梅花類」劉克荘「落梅」詩評等に見える。詩集の版木廃棄の詔が発せられたことについては、劉克荘「臞庵敖先生墓誌銘」（四部叢刊本『後村先生大全集』巻一四八）に、それを窺わせる記載がある。程章燦『劉克荘年譜』（貴州人民出版社、一九九三年二月）宝慶三年の項（九八頁）、ならびに張宏生『江湖詩派研究』（付録三「江湖詩禍考」）に、詳細な考証があるので参照のこと。

(26) 江標（一八六〇―九九）は、書棚本を影印し『唐人五十家小集』として、清・光緒二一年（一八九五）に刊行した。所収の詩集は下記の通り（筆者未見。京都大学人文科学研究所 Web 上の「全国漢籍データベース」にその書誌データが公開されており、それに拠る）。

王勃集二巻／楊炯集二巻／盧照鄰集二巻／駱賓王集二巻／唐司空文明詩集三巻（司空曙）／李端詩集三巻／耿湋詩集一巻／厳維詩集一巻／唐霊一詩集一巻／唐皎然詩集一巻／華陽真逸詩二巻（顧況）／戎昱詩集一巻／戴叔倫集二巻／権徳輿集二巻／羊士諤詩集一巻／呂衡州詩集一巻（呂温）／朱慶余詩集一巻／劉滄詩集一巻／盧仝詩集三巻／喩鳧詩集一巻／項斯詩集一巻／唐求詩集一巻／詩集二巻（曹鄴）／崔塗詩集一巻／張蠙詩集一巻／劉駕詩集一巻／唐李推官披沙集六巻（李咸用）／劉叉詩集三巻／蘇拯詩集一巻／章孝標詩集一巻／于濆詩集一巻／李丞相詩集二巻（南唐・李建勳）／唐女郎魚玄機詩一巻／唐貫休詩集一巻／唐斉己詩集一巻／僧無可詩集二巻／劉兼詩集一巻／王周詩集一巻（南唐・王周）／儲嗣宗詩集一巻／章碣詩集一巻／李遠詩集一巻／会昌進士詩集一巻（馬戴）／林寛詩集一巻／羅鄴詩集一巻／秦韜玉詩集一巻／殷文珪詩集一巻／唐尚顔詩集一巻（釈尚顔）／于武陵詩集一巻／無名氏詩集一巻／張司業楽府集一巻（張籍）　以上計50種。

なお、注（7）所掲、張秀民『中国印刷史』に、宋代に編刻された唐人詩集の一覧が掲載されている（一一八頁以下）が、右の50種以外にも、以下のような「書棚本」の唐人詩集が記されている。張氏の一覧には巻数が明記されていないので、万曼『唐集叙録』（中華書局、一九八〇年十一月）によって巻数を補う。

杜審言詩集一巻／常建詩集二巻／韋蘇州集十巻（韋応物）／孟東野詩集十巻（孟郊）／李賀歌詩編四巻／王建詩集十巻／丁卯集二巻（許渾）／李群玉詩集前集三巻、後集五巻／碧雲集三巻（李中）／羅昭諫甲乙集十巻（羅隠）／周賀詩集一巻／浣花集十巻（韋荘）以上計12種

また、万曼『唐集叙録』では、唐風集三巻（杜荀鶴）の書棚本に言及する。これらの総計は63種となる。

ちなみに、江湖派にもっとも影響のあった賈島と姚合についていうと、清朝の蔵書家（季振宜、黄丕烈等）の書目や題跋に、書棚本の賈浪仙長江集十巻（賈島）の存在が記されているが、おそらく現存しない。姚合の姚少監詩集十巻は、万曼『唐集叙録』によれば、浙本の五巻残本が存在し（四部叢刊本）、版式も十行十八字だが、毛晋も黄丕烈も明言していないところを見ると書棚本ではないようである。

（27）宋代の晩唐体について論じた専著に、黄奕珍『宋代詩学中的晩唐観』（文津出版社、一九九八年四月）、趙敏『宋代晩唐体詩研究』（巴蜀書社、二〇〇八年九月）がある。前者では、第六章「『晩唐』与『江西』意義的折衷」において、江湖派における「晩唐体」の問題が論じられ、後者では第四、第五の二章において論じられている。とくに後者は黄氏の著およびその後の研究成果を批判的かつ全面的に用いているので、江湖派を研究する際にも大いに参考になる。

（28）呉娟娟「『二妙集』研究」（『中国詩学』第七輯、人民文学出版社、二〇〇二年六月）によれば、賈島の詩82首、姚合の詩121首を収める、という。また、この鈔本は、10行18字という「書棚本」と同じ版式である。

（29）『三体詩』の編者、周弼は、陳起を始め江湖派と深い関わりがあり、父文璞とともに江湖派に名を連ねている。詳しくは、注（17）の査屏球氏論文を参照。

03 宋末元初の文学言語
——晩唐体の行方——

はじめに

12世紀の末から13世紀の初めにかけ、范成大（一一二六―一一九三）、楊万里（一一二四―一二〇六）、陸游（一一二五―一二一〇）という中興の士大夫詩人が相次いで世を去った。この後、宋朝滅亡の時（一二七九）まで詩壇を賑わしたのは、永嘉の四霊や江湖派詩人と呼ばれる、一群の寒士もしくは布衣の詩人たちである。彼ら一人一人が中国詩歌史に刻んだ足跡は、むろん范・楊・陸三大家とは比べるべくもなく微小なものであった。しかし、後の時代を視野に納めるとき、彼らの総体としての存在意義は俄然高漲する。つとに、吉川幸次郎氏が彼らを「元、明、清の時期を通じ、文学が主として民間人をにない手とするさいしょである」（『宋詩概説』第六章第一章「民間の詩人たち」[1]）と指摘した通りである。換言するならば、范・楊・陸三家を最後として、中国伝統文学の中心的担い手が士大夫（「士」）から民間人（「庶」）へと移行してゆく、その転換点として彼らを位置づけることができる、という。

吉川氏のこの指摘はまことに卓見といってよいが、その後、半世紀の間に、この一群の詩人に着目した日本の研究は、管見の範囲ではまったく現れていない。中国においては、一九九〇年代以降、張宏生氏の『江湖詩派研究』を始めとして、二、三の専著が公刊されたが[2]、それでも学界の関心を集めているという状況にはほど遠い。そのもっとも大きな原因はおそらく、彼らの存在を唐宋ないしは宋代詩史という枠組みのなかに押し込めてとらえようとする立場が一般的だからであろう。そのばあい、宋朝の滅亡前夜に活躍した彼らに対しては、詩史の「衰退」というマイナスのフィルターがごく自然にかけられることになった。しかし、彼らをひとたび近世詩史というより大きな枠組みのなかで位置づけ直すと、それとはまったく異なる意味が立ち現れる。吉川氏の指摘が正しければ、元明清と続く中国近世の詩史は、彼らの活躍によって切り開かれたこととなり、したがってその意義が小さかろうはずはない。

このような観点に立ち、筆者はここ数年、宋末の江湖詩人の存在に関心を寄せ、彼らを「中国近世詩」の萌芽と見なす立場から、吉川説の再検証を試みている。吉川氏の指摘は、概説という書物の性格に影響されてか、変化の推移や現象の要因については、簡略な叙述に止まっており、なお検証・検討すべき点が多く含まれる、と考えるからである。かくて、すでに本書01、02論文において、「近世」という時代区分の本質を吟味し抽出したうえで、士大夫以外の新たな詩人階層の出現を有宋三百年のなかに探り、加えて宋代出版の北宋初から南宋末までの変遷の跡を辿り、然るのちに彼らの存在を、詩における本格的な近世現象の濫觴である、と改めて結論づけた。本論では、マクロ、ミクロの両面から、彼らを取り巻く言語状況を浮き彫りにし、元の前半期までを視野に納めながら、彼らがどのような時代のうねりのなかに身を置き詩作をしていたのかという問題や、彼らの詩作が元の時代にどのように受け継がれていったのか等の問題点について考えてみたい。

ただし、宋末元初は、ひとり文学のみならず言語全般においても、きわめて大きな転換を迎えた時代でもある。したがって、そのような大状況をも考慮に入れて、個別の問題を考察してゆく必要があろう。そこで、本論では、幾つかの視点を用意して、その大状況を描き出すことから全てをはじめることとしたい。すなわち、第一に「文言―官話―方言」という、言語的社会階層を措定し、それが中世から近世への移行によってどのように変化したのかという視点を確保し、第二にその変化を促した要因として、科挙制度の改変と民間出版資本の成熟という二点に着目し、変化の足跡をなるべく正確に捕捉することである。その上で、宋末元初における文学言語の状況を「文言の通俗化」と「白話（官話）の高雅化」という観点から照射してみたい。そのようなマクロの視点からの素描をもとに、最後に南宋末江湖派の詩のスタイルである「晩唐体」をめぐる問題について考察することとする。

一　言語の階級性と科挙

まず、用語の概念規定を行っておきたい。本論では、「近世」という時代の特質をもっともよく象徴するキイワードとして、「通俗化」「世俗化」「大衆化」等のことばを措定する。いわゆる「近世」（Early Modern）とは、中世（the Middle Ages）と近代（Modern）の間にある移行期であり、国や地域によって「中世」の内実が異なるので、それに連続する近世の内実も当然のことながら各国各地域の間で均一ではない。しかし、ゴールとしての「近代」の政治社会体制が国民国家（Nation-state）という点において一致するので、その特質にも確かな共通項ないしは方向性を見出しうる。すなわち、大衆が権力の中心に躍り出る時代が近代の最大の特質であるとするならば、近世はそういう時代を準備した前段階の時代と措定されるはずであり、したがって「通俗化」「世俗化」「大衆化」こそが重要な指標となるわけである。また本論では、内藤湖南・宮崎市定の説、すなわち、北宋以後、清末までの九世紀半を近世社会とする説に従う。ただし、行論の都合上、さらに前期と後期に区分するばあいもある。そのばあいは、宋と元の約四世紀を「近世前期」、明と清五世紀半を「近世後期」と称する。この線引きは、主として科挙制度の異同を根拠とする（後述）。

＊

アメリカの政治学者、ベネディクト・アンダーソンは、ヨーロッパを主たる対象として国民国家が成立してゆく過程を分析し、併せて国語の成立過程にも言及している。彼は、中世において半固定的であった言語と社会階層の関係性を、出版資本が切り崩してゆき、それが国語創成の下地となったことを指摘している[3]。その前提として、「神聖なる文章語」（ラテン語）と「口語俗語」（各地の方言）という二種類の言語を使いこなせる人々が知識階層、すなわち特権階級《エリート》を構成し、後者一種しか用いない階層が大衆であった、という概括を行い、文・白二重の言語使用者である上層階級と文字をもたない口語俗語のみの単一言語使用者である大衆という対比を鮮明に描き出している。

この図式は、中国の前近代にも適用可能である。ただし、中国のばあい、とりわけ近世以前においては、「庶」、すなわち大衆が口語俗語のみの単一言語使用者である点は変わらないものの、為政者階層である「士」は、第三の言語を使用する点においてヨーロッパとは異なっている。すなわち、「神聖なる文章語＝文言」と「口語俗語＝出身地の方言」のほかに、彼らは「為政者間の共通口語＝官話」を使用した。唐以前の官話資料はきわめて少ないが、「文言」の文体的特質を考慮に入れれば、官話もしくはそれに類する言語現象が、唐以前より存在したであろうことは、論理的にみて疑いようもない。なぜならば「文言」は、視覚重視の表意文字という漢字の特性を最大限凝縮した書記言語であり、高度に視覚に依存する文体だからである。それゆえ、一統の世で中央集権的な官僚統治を行おうとすれば、官人相互の音声的コミュニケーションを保証する共通口語＝「官話」が必要不可欠になったはずである。

官話は、皇帝以下文武百官が集う首都の方言をベースとして構成されたと考えられる。よって、たとえ「庶」であっても、首都圏に生まれ育った者ならば、行政に独特な用語や表現を別とすれば、聴覚的理解は十分に可能であっただろう。しかし、文言は識字能力のみならず、古典的素養があってはじめて理解可能となる伝統言語様式であるから、近世以前にあっては、出身地域の如何を問わず、人口の圧倒的多数を占める「庶」にとって、生涯無縁の文体であった、と推測される。翻っていえば、文言とは、「士」としての地位を、言語の領域において象徴するものであり、「庶」と区別されるところの「士」を成り立たせる文化的な必要条件であった、ということができる（十分条件は儒学の素養と実践、とりわけ「礼」の実践能力を備えることが要件となったであろう）。

「士」が文言を始めとする多重言語の使用者であり、「庶」が方言のみの単一言語使用者である、という半固定的な対比性は、科挙の本格導入によって、徐々に揺らぎ始める。それは、唐の後半期から兆し始めるが、――「士」の供給システムが科挙に一本化され、門閥貴族が消滅した――北宋以降、より一層顕著に現れ出てくる。

北宋以降の朝廷は、原則として家柄の如何を問わず、科挙によって広く人材を登用し彼らを「士」とした。そして、「士」には一代限りの特権しか与えなかった。したがって、宋代の士族は、子弟が科挙及第を果たせないと、「庶」に落ちる危険性を常に抱えていたわけである。(4) それゆえ、――行政の中枢が門閥貴族によって独占され、士族が固定的であった――中世の時代に比べ、近世は「士」と「庶」の境界が、はるかに曖昧になった、といってよい。科挙は「士」と「庶」の間の流動性を一定程度保証した制度ということができる。

より重要なことは、科挙が落第者を定期的に量産する制度であった、という事実である。具体的なデータを示そう。(5) 北宋末期、宣和六年（一一二四）に実施された礼部省試には、郷試を突破した一万五千名が中央に集められ試験に臨んだが、最終的に「進士及第」の栄誉を獲得できたのは八百五名に過ぎなかった。実に九割五分に相当する一万四千名以上が篩にかけられている。省試の前段階、郷試に関わるデータは残っていないが、受験者総数はおそらく十万人を下ることはなかろう。この例に基づくならば、三歳一挙の科挙によって、十万人規模の落第者が生まれ、「士」になれなかった彼らは、結果として「庶」として民間に沈澱することになったのである。

運悪く落第したとはいえ、挙子ともなれば、応挙の直前まで文言の学習に余念はなかったに相違なく、その運用能力も及第者に比べて著しく遜色があったわけではなかろう。ということは、科挙が実施されつづけてゆくと、「庶」のなかに、文言を解し、それを駆使することのできる人々が、三年ごとに十万規模で増加してゆくことを意味する。科挙をめぐるこのような構造が、文言（ならびに官話）を民間に浸透させてゆく力となったことは想像に難くない。

このように、科挙は、「士」と「庶」という二つの階層の人的流動化を促すと同時に、「士」の言語文化を「庶」に移植する装置としても機能したと見なされる。

＊＊

宋元明清（近世）に共通するのは科挙社会である、という点である。科挙という制度によって、士と庶の間を往来するエレベータが設置された。もちろん、全人口に占める割合はけっして大きなものではなかっただろうが、それでも階級間の流動性が制度的に保証されたことは、決して小さな変化とはいえまい。この点は、政治権力の世俗化を明瞭に表現している。また、かつて士の文化的表象として存在した文言が、明らかに士の構成要員ではない多くの民間人によって使用され始めたことも、――落第者量産のシステムでもある――科挙が、きわめて明瞭な形で我々に示している。これも、「神聖なる文章語」（文言）が通俗化してゆく一つの形を表現している。

ところで、同じく科挙の制度であっても、宋元と明清の間には無視できぬ大きな差違がある。宋元において、挙子は、郷試、省試のどの段階で落第しても、再度の挑戦をする際は、再び郷試から始めなければならなかった。それに対し、明清においては、学校制度が科挙制度のなかに組み込まれ、科挙の受験資格を得るためには、まず各州（府）県の学校に入学することが前提条件とされ、学校に入学すると、均しく「生員」（秀才）という終身的身分を得ることができた。さらに、郷試に及第すると、「挙人」（孝廉）という終身的身分を得ることもできた。「挙人」の身分を一度得れば、再度科挙に挑戦するばあいには、郷試を受験する必要はなく、会試から再挑戦することができた。

すなわち、明清においては、挙子に対する一定の身分保障が図られ、士と庶の間に「生員」と「挙人」という新たな社会身分が誕生したのである。当時の社会認識からすれば、この両者、とりわけ「挙人」は、広義の「士」と見なされたであろうが、むろん国政に与る権利を無条件に付与されたわけではないから、厳密な意味での「士」ではない。したがって、この身分保障によって、「士」と「庶」の間の中間層が法制的に誕生したことになる。(6) そして、「生員」はむろんのこと、「挙人」も、それぞれの本貫地に居住することが義務づけられ、それが地方に郷紳階層を生む素地となったことを、先行研究が指摘している。(7)ちなみに、明代後期以降、「生員」の数は増加して五十万を前後し、清末までほぼ同数を維持したようである。(8)その「生員」になるためには、いわゆる童試の三段階（県試、府試、院試）を通過しなければならなかったから、「生員」の下にも、おそらく優に百万を超える予備軍「童生」が控えていたと推測される。

以上のように、宋元の科挙制度は、民間に文言を駆使できる人口を増加させ、明清のそれは、「士」でもなくまた「庶」でもない中間層を生み出し、それが地方に影響を及ぼす仕組みを作った。その結果、文言教育の種も全国津々浦々に播かれ、「庶」における文言の接点も近世前期から後期に移行するに随って、ますます増加した、といってよいであろう。本論は宋末元初を主たる対象とするので、以後、近世後期の状況には言及しないが、この中間層が近世後期の文学創作に及ぼした影響は、文言・白話の別を問わず、きわめて多大であったと予想される。

二　出版業の隆盛と文言の通俗化

文言の通俗化というとき、我々は真っ先に文言という文体に俗語的要素が加えられてゆく姿を想像するかもしれない。もちろん、そのような現象が存在しなかったわけではない。たとえば、詩文に白話語彙が用いられる現象などは、その好例といってもよい。しかし、結論的にいえば、文体そのものの通俗化は、全体から見れば、きわめて微小な範囲に止まった、と考えるべきであろう。文言という文体は、もっぱら起源や成立が古いという理由だけから千年二千年継承されたわけではない。漢字の表意性を最大限に活用するという書記言語としての合理性を具備しているうえ、それが古の聖人が用いた文体であるという権威性を帯び、さらには上層階級「士」の文化的表象として機能しつづけてきた、という歴史的正統性をも内包する文体であった。それゆえ、「士」に属さない多くの人士がそれを使用し始める近世の世にあっても、文言が伝統ならびに権威の象徴として言語的社会階層の頂点に君臨しつづけるためには、むしろ大きく変化しないことがすべてに優先される前提条件となったはずである[9]。目に見える外形的な変化は歓迎されるどころか、かえって忌み嫌われたに相違ない。ここには、近現代における進化論もしくは進歩史観と完全に正反対の力学が作用している。

よって、文言の通俗化は、白話のように言語現象として明瞭な姿形をして現れ出るのではなく、より隠微な形態をとり、水面下で徐々に進行してゆく。一言でいうならば、それは使用人口の拡大という形をとって現象する。前述のとおり、その拡大を制度的に保証したのが、科挙ならびに挙子を育成する各種教育単位であった。そして、それを側面から強力に支援し推進したのが、以下に述べる印刷出版事業である。

中国における印刷は、唐より始まるが、それが全国規模で事業化されるのは、北宋に入ってからである。周知のとおり、清代後期までの印刷は、ヨーロッパとは異なり、活版ではなく整版（雕版）印刷が主となるが、唐までの〈写本＋巻子本〉という書物形態が、〈版本＋冊子本〉に変化したことは、中国史上第二のメディア革命といってよい（一度目は三国時代前後の、木・竹簡から〈紙＋毛筆〉〔＝〈写本＋巻子本〉〕への変化）。したがって、整版（雕版）印刷こそは、中国の近世をもっともよく表象する媒体ということになろう。

現存の資料によって判断する限り、北宋の約百五十年間は、印刷文化が士＝士大夫の間に浸透し、彼らの版本への依存度が高まった段階といってよい。最初の百年間は主として文言典籍の刊本化が進められ、その結果、士大夫が古典的素養を身につける際に依拠する書物が、写本から版本へと漸次移行していった。そして、版本の流通が彼らの個人的な蔵書量を向上させるのに大いに寄与した。北宋では官刻本が出版界をリードしてゆくが、その一方で民間の書肆も徐々に成長し、11世紀後半になると、一定の社会的影響力をもつまでに至る。元豊二年（一〇七九）に勃発した筆禍事件、「東坡烏台詩案[10]」において、民間で刊刻された蘇軾の詩集が証拠物件として提出され、審議を左右した事実が、この点を傍証する。しかも、この事件は同時に、当時の民間出版業が同時代文学をすでに印刷の対象範囲に納めたことをも示している。

南宋に入ると、浙江杭州・福建建陽・江西廬陵等々の書坊・書肆を中心として民間の出版業がますます勢いを増し、出版件数や印刷部数の多さにおいて官刻本を凌駕し始める。とくに12世紀の後半以降、多様な形態の注釈本が民間で多数刊行され始めた。また、各地の書院が用いる古文教本の類も、この頃から編纂刊行され始める。北宋の頃にも、挙子の需めに応じた書物の編纂刊行がなされていたことは、当時の記録によって断片的に知ることができる(11)が、南宋に入るとその種の書物は枚挙に暇がないほどである。しかも、歴代諸家の説のなかから取捨選択を加えた集注本や、きめ細やかな編集や厳密な校正を売り物にした版本も現れる。南宋中期以後の出版事情については、多くの書が採り上げるところであるし、すでに本書02論文においてやや詳しく論じた(12)ので、ここでは繰り返さない。ただ、ここで一点だけ強調すると、13世紀の後半、南宋末期以降、時代が下るにつれ、士大夫や挙子ばかりを対象としたのではない書物が、明らかに増加してゆく傾向を認めることができる。たとえば、都市住民の百科知識をまとめた日用類書、陳元靚『事林広記』や、「詩学集成」とか「詩学大成」等の書名をもつ初学者向けの作詩用語集、『三体詩』や『分門纂類唐宋時賢千家詩選』、『唐宋千家聯珠詩格』等、近体の短詩型のみを対象とする啓蒙的選集等々がその典型的な例である。これらはいずれも文言の書物ではあるが、かりに挙子業とつながりがあったとしても、あくまで入門期の要求に応えるレベルのものであるから、むしろ広範な読者を想定して編まれたと考える方がより自然である。これらの書籍は、文言の新たな読者層の存在を暗示し、民間における書籍の市場が形成されたことを示唆している。そして、これらの書籍に相前後して、白話文学作品の版本も出現する。そのもっとも著名な例は、中国最早期の白話小説版本『新刊全相平話』五種（元・至治年間〔一三二一―一三二三〕）であろう(13)。

三　官話の出版言語への昇格 ―白話の高雅化―

ところで、官話（白話）の発展史を構想するばあい、三つの段階を想定することができる。第一に、官話がもっぱら口頭語として使用された段階、第二に、書記言語としても使用されるようになった段階、そして第三に、出版言語として用いられるようになった段階である。第一、第二の段階がいったい何時から始まるのかについては、資料的な制約により、今日ではもはや確定することは難しい（筆者の推測によれば、第一段階の始まりは、秦漢帝国にまで遡ることになる）。第二段階は、敦煌文書の存在によって、どんなに遅くとも、唐末にはそれが存在したことを窺い知ることができる[14]。では、第三段階は何時頃から始まり、何時頃から本格化したと見なすべきであろうか。

現存資料による限り、宋代の出版言語は、文言文体が圧倒的に主流である。しかし、『新刊全相平話』五種の存在が証明するように、元に入ると官話（白話）文体の版本も急増し始め、元の至元二年（一三三六）には、戯文、雑劇、評話、詞曲の流伝を禁ずる勅令も下されている。また、明初の永楽元年（一四〇三）、ならびに同九年（一四一一）にも、戯曲や小説の出版販売を禁ずる勅令が下されている[15]。これらの禁令は、14世紀から15世紀にかけて、出版業界に甚大なる変化が生じ、第三段階の本格化が始まったことを、我々に伝えている。それでは、なにゆえこの時期にそのような変化が生じたのであろうか。

元の後半期に官話（白話）文体の出版物が急増した背景は、おそらく、以下のように合理的に説明することが可能である。まずは、官話（白話）文体そのものの、言語階層における地位が向上したことを指摘できる。その端緒を開いたのは、元の後期から三世紀以上遡ることとなるが、おそらく禅の語録であろう。中唐以降、多くの士大夫が禅に接近し、彼らの私生活におけるその重要性は時代が下るにつれ、いよいよ高まった。北宋の、とりわけ中期以降の士大夫にとって、禅の語録は儒教経典に準ずる必読書とさえなっている。

そういう必読書の一つ『景徳伝灯録』は、大中祥符四年（一〇一一）に、入蔵を勅許され、その後ほどなく刊刻されたほか、その簡約版『伝灯玉英集』も同様に入蔵が許され、景祐三年（一〇三六）に刊刻されている。(16)『伝灯録』は灯史、すなわち禅宗祖師の伝記集ではあるが、対話が多数引用されているので、読者は自ずと官話（白話）文体と向き合うことになった。むろん、純粋な語録も、北宋以後、陸続と刊刻されている。祖師の発した肉声に接することが、禅の真髄に近づくための第一歩となるわけであるから、士大夫たちの官話（白話）文体に対する意識にも、自ずと大きな変化が生じたに違いない。このように、「士」の階層に禅が深く関わるようになったことによって、官話（白話）文体＝卑俗という価値意識が少なくとも大いに相対化されたであろう。

禅語録に引きつづき、南宋になって、儒家の語録が一般化したことは、官話（白話）文体に対する見方を根本から変える決定的要因となったであろう。儒学は、むろん「士」の伝統文化の中核をなす必須の教養である。廃仏を唱える士がいたとしても、廃儒を唱える士は存在しない。それゆえ、儒学が官話（白話）文体によって説き明かされるという現象は、禅の語録以上に象徴的な意味を有する、といってよい。

儒家語録出版の中心に立っていたのが、朱熹（一一三〇―一二〇〇）とその門弟たちである。朱熹は呂祖謙と『近思録』を共編し、北宋の周敦頤、程顥、程頤、張載四氏の語録に整理を加え一書としたほか、『程氏遺書』や『上蔡語録』等の語録を、みずから出資して、近親者や門弟に託して出版させている。(17)『近思録』は『伝灯録』と同じく文言を主とし、官話（白話）の問答が引用される形式を採るが、『程氏遺書』や『上蔡語録』は純粋な語録であり、官話（白話）文体を主とする。

慶元二年（一一九六）、語録の流伝を禁じ、版木の廃棄を命ずる禁令が下されている（『宋会要輯稿』第一六六冊「刑法二之一二八」）。(18)いわゆる「慶元党禁」に連なる禁令の一つと見なされるが、朱熹が出版に関わったこれら語録を対象としたものであろう。このことは、朱熹の企画刊行による語録が当時、（主として太学生の間で）よく読まれ流布していたことを裏づけている。朱熹その人の語録も、彼の死後、嘉定八年（一二一五）、嘉熙二年（一二三八）、淳祐九年（一二四九）、咸淳元年（一二六五）の計四回刊刻された後、咸淳六年（一二七〇）、黎靖徳によって整理が加えられ『朱子語類大全』一四〇巻として刊行されている。[19] このほか、『北渓字義』も儒家語録の一種と見なされる。この書は、朱熹の門人、陳淳（一一五九―一二二三）が、彼の門弟のために『四書集注』のキイワードについて解説した言葉を、門弟たちが整理したものであり、淳祐年間（一二四一―五二）に刊刻されている。[20]

元に入り、朱子学が官学として正式に公認され、全国の教育単位が一斉に四書を中心とする新たな儒学体系によって、教育を始めるようになると、当然のことながら、語録体の白話文も教学の重要な参考資料として用いられるようになった。また、元の統一（一二七九）以前においても、許衡（一二〇九―八〇）がすでに『大学直解』、『中庸直解』という官話（白話）文体の注解書を記している。成書の具体的時期は不明だが、通説では、至元八年（一二七一）に彼が集賢大学士兼国子祭酒の職に就き国子学を創立して以後の数年間のこととされる。[21] 一説に、モンゴル王族の子弟のために記したものとされるが、いずれにせよ、一国の学者の頂点ともいうべき特別な地位にある者が、官話（白話）文体による注解書を書き、それを教材として用いた事実のもつ象徴的意味は決して小さくない。現にウイグル族の戯曲作家、貫雲石（一二八六―一三二四）が『孝経直解』（『新刊全相成斎孝経直解』）を撰した時、その序文のなかで、許衡が「世俗の語を取り『大学』を直説」したことに触れ、それに倣って『孝経直解』を記したと明言している（至大元年〔一三〇八〕）。[22]

このように、12世紀の後半、朱熹が儒家語録を編纂刊行したことを嚆矢として、約一世紀の間に出版された官話（白話）文体による儒学関連の諸書は、結果的に書記言語としての白話（官話）の社会的地位を高めるのに、とりわけ強力な力となって作用したであろう。かつまた、それを後押しするかのように歴史が大きく旋回したことを忘れてはならない。百五十年の南北分裂に終止符を打ったのが、元という異民族政権であったということも、結果的に官話の地位向上に拍車をかけた、といってよい。

元における「士」の階層は、「モンゴル人→色目人→漢人→南人」という多重構造を持ち、その上層部は文言を必要不可欠とする伝統的文化認識を、原則として共有していない。他方、多民族政権という現実によって、共通語としての官話の重要性はかつてなく高まり、「文→白」という不変不動の関係性にも鉄槌が打ち込まれることとなった。その結果、「士」の階層において、文言の用途は自ずと限られ、その社会的重要性ならびに権威性も相対的に低下した、と想定される。以上のように、官話の社会的地位の向上が、官話（白話）を出版言語に格上げする推進力となったことを指摘できる。

中国の出版業は、もともと「士」の文教政策と不即不離の関係を保ちつつ発展してきた。そのため、民間の出版業も朝廷による一定の監視下に置かれ、折々に、禁書や版木廃毀の勅令が下されている。北宋から南宋後期に至るまで、文言以外の文体による版本がきわめて少なかったのは、おそらくそのような朝廷の規制とも関わりがあるであろう。しかし、儒家語類の出版は、結果的に官話文体を出版言語にまで格上げした。さらに、元朝という多民族政権の体制が官話の社会的重要性をつり上げたのである。そのため、同じく官話文体である通俗文藝作品の版本化への道が開かれることになったのではないか、と推測される。

加えて、民間の出版業界の台所事情も要因の一つに数えるべきかもしれない。元に入ると、科挙が約四十年間に亘って停止された。このことは、挙子向けの書籍を安定的収入源としていた書肆にとっては、少なからぬ打撃を与えたであろう。科挙の停止がもたらした経営危機も、書肆たちの目を自然と、新たな読者層、すなわち市民階層へと向かわせ、彼らの需要や嗜好に応える書籍の企画刊行を促すことになった、と言えるのではなかろうか。(23)

四　南宋末江湖派の位相

前三節において、マクロの視点から、宋末元初の言語状況を俯瞰した。科挙の進展と民間出版業の隆盛を背景として、文言と官話の関係性に新たな変化が生じていたことを確認できたように思う。宋朝約三百年の時間をかけ、文言の通俗化と官話（白話）の高雅化がゆっくりと進行し、宋末元初に出版という営利事業がそれを目に見える形に変え、その道筋をより確かで広大なものにしていったことが分かる。以下の三節では、このように文・白二つの文体が交差した時代、宋末元初に再度焦点を当て、ミクロの視点から変化の足跡を追ってゆくこととしたい。すでに官話の高雅化については、そのメカニズムを記したので、以下は――文言各種文体のうち、もっとも早く通俗化した――詩における変化の跡を辿る。

＊

元の統一より遡ること約六、七十年、南宋三大家（范成大、楊万里、陸游）が相ついで世を去った後、南宋では「永嘉四霊」（徐照、徐璣、翁巻、趙師秀）の詩が流行し、いわゆる「晩唐体」が一世を風靡した。

晩唐体とは、――中唐後期の賈島や姚合の詩風を襲った――晩唐五代の寒士たちに共通する詩のスタイルを指し、典故の運用には執着せず、五律を中心とする近体の短詩型を多用し、花鳥風月を始め日常卑近な題材を好んで詠ずる、という特徴を有する。また、一字一句の推敲に心血を注ぐ苦吟型の詩人が多いこともその特徴の一つである。

その流行の様を、元の方回（一二二七―一三〇七）が以下のように伝えている。

永嘉水心葉氏忽取四靈晩唐體、五言以姚合爲宗、七言以許渾爲宗、江湖間無人能爲古選體。

永嘉の水心葉氏　忽ち四霊の晩唐体を取り、五言は姚合を以て宗と為し、七言は許渾を以て宗と為し、江湖の間　人の能く古選体を為すもの無し。

（「孫後近詩跋」、『全元文』巻二一七）

これは、方回が大徳七年（一三〇三）に記した文の一節である。方回は、葉適（一一五〇―一二二三）が「永嘉の四霊」を推賞して以来、「晩唐体」がにわかに流行し始め、その結果、民間では古体の詩をまともに書けない者ばかりになった、という。彼はまた別の文においても南宋末期の「晩唐体」流行について触れ、その流行が嘉定年間（一二〇八―一二二四）から始まること、読書せずに作詩する者が増えたことを指摘している（大徳六年作「恢大山西山小藁序」、『全元文』巻二一四）。

士大夫の理想とする詩歌観が、古今体すべての詩型に通じ、天下国家を担うという気概や社会への関心を失わず、高度な学識をバランスよく盛り込むことだとすれば、(24)晩唐体はその対極に位置する詩体といってもよい。方回が批判的口吻でもって、宋末の晩唐体流行を記述したのもその故である。しかし、晩唐体のこの特徴は、士大夫の詩歌観を逸脱しているという点においてすでに通俗化の傾向を示している。本論第二節の末尾において、宋末以降、元にかけて、詩の用語集や啓蒙的選本が数多く刊行されていたことに触れたが、それら詩学の入門書はもっぱら近体の短詩型を対象としたものばかりであったことも想起すべきであろう。これら入門書の選本に宋末の晩唐体作品がすでに含まれていることも、(25)そのことを傍証している。

そして、より重要なことは、この晩唐体流行の背後に、民間の書肆が深く関わっていたという事実である。「臨安府棚北大街睦親坊南陳宅書籍鋪」の主人、陳起（および息子の続芸）は、――永嘉の四霊にお墨つきを与え流行の下地を作った――葉適の編選にかかる『四霊詩選』を刊行したほか、同時代の下層士大夫や布衣詩人、いわゆる江湖詩人の詩選『江湖集』九巻を始め、小集の叢刊形式によって彼らの詩集を陸続と編纂刊行した。現存するものに限っても、その数六十種以上に及ぶ。また、彼は六十種以上の中晩唐詩人の詩集も同じ形式を用いて刊行している。小集の叢刊形式とは、すべてが十巻以下、強半が一、二巻の別集を、同じ版式（左右双辺、十行十八字の所謂「書棚本」）を用い、シリーズ物として刊行してゆくスタイルである。このほか、四霊の一人、趙師秀（一一七〇—一二二〇）が賈島と姚合の詩を選んだ『二妙集』や、中晩唐の詩を中心に広く唐詩を選んだ『衆妙集』も、陳起と趙師秀の親交を踏まえると、陳宅書籍鋪によって刊行された可能性が大きい。

陳起（および続芸）のこれら一連の出版は、晩唐体という共通項によってすべてが緊密に結びついている。手本とすべき中晩唐の詩人たちの詩集や詞華集を刊行する一方で、彼らを祖述した無名の同時代詩人たちの詩集も編刻し、それらを統一規格によるシリーズ物として刊行した。陳起は単に詩集を刊行し販売したばかりでなく、吟社を結び、江湖の詩人たちとともに詩を作り出来映えを品評したり、彼らの書籍を買い取ったり貸し与えたり、詩箋紙を贈ったりと、物心両面の援助をしてもいる。陳宅書籍鋪の出版活動期間は、おおよそ嘉定から景定年間の半世紀以上に亘る。南宋晩期における晩唐体の流行は、民間の書肆、陳起の出版戦略によって作り出されたものといっても過言ではない。

以上のように、南宋末期の晩唐体流行という現象のなかには、決して見逃すことのできない幾つかの重要な意義が含まれている。まず第一に、民間の書肆が一つの潮流を生み出しそれをリードしたという、従来にない新たな伝統詩歌流行の形態がそれである。第二に、無名の布衣詩人がその中心的な創作主体であった事実、第三に、流行した詩体が士大夫の保守本流的詩歌観からは大きく外れたものであったことである。そして、この三者の何れもが、詩の通俗化という明確な方向性を示している。

五　元朝前期の晩唐体

咸淳十年（一二七四）、宋朝最後の科挙が実施されたその二年後、宋朝は首都臨安を元軍に開け渡し、宋朝は実質的に滅亡したが、元に入った後も、延祐二年（一三一五）に至るまで、科挙が実施されることはなかった。その間、実に四十年間にも及ぶ(26)。知識階層にとって、出口の見えない閉塞状況のなかにあって、南宋の故地では、挙子業盛んなりし頃奮わなかった詩学が再び興隆した、という(27)。

周知のとおり、作詩は唐の進士科においては主要な試験科目であったが、北宋の王安石が詩賦を廃止して以来、科挙に占める重要性が一気に低下した。南宋に入り、詩賦のコースも復活したが、王安石の改革によって最重視されるようになった経義や策論の科挙全体における優位性は変わらず、とくに朱子学が公認された南宋末期の理宗（在位期間は、一二二四―六四）以降、その偏重は決定的になった。そのため、多くの挙子は経義・策論対策を第一に置き、詩賦コースを受験するばあいにも、優劣の出やすい律賦の対策により大きな精力を割くようになった(28)。しかし、科挙が停止されると、そのような試験対策の束縛から解放され、思いの丈を詩作にぶつける者が急増したのだ、という(29)。

邯鄲出身の張之翰（一二四三―九六）は宋朝滅亡の数年後（おそらく至元二十年〔一二八三〕以後の数年間）に江南を訪れ、「其の宗とする所を問はば、晩唐と曰はずんば、必ず四霊と曰ひ、四霊と曰はずんば、必ず江湖と曰ふ」（「王吉甫直渓詩藁」、『全元文』巻三八四）というように、江南における晩唐体流行の様子を伝え、それを批判している。前節で引用した方回の文をも含めると、南宋末の流行は、少なくとも江浙の地に在っては、元の前期までは持続していたことを示唆している。しかし、実のところ、元における晩唐体、または詩の通俗化を真正面から採り上げた記事はそう多くはない。言及があっても、方回や張之翰のように、冷ややかな口調で採り上げられることがほとんどである。彼ら二人より下の世代では、その傾向が一層顕著になる。しかし、筆者は南宋末期に現れた潮流は、元の統一をもって雲消霧散したわけではない、と考える。

それをもっとも象徴的に表すのが、至元二十三年（一二八六）十月、宋の遺民、浙江浦江の呉渭が、謝翶、呉思斉、方鳳とともに企画実行した月泉吟社の活動である。彼らは、范成大がかつて詠じた「春日田園雑興」を題に定め、五言か七言の律詩という形式条件により、約三箇月の時限を設け、懸賞つきで広く作品を公募した。その結果、応募総数は実に二千七百三十五巻に及んだ、という。応募者は、浦江と同じく婺州に属する義烏、金華、東陽や、隣の厳州に属する分水、建徳等の出身が多いが、杭州からの投稿も少なくはない。応募総数は定かではないが、おそらく一万首を超えたであろう。三ヶ月という短期間にこれほど多い作品が寄せられたのは、彼らが各地の詩社に直接働きかけ応募を促したことに最大の要因があるであろうが、むろんその前提として、各地の詩社がそれぞれ活発に活動し、詩社相互のネットワークがすでに有効に機能していたからこそである。この点は、詩社という集団が当時、詩人の重要な活動拠点となっていたことを示唆している。

呉渭等は、寄せられた二千七百三十五巻のなかから、二百八十名の作品を選び、六十巻の詩集を刊行した（四庫全書『月泉吟社詩集』提要）というが、現存するのは一巻本のみで、上位六十名、七十五首の佳作を収録するだけである。しかし、その上位入選者の個人情報が、簡略ではあるものの記されており、それらを一覧すると、県学の教官職の経歴を有する者が若干名含まれてはいるが、ほぼすべてが布衣の詩人である。かつまた、第一名の連文鳳（投稿時の署名は羅公福）、第十八名の白珽（唐楚友）、第四十四名の仇遠の三名が今日に詩集を伝えるのを除けば、他はまったく文学史に採り上げられることのない無名の詩人たちであった。南宋後期江湖派の布衣詩人とほぼ同等の社会階層に属する詩人群と見なされるが、江湖派が都臨安の書肆・陳起を中心とする広域のネットワークによって構成されていたのと比較すると、この吟社の活動は、婺州浦江という小都市を中心とする地方都市中心型のより狭域のネットワークによって構成されている。この点は作詩集団の拠点が地方の小都市にまで拡散したことを端的に示しており、江湖詩人の活躍した南宋末期の状況よりも、作詩人口の裾野が一層拡がったことを示唆している。

作品自体は、七律が過半を占めており、五律を主とする晩唐体とは一線を画するが、典故を用いず、平明な表現を旨とするという点で、一定の親和性は認められる。月泉吟社の選考者の一人、方鳳（一二四〇―一三二一）が第四十四名の仇遠（一二四七―一三二六）の詩に序文（「仇仁父詩序」、『全元文』巻三六一）を寄せており、そのなかで彼は、永嘉四霊以後の詩を「詩を以て詩を為る」と評し、さらに「月露の清浮、烟雲の纖麗」と形容し、明らかに好意的な評価を与えている。この点も月泉吟社と晩唐体との親和性を示していよう。なお、明の李東陽によれば、月泉吟社のような詩社の活動は、元末明初においてもなお盛んであった、という（丁福保『歴代詩話続編』所収、『麓堂詩話』）。

次の文は、許有壬（一二八六―一三六四）の「周櫸洲詩序」（『全元文』巻一一八六）の一節である。

詩難乎。鄙人女子率爾成章。詩易乎。千百年文人才子雕心劌胃、白首不能已。率爾成者、後世無以尚、雕心劌胃、而論者千創百孔。

詩は難きか。鄙人・女子すら率爾として章を成せり。詩は易きか。千百年の文人・才子 心を雕り胃を劌《さ》き、白首なお已む能はざるなり。率爾として成す者は、後世 以て尚ぶ無く、心を雕り胃を劌きて、論ずる者は千創百孔す。

おそらく十四世紀前半期の実態を踏まえるが、歴代の「文人」「才子」と対比しつつ、「鄙人」「女子」が「率爾として」詩を作っている当時の状況を断片的に伝えている。

先にも記したとおり、詩の通俗化を真正面から伝える言説は多くはないが、右の一二の事例はそれを強く示唆するものと見なされる。

六　元詩の三つの極

ところで、『全元文』に収められる元人の詩学関連の言説を一つ一つ追ってゆくと、前二節で触れたような詩の通俗化とは、かなり異質な印象がにわかに形づくられる。すなわち、元人の詩論には一体に次のような二つの傾向がはっきりと存在する。すなわち、第一に、方回、張之翰がそうであったように、宋末の詩を詩学の衰微した形と見なし、その代表としての晩唐体に批判的立場をとること、第二に、おおむね古楽府の醇朴さや盛唐詩の格調を詩の本流と見なし、復古や擬古を提唱すること、の二点である。もちろん、発言者の社会的立場や個人的趣向によって、細かな主張の相違は見られるが、反晩唐と復古という基調はほぼ一致している。これらの主張と宋末以降の巷間における詩の通俗化との齟齬をどのように捉えるべきであろうか。

筆者はこれを士大夫と非士大夫の詩の二極分化現象と考える。『全元文』所収の詩論は、おおむね士大夫の立場から発せられた言説である。かつまた、晩唐体流行の地である、江浙、江西、福建出身の詩人たち（趙孟頫、袁桷、戴表元、楊載、范梈、杜本）が、その詩論をリードしている点も示唆的である。彼らに普遍的な反晩唐の復古的姿勢は、おそらく南宋後期の中央詩壇が長期低落傾向にあったことを踏まえ、そこから脱し、士大夫主導による詩壇の再興を図ろうとする動きと見なすことができる。つまり、詩学の正統に沿う「正音」「正声」を声高に唱え、一統の盛世に相応しい詩の格調を取り戻すことを主張し、中央詩壇の求心力を高めようと企図したものに相違ない。「官―学―文」の三位一体を理想とする士大夫の詩歌観から見れば、晩唐体はそもそもその対極に位置する詩体であり、あくまで傍流の一つに過ぎない。よって、巷間で流行していた晩唐体を明確に否定することで差別化を図り、士大夫中心の詩論を速やかに再構築しようとしたのだと考えられる。彼らの言説には、非士大夫ないしは民間の詩との峻別意識が前提として強く働いていることを感得できる。

　いささか穿った見方をすれば、彼ら江南知識人の、ある種の焦燥感もしくは危機感の発露といえなくもない。すでに述べたように、元に入ると、旧南宋地域出身者、いわゆる南人は権力の最下層に置かれた。士の伝統文化の象徴として君臨しつづけた文言の地位も、異民族政権下で、にわかにその屋台骨が揺らぎ始めた。それゆえ、伝統の継承者を強く自覚する彼らは、伝統文化の一角を死守し、さらには自らがその中心的地位にありつづけるために、華北の「漢人」詩人とも連携糾合しつつ、意識的に詩壇をリードし、詩の整風運動を起こした、と解することはできないだろうか。少なくとも、彼らの主張が純粋に文学的見地に立ってのものであったとするには、当時の彼らをとりまく環境はあまりに不穏かつ不安定であったように、筆者の目には映る。

　いずれにせよ、中央詩壇が求心力を強め、朝野の士の詩歌観を一つに統合しようとする気運の高まるなかで、一定不変の詩体など存在せず、立場や状況に即してそれぞれ実のあることを詠ずるのが詩人の務めである、と主張する人も現れた。黄溍（一二七七―一三五七）が、その人である。彼は、片や中央詩壇の領袖（貢奎）、片や一介の布衣詩人（高君驤）という、社会的身分の著しく異なる二人の集にそれぞれ序文を寄せ、同一の持論を展開している。後者（「雪蓬集序」、『全元文』巻九四一）を引用する。

予聞昔人論文、有朝廷臺閣、山林草野之分。所處不同、則所施亦異。夫二者、豈有優劣哉。今四方學者、第見尊官顯人摛章績句、婉美豐縟、遂悉意慕效之。故形於言者、類多有其文而無其實。

予　聞けり　昔人　文を論じて、朝廷台閣、山林草野の分有り、と。処る所同じからざれば、則ち施す所も亦た異れり。夫れ二者に、豈に優劣有らんや。今　四方の学者、第《た》だ尊官顕人の章を摛《し》き句を績《いろど》ること婉美豊縟なるを見て、遂に意を悉くして之れを慕効す。故に言に形《あら》はるる者、類《おおむ》ね其の文有れども其の実無きもの多し。

黄溍は北宋後期の呉処厚の言葉（『青箱雑記』巻五）を引用し、「文」に「山林草野」と「朝廷台閣」の相異なる二体のあることを説く。この「文」には当然、詩も含まれるであろう。そして、「山林草野」と「朝廷台閣」の間に本来優劣の差など存在しないにも関わらず、「四方の学者」がもっぱら「朝廷台閣」の体を模倣して、進んで空言を陳ねてばかりいる風潮を批判している。

黄溍は「朝廷台閣」の地位にまで昇り、比較的順調な官途を歩んだ士大夫である。だがそういう彼も、「山林草野」や、「窮郷の下士、草野の寒生」に、特別な親近感を抱くべき経歴を有していた。彼は義烏の出身で、前述の月泉吟社とも深い関わりがある。吟社が詩の懸賞公募をした時、彼はまだ十歳であったから、もちろん詩集に彼の名は含まれていないが、起家する前、方鳳に師事しその薫陶を受けており、吟社の活動を身近に体験し実見していた。よって、彼が「山林草野」や「窮郷の下士、草野の寒生」(30)と称したとき、彼の脳裏には、わが師方鳳を始めとする宋の遺民や吟社の同人たちの姿が去来していたに相違ない。つまり、呉処厚の説を借りてはいるけれども、そこには彼自身が身をもって体験し熟知していた当時の「窮郷の下士、草野の寒生」の実態が投影されていたのである。

しかし、彼が主張したのも結局のところ、広義の「士」の階層における二つの極についてであって、幾らか大雑把な括りをすれば、「中央と地方」、「上士と下士」の異同をいったものとも見なされる。忘れてならないのは、「窮郷の下士、草野の寒生」の周辺に、彼らとも明らかに異なり、詩の創作を必ずしも社会的な栄達とは結びつけず、あくまで個人の自己表現手段として愛好する、第三の極がすでに存在していたことである。前述の月泉吟社に投稿した詩人のなかにも、その種の詩人は確実に含まれていたであろうし、許有壬の序文にいわゆる「女子」「鄙人」もここに含まれよう。職種レベルの集団でいうならば、禅僧や道士等、方外の客もここに含まれる。第三の極に属する詩人たちは総じて、大上段に構えて自説を展開することも、持論を盾に他者を決然と批判し否定することもしなかった。それゆえ、文学史に採り上げられることも、詩集が後世に伝わることも、ほとんどない。陳起のような慧眼を具えた出版プロモーターが何時の世にも存在したわけではないからである。少なくとも元代において、第二の陳起は存在しなかった。

晩唐体は、イデオロギー・フリーの詩体であったがゆえに、非士大夫の詩人にとっては、もっとも身近でアプローチしやすい詩体であったであろう。近体の各種格律は、彼らにとっては、質を保証する、佳作への合理的な階梯と映ったであろうし、二韻か四韻かという短さも、創作に付帯する圧迫感を大いに軽減したであろう。また、学識を盛り込む必要も、社会の不正を暴き、天下国家を憂う必要もなく、詩的な感性を研ぎ澄まし、新鮮な表現を搾り出せばそれでよしとする、題材及び表現様式上の制約のゆるさも、初学者の創作意欲を前進させる要因となったに違いない。晩唐体が詩の通俗化、すなわち作詩人口の増大を促した所以である。元に入った後、第二の陳起は現れなかったが、晩唐体は等身大の自己を表現するスタイルとして、文言という表現手段を身につけたばかりの新たな階層の表現者にとって、もっとも身近で基本的な詩作スタイルとなり、市民権を得たといってよいであろう。

通俗化した文言と高雅化した白話の融合は、宋末元初の段階では、いまだ確かな形をとって現れ出てはいないが、14世紀、元朝後期以降の出版界における変化は、時すでに準備の最終段階にまで達していることを、われわれに伝えている。

注

（1）初版は、岩波書店、中国詩人選集二集、一九六二年十月。のち、岩波文庫に収録（二〇〇六年二月）。
（2）張宏生『江湖詩派研究』（中華書局、一九九五年一月）、張瑞君『南宋江湖派研究』（中国文聯出版社、一九九九年五月）、陳書良『南宋江湖詩派与儒商思潮』（甘粛文化出版社、二〇〇四年七月）、郭鋒『南宋江湖詞派研究』（巴蜀書社、二〇〇

四年十月）等。その後、陳書良『江湖—南宋「体制外」平民詩人研究』（中国国際広播出版社、二〇一三年六月）という論著も出た。

（3）ベネディクト・アンダーソン（Benedict Anderson）『（増補）想像の共同体 ナショナリズムの起源と流行』（*Imagined Communities* : Reflections on the Origin and Spread of Nationalism）Ⅲ「国民意識の起源」（白石さや、白石隆訳、NTT出版、一九九七年五月）。

（4）宋代ではないが、近世後期（明清）における階級の流動化を研究したものに、何炳棣『科挙と近世中国社会 立身出世の階梯』（寺田隆信、千種真一訳、平凡社、一九九三年二月）がある。その第三章「上昇移動」と第四章「下降移動」の二章において、統計データを踏まえながら、その高い流動性が具体的に明らかにされている。

（5）村上哲見『科挙の話』第二章「宋代における科挙の規模」（講談社学術文庫、二〇〇〇年四月）、および荒木敏一『宋代科挙制度研究』付篇（同朋舎、一九六九年三月）参照。

（6）清代の生員に与えられた特権については、宮崎市定『科挙史』（平凡社、東洋文庫、一九八七年六月）第二章第七項「生員」（一一〇頁）参照。挙人の社会的身分についても、同書一五二頁以下に記載がある。

（7）寺田隆信『明代郷紳の研究』第一章「郷紳の登場」（京都大学学術出版会、東洋史研究叢刊之七十三、二〇〇九年九月）参照。

（8）前注所掲、寺田隆信『明代郷紳の研究』第一章第一節（一五頁以下）参照。

（9）もちろん、長期的なスパンで概観すれば、文言文体も少しずつ変化を加え、多様性や表現機能を高めていった、というべきであろう。しかし、清末に至るまで、それが三千年を貫く言語文化の伝統そのものと意識されていたこともほぼ間違いがない。

（10）拙稿「東坡烏台詩案考（下）」（拙著『蘇軾詩研究 宋代士大夫詩人の構造』〔研文出版、二〇一〇年九月〕第六章）参照。

（11）欧陽脩「論雕印文字劄子」（『欧陽修全集』「奏議集」巻十二〔中華書局、二〇〇一年三月〕）のなかで欧陽脩は、至和二年（一〇五五）の当時、都開封にて、民間の書肆が『宋文』二十巻なる、「当今、時政を論議せる言」を多く収録した刊本を売り出し、それが「学徒を誤まつ」ものであると憂慮している。この『宋文』は、おそらく科挙の論策対策用の参考書として編まれたものであろう。11世紀の後半期、版本が巷間にかなり流布し、当時の学生にも書籍が入手しやすくなっていたことは、蘇軾「李氏山房蔵書記」（『蘇軾文集』巻十一〔中華書局、一九八六年三月〕）によって分かる。

（12）注（3）所掲、拙稿。

（13）『大唐三蔵取経詩話』も、元代における白話文学刊本の一つと見なされる。この版本は始め王国維によって南宋の刊と比定されたが、魯迅の疑義を経て、元刊本と見なすのが一般的のようである。また、文学テキストの成立についても、晩唐五代という説が通行してきたが、袁賓「『大唐三蔵取経詩話』的成書時代与方言基礎」（『中国語文』二〇〇〇年第六期〔総第二七九期〕）では、オリジナルが唐五代にまで遡る可能性は否定しないものの、被字句の検討を通じて、現存刊本のテキストはやはり元代の成立であると結論している。

（14）変文や王梵志の詩、曲子詞等の説唱系文学や韻文のほか、公文書の存在にも着目すべきであろう。その一つ、いわゆる「敦煌契」は、民事法制に関わる公文書であるが、官話の痕跡を色濃く残している。池田温『敦煌文書の世界』第二部「契」（名著刊行会、歴史学叢書、二〇〇三年一月）によれば、それらは主に9～10世紀に記されたもの、という。また、敦煌文書には、禅宗の六祖慧能（六三八～七一三）の語録『壇経』も含まれる。もしも、このテキストが慧能の当時の官話を伝えるものだとすれば、書記言語としての官話の歴史も、初唐にまで遡ることになる。

（15）至元二年、永楽元年、同九年の禁令については、李瑞良編『中国出版編年史（増訂版）』（福建人民出版社、二〇〇六年十二月）上巻四一七、四五二頁、四五七頁参照。

（16）以上、『景徳伝灯録』、『伝灯玉英集』の入蔵や刊刻については、椎名宏雄『宋元禅籍の研究』（大東出版社、一九九三年七月）第二章第三節「勅版大蔵経と禅籍」に詳しい。

（17）注（15）所掲『中国出版編年史（増訂版）』上巻三五七頁参照。

（18）中華書局一九五七年影印本では、巻一九三九二、第七冊六五五九頁上段。

（19）王星賢点校『朱子語類』（中華書局、一九八六年三月）「点校説明」参照。

（20）熊国禎、高流水点校『北渓字義』（中華書局、一九八三年八月）「点校説明」参照。

（21）『全元文』巻六九、許衡紹介文（江蘇古籍出版社、一九九九年九月、第二冊四一三頁）参照。

（22）『孝経直解』については、宮紀子『モンゴル時代の出版文化』（名古屋大学出版会、二〇〇六年一月）第Ⅰ部第一章に詳細な考察がある。

（23）前注（4）所掲の『想像の共同体』では、グーテンベルクによって活版印刷術が実用化された後、約百五十年の間は、この新技術がほぼラテン語文献の印刷のために用いられた、といい、この百五十年は、ヨーロッパの出版業が知識階層の市場を飽和するのに要した時間と見なしている（七七頁）。これと同様のことを宋末元初の出版業界に当てはめて考えることができるかもしれない。すなわち、宋末元初の出版業も知識階層の市場をすでに飽和し、経営戦略の大きな転換期にさしかかっていたと見なされるかもしれない。

（24）拙稿「宋代士大夫の詩歌観―蘇黄から江湖派へ―」（拙著『蘇軾詩研究　宋代士大夫詩人の構造』〔研文出版、二〇一〇年九月〕第一章）参照。

（25）注（3）所掲、拙稿の第十節「南宋末期～元の作詩教本、選本、類書の編刻と流行」参照。

（26）華北の地では、金の滅亡（一二三四）から勘定すると、さらに四十年が加わり、八十年もの間、科挙が実施されていない（臨時に実施された戊戌選試〔一二三八〕から勘定しても、七十八年になる）。

（27）吉川幸次郎氏は『元明詩概説』（初出は、岩波書店、中国詩人選集二集所収、一九六三年六月。のち、岩波文庫所収、二〇〇六年三月）第二章第四節「市民の詩」のなかで、金の故地、華北では、失職した文化人たちが、戯曲作家に転じたことを指摘している。

（28）戴表元（一二四四～一三一〇）の「張仲実詩序」では、南宋の末期を回顧し、詩を軽視して顧みない「搢紳先生」について触れている。また、「張君信詩序」では、「詞賦」の学習に余念がなく、詩が軽んじられる様が記されている（ともに『全元文』巻四一七）。

（29）奥野新太郎「挙子業における詩―元初の科挙停止と江南における作詩熱の勃興―」（九州大学中国文学会『中国文学論集』第三十九号、二〇一〇年十二月）に関連の考察がある。

（30）黄溍が貢奎の文集に寄せた「貢侍郎文集序」（『全元文』巻九四二）に見える言葉。

04　中国近世黎明期の文学

はじめに

宋代文学研究は、近年ようやく緒に就いたばかりの後発分野である。それは、――研究の前提ともいうべき――『全宋詩』と『全宋文』が、それぞれ一九九八年と二〇〇六年に完成したばかりという事実に象徴される。この四半世紀、とくに二〇〇〇年前後までの研究傾向を概括すれば、欧陽脩、梅堯臣、王安石、蘇軾、黄庭堅、陸游、楊万里等数名の大作家に局所集中したほか、時代的にも北宋に偏重し南宋は等閑視されてきた。また、中国語圏では詩よりも詞への関心がはるかに高く、詞→詩→文という順で関心の度合いが低下する顕著な偏向も存在した。このように、かつては、宋代文学研究各領域のなかに様々なレベルの偏差が存在し、未開拓の分野もけっして少なくなかった。(1)しかし、『全宋詩』と『全宋文』の公刊が大きな契機となり、この数年間に、手薄な研究対象にも少しずつ光が当てられるようになり、時代的アンバランスや文体的偏向も急速に解消されつつあるように感じられる。

筆者も、これまで蘇軾を中心として北宋士大夫の詩歌を専攻してきたが、(2)近年は南宋文学にシフトし、主として南宋末期の布衣詩人群「江湖詩派」を研究対象としている。(3)この詩人グループは、これまで学界において余り注目されてこなかった。我が国では、つとに吉川幸次郎氏が『宋詩概説』（岩波書店、一九六二年）や『元明詩概説』（同、一九六三年）で、彼らの存在意義を説いてはいるものの、その後、何一つめぼしい成果が生まれていない。中国では、張宏生氏の『江湖詩派研究』が公刊された（中華書局、一九九五年）のを嚆矢として、それに続く業績も二、三生まれてはいるが、今なお学界の注目を集めるというレベルには至っていない。その最大の要因は、彼らを宋代詩史という枠組みの中に押し込め、静態的にとらえようとするスタンスが一般的であったことにあるように思われる。張氏によれば、このグループは138名から成り、その9割近くが下級士大夫と布衣である。今日に伝わる彼らの作品数も強半が一、二巻程度であり、彼ら一人一人の詩学的功績はむろん蘇軾や陸游等の大作家とは比べるべくもない。さらに、彼らが宋朝滅亡前夜に活躍したという事実を重ね合わせると、自ずと彼らには「詩史の衰退」というレッテルが貼られることになる。このような事情が作用してか、マイナー詩人群である彼らは、今日までホットな研究対象とはなり得なかったのであろう。

しかし、彼ら江湖の詩人たちの詩作活動は、宋朝の滅亡とともに雲散霧消したわけではない。元から明へ、明から清へと、時代が下るにつれ、彼らに類する江湖詩人の活躍の場は確実に拡がり、より活発になっていった。つまり、宋末の江湖詩派は決して孤立した一過性の文学現象ではないのである。よって、彼らを宋元から明清へと連なる近世文学史のなかで位置づけし直し、動態的にとらえ直すと、その存在感は俄然高まることになる。

筆者は彼らの詩作を「詩の近世化」という観点から照射し、彼らを再評価することによって、中国文学史におけるパラダイム転換を企図している。江湖詩派、ひいては宋代文学を改めて定位するために、その前提となる諸問題に一つの道筋をつけることが本論の目的である。

一　中国近世文学史の問題点

筆者は「近世」という言葉をすでに二回用いているが、まずは、文学の「近世」とは何か、という原理的問題を問い直すことから始めるべきであろう。

ネーション・ステートの先進国、ヨーロッパでは、文学史に対する根本的な懐疑から、20世紀半ばには文学史研究も零落の一途を辿った、という（H・R・ヤウス『挑発としての文学史』、轡田収訳、岩波書店、二〇〇一年）。同様に史学の領域でも、今日、時代区分論は流行らないと仄聞する。しかし、少なくとも中国にあって、文学史研究は今なお熱気を帯びている。過去の文学史を総括し、新たな文学史の創出を企図して、『中国文学史学史』なる論著も刊行されたほどである（計三冊、董乃斌・陳伯海・劉揚忠編、河北人民出版社、二〇〇三年）。

ネーション・ステート後発国の当然の理として、日本を始め東アジア各国は、自国の文学史を作成するに当たり、まずはヨーロッパにおける関連著作に範を取り、そこに展開された幾つかのモデルを運用することによって、近代的文学史を構成していった。とりわけ中国において、初期の文学史が量産され始めた民国初期（一九二〇〜三〇年代）は国難の時期に当たり、いち早い言語の近代化（国語の普及）が急務であったがゆえに、それら既成のモデルに適合させんとするあまり、かなり強引な誘導的操作が加えられている。

つまり、「国民の文学＝口語的文体による小説」というゴールを予め措定し、そこへと無理なく連なる予定調和的なストーリーが描かれた。その結果、今日なお通行する、「唐詩、宋詞、元曲、明清小説」という、ジャンルの新陳代謝を中心とする文学史モデルがこの時に確立され、宋以降、主流の文体が文言から白話へと変化し、通俗化してゆくというストーリーがあたかも自明の既定概念のごとくに描かれ始めたのである。

筆者は、元明以降、白話の各種文体が隆盛を迎えたことを否定するつもりは毛頭ない。もとよりそれは否定しようもない事実であろう。かつまた、そのような文学史モデルの底流にある進化史観についても、これを根底から疑問視する立場ではない。ただし、このような操作が、それぞれの時代の実相を覆い隠す危険性のあることを問題視する。宋〜清九世紀半の文学現象を冷静な目で概観すれば、文言と白話の二大文体が、相互に影響を受けつつ、多様な文学現象を生んだ現実を容易に垣間見ることができる。むろん、白話が文言にとって替わったわけではなく、文言作品もそれまで以上に量産されつづけた。したがって、元以後の文学史を、文言か白話かというように択一的に描くことは実態にそぐわない。むしろ、この二つの文体の棲み分けや融合、混合にこそ、この時代の実相がより多く内包されている、と筆者は考える。

二　宋代文学は近世文学か？

内藤湖南、宮崎市定の説に拠れば、中国の近世は宋代に始まる。「近世」の普遍的指標が果たしてあるのか否か、筆者にはなお不明であるが、少なくとも、次のようにいうことはできよう。――もはや「中世」ではなく、さりとてまだ「近代」ではない時代、それが「近世」である、と。そして、ゴールとしての「近代」が、ネーション・ステートという共通の国家体制によって支えられた時代である、という前提に立てば、その一歩手前の「近世」は、当然のことながら、その性格を一定程度潜在させ、そこへと一歩近づいた時代ということになろう。したがって、言語文化についていうならば、「近世」のキイワードは自ずと「世俗化」「通俗化」「大衆化」ということになってゆくであろう。そして、この点は現在通行する「唐詩、宋詞、元曲、明清小説」モデルに見事に当てはまる。しかし、前述のとおり、このモデルは文学史の複雑な諸々相を単純化しすぎている嫌いがあるのみならず、新興のジャンルを強調するあまり、伝統的文体である文言の社会的機能を過小評価しすぎている。

内藤湖南は、宋代文学の近世的側面を唱えた際、詞のみを例に挙げている（「概括的唐宋時代観」一九二二年）。しかし、「詞」の文体はそもそも白話ではなく、文言を主とする。しかも、宋代の平均的作者にとって、「詞」は「詩」に次ぐ第二の文藝であった。加えて、宋代の作と確定できる白話小説はまことに寥寥たる数である。したがって、かりに内藤・宮崎説が総体として妥当であったとしても、こと文学の領域に関していえば、宋代文学＝近世文学という括り方には、大いに疑問符がつくことになろう。宋代文学は白話＝通俗的文体より、文言＝伝統的文体の方が、圧倒的に優勢な時代であった。それでは、宋代文学を「近世文学」ときっぱり言い切ることができるのであろうか。

両宋三百年間における文学の「通俗化」は、時代が下るにつれ、顕在化してくるが、総じて北宋はなお水面下における動きにとどまり、南宋も後半期に至ってようやくわれわれの目に留まる現象が現れ始める。よって、結論的にいえば、宋代文学は中世から近世への移行期ととらえるのが、もっとも穏当であろう。そもそも、言語は伝統文化のもっとも中核的な位置を占め、自ずと高い保守性を帯びる。かりに内藤・宮崎説が妥当であるとしても、それは社会の変革と歩みを完全に一つにするわけではない。たいていは何世紀かのタイム・ラグが生まれ、遅れてやって来る。

前述のように、宋代文学の主要文体は文言である。文言は先秦以来の伝統をもち、伝統との連続を保証する文体として機能しつづけてきた。したがって、「通俗」の対極に位置する伝統文化とも性格づけられるが、文言に通俗化が存在しないかといえば、筆者はそうは思わない。ただし、それは言語現象としての通俗化ではなく、より隠微な形をとって現れ、それを掬い出さない限り明確化されない。一言でいうならば、文言の通俗化とは、作り手の通俗化、すなわち使用人口の増大という形で現象する。そして、両宋三百年間に文言の作者人口は、確実に何倍にも増加した。詳細なデータはむろん存在しないが、一つの制度に着目することによって、それを証明できる。

三　言語の社会階層

それを説明する前に、われわれは今一度「言語の社会階層」という問題に立ち返らなければならない。なぜなら、近代という横並びの均質的空間に身を置いていると、ともすると見失いがちな視点だからである。しかし、われわれが分析を加えようとする時代は階級社会であり、使用言語と社会階層はパラレルな関係にあった。「古典」という語は漢語で表現されるとその本質が背景化するが、「Classic」という英語／ラテン語は、かつてそれが、Class＝上層階級に属していた歴史を端的に示しており、この点は欧州のみならず、東アジアでも同様であった。上層階級に属し、高貴な階層を表象する教養、それが「古典」であり、元来、庶民とは縁の浅いものであったことを、われわれはまず再確認すべきであろう。そして、中国における「古典」は、文言によって記述されつづけてきた。

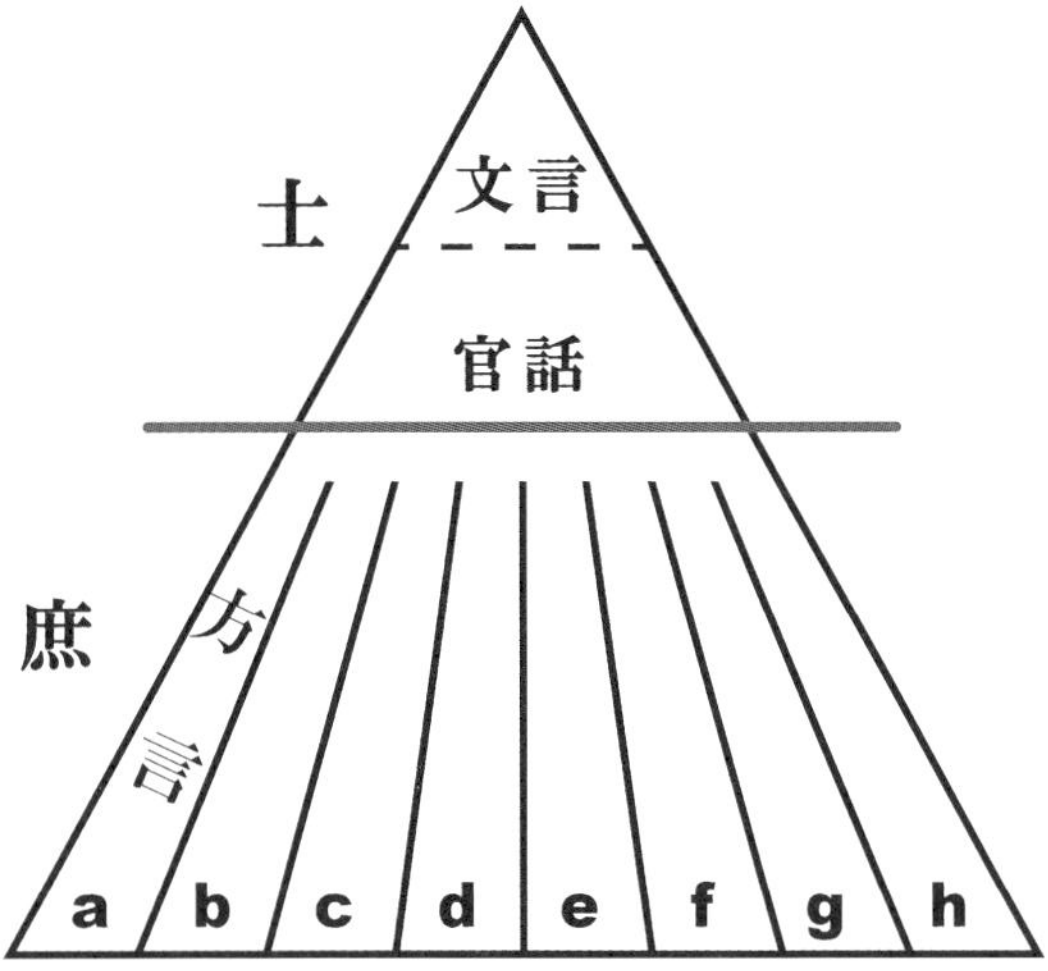

〔図１〕中国の言語的社会階層（中世型）

　ベネディクト・アンダーソン（Benedict Anderson）が提示したモデル[4]を参考に、中国伝統社会における言語と社会階層の関係を図示すると〔図1〕のようになる。

　中国の伝統的階層は、単純化すれば「士」と「庶」に大きく二分される。『礼記』（曲礼）にいう「礼は庶人に下らず、刑は大夫に上らず」という条文は、「士」（厳密にいえば、「大夫」は「士」の上位階級になるが、本論が対象とする科挙社会では両者を併せたものが「士」であるので、ここでは拡大解釈する）と「庶」の別をよく象徴している。そして、「士」の人口はいつの時代も全人口の一割に満たないものであった（現代中国でも、共産党員は全人口の7％未満の数である）。したがって、「古典」は、少数の「士」が大多数の「庶」の上に君臨するための文化的必要十分条件と見なされていたはずである。より具体的に言うならば、必要条件としての「文言」の運用能力と十分条件としての「礼」の実践能力こそが、その内実となる。

近世に至るまで、「庶」は原則として文字を識らず、それぞれの出身地の方言のみを用いたと見なされる。それに対し、「士」は出身地の方言のほかに、官人の共通語「官話」を用い、さらに伝統的書記言語「文言」を駆使した。つまり、単一の口語俗語のみを使用した「庶」と、――それ以外により普遍性の高い言語を二種類操ることのできた――多重言語使用者としての「士」、という明確な対比が、近世以前には存在した、と考えられる。

四　文言の通俗化と科挙、印刷出版業の隆盛

ところが、近世に入ると、この言語使用における「士」と「庶」の別が、徐々に薄らいでいった。その変化を促したものは、科挙制度と印刷出版事業の発展である。両者はともに唐代から存在したが、規模といい、社会的な影響力といい、より本格的な開始は北宋以降のことといってよい。印刷が識字人口の拡大に寄与したというのは、分かりやすい道理であろう。一方、科挙についてはいささかの説明を要するかもしれない。

とはいえ、そのメカニズムに着目すれば、それはそう複雑な問題ではない。つまり、科挙という制度は、ごく少数の及第者と圧倒的多数の落第者を定期的に生み出すシステムにほかならないからである。具体的なデータを挙げよう。

北宋末期、宣和六年（一一二四）の礼部省試では、約一万五千人の郷試及第者が都に集められたが、最終的に「進士及第」の栄誉に浴したのは、八〇五名であった。実に九割五分に相当する一万四千人余が篩にかけられている。郷試に応じた人数についてはデータが残っていないが、おそらく郷試合格者（一万五千）の十倍は下らなかったであろう。したがって、このデータに基づけば、三歳一挙の科挙によって、十万規模の落第者が量産され[5]、「士」になれなかった彼らは必然的に民間に沈澱することになった。

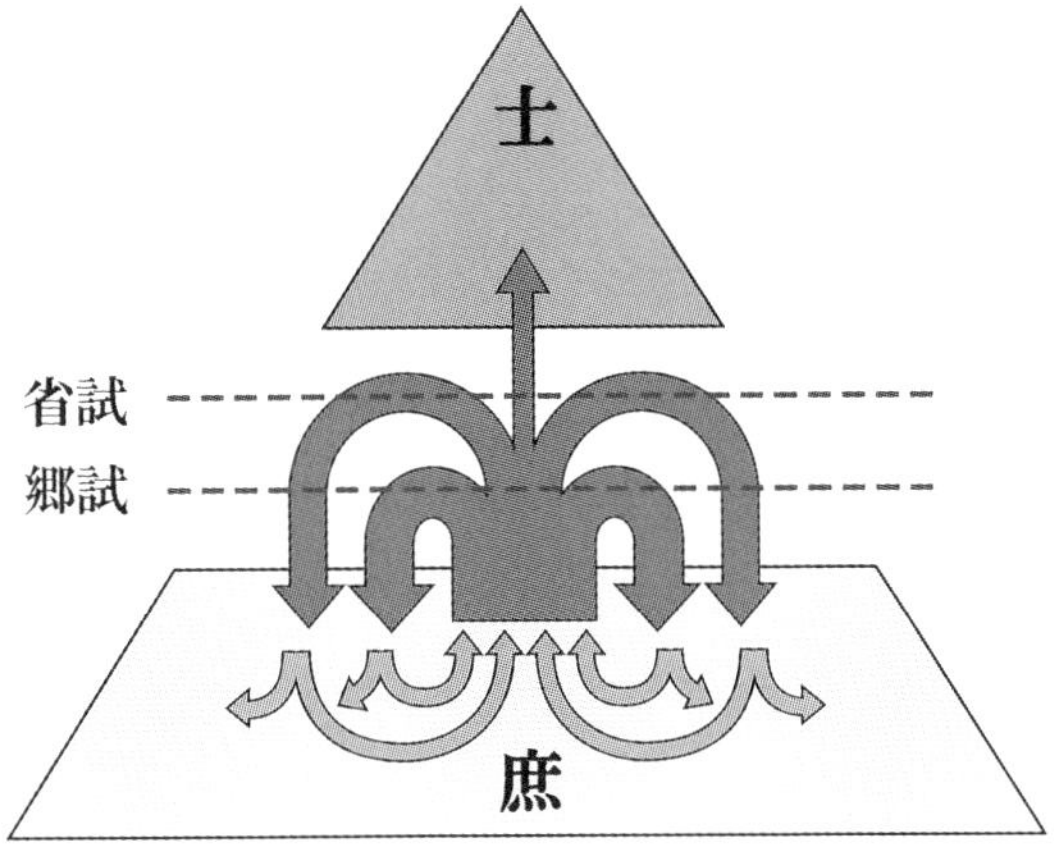

〔図２〕科挙の構造（宋元型）

落第したとはいえ、長年の受験準備によって、彼らはすでに高度な文言の運用能力を備えていたと考えられる。そうすると、科挙の持続的実施によって、「士」の必要条件を満たす人材が三年ごとに十万規模で「庶」のなかに増加してゆくことを意味する。地方の州県学や書院、私塾に通う学生のなかに占める非士族＝「庶」の比率も、決して低くはなかったはずである。もしそうならば、応挙のために設置された各種教育機関では、「庶」を教学の対象として、「士」の「古典」を教授するということが当たり前に行われていたことになろう。このように、科挙とそれに連なる各種教育機関は、かつては「士」の文化的表象として存在した「古典」的素養を「庶」に移植する装置としても機能していた、といってよい。

ちなみに、宋元の科挙は、「郷試（地方試験）→礼部省試（中央試験）→殿試」の三段階あり、最終段階の殿試では通常、落第者は出ない（殿試では省試合格者の最終的順位が決定された）。そして、〔図２〕に図示したように、郷試・省試いずれの段階でも落第すれば、再度の挑戦では、再び郷試から始めなければならなかった。明清の科挙では、挙子の身分保障が一定程度なされるようになり、科挙を受験するためには、まず州県の学校に入学することが前提となり、学校に入学すると「生員（秀才）」という終身の資格を与えられた。また、郷試に合格すれば「挙人（孝廉）」という終身資格も与えられ、会試に合格できなくとも、再度の挑戦では、会試の受験資格が自動的に与えられた。これを図示すると、〔図3〕のようになる。

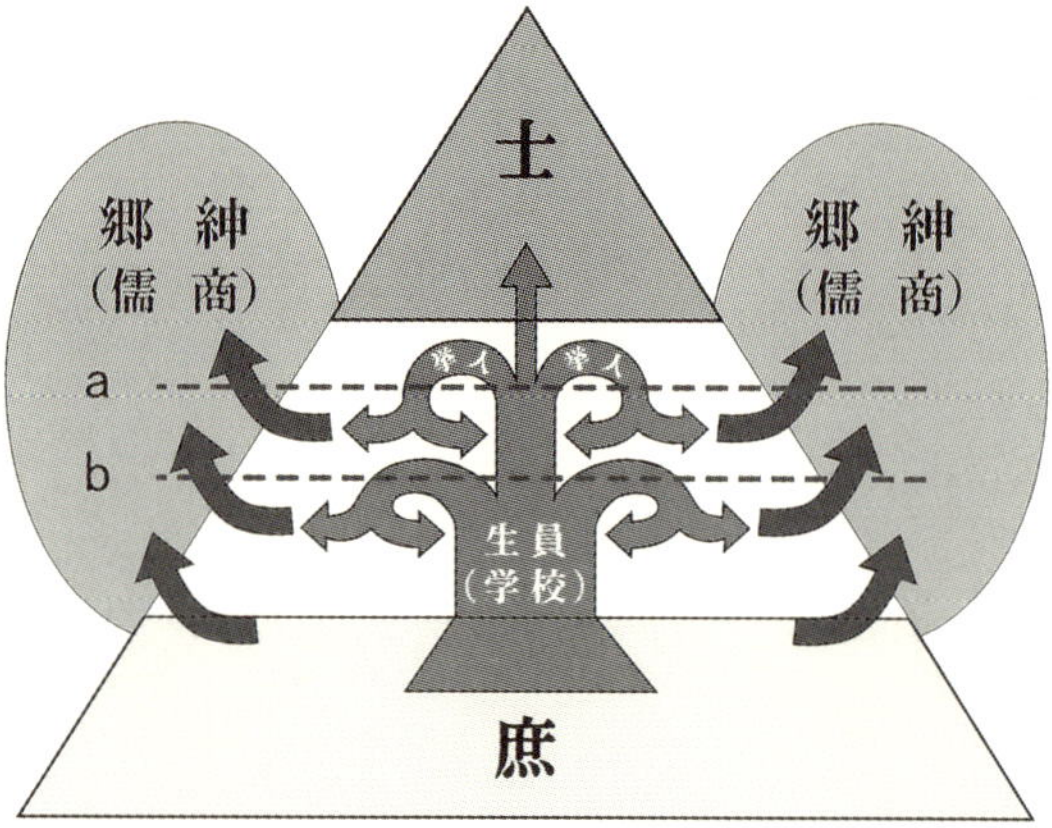

〔図3〕科挙の構造（明清型）aは会試、bは郷試を指す

そして、もう一つの促進要因、印刷出版は、もともと中央政府の文教政策と深く関わり合い、官主導で発展したが、11世紀の後半期になると民間の出版業も急速に力をつけ、社会的影響力をもち始める。その一つの象徴が、東坡烏台詩案である。元豊二年（一〇七九）に、蘇軾（一〇三七―一一〇一）の身に降りかかった、この筆禍事件では、民間の書肆によって印刷刊行された詩集が証拠物件として上呈されている。この事例は、民間の書肆がすでに同時代文学をもその事業範囲に納めたこと、そしてそれが政治闘争の具とされるまでの社会的影響力を持ったことを示唆している。この事件の三年前、いみじくも蘇軾自身が当時の民間出版業の興隆に言及している。彼は「李氏山房蔵書記」（中華書局、『蘇軾文集』巻十五）のなかで、その数十年前、書物を入手することがどれだけ困難であったかを述べた後に、「近歳 市人 転《うた》た相ひ模刻し、諸子百家の書、日に万紙を伝ふ。学者の書に於けるや、致し易きこと此くの如くして、其の文詞学術 当に昔人に倍蓰《ばいし》すべし」と、書籍の入手が昔と比べ何倍も容易になったことを記している。

現存の北宋刊本は僅かなため、当時の実態も今となっては大変見えにくいが、南宋は現存刊本の数も多く、それによっておおよその状況を知ることができる。南宋の出版史を特徴づけているのは、何といっても坊刻本の数と種類の多さである。文学関連に限っていえば、北宋は主として北宋以前の典籍が主たる印刷対象であったのに対し、南宋に入ると同じ宋代の詩人別集が刊行され始めるほか、その注本、分類集注本、選本まで編纂刊行され、さらには詩文創作のための啓蒙的選本や用語集・類書まで刊行されるに至っている。それらのほぼ全てが坊刻本である。むろん、挙子向けの参考書の類も夥しい種類に上り、現存するものも多い。このような民間出版業の活況が、文言の通俗化＝使用人口の増大に寄与したことは想像に難くない。

五　白話文体の社会的地位向上

現存資料による限り、宋代文学はなお文言によって支配された世界である。しかし、これまで述べてきたように、文言の通俗化が水面下で進行していたように、白話文体の社会的比重も徐々に高まりつつあった。ちなみに、書記言語としての白話は、官話が主体となる[6]。

白話の発展段階を考える場合、理念的に三つの段階を想定できる。第一に白話がもっぱら口頭でのみ用いられた段階、第二に書記言語としても用いられるようになった段階、そして第三に出版言語としても用いられるようになった段階である。資料的な制約から、今日では、第一、第二の段階の開始時点を正確に特定することは不可能である。

第二段階、すなわち白話文体の成立は、敦煌文書の存在によって、どんなに遅くとも唐代の後半期には実現していた。むろん北宋の公文書類のなかにも、白話文を含む文献が散見される。その多くが会話文の引用であるが、前述の『東坡烏台詩案』も官話の痕跡を色濃く残す文献である。文飾を必要としない事務的な行政文書の多くが、当時すでに官話の書記文体によって記述されていた可能性を示唆する。

第三段階の開始は、北宋前期、11世紀の前半にまで遡る。禅宗語録が最初期の刊行対象となった。不立文字を標榜する宗派であるがゆえに、祖師の肉声を記録した白話文は、文言によって潤色してはならない聖なる言葉であった。文化的に保守的な士大夫集団が、雅俗の見を捨てて、主体的に白話文にアプローチした理由は、宗教という特殊な背景によるものと推察される。北宋の時代、禅宗が士大夫の必須の教養となったことにより、彼らの言語認識における白話文の地位も格上げされたと見なされる。

そして、白話文体の社会的地位を一気に高めたのは、南宋中期の朱熹とその門下生たちが編纂刊行した儒家語録であろう。なぜなら廃仏を唱える士がいたとしても、廃儒を唱える士はいないからである。朱熹はおそらく禅宗語録にも影響を受けながら、主体的に北宋二程子ならびに謝良佐の語録を整理編纂し、近親者に命じて刊行させている。周知のとおり、彼自身が発した言葉も、門下生の手で、最終的に『朱子語類大全』として整理され刊行されるに至っている。官話文体の語録を教学プロセスに積極的に取り入れた朱子学が元の時代に官学の地位に昇るに及んで、白話の書記文体も完全にオーソライズされるに至ったと考えられる。したがって、白話が出版語として公認されるに至る転換点は宋末元初にあると見なされる。白話文学の最初期の刊本もこの頃を境として登場し始めており、白話の社会的地位の向上と不即不離の関係にあると考えられる。

六　宋詩の確立と通俗化

北宋の中期、慶暦年間は宋代政治史の大きな転換点といってよいが、文学も同時期に変革期を迎え、詩風・文風が大きく変化した。その中心的役割を果たしたのは、主として南方出身の進士及第官僚であった。そして、後世「宋詩」

の典型と見なされた風格が、欧陽脩から蘇軾・黄庭堅に至る二世代の間に確立され、同時に宋代士大夫の詩歌観も完成した、といってよい。北宋の中後期に活躍した代表的詩人はほぼすべて進士及第の高級官僚であった。そのため、彼らの価値認識の基盤には、彼らの意識の有無濃淡にかかわらず、進士科の試験科目が大きく作用したと見なされる。

宋代の進士科試験は、王安石の科挙改革以前においては、①「論策」（主として時局に関わる論文課題）、②「帖経／墨義」（儒学の知識や理解を問う課題）と③「詩賦」（文学創作の課題）の三場からなった。

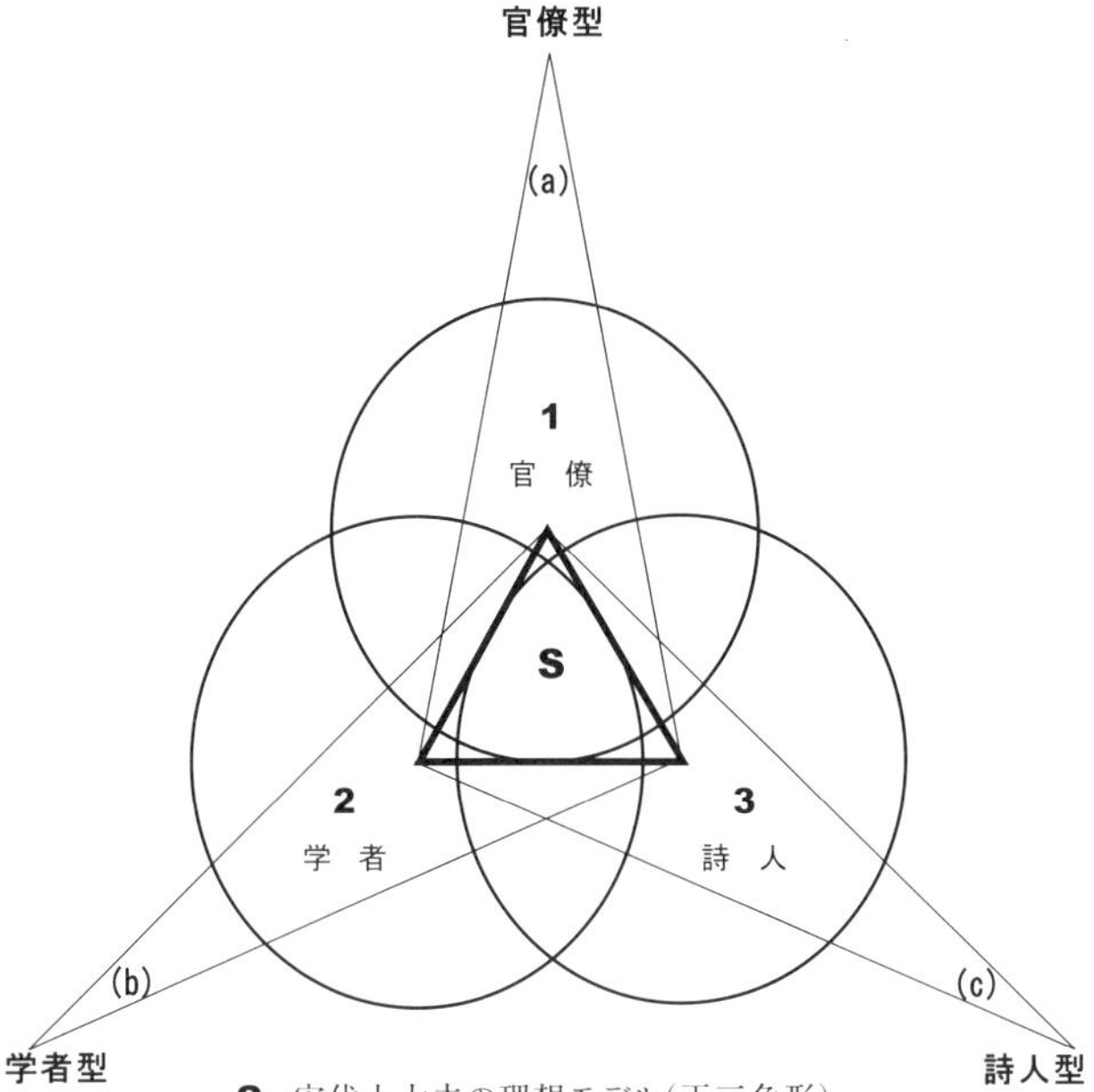

S＝宋代士大夫の理想モデル（正三角形）

〔図4〕宋代士大夫の理念モデル

司馬光が「国家用人の法、進士及第者に非ざれば、美官を得ず」（「貢院乞逐路取人状」、『温国文正司馬公文集』巻三十）と述べたように、北宋も半ばを過ぎると、要路の官すべてを進士及第者が独占するようになった。そのため、「士」を目指す者たちは皆、進士甲科及第を目標に、試験準備とその対策に勤しんだはずである。その結果、北宋中期以降の士大夫たちの知的基盤も高度に平準化され、〔図4〕のような文化的構造をもっていたと思われる。すなわち、官僚であると同時に、学者であり、詩人でもあるという三位一体型の構造である。この三者のバランスの上に宋代士大夫は立っており、いずれの一つが欠けても理想的な士大夫とは見なされなかったであろう。もちろん三者の中にも優先順はあり、官としての立場が最優先され、詩人としての才が末尾におかれたであろうことも容易に想像される。しかし、この三者は一個の士大夫のなかでもつねに分かちがたく同居していた、と考えられる。

したがって、彼らが詩を創作する際にも、この複合型の構造に相応しい内実が求められるようになった、といってよい。すなわち、純粋に文学的見地のみから詩作に耽るのではなく、官としての視点、学者としての知見をも併せもつスタイルが模索されたのである。いかにレトリックの上で優れた詩を書いたとしても、それが国家の経営に責を負う者としての風格に乏しいものであったならば、躊躇なく批判の対象とされた（たとえば、寇準の詩）。また、学識や理知のかけらも感じさせない感情過多の詩風も忌避されたと推測される。宋詩に社会批判の詩が多かったり、説理に傾く詩が多かったり、典故を多用して衒学的傾向をもつ詩が多かったりする理由も、このような士大夫の詩歌観と深い関わりがある。

士大夫によって確立された宋詩の特徴は、近世の象徴ともいうべき「通俗化」とは、相反する性格を濃厚に帯びている。詩経以来の儒学的詩歌観を改めて中心にすえて凝縮し、士大夫の文化的価値認識に照らして再構築した、伝統回帰の性格を強く内包する詩歌観と見なすことができる。そして、この詩歌観は、宋代に止まらず、明清に至るまで、士大夫を中心として詩の伝統的理念として生きつづけた、といってもよい。

しかし、ここで前述の理屈を想起してもらいたい。文言の通俗化は、作り手の通俗化、すなわち作者人口の拡大という形で現象するという理屈である。宋代には非士大夫の詩人が多数誕生した。北宋末・南宋初の人、呉可の『蔵海詩話』は、北宋後期・元祐年間（一〇八六―九四）の南京で商人が士大夫が開いた私塾に通って詩の作法を学び詩集を多数編んでいた事実を伝えている。また、同時期の首都開封で屠殺業者の作った詩が大流行したことも記している。そのほか、南北両宋の交代期に、李清照や朱淑真のような閨閣詩人も誕生した。彼らこそは士族出身の一般的な婦女が詩人の仲間入りをした魁的存在である。唐までの女流詩人は絶対数が少ないだけでなく、ほとんどが宮女や妓女、女冠等の、家庭を離れた特殊な職種の女性たちであった。それに対し、朱・李二氏は、通常の士大夫の家庭で生まれ育った女性であるという点が新しい。

とはいうものの、北宋~南宋中期の、民間詩人や閨閣詩人の活躍を伝える記載はさほど多くはない。作詩人口の増大を確実に感じさせる事例は、やはり南宋の後期まで待たなければならない。

そして、その予感を確信に変えるのが、江湖詩人たちの活躍である。

彼らが体現する通俗性とは、第一に彼らの社会的身分である。冒頭に記したとおり、138名中の約9割が下級の士大夫と布衣であった。このような社会的身分の詩人が百名を超えて一時期に誕生し流行した事実が、作詩人口の増大を間接的に証明していよう。第二に彼らの詩がそれを体現している。彼らが作った詩は「晩唐体」と呼ばれ、形式的には五言律詩や七言絶句を中心とする短篇の近体詩が多用され、内容的には日常卑近な題材が好まれる一方、社会諷刺や政治批判の詩はほとんど書かれない。また典故を多用して学識を競う詩もほとんど作られなかった。つまり、彼らの詩作傾向は、宋代士大夫の詩歌観から大きく逸脱している。北宋士大夫によって高踏的かつ倫理的な表現手段として強化された詩が、彼ら江湖詩人の手のなかでは、ほぼもっぱら等身大の自己を表現する抒情の具として生まれ変わっている（この点は、民間に詩作が拡がっていく際の重要な条件となる）。第三に、彼ら無名の詩人たちが世に知られるきっかけを作ったのが、都・杭州で書店を営む陳起という民間人であった、という点である。民間の書肆が、無名詩人の詩集を陸続と編集刊行し、詩のトレンドを作り出したという、新しい詩の流行の形に、新時代の到来を感じさせられる。第四に、印刷出版という営利事業が流行のすべての起点となっている点である。以上の四点は、すべて「通俗化」のベクトルを示している。

以上、考察してきた内容を総合すると、文言の通俗化、白話の社会的公認（出版言語化）、民間出版業の隆盛（民間出版資本の成熟）、という近世的な諸現象は、すべて13世紀以降の南宋後期に集中して現れ出ている、ということである。よって、両宋三百年の文学史は、その一点を目指して、じわじわと、しかし着実に、水面下で通俗化の歩みを進めた時代であったと、特徴づけられる。換言するならば、宋代は文学的近世の黎明期であった。

注

（1）１９８０年以降の日本における宋代文学研究の概要については以下の拙稿を参照のこと。
・内山精也「文学研究—詞学および詩文を中心として—」（遠藤隆俊・平田茂樹・浅見洋二編『日本宋史研究の現状と課題—１９８０年代以降を中心として—』、汲古書院、二〇一〇年）

（2）近年、拙著『蘇軾詩研究—宋代士大夫詩人の構造—』（研文出版、二〇一〇年）にまとめた。

（3）日本学術振興会科学研究費の助成による、計8名からなる共同研究プロジェクトを進めている（基盤（Ｂ）「南宋江湖詩派の総合的研究」）。また、『江湖派研究』という学術誌を創刊し、昨年、第2輯を刊行した。

（4）ベネディクト・アンダーソン『（増補）想像の共同体—ナショナリズムの起源と流行—』（白石さや、白石隆訳、ＮＴＴ出版、一九九七年）Ⅲ国民意識の起源。アンダーソンは、ヨーロッパで国民国家が形成されてゆく過程を考察し、そのなかで国語の成立過程についても記述している。彼は、中世において半固定的であった言語と社会階層の関係性を、出版資本が切り崩してゆき、それが国語創成の下地となったことを指摘している。その前提として、「神聖なる文章語」（ラテン語）と「口語俗語」（各地の方言）という二種類の言語を使いこなせる人々が知識階層、すなわち特権階級《エリート》を構成し、後者一種しか用いない階層が大衆であった、という概括を行い、二重の言語使用者である上層階級と文字をもたない口語俗語のみの単一言語使用者である大衆という対比を鮮明に描き出している。

（5）荒木敏一『宋代科挙制度研究』（同朋舍、東洋史研究叢刊22、一九六九年）附篇「宋代科挙登第者数及び状元名表」によれば、科挙合格者の数（進士、諸科、特奏名を併せた数）は北宋では仁宗朝以後、ほぼ一千名規模となり、南宋でも同様である。及第者の数は時期によって大きく増減するが、受験者総数の傾向は一度増加したならば、そのレベルを維持すると想定される。宣和六年の礼部省試における及第者数は北宋の平均値よりかなり多いが、受験者総数は当時の傾向と著しく異なるとは考えにくい。よって、少なくとも十万規模の受験者が存在したと想定することは、実態からそう大きくは乖離していないと考える。

(6)　古屋昭弘氏が白話文体について示唆に富む指摘をしている。白話文学が安定的に量産され始めた明末清初を対象とするものではあるが、それが強い平準化、規範化の傾向をもち、方言の影響は存外少ないと指摘している（古屋昭弘「書籍の流通と地域言語―明末清初を例として―」、雄山閣、アジア地域文化学叢書2『アジア地域文化学の発展』所収、二〇〇六年）。おそらく、これは民間の出版資本が言語文化に関与し始めたことと深い関係があるように思う。つまり、書記文体の地域差が大きすぎると、販路の拡大を阻害することに繋がるからである。そのため、民間の出版資本は、より普遍性の高い書記文体を必要とした。そのため、言語的社会階層の上位にあり、白話の中で出版言語として最初にオーソライズされた官話文体が、白話文体の規範とされたのではないかと推察される。それが結果的に白話文体の平準化もしくは規範化という現象を生んだのではなかろうか。

05　南宋江湖詩人の存在意義

一　世紀の変わり目

宋朝三百年間は「士大夫の時代」といわれる。それは、宋代の士大夫がその本分たる行政において最重要の役回りを演じたからというばかりでなく、文化的にもトップランナーとして全体を牽引し、空前の繁栄を演出したからこその謂であろう。詩歌の世界に焦点を当ててみても、それはおおむね当てはまる。後世の詩評家が称したように、もしも「宋詩」のもっとも代表的な風格が、――説理や議論を好み、典故を多用して学識を競う――「学人の詩」風だとするならば、それを創り出した主体は、まぎれもなく士大夫たちであった。ただし、宋詩が彼らの全き独擅場であったかといえば、必ずしもそうとは言えない。彼らの存在感がとりわけ大きかった北宋の一百五十年間においてさえも、魏野《ぎや》（九六〇―一〇一九）や林逋《りんぽ》（九六七―一〇二八）等の隠士や九僧や道潜（一〇四三―一一〇六）、恵洪《えこう》（一〇七一―一一二八）等の詩僧がおり、非士大夫の詩人も存在していた。それがあまり目立たなかったのは、士大夫詩人の強烈な主体意識とそれを裏づけるだけの精力的な活動を前にして、彼らも自覚的に脇役に徹する道を選んだからであろう。

ところが、南宋も後半に入ると、そのような非士大夫の詩人たちにも、しかるべき表舞台が用意され、スポットライトが当たるようになった。――時おりしも世紀の変わり目、宋朝滅亡（一二七九）まで、残すところ七、八十年前後という頃のことである。その直前の約半世紀、宋王朝は華北を女真族の金に占領されつつも、講和条約によって、半壁の泰平を現出し、中興の盛世を謳歌していた。詩壇には、范成大（一一二四―九三）、楊万里（一一二四―一二〇六）、陸游（一一二五―一二一〇）、尤袤《ゆうぼう》（一一二七―九四）のいわゆる四大家がおり、儒学の世界でも、朱熹《しゅき》（一一三〇―一二〇〇）が精力的な教育活動によって己の信奉者を急速に増やしていた。その他、宰相位に就いた碩学、周必大（一一二六―一二〇四）や『容斎随筆』『夷堅志』『万首唐人絶句』等の浩瀚な書物の編著者、洪邁《こうまい》（一一二三―一二〇二）が活躍したのもこの時期である。

これら、ほぼ同一世代に属する士大夫たちが演出した中興の盛世は、彼らの死とともに終焉を迎える。世紀の変わり目の前後十年間に彼らが相次いで世を去ると、中央文壇の求心力は急速に衰えて、詩壇にもかつてない新たな風が吹き始めた。その主役は、もはや四大家のような高級士大夫ではなく、下層の士大夫もしくは無位無官の布衣詩人たちであった。現行の中国文学史では、彼らを「江湖派」もしくは「江湖詩派」と呼ぶ。

二　「江湖派」とは何者か？

われわれが今、着目するのが、この「江湖派」の詩人たちである。

ただし、「江湖派」という呼称は、あくまで便宜的なものであり、当の彼らですら、詩派を形成し、己がその一員である、という自覚はなかったであろう。宋代を代表する詩派「江西派」と比べると、その差は歴然としている。江西派には、絶対的なリーダー（黄庭堅）が存在し、成員の間に緊密な師承・交友関係があり（呂本中に「江西詩社宗派図」がある）、同じ詩学的宗旨（杜甫の詩を窮極の典範と仰ぎ、「換骨奪胎」や「活法」等の詩法を鼓吹・追求した）を仰いでいた。

一方、いわゆる「江湖派」には、明確なリーダーはおらず、師承の関係も見出しがたい。かつまた、独自の詩学的主張も皆無に等しかった。このように、江西派をスタンダードとすれば、およそ詩派らしからぬ詩派であり、自律的な集団と見なすことさえ難しいかもしれない。だが、名称の適不適を別にすれば、彼らの存在それ自体に極めて大きな文学史的意義が内包されていることは疑いようもない。少なくとも、以下の四点を指摘できる。

その第一は、彼らが無位無官の布衣と下級士大夫を中心とする百名を超える詩人群であった、という点である。江湖派研究のパイオニア、張宏生氏によれば、この詩派の詩人として、計138名をリスト・アップできるという（張宏生『江湖詩派研究』附録一「江湖詩派成員考」、中華書局、一九九五年一月）。試みにその138名を、士大夫か非士大夫かという社会的身分によって区分すると、前者は75名、後者が63名となる。さらに、士大夫75名を官歴を参考にして上・中・下の三層に細分すると、下層の士大夫が59名となる（上層2、中層14）。よって、138名のうち、下級士大夫と布衣の総和が122名となり、全体の九割近くを占める。このように知識階級の基層に位置する詩人たちが、一時期に優に百人を超えて活躍し、しかも今日に作品を伝えているのは、中国文学史上、空前のことである。この点がまず彼らの際だった存在意義と見なしうる。なお、彼らに冠せられた「江湖」とは、朝廷もしくは中央に対して、民間や地方を意味する語。彼らのおよそ九割がもっぱらの拠り所とし、多種多様に活劇を演じた広大なる舞台である。

第二に、――彼ら自身が声高に主張したわけではないものの――彼らが愛用した詩のスタイルが一世を風靡し、結果的に新たな詩歌の潮流の中心に彼らが立ったという点である。しかも、彼らの詩のスタイル＝「晩唐体」は、それまで詩壇の中心にいた士大夫たちの伝統的詩歌観を明らかに逸脱していた。まず、形式的には、五言律詩や七言絶句等の近体の短詩型に偏り、士大夫たちが長編の古体詩を重じ、古体と近体のバランスを求めたのと異なっている。内容的にも、日常卑近な題材に偏り、士大夫のように愛国・憂国の情をほとばしらせたり、社会の不正を鋭く批判したりすることは稀であった。また、一字一句の鍛錬には骨身を削ったものの、士大夫のように典故を頻用して学識を競うようなこともめったになかった。士大夫によってとことん高められた作詩の要求レベルが、彼らの間ではかなり低下し、もっぱら等身大の自己を表現するための手段として位置づけ直された観がある。しかし、この点こそが市民階層の詩歌創作への参入を容易にし、作者人口の裾野を拡大するのに、大いに寄与したと考えられる。

第三に、彼らの成功の蔭に、都臨安の書商、陳宅書籍鋪の主人、陳起《ちんき》の存在があり、彼の出版プロデュースによって彼らの詩の流行が一気に拡大した、という点である。「晩唐体」という名称が示すように、この詩体は決して彼らが一から創り出したものではない。すでに九世紀の晩唐にあって一度流行していた詩体であり、その流行を支えていたのも、士大夫階級の最下層に甘んじた寒士たちであった。よって、第一、第二の点については、彼ら以前にすでに一定程度起きていた現象でもあり、晩唐と晩宋の相違はあくまで流行の規模と程度の差に過ぎない。しかし、この第三の点は、晩唐の寒士たちがたとえ望んだとしても手に入れられる条件ではなかった。木版印刷の普及というすぐれて「近世」的な条件を背景にしているからである。

中国は北宋以降、本格的に印刷時代に突入するが、北宋における出版事業は主として官主導によって行われた。それが南宋に入ると、民間の出版業が力を蓄え、種類や件数、部数、すべての面において、坊刻が官刻を凌駕するようになる。福建の建陽、江西の廬陵、そして都臨安が、12世紀の後半以降、出版の三大盛地として、多種多様な坊刻本を大量に生産し、南宋全土の市場を満たすようになったのである。江湖詩人たちが活躍し始めたのは、まさしくこのような時代であった。

このような大状況のなか、陳起という、時代を読むのに長けた臨安の書肆が、一、二巻程度の「小集」による叢刊方式で、陸続と中晩唐の中小詩人ならびに南宋江湖詩人の詩集を出版し始めた。彼の出版戦略によって、時代が晩唐体に一気に傾いたといっても過言ではない。すなわち、伝統詩歌のトレンドを一民間の書肆が事実上、生み出したことになる。――このように、南宋江湖詩人の流行と活躍は、印刷メディアの普及、さらには民間出版資本の成熟という時代背景を前提に成立している。

以上の三点は、いずれも伝統詩歌が士大夫階層の専有物ではなくなり、彼らに加えて非士大夫の知識人も重要な創作主体に変わりつつある時代的趨勢をはっきり示している。近世という時代の最大の特徴が「通俗化」「大衆化」にあるとするならば、中国の伝統詩歌は、南宋の後期に至って、近世に大きく一歩踏み出したといえるであろう。その第一歩を大きく後押ししたのが、ほかならぬ江湖詩人の一群なのである。

そして、第四は日本への影響である。この点はともすると見失われがちであるが、江湖詩人の存在は、日本の漢詩史にも小さからぬ影響を与えている。陳起が刊行した、いわゆる「書棚本」が同時代の日本に伝わったか否かについては、残念ながら確認できなかったが、江湖詩人の一人、周弼《しゅうひつ》が編んだ『唐詩三体家法』、俗にいう『三体詩』は、近体の三詩型（七絶、五律、七律）のみを対象とした唐詩の選本であるが、室町期の五山禅林で作詩教本として重視され、万里集九の『暁風集』のように微に入り細を穿った詳細な注解書までもが生まれている。しかも、『三体詩』は室町の五山禅林に止まらず、江戸時代に入ってからもロングセラーをつづけた。また、劉克荘《りゅうこくそう》の編とされる『分門纂類唐宋時賢千家詩選』も室町期には日本に将来され、江戸後期には和刻本も刷られている。

さらに、江湖詩人138名のなかに名を連ねてはいないものの、彼らと類似の境遇にあった宋末元初の布衣の手になる書物を含めると、魏慶之《ぎけいし》の詩話総集『詩人玉屑《ぎょくせつ》』や、蔡正孫《さいせいそん》の七絶選本『唐宋千家聯珠詩格』および詩話総集『詩林広記』等が加わることになる。その他、この当時、「詩学集成」や「詩学大成」と銘打ち、近体詩の創作を助ける目的で、詩語や例句を類聚した実用的類書も多種多様に刊行されているが、それらの一部も五山禅林に将来されている。これら宋末～元初にかけて編纂された詩学関連の入門的教本や参考書、類書も、五山禅林においてとりわけ重宝され、その多くが翻刻されて五山版に姿を変え、今日にまで伝えられている。

つまり、南宋後期の江湖詩人たちが切り拓いた伝統詩歌通俗化の流れは、中世の日本にもそのまま伝わり、主として禅僧を中心として受容され、それがひいては江戸以降の近世漢詩の直接的な基盤となっているのである。江戸後期を代表する詩人の一人、市河寛斎《いちかわかんさい》は寛政年間の初めに詩社を結び、自ら「江湖詩社」と命名したが、寛斎はその名を南宋の江湖派から取ったとはっきり明言している。その門生、大窪詩仏《おおくぼしぶつ》、柏木如亭《かしわぎじょてい》、菊池五山は、19世紀初頭の文化・文政期、澎湃と巻き起こる漢詩創作ブームのただ中で江戸詩壇の牛耳を執った。江湖詩社出身の彼らこそは、まことに江湖の専業詩人と呼ぶに相応しい漢詩人たちであった。南宋後期と江戸後期の間には、およそ六世紀近くの時間的隔たりが存するものの、時と所を越えて、日中の江湖詩人たちが呼応し合っていることをここに強調しておきたい。

三　「江湖派」研究の現在

このように、文学史的に重要な意義を内包する彼らであるが、これまで関連の研究は、日本はもとより中国においても、盛んであったとはとうてい言いがたい。日本では、つとに一九六〇年代の初め、吉川幸次郎氏が「元、明、清の時期を通じ、文学が主として民間人をにない手とするさいしょである」とその意義を説いている（『宋詩概説』第六章第一節、岩波書店、中国詩人選集第二集、一九六二年十月）が、管見の限り、その後、専論・専著はまったく現れていない。中国では、前掲、張宏生氏の専著が九〇年代半ばに公刊されて以後、二、三の専著が世に問われているが、今なお学界のホットな研究対象となっているとは言いがたい。

その理由は幾つか考えられるが、あえて一つに限定すると、伝統主義的下降史観と近代主義的進歩史観の双方に絡め取られて、われわれの関心が彼らに向きにくい構造が強固に形成されたことに最大の要因があると感じられる。

前者の下降史観とは、盛唐を頂点として中国詩歌史が下降線を辿ったとする見方で、唐詩よりも宋詩が衰え、北宋詩よりも南宋詩が衰えたと考える立場である。この場合、宋朝滅亡前夜に活躍した江湖詩人たちは衰退のその末に位置づけられることになり、自ずとネガティブな評価が与えられることになる。加えて、北宋士大夫が確立した詩歌観に照らしても、晩唐体は彼らの理想からほど遠く、二重の意味で衰退・衰微というフィルターが江湖詩人にかけられるようになった。

このような下降史観が初めて現れたのは、皮肉にも、江湖派全盛の時代であった。厳羽（一一九二？―一二四五？）の『滄浪詩話』がその最初期の著作である。この厳羽の所説が元明の擬古派に理論的根拠を与え、彼らによってそれが拡大再生産された結果、元明清三代のもっとも代表的な詩歌史観の一つとなった。しかし、ここでよくよく注意しなければならないのは、下降史観を展開した彼らの目的が那辺にあったのかという問題である。彼らは無数の先行作品と詩人のなかからごく少数の絶対的典範を選び出して、それを旗印に自派の目指すべき理想を定めたが、そこには「創作のため」という附帯条件が必ず存在していたことを忘れるべきではない。掲げる典範が少なければ少ないほど、自派の旗印は単純明快になり、初学者の賛同も得られやすくなるが、その分、その典範がいかに優れているかを際だたせる必要も生じる。おそらくそのために、他を決然と否定する論法が用いられたのだと考えられる。そのような時、この下降史観はまことに都合がよかった。

しかし、われわれは実作者として中国古典詩に向き合うわけではない。よって、創作の典範として最適か否かという点が、われわれの最終的基準となるわけではない。そもそも、文藝作品は、なにを基準とし尺度とするかによって、その評価も大きく変化するものだ。かの詩聖杜甫の詩でさえ、北宋の楊億は「村夫子のようだ」と毛嫌いし、詩仙李白の詩でさえ、王安石は「酒と女を取ったらほとんど何も残らない」と批判したという。ことほどさように、評価する側の好尚、立場、時代等々によって、評価は千変万化する。われわれはむしろ、そのような主観的論断からつとめて自由な立場になることをまず目指すべきであろう。

筆者は、たとえ一つの伝統に根ざした同一形式の詩歌であっても、それぞれの時代に即応した「現代的」価値がある、と見なす立場に立つ。つまり、古代詩には古代詩の、中世詩には中世詩の、そして近世詩には近世詩の実存的価値があるという考え方である。よって、われわれがまずなすべきことは、なにがしかの普遍的もしくは絶対的基準を持ちだして、それに照らして作者や作品の優劣や序列を性急に定めることなのではなく、対象を凝視して、それぞれの時代におけるその実存的価値を掘り起こすことなのではないかと考える。

もう一つの進歩史観の方についても論じよう。これは、「口語俗語による小説＝国民文学」というゴールをあらかじめ措定し、各国文学史がそのゴールに向かって「進化」の歴史を辿るとする西欧起源の文学史観である。中国では、王国維が先鞭をつけ、胡適が鼓吹して、一九三〇年代以降、支配的になった。通常それは、「一つの時代にはその時代に相応しい新しいジャンルが興起する」という「一代の文学」論の形で描かれ、ジャンルの新陳代謝が強調される。「唐詩・宋詞・元曲・明清小説」説がそのもっとも代表的なモデルである。ただし、このモデルによりかかりすぎると、詩は宋においてすでに主流のジャンルではなくなり、元明以降に至っては白話文体の時代に変わり、あたかも詩の生命はとっくに尽きてしまったかのような誤解さえ生じかねない（そのせいか、二十世紀以降今日に至るまで、元明清三代の文学研究は、このモデルに忠実に、主として白話文体を対象として進められた）。

しかし、ここで改めて問題を提起すれば、詩は宋に入って詞に主流の地位を譲り渡したわけでもなければ、元以降、その命脈を絶ったわけでもない、という厳然たる事実である。それどころか、もしかりに宋から清末に至る一世紀ごとの作詩総数や作詩人口の統計グラフを作成できたならば（その実現性は相当に困難ではあるが）、それが確実に右肩上がりの上昇曲線を描くであろうことも、われわれは十分に察知している。文学革命の旗手胡適は、文言系の文学を「死せる文学」と唾棄した（『白話文学史』「引子」、商務印書館、一九二八年六月）けれども、宋以降およそ九世紀にわたって、百万、千万、あるいは億を単位とするかもしれない作者人口を吸い寄せた詩というジャンルを、その一言で片づけていいはずはない。少なくとも、命脈を絶ったはずの「死せる文学」が、なぜそれだけの情熱をもって九世紀もの長きにわたって製作されつづけたのかという問いに、われわれは然るべき回答を用意しなければならないはずである。

以上、――これまでわれわれの頭をがんじがらめにしてきた、下降史観と進歩史観という――二つの文学史観に関わる問題点を、筆者なりに整理してみた。私見では、上記のような問題意識が是認され共有された時、はじめて南宋の江湖詩人たちは、われわれに対し、その際だった存在意義を主張し始めると考える。なぜならば、彼らこそ「伝統的創作主体＝士大夫」の外側に誕生した詩人群の、最初の成功例であり、伝統文学の通俗化＝近世化を、身をもって体現しているからである。ここにいう通俗化とは、文体や表現面におけるそれを指しているのではなく、作り手の通俗化、すなわち作者人口の拡大を指している。言い換えるならば、それまで詩とあまり縁のなかった階層が伝統文藝と向き合い、それを自家薬籠中の自己表現手段に変えてゆく転換点・結節点に、南宋江湖の詩人たちは立っているのである。

今ここで、「通俗化＝近世のキイワード」という原則に基づき、新たに「近世詩」というフレーム＝価値基準を立てて考えてみると、彼らは衰退の末に位置づけられるどころか、「近世詩」の一番先頭に立つポジティブな象徴へとにわかに一変する。そして、このように考える時、われわれは彼らの実存的意義を真に問い返すことのできる地点にようやく立つことになるのだと筆者は思う。

II　宋詩と江湖

06 宋代八景現象考

はじめに

本論でいう〈八景現象〉とは、ある一地域の景勝地を八箇所乃至数箇所切り取り、各景観を主として漢字四字によって標題し、詩歌や絵画によって具体的に描写する、一連の文化現象のことを指す。

いわゆる〈八景現象〉は、――遠い昔の歴史記録の中に封印された――死せる文化現象ではない。香港や澳門の如き、歴史の浅い近代都市に八景が存在する事実がそれを物語っていよう[1]。また今日、中国各地で、従来から存在した八景を「古八景」と称し、それとは別に「新八景」を選定する動きも正に活発に行われている[2]。〈八景現象〉は、今なお生成され続ける、すぐれて今日的な文化現象である。

〈八景現象〉は、ひとり中国国内においてのみ見られる文化現象なのではない。我が国においても、室町時代以降、各地に八景が選定された。朝鮮においても高麗朝以降、同様の現象が各地に存在した、という[3]。いわゆる〈八景現象〉は、広く東アジア全域で認められる文化現象でもある。

ところで、近世乃至今日における〈八景現象〉を考えてゆく際、最も欠くべからざる要件は、この現象が〈旅游〉という文化的営為と深く関わり合っている、という事実であろう。

歌川（安藤）広重版画「金沢八景・瀬戸秋月」図（天保七年［1836］前後）

江戸時代後期（19世紀前半）の実例を挙げる。時は文化、文政、天保の頃、——精巧な写実的彩色版画——浮世絵が大量に制作され、江戸の巷間に流布していた。その代表的作家、葛飾北斎（一七六〇—一八四九）や歌川広重（一七九七—一八五八）は、日本各地の景勝地をシリーズ物の浮世絵に仕立てて陸続と世に問い、それぞれが好評を博している。その中には、「近江八景」（滋賀県琵琶湖の南）、「金沢八景」（神奈川県横浜の南）等の八景図も含まれていた（挿図参照）。

江戸時代後期は市民文化が花開いた時代である。都市住民の経済条件が向上し、多くの市民が泊まりがけで外地へと観光旅行に出かけた。北斎や広重の版画は、ちょうど現代における絵葉書の如き役割を果たしている。当時の〈游客〉たちは、彼らの八景図に触れて、旅游への興趣を掻き立てられ、版画をガイドとしながら、版画と同じ景観に向き合い、虚と実の間を往来する瞬間を楽しんだ。

北斎や広重の浮世絵の如き明確な役回りを演じた版画なり絵画なりの存在が、中国の八景現象においても認めうるか否かについては、筆者にはまだ明確な回答はない(4)。しかし、明清以降、中国各地ににわかに誕生した近世・近代的八景が、〈游客〉を誘い、〈游客〉の足を景点へと導く役割を果たしたことは、疑いようのない事実であろう。むしろ、近世・近代における八景は、それぞれの土地の美しさを対外的に宣伝し、外地の〈游客〉を誘引することをそもそもの目的として選定されたに相違ない。この〈旅游〉を中心とする〈八景現象〉は、市民階層の成熟という近世・近代的社会条件を背景として成立している。したがって、筆者がこれから採り上げようとする、11～13世紀、宋代の〈八景現象〉においてはまだ明確な形では立ち現れてはいない。しかし、このような近世的八景現象も、むろん宋代の八景現象を前提とし、それを基礎として発展した一変相に他ならない。

本論では、——15、16世紀以降、中国を中心として広く東アジア全域に急速に浸透していった八景現象の直接的淵源である——宋代の八景現象に焦点を絞り、それがどういう時代的文脈の中で産み落とされ、どのようにして周囲に浸透していったか、について重点的に論述する。宋代の八景現象は、士大夫階層を中心とするいわば限定的な上層の文化現象であり、近世・近代におけるが如き市民階層をも巻き込んだ大規模な現象ではないが、彼らが定めた文化的枠組みは、今日の〈八景現象〉にもなお、強固に息づいている。本論は、一千年に垂んとするこの現象の誕生の瞬間に立ち会い、それが独り立ちしてゆくまでの初期過程を明らかにすることを主たる目的とし、さらには近世・近代へと連続する発展形態の兆候をそこから探し出したいと思う。

一　宋迪の「瀟湘八景図」

八景現象の淵源を求めると、北宋後期、宋迪《そうてき》が描いたという「瀟湘八景図」にまで辿り着く。——八景現象は、絵画藝術の中から誕生した。

宋迪の画はすでに失伝し、それが如何なる絵画であったのか、もはや具体的に知る術はない。しかし、当時の複数の記録が、「瀟湘八景図」の最初期の作者として、宋迪の名を挙げている。その最も早期のものは、沈括（一〇二九―一〇九三）『夢渓筆談』巻十七（中華書局香港分局本）の、以下のような記載であろう。

度支員外郎宋迪工畫、尤得意者有「平沙雁落」「遠浦帆歸」「山市晴嵐」「江天暮雪」「洞庭秋月」「瀟湘夜雨」「煙寺晩鍾」「漁村落照」、謂之「八景」。好事者多傳之。

宋迪、字は復古、洛陽の人。進士に及第し、湖南転運司判官（嘉祐八年）、宣撫司勾当公事（熙寧四年）、度支郎中（熙寧五年）、知邠州兼提挙永興・秦鳳路交子（熙寧七年）等を歴任した。(5) その他の経歴は未詳の部分が多いが、兄の道（一〇一四―一〇八三、字叔達）、甥の子房（長兄選の子、字は漢傑）とともに、画家として知られている。また兄弟そろって、『宣和画譜』（巻十二「山水三」）に著録されている。

五代の黄筌（九〇三―九六五）や李成（九一九―九六七）等の、宋迪に先行する「瀟湘八景図」の存在を示唆する資料が二、三現存するが、近年の先行研究によれば、それらの資料はそれぞれ信憑性に某かの問題を含んでいる。(6) また、たとえ黄・李二氏が確かに「瀟湘八景図」を描いていたとしても、宋代における「瀟湘八景図」の流行は北宋の末期まで待たなければならない。したがって、現象の遠い淵源を黄・李二氏に求めることはあるいは可能かもしれないが、流行の直接的契機を、百五十年前後も遡って彼らに求めるというのは、いささか説得力に乏しい。なぜなら、北宋の約百五十年間、とりわけ後半の七、八十年の間に、士大夫と絵画、特に水墨の山水画との関係性が急速に接近したという顕著な変化が認められるからである（後述）。

宋迪よりも世代はやや下になるが、北宋末期の詩僧・慧洪（一〇七一―一一二八／「惠洪」とも書く。また、徳洪とも覚範ともいう）が下記の如き詩題をもつ「瀟湘八景詩」を詠じていることを考慮に入れれば、宋代八景現象の起点は、

沈括の記載が示唆する通り、やはり宋迪の絵画にあると見なすべきであろう。(7)

宋迪作八境絶妙、人謂之無聲句。演上人戲余曰、道人能作有聲畫乎。因爲之各賦一首。

（四部叢刊本『石門文字禅』巻八、『全宋詩』〔以下、『全』と略称〕一三三四―23―15162）

慧洪は、現存する「瀟湘八景詩」の中で最も早期の作者であるが、彼も「瀟湘八景図」＝宋迪という認識を基盤として詩を詠んでいる。(8)

宋迪が「瀟湘八景図」を描いた具体的な時期については、現在その手掛かりはほとんど存在しないが、仁宗の嘉祐年間の末に彼が湖南転運司判官として瀟湘の地を実際に訪れたという経験が、一つの重要な契機となったことはほぼ間違いない。彼は洛陽出身の北人士大夫である。湖南転運司判官赴任は、彼の官途における最初期に位置する経歴であるから、瀟湘＝湖南の風土に触れたのも、おそらくこの時が最初のことではないかと推測される。

宋迪とほぼ同世代の蘇軾（一〇三七―一一〇一）が、八景図ではないが、彼の「瀟湘晩景図」に詩を寄せている（「宋復古画瀟湘晩景図三首」）。歴代の蘇軾編年詩集および孔凡礼『蘇軾年譜』（中華書局、一九九八年二月）はいずれも、この題画詩を元豊元年（一〇七八）の作としている。蘇軾の題画詩の内容を踏まえれば、(9)宋迪が「瀟湘晩景図」を制作したのは、おそらく熙寧七年（一〇七四）六月、邠州（陝西省彬県）へ知事として赴任して以降の二、三年の間ということになる。

宋迪は湖南転運司判官赴任の嘉祐末から死去するまでの間に、右二種の画を含め、おそらく数種の瀟湘もしくは八景関連の画を制作していたものと想像される。それは『宣和画譜』に列挙された彼の画題によっても十分類推することができる。『宣和画譜』に著録された彼の絵画31種の中、「瀟湘秋晩図」「江山平遠図」「遠浦征帆図」「八景図」等は、それを彷彿とさせよう。

また、これまで余り注意されて来なかった資料に、蘇軾詩の、以下の如き宋人注がある。蘇軾「送呂昌朝知嘉州」詩に対する、趙次公（北宋末南宋初の人）注に、

> 昌朝得宋復古畫「八景圖」、來嘉州。其目曰、「洞庭晩靄」「廬阜秋雲」「平田雁落」「闊浦帆歸」「雨暗江村」「雪藏山麓」「泉嵓古柏」「石岸孤松」。（四部叢刊本『王状元集注分類東坡先生詩』巻二一、「送別下」）

という記述があり、これによれば、宋迪は「瀟湘八景図」と全く異なる別の「八景図」も描いていた。沈括が指摘した通り、「瀟湘八景図」を始めとして、山水画の組作は、宋迪の最も得意とする画題であったのだろう。

生卒年を含め宋迪の経歴に不明の部分が多いので、肝腎の「瀟湘八景図」の制作時期は特定し難いが、上限は前述の通り嘉祐の末年（一〇六三）、下限は元祐年間の後半を下ることはない。その根拠は、宋迪「瀟湘八景図」のことを最初に記録する沈括『夢渓筆談』が、元祐三年（一〇八八）の後数年間に執筆されたものだからである。

以上の如く、「瀟湘八景図」の制作時期について、現在確実に指摘できるのは、北宋後期、神宗の時代（熙寧、元豊）を中心とする四半世紀の間、ということのみである。

二　北宋後期の士大夫と絵画

北宋の後期、神宗の時代は、士大夫が絵画を確実に自己表現の手段として活用し始めた時代である。むろん唐代にあっても、絵画は士大夫と関係性の深い藝術領域であった。ただし、王維等の僅かな例外を除けば、唐代の代表的士大夫自らが恒常的に絵画制作に着手したという記録はほとんどのこっていない。彼らにとっての絵画はあくまでも鑑賞の対象であって、主体的に自らが創作に加わるべき領域とは考えていなかったようである。以後、士大夫と絵画の

距離は時代が下るにつれて確実に一歩一歩狭まったものの、北宋中期に至るまで、基本的状況に大きな変化はない。したがって、絵画の制作は基本的に宮廷画院を中心とする職業画家たちの独占領域であった、といって過言ではない(10)。しかし、北宋も後期に入ると、そこに確実に顕著な変化が生じてくる。

文同（一〇一八—一〇七九）、王詵（一〇三六—一〇八九以後）、蘇軾（一〇三七—一一〇一）、晁補之（一〇五三—一一一〇）、そして宋迪兄弟等、実際に絵画創作に着手する士大夫が、にわかに多数出現し始めたのである。ここに、当時の士大夫と絵画創作の距離を窺い知る興味深い史実を一つ紹介する。

神宗の熙寧七年（一〇七四）四月。京師開封の外城・戴楼門の監督官であった駆け出しの士大夫、鄭俠（一〇四一—一一一九）は新法の停止を訴えるべく、民衆の惨状を絵（「流民図」）に描いて呈上した。その絵図を見るや、——旧法党の歴々が幾度となく強硬に説得しても全く耳を貸さなかった——神宗は、一夜にして新法の停止を決意するに至ったのである(11)。

この事件の根底には絵画の存在がある。鄭俠がもし絵画の創作を思いつかなかったならば、この事件は成立しえなかった。絵画の持つメディアとしての効力を彼が日常的に自覚していたからこそ、彼は絵画の制作をごく自然に思いつき、それを実行できた。そしてこの行為は神宗の心を揺り動かすという、彼にとって最も理想的な効果をかちえたのだった。筆者はこの事件の中に、当時の士大夫における絵画認識の浸透を看て取る。

では、北宋後期のこの時期に、何故突如として、士大夫の絵画創作に対する意識に顕著な変化が生じたのであろうか。変化の要因を、絵画技法、絵画理論、そして士大夫の生活空間、の三つの側面から、探ってみたい。

第一に絵画技法についていえば、水墨画法の発達と普及が、この変化に大きく寄与していると考えられる。少なくとも唐代まで、絵画の主流をなしていたのは、彩色絵画であった(12)。彩色絵画の制作は、当然のことながら、顔料に関する様々な専門的知識やそれを使いこなす高度な技術と経験を要求する。この点が士大夫による絵画創作を阻む大きな障壁となったことは想像に難くない。

明清の文人たちが普遍的に理想と掲げた〈詩書画三絶〉という枠組みがある。この中、〈詩〉は、唐宋の士大夫にとって最も身近な自己表現手段であった。というよりも、科挙制度を考慮に入れれば、士大夫という地位を獲得するために必要不可欠の要件の一つでさえあった。〈書〉も、個人的な巧拙の差は存在するであろうが、意思伝達や相互交流のために欠かせない手段であるから、彼らにとってはやはり極めて近しいものと意識されていたはずである。したがって、この二種については、どの士大夫にとっても、実作可能な環境がごく自然に用意されていたといってよい。しかし、〈画〉を制作する環境については、唐宋士大夫の誰にも等しく用意されていたわけではない。

同じく造形藝術に属する〈書〉と〈画〉の両者を比較してみる。〈書〉は、言語による意思伝達という実用性から離れられない特質を本来的に持っている。〈書〉は造形藝術ではあるが、符号としての漢字の形状に常に制約されており、造るべき形状がある約束の範囲を超えて構成されることを拒む特質を持つ。

一方、〈画〉にそのような造形的制約はない。森羅万象全てをダイレクトに表現することができる。しかし、〈書〉の如き造形的制約がないということは、制作者と享受者の間に共通の強固な認識基盤（契約）が原則として存在しないことを意味する。したがって、制作者が対象を巧みに写し取らない限り、享受者に描画意図を理解されない危険性が、制作者と享受者の間に常に横たわっていることになろう。

三次元の対象を二次元の空間に写し取るためには、熟練した技術が要求されるが、士大夫の日常生活にそれを錬磨する機会は本来的に用意されていないのが普通である。その上、顔料に関する諸知識を要求されるということになると、平均的士大夫たちにとっては、とうてい気軽にアプローチできる領域ではなかったはずである。

しかし、水墨絵画は、彼らにとっても十分に想像可能な領域であった。使用すべき道具は、彼らが日常的に使い慣れている毛筆と墨と紙（布）だけである。描画の基本的技術を習得しさえすれば、理念的にどの士大夫にとっても実作可能な絵画技法であった、といえよう。水墨技法の普及は、技術的側面において、士大夫と絵画制作の距離を一気に縮める役割を果たした、といってよい。

第二に、絵画理念についていえば、北宋中後期を境として士大夫文化の中心に位置する重要人物が、絵画そのものの本質について、多くを語り始めたという現象を指摘できる。その最たる典型が蘇軾である。しかも、彼が展開した理論が、絵画の世界に一つの全く新しい境地を切り開いた。ここで、彼の理念が最も凝縮して表現された詩と文を以下に引用する。

○論畫以形似、見與兒童鄰。賦詩必此詩、定非知詩人。詩畫本一律、天工與清新。邊鸞雀寫生、趙昌花傳神。何如此兩幅、疎淡含精匀。誰言一點紅、解寄無邊春。

（中華書局『蘇軾詩集』巻二十九、「書鄢陵王主簿所画折枝二首」其一）

○觀士人畫、如閲天下馬、取其意氣所到。乃若畫工、往往只取鞭策皮毛槽櫪芻秣、無一點俊發、看數尺許便卷。漢傑眞士人畫也。

（中華書局『蘇軾文集』巻七十、「又跋漢傑画山二首」其二）

いわゆる〈写意〉〈伝神〉論の展開である。職業画家による精密な写実画に対して、蘇軾は〈士人画〉という枠組みを明確に打ち出し、〈形似〉よりも〈写意〉〈伝神〉を重視する持論を展開した。ここには、画工＝職業画家＝精密な写実画と、士大夫＝業余画家＝粗放な写意画という対立の図式を見て取ることができる。理論自体の絵画史的、美学的意義についての検討は、すでに先行研究において行われているので(13)、ここでは論じない。ここでは、この理論が当時の、あるいは後世の士大夫にとって、どのような実際的意味を持ったかについて指摘しておきたい。

蘇軾の論を、画工対士大夫という枠組みの中で再解釈すると、画工が士大夫に対して持っている技巧面における絶対的優位性を、この論が無力化する効力をもっていることに気がつこう。〈形似〉こそが最も重要だという極めてもっともな絵画理論に立つと、士大夫は絵画創作の領域では、常に画工の後塵を拝することになりかねない。そこに〈写意〉論という全く別の評価尺度を持ち込むことによって、技巧的に劣る士大夫がにわかに画工との立場を逆転して、中心的な創作主体となりうる環境を用意したのだ、と解釈することができる。

いずれにせよ、蘇軾の〈写意〉論は、結果的に士大夫が絵画制作に向かう際の心理的バリアーを取り払う重要な役割を果たしたはずである。この主張のおかげで、同時代および後世の士大夫たちは、形似の呪縛から一定程度解放された。極端なもののいいをすれば、描いた絵画が対象に全く似ていなくても、〈写意〉の絵画だと嘯いていればいい、という状況が、この時に出来上がったのである。

第三の生活空間における変化についていえば、この点はまず北宋中期に開花した士大夫文化と大いに関係がある。北宋の士大夫文化は、強烈な彼らの主体意識によって支えられている。つまり、自らが国家を支えているという自負を基盤として、彼らが中心となって社会、文化のありとあらゆる枠組みに新しい価値基準を打ち立て、それを先導してゆこうとする明確な傾向が認められる(14)（前述の〈写意〉論も、その延長線上にあると考えると極めて理解しやすい）。そして、この姿勢が彼らの私的生活空間において発揮されないはずはない。

果たして、彼らは、墨、硯、筆、紙等の文具を始め、花瓶、茶具等の調度品（清供）や奇石や枯木等屋内を飾る装飾品、琴や骨董品等々を蒐集し、贈答しあい、また相互に品評した。これらの物品を、彼らは自らの審美意識に沿って蒐集し、それらを身辺に置くことによって、私的空間を文学藝術生成の場として相応しい空間に彩っていったのである。文人趣味の代名詞ともいうべき〈文房四宝〉という概念も、北宋中期以降、普遍化したものであったことを想起すべきである。こういう中で、書や画も重要な蒐集対象となっている。

兩日薄有秋氣、伏想起居佳勝。蜀人蒲永昇臨孫知微「水圖」、四面頗爲雄爽。杜子美所謂「白波吹素壁」者。願掛公齋中、眞可以一洗殘暑也。近晩、上謁次。（中華書局『蘇軾文集』巻五十九、「与鞠持正二首」其一）

右文は、蘇軾の尺牘である。この尺牘から、絵画が彼らの私的な日常生活空間にあってどのような役割を果たしていたのかを窺い知ることができよう。蘇軾は「水図」を壁に掛ければ残暑の厳しさを忘れ去ることができる、と説いている。

文中に引用された杜甫の詩句は「奉観厳鄭公庁事岷山沲江画図十韻」（『杜詩詳注』巻十四）中の一句であるが、詩題によって明らかなように、杜甫が見たのは上官厳武の「庁事」に飾られた山水画であり、官庁という公的空間を装飾する絵画であった。その点、蘇軾の尺牘があくまで私的な生活空間における絵画の効用を語るのと、明らかに異なっていよう。この一例のみを根拠として唐と北宋後期の差異を云々するのは些か強引な論法であるが、蘇軾の尺牘に見られるこの現象は、少なくとも北宋中後期以降の士大夫には普遍的に認められるものである。

また、〈臥遊〉という考え方がある。居室に山水画を飾ることによって、艱難辛苦を伴う旅に出ることなく寝転がって大自然の景観の中に心を遊ばせるという発想である。この発想自体は、山水画の発生と密接な関連があり、つとに六朝の頃から存在している[15]。しかし、この発想が広く士大夫社会全体に浸透し、それが私的生活空間で普遍的に実践されるようになるのは、やはり北宋の中期以降のことと考えられる。しかも、この発想は強烈な文化的主体意識に支えられた彼ら士大夫たちにとっても、誠に理にかなったスタンスであった。大景観の中に己が出かけていって客遊するのではなく、自らが主人として居住する私的生活空間に大自然の方を移動させるという大胆な発想は、北宋士大夫の強烈な自我意識を端的に表現しているといえないでもない。

改めて整理し直すと、本論で指摘した三つの点は、以下の如き意味を持つ。

南宋李氏「瀟湘臥遊図」(部分／東京国立博物館蔵)

第一点は、絵画技巧における新技術の普及が、業余画家ともいうべき士大夫の絵画創作を容易にし、それを技術面で保障した、ということである。第二点は、「形似」の呪縛から解放されたことにより、士大夫の絵画創作に対する心理的バリアーが取り払われ、かつまた文化的主導者としての士大夫の自尊心を満足させる新しい評価環境が整備されたことを意味している。第三点は、士大夫の私的日常空間にまで絵画が浸透し、絵画の効用を日常的に体感できるようになり、それが創作への意欲をも高めたであろうことを意味している。

この三点の中、第一と第三の二点は、条件的には唐代においてすでに一定程度実現していた。中唐から北宋後期に至る間に、それがいよいよ浸透し普遍化したという、あくまで程度差の問題である。したがって、北宋後期における変化の要因を、三者の中であえて一つ選ぶとすれば、第二の、蘇軾による新理論の持つ意味がとりわけ大きいと判断される。

三　八景図と八景詩

「瀟湘八景図」は、宋迪の後、画題としてにわかに普及し、多くの画家が実作した。連作の組画として現存するものは、南宋初期の画院画家といわれる王洪（アメリカ、プリンストン大学所蔵）や宋末元初の画僧牧谿（日本文化庁、京都国立博物館、根津美術館、出光美術館等所蔵）及び玉澗（正木美術館蔵）等の僅かな作例だけだが、同じテーマの作例として、南宋初期の米友仁「瀟湘奇観図」（北京故宮博物院蔵）及び南宋中期の李氏「瀟湘臥遊図」（東京国立博物館蔵）等をも加えれば、同主題の宋代絵画としては、残存数は多い部類に属する。[16]

『全宋詩』七十二冊三七八五巻を閲すると、北宋末期から南宋末期の間に「瀟湘八景詩」が少なからず見出せる。前述の①釈慧洪（一〇七一―一一二八）の二篇の他、

②王之道（一〇九三―一一六九）……「江天暮雪」「瀟湘夜雨」「洞庭秋月」「漁村落照」「平沙落雁」（『全』一八一二-32-20179／七言律詩）。

③喩良能（?―?　孝宗朝の人）「次韻陳侍郎李察院瀟湘八景図」（『全』二三五六-43-27052／七言絶句）……八景の中、「瀟湘夜雨」「洞庭秋月」「平沙落雁」「漁村落照」「江天暮雪」の五景のみ。

④劉学箕（?―?）「賦祝次仲八景」（『全』二七八二-53-32938／五言六句）……「瀟湘夜雨」「江天暮雪」「山市晴嵐」「烟寺晩鐘」「漁村晩照」「洞庭秋月」「平沙落鴈」「遠浦帰帆」。

⑤趙拡〔寧宗〕（一一六八―一二二四）……「山市晴嵐」「烟寺晩鐘」「漁村夕照」「遠浦帆帰」「瀟湘夜雨」「平沙鴈落」「洞庭秋月」「江天莫雪」（『全』二八三五-54-33758／七言律詩）。

⑥趙汝鐩（一一七二―一二四六）「八景歌」（『全』二八六五-55-34210／七言古詩十句）……第九句に、「嗟此何景兮○○○○」の九言定型句が入る。○○○○には八景の一が入る。序云：『長沙志』載、度支宋迪工畫、尤善爲平遠山水、其得意者有「平沙鴈落」「遠浦帆歸」「山市晴嵐」「江天暮雪」「洞庭秋月」「瀟湘夜雨」「煙寺晩鐘」

「漁村晩鐘」、謂之八景。余昔嘗見圖本。及來湖湘、遊目騁懷、盡得眞趣、遂作「八景歌」。
⑦劉克荘（一一八七―一二六九）「詠瀟湘八景各一首」（『全』三〇五二-58-36400／七言絶句）……「遠浦帰帆」「平沙鴈落」「山市晴嵐」「漁村夕照」「洞庭秋月」「瀟湘夜雨」「煙寺晩鐘」「江天暮雪」
⑧葉茵（一一九九？―？）「瀟湘八景図」（『全』三一八五-61-38208／七言律詩）……「平沙鴈落」「遠浦帆帰」「山市晴嵐」「江天暮雪」「洞庭秋月」「瀟湘夜雨」「烟寺晩鐘」「漁村夕照」。
⑨楊公遠（一二二七―？）……「遠浦帰帆」「烟寺晩鐘」「平沙起鴈」「江天莫雪」「瀟湘夜雨」「洞庭秋月」「山市晴嵐」「漁村夕照」（『全』三五二三-67-42084／七言絶句）。
⑩周密（一二三二―九八）「瀟湘八景」（『全』三五五九-67-42532／七言律詩）……「平沙鴈落」「遠浦帰帆」「山市晴嵐」「江天暮雪」「洞庭秋月」「瀟湘夜雨」「煙寺晩鐘」「漁村晩照」。

の計十名が「瀟湘八景詩」を詠じている。この中、①③⑥⑧に絵画との関連性がすでに明示されている。このように、瀟湘八景をめぐる詩と画の接近・融合は、詩歌の方から絵画に歩み寄るという形で進行している。両者の時間的先後関係は、まず絵画領域において八景現象が誕生し、続いて詩歌が参入するという順序であった。つまり、絵画が初期の八景現象をリードしている。

では、「瀟湘八景」という枠組は、純粋に絵画の範疇内でゼロから発想されたものなのだろうか。もし通説のように「瀟湘八景図」が宋迪の創始になるものだとしたならば、それはふつうありえないことである。なぜならば、彼は画家である以前に士大夫――中国伝統文化総体の最も中心的な継承者もしくは体現者たるべき――階層の成員であったからである。文藝の領域にあって、彼ら士大夫が最も重視したのは詩文であり、彼らの優先順位では、絵画は詩文のずっと下に置かれたのが一般的である。したがって、宋迪がより優先順位の高い詩文における伝統から全く切り離

南宋牧谿「遠浦帰帆図」(京都国立博物館蔵)

されて「瀟湘八景図」を構想することは原則的に想定できない。むしろ、詩文における伝統を基盤として「瀟湘八景図」を発想したと考えるべきである。

このような観点に立って再び「瀟湘八景」という枠組を考えると、前半の二文字と後半の二文字から、それぞれにわかにある確かな文学的伝統が想起されよう。つまり、「瀟湘」からは、『楚辞』以来この土地が育んできた独特の文学的風土が、「八景」からは、一つの土地を連章組詩形式によって詠じる詩歌の伝統が、容易に想起されるはずである。

「瀟湘」の文学風土については、先行論文が存在するので[17]、ここではごくごく簡略に一二の点を指摘するに止めたい。「瀟湘」の地は、まず『楚辞』及び楚辞系文学によって、主として二つの濃厚な性格を帯びることになった。一つは、湘妃伝説によって彩られる神秘的空間、もしくは巫の活躍する幻想的空間としての性格。他の一つは屈原をモデルとする懐才不遇の士が悲憤の中に漂泊する空間としての性格である。この二つの性格は後世に至るまでずっと継承されているが、唐以降、新たな展開が生まれた。『楚辞』の影を引きずりながらも、それとは別に「瀟湘」の風光明媚な景観を歌い上げる詩歌が多数作られ始めるのである。これらの作例によって、「瀟湘」＝景勝地というイメージが、唐以降、とりわけ中唐以降、詩人たちの共通認識の中に新たに加えられた。以上のように、「瀟湘」の文学風土は主として楚辞と唐詩によって形成され、それが渾然一体となって濃厚なイメージを醸し出している。

もう一つの様式的伝統については、次節において採り上げる。

四　連章組詩による名勝詠

「八景」の二文字が示唆する詩歌の伝統について、前節に引き続き考えてみたい。

一つの土地を連章組詩の形式で詠じる詩歌の系譜は、二つの類型に大別できる。一つは王維の「輞川集」型、他の一つは李白の「姑熟十詠」型である。

前者は、個人の別墅や官舎の園亭、寺院等を対象とするもので、王維の「輞川集」（五言絶句二十首）を嚆矢とする。唐代の代表的作例としては、韓愈「奉和虢州劉給事使君三堂新題二十一詠并序」（上海古籍出版社『韓昌黎詩編年集釈』巻八、元和七年、五言絶句）や韋処厚「盛山十二詩」（『全唐詩』巻四七九、五言絶句）、劉禹錫「海陽十詠」（上海古籍出版社『劉禹錫集箋證』外集巻八、五言律詩）等がある。宋代に入っても盛んに制作され、作例数は確実に倍増している。この類型は、「瀟湘八景」という枠組と直接関連が深いわけではないが、濫觴としての「輞川集」が「輞川図」とともに流伝したということを想起すると、土地歌という題材を背に詩と画が結合した先例として、一定の意味を持つことになろう。

以下に掲げる蘇轍の文（「題李公麟山荘図并叙」）からは、「瀟湘八景図」誕生前後の北宋後期にあっても、この系譜の詩歌が王維の先例を強く意識して制作されていた事実を窺い知ることができる。

伯時作龍眠山莊圖、由建德館至垂雲沜、著錄者十六處、自西而東凡數里、岩崿隱見、泉源相屬、山行者路窮於此。道南溪山、清深秀峙、可游者有四、曰勝金岩、寶華岩、陳彭漈、鵲源。以其不可緒見也、故特著於後。子瞻既爲之記、又屬轍賦小詩、凡二十章、以繼摩詰輞川之作云。（『全』八六四-16-10044）

後者は、別墅や官舎等の閉ざされた空間ではなく、広く一地域、一城市の景勝点や旧跡を詠じるもので、「八景」の発想により近い。唐代における代表例としては、李白「姑熟十詠」（五言律詩）の他、劉長卿の「龍門八詠」（中華書局『劉長卿詩編年箋注』上冊五四頁、五言六句）及び「湘中紀行十首」（同下冊三六一頁、五言律詩）、劉禹錫「金陵五題」（『劉禹錫集箋証』二四、七言絶句）等がある。この系譜の作例も、宋代に大量に制作された。特に北宋後期以降には、「百題」「百詠」等の作例も出現している。

後者の系譜の基盤をなす発想は、ある土地の魅力を詩歌の力で引き出して対外的にそれを宣伝する、という点にある。前者の「輞川集」型がおそらく、ごく一部の読者を想定して制作されたのと、この点が大きく異なる。個人の別墅にせよ、官舎の園亭にせよ、そこを実際に訪ねることが許された人は、極めて限られた層の人たちである。したがって、「輞川集」型の詩は、少なくとも制作時点においては、読者として当事者の交友範囲内における限定的なサークルを想定して詠じられたはずで、内向的閉鎖的な性格を内包している。一方、後者の「姑熟十詠」型は、外向的開放的であることを特徴とする。そして、このスタイルは、理念的にはおそらく、六朝・沈約の故事を一つのモデルとして成立している。

沈約は、斉の隆昌元年（四九四）、太守として東陽郡（浙江金華）に赴任し、玄暢楼に登り、「八詠詩」（中華書局『先秦漢魏晋南北朝詩』梁詩七-中-1663）を詠じた。「竟陵八友」の一人として、宮廷詩壇で盛名を恣にしていた著名詩人が、太守として来訪し詩を詠じたことによって、玄暢楼を始め、東陽の風光美は全国に知れ渡ることとなった。後世、玄暢楼は「八詠詩」を生んだ場所として記憶され、やがて「八詠楼」と改名されるに至る。沈約の「八詠詩」自体には、名勝詠の要素は乏しく、東陽の山水を描写するのは全体のごく僅かな部分にすぎないが[18]、この詩によって、東陽＝八詠楼という認識が確立され、人々の記憶の中に東陽という地名が確かに刻み込まれることになった。そして、唐宋の、とりわけて北宋の詩人たちは、この故事から次のような模式を抽出したようである。すなわち、詩才に富む士大夫が地方に赴任したならば、その土地の見所を捜し出し、詩によってその魅力を十分引き立て喧伝すべきであるという行動模式である。「瀟湘八景図」が生まれた時代、これを折に触れて説き、また実践した詩人が、蘇軾である[19]。以下に用例を引く。

①「鳳翔八観」詩、記可觀者八也。昔司馬子長登會稽、探禹穴、不遠千里。而李太白亦以七澤之觀至荊州。二子蓋悲世悼俗、自傷不見古人、而欲一觀其遺迹、故其勤如此。鳳翔當秦蜀之交、士大夫之所朝夕往來此八觀者、又皆跬步可至、而好事者有不能遍觀焉、故作詩以告欲觀而不知者。――「鳳翔八観并叙」叙（『全』七八六-14-9105／嘉祐六年）

②「南康八境圖」者、太守孔君之所作也。君既作石城、卽其城上樓觀臺榭之所見而作是圖也。東望七閩、南望五嶺、覽羣山之參差、俯章貢之奔流、雲烟出沒、草木蕃麗、邑屋相望、雞犬之聲相聞。觀此圖也、可以茫然而思、粲然而笑、嘅然而歎矣。蘇子曰、此南康之一境也、何從而八乎。所自觀之者異也。且子不見夫日乎、其旦如盤、其中如珠、其夕如破璧、此豈三日也哉。苟知夫境之爲八也、則凡寒暑・朝夕・雨暘・晦冥之異、坐作・行立・哀樂・喜怒之變、接於吾目而感於吾心者、有不可勝數者矣、豈特八乎。如知夫八之出乎一也、則夫四海之外、詼詭譎怪、『禹貢』之所書、鄒衍之所談、相如之所賦、雖至千萬未有不一者也。後之君子、必將有感於斯焉。乃作詩八章、題之圖上。――「虔州八境図八首并引」引（『全』七九九-14-9248／元豊元年）

③　坐看奔湍遶石樓、使君高會百無憂。三犀竊鄙秦太守、八詠聊同沈隱侯。――「虔州八境図八首幷引」其一（『全』七九九－14－9248）

④　不羨三刀夢蜀都、聊將八詠繼東吳。臥看古佛凌雲閣、敕賜詩人明月湖。得句會應緣竹鶴、思歸寧復爲蓴鱸。横空好在修眉色、頭白猶堪乞左符。――「送呂昌朝知嘉州」詩（『全』八一四－14－9416／元祐四年）

①は最も早期の用例。蘇軾が進士及第後、初めて赴任した鳳翔の見所を八つ選び、それを詩に仕立てたもの。沈約「八詠詩」の故事は引用されてはいないが、前述の精神はここに発揮されている。②と③は虔州知事の孔宗翰が「虔州八境図」を寄せ彼に詩を求めてきて、それに応えて作った作品。作詩の契機は受動的だが、「八境」についての持説が展開されており、興味深い。③詩にあるように、彼の意識下には沈約の故事がある。④は知人が、故郷のすぐ近くに赴任するのを送った詩で、知人に対し、前述、行動模式の実践を期待している。

以上の如く、「八景」の二字は、近くは唐代の連章組詩形式による名勝詠の伝統を、遠くは沈約「八詠詩」の故事を連想させる。これらの伝統は、士大夫の彼らに、士大夫としての有り様を明に暗に訴えかけるものでもあった。

五　宋代八景現象

前二節で論じたように、「瀟湘」という風土、「八景」という形式は、各々、士大夫文学の伝統を強く連想させる構造を持っていた。「瀟湘八景図」の独自性は、その二つの伝統が、士大夫画家という媒介を得て、渾然一体となり、絵画領域で表現されたところにある。士大夫が長い時間をかけて育んできた文化的文脈の中で誕生したことに、この現象が流行した最大の要因があるといってよい。

絵画領域における八景現象が、「瀟湘八景詩」という題材で、再び詩歌領域で独立して詠じられ始めると、一見するかぎりでは、そこに絵画の介在を想定できない作例も出てくる。そうなると、連勝組詩形式による名勝詠の伝統の中に、それが再び吸収され、初期の個性（詩画の融合）を失う可能性も絶無ではなかったが、結果的に八景関連の詩歌が絵画と全く無関係の境地で制作されることは絶えて少なかった、といってよい。実際には絵画の介在がなかったとしても、少なくともイメージ領域にあっては、読者に常に絵画を連想させるものであった。

その理由は、八景の各景が漢字四文字で標題される、という一点に集約されている。八景の標題は、「洞庭秋月」や「平沙落雁」等のように、四文字の中、前半の二文字は主に場所や地点を規定し、後半の二文字は主として季節、時間帯や自然現象、気象条件を規定するという傾向をもつ。こういう四文字による標題方法は、元来、詩歌ではなく、絵画、特に山水画の領域で習用されてきたものである。

山水画は、制作者の表現意図を正確に鑑賞者に伝えるために、最低四文字の画題を必要とした。どこの山水を描いたのか、季節や時間帯はいつ頃なのか、気象条件がどうであるのか等々を、鑑賞者の誤解を除くべく、あらかじめ提示する習慣がやがて一つの伝統となったものであろう。宋迪と同時代の画家、郭熙がその著『林泉高致集』の中で、画題について次のように語っている。

一種畫春夏秋冬、各有初中曉暮之類品、意思物色、便當分解、況其間各有趣哉。其他不消拘四時、而經史諸子中故事、卽又當各從臨時所宜者爲可、謂如春有早春、早春雪景、早春雨景、殘雪早春、雪霽早春、雨霽早春、烟雨早春、寒雲欲雨、春雨春靄、早春曉景、早春晚景、上日春山、春雲欲雨、早春烟靄、春雲出谷、滿溪春溜、遠溪春溜、春雨春風、春山明麗、春雲如白鶴、皆春題也。……雜有水村漁舍、憑高觀耨、平沙落雁、溪橋酒家、脩橋釣絲樵蘇、皆春題也。（文淵閣四庫全書本）

郭熙も画題を概ね漢字四字で表現している。一方、詩の標題には特に字数に関わる制約も伝統も存在しない。したがって、八景現象が各景を四字で標題するという事実からも、この現象と絵画との深い関わりを確認できよう。

北宋後〜末期に「瀟湘八景」という枠組が普及した後、南宋（金）に入ると、[20]早くも瀟湘以外の土地にこの枠組みを適用した発展型が誕生した。以下に、その主な具体例を列記する。「△」印を冠したのは、本論で規定する八景詩と内容的に性質を異にする可能性を含むもの（たとえば、個人の別墅や隠棲地等）や、流伝の過程に幾らか疑問がのこる（初出文献が明清の方志等で後世の寄託の可能性を完全には払拭できない）作例を指す。

①曹勛（一〇九八？—一一七四）「題兪妾画八景」（『全』一八九五-33-21183／七言絶句）……「浙江観潮」「鑑湖垂釣」「呉松秋遠」「廬山霽色」「海門夕照」「赤壁扁舟」「鄂渚晴光」「瀟湘雨過」。

②楊万里（一一二七—一二〇六）「題文発叔所蔵潘子眞水墨江湖八境小軸」（『全』二二七八-42-26121／五言絶句）……「洞庭波漲」「武昌春色」「廬山霽色」「海門残照」「太湖秋晩」「浙江観潮」「西湖夏日」「霊隠冷泉」。

△③蔡元定（一一三五—一一九八）「麻沙八景」（『全』二五〇一-46-28924／七言絶句）……「岱山夕照」「煙村春雨」「雲巌山色」「祇園渓声」「松岡夜濤」「蓮湖晩風」「武陵橋月」「象巌晴雪」。（明・蔡有鵾『蔡氏九儒集』所収『西山公集』巻一）［福建麻沙］

△④羅仲舒（一一五六—一二二九）「芦江八詠」（『全』二七二九-51-32111／五言絶句）……「東橋柳色」「西浦潮痕」「前野耕雲」「後江釣月」「義塾書灯」「祠堂議礼」「芦山樵唱」「竹林梵鐘」。（清・楊泰亨『光緒慈渓県志』巻八）［浙江慈渓］

⑤（金）李俊民（一一七六—一二六〇）「平水八詠」（『全金詩』九三-3-273／七言絶句）……「陶唐春色」「広勝晴嵐」「平湖飛絮」「錦灘落花」「汾水孤帆」「姑山晩照」「晋橋梅月」「西藍夜雨」。［山西臨汾］

⑥（金）陳賡（一一九〇—一二七四）「蒲中八詠為師巌卿賦」（『全金詩』一〇四-3-441／五言絶句）……「蒲津晩渡」「虞坂暁行」「舜殿薫風」「首陽晴雪」「東林夜雨」「西巌畳巘」「嬀汭夕陽」「王官飛湍」。［山西永済］

⑦（金）元好問（一一九〇—一二五七）「方城八景」（『全金詩』一一七-4-236／七言絶句）……「松陂烟雨」「大乗夕照」「蓮塘夜月」「煉真春暮」「仙翁雪霽」「落川雲望」「羅漢清嵐」「堵陽釣磯」。［河北固安］

△⑧徐経孫（一一九二—一二七三）「覚渓八景」（『全』三一一四-59-37172／五言絶句）……「龍門春浪」「鰲頭秋風」「羅阜朝雲」「潘渓夜月」「隆福晩鐘」「驪塘暮雨」「水北書声」「東源詩社」。（明・万暦四二年徐鑑輯『宋学士徐文恵公存稿』巻四）［江西豊城］

⑨（金）陳庾（一一九四—一二六一）「題師巌卿蒲中八詠」（『全金詩』一三七-4-369／七言絶句）……「蒲津晩渡」「虞坂暁行」「舜殿薫風」「首陽晴雪」「東林夜雨」「西巌畳巘」「嬀汭夕陽」「王官飛湍」。［山西永済］

⑩（金）段克己（一一九六—一二五四）「龍門八題」（『全金詩』一四四-4-443／七言絶句）……「禹門雪浪」「雲中暮雨」「疏属晴嵐」「双峰競秀」「神谷蔵春」「姑山夕照」「汾水秋風」。［山西河津］

⑪（金）段克己「蒲州八詠」（『全金詩』一四四-4-444／七言絶句）……「蒲津晩渡」「虞坂暁行」「舜殿薫風」「首陽晴雪」「東林夜雨」「西巌畳巘」「嬀汭夕陽」「王官飛湍」。［山西永済］

△⑫何子挙（？—一二六六）「清渭八景」（『全』三二九八-62-39292／七言律詩）……「清渭晴嵐」「箭山晩翠」「北澗双流」「指崖一覧」「桐畈犁耕」「派渓釣隠」「大隴秋雲」「高村夜月」。（清・李汝為『光緒永康県志』巻十二）［浙江武康］

△⑬家鉉翁（一二一三—？）「鯨川八景」（『全』三三四四-64-39960／七言絶句）……「東城春早」「西園秋暮」「冰岸水灯」「沙堤風柳」「戍楼残照」「客船晩煙」「市橋月色」「蓮塘雨声」。（明・樊深『嘉靖河間府志』巻一）［河北河間］

△⑭陳著（一二一四—一二九七）「鈞渓八景詩」（『全』三三八八-64-40318／七言律詩）……「筆架文峰」「旗台勝境」「桃崖暄日」「穀岫陵雲」「徐凫蛟瀑」「設僧龍湫」「金鶏報曙」「玉鷺迎暉」。（清・光緒刊『本堂文集佚詩』巻下）［未詳］

※自宅の周囲を主題とした八景詩か。

△⑮章鑑（一二一五—一二九四）「杭山八景」（『全』三三九七-64-40422／七言律詩）……「万松書舎」「章洞春瀑」「両澗鳴琴」「双衢嘶馬」「石覩釣台」「板嶺雲霞」「涼亭風月」「九宮霽雪」。（清・同治刊『義寧州志』巻三十四）［未詳］

△⑯方鳳（一二四〇―一三二一）「八景勝概」（『全』三六一七―69―43333／五言絶句）……「華柱丹光」「仙壇霊草」「中峰嘯月」「深穴嘘風」「剣峡遅鷲」「卦尖望鼎」「薬壺閃影」「龍門飛瀑」。（清・順治一一刊『存雅堂遺稿』巻一）［未詳］
※仙道修行を主題とした八景詩か。
△⑰徐瑞（一二五五―一三二五）「次韻月湾東湖十詠」（『全』三七一八―71―44670／七言絶句）……「両堤柳色」「双塔鈴音」「孔廟松風」「顔亭荷雨」「湖中孤寺」「洲上百花」「薦福茶煙」「新橋酒旆」「江城暮角」「芝嶠晴雲」。（清・史簡編『鄱陽五家集』所収『松巣漫稿』巻三）［江西鄱陽］
△⑱葉善夫（?―?）「芹渓八詠」（『全』三七七二―72―45504／七言絶句）……「子期丹竈」「龍潭秋月」「芦峰夕照」「芹渓小隠」「桃源別墅」「硯峰晴雪」「山寺晩鐘」「挿雲三峰」。（明・馮継科『嘉靖建陽県志』巻三）［福建建陽］
△⑲鄭得彝（?―?）「龍游八景」（『全』三七七六―72―45567／七言絶句）……「翠巌春雨」「瀫水晴嵐」「双港明月」「半山残雪」「漁村夕照」「別浦帰帆」「断岸浮梁」「村市暁烟」。（清・康熙刊『龍游県志』巻十一）［浙江衢県］

出典に着目すると、流伝の過程に疑問ののこる作例が多いが、その点を差し引けば、計19の八景が認められた。この他、王象之『輿地紀勝』（一二二七年成書）や祝穆『方輿勝覧』（初刻一二三九年、重刻一二六六―六七年）によって、さらに、

a「桃源八景」（『紀勝』巻六十八、『勝覧』巻三十）……「桃川仙隠」「白馬雪濤」「緑蘿晴昼」「梅渓煙雨」「尋陽古寺」「楚山春晩」「沅江夜月」「童坊暁渡」。［湖南桃源］

b「湟州八景」（『紀勝』巻九十二）……「双渓春漲」「龍潭飛雨」「楞伽暁月」「静福寒林」「巾峰遠眺」「秀巌滴翠」「圭峰晩靄」「巌湖畳巘」。［広東連県］

の二種を加えることができる。
この中、①と②は、詩題に明らかな如く、題画詩である。各景の題名から判断すると、両者ともに、長江の中流から下流の江南一帯に及ぶ広範囲の中から名勝地を八地点選び取った絵画であったようだ。あたかも瀟湘の水がやがて長江と合流し東海へと流れてゆくように、洞庭湖～武昌～廬山～海門と画題が展開している点が興味深い。そして、「瀟湘」の呪縛をひとたび解き放たれた「八景」は、中国各地へと散らばり、かくして八景現象が各地に誕生していった。⑤～⑦、⑨～⑩の作例に明らかなように、敵国・金においても同時進行している事実に、この現象の感染力を見る思いがする。

六　西湖十景――近世的八景現象の祖型――

宋代八景現象の掉尾を飾るのが、杭州の「西湖十景」である。最後に「西湖十景」を採り上げ検討することを通じて、明清以降の近世、近代的八景現象への展望を示しておきたい。

近者畫家稱湖山四時景色最奇者有十。曰、「蘇堤春曉」「麴院荷風」「平湖秋月」「斷橋殘雪」「柳浪聞鶯」「花港觀魚」「雷峰落照」「兩峰插雲」「南屏晚鐘」「三潭印月」。春則花柳爭妍、夏則荷榴競放、秋則桂子飄香、冬則梅花破玉、瑞雪飛瑤。四時之景不同、而賞心樂事者亦與之無窮矣。

右は、呉自牧『夢粱録』（巻十二「西湖」）に見える記事である。ほぼ同様の内容が、祝穆『方輿勝覧』（巻一、浙西路臨安府、山川「西湖」の小字注）にも見えるので、「西湖十景」は遅くとも度宗の咸淳二、三年（一二六六―六七）前後には、成立していた（『方輿勝覧』の重刻本は咸淳二、三年に出版された）。但し、『方輿勝覧』の記事も、「近時」の二文字で始まるので、南宋末期を遠く遡ることはない。

現存する南宋絵画はほとんどのこっていないが、『夢粱録』の引用文冒頭にもあるように、「西湖十景」も誕生時点で絵画と深い関わりをもっていた。そして、他の八景現象同様、「西湖十景詩」や「西湖十景詞」が伝わっている。詩では、王洧（？—？、南宋末期の人／「湖山十景」詩、『全』三五二一‐67‐42044）と王鎡（？—？、宋末元初の人／『全』三六〇九‐68‐43218）の作例が、詞では、張矩（？—？、南宋末期の人／『全宋詞』五‐3086）、陳允平（一二〇五？—八〇／「西湖十詠」、『全宋詞』五‐3102）、周密（一二三二—九八／『全宋詞』五‐3264）の作例が伝わっている。

したがって、「瀟湘八景」を宋代八景現象の始発駅とするならば、「西湖十景」は終着駅とみなすことができる。この両者を相互比較しつつ、原型と発展型の相違点を検討し、その意味することを考察してみたい。「八」か「十」かという相違を除いても、両者には幾つかの本質的差異が認められる。

その最も大きい差異は、抽象と具象の異同である。両者の各景はともに四字で標題され、前半二文字が主として地点を明示するという点は共通する。しかし、「瀟湘八景」の景点が不特定的であるのに対し、「西湖十景」の方は景点が特定化されている。後半二文字が共通する標題を以下に掲げる。

瀟湘八景……洞庭秋月　漁村落照　煙寺晩鐘
西湖十景……平湖秋月　雷峰夕照　南屛晩鐘

「平湖秋月」は、西湖の静かな湖面が中秋の月明を受けて輝く情景を表現したものであるから、本来、具体的な地点を指し示す呼称ではないはずだが、現在の「平湖秋月」は孤山の南に固定されている。南宋の頃、一時期、宝石山上に移動したが、現在の場所が唐宋の頃より賞月に最も相応しい地点と認識されていたために場所が固定された、という（浙江人民出版社『南宋京城杭州』、一九八八年十月）。「洞庭」は「平湖」よりずっと具体的な称ではあるが、洞庭湖の広大さが逆にそれを特定不可能なものに変質させている。

他の二組は、両者の差がより明確である。「漁村」に対する「雷峰」、「煙寺」に対する「南屛」、前者がどこの水辺でも普遍的に存在するものであるのに対し、後者は固有の地名であり、地点が自ずと特定される。

そもそも全体を規定する「瀟湘」と「西湖」の地名からして、この差異が明確に現れ出ている。一方が湖南全域の別称として用いられるほどの広大な範囲を指す称であるのに対し、一方は個別の地点を指し示している。西湖の全周はせいぜい15㎞、周囲の山上に立てば、湖面の全てを隈無く視野に納めることができる。「瀟湘」の一部に過ぎない洞庭湖でさえ、面積は西湖の数十倍の広さである。

絵画として「瀟湘八景」を考える時、範囲の広大さ、地点の不特定性が、絵画としての自由度を保障した。画家は、実在する景観に余り左右されず、「形似」の拘束から離れて、心象風景を紙面に写し取ることができた。「瀟湘」の地を訪れたことがなくても、「瀟湘八景図」を描くことが十分可能であったわけである。13～15世紀、朝鮮や日本において、各々当地の画家の手によって大量に「瀟湘八景図」が制作された[21]が、それを可能にしたのは、「写意」の水墨山水画という特性によるところが大きい。

一方、「西湖十景図」の場合はどうであろうか。十景はそれぞれ特定の地点と関わりがある。したがって、絵画における形象も固有の実景に制約されるはずである。[22]「西湖十景図」は、理念的には、固有の実景から大きく離れては存在し得ず、少なくとも「瀟湘八景図」よりは写実的要素の強い、「形似」重視の画題となったはずである。実景に全く触れることなく、詩歌や伝聞によって想像した景観を描くことは、理念的には可能である。しかし、鑑賞者が一度西湖の湖畔に立った経験を持つとしたら、それが「西湖十景」と追認されない危険性を含むことになろう。「西湖十景図」には写実性＝形似性が求められる。南宋士大夫が「西湖十景図」を制作したという記録はのこっていない。あるいはこれは、南宋における「士人画」の消長と関係があるかもしれないが、「西湖十景図」の要求する写実性が、当時の士大夫画家を遠ざけた要因の一つに数えられるかもしれない。当時の士大夫にとって、実景画は、思想的にも技巧的にも最も接近しにくい領域であったと思われる。

しかし、幸い杭州には「西湖十景図」を可能にする最高の条件が具備していた。それは、宮廷画院の存在である。当時、最高の技術をもった職業画家たちが西湖の湖畔に雲集していた。彼らはいながらにして最高の素材と日常的に向き合う環境を得て、西湖に材を取った絵画を量産したに違いない。それが最終的に「十景図」という形に結実したのであろう。

「瀟湘八景」との比較に続いて、南宋の他の八景現象との異同を検討する。地点特定型の八景現象は、前節で列記したように、杭州以外の地ですでに南宋の中期には出現している（③以降の各作例、及びaとb）。しかし、「西湖十景」は、対外的効果という点で、それらにはない強力な利点を幾つか持っていた。

まず、そこが首都であったという点。行在所であるとはいえ、杭州は皇帝が鎮座する、南宋における政治、経済、文化の中心地であった。皇帝、宰相以下、文武百官がここに常住した。地方に転出する士大夫もこの地を出発し、やがてこの地に帰ってきた。また各種業界の人々が全国から集まり来る一大拠点であった。情報がもっぱら人によって運ばれていた当時、この事実の持つ意味は誠に大きい。彼らの実見した「西湖十景」は、速やかに全国に喧伝されることになったであろう。

第二に、西湖および「西湖十景」が遊覧至便の条件を備えているという利点がある。西湖は杭州市街にすぐ隣接している。杭州を訪れた者が、観光を目的としていなくとも、身体を杭州へ運べば、自ずと西湖の山水に触れることになった。しかも、前述のように、西湖は全周15㎞足らずであるので、その気になれば半日で一周することも可能であった。したがって、時間と労力を大して費やすことなく、十景の各地点に立つことができるという至便性を具備している。

第三に、西湖山水の持つ集約的優美さである。これは第二の点とも関わり合うが、西湖は市街を除く三方が山によって取り囲まれている。そして、山が視界を遮り、視界を限定する。その閉鎖性が、かえって——湖水を前景に山並みを背景とする——一つの独立した山水構図を浮き上がらせる。しかも、西湖がちょうど視界に納められるサイズであるため、この構図は訪れたどの人にとっても、大差ない映像としてそれぞれの心の中に結ばれたはずである。山水の配置が、游客の景観に対する注意拡散を防ぎ、一つのイメージへと集約させる役割をしている。

第四に、西湖が、唐宋の許多の詩人によって歌頌されたという、文学的伝統を持つ利点がある。しかも、唐と宋をそれぞれ代表する白居易と蘇軾が地方官としてこの地に滞在し、多数の名作をのこした。そして彼らにちなむモニュメントが西湖の点景として山水を彩っている。「西湖十景」の底流に流れる文学的伝統の意味は、「瀟湘八景」のそれにほぼ匹敵する。しかも、彼ら唐宋詩人が開発した西湖のイメージには、瀟湘文学の持つ「不遇」「悲傷」「旅愁」等の暗さがない。あくまで、明るく繊細な、かつまた純粋に心を遊ばせるための空間として、イメージ化されている点も重要であろう。

以上述べた如く、「西湖十景」は、他の土地では容易に得難い、様々な固有の好条件を備えていた。宋代八景現象の終点に位置する「西湖十景」が、このように良好な条件を存分に吸収しながら、その具象的イメージを対外的に宣伝した事実は極めて大きな意味を持っている。「西湖十景」の詩画は、もとより〈臥遊〉を阻害するものではないが、鑑賞者に〈臥遊〉とは正反対の感興を催さしむる効力を持ったはずである。つまり、詩画に触れたことによって、その実景を我が目で楽しみたい、という感興である。瀟湘八景の世界はフィクションであるから、想像の世界でゆったりと「臥遊」するのに相応しい。しかし、「西湖十景」は確実に実在する、その光景を楽しむことは条件が整いさえすれば誰にでも可能であった。ここに旅游文化が生じる糸口がある。

八景現象の出発点で一度屋内に閉じこめられた八景が、八景現象の進展過程で、それぞれ元来存在した空間に戻ってゆき、「西湖十景」の成功によってそれが決定づけられた。そして、今度は、士大夫を始めとする詩画の鑑賞者を屋内から屋外へと誘い、現地へと呼び込む媒介として機能するようになったわけである。

最後に、日本の八景について些か触れたい。日本における初期の八景としては、「近江八景」と「金沢八景」が最も著名である。両者の各景は、前半二文字が地点を明示し、後半が「瀟湘八景」の後半二文字を取る形式によって標題されている。例えば、「比良暮雪」「矢橋帰帆」「石山秋月」「三井晩鐘」（以上、近江八景）、「野島夕照」「平潟落雁」「小泉夜雨」「洲崎晴嵐」（以上、金沢八景）というように。この標題法に着目するだけでも、両者における「瀟湘八景」の影響力が絶大であったことを容易に察することができよう。

もちろん、命名に際して、命名者が「瀟湘八景」を具体的なモデルと仰いだことは疑いようがない。だが、これらの景観に触れた当時の日本の文人たちは概ね同時に杭州西湖への憧憬を率直に表現している。日本の八景を前にした彼らの視線の彼方には、おぼろげに杭州西湖の山水が横たわっていた。

12～16世紀、日本の中世において、中国文化の最も重要な享受者は、禅宗の僧侶たちであった。元～清の間、中国から多くの禅僧が訪れているが、その多くが杭州一帯の禅寺で修行を積んだ僧侶であった。また、日本から渡華した僧侶も多いが、彼らの目的地は西湖湖畔の禅寺か杭州郊外の径山寺であった。そのため、彼らによって西湖の山水美が宣伝されたことが、日本における八景現象流行の重要な契機となっている。日本における八景現象流行の初期段階にあって、「瀟湘八景」の他に、「西湖十景」も一つのモデルとして明に暗に意識されていたことを本論の結びとして指摘しておきたい。

「西湖十景」は、ひとり〈海内〉の近世的八景現象のモデルとなったばかりではなく、東瀛の文人たちをも魅了し、〈海外〉の八景現象を現出せしめる一大原動力となったのである。

注

（1）Internetを使用して検索したところ、現在の中国で、一万四千件余の「八景」関連のホームページが検索された。比較的新しい八景としては、廈門八景（福建）、東莞八景（広東）、虎門八景（広東）、湛江八景（広東）、敦煌八景（甘粛）、烏魯木斉八景（新疆）……等々を挙げられよう。

（2）例えば、西湖新旧十景（浙江杭州）、西寧新旧八景（青海）、欽州新旧八景（広西）、柳州新旧八景（広西）、源城新旧八景（広東河源）、藤州新旧八景（広東藤県）、済南八景と歴下八景（山東）……等々。

（3）室町～江戸時代初期に選定された日本の八景には、近江八景、金沢八景、博多八景、南都八景、松島八景等がある。朝鮮における代表的八景には、平壌八景、扶科八景、丹陽八景、関東八景等がある（但し、各八景の成立時期については不詳）。

（4）浮世絵とは異なるが、『中国古版画・地理巻・勝景図』（湖南美術出版社、一九九九年四月）に収録された各地の勝景図は、それに類するものと解釈できる。同書の冒頭には、劉志盛氏による中国勝景版画略史が掲載されており、参考になる。

（5）宋迪の経歴については、島田修二郎「宋迪と瀟湘八景」（中央公論美術出版『中国絵画史研究』所収、一九九三年三月／初出は『南画鑑賞』10・4）に詳しい。
湖南転運司判官については、湖南零陵県南の澹山岩に題名があることによって知られる（楊殿珣『石刻題跋索引』、商務印書館、一九九五年八月、三六七頁参照）。その他は全て李燾『続資治通鑑長編』の記載による。

（6）前掲、島田修二郎論文、及び衣若芬「閲読風景：蘇軾与『瀟湘八景図』的興起」（東坡逝世九百年紀念学術研討会於台北、二〇〇〇年十一月）等参照。
黄筌の「瀟湘八景図」については、郭若虚の『図画見聞誌』巻二、「紀藝上」に、黄筌の残存作品を列記して、「有四時山水、……山居詩意、瀟湘八景等圖、傳於世」という記載がある。但し、『図画見聞誌』が基づいたと思しき黄休復の

『益州名画記』巻上の記載では、「筌有春山圖、……山居詩意圖、瀟湘圖、八壽圖。」とあり、島田氏は『図画見聞誌』にいう「瀟湘八景図」は「瀟湘図、八壽図」の二つを混同したか、伝写の過まりではないか、としている。

李成の「瀟湘八景図」については、米芾「瀟湘八景詩幷序」に見えるが、米芾のこの作品は初出文献が明代成立のものであり、彼の別集『宝晋英光集』には収録されていない。また、『画史』でも全く言及されていない。

この他、宋祁の「渡湘江」詩（『全宋詩』二一一-4-2422）に、「春過湘江渡、眞觀八景圖」の句がある。宋祁は宋迪より世代が上であるので、この句は宋迪以前に瀟湘八景図が流行していたことを暗示している。しかし、この詩についても、島田氏は南宋の張栻（一一三三―一一八〇）の作である可能性を指摘している。但し、『全宋詩』巻二四一四～二四二一の張栻詩の中には、当該詩は収められていない。

（7）慧洪よりも更に時代が下るが、曾敏行（一一一八―一一七五）の『独醒雑志』巻九に、「東安一士人」が巧みに「八景図」を描いた故事が掲載されている。その末尾に、「『八景圖』爲宋迪得意之筆」という米芾（一〇五一―一一〇七）の言を引用している（上海古籍出版社、宋元筆記叢書、一九八六年六月）。なお、慧洪の文学については、大野修作「慧洪『石門文字禅』の文学世界」（研文出版『書論と中国文学』所収、二〇〇一年二月）に詳しい。

（8）「宋迪作八境絶妙……」詩は七言古詩による八首連作。慧洪にはこの他、「瀟湘八景詩」と題する七言絶句八首連作による作例もある（四部叢刊本『石門文字禅』巻十五、『全宋詩』一三四-23-15301）。

慧洪に先行する可能性があるものとしては、張経なる人物の作例がある。『全宋詩』では、彼を王安石のすぐ後の巻五七九-10-6803に配している。但し、『全宋詩』によれば、張経の作例の初出文献は、明代の方志（『隆慶岳州府志』）であり、資料としての信頼性に疑問符がつく。『全宋詩』は、おそらく『宋人伝記資料索引』の正編及び続編の記載に基づき張経を特定したと思われるが、『宋人伝記資料索引』の正編及び続編には、のべ四人の張経が収録されている。この中、正編に「皇祐中以度支員外郎提點利州路轉運使」と記された人物が、『全宋詩』の比定した張経と思われる（続編にも「清江人、天聖五年王堯臣榜進士」なる張経が著録されており、前掲の人物と同一かもしれない）。しかし、筆者が『弘治岳州府志』（天一閣蔵明代方志選刊続編所収）及び『隆慶岳州府志』（天一閣蔵明代方志選刊所収）を閲してみたところ、彼の作例はいずれも南宋末の詩人・劉学箕の作例の後に掲載されていた（弘治本では巻二「題詠誌」、隆慶本では巻十八「雑伝」の項）。この事実を重視すれば、この張経は南宋末期の人である方が相応しい。『宋人伝記資料索引続編』には、

「博羅人、咸淳七年張鎭孫榜進士」なる張経が記されており、この人の方が可能性がより高いように思われる。いずれにせよ、『全宋詩』のこの配列には再考の余地があることをここに明記しておく。

（9）蘇軾「宋復古画瀟湘晩景図三首」其一（中華書局『蘇軾詩集』巻十七）に、「西征憶南國、堂上畫瀟湘」の句がある。蘇軾の詩が作られた元豊元年以前の数年間の、宋迪の経歴に照らしてみると、李燾『続資治通鑑長編』巻二五六、「熙寧七年六月癸丑」の項に、彼が知邠州兼提挙永興・秦鳳路交子を拝命した事実が記されており、これが最も相応しい。蘇軾詩にいう「西征」は、おそらく「知邠州」赴任を指す。

（10）近年、浅見洋二氏は、唐代における詩歌と絵画の接近について、主として詩画同質論の検討を中心として、研究成果を多数発表している。その主なものを列記すれば、

①「初盛唐詩における風景と絵画」（『山口大学文学会誌』42、一九九一年十二月）
②「中晩唐詩における風景と絵画」（『日本中国学会報』44、一九九二年十月）
③「閨房のなかの山水、あるいは瀟湘について―晩唐五代における風景と絵画―」（『集刊東洋学』67、一九九二年五月）
④「『詩中有画』をめぐって―中国における詩と絵画―」（『集刊東洋学』78、一九九七年十一月）
⑤「中国の自然認識におけるピクチュアレスク」（『待兼山論叢』31、一九九七年十二月）
⑥「距離と想像―中国における詩とメディア、メディアとしての詩―」（汲古書院『宋代社会のネットワーク』所収、一九九八年三月）

等がある。これらの論考の中で引用された豊富な用例の数々は、盛唐～中唐を境として士大夫の生活領域の中に絵画が徐々に浸透していったことを示唆している。しかし、少なくとも、唐代にあっては、士大夫自身が絵筆を揮ったと断言できる例は、絶無ではないが、まだかなり少ないようである。

（11）『資治通鑑長編』巻二五二、『続資治通鑑』巻七十。また、拙論「東坡烏台詩案考（下）―北宋後期士大夫社会における文学とメディア―」（拙著『蘇軾詩研究』第六章、研文出版、二〇一〇年十月）参照。

（12）水墨山水画は、すでに盛唐期において制作されている。しかし、それが一定の発展を遂げるのは晩唐五代～北宋初期の頃、完成に向かうのが北宋中後期、というのが、美術史研究者の共通して説くところである。例えば、鈴木敬氏は、晩唐五代の絵画について、次のように説いている。「晩唐・五代を水墨画の時代と規定することはできない。文献の上からも

遺品の点からも、むしろこの時代は守旧派の絵画が盛行していたと考える方が自然である」（吉川弘文館『中国絵画史』上冊一三七頁、一九八一年三月）。また、北宋の水墨山水を「中唐逸品画風にはじまる撥墨山水の最終的な成果は郭煕と宋迪によって成就されたということができる。」（前掲書、上冊二七四頁）と総括している。

（13）劉国珺『蘇軾文藝理論研究』第五章「画論」（南開大学出版社、一一六頁以下、一九八四年一一月）、衣若芬『蘇軾題画文学研究』第五章、第二～第四節（文津出版社、二三一頁以下、一九九九年五月）等参照。

（14）拙論「王安石『明妃曲』考（下）」（拙著『蘇軾詩研究』第十二章、研文出版、二〇一〇年十月）参照。

（15）『宋書』巻九十三、「宗炳伝」。「（宗炳）好山水、愛遠遊、西陟荊巫、南登衡嶽、因而結宇衡山、欲懐尚平之志。有疾還江陵、嘆曰、老疾倶至、名山恐難徧覩、唯當澄懐観道、臥以游之。凡所游履、皆圖之於室、謂人曰、撫琴動操、欲令衆山皆響。……」。

（16）渡辺明義『瀟湘八景図』（至文堂、日本の美術124、一九七六年九月）、鈴木敬『中国絵画史』中之一（吉川弘文館、一九八四年三月）等参照。

（17）赤井益久「漢詩に見る『湖南瀟湘』のイメージ」（上）（中）（下）（新公論社『季刊 河川レビュー』111～113、二〇〇〇年八月～〇一年二月）、衣若芬「宋代題『瀟湘』山水画詩的地理概念、空間表述与心理意識」（「空間、地域与文化―中国文学与文化書写」国際学術研討会、二〇〇〇年十一月）等参照。また、「瀟湘」の地名考証を中心とした論考に、松尾幸忠「瀟湘考」（中国詩文研究会『中国詩文論叢』14、一九九五年十月）がある。

（18）南宋・唐仲友（一一三六―一一八八）に「続八詠幷序」（『全』二五〇六-47-28977）があり、その序に、「齊禮部郎沈休文出守東陽、爲八詠詞。祖騒而義本於詩。……三復休文之辭、蓋興六而賦二、言吾土之風物、一篇而已、況兼一郡之美、不主茲樓之勝。」とある。この「続八詠」は、沈約の「八詠詩」に東陽の山水を歌うのが少ないことを不満として、名勝詠としての側面を強調した作例である。

（19）蘇軾以前にも、王禹偁や欧陽脩に先行例がある。王禹偁「月波楼詠懐」（『全』六一-2-684）に、「東陽敞八詠、吾聞沈隱侯」の句、欧陽脩「残臘」（『全』二九五-6-3720）に、「自嗟空有東陽瘦、覽物慙無八詠才」の句がある。

（20）ただし『全宋詩』には、北宋初期と末期に各一例の作例が収められている。李堪（九六五―？）の「玉田八景幷序」（一〇〇-2-1134）と米芾（一〇五一―一一〇七）の「都梁十景詩」（一〇七七-18-12277）がそれである。しかし、前者は民国期の『古田県志』を初出の出典とし、後者についても清末の渉聞梓旧本『宝晋英光集補遺』に拠っている。いずれも当地にのこる石刻資料によって補入したのであろうが、信憑性に疑問がのこるので、本論では採り上げなかった。

(21) 日本における「瀟湘八景図」の制作については、注(16)所掲書、または堀川貴司『瀟湘八景 詩歌と絵画に見る日本化の様相』(臨川書店、二〇〇二年五月)参照。朝鮮における状況については、板倉聖哲「韓国における瀟湘八景図の受容・展開」(韓国文化研究振興財団『青丘学術論集』14、一九九九年三月)参照。

(22) 「西湖十景図」は、本論で論じたように、理念的には写実重視の画となるべきところであるが、現実には写意的「西湖十景図」作品も系統的に存在する。例えば、台湾の国立故宮博物院所蔵の、南宋末・葉肖巌の作と伝えられる「西湖十景図」(小学館『世界美術大全集・東洋編』6所録、二〇〇〇年四月)は、明らかに実際の景観と似ていない。また、明・万暦刊『新銹海内奇観』所収の「西湖十景図」(湖南美術出版社『中国古版画・地理巻・勝景図』所収、一九九九年四月)も厳密な実景図とは言い難い。前者については、どういう目的で、誰を鑑賞者として想定して描かれたのかを検討する必要がある。また、落款や画題の真偽についても再検討する余地がある。後者については、版画の技巧が、「浮世絵」と比較すると著しく稚拙で粗放であるので、あるいは版下職人の技術的問題に起因しているのかも知れない。南宋期の実景図については、宮崎法子「西湖をめぐる絵画—南宋絵画史初探—」(京都大学人文科学研究所・梅原郁編『中国近世の都市と文化』所収、一九八四年三月)および同氏「南宋時代における実景図」(小学館『世界美術大全集・東洋編』6、一四九頁以下、二〇〇〇年四月)という専論もある。

07 長淮の詩境
――『詩経』から北宋末まで――

はじめに

淮河は、河南と湖北の省境、桐柏山に源を発し、およそ一千キロを東流して黄海に注ぐ中国第四の大河である。この大河は、自然地理的に中国を南北に分ける境界線であり、この大河を境として、風土が一変する。ここより北は乾いた大地が広がり、小麦を中心とする畑作が一般的なのに対し、ここより南は多雨湿潤の気候帯に属し、大小無数の河川や湖沼が広がり水田による稲作が一般的となる。風土の相違は、衣食住をはじめ居民の生活様式や行動様式にも大小様々な影響を及ぼす。そのため淮河は、古往今来、自然地理のみならず人文地理的にも南北を分ける境界線となっている。また、一統の政治体制が崩れると、淮河はしばしば軍事的境界線、すなわち国境ともなった。紀元後に限っても、5世紀前半から6世紀末までの南北朝時代、10世紀前半の五代十国時代、12世紀前半から13世紀後半の南宋時代の少なくとも計三回、比較的長期にわたって軍事的境界線となっている。辺塞は、なにも中国と外国との間に存在したばかりではない。国土のほぼ中央に位置する淮河もしばしば辺塞と化した。中国史をかりに一統と分裂の反復の歴史ととらえるならば、淮河流域こそは、その変転のなかで、もっとも極端な変化に晒された地域であった。北辺や西辺の辺塞が常時、対外的軍備を怠らず、つねに緊張状態に置かれたのとは明らかに異なり、淮河は平時それをまったく必要としない非軍事的地域であった。それゆえ平和と戦乱が、どの辺塞よりも唐突かつ振幅激しく逆転する場所であった。

本論では、このように様々なレベルで境界となった淮河を、先秦から宋代にいたる詩歌がどのように詠じたのかに着目する。この大河は、北方と南方、中央と辺境、戦争と平和等々、様々な二項対立を生起する。それを歴代の詩歌がどのように具体的に描写したのかという問題を中心にすえ、淮河という題材からみた、中国詩歌の表現史を素描する。

一　先秦から六朝詩における淮河

淮河の名は、『詩経』の中にすでに見える。小雅の「鼓鐘」に、次のようにある（四章のうち、前二章のみ掲げる）。

鼓鐘將將　　鐘を鼓つこと将将
淮水湯湯　　淮水は湯湯《しょうしょう》たり
憂心且傷　　憂心し 且つ傷む
淑人君子　　淑人 君子
懷允不忘　　懐ひて 允《まこと》に忘れず

＊

鼓鐘喈喈　　鐘を鼓てば喈喈《かいかい》
淮水湝湝　　淮水は湝湝《かいかい》たり

憂心且悲　憂心し且つ悲しむ
淑人君子　淑人 君子
其徳不回　其の徳 回《よこしま》ならず

しかしこの詩では、豊かな水量で勢いよく流れるさまを表現する「湯湯」「湝湝」という形容が与えられたのみで、ここから淮河固有の文学的個性を抽出することは難しい。

『詩経』をはじめ先秦の北方文献において、淮河一帯は、しばしば中原とは相異なる文化様式をもつ「淮夷」の生活する空間として描かれる（『詩経』魯頌「泮水」、「閟宮」、『尚書』夏書「禹貢」、周書の各篇等）。中国北方系の古代詩集である『詩経』の世界にあって、淮河およびその流域は、明らかに化外の地であった。

一方、『楚辞』においても、屈原や宋玉の作と伝えられる初期の諸篇の中では、九章の「悲回風」に「江淮」という用例がわずかに一例見られるだけで、前漢の王褒（九懐「尊嘉」）に至ってようやく単独に「淮」の用例が現れる。戦国時代の末期、楚は秦との最後の攻防戦のなかで、淮河流域の寿春（安徽寿県）に遷都したが、5～6世紀に及ぶ楚国史全体から見れば、その期間はきわめて短かく（BC二四一―二二三）、しかも軍事的な緊急避難という意味合いの濃い遷都であったことをも考慮に入れれば、たとえ都が置かれたとはいえ、寿春＝淮河流域が楚の文化的中心でなかったことは自明である。したがって、淮河流域は、楚の文化圏からも外れる周縁疆域であった。

『詩経』と『楚辞』のいずれにおいても言及が少ないという事実は、むしろこの大河がその地理的位置そのままに、河南を中心とする詩経＝黄河文化圏と湖北・湖南を中心とする楚辞＝長江文化圏の何れにも完全には属さず、その狭間の緩衝地帯であったことを示しているかのようである。

＊

下って魏晋六朝期に至っても、淮河が詩歌の題材として単独に詠じられることは絶えて少なかった。歴史舞台としての淮河は、しばしば南北朝の境界線となったことに象徴されるように、当時、軍事的にきわめて重要な意味を有していたが、文学史的に見ると、作例そのものがきわめて少なく、特定の個性をもって描かれる対象にまでは成熟していない。とはいえ、そういう趨勢のなかで、特筆すべき一、二の作例も認められる。

まず南朝宋の南平穆王・劉鑠（文帝の第四子）の作とされる「寿陽楽」という楽府（『宋書』巻一九、楽志に記載がある）は、淮河流域の土地をもっぱら詠じた最初期の作例という点で、淮河詩史において大きな意味をもつ。『南史』（巻十四、宋宗室及諸王伝下）の記述によれば、劉鑠の南豫州刺史着任は、元嘉二十二年（四四五）のことであるから、この楽府も5世紀半ばの作ということになる。『楽府詩集』（巻四十九）では、「清商曲辞」の「西曲歌」に分類され、南朝の新声楽府であり舞曲である。(1)『楽府詩集』に引く『古今楽録』では、「別れを傷み帰るを望む の思ひを叙（敍傷別望歸之思）」した連作である、という。五言二句の間に三言一句を挟む句式を主とする、十三字一首（一曲）の短詩型で、計九首（九曲）が伝わる。うち、四首を以下に掲げる。

其一

可憐八公山　　可憐なり八公山
在壽陽　　寿陽に在り
別後莫相忘　　別後　相ひ忘るる莫かれ

其三

梁長曲水流　　梁《はし》　長くして　曲水　流れ
明如鏡　　明かなること鏡の如し

雙林與郎照　　双林と郎とを照らす

其七

長淮何爛漫　　長淮　何ぞ爛漫たる

路悠悠　　路　悠悠たり

得當樂忘憂　　楽しむに当たりて憂ひを忘るるを得んや

其八

上我長瀬橋　　我が長瀬橋に上りて

望歸路　　帰路を望む

秋風停欲度　　秋風　停《や》みて度らんと欲す

其一に見える「八公山」は、寿春の北に連なる山地の名。前漢淮南王劉安が八公とともに登ったとされ、淝水の戦（三八二）で、前秦の苻堅（苻融）がこの山に登り、草木を晋の将と見間違え恐れをなして退散した、という故事の舞台ともなった山。其三の「梁」や其八の「長瀬橋」は未詳であるが、淮河に橋梁が架けられたという当時の記録は存しない(2)ので、寿春城の北をかすめて淮河に注ぐ東淝河に架けられた橋であるかも知れない。いずれにせよ、「寿陽楽」は、淮河流域の都市が題材として詩歌に詠み込まれた最初期の作例であり、個別の景点が描かれたという点で特筆に値する楽府である。

劉鑠の南豫州刺史着任とその事績は、寿春および淮河流域が対北朝戦略の前線基地となった時代背景と大いに関わりがあるが、「寿陽楽」の作品自体に、辺塞特有の重々しさは認められない。劉宋の国境線が南朝諸王朝のなかでは例外的にかなり北に位置し、黄河と淮河の中間辺りにあったことに起因しているかもしれない。だが、次の斉・謝朓

（四六四―四九九／陳郡陽夏〔河南太康〕の人）の詩は、もっぱら淮河を詠じたものではないが、淮河＝辺塞を前提とした表現が含まれている。

和江丞北戍琅邪城詩　謝朓

（前四句略）

京洛多塵霧　京洛　塵霧多く
淮濟未安流　淮済　未だ安流せず
豈不思撫劍　豈に剣を撫するを思はざらん
惜哉無輕舟　惜しいかな　軽舟　無し
夫君良自勉　夫君　良に自ら勉めよ
歲暮勿淹留　歳暮　淹留すること勿かれ

引用した最初の二句には、「京」「洛」「淮」「濟」と四つの地名が掲げられ、敵の占領下にある北方を連想させる場所の一つとして淮河が数えられている。南朝・斉の永明六年（四八八）に、琅琊郡は現在の南京の西北城外に移され、右の詩の「琅邪城」も直接的にはそれを指すようだが[3]、イメージ領域ではむしろん山東の琅琊をも重ね合わせ、北方の大地を連想させる構造に作られている。右の詩は、――実情は必ずしもそうではなかったようであるが――あたかも敵軍と対峙しつつ北辺を守る指揮官を鼓舞するかのごとき内容となっている。

南朝梁の呉均（四六九―五二〇／呉興故鄣〔浙江湖州安吉〕の人）も、寿春を訪れ、「初至寿春作」、「登寿陽八公山」、「寿陽還与親故別」等の詩（『先秦漢魏晋南北朝詩』梁詩巻十）を詠じているが、淮河固有の文学風土の開拓という観点から見ると、特筆すべき点はほとんどない。一方、呉均と同時代の、何遜（四七二？―五一九？／東海郯〔山東郯城県東〕

の人）に、「望新月示同羈」詩（『先秦漢魏晋南北朝詩』梁詩巻九）があり、この詩は後の淮河詩の基本的特徴を備えており、早期淮河詩の作例として特筆に値する。

初宿長淮上　　初めて長淮の上に宿せば
破鏡出雲明　　破鏡　雲より出でて明かなり
今夕千餘里　　今夕　千余里
雙蛾映水生　　双蛾　水に映じて生ず
的的與沙靜　　的的として　沙とともに静《きよら》かに
灩灩逐波輕　　灩灩として　波を逐ひて軽し
望鄕皆下淚　　郷を望みて　皆な涙を下す
非我獨傷情　　我のみ独り情を傷むるに非ず

何遜の詩に描かれた淮河は、月明かりを映し出す静かで清らかな大河である。ただし、完全に心ゆかしき空間として描かれているわけではない。むしろ、故郷との距離を否応なく感じさせ、寂寞や憂愁の念をつのらせる空間として描出されている（何遜の故郷、東海郯は、斉梁の頃、南朝の最北端に位置しており、淮河から直線距離にして百五十キロ以上離れていた）。

＊　＊

以上のように、先秦から六朝における詩的素材としての淮河のウエイトはけっして重くはなかった。作例がきわめて少なく、特定の文学的個性を抽出することも困難である。とくに5世紀前半から6世紀後半の南北朝期は、詩歌史の上では山水詩の萌芽期に当たるが、詩人の関心は淮河およびその流域には向けられなかったようである。結局のところ、軍事的関心の増大は、文学的関心を呼び起こすまでには至らなかった、といえるであろう。

二　唐詩における淮河

隋を経て唐に入ると、淮河にも転機が訪れる。汴河が南北交通のもっとも主要な幹線路となったことにともない、多くの詩人が淮河に浮かび、詩を詠じた。その数は六〇首を超え、淮河詩の歴史はかくてようやく黎明期を迎えた。とはいえ、唐代淮河詩の基調をなしているのは、前節で掲げた何遜の詩にすでに現れていたような、郷愁、旅愁等のネガティブな意境である。その代表的な作例を、時代順に掲げる。

①宋之問（六五六?—七一二?／汾州西河〔山西〕人、一説虢州弘農〔河南〕人）

初宿淮口　（『全唐詩』巻五十一）

孤舟汴河水　　孤舟　汴河の水
去國情無已　　国を去りて　情　已むこと無し
晩泊投楚鄉　　晩に泊して　楚郷に投ずれば
明月清淮裏　　明月　清淮の裏
汴河東瀉路窮茲　　汴河　東のかた瀉いで　路　茲に窮まれり
洛陽西顧日增悲　　洛陽　西のかた顧みれば　日に悲しみを増す
夜聞楚歌思欲斷　　夜　楚歌を聞きて　思ひ断たんと欲す
況値淮南木落時　　況んや淮南　木落の時に値たるをや

②常　建（?—?　開元十五載〔七二七〕の進士／一説に京兆の人）

泊舟盱眙　（『全唐詩』巻一四四）

泊舟淮水次　舟を泊して　淮水に次《やど》れば
霜降夕流清　霜　降りて　夕流　清し
夜久潮侵岸　夜　久しくして　潮　岸を侵し
天寒月近城　天　寒くして　月　城に近し
平沙依鴈宿　平沙　鴈宿に依り
候館聽雞鳴　候館　鶏鳴を聴く
鄕國雲霄外　郷国　雲霄の外
誰堪羈旅情　誰か堪えん　羈旅の情

③韋応物（七三七?—九一／京兆万年〔陝西〕人）

夕次盱眙縣　（『全唐詩』巻一九一）

落帆逗淮鎭　帆を落として　淮鎮に逗《とど》まり
停舫臨孤驛　舫を停めて　孤駅に臨む
浩浩風起波　浩浩たり　風　起こすの波
冥冥日沈夕　冥冥たり　日　沈むの夕
人歸山郭暗　人　帰りて　山郭　暗く
雁下蘆洲白　雁　下りて　蘆洲　白し

獨夜憶秦關　　独夜　秦関を憶ひ
聽鐘未眠客　　鐘を聴きて　未だ眠らざるの客

④温庭筠（八一二?―七〇?／太原祁〔山西〕人）
旅次盱眙縣（『全唐詩』巻五八二）

離離麥擢芒　　離離たり　麦　芒を擢で
楚客意偏傷　　楚客　意　偏へに傷む
波上旅愁起　　波上　旅愁　起こり
天邊歸路長　　天辺　帰路　長し
孤橈投楚驛　　孤橈　楚駅に投ずれば
殘月在淮檣　　残月　淮檣に在り
外杜三千里　　外杜　三千里
誰人數鴈行　　誰が人か　雁行を数ふる

典型的な作例として、①～④の四例のみを掲げたが、他の五十余の作例も大同小異で、旅愁や望郷が主要なテーマとなっており、悲哀や憂愁が基調をなしている。それぞれが淮河に臨んだ際の個人的な想いを綴っているはずなのだが、これらの作品においては、それがより普遍的な情感（望郷、旅愁）のレベルに昇華され提示されているため、詩人それぞれの個別的体験に即した心情を作品の中から読みとることは難しい。つまり、詩人名を伏せて鑑賞すると、どれも似通っており、類型的にさえ映る。

＊

こういう大勢のなかで、次に掲げる⑤白居易と⑥李紳の作例は、旅愁や郷愁を掻き立てる空間という淮河の伝統的イメージから一定の距離を保ち、比較的ニュートラルに景観を詠じており、新しい展開を見せている。

⑤白居易（七七二―八四六／下邽〔陝西〕の人）

渡淮　（『全唐詩』巻四四七）

淮水東南闊　　淮水　東南に闊く
無風渡亦難　　無風なれば　渡るも亦た難し
孤煙生乍直　　孤煙　生じて乍ち直く
遠樹望多圓　　遠樹　望みて多く円かなり
春浪櫂聲急　　春浪　櫂声　急に
夕陽帆影殘　　夕陽　帆影　残す
清流宜映月　　清流　月を映すに宜し
今夜重吟看　　今夜　重ねて吟じて看ん

⑥李紳（七七二―八四六／無錫〔江蘇〕人）

壽陽罷郡日、有詩十首、與追懷不殊、今編於後、兼紀瑞物

a．初出淝口入淮　（『全唐詩』巻四八〇）

東風百里雪初晴　　東風　百里　雪　初めて晴れ
淝口冰開好濯纓　　淝口　氷　開きて　纓を濯ふに好し
野老擁途知意重　　野老　途《みち》を擁《ふさ》ぎて　意の重きを知り

病夫抛郡喜身輕　　病夫 郡を抛ちて 身の軽きを喜ぶ
人心莫厭如弦直　　人心 厭ふこと莫し 弦の如く直きを
淮水長憐似鏡清　　淮水 長に憐れむ 鏡に似て清きを
回首夕嵐山翠遠　　首を回らせば 夕嵐 山翠 遠く
楚郊烟樹隠襄城　　楚郊の烟樹 襄城を隠す

b．入淮至盱眙（『全唐詩』巻四八〇）

山凝翠黛孤峰迥　　山は翠黛を凝らして 孤峰 迥かに
淮起銀花五兩高　　淮は銀花を起こして 五両 高し
天外綺霞迷海鶴　　天外の綺霞 海鶴を迷はせ
日邊紅樹豔仙桃　　日辺の紅樹 仙桃のごとく艶やかなり
岸驚目眩同奔馬　　岸 驚き 目は眩みて 奔馬に同じ
浦溢心疑覩抃鼇　　浦 溢れ 心は疑ふ 抃鼇《べんがう》を観るかと
寄謝雲帆疾飛鳥　　寄謝す 雲帆 疾きこと飛鳥のごときを
莫誇迴雁卷輕毛　　誇る莫かれ 迴雁 軽毛を巻くと

⑤白居易の詩は佳作とはいい難いが、淮河を渡るという体験を時間軸に沿って日記風に詠じており、次節において採り上げる宋詩の先駆的作例と見なすことができる。

⑥は、大和四年から同七年(4)（八三〇―三三）、李紳が刺史として四年間滞在した寿州を離任する際に詠じた十首連作（現存するのは八首のみ）の中の二首である。aは、春浅い一月、淮河の氷が融け航行可能となって、寿州から淮河へ

漕ぎ出した直後の作。bは、そこから盱眙へと向かう淮河の船旅を詠じた作である。寿州を離れ新たな任地（北方）へと向かう喜びが背景に存在してはいるが、李紳の二首には他の唐詩に普遍的に見られる旅愁や郷愁等の要素が微塵も存在しない。李紳は触目の景をいくぶん誇張しながら好意的に描写している。

以上、白居易と李紳の詩に見られる表現傾向は、宋代においてはむしろ普遍的に見られるが、唐代淮河詩のなかではまだ少数の例外に属する。

＊　＊

淮河を詠じた唐詩に認められる類型性は、作詩の主体と対象のそれぞれに、それを生み出すべき必然的な基盤があった、と考えられる。まず主体＝作者側の問題についていえば、唐代の詩人は北方出身者が圧倒的に多いという事実を指摘すべきであろう(5)。本節で採り上げた六詩人の出身地における南北比率は一対五であるが、これは唐代淮河詩全体の比率とほぼ同じである。北方出身の詩人にとって、淮河流域はそもそも故郷から遠く隔たった僻遠の地であり、己が生まれ育った風土と大きく異なる疆域であった。さらに士大夫としての彼らの意識に基づけば、南遷して淮河に浮かぶことは、政治の中心から決定的に遠ざかることを意味した。したがって、二重の意味において、淮河は、不如意の感情を増幅する風景装置となったわけである。

次に、淮河側の問題としては、流域に歴史文化の蓄積に富む大都市が少なかった、という点を指摘できる。淮河流域の都市名を、上流から列記すれば、寿州、濠州、泗州（臨淮、盱眙）、淮陰（楚州）等があるが、新旧『唐書』地理志の記載を参照すると（本論末尾の【附表】を参照のこと）、寿州が比較的大きな都市であったのを除くと、他はいずれも中小規模の都市に過ぎない。淮河流域最大の都市・寿州にしても、他の大河流域の諸都市、たとえば黄河流域における洛陽、長江流域における鄂州（湖北武漢）や江寧（江蘇南京）、汾河における太原、渭水における長安、湘水における潭州（湖南長沙）、灨江における洪州（江西南昌）、銭塘江における杭州、珠江における広州のように、所属する「道」

または「路」全体における人と物の一大集散地となり、それぞれが大きな求心力をもった都会であったのと比べると、その果たした政治的、文化的機能はずっと低く見積もられるべきである。淮河流域の諸都市は、南北交通における人と物流の中継基地としては一定の機能を果たしたものの、それらが最終的に向かうべき目的地とはならなかった。それゆえ、詩人たちの目にも、長く逗留するに足る文化的魅力に乏しい疆域と映ったのではないか、と推測される。

作詩主体と作詩対象それぞれに存在した特殊事情が、唐代淮河詩の没個性を生んだ要因の一つとして数えられるであろう。

三　北宋前期における淮河詩

約半世紀の五代における分裂期を経て宋代となり、一統の世が実現すると、汴河および淮河水系は再び南北を結ぶ幹線水路として活気づいた。安史の乱、藩鎮の跋扈、さらには五代の戦乱によって、北方が主戦場となり荒廃したこともあって、北方経済はますます東南への依存度を高めた。京師が長安や洛陽から東に移動して汴河の起点（開封）に置かれたことからも分かるように、汴河をはじめ、蔡河、潁水、淝水、渦水、渙水等、東南流して淮河に注ぐ河川や運河の重要度は、唐代よりもさらに一層増大した、といってよい。

士大夫階層も、科挙制度の充実にともない、南方出身の官僚が不断に増加し、第四代仁宗の時代になると、朝廷における北人対南人の比率が相拮抗するようになった。南人官僚の擡頭は、当然のことながら、中央文壇における価値観や美意識にも多大なる影響を及ぼしたはずである。

前述の通り、唐代詩人にとって、黄河流域を離れ南下して淮河を越えることは、政治の中心から遠ざかることを意味するのみならず、多くの場合、故郷から遠ざかることをも意味した。しかし、北宋詩人の半ばを占める南方出身の詩人にとって、それは自らが生まれ育った風土に回帰することを意味し、唐代詩人に比べると、不如意の思いが理念的には半減したはずである。かつてはもっぱら旅愁を掻き立て、望郷の念をつのらせる装置としてしか存在しなかった感のある淮河も、このような変化を背景にして、唐までとは相異なる新たな視線を、詩人たちからも注がれるようになった。

このような変化は、第三代真宗朝（九九八―一〇二二）の前後から顕著になり始めた。たとえば、梅詢（九六四―一〇四一　宣州宣城〔安徽〕の人）に、次のような作例がある。

濠州四望亭閒眺　（『全宋詩』〔以下、『全』と略称〕99-2-1120）

南北舟行互擲梭　　南北 舟行 互ひに梭を擲ち
長淮混混接天河　　長淮 混混として 天河に接す
石梁景絶虹垂渚　　石梁 景 絶えて 虹 渚に垂れ
桐柏春深雪作波　　桐柏 春 深くして 雪 波を作す
四望空明無俗翳　　四望 空明 俗翳 無く
數聲欸乃有漁歌　　数声の欸乃 漁歌 有り
誰言此地殊幽僻　　誰か言ふ 此の地 殊に幽僻なりと
自我今來風味多　　我 今 来りてより 風味 多し

この詩は、おそらく梅詢が知州として濠州に滞在した、大中祥符三年（一〇一〇）春の作であろう。[6]首聯の二句は、淮河を行き交う船の賑わいを詠じ、中間の二聯は「四望亭」の眺望を詠じる。第五句「俗翳 無し」とあるように、作者にとっての淮河は、唐詩において普遍的であったネガティブ・イメージではなく、むしろ積極的にプラス・イメージをもって接すべき対象となっている。かくて、尾聯において、「殊に幽僻」という従来の評価に異議を唱えるのである。

これに類する用例としては以下のようなものがある。

○淮に映ずる風月　吟筆を供す――映淮風月供吟筆（王禹偁「送王司諫赴淮南轉運」／『全』62-2-699）

○応に愛すべし淮流の上、聊か月色の新なるに逢ふを――應愛淮流上、聊逢月色新（林逋「懷長吉上人北遊」／『全』105-2-1198）

○長淮の月色　秋宵好し、応に詩人を助けて思ひ転た清かるべし――長淮月色秋宵好、應助詩人思轉清（楊億「史館陳太丞知壽州」／『全』117-3-1356）

いずれも、淮河流域にいない作者が、淮河を想像しつつ詠じた句である。こういう条件下で、王禹偁（九五四―一〇〇一／済州鉅野〈山東〉の人）と楊億（九七四―一〇二〇／建州浦城〈福建〉の人）は、詩嚢を肥やす空間として淮河をとらえ、林逋（九六八―一〇二八／杭州銭塘〈浙江〉の人）も、月夜の淮河を純粋に心ゆかしき光景として描いている。

四　北宋中後期における展開

真宗期の詩人たちによって附加された淮河のプラス・イメージは、つづく仁宗期の詩人たちにも受け継がれ、より一層明瞭な形で表現されるようになった。その中で、梅堯臣（一〇〇二―一〇六〇／宣城の人）は、淮河詩の質的変化を決定づけた最初のキイ・パーソンといってよい。彼の「初見淮山」詩（『全』235-5-2745）では、

遊宦久去國　　遊宦　久しく国を去り
扁舟今始還　　扁舟　今 始めて還る
朝來汴口望　　朝来　汴口に望み
喜見淮上山　　淮上の山を見るを喜ぶ
斷嶺碧峯出　　断嶺　碧峯 出で
平沙白鳥閑　　平沙　白鳥 閑なり
南歸不厭遠　　南帰　遠きを厭はず
况在水雲間　　况んや水雲の間に在るをや

と詠じ、淮河の山並みが視界に入った時の喜びを率直に表現している。とくに、尾聯、南に帰るのならいくら遠くとも気にならない、と詠じたのは、南人官僚・梅堯臣の面目躍如たる表現といってよいであろう。前に採り上げた梅詢は、彼の叔父であり、両者がともにきわめて好意的に淮河の山水を詠じていることは注意されてよい。これはおそらく、たんなる偶然の一致ではなく、彼ら南方出身の詩人が、中央文壇において重きをなしてきたことにより、従来の南方に対するネガティブ・イメージが相対化されてきたことの証左といってよいであろう。

　唐代詩人が伝統的イメージを踏襲し淮河を僻遠の地として一般化し客体化して詠じたのに対し、宋代の、とくに南方出身の詩人たちは、そういう偏見もしくは先入観を捨て、主体的に淮河の景観に向き合い、己の五感をよりどころとしてそれを個別的、具象的に描写した。こういう作例の増加にともない、詩歌の素材としての淮河に対する認識にも変化が生まれ、それが淮河詩の多様化を促したといえるであろう。

　梅堯臣はまた、「淮上雜詩六首」という五律の連作（『全』242-5-2804）も詠じており、矚目の景を一つ一つ具さに表現している。たとえば、次のように。

輕舟晩投處　　軽舟　晩に投ずる処
聒聒渚禽斷　　聒聒として　渚禽　断《な》く
橡子隨薪束　　橡子　薪束に随ひ
蔬科帶土攜　　蔬科　土を帯びて携ふ
岸幽雲滿石　　岸　幽にして　雲　石に満ち
潮落蚌生泥　　潮　落ちて　蚌　泥に生ず
客思無憀極　　客思　無憀にして極まり
唯將魯酒迷　　唯だ魯酒を将って迷はす

この詩の製作時（康定二年〔一〇四一〕）の梅堯臣は、監湖州塩税の任に着くため、都を後にし南下する途次であった。朱東潤によれば[7]、気に染まない赴任であったらしく、それが尾聯の詠嘆に繫がったようである（第七句の「無憀」は「無聊」「無頼」に同じ）。しかしいずれにせよ、中間の二聯のように細やかな描写は、唐代の淮河詩には見られなかったものである。頷聯では樵夫と農夫を直接描くのではなく、彼らが運ぶ薪や野菜に着目し、ドングリの実に土が附着している様に焦点を当てて描写している。愉快ではない赴任の旅にあっても、梅堯臣は唐代詩人のように眼前の景を心象風景に置き換え、抽象的に詠じるスタンスをけっしてとらなかった。あくまで対象を凝視し、個人の視点から具象的に描写しようとするスタンスをとっている。そして、この叙述姿勢は、すべての宋代詩人に一定程度共通する傾向でもある。

梅堯臣の一つ下の世代の作例を見てみる。沈遘（一〇二五―六七／銭塘〔浙江〕の人）の「淮山」（『全』630-11-7524）

という詩では、都開封と淮河流域を対比的に詠じ、——濁流の黄河によりそい、埃にまみれる——開封より、山紫水明の清らかなる淮河流域に好意を寄せている。

淮山萬重紫　　淮山　万重　紫にして
淮波千里清　　淮波　千里　清し
聊茲快吾目　　聊か茲に　吾が目を快くし
又以潔吾纓　　又た以て吾が纓を潔くす
夷門多塵埃　　夷門　塵埃多く
黄河自泥濁　　黄河　自から泥濁
我行何遅遅　　我が行　何ぞ遅遅たる
回望未央闍　　回望す　未央闍

尾聯に都への未練が表現されているので、これが単純な淮河賛美の詩ではないことも明らかであるが、悲哀や憂愁の情調は抑制され、唐詩において一般的であったネガティブ・イメージは確実に相対化されている。次の鄭獬（一〇二二—七二／安州安陸〔湖北〕の人）の「淮上」（『全』585-10-6884）詩では、汴河が黄河より取水するため、黄河の水が淮河に注ぎ、淮河を濁らせている現実を嘆き、次のように詠じている。

桐柏山中草木靈　　桐柏　山中　草木　霊なり
淮源滃滃繞山鳴　　淮源　滃滃として　山を繞りて鳴る

誰人鑿出渾河水　　誰が人か　鑿ちて渾れる河水を出だし
汚卻長波萬丈清　　長波　万丈の清きを汚却せしむる

この詩では、文明の揺籃たる黄河の水よりも、淮河のそれの方が清く美しいことを詠じ、黄河と淮河の価値認識が完全に逆転している。

北宋第一の詩人、蘇軾（一〇三七―一一〇一／蜀眉山〔四川〕の人）の場合はどうであろうか。新法旧法の党争により、彼は幾度となく淮河を越え南北を往来した。次の作例は、熙寧四年（一〇七一）、新法政権の成立によって朝廷の内外が騒然とする中、通判として杭州に赴任する旅次に作られたものである。

出潁口初見淮山是日至壽州　（『全』789-14-9144）

我行日夜向江海　　我が行　日夜　江海に向かひ
楓葉蘆花秋興長　　楓葉　芦花　秋興　長し
長淮忽迷天遠近　　長淮　忽ち迷ふ　天の遠近
青山久與船低昂　　青山　久しく船と低昂す
壽州已見白石塔　　寿州　已に見る　白石塔
短棹未轉黄茅岡　　短棹　未だ転ぜず　黄茅岡
波平風軟望不到　　波　平らかに　風　軟にして　望み到らず
故人久立烟蒼茫　　故人　久しく立たん　烟の蒼茫たるに

かりに当時の蘇軾をめぐる政治状況を加味してこの詩を鑑賞したとしても、この詩から、彼の不如意や憂愁を読みとることは困難であろう。この詩における淮河は、あたかも時が止まったかのように、あくまでゆったりとして長閑な空間として描き出されている。他の例も見てみる。

次韻孫巨源寄漣水李盛二著作幷以見寄五絶　其五　（『全』795-14-9207）

膠西未到吾能説　膠西　未だ到らざるに　吾　能く説く
桑柘禾麻不見春　桑柘　禾麻　春を見ずと
不羨京塵騎馬客　羨まず　京塵　騎馬の客
羨他淮月弄舟人　他の淮月　舟を弄ぶの人を羨む

淮上早發　（『全』818-14-9464）

澹月傾雲曉角哀　澹月　傾雲　暁角　哀し
小風吹水碧鱗開　小風　水を吹きて　碧鱗　開く
此生定向江湖老　此の生　定めて江湖に向《あ》りて老いん
默數淮中十往來　黙して数ふ　淮中　十たび往来するを

前者は、熙寧七年（一〇七四）、杭州通判の任を終え、知州として密州（山東諸城）へ赴く途次の作。都におけるあくせくとした役人暮らしよりも、月夜の晩に、淮河に船を浮かべる暮らしがしたいと、述懐している。前掲、沈遘の詩と同様に、この詩においても、淮河は京師と対比的に描かれ、都のあくせくとは無縁の場所として好意的にとらえられている。

後者は、元祐七年（一〇九二）の春、知州として揚州へ赴任する途次の作。蘇軾、時に57歳、晩年にさしかかった蘇軾は、淮河に浮かび、この河をいったい何度往来したことかと己の来し方を振り返った。蘇軾のみならず、当時の士大夫はほとんど全てがこの河を通り南北を往来した。淮河は、彼ら士大夫詩人にとって、南北往来の象徴的場所であった。したがって、己の宦游人生を回顧する機会を自ずと与える場所ともなった。南と北の境界に位置する淮河は、詩人たちの過去と未来を繋ぐ境界線としても存在したのである。ちなみに、蘇軾はこの後、もう一度淮河を越え都に上ったが、元祐九年五月、嶺南に向かう途中通過したのを最後に二度と淮河に浮かぶことはなかった。最後の渡淮の直後、蘇軾は、

過淮風氣清　　淮を過れば 風気 清く
一洗塵埃容　　塵埃の容を一洗す
水木漸幽茂　　水木 漸く幽茂
菰蒲雜游龍　　菰蒲 游龍を雑ふ
可憐夜合花　　憐れむべし 夜合花
青枝散紅茸　　青枝 紅茸を散ず

と詠じている（「過高郵寄孫君孚」詩冒頭部分／『全』820-14-9496）。彼は、終始変わらぬ姿勢で淮河の山水に接し、淮河を詠じた詩人であった。

蘇軾とともに北宋詩人を代表する、黄庭堅（一〇四五―一一〇五／洪州分寧〔江西〕の人）にとっても、淮河は己が帰

着すべき故郷と同じ風土の場所として認識され、そこに浮かぶことは、己の心性に適合し、人事に疲弊した心を解放すると考えていたようである。次に掲げる作例は進士及第した直後（治平四年〔一〇六七〕黄庭堅23歳）の作であるが、すでにそれが顕著に現れ出ている。

新息渡淮　（『全』1020-17-11651）

京塵無處可軒眉　京塵　処として眉を軒《あ》ぐべき無く
照面淮濱喜自知　面を照らす淮浜　自ら知るを喜ぶ
風裏麥苗連地起　風裏の麦苗　地に連なりて起こり
雨中楊樹帶煙垂　雨中の楊樹　煙を帯びて垂る
故林歸計嗟遲暮　故林　帰計　遅暮を嗟き
久客平生厭別離　久客　平生　別離を厭ふ
落日江南采蘋去　落日　江南　蘋を采り去《ゆ》かん
長歌柳惲洞庭詩　長歌す　柳惲が洞庭の詩

この黄庭堅の作例に明らかなように、南方出身の詩人にとって、淮河は己の帰着すべき疆域に回帰したことを表す指標ともなった。

＊

淮河の山水を、あたかも一幅の絵画のごとき叙景詩に仕立てた北宋詩人の代表は、蘇舜欽と秦観である。蘇舜欽（一〇〇八―四八／梓州銅山〔四川〕の人、開封に生長す）の次の詩は、「一網打尽」の故事で知られる事件で落職した直後、慶暦五年（一〇四五）に蘇州へと向かう旅次の作とされる。(8) 作品全体に索漠とした寂寥感や倦怠感が漂い、当時の彼の心情をそのまま反映しているかのようである。

淮中晩泊犢頭　（『全』315-6-3943）
春陰垂野草青青　春陰　野に垂れて　草　青青
時有幽花一樹明　時に幽花の一樹　明かなる有り
晩泊孤舟古祠下　晩に孤舟を泊す　古祠の下
滿川風雨看潮生　満川の風雨　潮の生ずるを看る

秦観（一〇四九―一一〇〇／揚州高郵の人）の詩は、元豊元年（一〇七八）、開封府試に応ずるため上京する際の作とされる。(9)

泗州東城晩望　（『全』1061-18-12111）
渺渺孤城白水環　渺渺たる孤城　白水　環り
舳艫人語夕霏間　舳艫　人語　夕霏の間
林梢一抹青如畫　林梢の一抹　青きこと画くが如し
應是淮流轉處山　応に是れ淮流　転ずる処の山なるべし

その他、淮河一帯の景点の発掘および定着という点で、米芾（一〇五一―一一〇七／襄陽の人）の果たした役割もけっして小さくはない。そのことを伝える早期の資料に、胡仔『苕渓漁隠叢話』（後集巻三十五）の記事がある。

苕渓漁隠 曰く、淮北の地 平夷にして、京師より汴口に至るまで、並びに山無く、惟だ淮を隔てて方めて南山有り。米元章 其の山に名づけて第一山と為し、詩有りて云ふ、「京洛の風塵 千里 還り、船頭 出没す翠屏の間。能く衡霍のごとく星斗を撞くこと莫きも、且らく是れ東南第一の山なり」と。此の詩 刻まれて南山の石崖の上に在り。[10]

苕渓漁隠曰、淮北之地平夷、自京師至汴口、竝無山、惟隔淮方有南山。米元章名其山爲第一山、有詩云、「京洛風塵千里還、船頭出沒翠屏間。莫能衡霍撞星斗、且是東南第一山」。此詩刻在南山石崖上。

泗州城（盱眙）の南に連なる山並みは、汴河を南下する人々にとって、おそらく陸標の役割を果したたであろう。この山を望見して、泗州の城が近いことを確認したと思われる。胡仔が解説するように、淮河に至るまで、汴河の両側には、山らしき山がまったくない。泗州に至って、はじめて山並みが現れる。こういう地理的特徴は、隋唐の頃から認識されていたはずだが、この山が単独に詠じられたことは絶えてなかった。前に引用した、梅堯臣の詩で彼が「初めて見た」「淮山」は、おそらくこの山並みを指すが、「都梁」という固有名を冠して詩を詠じたのは、彼よりも一つ世代が下の、蘇軾や孔武仲（一〇四二―一〇九八／臨江新喩〔江西〕の人）、さらには張耒（後述）が最初の例である。米芾は、その地理的特徴に因んで、この山を「東南第一山」と形容し、自ら揮毫して山の断崖に筆跡を刻んだ。米芾の命名と筆跡とによって、「第一山」は泗州を象徴する山となり、南宋以降、あまたの詩人墨客がここを訪れるようになったのである。

『全宋詩』には、この他に連作「都梁十景詩」（『全』1077–18–12277）が米芾の作として収録されている。筆者はかつて瀟湘八景をはじめとする、宋代の八景現象について論じたことがあるが、その時はこの連作の信憑性を疑い、あえて考察の対象から外した。(11) しかし、それがもし真に米芾の作であるとするならば、宋代八景現象のもっとも早期に属する実例となり、同時に淮河の景点発掘史においても画期的な先例となる。

いずれにせよ、米芾は宋を代表する画家の一人であるから、彼によって都梁山が詩に詠われたことは、淮河の景観が名実ともに絵画の対象となったことを暗示している。淮河の山水が「詩中有画」という詩的境地を超え、現実に絵画という具象藝術によって描かれ始めた可能性を示しているのである。

＊＊

以上、北宋の中後期における淮河詩を概観したが、彼らにとって淮河は、もはや旅愁や郷愁を掻き立てるだけの存在ではなくなった。淮河の山水は宦游に疲れた彼らの心を和ませ、欲望渦巻く都への未練を断ち切る役割を果たしている。それゆえ、ポジティブなイメージで好意的に描かれることが多い。もちろん、北宋の淮河詩すべてが、そういうポジティブ・イメージで描かれているわけではない。たとえば、淮河にさしかかり、激しい逆風や高波のため航行できず、滞留を余儀なくされたことを詠じた作例も散見し、そのような詩においては、当然ながら不如意の思いが吐露されている。また、次の詩句のように、唐人と変わらぬ感情が吐露される場合もある。

○　病骨　南土を憂へ、　孤懐　北遷を念ず。——病骨憂南土、孤懐念北遷。（宋庠〔九九六—一〇六六／開封雍丘の人〕「渉淮沂清迫于冰涸舟次下邳先寄彭門趙侍御二首」其一。『全』190-4-2186）

○　旅愁　避くるに処無し、　春色　誰が為に来るや。——旅愁無處避、春色爲誰來。（蘇舜欽「淮亭小飲」。『全』315-6-3944）

しかしながら、前者についていえば、それがただちに淮河の印象に直結しているわけではなく、あくまでも個人の経験に即して日記風に語られることの方が一般的である。

後者については、そもそも数量的にきわめて少なく、北宋詩にあってはむしろ例外的な作例と見なされる。さらに、宋・蘇両者の籍貫や生まれ育った場所[12]をも考慮に入れる必要があろう。

このように、北宋の淮河詩は、唐詩の伝統的イメージを払拭し、主にポジティブなイメージで描かれる対象に変化している。そして、それを可能にしたのが、非北方出身の詩人たちの活躍であったと考えられる。

五　淮河流域出身の詩人による淮河詩

北宋後期になると、淮河流域出身の詩人も複数出現した。その代表格は、徐積（一〇二八―一一〇三／楚州山陽の人）と張耒（一〇五四―一一一四／楚州淮陰の人）の二人である。彼らにとって、淮河は故郷そのものであった。彼らが描いた淮河は、いったいどのようなものだったのであろうか。

（1）徐積の讃歌

徐積も張耒も、ともに進士に及第した士大夫であるが、両者の及第後の経歴は大きく異なる。張耒が当時の平均的士大夫に同じく地方官として各地を歴遊し、故郷で過ごした時間が短かったのに対し、徐積は中年になって耳病を患い、出仕できなくなり、ほとんどの時間を故郷で過ごした。次に掲げるのは、徐積が楚州教授に任じられ郷里にあって後進の育成に努めていた六十代の作であろう[13]。

淮之水示門人馬存　（『全』634-11-7569）

君不見淮之水　　君　見ずや　淮の水

春風吹　　　春風　吹き
春雨洗　　　春雨　洗ひ
靑薰衣　　　青　衣を薫じ
綠染指　　　緑　指を染む
漁不來　　　漁　来らず
鷗不起　　　鷗　起たず
瀲瀲灩灩天盡頭　　　瀲瀲灩灩　天の尽頭
只見孤帆不見舟　　　只だ孤帆を見て舟を見ず
斜陽欲落未落處　　　斜陽　落ちんと欲して未だ落ちざるの処
盡是人間今古愁　　　尽く是れ人間　今古　愁ふ
今古愁兮將奈何　　　今古　愁へば　将た奈何せん
莫使騷人聞棹歌　　　騒人をして棹歌を聞かしむる莫かれ
我曹自是浩歌客　　　我が曹　自ら是れ浩歌の客
笑聲酒面春風和　　　笑声　酒面　春風　和す

——清らかな水、果てしなく広がる小波、その遥か彼方に帆影がぽつんと一つだけ見える……。夕日がいまにも沈もうとする瞬間、人は古より愁いに胸をしめつけられ、騒人は舟歌を聞いては悲しみに沈んだ。だが、我らは「浩歌の客」、高らかに歌声を響かせ、酒を飲み笑い声を上げ、春風に溶け込もう、と詠う。悲哀を抑制的に詠じる宋詩の特徴がこの詩にもよく現れ出ている。

この詩を示された徐積の門人・馬存（？―一〇九六／楽平〔江西〕の人）は、以下のような返詩を贈っている。

長淮謠爲徐先生詠　（『全』782-13-9061）

長淮之水青如苔　長淮の水 青きこと苔の如し
行人但覺心眼開　行人 但だ覚ゆ 心眼の開くを
湘江豈無水　湘江 豈に水 無からん
魚腹忠魂埋　魚腹 忠魂を埋む
但見愁雲　但だ見る 愁雲の
結雨猿聲哀　雨を結び 猿声哀しきを
浙江豈無水　浙江 豈に水無からん
鴟革漂胥骸　鴟革 胥骸 漂ふ
但見潮頭　但だ見る 潮頭の
怒氣如山來　怒気 山の如く来るを
孤臣詞客到江上　孤臣 詞客 江上に到れば
何以寛心懷　何を以てか 心懐を寛くせん
長淮之水遶楚流　長淮の水 楚を遶りて流れ
先生家住淮上頭　先生の家は住む淮上の頭
黄金萬斛浴明月　黄金 万斛 明月 浴し
碧玉一片含清秋　碧玉 一片 清秋を含む

酒花入面歌一曲　　酒花　面に入りて　一曲　歌へば
淮上百物無閒愁　　淮上の百物　閑愁無し

淮河の水は清らかで、旅人はそれに接すると、ただただ「心眼の開く」のを感じる、という。湘水には屈原の、浙江には伍子胥の怨念がこめられているので、その河岸に立てばおのずと悲愁が迫り来るが、淮河にはそれがない、だから淮河の畔に立っても、耳目に触れるものすべてが愁いとは無関係なのだ、と説く。文化的伝統の蓄積が乏しいのを逆手にとって、淮河を賛美している点が興味深い。わが師の暮らす土地を賛美するのがこの詩の主たる表現目的であるとはいえ、彼が下した「淮上の百物　閑愁無し」という結論は、あたかも唐代淮河詩を全否定しているかのようであり、宋代淮河詩の特徴がもっとも象徴的に表現されている(14)。

徐積には、「淮之水」の他にも、次のような長編の古詩がある。

望淮篇示門人　（『全』634-11-7567）

閑花落盡春無有　　閑花　落ち尽くして　春　有ること無し
脚踏青紅望淮走　　脚は青紅を踏み　淮を望みて走る
到淮適値晩潮來　　淮に到り　適たま値ふ　晩潮の来るに
滿淮鼓吹風波吼　　満淮　鼓吹して　風波　吼ゆ
傳聲急喚釣魚船　　伝声　急に喚ぶ　釣魚の船
船未到時洗雙手　　船　未だ到らざる時　双手を洗ふ
買得船中雙白魚　　買ひ得たり　船中　双白魚

便訪村前五青柳　　便ち訪ぬ　村前の五青柳
旋烹野茗問村醪　　旋ち野茗を烹て　村醪を問ふ
五柳陰中坐良久　　五柳陰中　坐すること良や久し
此行大畧類陶潜　　此の行　大略　陶潜に類するも
但乏黄花白衣酒　　但だ黄花白衣の酒に乏しきのみ
操舟人去一點鷗　　舟を操り　人　去りて　一点の鷗
帆入雲開何處收　　帆　雲の開くに入りて　何れの処にか収まる
孤鷗浴處依浅灘　　孤鷗　浴する処　浅灘に依り
修竿放餌投深流　　修竿　餌を放ちて　深流に投ず
豈無野婦荷而汲　　豈に野婦の荷ひて汲む無からん
亦有老翁行且謳　　亦た老翁の行きて且つ謳ふ有らん
君看此景直幾銭　　君　看よ　此の景　幾銭にか直ひする
此時正是夕陽天　　此の時　正に是れ夕陽の天
便教金印大如斗　　便《たと》ひ金印をして大いさ斗の如からしむるとも
何似魚庵共釣船　　何ぞ似《し》かん　魚庵と釣船とに
有人問君莫要説　　人の君に問ふ有りとも説くを要する莫し
懐中取出吟翁篇　　懐中　取り出だして　翁の篇を吟ぜよ

この詩に詠じられたのは、——漁船から鮮魚を買い、それを手土産に知人を訪ね、酒を飲み交わす——悠々自適の生活に対する讃歌であり、それを可能ならしめる「鄙」なる淮河流域の、人と自然とが一体になった風土への無上の愛着である。「便教」以下の句は、晋の周顗の故事[15]を逆用し、「よしんば大きな金印を与えられ最高の待遇で都に召還されることがあったとしても、ここの暮らしはそれより遥かに勝る」という大意になろう。その上で、「誰かにその理由を尋ねられたら、懐からこの詩を取り出し吟じてみせればよい」と結んでいる。――この時の徐積は、そのかみ陶淵明が夕暮れの南山を望み見ながら「此の中に真意有り」（「飲酒二十首」其五）と詠じたのと、なんら変わらぬ境地に達していた、といってよいだろう。

（2）張耒の抒情

張耒は熙寧六年（一〇七三）、20歳で進士に及第したが、それまでの大半の時間を故郷で過ごしている。そして、及第後最初の任務が、臨淮の主簿であった。臨淮は、泗州の属県であり、彼の生まれ故郷の近県である。臨淮主簿の在任中、父が死に、郷里・淮陰にて喪に服したが、服喪の期間に、前述の徐積とも親しく交遊している。淮河に取材した作品が最初に集中的に作られたのは、臨淮主簿から服喪の期間（熙寧七年〔一〇七四〕から元豊元年〔一〇七八〕）にかけての、足かけ五年の間である。

彼の初期の淮河関連の作品のなかで、まず採り上げるべきは、前後「渉淮の賦」であろう（『張耒集』巻一、中華書局、一九九〇年七月）。それぞれ冒頭の数句を引用する。

・「前賦」――清淮の浩蕩たるを渉り、聊か以て吾の幽憂を豁《ひろ》くす。峡石を転じて下って泛かび、波濤の複流するを観る。何れの仏廟か巍峨《ぎが》たる、両山の幽に隠る。東崖の飛閣に眺むれば、万里の清秋を納る。

渉清淮之浩蕩兮、聊以豁吾之幽憂。轉峽石而下泛兮、觀波濤之複流。何佛廟之巍峨兮、隱于兩山之幽。眺東崖之飛閣兮、納萬里之清秋。……

・「後賦」――浩たる淮流の湯湯《しやうしやう》、余が身を蕩《うご》かし以て沿洄《えんくわい》す。嗟《あ》あ我が居の常ならざる、未だ期歳ならずして再び来る。……

浩淮流之湯湯兮、蕩余身以沿洄。嗟我居之不常兮、未期歳而再來。……

「後賦」には、次のような序が附されている。

甲寅の秋、正陽より淮を渉り、「淮を渉るの賦」を作る。既に泗の臨淮に至るに、邑の東南 皆な淮なり。朝に游び夕に済り、凡そ淮の驚畏風濤の変、之を歴ざるは無し。今秋又た事を以て東海に之き、漣水に至り、漣河に入る。舟人 予に告げて曰く、「淮水 是より海に入る」と。予 生れて二十有二年、呉楚秦蜀の国、来往 殆ど遍し。窃かに其の跡の常ならざるを悲しみ、「後渉淮賦」を作り以て自ら広むと云ふ。

甲寅之秋、自正陽渉淮、作渉淮賦。既至泗之臨淮、邑之東南皆淮也。朝游夕濟、凡淮之驚畏風濤之變、無不歴之矣。今秋又以事之東海、至漣水、入漣河。舟人告予曰、淮水自是入海矣。予生二十有二年、呉楚秦蜀之國、來往殆遍。竊悲其跡之不常、作後渉淮賦以自廣云。

淮陰出身の張耒にとって、淮河はよく見慣れた光景のはずであったが、近隣とはいえ異郷の臨淮にあって、しかも役人の端くれとして朝な夕なにその流れに臨むに及んで、以前とは異なる感興を抱くことになった。かくて彼は、古往今来の歴史に思いを馳せ、さらには行方の定まらぬ己の人生を思いやったのである。彼をして、このような時間の旅に駆り立てたものは、いうまでもなく「浩蕩」「湯湯」たる清淮の流れに他ならない。

郷土の詩人、しかも役人として長期に滞在した者ならではの詩を、張耒は数多くのこしている。その中から、幾つかの作品を以下に掲げる。

a. 淮上夜風（『全』1166-20-13165）

縣郭初傳柝
船窗已閉篷
星低春野路
月淡夜淮風
烟水東南闊
漁鹽吳楚同
久遊諳里社
賖酒問鄰翁

県郭　初めて柝《ひやうしぎ》を伝へ
船窓　已に篷を閉づ
星は低る　春野の路
月は淡し　夜淮の風
烟水　東南に闊く
漁塩　呉楚に同じ
久遊　里社を諳《そら》じ
酒を賖《おぎの》るに鄰翁に問ふ

b. 都梁夜景（『全』1169-20-13201）

浩浩黃流注渺漫
南山峰嶺對巑岏
青燈覆地嚴城夜
白月當天淮上寒
酒市歌呼迷客醉
畫樓燈火暗更殘

浩浩たる黄流　注ぎて渺漫《べうまん》たり
南山の峰嶺　対して巑岏《さんがん》たり
青燈　地を覆ふ　厳城の夜
白月　天に当たる　淮上の寒
酒市の歌呼　客の酔ひを迷はし
画楼の灯火　更の残するに暗し

扁舟老客無餘事　扁舟の老客 余事無く
擁褐高眠夜未闌　褐を擁き高眠するも 夜 未だ闌ならず

c・　都梁雪天晩望　（『全』1169-20-13203）

浮梁淮面欲飛騰　浮梁の淮面 飛騰せんと欲し
金碧浮屠間玉層　金碧の浮屠 玉層を間ふ
古岸蕭條風捲雪　古岸 蕭条として 風 雪を捲き
長河咽絶水浮冰　長河 咽絶して 水 氷を浮かぶ
留連淮汴殘年客　淮汴に留連す 残年の客
蹭蹬塵埃一老僧　塵埃に蹭蹬《そうとう》す 一老僧
聞道都梁梅未拆　聞道《きくな》らく 都梁 梅 未だ拆けずと
可隨桃李畏嚴凝　桃李の厳を畏れて凝るに随ふべけん

b、cの二首は、盱眙の都梁山を詠じた詩。おそらく、前掲米芾の作例に先行する作品であろう。[16]

張耒は父の喪が明けた後、寿安（河南宜陽）尉に任命され、元豊元年（一〇七八）の秋に着任した。故郷を離れて遠い北方の寿安にあって、張耒は故郷を懐しみ、官舎の近くにあった池の畔に立つ亭子を「思淮亭」と改名し、「思淮亭記」という一文を書いている（前掲『張耒集』巻四十九）。この記のなかで、張耒は冒頭、淮河の概況を上流から下流まで隈無く記述した後、淮河への思いを以下のように綴っている。

予 淮南の人なり。幼より壮に至るまで、淮に習ひて之を楽しむ。凡そ風平日霽、四時の変と、夫の蛟龍風雨の怪と、歴ざる所無し。而るに今や官を洛陽の寿安に得、而して福昌に官居す。凡そ風俗の宜しき所、飲食の嗜む所、淮の南と異れり。官居の西に、泉の幽幽たる有り。北阜より出で、瀹《あら》ひて之に注ぎ、声の淙然たる有り、聚まりて小潭と為る。其の上に亭有り、環らすに修竹を以てす。吾遊びて之を楽しむ、漱濯汲引、一日として其の上に在らざるは無し、而して時時慨然として南望し、淮を思へども之を見る莫し。是に于いて亭の故名を易へて、思淮と曰ふ。

予淮南人也、自幼至壯、習于淮而樂之。凡風平日霽、四時之變、與夫蛟龍風雨之怪、無所不歷。而今也得官于洛陽之壽安、而官居福昌。凡風俗之所宜、飲食之所嗜、與淮之南異矣。官居之西、有泉幽幽、出于北阜、瀹而注之、有聲淙然、聚爲小潭。其上有亭、環以修竹。吾遊而樂之、漱濯汲引、無一日不在其上、而時時慨然南望、思淮而莫見之也。于是易亭之故名、曰思淮焉。

右の一節の後、張耒は士大夫としていかに故郷と関わるべきか、という命題について持説を展開している。――恋々として故郷を一生離れない者もいれば、他郷に流寓し故郷をすっかり忘れ去る者もいるが、両者には各々罪がある、と張耒はいう。君子たる者は個人的な喜びに満足してはならず、出仕して天下国家に奉仕すべきである。しかし、だからといって故郷を棄て少しも顧みないのは薄情きわまりない、と彼はいう。

「思淮亭記」には、――一方で士大夫たる自己の立場を強く認識しつつも、一方で望郷の念をつのらせ、郷里の風土に強く心惹かれる――張耒の複雑な心情が包み隠さず吐露されている。この記を書いた時、張耒はまだ二十代の半ばの青年であったが、この先およそ三十余年にわたって、彼は官途を歩み続けた。その間、幾度となく南北を往還しては淮河に浮かび、折々の心情を詩に詠んでいる。

張耒にとっての淮河も、徐積の場合と同様、郷土の象徴であった。しかし、南北往還の旅次、彼が詠じた淮河の詩には、徐積の二首のように、ストレートに淮河の風土を賛美した作例は、ほとんどない。むしろ、彼の淮河詩は、つねにどこかしら暗い陰翳を帯びている。淮河およびその流域は、張耒にとって、本来己の帰着すべき故郷であったがゆえに、そこを素通りせねばならない士大夫の悲しい定めを、かえって際だたせ痛感させる場所となったようである。おそらくそのために、彼の淮河詩にはつねに悲哀や諦念がそこはかとなく漂うのであろう。そういう彼の複雑な心境が滲み出た作例を以下に数首掲げる。

d. 題洪澤亭　（『全』1169–20–13209）

三年淮海飄萍客　　三年　淮海　飄萍の客
今日亭邊再艤舟　　今日　亭辺　再び舟を艤す
人似垂楊随日老　　人　垂楊に似て　日に随って老い
事如流水幾時休　　事　流水の如くして　幾時にか休《や》まん
閒於萬事常難得　　万事に閑なるは　常に得難く
仕以爲生最拙謀　　仕　以て生と為すは　最も拙謀
此世定知猶幾至　　此の世　定めて知らん　猶ほ幾たびか至るを
遑遑奔走欲何求　　遑遑として奔走して　何をか求めんと欲する

e. 望龜山二首　其一　（『全』1169–20–13189）

淮上風高寒日西　　淮上　風　高くして　寒日　西し
龜山嶺下白雲歸　　亀山嶺下　白雲　帰る
遊人苦憾日已晩　　遊人　苦だ憾む　日　已に晩るるを

青山自與雲爲期　青山　自から雲と期を為す
輕舟漁子犯烟去　軽舟の漁子　烟を犯して去り
照水白鷗窺影飛　水に照らす白鷗　影を窺ひて飛ぶ
人間不作逍遙客　人間　逍遥の客と作らざれば
老去塵埃空滿衣　老い去りて　塵埃　空しく衣に満つ

f．離泗州有作（『全』1165-20-13146）

舸艐大艑來何州　舸艐たる大艑　何れの州より来る
翩翩五兩在船頭　翩翩たる五両　船頭に在り
淮邊落帆汴口宿　淮辺に落帆して　汴口に宿る
橋下連檣南與北　橋下　檣を連ぬ　南と北と
南來北去何時停　南来　北去　何れの時にか停まん
春水春風相送迎　春水　春風　相ひ送迎す
沙岸飛鷗舊相見　沙岸の飛鷗　旧と相ひ見たり
短亭楊柳不無情　短亭の楊柳　無情ならず
清歌一曲主人酒　清歌　一曲　主人の酒
主人壽客客擧手　主人　客を寿し　客　手を挙ぐ
明日酒醒船鼓鳴　明日　酒　醒むれば　船鼓　鳴り
沙邊破堠不知名　沙辺の破堠　名を知らず

行人十里一回首　　行人　十里　一たび回首すれば
雲邊猶有塔亭亭　　雲辺　猶ほ塔の亭亭たる有り

g. 將至壽州初見淮山二首　其二　（『全』1168-20-13182）

晩繫孤舟古岸隈　　晩に孤舟を繫ぐ　古岸の隈
蒹葭風定渚鷗回　　蒹葭　風　定まりて　渚鷗　回る
山兼野色蒼茫去　　山は野色を兼ねて　蒼茫として去り
月向淮心晃蕩來　　月は淮心に向かひ　晃蕩として来る
秋色解將愁竝至　　秋色は解く愁を将て並びに至り
年華偏與客相催　　年華は偏へに客と相ひ催す
青衫手板徒勞爾　　青衫の手板　徒らに労するのみ
富貴功名安在哉　　富貴　功名　安くに在りや

h. 壽陽樓下泊舟有感　（『全』1168-20-13181）

壽陽樓下清淮水　　寿陽楼下　清淮の水
帆去帆來何日休　　帆去り帆来ること　何れの日にか休まん
浮世十年多少事　　浮世十年　多少の事
風烟依舊別離愁　　風烟　旧に依りて　別離の愁ひ
樓頭夜靜行人絕　　楼頭　夜　静かにして　行人　絶え
樓下影斜淮月秋　　楼下　影　斜めにして　淮月　秋なり

不道孤吟不能寐　　道はず 孤吟して寐ぬる能はずと
一聲羌笛怨誰舟　　一声の羌笛 誰が舟をか怨む

d～fの三首は、淮河の下流、泗州周辺で作られた詩で、いずれの地点も故郷にほど近く、張耒にとってはもっとも馴染みのある淮河流域の土地であった。

dの「洪沢」は、鎮の名であると同時に、湖の名である。この湖は泗州のすぐ下流に広がり、現在では中国第四の面積を誇る淡水湖に成長した。しかし、ここに広大な湖が形成されるようになったのは、氾濫によって黄河の河道が変わり、黄河の水が持続的に淮河に注ぐようになったからだ、という(17)。その結果、淮陰より下流に黄河の泥土が堆積して河床が上昇し、淮河の水が最下流に流れなくなり、行き場を失った河水がこの巨大湖をつくった、といわれる。洪沢湖が急速に成長したのは、12世紀の南宋以降のこととなるが、北宋の頃にはすでにその兆しが現れている。南北交通のもっとも主要な幹線は汴河であったが、汴河は黄河から取水したため、黄河の水に含まれる泥沙をも汴河を通って南へ運ぶことになった。とりわけ黄河決壊時にそれが著しい。北宋約百五十年の間では、熙寧十年（一〇七七）秋の決水による被害が甚大で、この時にも汴河は黄河の水を大量に淮河へと運んだ。淮河の水圧に押し出された黄河の濁流は淮陰の下流まで運ばれて、そこに大量の泥沙を沈澱させることになった。よって、洪沢湖は、宋代になって新たにできあがった巨大な人造湖であった、と見なすこともできる。

eの「亀山」は、都梁山の東北にある山で、山上に仏塔が聳え立つ。この塔は汴河を南下する旅人にとって、恰好の目印となった。そのため、しばしば詩に詠じられている。f詩の末尾、泗州を後にした張耒がしきりに振り返って眺望したのも、おそらくこの仏塔であろう。

gとhの二首は、淮河中流の寿春周辺を詠じた詩。汴河は黄河の運ぶ泥沙が原因でしばしば航行不能に陥った。そのため汴河に代わって南北交通の幹線路となったのが、潁水およびそこに連なる運河である。寿春は、淮河と潁水の合流点のすぐ下流に位置するので、多くの士大夫が寿春を訪れた。前掲、蘇軾の詩がその証左となる。当時（煕寧四年〔一〇七一〕）、蘇軾は開封から杭州へ向かった。本来なら汴河を通るのが最短のコースだが、蘇軾はこの時潁水を用い迂回して杭州を目指している。おそらく当時、汴河が航行不能だったからであろう。寿春のすぐ下流の東岸には、硤石山（八公山）が屹立し、この景観も多くの宋代士大夫が詩に詠じている。gの詩題にいう「淮山」はこの山を指す。

右に掲げた五首では、「事如流水幾時休」（d）、「南來北去何時停」（f）、「帆去帆來何日休」（h）というように、同じ感慨が繰り返され、宦遊人生の悲哀や諦観が抒情の基調をなしている。前述したとおり、張耒の場合、この種の抒情は淮河の景観によって誘引され、増幅されたものといってよいであろう。

以上のように、同じく淮河流域の出身であり、しかも同時代を生きた士大夫詩人でありながら、徐積と張耒とでは、淮河の描き方に顕著な異同が認められる。郷土の美点を直情的に賛美した徐積と、悲哀と諦観を交え屈折した思いで綴った張耒――両者には明確なコントラストがある。この異同の要因は、詩人としての個性の相違と、官としての立場の相違とに求められるであろう。とくに後者が決定的な要因として作用している。徐積は、病が原因とはいえ、後半生のほとんどの時間を故郷にて過ごしたが、張耒は新しい任地を目指し、いつも故郷を素通りするばかりであった。満たされた思いと満たされぬ思い、それが両者の対故郷表現に大きな質的異同を生んだのだと考えられる。

おわりに

本論では、『詩経』から北宋末までを対象として、淮河を詠じた詩がどのように変化したのかを考察した。大雑把な概括をすれば、『詩経』から六朝前期までを「前史」、六朝後期から唐末までを「萌芽・成長期」、北宋を「成熟期」と見なすことができる。

六朝前期までは、作例の絶対数がきわめて少なく、淮河独自の確たる文学的個性もまだ形成されていない。六朝後期から唐初にかけて、ようやく淮河詩の一つの典型が生まれた。――望郷の空間として、淮河を描出するというものである。この型は唐末に至るまで踏襲された。そして、そこに共通して認められるのは、個別的な経験に基づいて具象的に詠じるのではなく、「旅愁」や「望郷」という一般的感情に普遍化して詠じるという表現スタイルであった。したがって、作者の個性は前面に現れ出ず、類型的で大同小異という印象を抱きやすい。だが、この類型性ゆえに、「淮河＝郷愁を掻き立てるネガティブな空間」という確固たる詩的イメージが唐代に形成されたのである。

この固定イメージが崩されたのが、つづく宋代である。とくに北宋中期以降、淮河の山水は、数多くの士大夫によって描写され、唐詩とは相異なる多様なイメージを獲得した。一言で総括すれば、北宋詩における淮河は、個性的で具象的なイメージをもち、主として好意的に描かれる対象となった。その広々とした水面と南岸に連なる穏やかな山並みは、都における喧噪や権謀術策の対極にあるものとして認識され、士大夫の心をくつろがせ、緊張を解放させる空間となった。もちろん、唐代詩人と同様の抒情を展開した詩人も存在したが、そういう場合でも個人的な思いを個別的に綴っていることが多く、唐詩のようにそれらが普遍化して詠じられることは少ない。

唐と宋の淮河詩に見られる質的異同は、そのまま唐詩と宋詩の異同を反映しているといえなくもない。吉川幸次郎氏は、唐詩と比べ、宋詩に顕著な独自性として、「叙述性」、「生活への密着」、「連帯感」、「論理性」、「悲哀の止揚」、「平静の獲得」等々の特徴を挙げている(18)。これらの特徴は、これまで具体的に論じてきた宋代淮河詩にも、おおむね当てはまる。しかし、ここであえて異なる観点から、唐と北宋の淮河詩を大雑把に概括すれば、「型の尊重」と「個の尊重」の対比と見なすこともできる。個人的な体験や感情を一度普遍化し、鋳型に溶かし込むようにして詠じた唐代詩人と、折々の個人的な心情をそのまま淮河の山水に投影し、それぞれの具体的体験に即して詠じた北宋詩人という対比である。ここには、北宋詩人のより顕著な主体意識が現れ出ている。

このように、北宋の百五十年の間に新たなイメージを獲得した淮河であったが、一一二六年に勃発した靖康の変によって、さらに新たなる展開を見せることになる。人事の対極に位置づけられ、精神の緊張を解くものとして存在した淮河の山水は、この時を境として、もっとも冷酷な政治力学の中に取り込まれてゆく。以後の百五十年、この地は、冷たい軍事的境界線として、人々の心を凍てつかせ、人々に緊張を強いる象徴へと変貌した。宋朝南渡後の淮河詩における新たな展開については、次章において論じることとする。

【附表】淮河流域の諸都市とその他主要都市の等級と戸口

※　「旧」＝『旧唐書』地理志、「新」＝『新唐書』地理志、「太」＝『太平寰宇記』、「九」＝『元豊九域志』、「輿」＝『輿地広記』、「宋」＝『宋史』地理志。

※　新旧『唐書』地理志の記載については、呉松弟『両唐書地理志彙釈』（安徽教育出版社、2002年）を、『宋史』地理志については、郭黎安『宋史地理志彙釈』（安徽教育出版社、2003年）を参照した。『太平寰宇記』と『元豊九域志』については、中華書局、中国古代地理総志叢刊本を、『輿地広記』については、四川大学出版社、宋元地理志叢刊本を参照した。

※　唐代の戸口と人口数は、天宝年間、（乾元年間）、［元和年間］のもの。［　］内は『元和郡県図志』の記載による。『宋史』のデータは北宋末・崇寧年間のもの。

		等　級	戸　口	人　口	所属路
1 寿　州	旧	中	35,581（2,996）	187,587（14,718）	淮南道
	新	中都督府			
	太	—	33,503	—	淮南道 淮南西路
	九	緊	122,768	—	
	輿	緊	—	—	
	宋	緊	126,383	246,382	
2 濠　州	旧	下	21,864（2,660）	138,361（13,855）	淮南道 河南道
	新	上	［上20,702］		
	太	—	18,311	—	淮南道 淮南西路
	九	上	47,314	—	
	輿	上	—	—	
	宋	上	64,570	157,351	
3 泗　州	旧	中	37,526（2,250）	205,959（26,920）	河南道
	新	上	［上4,015］		
	太	—	21,926	—	河南道 淮南東路
	九	上	53,965	—	
	輿	上	—	—	
	宋	上	63,632	157,351	
臨　淮	太	—	—	—	河南道 淮南東路
	九	上	—	—	
	輿	上	—	—	
	宋	上	—	—	
盱　眙	太	—	—	—	河南道 淮南東路
	九	緊	※　盱眙は、宋代泗州の州治所在県。もと楚州に属したが、北宋初期、泗州の所轄県となる。南渡後、淮平と改称。招信軍が置かれた。		
	輿	緊			
	宋	上			

		等　級	戸　口	人　口	所属路
4 楚　州	旧	中	26,062（3,357）	153,000（16,262）	淮南道
	新	緊			
	太	—	24,417	—	淮南道
	九	緊	61,745	—	淮南東路
	輿	緊	—	—	
	宋	緊	78,549	207,202	

cf.

①京兆府	旧	西　京	362,921（207,650）	1,967,188（923,320）	関内道
	新	上　都	［241,202］		
②開封府	九	東　京	235,593	—	京畿路
	宋	東　京	261,117	442,940	
③ 揚　州	旧	大都督府	77,105（23,199）	467,857（94,347）	淮南道
	新	大都督府			
	九	大都督府	53,932	—	淮南東路
	宋	大都督府	56,485	107,579	
④ 太原府	旧	北　都	128,905（97,874）	778,278（200,936）	河東道
	新	北　都	［124,000］		
	九	次　府	106,138	—	河東路
	宋	大都督府	155,263	1,241,760	
⑤ 潤　州 江寧府	旧	上	102,023（25,361）	662,706（127,104）	江南東道
	新	望	［上55,400］		
	九	次　府	168,462	—	江南東路
	宋	上	120,713	200,276	
⑥ 潭　州	旧	中都督府	32,272（9,031）	192,657（40,449）	江南西道
	新	中都督府	［中都督府15,444］		
	九	上	357,824	—	荊湖南路
	宋	上	139,988	962,853	
⑦ 洪　州 隆興府	旧	上都督府	55,530（15,456）	353,231（74,044）	江南西道
	新	上都督府	［中都督府91,129］		
	九	都　督	256,234	—	江南西路
	宋	都　督	261,105	532,446	
⑧ 杭　州 臨安府	旧	上	86,258（30,571）	585,963（153,720）	江南東道
	新	上	［上51,278］		
	九	大都督府	202,816	—	両浙西路
	宋	大都督府	203,574	296,615	

注

（1）増田清秀『楽府の歴史的研究』（創文社、一九七五年三月）第六章「清商曲の源流と南朝の呉歌西曲」第四節「西曲と宋斉の宮廷人」に言及がある（一四一頁以下）。また、王運煕『楽府詩述論』（一九九六年六月、上海古籍出版社）には、「西曲」に関わる諸論が複数収められている。
その他、早期の作例では、劉宋・湯恵休の楽府「江南思」に、「留戍淮陽津（留まり戍る淮陽の津）」の句があるが、この「淮陽津」を特定できないため、本論では言及しなかった（現在の河南淮陽県を指す可能性がある）。

（2）ただし、宋祁（九九八―一〇六一）に、「寿州重修浮橋記」（文淵閣四庫全書本『景文集』巻四十六）という一文があり、この文によれば、遅くとも10世紀の半ば、五代の後周の頃には、寿春に浮き橋が存在し、後周世宗の時、下蔡に移された、とある。また、張耒に「晩発寿春浮橋望寿陽楼懐古」（中華書局、『張耒集』巻二十一、上三七四頁、一九九〇年七月）という七律があり、「橋は長淮を跨ぎて百艦牢なり（橋跨長淮百艦牢）」の句がある。

（3）曹融南校注『謝宣城集校注』巻四（上海古籍出版社、一九九一年十一月、三二〇頁）参照。

（4）郁賢皓『唐刺史考全編』巻一三〇、三―一七八三頁（安徽大学出版社、二〇〇〇年一月）参照。

（5）陳正祥『中国文化地理』図6―8（生活・読書・新知三聯書店、一九八三年十二月）、曾大興『中国歴代文学家之地理分布』第五章（湖北教育出版社、一九九五年十月）等参照。

（6）李之亮『宋両淮大郡守臣易替考』三一七頁（巴蜀書社、二〇〇一年六月）参照。

（7）朱東潤『梅堯臣集編年校注』巻十一（上海古籍出版社、一九八〇年十一月）巻頭の事迹解説参照。

（8）傅平驤、胡問陶『蘇舜欽集編年校注』巻三（巴蜀書社、一九九一年三月）参照。

（9）徐培均『秦少游年譜長編』巻二（中華書局、二〇〇二年十二月）参照。

（10）この米芾の詩は、『全宋詩』では、「題泗濱南山石壁曰第一山」と題している（『全』1075-18-12254）。また文字の異同があり、『全宋詩』では、「塵」を「沙」に、「能」を「論」に、「撞」を「衝」に作る。

（11）前章*06*「宋代八景現象考」参照。米芾にはもともと『山林集』一百巻があったとされるが、靖康の変の混乱によって失われ、孫の米憲によって輯佚された『宝晋山林集拾遺』八巻が現存最古の別集である。「都梁十景詩」は、この『宝晋山林集拾遺』には収められず、清末の叢書『渉聞梓旧』所収の『宝晋英光集』の補遺一巻に初めて見える。いったいに書画家として名を馳せた文人の詩文は、巷間に真筆として伝えられた書画作品に基づき、後世、補輯される場合が多いが、真贋の問題をつねに孕んでおり、米芾の佚詩についても扱いは慎重を期すべきところであろう。米芾の別集については、祝尚書『宋人別集叙録』（中華書局、一九九九年十一月）上冊五七三頁参照。

(12)　宋庠は九江で生まれたが、22歳の時、父が死去し、湖北の安陸にて科挙の受験に備えた。この間、北方に滞在した時間はほとんどなかったと思われるが、籍貫が「開封雍丘」であるという事実は、彼に、己が北人士大夫であるという意識を強く植えつけたのではないかと推測される。なお、弟の宋祁は慶暦元年（一〇四一）から同二年の間、寿州知事に就いており、「寿州十詠」（『全』204-4-2336）、「寿州風俗記」（文淵閣四庫全書本『景文集』巻四十六）等の作品をのこしている。宋庠兄弟に行績ついては、王瑞来「二宋年譜」（北京大学出版社、『中国典籍与文化論叢』第十輯、二〇〇一―二五四頁、二〇〇八年四月）に詳しい。蘇舜欽の場合は、宋庠兄弟の実情とは逆さまで、祖籍は綿州塩泉（四川綿陽）であったが、開封で生まれ育った北人士大夫である。

(13)　清・段朝端『宋徐節孝先生年譜』（呉洪沢、尹波主編『宋人年譜叢刊』第四冊所収、四川大学出版社、二〇〇三年一月）によれば、徐積は、元豊七年（一〇八四）、57歳の時、耳の病が悪化し、出仕が困難になり、元祐元年（一〇八六）、揚州司戸参軍に除せられ、特別に楚州州学教授に任命された、という（同書二二七六頁）。この後、崇寧二年（一一〇三）に、76歳で他界するまで、基本的に楚州を離れることなく後進の育成に当たっている。「淮之水」は「門人馬存」に贈った詩であるが、馬存の卒年が紹聖三年（一〇九六）なので、この詩も徐積が楚州教授に着任した元祐元年から紹聖三年までの間の作となる。

(14)　この返詩を贈られた徐積は、さらに「和馬秀才并序」（『全』634-11-7579）を作り、その中で、淮河に清風が吹き渡るのを、己が日夜、意気軒昂として詩を吟じていることと関連させ、己の声が天上の銀河に波を起こし、それが月中の桂樹の枝を揺らし、それが清風となって淮河に下りてくる、と詠じる。

(15)　『晋書』巻六十九、周顗伝や『世説新語』巻下之下、尤悔第三十三に見える。

(16)　清・翁方綱『米海岳年譜』（呉洪沢、尹波主編『宋人年譜叢刊』第五冊所収、四川大学出版社、二〇〇三年一月）によれば、米芾が都梁山に「第一山」と題字したのは、崇寧五年（一一〇六）のことという（同書三二八一頁）。本論で掲げた「題泗濱南山石壁曰第一山」詩もおそらくこの時の作と考えられる。一方、張耒の詩が臨淮主簿在任時の作であるとすると、それは熙寧七年（一〇七四）から同九年（一〇七六）の間のこととなり、米芾の約40年前の作品ということになる。

（17）黄河の南流と淮河最下流域の地形の変化については、呉海濤『淮北的盛衰—成因的歴史考察—』（社会科学文献出版社、二〇〇五年八月）第三章「二、黄河泛淮及其影響」に詳しい。

（18）吉川幸次郎『宋詩概説』序章の各節（岩波書店、岩波文庫、二〇〇六年二月）。初出は、『中国詩人選集二集』（岩波書店、一九六二年十月）。

08 長淮の詩境　南宋篇
――愛国・憂国というイデオロギー――

はじめに

前章07において、先秦から北宋末に至るまで、淮河がどのように詩歌に詠じられてきたかについて論じた。前章において論じた内容を要約すると、以下の数点に整理できる。

①先秦から漢魏まで、淮河は題材レベルで採り上げられることがほとんどなかった。
②南朝にいたって、詩に詠じられ始めるが、その詩歌史的意義は、軍事的意義ほどの重要性をもっていない。
③唐に入ると、淮河は一つの明確な個性をもって描かれる対象となった。しかし、主として故郷との距離を実感させる「鄙の空間」として描かれ、旅愁と望郷を促すネガティブな空間として描き出されることが多い。
④北宋になると、鄙の疆域という位置づけは同じでも、むしろそれをポジティブに描き出す作例が増加した。すなわち、都の喧噪と塵埃、人事の権謀と緊張から、心身を解放し洗い清める空間として、好意的に描かれるようになった。
⑤描写スタイルも、唐の詩が総体的・抽象的に詠じる傾向が強いのに対し、北宋の詩では個別的・具象的に詠じ

る傾向が強い。

かくして、淮河の詩篇は、北宋にいたって、より個性化し、具象的イメージを帯びるようになり、独自の境地を獲得した。ところが、このように俗世の対極に位置し、詩人の緊張や憂憤を解きほぐす風景装置としての役割を新たに担うようになった淮河およびその山水は、靖康二年（一一二六）を境に、にわかにその表情を一変させた。以来、蒙古による南北統一の時に至るまでの約一世紀半、淮河の山水は、北宋時代とは正反対に、詩人たちに否応なく緊張を強い、彼らに厳しい現実を知らしめる風景装置と化したのである。南宋の詩人たちは、そのかみ周顗が漏らした――「風景　殊ならざるに、目を挙ぐれば江河の異なる有り」（『晋書』巻六五、王導伝）という慨嘆を重ね合わせずして、この山水に臨むことが困難になった。本論では、戦争という、もっとも冷酷な世俗的現象に再び取り込まれることになった淮河を、南宋の詩人たちがどのように詠じたのか、について具体的作例に即して論じる。

ただし、本論では原則として、作者が実際に淮河に臨みその風景を実見して詠じたと判断できる作例、もしくは題材レベルで淮河ならびにその流域の風土・風俗について詠じた作例に限って採り上げる。よって、かりに言及があっても、一篇のなかで素材としての淮河のウエイトが軽いものは採り上げていない。また、淮河流域に特定せず、広く淮南の風土やその民について総体的に詠じたものも、考察の対象から外した。あくまで極点としての淮河を注視した作例を通して、北宋までの作例との異同を際だたせ、変化の足跡を辿ることを主たる目的とする。なお、本論における詩の引用は、原則としてすべて『全宋詩』による。『全宋詩』は「全」と略称し、続いて巻数、冊数、頁数の順で出処を明記した。

一　辺塞としての淮河

淮河は、南宋（一一二七—一二七九）おおよそ一百五十年の間、北方の異民族政権との軍事的境界線となった。はじめの一世紀は女真の金との間で、最後の半世紀は蒙古との間においてである。

金との間で軍事的緊張が高まった時期は、主として四回ある(1)。

最初は、靖康元年（一一二五）〜紹興十一年（一一四一）の、もっとも長期に亘る全面戦争であった。この戦により、淮河を国境とし宋・金が南北に相対峙する情勢がつくり出され、紹興十一年に結ばれた講和（紹興和議）によって、宋は金に対し臣下の礼を執り、銀二十五万両、絹二十五万匹の歳幣を贈ることとなった。

二度目は、紹興三十一年（一一六一）〜隆興二年（一一六四）である。紹興三十一年九月、金の海陵王（完顔亮）は、江南征服を企図して南攻を開始し、十月、淮河を渡り、一気に長江まで攻め下った。だが、十一月、当塗郊外の采石磯にて、虞允文率いる宋軍に大敗を喫し、海陵王も自軍の反乱によって殺害された。この南伐に前後して即位した金の世宗は、宋に和睦を申し出たが、宋は態度を保留、失地恢復の輿論高まるなか、高宗は退位して、孝宗が即位した。孝宗は張浚を任用し、隆興元年五月、北伐の兵を出した。だが、開戦後ひと月経たぬうち、宋軍は劣勢に転ずる。金も国内に不安を抱えていたため、隆興二年（一一六四）九月、和議が結ばれた。両国の関係は「君臣」から「叔侄」に改められ、宋の歳幣支出も二割の減額となった。

三度目は、開禧二年（一二〇六）四月〜十二月である。蒙古の強大化に手を焼く金の国情に乗じ、韓侂冑が発案し、戦端が切って落とされた。しかし、開始後ひと月ほどで、宋軍は劣勢に転じ、失地奪回の夢はまたもや水泡に帰した。開禧三年（一二〇七）、宋は和睦を求めたが、金は北伐の首謀者・韓侂冑の首級を要求、史弥遠等によって韓侂冑は謀殺されその首級が金に送られて、嘉定元年（一二〇八）九月、和議が結ばれた。その結果、両国の関係は、「叔侄」から「伯侄」に格下げされ、歳幣の増額が決まった。

四度目の緊張は、その数年後に起こった。蒙古の日増しに高まる脅威を恐れて金は、嘉定七年（一二一四）五月、中都（燕京）を棄て開封へと遷都したが、放棄した北方の利益を補うため、長江以北の地を奪うべく、同十年（一二一七）四月、南攻を開始した。しかし、宋もよく迎撃し、五月の末、寧宗も北伐を命じた。同十二年（一二一九）閏三月、金の東路攻略軍は淮河を越え淮南各地に軍を展開し、長江の北岸、六合にまで至ったが、宋は李全が軍を率いて応戦し、金軍を撃退した。

金が国運を賭けた総攻撃は結局奏功せず、やがて蒙古と宋によって南北から夾撃されて衰退し、ついに端平元年（一二三四）一月、蒙古によって滅ぼされた。金の滅亡後、淮河は宋蒙攻防戦の最前線と化す。

宋と蒙古の直接交戦は、金滅亡（一二三四）直後から宋の滅亡（一二七九）まで、約45年間、持続的に繰り広げられた。宋にとって両淮の地は最重要の生命線であったので、兵力も最も重点的に配備された。そのため、蒙古軍は当初、宋軍の守備が相対的に手薄な四川と湖北をまず攻撃する戦略をとったが、端平三年（一二三六）十月、両淮へも本格的な攻撃を開始する。嘉熙元年（一二三七）十月、蒙古軍は光州を攻略した後、淮西に侵攻し、黄州を攻め、安豊（寿春）を包囲したが、黄州では孟珙の将いる水軍に敗れ、安豊でも杜杲の採った戦術に屈して城を攻め落とせず、大量の死傷者を出し、兵を引いた。

しかし、翌嘉熙二年（一二三八）九月に、蒙古軍は再び淮南に総攻撃をかけた。今度は廬州（合肥）を包囲したが、またしても杜杲の軍に撃退され、矛先を転じ滁州へ攻撃をかけ陥落させた。招信軍（盱眙）を守備していた余玠は、この時、精鋭を率いて救援に向かったが間に合わず、かえって蒙古軍に包囲されて動きを封じられ、招信軍は指揮官不在のまま攻撃を受けた。だが、余玠の精鋭部隊もやがて敵の包囲をかいくぐり盱眙城に帰還、三日間の激戦の末、蒙古軍を撃退した。

この後、宋は泗州に新城を築いたり（淳祐四年〔一二四四〕十一月～同五年四月）、寿春城を修復する（淳祐三年十二月～）等して、蒙古の襲来に備え、蒙古もそれを阻止せんとして派兵し（淳祐四年五月、寿春包囲）、さらに局地的な攻防戦が幾度か繰り返された（淳祐五年春、蒙古軍淮西侵攻／同六年春、両淮侵攻／同七年春、泗州攻撃／同九年春、淮西侵攻）が、宋は大小二十二ヶ所の山寨を築く（淳祐九年〔一二四九〕、呉淵指揮）等して対抗し、守りをより堅固にし、両淮の地を死守した。

しかし、両軍の均衡は、メンゲ汗の即位（一二五一）とともに崩れた。メンゲ汗は弟のフビライに兵を授け、雲南、チベット、ベトナムを攻略させ、南宋を三方から包囲し攻撃する戦略を採用し、宝祐六年（一二五八）、この戦略を実行した。ところが、四川へと親征したメンゲ汗が陣中に重疾を得て急逝した（開慶元年〔一二五九〕七月）ため、大汗不在の蒙古軍は一度全軍の撤退を余儀なくされた。蒙古帝国諸王の機先を制して、フビライが半ば強引に大汗の位に即いた（景定元年〔一二六〇〕三月）が、この挙がかえって帝国の内部分裂を招き、数年の間その対応に追われることとなった。咸淳三年（至元四年〔一二六七〕）十一月、その混乱をほぼ収拾したフビライは、再び南宋に総攻撃をかける。メンゲ汗の三方攻撃が功を奏さなかったことに鑑み、今度は荊楚攻略に全軍の勢力を集中し、中央突破する正攻法を採った。襄陽城を包囲することおよそ五年余、咸淳九年（至元十年〔一二七三〕）二月、宋軍の将、呂文煥は降伏を受け入れ、城はついに陥落した。

総力を結集した防衛戦に敗北したことによって、宋軍は一気に劣勢に立たされた。蒙古軍は水陸両軍で攻め下り、たやすく鄂州を落とすと、臨安を目指しさらに東下した。宋も時相・賈似道を総督として迎撃したが、徳祐元年（至元十二年〔一二七五〕）二月、安徽の丁家洲において粉砕され、三月には南京を奪われた。蒙古軍は破竹の勢いで江淮を制圧、同年七月、潤州焦山において張世傑の軍を打ち破ると、半年の間に江南の諸都市を次々に陥落させ、翌年二月、ついに臨安を無血開城させ、恭帝趙㬎は俘虜として北へ連れ去られ、実質的に宋王朝は滅亡した。この後、陸秀夫等は温州にて幼き趙昰（端宗）を擁立し、文天祥を右丞相兼知枢密院事に任命し、蒙古に必死の抵抗を試みたが、祥興二年（至元十八年〔一二七九〕）二月、張世傑の軍が広東の崖山で敗れ、陸秀夫は幼帝を抱いて海に飛び込み自殺し、ここに宋朝の命運は名実ともに潰えたのである。

以上を整理すると、淮河流域の地は、金との間で、和議を挟み四回、軍事的緊張が高まり、攻防戦が繰り広げられた。西暦によってその四回を示せば、①一一二五～四一（約十七年間）、②一一六一～六四（四年間）、③一二〇六（九ヶ月）、④一二一七～一九（三年間）となる。

蒙古との間では、一二三六～四九の十四年間に断続的に戦場と化したほかは、主戦場が四川や湖北に移動したため、規模の大きな交戦の史実は記録されていないものの、滅亡までの約三十年間、常に臨戦態勢下に置かれていたことは疑いようもない。

総じて、淮河の一帯は、南宋一百五十年のうち、和議によって一定の和平が保たれた計六十年余の間を除く、過半の時間、名実ともに戦場＝辺塞と化したのであった。和平が保たれていた六十年余にあっても、警戒が解かれたわけではないから、淮河は南宋の人々に常に酷薄な現実を突きつけ、緊張を強いる風景装置としてあり続けたのである。したがって、南宋における淮河詩のもっとも基本的な特徴も、「辺塞」ということになる。南宋辺塞詩と聞けば、多くの人が陸游の「関山月」（『剣南詩稿』巻八）や「書憤」（同巻十七）に代表されるような愛国詩を、まず想像するかもしれない。かりにそれを「壮士の悲憤慷慨型」と名づけるならば、南宋の淮河詩のなかにもこの類型の作品は折々に見出され、確かに一つの基調をなしている。しかし、もちろんこの類の作例によって覆いつくされているわけでもなければ、それがもっとも主要な詠いぶりというわけでもない。そこで、本論でも、このような類型に外れる作例をより多く採り上げ、南宋淮河詩の多様性を少しでも多く示そうと思う。

また、南宋も後期になると、非士大夫の詩人が活躍し始める。そこで、本論でも、士大夫か非士大夫かの相違による描かれ方の異同を重要な視点として設定する。つづく「二」「三」の二節において、士大夫詩人による淮河詩を採り上げ、「四」「五」の二節において、非士大夫詩人のそれを採り上げ、両者の特色を具体例に即して抽出したい。

二　使金詩人の目に映った淮河

淮河を北限として、そこに相連なる両淮の地は、南宋一百五十年の間、最重要の軍事地区となった。とりわけ、淮河に臨む寿春（安豊軍）、濠州、盱眙（招信軍）、楚州（淮安）等々の地は、最前線の基地として、臨戦態勢を保持することが求められたといってよい。そのため、朝廷からこれら州軍に派遣されたのは、武官や軍略、用兵に秀でた将軍が圧倒的に多く、名高い文士はほとんど派遣されていない。そのため、長期滞在者の視線で淮河ならびに淮河一帯の地を描写した作例も、ほとんど存在しない。そういうなかで、唯一、限定的に詩人＝文官がこの景観に向き合う機会があった。それが、使者として金へと赴く往還の旅次においてである。また、金の使節団を国境で送迎する接伴使や送伴使にも文官が充てられたので、彼らの手になる作品も伝えられている。

宋と金の間で、相互に使者が派遣されたのは、和平が結ばれていた六十年余の間においてである。より具体的にいえば、中間に交戦期間の三年を挟み、

Ⅰ　紹興十一年（一一四一）～同三十一年（一一六一）の約21年間

Ⅱ　隆興二年（一一六四）～開禧二年（一二〇六）の約42年間

の二期に分かれる六十年余の間である。以下、まず使者の目に映った辺塞、淮河を見てみたい。

胡伝志氏によれば、金に使者として赴いた南宋の詩人が、その道中詠じた詩は、現在約二百五十首伝わる、という。(2) その代表的な詩人を挙げれば、曹勛（一〇九八―一一七四）、洪适（一一一七―八四）、姜特立（一一二五―？）、范成大（一一二六―九三）、周煇（一一二七―？）、楼鑰（一一三七―一二一三）、袁説友（一一四〇―一二〇四）、許及之（？―一二〇九）、虞儔（？―？）等がいる。これらすべての詩人が淮河を越えた時の感興を詩に詠じたわけではないが、淮河を渡ることは、彼らにとっては紛れもなく、敵国に足を踏み入れる第一歩であった。

紹興の和議が成った直後に金に使した、曹勛（一〇九八―一一七四　字公顕、号松隠、陽翟〔河南禹県〕の人）は、特殊な背景をもつ使者であった。彼は靖康の変の際、金に拉致された徽宗に侍従して北へと向かったが、その途次、徽宗の密命を受け、敵軍の監視を逃れて脱走し、当時、南京（河南商邱）にいた高宗（康王。徽宗の子、欽宗の弟）に徽宗の密書と伝言を伝えた経歴をもつ。彼は『北狩見聞録』を著し、徽宗が拉致され北行する様子を克明に記録し後世に伝えている。

曹勛は密書を手渡し、自らもすぐに勇士を募って救出に向かうべきことを進言したが、時の執政大臣に拒まれ、地方に左遷されて、九年の間、都に召還されることがなかった。ところが、紹興十一年（一一四一）に和議が成ると、一転、報謝副使に抜擢され、再び金に赴くことになったのである。しかし、宋の使節団が燕京に到着した時、徽宗はすでに崩御していた。かくて曹勛は、徽宗の霊柩と太后の帰還を直接願い出で、ついには金主の許諾を勝ち取り臨安に帰還した。紹興十四年（一一四四）に、その韋太后の帰還を送る一行を接伴使として淮上にて迎えたほか、紹興二十九年（一一五九）にも、使者として淮河を渡り、金に赴いている。(3)

持節回呈王柩　　節を持して回り王柩に呈す　（全一八八三―33―21084）
去時炎歊極蒸鬱　　去る時　炎歊にして　蒸鬱を極め

塵満籃輿困搖兀　　塵　籃輿に満ちて　揺兀に困ず
歸時大嶺雪已飛　　帰る時　大嶺　雪　已に飛び
易水清漳醒病骨　　易水　清漳　病骨を醒ます
三月不親君子儒　　三月　君子の儒に親《ちか》づかず
一笑且脫蕭何律　　一笑す　且らく蕭何の律を脱するを
身輕頃刻渡長淮　　身は軽く　頃刻にして　長淮を渡り
殊喜眼前無俗物　　殊に喜ぶ　眼前　俗物無きを

右の詩は、紹興二十九年に金国奉表称謝副使として燕京まで往復した際の帰途の作であろう。彼が関わった他の使金の機会は、いずれも冬～春の旅であったから、右の詩の前半と季節が一致しない。紹興二十九年の金国奉表称謝使は、六月一日に勅命を受け、九月五日に帰朝しているので、出発時の「炎歊（熱暑の意。「炎熇」とも書く）」や、帰還時における北地の山嶺の冠雪という表現も符合している。詩題にいう「王樞」は、王綸（字徳言、建康人）を指し、この使節団の長でもあった。この詩はもっぱら淮河を詠じた詩ではないが、後半四句に端的に表現されているように、この時の彼にとって、淮河を北から南に渡るということは、――「君子の儒」が許多いて「俗物」のない、「蕭何の律」によって統率された――文明圏に帰り着くことをただちに意味した。その境界として淮河が明確に位置づけられている。

この約十年後、乾道五～六年（一一六九～七〇）の使金の記録、楼鑰（一一三七―一二一三　字大防、号攻媿、鄞県の人）の『北行日録』下（文淵閣四庫全書『攻媿集』巻一一二）では、帰還の歓喜がよりストレートに記録されている。

（乾道六年一月）二十七日戊寅、晴、四更、車行八十里、飯臨淮縣。過縣、即見龜山塔及淮山、一行已不勝喜躍、矣。又六十里、宿泗州。自臨淮、卽依淮西行。

淮河に近いことを示す亀山山頂の仏塔と南岸の山並み（淮山）が視界に入って、使節団の一同が欣喜雀躍したことが、記されてる。淡々と日々の行程を記したなかにあって、ここだけ「已に喜躍するに勝えず」と感情豊かに表現されていることが、かえって彼らの安堵と歓喜の大きさを際だたせているように映る。

過淮甸　　　　　淮甸を過ぐ　（全一八九三-33-21171）

長淮烟静是天津　　長淮　烟　静かにして　是れ天津

兵裏因循一半分　　兵裏　因循して　一半に分かたる

尚有舊時鷗與鷺　　尚ほ有り旧時の鷗と鷺と

夕陽歸處記南雲　　夕陽　帰する処　南雲を記す

この七絶は、何時の作か定かではないが、右に掲げた三回の機会の何れかであろう。淮河が中流から分断され、人の交流を阻んでいるのに対し、鷗や鷺は自在に飛び交い、気儘に水面に浮かんで漂う。結句の意味は、鷗や鷺が、夕方ねぐらに戻る時は、南の雲を忘れず、宋の側に帰ってくるの意であろう。

右に掲げた曹勛の二例は、ともに第Ⅰ期の作例である。

曹勛の二例に見られる、安堵の象徴としての淮河と、酷薄なる現実を突きつける淮河という二面性は、使金体験を有する曹勛以外の詩人の作例にも系統的に見出される。よって、右の二例は、南宋和平期の淮河詩における典型的作例といってよい。前者の類例を見てみよう。次の詩は、韓元吉（一一一八―八七　字无咎、号南澗、信州上饒〔江西〕の人）が、乾道九年（一一七三）の春、使金より帰還した時の七絶である。

初見龜山塔　　初めて亀山塔を見る　（全二〇九八-38-23690）

煙裏微茫第一山　　煙裏　微茫たり　第一山
眼明白塔俯滄灣　　眼に明かなる白塔　滄湾を俯す
塵埃滿面三千里　　塵埃　満面　三千里
一笑相看似夢間　　一笑　相看れば　夢間に似たり

次の二首は、許及之（?—一二〇九　字深甫、永嘉の人）の作である。彼の使金時期は定かではないが、韓元吉と同じく、おそらく第Ⅱ期のことであろう。

臨淮望龜山塔　　臨淮にて亀山塔を望む　（全二四五八-46-28435）

幾共浮圖管送迎　　幾たびか浮図と共に送迎を管せん
今朝喜見不勝情　　今朝　喜び見て　情に勝へず
如何抖得紅塵去　　如何ぞ紅塵を抖《ふる》ひ得て去らん
且挽清淮濯我纓　　且らく清淮を挽きて　我が纓を濯はん

渡淮　　淮を渡る　（全二四五八-46-28435）

照眼清淮笑力微　　眼を照らす清淮　笑力　微なれども
家人應喜近庭闈　　家人　応に庭闈に近づくを喜ぶべし
茲行莫道無勳績　　茲の行　勲績無しと道ふ莫かれ
帶得星星白髮歸　　星星たる白髪を帯び得て帰れり

右三例のうち、とくに前の二首は、作者を伏せて読んだならば、北宋中後期以降の作例とさほど大きな違いはない。北宋の詩人たちも、汴河を下り、臨淮まで来て、亀山塔や淮山が目に入ると、淮河がすぐ近くであることを知り、心の緊張を一気に解いた。前稿でも採り上げたように、梅堯臣（「初見淮山」、全二三五-5-2745）や沈遘（「淮山」、全六三〇-11-7524）にすでに先例がある。

しかし、北宋の頃、士大夫であるならば誰もが宦遊の途次、我が目で実見したであろう「東南第一山」の光景を、南宋の詩人たちが北方から遠望する機会は完全に失われた。この光景を眺めることのできた南宋の詩人は、この河を渡りきり北上することの許された、ほんの一握りの使者だけであった。このような意味において、これらの詩を読む南宋の読者に、「風景　殊ならざるに、目を挙ぐれば江河の異なる有り」という感慨を否応なく催させる対象となったのである。

また、北宋と同じように、精神の緊張を解きほぐす機能を担っていたとはいえ、その内実が大きく異なることはいうまでもない。北宋の時それは、政治という極度に人為的な世界からの解放と自然への回帰を促し、さらには隠逸へと誘う装置として存在した。つまりは、公から私へという、士大夫の文化的生活における様式転換を意味したにすぎない。しかし、南宋においては、生命の危機ないしは異文化からの脱却の表象として存在しており、精神解放のレベルがまったく異次元にあるといってよい。そして、この抒情パターンは使金詩人にとって、おそらく虚飾の無い真情を表現したものに他ならなかっただろうが、結果として愛国や憂国等、多くの士大夫が好んで表現した壮士の慷慨や憂憤とは対極に位置づけられるべき類型の一つとなっている。

もちろん、すべての使金体験をもつ詩人がこのような率直な抒情を展開したわけではない。慶元六年（一二〇〇）の冬から翌年春にかけ報謝副使として北上した、虞儔（?—?　字寿老、寧国〔江西〕の人）は、このような表現伝統を意識してか、むしろそれとは一線を劃す以下の如き作例を残している。

回程泗州道中　　回程泗州道中（全二四六三―46―28515）
淮北燕南昔混同　　淮北 燕南 昔は混同す
相望却恨馬牛風　　相ひ望み 却って恨む 馬牛の風
往來未省誰爲伴　　往来 未だ省みず 誰か伴たる
言語從來自不通　　言語 従来 自ら通ぜず
百歳遺民愁緒外　　百歳の遺民　愁緒の外
數聲羌笛夢魂中　　数声の羌笛　夢魂の中
徑須爭渡長淮去　　径《ただ》ちに須らく 争って長淮を渡り去き
三月烟塵一洗空　　三月の烟塵 一洗して空しくすべし

詩題に明らかなように、帰還の途次、泗州に戻った時の感慨を詠じたものだが、尾聯は失地の奪回を悲願した表現と理解できる。往路、淮河に浮かんだ際にも、

中流擊楫非無志　　中流 楫を撃ちて 志無きに非ず
時運相違奈若何　　時運 相違へば 若《なんぢ》を奈何せん

と、胸中の矛盾を吐露し（「初八日早出洪澤閘泛淮」全二四六三―46―28501）、夜半、亀山の下を通り過ぎた時にも、

有底往來能屑屑　　底《なん》ぞ往来して能く屑屑たること有りや

　癡兒了事幾時休　　痴児　事を了すること　幾時にか休まん

と、硬派の抒情を展開している（「夜舟過亀山」全二四六四-46-28551）。しかし、そういう彼であっても、まもなく淮上に辿り着くという時の作「將至泗州聞杜鵑聲甚急」（全二四六五-46-28576）では、

　長淮準擬濯塵埃　　長淮　塵埃を濯ふを準擬するなば
　漢節何妨一往回　　漢節　何ぞ妨げん　一往回
　杜宇不知歸路近　　杜宇　知らず　帰路の近きを
　樹頭聲急更相催　　樹頭　声　急にして　更に相催す

と詠じている。前半の二句は、前の三例と同様の壮志を内に秘めた表現だが、後半二句においては、一転してホトトギスの鳴き声に托して、帰郷の思いが表現されている。それが曹勛、韓元吉等と異なり、ホトトギスに寄託した間接表現となったのは、彼の士大夫としての自覚と人となりが、柔情の表出を最後の一線で押しとどめたためかもしれない。

　後者の例については、それがもっとも効果的に表現された楊万里の発展型を中心に、次節において採り上げ検討を加える。

三　楊万里と淮河

四大家のなかで、淮河を題材とした詩をもっとも多く遺したのは楊万里（一一二七―一二〇六　字廷秀、吉州吉水の人）

である。(4)

尤袤（一一二七—九四　字延之、号遂初・梁渓、無錫の人）は、「淮民謡」（全二三三六-43-26854）を詠じ、戦争に苦しむ両淮の民の惨状を描写してはいるが、淮河やその流域に特化して詠じた作品ではない。陸游（一一二五—一二一〇　字務観、号放翁、山陰の人）は周知のとおり、死去の直前まで愛国・憂国の情を吐露しつづけた詩人ではあるが、その源泉となったのは西の前線、南鄭における体験であり、その記憶に絡めて激情が表出されることはあっても、淮河への言及はほとんどない。おそらく、彼が淮上にまったく足跡を残さなかったことと関係があろう。范成大（一一二六—九三　字致能、号石湖居士、呉県の人）は、乾道六年（一一七〇）、使者として金に赴き、旅の記録『攬轡録』一巻と、すべて七絶からなる計七十二首の紀行詩を遺しているが、淮河関連の作は冒頭の「渡淮」一首（全二二五三-41-25847）しかなく、その一首も旅立ちの様子を淡々と記すばかりで、表現的にも特筆すべきものがない。

楊万里が淮上に赴いたのは、金から派遣された使者を、国境から臨安まで随行し送迎する役目のためである（「接伴使」「送伴使」という）。「接伴」のため、淳熙十六年（一一八九）十二月に盱眙に赴き、翌年の紹熙元年一月、今度は「送伴」のため再訪している。彼の役目は、国内に身を置き、金の使者を送迎するものであったから、前節で採り上げた使金詩人の心理状態とは明らかな相違がある。しかも、「接伴」の際には金使の到着の前に到着して待機している義務があったであろうから、淮河に臨んだ時間も、使金詩人より相対的に長かったはずである。そのせいか、淮河流域で彼が詠じた詩は、量的にも質的にも、使金詩人のそれを遥かに凌いでいる。洪沢湖から淮陰・楚州にかけての区間をも含め、淮河ならびにその流域の風土を題材として詠じた作品を、かりに「淮河詩」と見なすならば、彼は計四十首近い「淮河詩」を遺している。この数は、使金体験をもつ詩人はもとより、南宋のすべての詩人なかでも、突出して多い。

前節で指摘した、使金詩人による二つの抒情パターンのうち、帰還の喜びを率直に詠じるものは、もちろん彼の淮河詩には含まれない。しかし、後者（酷薄なる現実を突きつける淮河）の例は、楊万里にも数首見出され、しかも他の詩人と比べてずっと完成度が高い。次の「初入淮河四絶句」（全二三〇一–42–26439）は、それがもっとも凝縮された連作といってよい。

其一

船離洪澤岸頭沙　　船は離る　洪沢岸頭の沙
入到淮河意不佳　　入りて淮河に到れば　意　佳からず
何必桑乾方是遠　　何ぞ必ずしも桑乾　方《はじ》めて是れ遠しとせんや
中流以北卽天涯　　中流以北　即ち天涯

其二

劉岳張韓宣國威　　劉・岳・張・韓　国威を宣べ
趙張二相築皇基　　趙・張の二相　皇基を築く
長淮咫尺分南北　　長淮　咫尺にして　南北を分ち
涙濕秋風欲怨誰　　涙　秋風に湿《うる》ほふも　誰をか怨まんと欲する

其三

兩岸舟船各背馳　　両岸の舟船　各おの背馳し
波痕交涉亦難爲　　波痕の交渉も亦た為し難し
只餘鷗鷺無拘管　　只だ余す　鷗鷺の拘管せらるる無く
北去南來自在飛　　北去南来　自在に飛ぶを

其四

中原父老莫空談　中原の父老　空しく談ずる莫かれ
逢着王人訴不堪　王人に逢着して堪へざるを訴へよと
却是歸鴻不能語　却って是れ帰鴻　語る能はざれども
一年一度到江南　一年一度　江南に到る

其一は、かつて朔北に在った国境が淮河の中流に変わった現実を目の当たりにして、それを俄には受け入れがたい心境を詠じる。其二の「劉岳張韓」は、劉光世、岳飛、張俊、韓世忠の四大将を指し、「趙張二相」は、趙鼎と張浚の二宰相を指す。以上の二首は、士大夫としての感慨がストレートに表現された作と見なされる。其三と其四は、人事と自然（鷗鷺と鴻）を対比的に描く。其三の後半二句は、前節で引用した曹勛の「過淮甸」の意境をより発展的に用い、宋対金という現実を超越して、人の世の窮屈さをより普遍的に訴えかけているもののようにも映る。

其一の後半二句は、盱眙に到着後、さらに、

白溝舊在鴻溝外　白溝　旧と在り　鴻溝の外
易水今移淮水前　易水　今　移れり　淮水の前

という表現に進化した（「題盱眙軍東南第一山」其二の頸聯、全二三〇一－42－26439）。ちなみに、北宋の時代、遼との国境線であった白溝河を淮河に擬える発想は、この数年後、紹熙四年（一一九三）に副使として金に使いした、蔣介（？―？）がそれを受け継いでいる。

第一山前萬里秋　　第一山前　万里　秋なり
野花衰草替人愁　　野花　衰草　人に替って愁ふ
中原好在平如掌　　中原　好在にして　平かなること掌の如し
莫把長淮當白溝　　長淮を把りて白溝に当つること莫かれ

しかし、四十首近い楊万里の淮河詩のなかで、右の例のように比較的ストレートに宋金関係の現状を踏まえて詠じられた作品は、むしろ少数の例外に属する。過半を超える作品が、時勢とほぼ無関係に、淮河流域の風土（淮白、冬の波浪、厳寒と降雪）や名所旧跡（亀山、第一山、玻瓈泉）を詠出している。たとえば、次の七絶「淮河再雪」（全二三〇一-42-26442）も右とほぼ同時の作である。

其一

風打波頭波打船　　風　波頭を打ちて　波　船を打つ
幷來枕底攪清眠　　并びに枕底に来りて清眠を攪《みだ》す
先生夜起篷窗看　　先生　夜　起きて　篷窓に看れば
月滿長淮雪滿天　　月　長淮に満ちて　雪　天に満つ

其二

昨晡日脚盪波紅　　昨晡　日脚　波を盪《うご》かして紅なり
今早天花舞鏡中　　今早　天花　鏡中に舞ふ

雪了又晴晴又雪　　雪了りて又た晴れ晴れて又た雪ふる
海神渾不惜神通　　海神渾て神通を惜しまず

この二首から、楊万里が国境に身を置き、敵国の使者を迎え入れる任務を負っていたことを感じ取ることは、まったくできない。次の「淮河舟中曉起看雪二首」（全二三〇一-42-26442）も、ほぼ純然たる詠物の作といってよい。

頃刻裝嚴銀世界　　頃刻にして装厳たり　銀世界
中間徧滿玉樓臺　　中間　偏ねく満つ　玉楼の台
瓊船撐入玻瓈國　　瓊船　撐して入る　玻瓈の国
琪樹瑤林不用栽　　琪樹　瑶林　栽うるを用ひず
（其一の後半四句）

梅花腦子撒成雲　　梅花の脳子　撒かれて雲と成り
明月珠胎屑作塵　　明月の珠胎　屑は塵と作る
愛水舞來飛就影　　水を愛し舞ひ来りて飛びて影に就き
怯風斜去卻回身　　風に怯え斜めに去りて却って身に回る
（其二の前半四句）

「梅花脳子」とは、龍脳香を指す（南宋・趙汝适『諸蕃志』巻下「志物」に関連の記載がある〔楊博文『諸蕃志校釈』一六一頁、中華書局、一九九六年十一月〕）。龍脳香は東南アジアの熱帯雨林に生える高木の樹脂から作られ、その結晶が水晶か氷のように見えるので、氷片とも呼ばれる。楊万里は雪の比喩としてしばしば「脳子」を詩中で用いており、とくに

「雪後霜晴、元宵月色特奇」詩（全二三〇七-42-26524）では、「玻瓈」「瓊楼」「梅花」「脳子」「珠胎」等々、右の詩と相類似する比喩をたたみかけるように用いている。彼は其一において、一面の銀世界に変わった淮上の景を巨視的に描き出し、其二では細やかな観察眼でもって雪片の舞い落ちる様を動的かつ微細に表現している。これら二組の雪の詩を見ると、接伴という任務を負った士大夫としての姿は完全に後退し、詩人としての楊万里が最前面に出てきている。

ところで、楊万里は折々に自作を整理し、計八つの詩集を自ら編んでいるが、いずれも編年編集によっており、彼の淮河詩が収められた『朝天続集』も、作品が時系列で列べられている。これまで述べたことに、この情報をも加えて、彼の淮河詩を再度分析すると、幾つかの明確な特徴が分かる。

第一に、彼の淮河詩は、初めて淮上に赴いた「接伴」の際に集中し、二度目の「送伴」の際は、十首に満たない。

第二に、宋金関係の現状に絡めて詠じられた作品は、むしろ少数に属し、なおかつ「接伴」の際、初めて盱眙に到達した前後の一時期に集中している。

第三に、強半が、宋金間の緊張を直接感じさせない作品であり、しかも、接伴の旅の途中には蘇軾の詩序を檃括した作例（「檃括東坡瓶笙詩序」、「檃括東坡観棋詩引并四言二首」全二三〇一-42-26440）[5]、送伴の旅中には亡き向子諲の別墅を詠じた連作（「薌林五十詠」全二三〇四-42-26470）を詠じる等、進行中の旅とまったく無縁の作品も含まれる。

まず、第一の原因は比較的はっきりしている。おそらくもっとも直接的な原因は、旅程と関わりがあろう。前述の通り、「接伴」は、金の使いが到着するより早く、国境に到達し待機する必要があったはずだから、盱眙到着後、楊万里にも周辺の名所旧跡を訪れたり、辺りをじっくり観察するだけの時間的余裕があったものと考えられる。しかし、「送伴」の場合は、盱眙で使者を送別すると同時に任務が完了するので、すぐさま帰途につくことを余儀なくされたのであろう。そのため、詩材を捜し詩想を練るだけの十分な余裕がなかったのではないか、と推測される。

第二、第三の特徴は、より多く楊万里の個性と関わりがあると考えるべきであろう。そもそも、楊万里に愛国、憂国の詩篇が少ないことは従来より指摘されてきた。とくに陸游と比較すると、その差は歴然としている(6)。銭鍾書も、人事や国事より自然を好む、彼の詩人としての傾向をつとに指摘している(7)。では、題材の選択になぜこのような傾向が備わるようになったのであろうか。かつて、別稿(8)において論じたことを踏まえつつ、私見を述べてみたい。

楊万里は、陸游、范成大と並ぶ南宋中興期の士大夫詩人の代表である。宋代の士大夫は、「官―学―文」三者の立場がバランスよく併存する状態を理想的な境地と考え、詩作においてもこれら三つの視点の過不足ない結合を目指した、といってよい。ところが、三者のうち、官の視点に立つ詩は、社会や時政への批判という形で表出されることが多く、その製作も折々の言論環境や政治状況に大きく左右された。南宋においても、紹興年間における秦檜の専権時代は、言論弾圧が行われたため、この視点に立った詩の製作も沈滞している。秦檜の死後、主戦論が勢いづくと、失地回復の悲願を込めた愛国・憂国の詩篇も盛んに作られ始め、和平路線に復した後もそれが変わることはなかった。すなわち、南宋の士大夫詩人が官の立場に立った時、題材としての愛国・憂国は不可欠であると同時に不可避なものとなったのである。

しかし、見方を変えれば、これもまた一つのイデオロギーである。個人的な好悪の感情を超え、士大夫である彼らに、選択の余地なく要求された課題といっても過言ではない。別稿でも指摘したとおり、愛国憂国の詩は、一つの明確な表現特徴をもっている。それは、晦渋な表現を避け、平易でシンプルな抒情を宗とする、というものである。それはおそらく、この題材が一部の士大夫だけでなく、より広く不特定多数の読者を想定して作られるべきものと認識されたからであろう。いずれにしても、この題材に込めるべきメッセージは予めほぼ決まっていたといってよいし、技巧に走ることも憚られる素材であった。技巧が勝てば、真率な感情は損なわれ、真実味が減退し、詩人としての評価も自ずと低下することになる。したがって、この題材を前にして許容される表現選択の自由度は、そもそも無定限に大きなものではなく、むしろきわめて限定的でさえあった。

こういう条件下で、作品の独自性《オリジナリティー》を担保する、最大にしてもっとも強力な源となったものは、詩人それぞれの個別体験である。范成大には「使金」の体験があり、陸游には南鄭における前線基地の体験があった。しかし、楊万里にはそれに匹敵する機会がずっと訪れなかった。范成大が金に使いしたのは乾道六年（一一七〇）、45歳の時であり、陸游が南鄭に赴いたのも乾道八年（一一七二）、48歳のことである。それに対し、楊万里が接送伴使となったのは淳熙十六年（一一八九）、63歳のことであり、范陸より二十年近く遅いうえ、体験の質も彼らよりずっと穏やかで短期間のものであった。さらに、紹興の和議（一一四一）から数えると、すでに半世紀の時間が過ぎており、秦檜の死（一一五五）から数えても三十五年の歳月が流れた時点における初体験であり、楊万里の眼前には夥しい量の愛国憂国の詩篇が、すでに存在した事実も忘れてはならない。

しかし、その彼も淮河に初めて浮かんだ時、彼独自の表現方法によって、この題材の詩を詠じ、士大夫詩人としての最低限の義務は果たしている。しかし、それが「一幅の馬の絵を見ても、数輪の美しい花を目にしても、一声、雁の鳴き声を聴いても、何杯かの酒を飲んでも、数行の草書を書いても、国の仇を討ち、国の恥をすすぎたいという思いがわき起こり、その血はたぎり始めた。しかもこの熱い血潮は、目がはっきり覚めている白日の現実生活の境界を突き破り、夢の領域にまでなだれ込んでいる[9]」というレベルにまで変化しなかったのは、やはり第一に楊万里の詩人としての個性、第二に彼の体験の質ならびにそれを体験した年齢とに起因するであろう。

「官―学―文」三者のバランスを重視する士大夫詩人の理想型を基準として、范陸楊三者を比較すると、范成大がおそらくこの理想型にもっとも近い。それに対し、陸游、楊万里という順で、理想型から遠ざかる。楊陸の二人には、相共通する詩学認識があり、ともに詩人としての先鋭な自覚を有し、創作意欲も同時代詩人のなかで飛び抜けて旺盛であった[10]。だが、詩人としての自覚という一点に絞ると、二人の間にも自ずと質的な異同が存在している。すなわち、陸游がより多く士大夫詩人の枠組みの内部に留まろうとする傾向が強いのに対し、楊万里はそこから逸脱する傾向を潜在させている、という点である。特にそれは、愛国・憂国の題材と晩唐詩に対する姿勢に顕著に現れ出ている。

　前者については、すでに述べた通り、南宋の士大夫詩人にとって、もっとも象徴的な意味をもつ重要な題材であった。陸游は他の詩人を圧してこの題材の詩を量産し、主体的、積極的にその製作に取り組んだ。一方、楊万里のばあいは、彼と比べるまでもなく、質量ともにその重要性が乏しく、その製作に消極的であり受動的であった。

　後者の、晩唐詩に対するスタンスは、宋代士大夫詩人にとって、あたかもリトマス試験紙のごとき尺度である。別稿でも論じたとおり[11]、晩唐の詩は、総じて公人としてのますらお的な視点に乏しく、かつまた典故や学識を盛り込むことにも拘泥しない。そのうえ、亡国の響きありというマイナス・イメージが附帯するため、多くの士大夫にとって、嫌悪ないし忌避、批判の対象とされた[12]。楊陸のばあい、ともに晩唐体に類する作例を残してはいるものの、陸游は表向きには晩唐詩を批判している[13]。それに対し、楊万里にはそのような屈折がなく、晩唐の詩を愛好し進んで学んだことを明言して憚らない[14]。

　この二例は、いずれも陸游が士大夫詩人の枠組みに保守的であったのに対し、楊万里のある種の革新性を表現している。換言すれば、士大夫詩人というイデオロギーを絶対視した陸游と、より相対的にとらえた楊万里の対比がここには認められる。そして、どちらが個としてより純粋で天真なる表現者であったかといえば、それは楊万里の方であった、というべきであろう。したがって、楊万里の淮河詩に含まれる愛国・憂国の作の少なさはむしろ、純乎たる表現者としての楊万里が、士大夫詩人というイデオロギーに秘かに抵抗した、その表れと解釈することもできる。そして、楊陸二人の死後、四霊や江湖派の流行、すなわち晩唐体が一世を風靡したことを考慮に入れると、楊陸二人の類型の、いずれが時代を先取りし、時代を先導したかが容易に理解されよう。

四　江湖詩人にとっての淮河
――姜夔、劉過、戴復古のばあい――

前の二節において、南宋の士大夫詩人による淮河詩を瞥見したが、本節では非士大夫詩人にとっての淮河の意味を考えていきたい。南宋の江湖詩人にとっても、淮河が士大夫と同様の感興を起こさせる風景装置となったことは想像に難くはない。しかし、淮河とその流域の地は軍事的管理下に置かれたため、たとえ士大夫であっても、詩人＝文官は使者等の特別の任務でもない限り、その地を訪れる機会が原則として失われた。布衣の詩人にとっては、なおさら縁遠い場所となったはずである。

果たして予想に違わず、実際に淮上に赴き淮河を題材とした詩を詠じた布衣詩人の絶対数は、現存の資料による限り、士大夫詩人よりも遥かに少なかった。しかし、そういうなかで、少数ではあるけれども、この地に実際に足を踏み入れた江湖の詩人も存在した。

以下、二つの節で、非士大夫詩人の描いた淮河について論じる。総じて彼らの伝記資料はきわめて少なく、本論で採り上げる作品もその製作時期や背景を特定できないものが大半であるが、本節では、そういう全体的傾向のなかで辛うじて僅かながら伝記資料が残っていて作詩の背景を想定しやすい、姜夔、劉過、戴復古の三詩人を採り上げる。その他の詩人については、一括して次節において採り上げることとする。

姜夔の旅　姜夔（一一五五？―一二二一？　字堯章、号白石道人、鄱陽〔江西〕の人）は、早年、この地を旅したことを想起して、次のような長篇の詩を詠じている。

濠梁四無山　濠梁　四もに山無し

坡陁亘長野　坡陁《はだ》として長野亘る
吾披紫茸氈　吾　紫茸《しじょう》の氈《せん》を披り
縱飲面微赭　縦《ほしいまま》に飲むも面は赭《あか》らむこと微《な》し
自矜意氣豪　自ら意気の豪なるを矜《ほこ》れば
敢騎雪中馬　敢へて雪中の馬に騎る
行行逆風去　行き行きて風を逆《むか》へて去《ゆ》き
初亦略霑灑　初めは亦た略ぼ霑灑《てんしゃ》す
疾風吹大片　疾風　大片を吹き
忽若亂飄瓦　忽として乱飄せる瓦の若し
側身當其衝　身を側《かたむ》けて其の衝に当たり
絲鞚袖中把　糸鞚《しこう》　袖中に把《と》る
重圍萬箭急　重囲せられて　万箭　急なれども
馳突更叱咤　馳突して更に叱咤す
酒力不支吾　酒力　支吾せず
數里進一罣　数里に一罣《いっか》を進む
燎茅烘濕衣　茅を燎《や》きて　湿衣を烘《あぶ》れば
客有見留者　客に留めらるる者有り
徘徊望神州　徘徊して　神州を望み
沈歎英雄寡　沈歎す　英雄の寡きを

冒頭に「濠梁」とあるように、濠州の周辺の淮上体験を詠じた作品である。この詩は、「昔遊詩」と題する五言古詩十五首連作の其十二（全二七二四-51-32058）、嘉泰元年（一二〇一）秋、姜夔47歳の作とされる。ただし、「昔遊」というタイトルの通り、若き日の旅を回顧したもので、夏承燾によれば、淳熙三年（一一七六）のことという（夏承燾『姜白石詞編年箋校』所収「行実考」の「繫年」、上海古籍出版社、一九八一年五月、三〇一頁）。時に姜夔は22歳であった。もし、この推定が正しいとすると、本論第三節において示した第Ⅱ期和平期のこととなり、范成大や韓元吉が使者として金に赴いた時期（范は一一七〇年、韓は一一七三年）よりは数年遅く、楊万里の接伴使（一一八九）よりは十三年早い時に当たる。

末尾の四句を除けば、あとは淮上の厳寒期に馬にまたがり吹雪を冒して旅する様が描かれるばかりで、国境地帯の実情を細かく描いた詩ではない。とはいえ、同じく淮上の厳冬を描いていても、前に掲げた楊万里の雪の詩とは明らかな異同が認められよう。楊万里が詠物の手法で人を介在させずに淮上の雪景を細やかに描き出したのに対し、姜夔の詩は遠い昔の、いささか向こう見ずな冒険を誇張気味に、そして叙事詩的に描き出している。「重囲せられて万箭急なるに、馳突して更に叱咤す」という表現は、あたかも戦場を駆け巡る将軍に自らを擬えているかのようでもあり、末尾の「沈歎」の伏線となっている。むろん、このような荒ぶる思いを彼に起こさせたのは、辺塞としての淮河の存在に他ならない。楊万里の詩と比べると見事に好対照である。銭鍾書も指摘するように、筆致は陸游の南鄭時代を回顧した一連の詩や辛棄疾の一部の詞とよく似ている。ただし、銭氏は同時に右の詩を評して「彼は『英雄の寡きを沈歎』しはしたが、そもそも彼ら二人（陸游と辛棄疾）のような志や抱負には乏しかった」（平凡社東洋文庫、宋代詩文研究会訳注『宋詩選注3』三〇三頁。二〇〇四年十二月／『宋詩選注』人民文学出版社、二〇〇二年一月、二一八頁）と批判もしている。もちろん、銭鍾書の指摘が誤りだとはいえないが、姜夔が生涯布衣の詩人であったことを考慮に入れれば、むしろ現実感に乏しいこのロマンティシズムにこそ、士大夫とは異なる独自性の所在を認めるべきなのではないだろうか。

劉過の淮河詠　姜夔とも交遊があった彼と同世代の布衣詩人、劉過（一一五四―一二〇六　字改之、号龍洲道人、吉州太和の人）にも、淮上への旅を題材とする以下のような古詩がある。

盱眙行　（全二六九九-51-31808）

車徐行　　車は徐ろに行き
馬緩※馳　　馬は緩かに馳す　※全は「後」に作るが、南宋群賢小集本『龍洲道人詩集』が「緩」に作るのに従う。
天寒遊子來盱眙　　天　寒くして　遊子　盱眙に来れり
功名邂逅未可知　　功名　邂逅　未だ知るべからず
生身畢竟要何爲　　生身　畢竟　何をか為すを要する
既不起草黄金闥　　既に黄金の闥に起草せず
又不侍宴白玉墀　　又た白玉の墀に侍宴せず
何不夜投將軍飛　　何ぞ夜　将軍に飛を投じ
勸上征伐鞭四夷　　上に征伐を勧めて四夷を鞭うたしめざる
滄海可塡山可移　　滄海は塡むべくして山は移すべし
男兒志氣當如斯　　男児の志気　当に斯くの如かるべし
安能生死困毛錐　　安くんぞ能く　生死　毛錐に困じ
八韻作賦五字詩　　八韻　五字の詩を賦すを作さんや

金牌郎君黄頭兒　　金牌の郎君　黄頭の児
有眼不忍重見之　　眼有りて忍びず重ねて之れを見るに
志大才踈浩無期　　志は大きく 才は踈にして 浩として 期 無く
逢人擧似人笑嬉　　人に逢ひ挙似すれば 人 笑嬉す
謂爲癡人未必癡　　謂ひて癡人と為せば 未だ必ずしも癡ならず
喚作奇士何能奇　　喚びて奇士と作せば 何ぞ能く奇ならん

劉宗彬「劉過年表」（呉洪沢、尹波等編『宋人年譜叢刊』第十一冊所收。四川大学出版社、二〇〇三年一月）によれば、劉過が八公山を経て盱眙に旅したのは、淳熙十三年（一一八六）、33歳の時である。よって、彼が旅したのも、姜夔と同じく第Ⅱ期和平期ということになろう。右の詩は、「盱眙行」と題してはいるものの、盱眙や淮上の具体的な景色が一切描かれていない。冒頭の三句を除けば、後は壮志を抱きながらも、それを発揮する機会と場が与えられない、江湖の詩人に相共通する煩悶と屈折が描かれるばかりである。あたかも、盱眙＝淮上へと旅すること、それが己の胸中に秘められた壮志を他者に示す唯一の方法であるかのように、彼らは行動した。

ちなみに、劉過は姜夔と同様に、詞人としての名声がより大きい。彼の「六州歌頭・鎮長淮一都会」詞（『全宋詞』3-2155）でも、右の詩とほぼ同じ内容が詠われているが、詞の表現特性を反映してか、叙述がより細やかであるうえ、柔のなかに剛を挿入する構成が、剛の部分、すなわち憂国の情をかえって際だたせている。かつまた、各表現も詩より屈折が少なく、より直説的である。本論は、淮河「詩」の演変を描くことを目的とするので、「詞」について細かく論じる余裕はないが、淮河を素材とする詩と詞の相違は、劉過のこの一組の例と概ね似た傾向を示し、詞の方がより直説的に悲憤慷慨を露わにする例が多いことを、ここに記しておきたい。

戴復古と淮河　南宋の江湖詩人のなかで、もっとも多くの淮河詩を遺したのは、戴復古（一一六七―一二四七？ 字式之、浙江黄巌の人）である。彼は十首余の詩を遺している。そして、彼も姜夔や劉過と同じく、淮上を旅している。ただし、戴復古は姜夔や劉過のように激昂型の抒情は展開していない。

淮上寄趙茂實　淮上より趙茂実に寄す　（全二八一七-54-33551）

渺渺長淮路　渺渺たり長淮の路
秋風落木悲　秋風　落木悲し
乾坤限南北　乾坤　南北に限られ
胡虜迭興衰　胡虜　興衰を迭《か》ふ
志士言機會　志士　機会を言ひ
中原入夢思　中原　夢思に入る
江湖好山色　江湖　山色　好し
都在夕陽時　都《す》べて夕陽の時に在り

戴復古も、他の江湖詩人と同様に、細かな経歴については不明の部分が多い。よって、彼の淮河詩がいつ頃作られたのかも、正確なところは分からないが、おそらく複数回旅している。そして、右の詩については、僅かながら糸口がある。

詩の寄贈対象「趙茂実」は、趙汝騰（？―一二六一）のこと。宝慶二年（一二二六）の進士で、紹定二年（一二二九）三月に、族兄趙汝讜（？―一二二三）の編選にかかる『石屏小集』に序文を記している。[15] この『小集』は、嘉定十四年（一二二一）、当時、湖南転運使の任に在った趙汝讜に、戴復古が詩稿を手渡し、佳作を選んでもらい一集としたもので、百三十首が選ばれていたという。[16]その『小集』に、趙汝騰が序文を書くことになったのは、族兄趙汝讜の依頼によるものである。趙汝讜は『小集』を編選した二年後、嘉定十六年（一二二三）、温州知事在任中に死去した。己が果たせそうにない責を塞ぐため、一族の俊秀、趙汝騰に序文執筆の依頼をしたのであろう。趙汝騰はこの序文を書いた三年後、紹定五年（一二三二）の夏、今度は戴復古に直接依頼されて『続集』の編選もしている。[17]戴復古の詩集には、趙汝騰が「大著」[18]＝著作郎の時代や、「永嘉太守」[19]＝温州知事在任中に寄せた詩が収録されているが、いうまでもなくこれは宝慶二年（一二二六）以降のことである。趙汝騰の進士及第以前、両者の間に、まったく交流がなかったと断定はできないが、通常、その可能性は低い。となると、右の詩も、己の詩集の編選を依頼して両者に親密な交流が生まれた、紹定二年以後の作品と考えるのが穏当であろう。そして、紹定二年以後の戴復古の足跡を辿ってみると、彼が淮河に近づいたことを確定できるのが、嘉熙元年（一二三七）、揚州に趙葵（一一八六―一二六六）を訪ねた事実である。[20]この時、戴復古は趙葵から「買山銭」をもらったうえに、彼の詩集を刊行したいという申し出まで受けている。もしも、その前後に右の詩を送っていたとすると、かつて己の詩集の編集に尽力してくれた「趙茂実」に、出版ができそうになった近況を書簡に認め、併せて送った近作が右の詩である、という推測も成り立つであろう。ただし、戴復古はこの年、すでに七十一歳という高齢であった。

右の詩では、中間の二聯において、淮河を隔てた南北の現状が詠われている。第四句の「興衰を迭ふ」とは、蒙古の勃興と金の衰弱とを背景とした表現であろう。ちなみに、金は、端平元年（一二三四）一月に蒙古に滅ぼされたので、もしも右の類推が正しく、嘉熙元年の作ということになれば、より具体的には金の滅亡と蒙古の強大化を指していることになる。尾聯は李商隠の五絶「楽遊原」（『全唐詩』五三九-16-6147）の「夕陽無限好、只是近黄昏」を彷彿とさせる。この時の戴復古が、もしこの李商隠の五絶を念頭に置いて詩句を詠んでいたのだとしたら、金の滅亡のみならず、自国の行く末がすでに黄昏に近いことを感じ取っていたのかもしれない。

淮上春日　（全二八一四-54-33479）

邊寒客衣薄　辺 寒くして 客衣 薄く
漸喜暖風回　漸く喜ぶ 暖風の回るを
社後未聞燕　社後 未だ燕を聞かず
春深方見梅　春 深くして 方めて梅を見る
壯懷頻撫劒　壮懐 頻りに剣を撫で
孤憤強銜盃　孤憤 強いて杯を銜む
北望山河語　北望して 山河に語る
天時不再來　天時 再び来らざらんかと

頻酌淮河水　頻りに淮河の水を酌む　（全二八一三-54-33467）

有客游濠梁　客 有り 濠梁に游び
頻酌淮河水　頻りに酌む 淮河の水
東南水多鹹　東南 水 鹹《しほから》きこと多く
不如此水美　此の水の美なるに如かず
春風吹綠波　春風 緑波を吹き
鬱鬱中原氣　鬱鬱たり 中原の気
莫向北岸汲　北岸に向かひて汲む莫かれ
中有英雄淚　中に有り 英雄の涙

右の二首はともに季節が春なので、同時の作かもしれない。「淮上春日」の方は、後半の二聯に、「壮懐」と「孤憤」が表現され、前掲の姜夔や劉過、さらには陸游や辛棄疾に相連なる、剛なる心情が部分的に展開されているが、末尾において「天時不再來」という諦念にも似た感情が吐露され、彼らの抒情より一層屈折している。しかし、この句がもし、韓侂冑による開禧二年（一二〇六）の北伐失敗直後の状況を踏まえた詠嘆とすれば、ひとり戴復古のみならず、当時の人士の多くが共有する感情であった、ともいえるであろう。ちなみに、開禧二年の当時、戴復古は四十歳であった。

次の七絶は、盱眙の「第一山」に登って北の大地を遠望した作品。

盱眙北望　（全二八一九-54-33596）

北望茫茫渺渺間　　北望す　茫茫渺渺たるの間
鳥飛不盡又飛還　　鳥　飛び尽きず　又た飛び還る
難禁滿目中原涙　　禁じ難し　満目　中原の涙
莫上都梁第一山　　上る莫かれ　都梁の第一山

第一山は、金へと赴く使者が盱眙に着くと必ず登る山だった。本論でも、前節において、楊万里と蔣介の作を引用した。そういう使金詩人と同じ場所に立ち、彼らに類する感慨が詠われてはいるが、使者たちがこの山に登った和平期（一一四一—一一六一と一一六四—一二〇六）と比べると、戴復古の活躍期、すなわち韓侂冑の北伐失敗（一二〇六）以後は、失地回復の希望を、いっそう抱き難い客観的状況があったと考えるべきであろう。それがおそらく「満目の涙」の最大の理由であろう。

江湖詩人はなぜ淮河に向かったのか？　ところで、姜夔にせよ、劉過にせよ、戴復古にせよ、彼らは布衣の詩人であるにもかかわらず、なぜ淮上へと向かったのであろうか。

まず、三者に共通する行動パターン[21]について確認しておきたい。彼らはいずれも二十代から三十代を境として、しばしば長期の旅に出て、各地を転々としている。しかし、長旅に出る前は、彼らといえども、おそらく挙子業に勤しんでいたであろう。たとえば、劉過は、三十一歳と三十四歳の時（淳熙十一年、十四年）、科挙に応じともに落第している。姜夔も、若い頃の状況は定かではないが、四十五歳の時（慶元五年）、雅楽の造詣の深さを活かして「聖宋鐃歌鼓吹曲」十四章を献じ、それが認められて解試を免除され礼部試に臨んだが、落第している。このように、姜・劉の二人については、科挙に応じた記録が残っており、ある時期までは、彼らも通常のルートで官を目指していたことが分かる。戴復古については、二十代三十代の足跡がほとんど分からないが、当時の常識からすれば、彼も例外ではなかろう。

しかし、三者は三十～四十歳の前後に、科挙に及第して官を得る道を断念したようである。かくて、諸州遊歴の旅を繰り返しては、朝野の大小の官僚たちと交わり、人脈を拡げ、そういう人脈を利用して、幕僚に取り立ててもらったり、生計を立てる道を探ったのだと考えられる。――いわゆる「江湖の謁客」である。

その彼らが、なぜ淮上に向かったのか、と問えば、まず真っ先に想定されるのは、干謁のためという答えであろう。軍事的緊張下に置かれた両淮の地では、有事に際して臨機応変の速やかなる対応が求められたから、各州軍の長官にも他州と異なる独自の裁量権がより多く与えられていたと考えられる。とりわけ、開禧の北伐（一二〇六）前後から、この地区には宣撫、制置使が派遣され、監視体制がいっそう強化されるようになったので、両淮の重鎮に面謁し、「闊匾」、すなわち紹介状を一筆書いてもらえれば、某かの職を斡旋してもらったり、金銭的援助を受けられる可能性も高まったであろう。このもっとも著名な例としては、宋自遜（字謙父、号壺山居士、金華の人）が、賈似道に一度お目通りがかなっただけで、「楮幣二十万緡」を与えられ、「華居を造」った、という軼事である。賈似道も淮東ならびに両淮制置使に在任した経歴を有する（淳祐十年～開慶元年〔一二五〇―一二五九〕）が、この軼事の発生時間は、彼が両淮制置使から召還され相位に就いた後のことのようである。しかし両淮制置使→宰執という昇進コースに見られるように、両淮の宣撫、制置使が当時、要路中の要路と見なされていたことは疑いようもなく、したがって江湖の謁客が、彼らとの面謁に一縷の希望を見出していたとしても、けっして不自然ではない。現実に、晩年に近いけれども、戴復古は淮東制置使の趙葵を訪ね、「買山銭」ならびに出版支援の約束を得ている。趙葵は紹定六年（一二三三）の年末に辞令を承け、淳祐二年（一二四二）二月に同知枢密院事として召還されるまでの約八年間、権兵部尚書という官名を帯び揚州に在任した。この異例に長期の在任期間は、南宋晩期の前線地域では普遍的に見られる現象であるが、彼らに特別な権限が与えられていたことは確実であり、趙葵が戴復古に対し大盤振る舞いできたのも、そのような背景があればこそであろう。とはいうものの、もし彼らが仕宦を第一の目的として淮上へ旅していたのだとしたら、戴復古を含め、彼らの願いは結局のところ実現しなかった。

しかし、彼らの旅がまったくの徒労に終わったわけではないことも確かである。なぜならば、国境線にわが足で立ち、「敵国」をわが目で遠望するという行為は、当時の士大夫の誰もが体験できたことではないからである。とくに士大夫詩人＝文官は、使者として特命を帯びて北上した者を除けば、大多数が、淮河の畔に立つことはおろか、両淮の地に足を踏み入れる機会さえ容易には訪れなかった、といってよい。したがって、彼ら三人の真の動機が那辺に在ったかにかかわらず、己の耳目で辺地の実情を見聞したという、通常の士大夫では得難い経験値が、彼らに備わったことになる。その実体験をもとに詩を書けば、これも同時代の平均的士大夫詩人が書き得ない作品を自らが書くことを意味した。

つまり、淮上の旅という体験は、彼ら江湖詩人の身価を確実に高からしめ、その存在感を増大させる効果をもたらした、と考えられる。このような冷静な計算が果たして彼らにあったか否かについては、むろん今となっては不明である。しかし、すでに論じたように、南宋淮河詩の基調をなしたのが愛国・憂国というテーマであり、そのなかで作品の個性を際だたせるものが詩人個々人の体験であるとするならば、彼らの淮河詩はすでに他にはない画然とした個性を備えたことを意味している。

五　江湖詩人の淮河詠

姜夔、劉過、戴復古の三者を除くと、他の江湖詩人における淮河詩のウエイトは一層軽くなるが、特徴的な作例を瞥見しておく。

まずは、趙崇嶓（一一九八―一二五五　字漢宗、号白雲山人、太宗九世の孫、南豊〔江西〕に居す）の七絶を見てみよう。

淮河水　（全三二七一－60－38079）

秋風淮水白蒼茫　　秋風の淮水　白くして蒼茫たり
中有英雄涙幾行　　中に英雄の涙　幾行　有りや
流到海門流不去　　流れて海門に到るも　流れ去らず
會隨潮汐過錢塘　　会らず潮汐に随ひて　銭塘を過る

この詩は前掲、戴復古「頻酌淮河水」の末尾の二句「莫向北岸汲、中有英雄涙」を想起させるが、イメージはさらなる展開を見せ、「英雄の涙」が海門まで流れ着くと、今度は潮に乗って都臨安へと運ばれると詠じる。そのかみ、鴟夷革の袋に屍を入れられ江に棄てられ、その魂が潮神と化して毎年浙江の潮を引き起こす、という伍子胥の伝説がある（王充『論衡』書虚篇に見える）が、この伝説を踏まえるとするならば、この「英雄涙」に込められた感情も、憤怒か悲憤か、その何れかということになろう。

次の七絶は、釈斯植（？―？　字建中、号芳庭）の作である。

淮邊柳　（全三三〇一―63―39336）

寂寞淮邊柳　　寂寞たり　淮辺の柳
春來自舞腰　　春来って　自ら舞腰す
恨生爭戰地　　恨むらくは争戦の地に生まれ
不得近官橋　　官橋に近づくを得ざりしを

淮河の畔に生える柳を題材として、「官橋」、すなわち街道すじの橋のたもとにある柳と対比して描く。同じ柳でありながら、人通りの絶えない「官橋」とは異なり、「争戦地」ゆえに訪れる遊客もなく、誰からも目をかけてもらえない「淮辺柳」の「寂寞」を際だたせている。

右の七絶二首は、片や「淮河水」、片や「淮河柳」を題材とする題詠詩の一種である。二首ともに作者の機知によって、一首が構成されている。前者は「英雄涙」から浙江の潮へとイメージが展開するところが生命線であり、後者は春風に柔条を揺らせる柳を擬人化し「官橋」との対比によって描いたことに作者の創意がある。

しかし、すでに述べたように、南宋における淮河は、冷たく重い現実の象徴と化しただけでなく、民族悲願の象徴ともなったため、これを素材として詩を書くばあいにも、この点が作者の発想にあらかじめ大きな抑制を与えることになったと考えられる。かくして、どの一首にも切実な情感が込められているに違いないが、悲憤慷慨型か哀切型のいずれかに偏り直説的な作品が多く、表現技巧のレベルでは、むしろ多様性に乏しく類型的な作例が多い。とはいえ、表現の新奇さを競えば、素材に不釣り合いな軽薄さを作品にもたらす危険も十分あった。士大夫詩人は、それだからこそ新奇で冒険的であるよりは堅実で保守的な表現を選択したのであろう。

他方、右の二例は、そのように敏感な素材である淮河でさえ、江湖詩人にとっては、士大夫よりずっと自由な発想で描きうる対象であったことを示唆している。それは他でもなく、彼らの社会的地位が彼らに与えた表現自由の幅と見てよいであろう。次の釈文珦（一二一〇―？　字叔向、号潜山老僧、於潜人）の詩も江湖の詩人ならではの特徴が滲み出ている。

寄淮頭家兄　（全三三二〇-63-39583）

君向淮堧去　君　淮堧に向かひて去り
相思夢不安　相ひ思ひて　夢も不安なり
兵弋猶未定　兵弋　猶ほ未だ定まらざれば
道路自應難　道路　自ら応に難かるべし
曠野人煙少　曠野　人煙　少なく
荒城鬼燐寒　荒城　鬼燐　寒し
故園松菊在　故園　松菊　在り
何必戀微官　何ぞ必ずしも微官を恋はんや

文珦は、空門の徒という己の立場をあたかも忘れたかのごとく、淮上に赴くはらからの身を案じ、矢も楯もたまらず、官を辞して帰郷するよう勧めている。かりに士大夫詩人が彼と同じ立場に立たされたとしても、右と同じスタイルの詩はおそらく書くに書けなかったであろう。そういう意味において、右の詩の書きぶりは、江湖詩人ならでのものでである。

次の高翥（一一七〇—一二四一　字九万、号菊澗、余姚の人）の七絶は、彼自身の見聞に基づくとすれば、現地を旅した者にのみ描くことの可能な内容といえるであろう。

行淮　（全二八五八–55–34129）

老翁八十鬢如絲　　老翁　八十　鬢　糸の如し
手縛黄蘆作短籬　　手づから黄芦を縛りて　短籬を作る
勸客莫嗔無凳坐　　客に勧む　嗔る莫かれ　凳坐無しと
去年今日是流移　　去年の今日　是れ流移せるなり

旅の最中に目にした、流民高齢者の困窮生活を描いている。前節で採り上げた戴復古にも、五律「望花山張老家」（全二八一四–54–33480）や七絶「淮村兵後」（全二八一九–54–33596）等の類例がある。これらに共通しているのは、庶民の目線に立って現地の窮状をつぶさに描いている点であり、士大夫詩人には乏しい作例である。これも両淮の地を比較的自由に旅することのできた江湖の詩人ならではの作例と見なすことができよう。

もちろん、江湖の詩人が右に掲げた例のように、士大夫詩人とは異なる詩ばかりを書き残したわけではない。以下に掲げる二例は、いずれも辺塞詩の典型といってよい作例である。

①朱継芳（一二〇八？—？　字季実、号静佳、建安の人、紹定五年〔一二三二〕進士）

淮客　（全三二七九–62–39075）

長淮萬里秋風客　　長淮　万里　秋風の客

獨上高樓望秋色　　独り高楼に上り 秋色を望む
說與南人未必聽　　南人に説与するとも 未だ必ずしも聴かず
神州只在闌干北　　神州 只だ在り 闌干の北

②武衍（?―?　字朝宗、号適安、開封の人、臨安清湖河に寓居）

　京口策應戍將歸營　（全三二六九―62―38975）

老矣猶征調　　老いたるに猶ほ征調せられ
新從淮上歸　　新たに淮上より帰る
盡知邊境事　　尽く知る 辺境の事
曾解壽春圍　　曾て解く 寿春の囲み
腥血封刀匣　　腥血 刀匣に封じ
黃沙漬鐵衣　　黄沙 鉄衣を漬《ひた》す
奏功均得賞　　功を奏して 均しく賞を得
沽酒醉斜暉　　酒を沽ひ 斜暉に酔ふ

①朱継芳の七絶は入声韻を用いている。一般に入声は、孤寂、抑鬱、悲壮、激憤等の響きをもつと言われるので、この独特の用韻によって、七絶のもつ詩型的な軽快さを意図的に抑制する目的があったのかもしれない。転句の「南人」は、臨安を中心とする江南の人士を指すであろう。蔡正孫『唐宋千家聯珠詩格』巻六には、「用說與字格」なる「格」が立てられ、「說與」によって始まる一句を転句に配する作例が、陳師道を始め四例掲げられている（卞東波『唐宋千家聯珠詩格校証』、鳳凰出版社、二〇〇七年十二月、上冊二四一頁）。このように、北宋後期以後に現れる新しい句法

を援用しつつ、「南の人々にしゃべったところで、聞く耳を持たないだろうけれど、欄干のすぐ北が神州（＝中原）なのだ」と、一ひねりを加え、己が今まさに立つ国境の臨場感を高めている。

②の武衎の五律は、長江に臨む港町京口で、淮河の前線から帰還したばかりの老兵に出会い、その武勇談を下地として詠じた作品である。詩題の「策」は、おそらく「策勲」の「策」で、武功を記録する、の意であろう。作風は、唐代辺塞詩の系譜に連なるものだが、唐詩が時として虚構によって詠じられるのとは異なり、実録であることを前面に出している点に特徴があろう。

六　辺塞の消滅

士大夫か布衣かの別を問わず、戦争という異常事態は、淮河流域への自由な旅を阻害した。淮河はもはや多くの詩人が旅する場所ではなくなり、一部の数限られた詩人しか、その地を実際に訪れることが不可能な特殊な軍事地域と化したのである。よって、南宋期に加えられた淮河詩の新たな特徴といえば、辺塞としての表情の一点に止まる、といっても過言ではない。それでは、南宋が蒙古によって滅ぼされ、再び一統の世となった時、淮河は北宋までの描かれ方をもう一度取り戻すことになったのだろうか。

歴史上、宋朝の滅亡は、一二七九年の二月、広東の崖山にて陸秀夫が幼帝趙昺を抱きかかえ入水自殺した時をもってするが、その三年前、蒙古の兵が江南の諸都市を攻略した後、臨安に迫り、全皇太后が降伏し、幼い趙㬎とともに大都に連れ去られることになった時点で、実質的には滅びたといってよい。そして、辺塞としての淮河の役割もこの時点で消滅した。およそ百五十年に亘り、軍事的な境界として南宋の人々に酷薄な現実を突きつけた淮河流域の山河は、一統の世に変わり、ふたたびもとの穏やかな表情を取り戻した。

辺塞消滅直後の淮河を詠じたのが、汪元量（?—?　字大有、号水雲、銭塘の人）である。彼は琴師として滅亡前夜の宮廷に仕え、そのまま降伏の瞬間を宮中にて迎えた。そして、皇太后以下許多の宮女が大都に連行されるのと一緒に俘虜として北へ向かったのである。その旅の一部始終を克明に記録した七絶の連作が「湖州歌九十八首」（全三六六八−70−44027）である。彼らの一行が淮河流域にある時の作のなかから、特徴的な数首を以下に引用する。

其三十二

蘆荻颼颼風亂吹　　芦荻　颼颼として　風　乱吹し
戰場白骨暴沙泥　　戦場の白骨　沙泥に暴さる
淮南兵後人烟絶　　淮南の兵後　人烟　絶え
新鬼啾啾舊鬼啼　　新鬼は啾啾として　旧鬼は啼く

この詩は、厳密にいえば、淮河流域ではなく、そこに到るまでの淮南東路の様子を詠じたものであろう。結句は杜甫「兵車行」の末尾の二句を踏まえた表現だが、「新鬼」は蒙古との抗戦で、「舊鬼」は金との抗戦で絶命した兵士の亡霊を指すであろう。いずれにしても、この時の汪元量の目に、淮南一帯の地が陰惨なる戦場の地と映ったことは確かである。ちなみに、宋末元初の人、黎廷瑞（一二五〇—一三〇八）も、「泊淮岸夜聞鬼語」（全三七〇七−70−44518）という長篇の古詩を詠じている。

次の一首は、汪元量が随行した宮女たちの様子を描いた作品である。

其三十七

宮人清夜按瑤琴　　宮人　清夜　瑤琴を按じ
不識明妃出塞心　　識らず　明妃が出塞の心
十八拍中無限恨　　十八拍中　無限の恨み
轉絃又奏廣陵音　　絃を転じて　又た広陵の音を奏す

転句の「十八拍」は、後漢の蔡邕の娘、蔡琰の作とされる琴曲「胡笳十八拍」を指す。蔡琰は、南匈奴の左賢王の妾となり、十二年間夷狄の地に在り、芦笛の音に感じてこの琴曲を作ったという。結句の「広陵」も、琴曲の名、「広陵散」のこと。竹林の七賢の一、嵇康が刑場で奏でた故事によって知られる。宮中の琴師ならではの内容であるが、注意すべきは、承句、南宋の宮女たちが淮河を越えて北上することを、王昭君の出塞に重ね合わせていることである。当時の汪元量の意識の上で、淮河はまだ辺塞であった。

其四十四

篷窗倚坐酒微酣　　篷窓　倚坐して　酒　微酣
淮水無波似蔚藍　　淮水　波無くして　蔚藍に似たり
雙櫓咿啞搖不住　　双櫓　咿啞として　揺れて住まらず
望中猶自是江南　　望中　猶ほ自ら　是れ江南

ほろ酔い気分で、波の立たない静かな淮河に浮かぶ船上にあって、単調な櫓の音をずっと聞くうちに、目の前に拡がる景色がなおも江南のそれではないかと錯覚した、という内容である。この詩の眼目は、ほろ酔いと静寂とによって、ふと現実を忘れ、初めて接する景色に既視感を覚えた、というところにある。しかし、そもそも淮河の景観は、北方の大地よりも、江南ないしは南方のそれにずっと近い。それゆえ、北宋の時代、南方出身の詩人たちは、運河を南下して淮河流域にまでやって来ると、一気に心の緊張を解いたのであった。しかし、右の詩における汪元量の意識は、そういう本来の類似性をあえて無視したところに存在している。彼の意識のなかでは、淮河は相変わらず国境線なのであり、そこを越えて北上することは、すなわち「出塞」にほかならなかった。百五十年の分断の歴史によって、南宋の人々の心に刻みこまれた、「淮河＝辺塞」という認識がどれほど深く強固なものであったかを、汪元量の右の詩がはからずも証明しているかのようである。

汪元量の詩は、南宋が蒙古に屈した直後の作であるから、彼のなかにあった先入観と目の前の現実との折り合いが上手くつけられなかったとしても、それは致し方のないことだったかもしれない。では、汪元量よりも後に淮河流域を訪れた元初の詩人たちにとっては、どうであったのだろうか。

本論の締め括りとして、尹廷高（?—?　字仲明、号六峰、処州遂昌〔浙江省〕の人）の作例二首を通して、この問題を考えてみたい。尹廷高の経歴はよく分からないが、元朝前期の「南人」である。

高郵道中

浩蕩乾坤幸止戈　　浩蕩たり　乾坤　幸ひに戈を止め
甲兵不見見漁蓑　　甲兵は見えず　漁蓑を見る
土墻茅屋安淮俗　　土墻　茅屋　淮俗を安んじ
柳港蘆灣接泗河　　柳港　芦湾　泗河に接す
古堞平來春草合　　古堞　平来して　春草　合し

荒田耕徧夕陽多　荒田　耕し徧ねくして　夕陽　多し
長淮咫尺中原近　長淮　咫尺　中原　近し
願借南風吹白波　願はくは南風の白波を吹くを借りん

渡淮

濱河廢壘草離離　河に浜する廃塁　草　離離たり
尺寸紛争彼一時　尺寸の紛争　彼の一時
着眼道旁看覆轍　道旁に着眼せば　覆轍を看る
平心局外説残棊　平心　局外　残棋を説く
中流白浪搖詩夢　中流の白浪　詩夢を揺るがし
古塞黄雲附牧兒　古塞の黄雲　牧児に付す
身老太平無事日　身は老ゆ　太平無事の日
扁舟萬里鬢絲絲　扁舟　万里　鬢　糸糸たり

二首ともに、平穏を取り戻した淮甸と淮上の様子を描いている。大自然が戦争の跡を覆いつくし、生々しい記憶を風化させてゆく。この二首の制作時期は定かではないが、顧嗣立『元詩選』（初集巻十一）の小伝によれば、尹廷高は宋の滅亡後、二十年の流浪の果てにようやく帰郷し、永嘉の教官を勤め、その任期満了後に上京した、という。そうすると、この二首も元の大都へ向かう途次の作である可能性が高い。もし、この推測が正しければ、彼が詠じたのも、宋の滅亡後、すでに二十数年が過ぎた時点の淮河ということになろう。

尹廷高が詠じた淮河流域の光景は、北宋およびそれ以前と同様の、「鄙」の境地をすでに取り戻している。とはいえ、南渡以前とまったく同じではないことも、右二首の情調がわれわれにはっきり示している。一世紀半にも及ぶ長期、国境となり、しばしば戦場と化したうえに、最後は異民族に呑み込まれたという、負の記憶が、淮河詩の歴史に新たに刻まれることとなった。尹廷高が懐古詩の手法を用いて一統の時代の淮河を詠じたことが、この点を際だたせている。

かくて、南渡とともに始まった淮河詩史の新たな展開は、悲憤と慷慨、屈折と諦念等々の鬱々たる感情を巻き込みながら終息を迎え、やがて折にふれ「懐古」されるべき苦々しい記憶ともなったのである。

（完）

注

（1）以下に記す歴史事件の発生時期については、原則として宋史提要編纂協力委員会編『宋代史年表（南宋）』（財団法人東洋文庫刊、一九七四年六月）の記載に拠り、馮君実主編『中国歴史大事年表』（遼寧人民出版社、一九八五年三月）、粟品孝等『南宋軍事史』（上海古籍出版社、南宋史研究叢書、二〇〇八年十一月）等を参照した。

（2）胡伝志「論南宋使金文人的創作」（『文学遺産』二〇〇三年第五期）。『橄欖』第十二号（宋代詩文研究会、二〇〇四年九月）に、日本語訳が掲載されている。高橋幸吉訳、邦題「南宋から金へ使いした文人たち―その創作と内容について―」。また、張高評氏にも「南宋使金詩与辺塞詩之転折」という詳論がある（『宋代文学研究叢刊』第八期、麗文文化事業公司、二〇〇二年十二月。のち、張高評『自成一家与宋詩宗風』第七章〔万巻楼図書股份有限公司、二〇〇四年十一月〕再録）。

（3）曹勛『松隠集』巻十七に「接伴書懐」という詩があることによって、接伴使の経歴を裏づけられる。また、呉河清「論曹勛的使金詩」（『文学遺産』二〇〇七年第五期）の冒頭に関連の記述がある。

（4）楊万里の接伴使在任中の詩作について論じたものに、西岡淳「接伴使　楊万里の旅と詩―『朝天続集』の世界―」（中文研究会『未名』第二二号、二〇〇四年三月）、胡伝志「論楊万里接送金使詩」（『文学遺産』二〇一〇年第四期）等がある。

胡氏の論は、『橄欖』第十七号（宋代詩文研究会、二〇一〇年三月）に、日本語訳が掲載されている。高橋幸吉訳、邦題「金の使者を送迎した楊万里の詩について」。

（5）「檃括」については、本書09参照。

（6）清代中葉の光聡諧が次のようにいっている（『有不為斎随筆』庚巻／『楊万里范成大資料彙編』所引（中華書局、一九六四年二月））。——誠齋與放翁同在南宋、其詩絶不感慨國事、惟『朝天続集』中、「入淮河四絶句」、「題盱眙軍東南第一山」二律、「跋丘宗卿使北詩軸」、少見其意、與放翁大不侔。

（7）銭鍾書『宋詩選注』楊万里の解説（人民文学出版社、二〇〇二年一月、一六二頁）。

（8）拙稿「宋代士大夫の詩歌観—「蘇黄」から江湖派へ—」（宋代詩文研究会『橄欖』第十三号、二〇〇五年十二月）。

（9）銭鍾書『宋詩選注』陸游の解説（人民文学出版社、二〇〇二年一月、一七二頁）。平凡社東洋文庫、宋代詩文研究会訳注『宋詩選注3』の訳による（九八頁）。

（10）陸游と楊万里が、詩の素材は苦労して求めなくても自然と向こうからやって来るとする認識をともにもっていたことについて、浅見洋二氏が論じている（「詩を〈拾得〉すること、ならびに、〈詩本〉〈詩材〉〈詩料〉について—楊万里、陸游を中心に—」、宋代詩文研究会『橄欖』第十一号、二〇〇二年十二月）。陸游の詩人としての自覚については、小川環樹「詩人の自覚—陸游の場合—」（筑摩書房『小川環樹著作集』第三巻所収）および西岡淳「陸游の詩論」（南山大学国語国文学会『南山国文論集』第二十三号、一九九九年九月）参照。楊万里については、自ら詩集を編みそれに自序を記しているほか、詩話を記していることからそれを容易に察することができよう。なお、陸游は九千首余、楊万里が四千首以上の詩を今日に伝えており、両宋を通じて最も多作な詩人に数えられる。

（11）注（8）拙稿参照。

（12）銭鍾書は『宋詩選注』のなかで、「江西派」と「晩唐体」とを対立軸として立て、それぞれとの親和性の有無によって、南宋各詩人の特徴を描出している。

（13）陸游の晩唐詩に対する否定的な態度と創作における親和性との矛盾については、銭鍾書『談藝録』三十五「放翁与中晩唐人」（中華書局、一九八四年九月）、および西岡淳「陸游の詩論」（南山大学国語国文学会『南山国文論集』第二十三号、一九九九年九月）に論及がある。

(14) 銭鍾書『談藝録』三十五「放翁与中晩唐人」(中華書局、一九八四年九月)参照。また、西岡淳「楊誠斎の詩」(京都大学『中国文学報』第四十二冊、一九九〇年十月)参照。
(15) 金芝山『戴復古詩集』附録二「序跋」所収、趙汝騰「石屏詩集序」(浙江古籍出版社、両浙作家文叢、一九九二年八月)。
(16) 金芝山『戴復古詩集』附録二「序跋」所収、「戴復古自書」其一(浙江古籍出版社、両浙作家文叢、一九九二年八月)。
(17) 金芝山『戴復古詩集』附録二「序跋」所収、「戴復古自書」其二(浙江古籍出版社、両浙作家文叢、一九九二年八月)。
(18) 戴復古「寄趙茂実大著二首」(全二八一四-54-33494)。
(19) 戴復古「寄永嘉太守趙茂実」二首(全二八一六-54-33522)。
(20) 戴復古「見淮東制帥趙南仲侍郎、相待厚甚、特送買山錢、又欲刊石屏詩、置于揚州郡斎、話別叙謝」(全二八一八-54-33566)。
(21) 三者の足跡については、それぞれ以下のものを参照した。姜夔＝夏承燾「行実考・繫年」(夏承燾『姜白石詞編年箋校』附録、上海古籍出版社、一九八一年五月)、馬維新「姜白石先生年譜」、劉過＝劉宗彬「劉過年表」(馬氏と劉氏の二年譜は、呉洪澤、尹波編『宋人年譜叢刊』第十一冊〔四川大学出版社、二〇〇三年一月〕所収)、戴復古＝劉麗玲『戴復古年譜』(四川大学碩士学位論文、二〇〇三年四月)。
(22) 「闊匾」ならびに宋自遜の軼事については、元・方回『瀛奎律髓』巻二〇、「梅花類」、戴復古「寄尋梅」詩の評語のなかに見える(上海古籍出版社、『瀛奎律髓彙評』中冊八四〇頁、一九八六年四月)。

Ⅲ　蘇学余滴

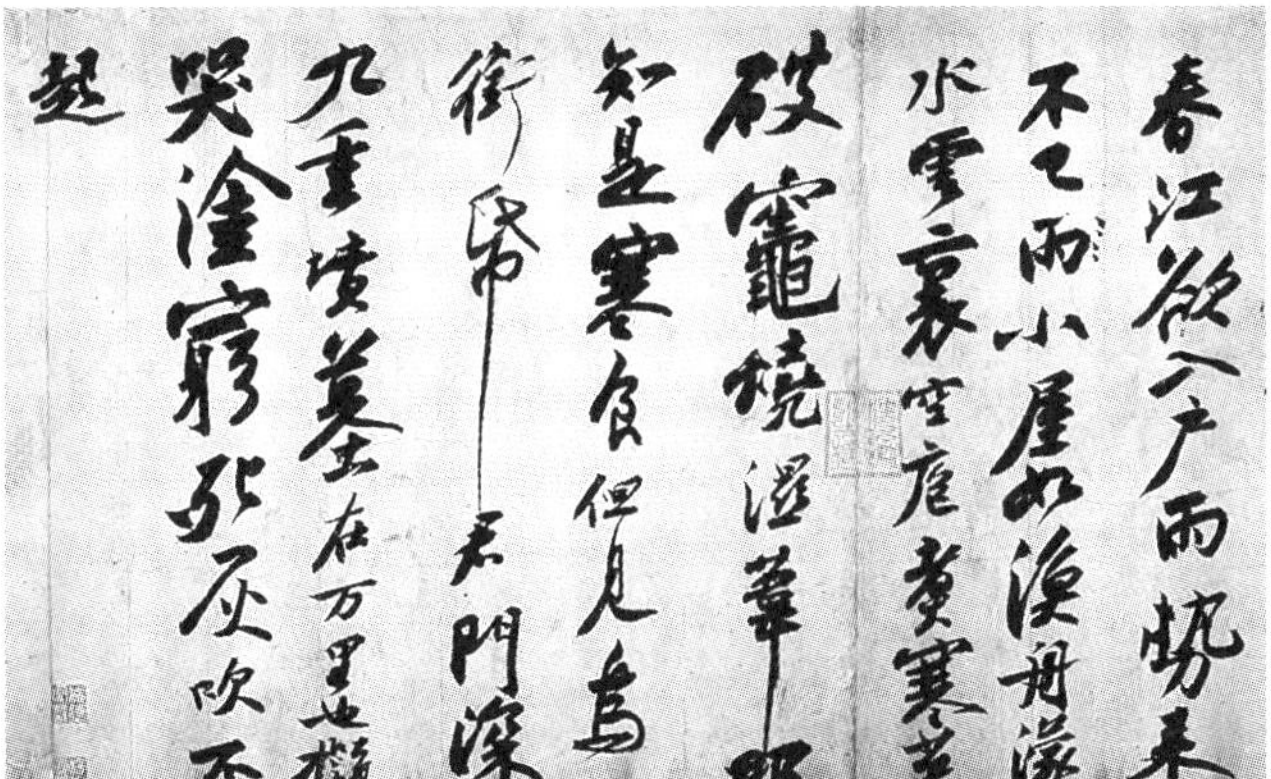

09 両宋檃括《いんかつ》詞考

はじめに

〈檃括〉とは、その創始者・北宋の蘇軾（一〇三七―一一〇一）のことばを借りれば[1]、詞以外の先行文学作品を、「其の詞（表現）を改むと雖も」「其の意を改めず」、原篇に「微かに増損を加」えて、「音律に入」るよう詞に改編することを指す。

筆者は、すでに別稿において、蘇軾の詩業全体における〈檃括〉詞の存在意義について、特に陶淵明「帰去来兮辞」を〈檃括〉した作例に着目しつつ論じた。本章では、その内容を踏まえながら、蘇軾の創始になるこの技法が、彼に続く世代の詞人たちに一体どのように継承されたのかという点、およびこの技法のもつ意味について、重点的に論じてみたい[2]。

〈檃括〉の語は、――たとえば南宋後期の陳振孫（一一八三―一二六一前後）が、北宋末の周邦彦（一〇五六―一一二一）の詞を評して「（周邦彦）多く唐人の詩語を用ひ、檃括して律に入らしめ、渾然として天成す」と表現したように――、語句レベルの加工をいう場合にも使用される[3]。しかし、本章では、このような広義の〈檃括〉については一切触れない。あくまで一篇全体を改編した詞のみを取り上げ、その改編行為を〈檃括〉と称して論を進める。

なお、本章で引用する詞は、原則として、唐圭璋『全宋詞』（中華書局刊五冊本、一九六五年六月／以下、『全』と略称）に依拠した。但し、『全宋詞』刊行以降に校訂編纂された別集がある場合は、つとめてそれら新しいテキストをも参照した。また、詞人の生卒年については、主として馬興栄、呉熊和、曹済平編『中国詞学大辞典』（浙江教育出版社、一九九六年一〇月）に拠った。

一　蘇軾と蘇門の檃括

まず初めに、檃括の創始者、蘇軾の使用状況を整理しておく。蘇軾が特定の古人の作を檃括した作例は、以下の五首である(4)（詞牌上の数字は、曹樹銘『蘇東坡詞』〔台湾商務印書館、一九八三年十二月〕によって編年整序された作品番号）。

① 137「哨徧（爲米折腰）」……陶淵明「歸去來兮辭」（上海古籍出版社『陶淵明集校箋』巻五）

② 156「木蘭花令（烏啼鵲噪昏喬木）」……白居易「寒食野望吟」（上海古籍出版社『白居易集箋校』巻十二）

③ 171「浣溪沙（西塞山前白鷺飛）」……張志和「漁父歌」（中華書局『全唐詩』巻三〇八）

④ 200「水調歌頭（昵昵兒女語）」……韓愈「聽穎師彈琴」（上海古籍出版社『韓昌黎詩繫年集釈』巻九）

⑤ 281「定風波（與客攜壺上翠微）」……杜牧「九日齊山登高」（上海古籍出版社『樊川詩集注』巻三）

この中、①の原篇が（有韻の）文であるのを除き、他の四例はいずれも古今体詩を檃括した詞である。

檃括の第一義的目的は、本来楽曲を伴わない作品、もしくは楽曲がすでに失われてしまった歌辞を、当時流行する楽曲に合わせ歌唱可能な形に加工する、という点にこそある。したがって、理念的には、古今体詩か散文かというジャンルの異同を問わず、あらゆる文学作品に適用可能な応用範囲の広い技法であった。とはいえ、同じく詩歌である古今体詩から詞への檃括よりも、散文から詞へのそれの方が、改編のダイナミズムという点で、より多く作者の構成能力が問われ、その分作者の創作意欲をより強く刺激したであろうことも容易に推測されよう。

実際に蘇軾の作例に即してみてみると、②～⑤では主として措辞の改編に止まる、きわめて克己的な檃括がなされており、蘇軾の新意と呼べる部分はほとんど付加されていない。一方、①にあっては、僅かながら蘇軾の創作部分が認められ、古今体詩の場合と一線を画している。

以下、便宜的に、散文作品を原篇とする檃括をA類とし、古今体詩をB類と称し、蘇軾以降の詩人たちが、蘇軾の創始になるこの技法をどのように継承発展させていったのかを瞥見してみたい。

蘇軾のすぐ下の世代の詩人では、主な作例に、黄庭堅（一〇四五―一一〇五）と晁補之（一〇五三―一一一〇）によるものがある。[5]
黄庭堅の作例は、「瑞鶴仙（環滁皆山也）」（『全』四一五下）で、欧陽脩「酔翁亭記」を原篇とする、A類檃括である。その冒頭六句を、原篇の対応部分とともに掲げる。

瑞鶴仙	欧陽脩「酔翁亭記」（『居士集』巻三十九）
環滁皆山也	環滁皆山也。（其西南諸峯、林壑尤美、）
望蔚然深秀	望之蔚然而深秀者、
瑯琊山也	瑯琊也。
山行六七里	山行六七里、（漸聞水聲潺潺而瀉出于兩峯之間者、讓泉也。）
有翼然泉上	（峯回路轉）、有翼然臨于泉上者、

醉翁亭也　──醉翁亭也。

原篇が64字であるのに対して、詞では27字、半分以下に約められている。字数の減少は、主として、①一部叙述の完全な削除（右下原文のカッコで括った部分）、②虚辞や代名詞の省略による語句の縮小、の二つの原因によっている。うち、特に②については、この詞の一大特徴が含まれている。

第二句「望蔚然深秀」に象徴的に表れ出ているが、黄庭堅は原文を檃括するに当たって、「而」「者」「于」「之」等の虚辞、代名詞を極力省略した。しかし一方、語気助詞の「也」だけはそのまま温存し、全篇通して十一回も繰り返し用い、甚だしい異同を示している。しかもそれを韻字として使用しており、詞律という点からみても、全く破格な詠いぶりとなっている。(6)

むろん、これは黄庭堅の確信犯的な用字法である。「醉翁亭記」における「也」字多用という修辞的特徴については、つとに南宋の筆記類で議論の俎上に載せられている。(7)しかし、黄庭堅は彼らよりもさらに半世紀～一世紀以上早くそれを明確に意識していた。のみならず、創作の領域で大胆にそれを取り入れ具体的に作品化しているのである。「瑞鶴仙」は、檃括の全体的特徴という点からいえば、削除部分が少なからず存在するとはいえ、総じて原篇に忠実な改編作と見なしうる。しかし、詞の韻律や措辞という点に着目すると、──散文的でスタティクな語気助詞──「也」をあえて温存し多用したという一点に、黄庭堅の大胆な創意が込められている、と解釈できる。

一方、晁補之の例は、「洞仙歌（當時我醉）」（『全』五五八下、劉乃昌、楊慶存『晁氏琴趣外編』巻二（上海古籍出版社、一九九一年二月））で、盧仝の「有所思」を対象とするB類檃括詞である。内容的には、蘇軾のB類の作例と同様の没個性的な檃括である。

二　南渡前後

蘇門二人に続く主な檃括詞の作者は、北宋末～南宋初期に活躍した以下の如き詞人たちである。(8)

(1) 米友仁（一〇七二—一一五一）……①「念奴嬌・裁成淵明帰去来辞」（『全』七三〇下）、②「訴衷情・淵明詩」（『全』七三一上）

(2) 王安中（一〇七五—一一三四）……③「北山移文哨遍」（『全』七四六上）

(3) 葉夢得（一〇七七—一一四八）……④「念奴嬌・南帰渡揚子作、雑用淵明語」（『全』七六七下）

(4) 朱敦儒（一〇八一—一一五九）……⑤「秋霽・檃括東坡前赤壁」（『全』存目詞、鄧子勉『樵歌』続補〔上海古籍出版社、一九九八年七月〕）

(5) 趙　鼎（一〇八五—一一四七）……⑥「河伝・以石曼卿詩為之」（『全』九四二下）、⑦「満庭芳・九日用淵明二詩作」（『全』九四六上）

米友仁①、王安中③、朱敦儒⑤の各例は、題下注によって明らかなように、それぞれ陶淵明「帰去来兮辞」、南朝斉の孔稚珪「北山移文」（『文選』巻四三）、蘇軾の「前赤壁賦」（中華書局『蘇軾文集』巻一）の檃括である。米友仁②は、陶淵明「飲酒二十首」其五（『陶淵明集校箋』巻三）の檃括詞。葉夢得④は、「帰去来兮辞」をベースとして、一部「飲酒二十首」其五等を取り入れた檃括。趙鼎⑥は、北宋前期の石延年（九九四—一〇四一）「寄尹師魯（平陽會中代作）」（『全宋詩』一七六-3-2003）を檃括した作例で、⑦は陶淵明の「己酉歳九月九日」（『陶淵明集校箋』巻三）をベースとして、「九日閑居」（『陶淵明集校箋』巻二）を一部取り入れた檃括である。

まず、右の七例を類別すると、散文を原篇とするA類檃括が三首、詩歌を対象とするB類が三首、AB折衷型が一首である。対象作品は、陶淵明作品が四例を占め、他は孔稚珪、石延年、蘇軾各一例であるが、濃淡の差こそあれ、いずれも蘇軾の影を認めることができる。

朱敦儒の作例は、蘇軾の作品を直接対象としたものであるから、その影響関係は自明である。四例の陶淵明檃括詞の場合も詞学史上、檃括の第一作が――「帰去来兮辞」を檃括した――蘇軾の「哨徧」であったことを想起すれば、彼の存在を無視できまい。さらに、北宋末〜南宋初、嶺南・海外の作品＝〈和陶詩〉を中心として、蘇軾の詩歌が士大夫に熱狂的に愛好された事実を考慮に入れれば、いよいよ彼の存在感が高まろう。(9)

王安中の檃括は、一見すると蘇軾と無縁のように映るが、第一に詞牌が「哨徧」であること、第二に安中が十八歳の時、蘇軾に賞賛され、短期間ではあるが蘇軾に師事した経歴を持つこと、(10)の二点から、この作例も蘇軾の影響下にあると見なすことができる。

さて、右の七例の中から見出される内容上の特徴を、具体例に則して一点だけ指摘しておきたい。

イ　闌干倚處。戲裁成　彭澤當年奇語。三徑荒涼懷舊里、我欲扁舟歸去。……（米友仁①）

ロ　……伯鸞家有孟光妻。豈逡巡　眷戀名利。（王安中③）

ハ　故山漸近、念淵明歸意、翛然誰論。……（葉夢得④）

イとハはともに冒頭の詠い出し部分であるが、「戲裁成」および「念」という語に明らかなように、いずれも作品に作者自身が顔を出し参入している。

ロは末尾の部分で、原篇「北山移文」には存在しない表現である。この詞には、王安中による序文が付されており、人に依頼されて檃括に着手したこと、その依頼主に「林下の風」ある賢夫人がいたこと等が明記されている。(11)――この賢夫人の存在ゆえに、「孟光妻」の句が付加されたわけである。

この三例に共通するのは、作り手側の現状が檃括詞の中に色濃く反映されているという点である。これらからは、改編者が原篇に近づきそれに限りなく同化してゆくという受動的態度ではなく、むしろ原篇を改編者の実状に適合させ再構成しようとする能動的姿勢を見て取ることができる。

このような傾向は、蘇軾の「哨偏」詞の中にすでに認められたものであるが、彼の死後半世紀にして早くも、檃括詞、とりわけA類檃括詞の、一つの潮流となった感がある（葉夢得の例は前述の如くAB折衷型であるが、冒頭から三分の二近くが「帰去来兮辞」の檃括部分であるので、準A類と見なすことができる）。

三　南宋中期

続いて、南宋三大家（陸游、范成大、楊万里）が活躍した、高宗末期～寧宗前期約半世紀の、南宋中期における情況を概観する。この間の主要作品は、以下の通りである。

(6) 曹　冠（生没年未詳）……「哨遍・東坡採帰去来詞作哨遍……」（『全』一五四〇下）
(7) 楊万里（一一二七―一二〇六）……「帰去来兮引」（『全』一六六四下）
(8) 朱　熹（一一三〇―一二〇〇）……「水調歌頭・檃括杜牧之斉山詩」（『全』一六七五上）
(9) 辛棄疾（一一四〇―一二〇七）……「声声慢・檃括淵明停雲詩」（『全』一九一二下）
(10) 汪　莘（一一五五―一二二七）……「哨偏・余酷喜王摩詰山中裴迪書、因檃括其語為哨偏歌之……」（『全』二二〇二上）

原篇は、それぞれ(6)＝蘇軾「前赤壁賦」、(7)＝陶淵明「帰去来兮辞」、(8)＝杜牧「九日斉山登高」詩、(9)＝陶淵明「停雲」詩（『陶淵明集校箋』巻一）、(10)＝王維「山中与裴秀才迪書」（中華書局『王維集校注』巻十）で、(6)、(7)、(10)の三篇はA類の、(8)、(9)二篇はB類の檃括詞である。

選択された作品の傾向は、前節で見た南渡前後と基本的に変わらない。いずれも、蘇軾が敷いたレールの上をそのまま走っている、とみてよい。

ただし、内容に関しては、楊、朱二者の作例に、従来にはない新しいスタイルを見出すことができる。すなわち、従来型は、字数的に、檃括詞が原篇とほぼ等量かもしくは縮小要約されるという傾向にあった。しかし、この両者の作例は、いずれも原篇より数段多い字数によって構成されている。

楊万里の檃括詞は、八章の連章形式からなり、計399字である。(12) 原篇「帰去来兮辞」は本文339字（序文199字）で、蘇軾の檃括詞は203字、米友仁詞が100字である。朱熹の檃括詞は計95字、原篇＝杜牧詩は七律56字、蘇軾の檃括詞は62字である。

いま試みに、朱熹の作例Ⓑを、原篇Ⓐおよび蘇軾の檃括例Ⓒとともに掲げる。

Ⓑ朱熹「水調歌頭」
江水浸雲影
鴻雁欲南飛
攜壺結客
何處空翠渺煙霏
塵世難逢一笑

Ⓐ杜牧「九日齊山登高」
江涵秋影雁初飛
與客攜壺上翠微
塵世難逢開口笑
菊花須插滿頭歸
但將酩酊酬佳節

Ⓒ蘇軾「定風波」
與客攜壺上翠微
江涵秋影雁初飛
塵世難逢開口笑
年少
菊花須插滿頭歸

況有紫萸黄菊
堪插滿頭歸
風景今朝是
身世昔人非
酬佳節
須酩酊
莫相違
人生如寄
何事辛苦怨斜暉
無盡今來古往
多少春花秋月
那更有危機
與問牛山客
何必獨沾衣

不用登臨恨落暉
古往今來只如此
牛山何必獨霑衣

酩酊但酬佳節了
雲嶠
登臨不用怨斜暉
古往今來誰不老
多少
牛山何必更沾衣

朱熹はオリジナルに一字二字加筆して七言一句を五言二句に引き延ばしたり、句意を敷衍して新たな表現を補ったりし、原篇にほぼ倍する字数の櫽括詞を完成させている。波線を施した部分が、原篇にはない朱熹の顕著な補筆部分である。(C)蘇軾の櫽括が、あたかも第一義的目的＝徒詩の歌辞化に徹して克己的な微調整に終始しているのと好対照をなし、朱熹は自己の感慨をも織り交ぜながらのびのびと原篇を改編している。南宋初期までは、A類にのみ認められた特徴——作り手の実状を改編作品に参入させる——が、詩歌対象のB類檃括にまで及んできたことを、この作例は顕著に示している。

四　南宋後期

南宋三大家が他界した西暦一二〇〇年前後をかりに中期の終焉と見なすと、それから滅亡までの南宋後期、約七、八十年の間には、最も多くの詞人が最も多くの檃括詞を手がけている。いわゆる群小詞人《マイナーポエット》が多く、生卒年さえ定かではない詞人が半数近くを占めるが、宋代檃括史の掉尾を飾るに相応しく、幾つかの特徴的な現象が認められる。まず、作例をのこす主な詞人を示せば、以下の通りである。

(11) 徐鹿卿（一一八九—一二五〇）「酹江月・元夕上秘校并引」（『全』二三一五下）※「引」云、「……乃雜取東坡先生上元諸詩檃括成酹江月一闋、與邦民共歌之」。〔原篇〕＝蘇軾「次韻劉景文路分上元」（中華書局『蘇軾詩集』巻三十三）、「上元侍飲樓上三首呈同列」（『蘇軾詩集』巻三十六）等。

(12) 劉学箕（生没年未詳）「松江哨徧」（『全』二四三二下）※小序云、「…遂檃括坡仙之語、爲哨徧一闋、詞成而歌之」。〔原篇〕＝蘇軾「前後赤壁賦」（『蘇軾文集』巻一）

(13) 林正大（生没年未詳）計41篇の檃括詞（『全』二四四〇～）※原篇の内訳については後述。

(14) 衛元卿（生没年未詳）「齊天楽・檃温飛卿江南曲」（『全』二四八六下）〔原篇〕＝温庭筠「江南曲」（『全唐詩』巻五七六）

(15) 劉克荘（一一八七―一二六九）「哨徧」（『全』二五九一上）※小序云、「昔坡翁以盤谷序配歸去來詞。然陶詞既檃括入律、韓序則未也。暇日、遊方氏龍山別墅、試效顰爲之、俾主人刻之崖石云」。〔原篇〕＝韓愈「送李愿歸盤谷序」（『韓昌黎文集』巻四）

(16) 呉潜（一一九六―一二六二）「哨徧・括蘭亭記」（『全』二七二八上）〔原篇〕＝王羲之「蘭亭集序」

(17) 方岳（一一九九―一二六三）「沁園春」（『全』二八三七上）〔原篇〕＝王羲之「蘭亭集序」

(18) 馬廷鸞（一二二三―八九）「水調歌頭・檃括楚詞答朱実甫」（『全』三一四〇上）〔原篇〕＝『楚辞』「離騒」等。

(19) 蔣捷（一二四五?―一三一〇?）「賀新郎・檃括杜詩」（『全』三四四八下）〔原篇〕＝杜甫「佳人」（『杜詩詳注』巻七）。

(20) 劉将孫（一二五七―?）「沁園春・近見舊詞、有檃括前後赤壁賦者……」二首（『全』三五二八下）〔原篇〕＝蘇軾「前後赤壁賦」。

(21) 程節斎（生没年未詳）「水調歌頭・括坡詩」（『全』三五四八上）〔原篇〕＝蘇軾「賀陳述古弟章生子」（『蘇軾詩集』巻十一）

以上(11)〜(21)、詞人は計11名、[13] 作例は52篇。うちA類（原篇が散文）檃括が24例、B類（原篇が古今体詩）檃括が28例である。原篇の作者は、蘇軾が最も多く計10例、李白、杜甫各7例、黄庭堅5例、欧陽脩4例、范仲淹、王羲之各3例、韓愈2例と続く。

　この時期の特徴として二つのことを指摘できる。第一に、対象作品がかつてなく広範囲に広まり多様化した、という点である。上は『楚辞』から下は北宋末の韓駒（一〇八〇―一一三五／林正大に「題王内翰家李伯時畫太一姑射圖二首」其一［『全宋詩』一四三九-25-16590］を檃括した作例がある）までの時間的広がりを持ち、李（林正大に7例）杜（林正大に

6例、蔣捷に1例）の作例も新たに加わった。

第二に、もっぱら檃括を製作した専業詞人が現れた点である。(13)林正大がその人で、字は敬之、随菴と号し、永嘉（浙江温州）の人。開禧年間（一二〇五—一二〇七）に厳州（浙江建徳）の学官であったという一事を除き、他の伝記的事実はほとんど全く分からない。

彼は計41篇の詞をのこしているが、その全て（A類17例／B類24例）が檃括による作品である。原篇の作者は、李白7例（A類2例／B類5例）を筆頭に、杜甫6例（A0／B6）、蘇軾5例（A2／B3）、欧陽脩（A2／B2）、黄庭堅（A1／B3）各4例、范仲淹3例（A2／B1）と続く。他に、1例のみの作者に、劉伶A、王羲之A、陶淵明A（六朝）／王績A、韓愈A、李賀B、劉禹錫B、白居易A、盧仝B（唐）／王禹偁A、葉清臣A、韓駒B（北宋）の計12人がいる。

檃括の内容それ自体に特に際だった独創性は認められないが、のべ18名の作者に41篇の檃括詞という数量は空前絶後のことであり、特筆に値する。しかも彼はそれを一集にまとめ、初の檃括詞集、『風雅遺音』(14)二巻として世に問うている。

世嘗以陶靖節之歸去來・杜工部之醉時歌・李謫仙之將進酒・蘇長公之赤壁賦・歐陽公之醉翁記類凡十數、被之聲歌、按合宮羽、尊俎之閒、一洗淫哇之習、使人心開神怡、信可樂也。而酒酣耳熱、往往歌與聽者交倦、故前輩爲之隱括、稍入腔律。如歸去來之爲哨遍、聽穎師琴爲水調歌、醉翁記爲瑞鶴仙。掠其語意、易繁而簡、便於謳唫。不惟燕寓懽情、亦足以想象昔賢之高致。豫酷愛之、每輒效顰、而忘其醜也。余暇日閲古詩文、擷其華粹、律以樂府、時得一二、裒而錄之、冠以本文、目曰風雅遺音。

右文は、嘉泰二年（一二〇二）の林正大自序の一部である。この引用によって明らかなように、『風雅遺音』は林正

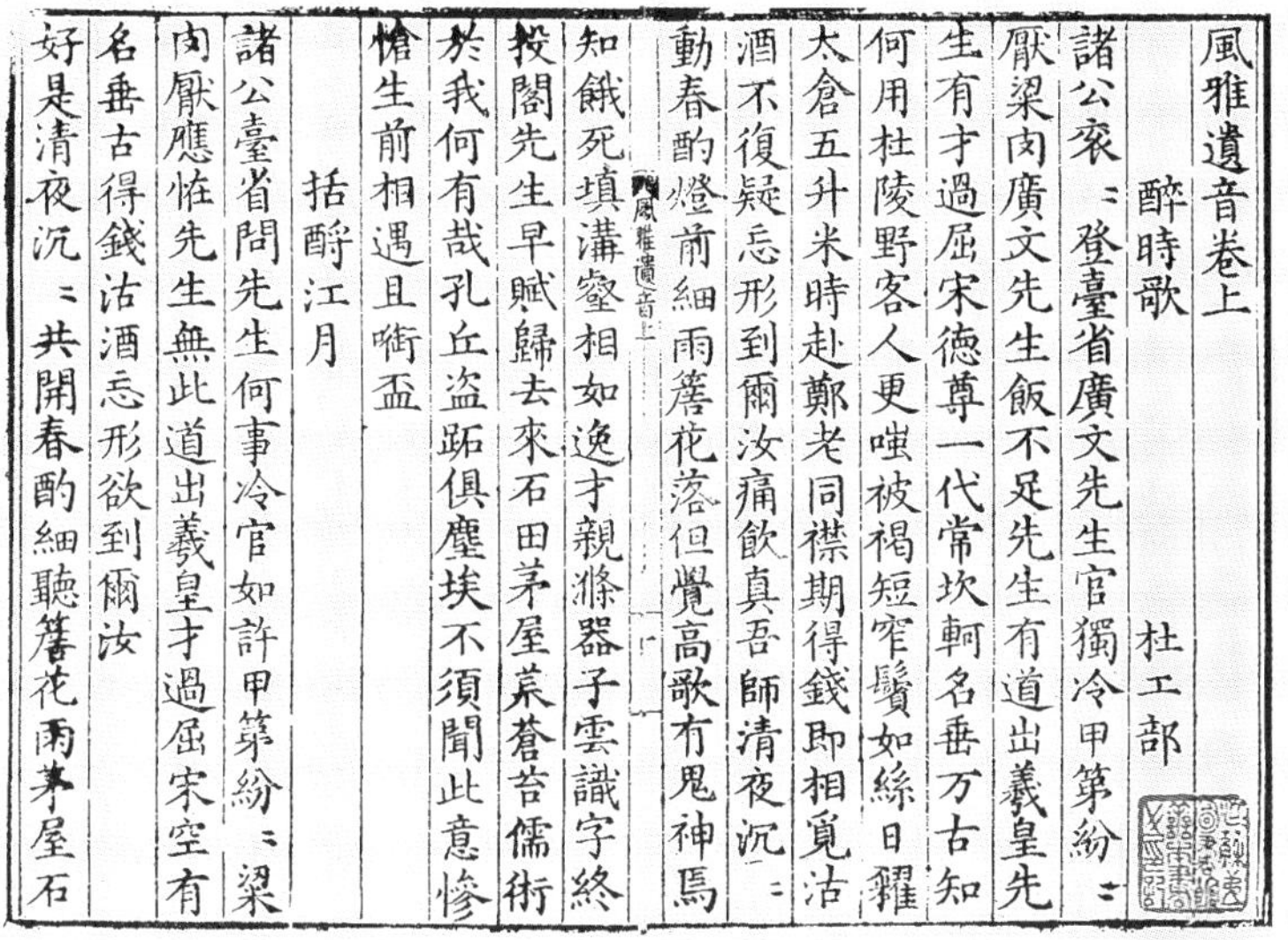
風雅遺音卷上
醉時歌　杜工部
諸公衮衮登臺省廣文先生官獨冷甲第紛紛厭粱肉廣文先生飯不足先生有道出羲皇先生有才過屈宋德尊一代常坎軻名垂万古知何用杜陵野客人更嗤被褐短窄鬢如絲日糴太倉五升米時赴鄭老同襟期得錢即相覓沽酒不復疑忘形到爾汝痛飲真吾師清夜沉沉動春酌燈前細雨簷花落但覺高歌有鬼神焉知餓死填溝壑相如逸才親滌器子雲識字終投閣先生早賦歸去來石田茅屋荒蒼苔儒術於我何有哉孔丘盜跖俱塵埃不須聞此意慘愴生前相遇且銜盃
括酹江月
諸公臺省問先生何事冷官如許甲第紛紛粱肉厭應恠先生無此道出羲皇才過屈宋空有名垂古得錢沽酒忘形欲到爾汝
好是清夜沉沉共開春酌細聽簷花雨茅屋石

林正大『風雅遺音』書影（国家図書館出版社、中華再造善本、明刻影印本）

大自身の明確な編纂意図に基づく自編の檃括詞集であった。

このように、檃括の製作史は、南宋晩期に至って、専集の出現という一つの最高到達点に達したが、宋朝の滅亡とともに忽然とその命脈を絶つ。『全元詞』には、僅かに白樸（一二二六―一三〇七）による2例があるのみで、他に全く作例が見つからない。あるいは、歌辞化こそを第一義とする技法であったがゆえに、――詞楽が衰微しやがて新興の散曲に取って代わられたという――音曲の盛衰と命運を一にし、ジャンルとともに風化していったのであろうか。

五　檃括赤壁賦

宋代檃括詞の一つの到達点を示すといっていい『風雅遺音』の作者が序文の中で、規範と仰いだ〈前輩〉が蘇軾であった。この一事に象徴される如く、両宋檃括詞史における蘇軾の意義は極めて大きい。

この点を最も端的に象徴する事象として、蘇軾の「赤壁賦」を檃括した作例の存在を挙げることができる。「赤壁賦」は、計5名の詞人の手でのべ7篇の檃括詞に仕立て上げられており、檃括された同一作品としては最も頻度が高い。しかも、南宋の各時期に作例が見出され、系統的に製作された点も重要である。改めて、詞人の名を挙げると、朱敦儒（南宋初期）、曹冠（南宋中期）、劉学箕（南宋後期）、林正大（南宋後期）、劉将孫（宋末元初）の五名である。この中、曹冠、劉学箕、劉将孫の三名は以下の如き序文をのこしている。

○曹冠「哨遍」序

東坡採歸去來詞作哨遍、音調高古。雙溪居士檃括赤壁賦、被之聲歌、聊寫達觀之懷、寓超然之興云。

○劉学箕「松江哨徧」序

……己未冬、自雲陽歸閩。臘月望後一日、漏下二鼓、檥舟橋西、披衣登垂虹。時夜將半、雪月交輝。水天一色、顧影長嘯、不知身之寄於旅。返而登舟、謂偕行者周生曰、佳哉斯景也、詎可無樂乎。於是相與破霜蟹、斫細鱗、持兩螯、擧大白、歌赤壁之賦。酒酣樂甚。周生請曰、今日之事、安可無一言以識之。余曰、然。遂檃括坡仙之語、爲哨徧一闋、詞成而歌之。生笑曰、以公之才、豈不能自寓意數語、而乃綴緝古人之詞章、得不爲名文疵乎。余曰、不然。昔坡仙蓋嘗以靖節之詞寄聲乎此曲矣、人莫有非之者。余雖不敏、不敢自亞於昔人。然捧心效顰、不自知醜、蓋有之矣。而寓意於言之所樂、則雖賢不肖抑何異哉。今取其言之足以寄吾意者、而爲之歌、知所以自樂耳、子何哂焉。

○劉将孫「沁園春」序

近見舊詞、有檃括前後赤壁賦者、殊不佳。長日無所用心、漫塡沁園春二闋、不能如公哨遍之變化、又局於韻字、不能效公用陶詩之精整、姑就本語、捃拾排比、粗以自遣云。

曹冠の詞は「前赤壁賦」を檃括したもの。序の冒頭で、蘇軾の「哨徧」詞に言及している。また、詞の末尾に「戯将坡賦度新聲、試寫高懷、自娯閒曠」の句がある。

劉学箕の檃括詞は、前賦と後賦を融合させ一篇に仕立てたもので、序文に明らかなように、時は——七月既望でも十月望でもない——、十二月の既望。所も赤壁ならぬ、太湖湖畔、呉江垂虹亭における作である。夜半、冴え渡る月と白銀の雪とにすっかり魅入られた作者は、旅の同行者と意気投合して、心ゆくまで酒を飲み、この勝景を楽しんだ。この素晴らしき夜を歌に詠じて記録にとどめるべきだという同行者に同意して作者は「赤壁賦」を檃括して歌った。同行者は、彼が創作をせず、古人の文句を寄せ集めたことを訝り笑ったが、彼は蘇軾が「帰去来兮辞」を檃括した故事を引き自ら辨明している。

劉将孫は、前賦・後賦それぞれ一篇ずつ檃括している。劉将孫の見た〈舊詞〉が具体的に誰の作を指すかは不明であるが、彼がある種の競作意識に駆られて「赤壁賦」の檃括に着手している点は十分注意されてよい。そして、その彼も蘇軾が「帰去来兮辞」を檃括したことに思いを馳せている。

このように、蘇軾の後に続く詞人たちは、蘇軾が「帰去来兮辞」を「哨徧」に改編したという故事を、あたかも追慕すべきゆかしき手本とし、また最大の拠り所としつつ、繰り返し檃括詞を再生産していったかの如くである。

一連の「赤壁賦」の檃括詞は、この技法が多くの詞人によって使用され、技法として一般化してゆく一方で、終始、創始者・蘇軾の影を濃密に引きずりつつ使用されていた事実を、はからずも象徴的に示している。

おわりに――宋詞における櫽括の意味――

以上の各節において両宋櫽括詞の系譜を略述したが、これらの作品群は宋詞全体にあって果たしてどのような意味を持つのであろうか。まず、後世における評価という点を述べると、評価以前の問題として、存在そのものがほとんど全く無視されている。それを最も象徴しているのが、歴代の詞話および近年の南宋詞研究の専著における林正大の扱いである。

近人・唐圭璋の編『詞話叢編』（全五冊、中華書局、一九八六年一月）には、北宋から民国に至る計八五種の詞話・詞評が収録されているが、櫽括詞の作者として彼に言及したものは皆無であった。また、近年の南宋詞研究の専著、王偉勇『南宋詞研究』（文史哲出版社、一九八七年九月）や陶爾夫・劉敬圻『南宋詞史』（黒龍江人民出版社、一九九二年一二月）も同様に、一字として彼には言及していない。

彼が櫽括詞しかのこさなかった詞人であるがゆえに、後世のこの冷淡な態度が取りも直さず櫽括詞全体の評価を象徴しているように感じられる。事実、創始者の蘇軾の作例を除くと、他詞人の櫽括詞も彼同様にほとんど顧みられてはいない。

冷評の背後にある根本的要因として、以下の二点を指摘できる。第一に、後世、詞人の本流と見なされた代表的作家が概ね作例をのこしていないという事実である。宋末元初、両宋の詞を総括する詞話詞論の書、張炎『詞源』と沈義父『楽府指迷』が出て、後世の詞学に著しい影響を及ぼしたが、両書において等しく推奨された詞人、周邦彦、姜夔、呉文英には、一首として櫽括詞が現存しない。したがって、彼らを中心に南宋詞論を構成していくと、櫽括詞は自ずと叙述されないことになる。

第二に、──檃括が純然たる創作ではないという──技巧的属性に向けられた冷視を推定できる。前述の通り、檃括詞はそもそも楽曲に乗せることを第一の目的として〈加工〉された詞である。したがって、楽奏とともに歌唱されて始めて生動する技法であった。それゆえ、ひとたび楽曲が失われ、もっぱら視覚に頼って鑑賞された場合には、当然、所期の効果は著しく減退する。むろんこれは詞全般に一定程度当てはまることでもあるが、一般の詞のように歌詞が〈創作〉されたものであるならば、そこに作者の個性を認めることは十分に可能である。一方、檃括詞の場合はそもそも二次的〈加工〉作品であるがゆえに、絶無ではないものの、一般の詞における如きそれは求むべくもない。

第一の点に関連して付言すると、周邦彦を頂点と見なす詞学観も、実は楽曲の喪失と陰に陽に関係がある。この詞学観は、楽曲が失われる以前から一つの潮流として存在したものであるが、楽曲が衰微して以降、特にそれが強調された。歌唱不可能なものに変じた時、詞は、最早、古今体詩と何ら変わりない形態で鑑賞される対象となった。このような条件下で詞の伝統を継承しようとすれば、いきおい古今体詩とは異質な部分をもって〈詞的〉である、とする力学が生じるのはむしろ当然の帰趨である。

詞は基本的に、──専業詞人の作であるか否かを問わず、あるいはまた〈婉約〉か〈豪放〉かの別を問わず──いずれも長短句や双調体、各種の詞律等、古今体詩と相異なる外形的特徴を具備している(15)。したがって、これら外形的特徴は、より〈詞的〉な詞＝狭義の詞を画定してゆく際の最終的基準とはなり得ない。より重要なのは、音楽性という一点と、他は措辞、題材、意境等、個別の各表現に即した質的異同の二点である。しかし、楽曲が衰微した後は、音楽性を測る手だてそのものが失われてしまった。のこるは唯一、表現レベルの異同だけである。そして、それらを手がかりに、宋詞を吟味検討した時、唐末五代以来のスタイルを保持し、伝統への連続性を重視しつつ、詞を製作した一群（尊体派）と、北宋中後期以降、にわかに題材を拡大し古今体詩的要素を積極的に取り入れた一群（破体派）と、二つの流れが存在したことを見出すことはたやすい。そして、択一的に両者の何れがより〈詞的〉であるかと問えば、その答えが何れに集中するかは自明のことである。

さらに、楽曲なき後の教本的詞論書（『詞源』『楽府指迷』）が専業詞人の立場から記述されたものであったから、なおさら古今体詩と一線を画しつつ詞を製作した、周邦彦を始め専業詞人の作品が求心力を高め、他方、古今体詩との境界が曖昧な作品群が傍流として排除されていくという傾向に拍車がかかったと考えられる。かくて、真っ先に忘れ去られた作品群が、――非〈詞的〉作品と不可分の関係にある――檃括の諸例であった。

しかし、楽曲があって本来の生命を十全に保持し得ていた当時、詞はそうした一握りの専業詞人の専有物ではなかった。よしんば彼らの作品が最も理想的な詞であったとしても、文壇において必ずしも高い地位にいたとはいえない彼らが、同時代的に圧倒的な影響力を持ったとも考えにくい。彼らを取り巻く士大夫社会では、むしろ彼らの主張や作品と全く無関係に、様々な局面で詞が製作され、実際に一定の社会的機能を果たしていた筈である。我々は、いま一度、詞が士大夫社会にあって本来の機能を果たしていた頃の状況を想定しつつ、その中に檃括の諸例を置き、この技法の意味することを考察する必要がある。

このような観点に立ち、檃括詞の持つ意味を改めて考察すると、少なくとも次の点を指摘できるように思う。それは、檃括が詞の製作場面における典雅化、もしくは士大夫（知識人）の作詞動機を高める効果を確実にもたらしたと考えられる点である。

宋代、ことに北宋中期以降は、科挙という国家事業の進展～普及に伴って、士大夫（知識人）の知的基盤がかつてなく高度に均質化された時代である。彼らにとって古典的教養は、彼らのアイデンティティを支える最も重要な要素であった。(16)

詞が〈詩余〉と称され、古今体詩より一段低く見られた理由は、それが主として男女の情愛を歌うジャンルであったという質的伝統もさることながら、少なくとも北宋にあっては、新興のジャンルであるがゆえに評価基盤が安定しておらず、彼らが積極的に古典的知識を闘わせるだけの環境が整っていなかったからだと推測される。かつまた新興のジャンルゆえに、詞には安定的評価を得た古典的作例にも乏しく、もっぱらジャンル固有の伝統に頼って質的転換を図り、士大夫（知識人）の知的欲求を満足し得る創作領域に変質させることも困難であった。

櫽括はそれらの「弱点」を一気に克服する力を秘めている。作詞の場面で、櫽括が導入されれば、作者はすでに安定的評価を得た古典的作例と向き合い、古人と対話することができる。そうなれば当時の知識人（士大夫）も何に憚ることもなく、真正面から詞と向き合うことができる。林正大のいうように、櫽括は「惟だに燕に懽情を寓するのみならず、亦た以て昔賢の高致を想象するに足る」効果をもたらすことができた。

酒宴、歌妓、楽奏という場の力学は、ジャンルとしての詞に強固な伝統をもたらしたが、同時に如何ともしがたい類型性《マナリズム》をも生んだに相違ない。櫽括は、蘇軾を始めとする北宋後期の士大夫たちが、そのような類型性を打破すべく、詞を半ば強引に自らの守備領域に引き込んだその痕跡と解釈できないこともない。しかし、是非はともかく、新興ジャンルとしての詞の軽みを克服するために、さまざまな形で詞に古典性を盛り込み、士大夫自らが積極的にその製作に関与できる環境を整えていこうとする動きが生じたのは、当時の士大夫（知識人）のアイデンティティーに鑑みれば、至って自然な成り行きでもあった。そうした動きの一つとして櫽括を位置づければ、詞が士大夫の抒情の具としてしかるべき地位を獲得するまでの、多様な試みの一つとして、櫽括詞にも無視し去ることのできない重要な意味が確かに存在することを認めることができよう。——士大夫による士大夫のための知的技法として、あるいは特に南宋期にあっては、蘇軾を敬慕するそのよすがとして、櫽括は作詞の場面で折々に運用されていったのだと考えられる。

注

（1）蘇軾「与朱康叔二十首」其十三（中華書局『蘇軾文集』巻五十九）。注（2）所掲の王偉勇論文は、蘇軾の作例に先行

する用例を挙げている〈寇準「陽関引」、劉几「梅花曲」〉。しかし、「檃括」という語を初めて用い、積極的にこの技法を運用した詩人は蘇軾である。こういう観点から、本論では蘇軾を創始者と称する。

（2）本論の初稿公表（二〇〇〇年三月）後、次の(a)(b)二篇の専論が出た。
(a)呉承学「論宋代檃括詞」（『文学遺産』二〇〇〇年第四期、のち呉承学『中国古代文体形態研究』〈中山大学出版社、二〇〇二年五月〉所収）
(b)王偉勇「両宋檃括詞探析」（『宋元文学学術研討会論文集』二〇〇二年三月、のち王偉勇『詞学専題研究』〈文史哲出版社、二〇〇三年四月〉所収）
(a)では、科挙の受験対策としての「帖括」「策括」が当時流行していたことを指摘し、それが檃括という技法を産む要因となったことを述べている。(b)では、宋詞全体を精査し、詞序や題注によって明示されていない作例にも言及している。王氏の統計によれば、宋代には計136闋の檃括詞がある、という。(a)はとくに、檃括という技法の起源に言及するという点において、(b)は網羅的に作例を挙げ詳細なデータを明示するという点において、それぞれ本論の粗略な部分を補う論文である。

（3）陳振孫の用例は、『直斎書録解題』巻二十一、歌詞類『清真詞』の解題に見える（中文出版社影印、武英殿袖珍本、一九七八年七月）。詞における〈檃括〉に、広義、狭義二種類あることについては、馬興栄、呉熊和、曹済平編『中国詞学大辞典』（浙江教育出版社、一九九六年十月、「概念術語」二一頁）参照。

（4）曹樹銘『蘇東坡詞』では、さらに以下の三首を加え、のべ八首を古人の作例の檃括詞として挙げている（「蘇東坡詞序論」第二十九節、上冊六六頁）。⑥123「瑤池燕（飛花成陣）」…無名氏作の琴曲、⑦140「洞仙歌（冰肌玉骨）」…五代十国、後蜀後主・孟昶詞の断句、⑧253「戚氏（玉龜山）」…『山海経』の穆天子西王母伝説。本論では、特定の古人の作品一篇を檃括した作例のみを対象として論ずるため、この三篇をあえて除外した。

（5）注（2）王偉勇論文によれば、この他にも、晏殊、滕宗諒、趙令時、賀鑄に檃括の作例がある。なお、賀鑄の作例については、下記の専論もある。○池田智幸「賀鑄の檃括詞について」（『立命館文学』第五七〇号、二〇〇一年六月）

（6）ただし、同一字の通篇押韻という現象については、黄庭堅自身に「阮郎帰・效福唐独木橋体作茶詞」（『全』三九〇上）という作例があり、後世、この作例にちなんで〈福唐体〉〈独木橋体〉と呼ばれるようになる（前掲『中国詞学大辞典』

「概念術語」二一一頁参照）。もっとも、黄庭堅が〈福唐体〉という意識で「酔蓬楽」詞を製作したのか否かについては一考を要する。「阮郎帰」の場合、韻字は実辞「山」であり、全篇の詞意に大きく関わっている。一方、「酔蓬楽」の場合、「也」は虚辞であるので、仮に作品から全て削除しても、意味内容の面ではほとんど異同を生じない。〈福唐体〉の使用意図は、おそらく同一字を用いつつ、当該字の相異なる表情を引き出し、同一字のニュアンスのずれを楽しむという側面にあったと推測されるが、虚辞を純然たる虚辞としてのみ使用する「酔蓬楽」のケースでは、かかる効果も期待できず、したがってこの詞が〈福唐体〉であるとにわかには認定できない。

（7）朱翌『猗覚寮雑記』巻上、洪邁『容斎五筆』巻八、葉寘『愛日斎叢鈔』巻四、王楙『野客叢書』巻二十七等。

（8）注（2）王偉勇論文によれば、この他にも、徐俯、李綱、向子諲等に作例がある。北宋末〜南宋初の詞人や詞壇を研究した専著に、黄文吉『宋南渡詞人』（台湾学生書局、一九八五年五月）、王兆鵬『宋南渡詞人群体研究』（文津出版社、一九九一年三月）がある。

（9）拙論「東坡烏台詩案流伝考」（拙著『蘇軾詩研究　宋代士大夫詩人の構造』第七章、研文出版、二六五頁、二〇一〇年九月）参照。

（10）周必大「初寮集原序」（文淵閣四庫全書『初寮集』巻頭）参照。

（11）序文に「陽翟蔡侯原道、恬於仕進。其内呂夫人有林下風。相與營歸歟之計而未果、則囑予以此文度曲」とある。

（12）ただし、楊万里詞は、冒頭の一章62字分が主として原篇序文部分の檃括であるので、それを差し引けば、ほぼ等量の檃括と見なすことができる。しかし、何れにせよ、「帰去来兮辞」檃括の先行例である蘇軾や米友仁の作例に比較すれば、相当の長編である。

なお、「帰去来兮引」は、他の檃括詞と比較して、明らかに異質な部分がある。それは、「帰去来兮引」という詞牌の作例が楊万里のこの作しか現存しないという点で（前掲『中国詞学大辞典』五〇五頁参照）、他詩人が概ね一般的な詞牌を用いて檃括詞を制作しているのと大きく異なる。楊万里の自度曲である可能性も否定できないが、同時代に全く作例を見出せないこと、（現存作品から判断して）彼が自度曲の創作に着手する程、詞の製作に熱心であった様子が伺えないことの二点から、その可能性も乏しい。おそらくは、詞のもつ形式的特徴（長短句、双調等）と様式的特徴（楽曲への連想）に依拠しつつ、彼がもっぱら「帰去来兮辞」を改編するために創出したスタイルではないかと推測される。

（13）この他、①黄機（?―?）に「六州歌頭・岳總幹檃括上呉荊州啓、以此腔歌之、因次韻」（『全』二五三四上）、②葛長庚（一一九四―?）に「賀新郎・檃括菊花新」（『全』二五七七下）という作例がある。①は題下注によると、岳総幹＝岳珂（岳飛の孫）の詞に次韻した作のようである。岳珂の原篇も現存する（『全』二五一六下）が、「上呉荊州啓」が不詳のため、本論では除外した。②の「菊花新」は詞牌名で、柳永、張先、杜安生に先行例がある。ただし、これら北宋の作とこの作との間には明確な相関関係は認められない。葛長庚は「菊花新」をのべ九篇製作しており、②における「檃括」は、おそらく自作の改編を意味するようである。したがって、本稿の規定する檃括とは異なるので、本論では①同様に除外した。なお、注（2）王偉勇論文によれば、この他にも、趙孟堅、周密等に作例がある。

（14）『風雅遺音』二巻は、『四庫全書総目提要』（巻二〇〇、集部、詞曲類存目）によれば、南宋刊本が存在し、黄丕烈もその「翻雕」刻本（近人・饒宗頤『詞籍考』巻五〔香港大学出版社、一九六三年二月〕によれば明刊本）を入手し題跋を記している（黄丕烈『蕘圃藏書題識』巻十、集類〔中華書局、清人書目題跋叢刊六所収、一九九三年一月〕）。黄跋では、明末毛晉の汲古閣未刻鈔本の存在にも触れているが、この汲古閣未刻鈔本は、清末光緒年間に江標によって宋元名家詞十五種の一つとして思賢書局から上梓刊行されている。筆者もこのテキストを目睹する機会を得た（東洋文庫所蔵本）。なお、黄丕烈所蔵本は清末の蔵書家・丁丙の蔵する所となり、現在、南京図書館に所蔵されている。南京大学留学中の阿部順子氏（慶應義塾大学大学院）に、その所在と版式とを確認していただいた。特記して謝意を表す。〔附記〕近年、南京図書館所蔵、黄丕烈跋の版本が、中華再造善本の一つとして影印刊行された（明代編、集部、国家図書館出版社、二〇一二年十二月）。その書影を本編に掲げたので、参照されたい。

（15）蘇軾の詞は音律に協わないとする評があるが、少なくとも平仄を中心とする詞律は厳密に守られている、という。王水照「蘇軾豪放詞派的涵意和評価問題」（河北教育出版社『蘇軾研究』所収、一九九九年五月）参照。

（16）拙著『蘇軾詩研究　宋代士大夫詩人の構造』第一章「宋代士大夫の詩歌観」および第三章「王安石『明妃曲』考（下）」㈧（研文出版、二〇一〇年九月）参照。

10 蘇東坡の「文」を読む

現代中国における東坡

昨秋（一九九七年九月十六〜十八日）、東坡の生まれ故郷、四川眉山の三蘇祠において、第九回蘇軾学会が開催された。(1)時折しも——五年に一度、眉山地区六県を挙げて東坡の生誕を祝う——「東坡文化節」に当たり（昨年は生誕九六〇周年）、三蘇祠真向かいのグランド（二〇一七年現在では、その場所に「三蘇紀念館」が建っている）で盛大に開幕パレードが繰り広げられた。

市街を散策すれば、「東坡精神を発揚せよ」と大書された横断幕がここかしこに掲げられ、近年造成された新街区の中央広場には、まだ真新しい巨大な三蘇の塑像が立っていた。眉山では、没後九百年に垂《なんな》んとする今日なお、東坡が偉大なヒーローとして、また町興しのシンボルとして、市民の心の中に確実に生きつづけている。

眉山ほどの熱狂はないにせよ、似たような現象は中国各地に見出せる。とりわけ彼が地方官や流罪人として一定期間滞在した土地には、概ね彼の事跡や詩文を顕彰したモニュメントが建てられている。しかも、近年、大規模に補修されたり、新たに建造されたものが多いことも特筆に値する（＊印が近年再建されたり新たに建造されたもの。※印は二〇一七年加筆分）。

・河北　欒城※（蘇東坡祖籍紀念館＊）、定州※（雪浪斎＊、塑像＊）
・山東　蓬莱（＝登州／蘇公祠）、諸城（＝密州／超然台＊）
・河南　郟県（三蘇墳、塑像＊）
・陝西　鳳翔（蘇公祠）
・江蘇　徐州（黄楼＊、快哉亭＊、東坡石床）、常州（東坡公園＊※〔蘇東坡記念館＊、艤舟亭〕、藤花旧館＊※＝東坡終焉の家）、宜興（東坡書院）
・浙江　杭州（蘇堤、望湖楼＊、蘇東坡紀念館＊、塑像＊）
・湖北　黄州（東坡赤壁、雪堂＊、遺愛湖公園＊※、蘇東坡記念館＊※、塑像＊）
・四川　眉山（三蘇祠、三蘇紀念館＊※、蘇墳山蘇洵墓、遠景楼＊※、塑像＊）
・広東　恵州（東坡亭＊＝東坡が建てた白鶴峰の住居跡、松風亭＊、蘇堤、蘇東坡紀念館＊、塑像＊）、雷州（蘇公楼、塑像＊）、
・海南　海口（蘇公祠）、儋州中和鎮（東坡井、桄榔庵、東坡書院、塑像＊）等々。

この数の多さと地域的広がりは、むろん東坡が北宋の版図を縦横に旅したことと無縁ではない。しかし、万人の記憶に残る歴史人物がおそらく幾千幾百という中国で、今日、蘇東坡ほど数多く様々なモニュメントで顕彰されている例も稀である。詩人に限っていえば、李白を唯一の例外として（2）、おそらく他に類を見ない数の多さだと断言してもよい。この現象は、彼の人気が現在なお全国区であることを客観的に証明している。

中国現代文と東坡

では、現代中国の言語文化の中にも、各地のモニュメント同様、東坡の遺産や痕跡を見出すことは出来るだろうか。周知の通り、中国の散文世界は今世紀初頭を境として劇的に変化した。東坡を始め唐宋八大家の古文を典範と仰ぎこぞって模倣した時代と完全に訣別してから、かれこれ一世紀になろうとしている……。

現代中国語の中で古典の知識が最も凝縮して表れ出る言語現象といえば四字成語であろう。今日、ごく一般的に読まれるコラムや評論、ルポ、小説の類で、成語が一切使用されていない文章を探すのは、「大海撈針《ターハイラオチエン》」、大海原で一本の針を見つけ出すくらい困難だ。いまや成語運用の頻度や適否が、文の善し悪しや作者の教養を測る重要な尺度の一つとなっている。

試みに上海教育出版社刊の『漢語成語詞典』を繙いてみる。筆者手持ちの版はやや古めのもので87年版、初版からちょうど十年を経て、のべ二百万部近く印刷されている。おそらくいま中国で最もポピュラーな成語辞典の一つといってよいであろう。収録語数は五千三百余。

この辞典を大ざっぱに通覧してみたところ、東坡の詩文が出典として明記された成語は、その数、実に五十を超えた（うち散文作品が三分の二を占める）。この数は李白・杜甫・白楽天をも凌駕し、個人の作家としては一二を争う採録数である。――現代中国の言語文化の中にも、東坡の詩文は姿を変え確実に生きつづけている。

成語のごとき言語現象は一朝一夕に出来上がるわけでは決してなく、長い時間をかけじわじわと定着してゆくものに違いない。従って、東坡の文句がより多く成語化した理由として、まず何よりも彼の詩文が後世連綿と愛読されつづけたという点を指摘すべきであろう。

だが、より本質的な理由は、享受者＝愛読者の側にというより、むろん東坡の詩文そのものの中に秘められている。一言でいうならば、対象を簡潔かつ的確に形容する比喩の妙が彼の詩文の随所に展開されていたからに他なるまい。だからこそ、人々は東坡の詩文を愛読し、巧みな比喩の数々を名文句としてそのまま成語化していったのであろう。

以下、成語の出典となった東坡の散文作品を読みながら、この間の秘密をほんの一寸覗きみてみよう。

■行雲流水　Xíng yún liú shuǐ■

文章の構成や展開がとても自然で、あたかも流れ行く雲や水のように拘束を受けない様を比喩する。（前掲『漢語成語詞典』）

まずは、東坡が自らの文章観を披瀝した文を見てみよう。最晩年、海南島を離れ北帰行をつづける東坡の許に、彼を慕って、一人の才子が自撰の文章を携えやって来た。次の文は、それを通読した東坡が、最大級の賛辞を交えつつ、彼に文章執筆の心得を伝授した書簡（「謝民師に答うる書」）の一節である。

大略《たいりゃく》行雲流水の如《ごと》く、初めより定質無し。但《た》だ常に当《まさ》に行くべき所に行き、常に止《とど》まらざるべからざる所に止まる。文理 自然にして、姿態 横生《おうせい》す。孔子 曰く、「言の文《ぶん》ならざるは、行われて遠からず」と。又た曰く、「辞は達するのみ」と。夫《そ》れ言 意を達するに止まれば、即わち文ならざるが若《ごと》きを疑《うたが》うも、是《こ》れ大いに然《しか》らず。物の妙を求むるは、風を繋《つな》ぎ影を捕《と》らうるが如く、能《よ》く是《こ》の物をして心に了然《りょうぜん》たらしむる者は、蓋《けだ》し千万人にして一《ひと》たびも遇《あ》わざるなり。而《しか》るに況《いわ》んや能く口と手とに了然たらしむる者をや。是《こ》れを之《こ》れ辞 達《たっ》すと謂《い》う。辞 能く達するに至れば、則ち文 用《もち》うるに勝《た》うべからず。

冒頭は、才子（謝民師）の文を評した条であるが、一般化して東坡が理想とする文章像を述べた部分とも読み替えられる。

決まった型が無く、自在に形を変え（初無定質）、自然の理に任せて進むべき時に進み（常行於所当行）、止まらざるべからざる時に止まり（常止於所不可不止）、文脈が無理なく展開し（文理自然）、生き生きとした描写に溢れる（姿態横生）文章、それが東坡の理想とする文章であった。それを一言で形容した時、「行雲流水」の比喩が生まれたわけである。

つづいて東坡は、孔子のことばを引用し、文章における修辞《レトリック》の要諦を説く。孔子は「言葉に文《あや》がなければ、遠くまで伝わらない」と語った一方、「文章は思いを伝達できればそれでよい」とも語っている。一方では修辞の重要性を語り、一方ではそれを戒め、あたかも相矛盾するかの言動を残した。この間の齟齬を東坡は分かり易く解説する。的確に伝達する、というのが至難の業なのだ。そもそも描こうとする対象物の真髄（物之妙）を心の中ではっきり（了然）認識できる人ですら千人万人に一人いるかいないかである。ましてやそれを言葉で明瞭に表現できる人となるとそれ以上に稀れである。だから、的確に伝達できるようになった時、その人の修辞の効力（用）はすでに絶大なのだ、と。

過度な修飾はいらない。ことばが対象の本質を簡潔かつ的確に捉えた時、そのことばには無限の力が生じる、と東坡は力説した。この話が決して「捕風《ブーフォン》捉影《チュオイン》」（現代漢語では、右文東坡の用例とややずれがあり、真実味のない事実無根の言説を比喩する成語）でなかったことは、正しく東坡自身の文章が歴史的に実証している。

なお東坡は、右文の冒頭と同様、水の比喩を用いて、自身の文章を評した短文も残している（「文の説」）。

吾《わ》が文は万斛《ばんこく》の泉源《せんげん》（大量の水を涌き出す泉）の如く、地を択《えら》ばずして皆な出づべし。平地に在りては滔滔汩汩《とうとうこつこつ》（勢いよく洋々）として、一日千里と雖《いえど》も難《かた》きこと無し。其の山石と曲折するに及んでは、物に随って形を賦《ふ》して（物の変化に合わせて姿形を変え）、知るべからざるなり（どうなるかはわからない）。知るべき所の者は、常に当《まさ》に行くべき所に行き、常に止まらざるべからざるに止まる、是《か》くの如きのみ。其の他は吾と雖も亦た知る能《あた》わざるなり。

水こそが万物の根源であり、善なるものの象徴である、とする独自の世界観が東坡にあった、という先達の指摘もある（筑摩書房『小川環樹著作集』第三巻「東坡の散文」、一九九七年）。東坡における「水」は、その文章観にのみ止まらず、思想や人となりをも解く重要なキイワードの一つといえるかもしれない。

■扣盤捫燭　Kòu pán mén zhú■

認識が一面的で不正確なことを比喩する。（前掲書）

文全体が比喩、すなわち寓喩《アレゴリー》（寓言）の例を見てみよう。お日様のたとえ（「日喩」）と題する短篇である。なお末尾の部分は割愛し、全文を四段に区切って掲載する。

① 生まれながらにして眇《びょう》（ふつうは片目が不自由なことをいうが、ここでは全盲の意）なる者 日を識《し》らず。之れを目《め》有る者に問う。或《ある》ひと之れに告げて曰く、「日の状《かたち》は銅盤（銅製のたらい）の如し」と。盤を扣《たた》きて其の声を得《え》、他日《たじつ》（後日）鐘（鐘の音）を聞きて、以て日と為《な》すなり。或ひと之れに告げて曰く、「日の光は燭（ロウソク）の如し」と。燭を捫《な》でて其の形を得、他日 籥《やく》（笛）を揣《な》でて、以て日と為すなり。

「お日様ってどんなものなの」と盲人が質問した。ある人は「銅のたらいみたいな形をしたものだよ」と答え、またある人は「ロウソクの光のように明るいものだよ」と答えた。盲人はそれを聞いて、しまいには鐘や笛をお日様と思いこんだ。

盲人に対し、視覚に頼った形容で対象を比喩したところに全ての誤解の元があったわけであるが、日頃当たり前に接している物ほど、それを分かり易く客観的に説明するのは困難を極める。ならば、お日様をどう形容すれば一番適切なのだろう……。

かくて、はやくも頭を垂れて考え込む読者を置き去りにして、東坡は本題へと一気に突き進む。

② 日と鐘・籥とは亦《ま》た遠し。而《しか》るに眇なる者其《そ》の異なるを知らず。其の未《いま》だ嘗《かつ》て見ざるを以て之れを人に求むるなり。道の見難きや日よりも甚だし。而して人の未だ達せざるや、以て眇に異なる無し。達する者之に告ぐるに、巧譬善導《こうひぜんどう》（巧みな比喩や上手なリード）有りと雖も、亦た以て盤と燭とに過ぐる無きなり。盤よりして鐘に之《ゆ》き、鐘よりして籥に之く。転じて之れを相《たが》いにすれば（これを交互に繰り返してゆくと）、豈《あ》に既《つ》くること有らんや（永遠に尽きることがない）。故に世の道を言う者、或いは其の見る所に即いて之れを名づけ、或いは之れを見ること莫《な》くして之れを意《おも》う。皆な道を求むるの過《あやま》ちなり。

お日様のような明々白々なものでさえ、それを見たことがない者に説明するのは困難この上ない。まして「道」となればなおさらだ。かりに道に通達した人がいたとして、せいぜい上手に教え導いたとしても、銅のたらいかロウソクの比喩が関の山だ（ここでふと思い返されるのが、修辞の難しさを説いた前掲文の一節であろう）。この文章が書かれた当時（元豊元年）は儒学復興の気運が世を覆った時代で、「道」に関する議論も自ずと盛んに闘わされた。「世の道を言う者」という部分には、その種の議論を好む者への痛烈な皮肉も込められていよう。すっかり、東坡の筆勢に呑み込まれた読者は、ここで世に横行する「道」説の欺瞞を暴かれて、一層途方に暮れる。

③ 然《しか》らば則ち道《みち》卒《つ》いに求むべからざるか。蘇子《そし》曰く、「道 致《いた》すべきにして求むべからず」と。何《なに》をか致すと謂《い》う。孫武《そんぶ》曰く、「善く戦う者人を致して、人に致されず」（いくさ上手な名将は敵の方から攻めさせるよう仕向ける）

と。子夏曰く、「百工《ひゃっこう》は肆《し》に居《お》りて以て其の事を成し、君子は学びて以て其の道を致す」（職人たちは自分の店で仕事を完成させ、君子は学問をすることで道を呼び寄せる）と。之れを求むる莫くして自《おのず》から至る、斯《ここ》に以て致すと為すなるか。

いよいよ、東坡の持論が展開される。道は「求」＝探し求めるものなのではなく、「致」＝自然に向こうからやって来るものなのだ、という。だから、手っ取り早く誰かに教えてもらおうと思っても、とうていかなわないし、無理やり会得しようとしても、永遠に会得することはできない。地道に学問して「道」が自然にやって来るのを待つしか手だてはない。それを兵法家・孫子と孔門十哲の一・子夏の用例を引きながら説得する。

④　南方に没人《ぼつじん》（素もぐり名人）多し。日に水と居る（毎日水と親しんで生活する）や、七歳にして能く渉《わた》り（歩いて川を渡ることができ）、十歳にして能く浮かび、十五にして能く浮沈す。夫《そ》れ没する（素もぐりする）こと、豈に苟然《こうぜん》ならんや（とてもいいかげんな気持ちでできることではない）。必ず将《まさ》に水の道を得る者有らんとす。日に水と居れば、則ち十五にして其の道を得たり。生まれながら水を識らざれば、則ち壮《そう》なりと雖も、舟を見て之れを畏《おそ》る。故に北方の勇者、没人に問いて、其の没する所以《ゆえん》（素もぐりの秘訣）を求めて、其の言を以て之れを河《か》に試みれば、未だ溺《おぼ》れざる者有らざるなり。故に凡《およ》そ学ばずして道を求むるに務《つと》むるは、皆な北方の没《ぼつ》を学ぶ者なり。

やや抽象的で硬質な説明に流れた文章を、最後は再び――具象的で親しみやすい――寓話の世界に引き戻して、持論を強調している。結末で水にまつわる寓話を用いたところも東坡らしい。

冒頭お日様の喩えと相呼応する形式ではあるが、ここは文の結末部分、読者もすでに文の主旨を察知している。従って、冒頭のように純粋な寓喩文ではなく、東坡の解説が随所に織り交ぜられている点にも注意すべきであろう。このために、末尾が比喩によって締めくくられていても、余韻が残りこそすれ、闇の中に放り出されたような唐突感が残らない仕組みに出来ている。

「日喩」は比喩の危険と困難とを我々に教えてくれるが、同時にピタリとはまった時の比喩の快感を実例によって示してもいる。文章における比喩は「潘朶拉小盒《パンドラの小箱》」といえるかもしれない。

なお、東坡の文章の源流を『戦国策』や『荘子』『孟子』等、戦国時代の遊説家の論法に求める指摘がつとにある（南宋・邵博『邵氏聞見後録』、呂祖謙『文章正宗』、朱熹『朱子語類』等）が、「日喩」を読んでみると、なるほどと納得する。いきなり寓喩で聞き手（読者）を引き込む話術は、戦国の遊説家さながらである。後世、それを不純であるとして東坡の文章の価値を貶める批評を展開した学者も少なくないが、そういう彼らであっても、きっと煙に巻かれた後ろめたさを隠して発言していたに相違ない。

■画中有詩　Huà zhōng yǒu shī■

絵の中に詩的雰囲気が色濃く漂うこと。（前掲書）

摩詰《まきつ》（盛唐の王維）の詩を味わえば、詩中《しちゅう》に画《が》有り。摩詰の図を観れば、画中《がちゅう》に詩有り。（「摩詰の『藍田煙雨《らんでんえんう》図』に書す」）

王維の詩画一致の境地をいった「題跋《だいばつ》」文の一節だが、今日、王維の作品を評する時決まって引用される文句でもある。このように、東坡が評したたった一言が、後世、その詩人に対する〈定評〉と化した例は少なくない。

○「元軽白俗、郊寒島痩」　東坡が中唐を代表する四人の詩人、元稹、白居易、孟郊、賈島の詩風をそれぞれ一言で形容したもので、「柳子玉を祭る文」に見える。「郊寒島瘦」の方は、件の成語辞典にも成語として採録されていた。

○「文は八代の衰《すい》を起こす」　韓愈の古文の功績を賛辞したことばで、「潮州韓文公廟の碑」文に見える。これも韓愈をいうばあいに決まって引用される。

○「其の詩　質《しつ》にして実は綺《き》、癯《く》にして実は腴《ゆ》」　読むほどに味が深まる東晋の陶淵明の詩を評したもので、弟・蘇轍によって伝えられた東坡の言である（蘇轍『欒城後集』「子瞻和陶淵明集の引」）。

これらは、批評の領域で東坡の比喩能力が遺憾なく発揮された好個の例である。

以上、現代に生きる成語を手掛かりとして、東坡の散文の魅力をほんの一部分だけかいつまんでみた。「前後赤壁の賦」にも、「石鐘山の記」にも言及できず、詩情あふれる小品文の数々や「留侯論」を始めとする堂々たる歴史評論にも触れる余裕がなかった。早速〈扣盤捫燭〉とのそしりを蒙りそうだが、それらについては末尾に掲げた諸書についてじっくり味読していただければ幸いである。東坡散文の魅力は、それこそ「取之不尽《チュイチーブーチン》」（「前赤壁の賦」が出典の成語で、非常に豊かなことの喩え）なのだから。

一九九八年十月

注

（1）詳しい報告は、正木佐枝子「第九回蘇軾学会に参加して」（宋代詩文研究会『橄欖』第七号、蘇東坡文学特集号、一九九八年七月）を参照されたい。

（2）寺尾剛「李白と『詩跡』―中国詩の歌枕―」（大修館書店『月刊しにか』第6巻第6号、特集「詩仙・李白その謎の生涯と詩」、一九九五年六月）に詳しい。

11 蘇軾「元軽白俗」弁

蘇軾の詩文における大きな修辞的特徴の一つに、多種多様な比喩表現がある。なかでも、蘇軾らしさを最もよく示すのが、「博喩」とよばれる手法であろう。「博喩」とは、ある一つの事象を、様々な角度から多様なイメージを用いて一気呵成に比擬する手法であり、イメージが次から次へと連鎖し拡散してゆく饒舌な比喩である。一方、それとは正反対に、わずかな数字でもって、物の本質をずばり言い当てる、禁欲的な比喩も、彼の得意とするところであった。そして、この比喩能力がもっとも遺憾なく発揮されたのが、文芸批評の領域である。

摩詰（王維）の詩を味わえば、詩中に画有り、摩詰の画を観れば、画中に詩有り。（「摩詰の藍田煙雨図に書す」）

王維の詩風を評した右の数語は、後世定評となり、彼の詩を形容する際のお決まりのキャッチフレーズと化した。このように、彼の一言によって、光彩を増した詩人もあれば、その逆のケースもある。

元軽白俗、郊寒島瘦。（「柳子玉を祭る文」）

元稹、白居易、孟郊、賈島という、唐の後半期を代表する著名詩人の詩風を、それぞれたった一字で形容し、ばっさり切り捨てた例である。たった一字で彼らの詩業を総括するなど笑止千万、といって無視することも十分可能だったはずであるが、後世の批評家たちは結局このわずか一字を無視し去ることができなかった。おそらく、一字とはいえ、各詩人の詩風の核心部分を、確かにそれが射止めていたからであろう。

ところで、他の三詩人はともかくとして、少なくとも白居易に対しては、蘇軾は相当の敬意を抱いていた。たとえば、「平日　自ら覚ゆ　出処老少　粗《ほ》ぼ楽天に似たりと。才名　相い遠しと雖も、而れども分に安んじ求め寡きこと亦た庶幾《ちか》し」（「予　杭を去ること十六年にして復た来り……」詩の詩題）というように、己の一生を白居易のそれに重ね合わせたりもしている。蘇軾の号「東坡」が、忠州刺史時代の白居易に因むとする説も、南宋の頃にすでに行われている。——この一見相矛盾するかの白居易評価を、我々はどう解釈したらよいのであろうか。

幾つかの仮説を立てることが可能であろう。まず、蘇軾自身の考え方が変化したという仮説。「白俗」評が含まれる「柳子玉を祭る文」は、煕寧十年（一〇七七）、蘇軾四十二歳の作であるが、白居易の人生に己を重ね合わせる詩句は、その約十年後、元祐年間から増加しはじめる。この十年の間に烏台詩案や黄州流謫という大事件があったことを考慮に入れると、彼の価値観に大きな変化が生じたとしても決して不自然ではない。

第二に、蘇軾は終始、白居易を高く評価していたが、当該文では当時の世評に従ったとする仮説。白居易の詩が平易を特徴とすることは、蘇軾以前からすでに定評であったといってよいであろうし、つとに晩唐の杜牧が「元白」の詩を「纖艶不逞」と批判しているくらいであるから、当時このような世評が存在したとしても、不自然ではない。

しかし、第二の仮説、つまり蘇軾が本意に背いて世評に従ったとする説は、今日ではほとんど論証不可能である。第一の仮説についても、蘇軾が白居易の詩を「白俗」と酷評した事実そのものを相対化するものではない。したがって、結局のところ、蘇軾が一度は白居易の詩を否定した、という事実のみが厳然として残るわけである。

私は、「元軽白俗」評の中に、北宋中、後期士大夫（科挙出身官僚兼知識人）の強烈な矜持を感じる。わずか一字という簡潔さが余計それを際だたせるのかも知れないが、先達に対して同等かもしくはそれ以上の高みにまず己の批評の足場を構える、というスタンスそのものに、それを強く感じ取るのである。

蘇軾のこの矜持は、程度の差こそあれ、北宋中、後期の士大夫に共通な傾向でもある。なにゆえ、この種の矜持が彼らに備わったかといえば、第四代皇帝仁宗時代の半ば、范仲淹等の慶暦新政の前後から顕著になった士大夫主導による様々な変革が実を結んだからに他ならない。この変革によって、科挙出身官僚、とりわけ進士及第者の、官界における地位と発言権が史上空前の高みにまで登った。

進士科の試験科目が、詩賦、論策、経義であったことに象徴されるように、エリート士大夫にとっての立脚点は、詩文の作成能力、儒学を中心とする学問的知識等であった。したがって、北宋中、後期の朝廷は高度な文学者兼学者の集団でもあった。さらに仁宗時代の後半から顕著になっていった大きな傾向として、形式重視から内容重視への移行が認められる。「いかに」から「なにを」への転換である。科挙によってすでに高度な文学者兼学者の集団であることが保証された官界にあって、形式的差違によって他者との差別化を図ることがもはや困難になっていたからこそ、この変化が促されたのであろう。同僚の誰もが形式的に美しい詩文を書くことができる以上、同僚との違いを示すためには、内容の相違によってそれを際だたせるしかないわけである。

欧陽脩を始めとする古文の六大家は、まさにこういう時代に活躍した士大夫であった。ちなみに、蘇洵を除けば全てが進士及第者である。彼らにとっての優先順位は、まず官僚であること。第二に学者であること、そして第三が詩文の作家であった。詩文の間では、文がより尊ばれる傾向にある。もちろん、この優先順位は公的か私的かという場面の相違で逆転する可能性を含むが、少なくとも公的な場面では、このようにいえるであろう。

蘇軾はこういう価値観の中に生きていた。その彼が祭文という畏まった文体の中で、どういうスタンスを堅持するかといえば、それは間違いなく士大夫としての公的な立場であろう。そして、その彼が、彼ら北宋中、後期の士大夫とも比較的似通った立場にあった中唐の「元白」に向き合った時、当時の価値観に従えば、ある一点において、はっきりとした優越感にひたることができたはずである。それは、「韓柳」つまり韓愈と柳宗元にはあっても、「元白」にはないポイント、すなわち古文の才——古文家としての顔——と古文に盛り込むべき思想、理念の独自性——学者としての顔——である。

「元軽白俗」評は、北宋という士大夫の時代のエリート士大夫、蘇軾の矜持が全ての前提となって生み出されたもの、と私は考える。

二〇〇四年七月

12 東坡肉の本家争い

眉山三蘇祠の東坡肉（東坡肘子）

三蘇の故宅、四川眉山三蘇祠の一角に、小さな餐庁《レストラン》がある。ここの看板料理は蘇家秘伝の「東坡肘子《トンポーチョウズ》」、別名「東坡肉《トンポーロウ》」である。「肘子」とは豚のもも肉のこと。脂身が多いがじっくり煮込んであって少しもしつこくなく、肉はこの上なく柔らかい。四川特有のピリカラ風味の味つけが施してあった。

東坡の故郷、それも彼が生まれ育った故宅の敷地内で本家正宗を謳っているだけに、格別説得力があるが、実は眉山の他に少なくとも五カ所、「東坡肉」をわが郷土料理として宣伝する地域が存在する。江西の永修、雲南の大理、河南の開封、湖北の黄州、そして浙江の杭州である。

この中で、とりわけ声高に、我らこそが正真正銘の本家と名乗りを上げるのが、黄州と杭州である。片や「東坡」の号誕生の地で東坡赤壁を擁する黄州、片や蘇堤横とう「西子湖」を擁する地上の楽土・杭州。さて軍配は何れに……。

東坡本人の手になる関連の資料は、僅かに「豬肉《ぶたにく》の頌」と題する次の作品が現存するだけである。

鍋をきれいに洗って水を少量入れ、
たきぎの焔が立たぬように弱火でとろとろと煮る。
せっかちは禁物、自然に火がとおるのをじっと待つ。
火が十分にとおった時、肉はひとりでに美味となる。
ここ黄州は豚肉がうまく、
値段も泥土のごとく安い。
土地の金持ちは食べたがらず、
貧乏人は料理の仕方を知らない。
私は朝起きるとこれをぺろりとお代わりし、
たらふく食べてひとり悦に入るのだ。

浄洗鍋、少著水／柴頭罨煙焔不起／待他自熟莫催他／火候足時肉自美／黄州好豬肉／価賤如泥土／貴人不肯喫／貧人不解煮／早晨起来打両椀／飽得自家君莫管

唯一の文献に黄州の名が明記されていることで、黄州派は気焔を吐く。しかし、杭州派も黙ってはいない。古くから地元に伝わる伝承を盾に真っ向から応戦する。

——東坡が知事として二度目に杭州に赴任した時、杭州一帯はひどい自然災害に見舞われ、早晩、州全域に飢民が溢

れる雲行きだった。そこで東坡は朝廷と掛け合い土木事業を興し（西湖浚渫《しゅんせつ》と蘇堤建造）、その労賃で多数の民を飢えから救った。九死に一生を得た州民はいたく感動し、年の暮れ、東坡に大量の豚肉と酒を贈った。東坡はそのまま受け取るわけにはゆかぬと、自ら陣頭指揮して豚肉を調理し、新春、西湖浚渫に加わった民全員にそれを振る舞った。これに感激した民は、この豚肉料理を「東坡肉」と命名し、子々孫々調理法を伝えて今日に及ぶのだ、という。

どちらにも応分の理由がある。両地の論争は、数年前、商標をめぐってちょっとした裁判沙汰にまで発展した。従って、おいそれと口を差し挟めないのだが、双方の言い分を立てれば、東坡が件の調理法を日々実践し、それを初めて世に口外したのが黄州、それに「東坡肉」と名づけて全国的に喧伝したのが杭州、という所に落ち着くであろうか。

一方、冒頭で紹介した眉山の「東坡肉」は、ちょっと分が悪い。というのも、四川に唐辛子が持ち込まれたのは宋よりずっと後、明代のことで、東坡の時代、四川料理は今日のようにピリカラではなかったらしい。とはいえ、調理過程は右の「豬肉の頌」を忠実に守っている。四川の人は「頌」の一節を「東坡焼肉の秘訣」と称している、とも仄聞する。

対岸に身を置く我々としては、名乗りを上げた各地に敬意を表しつつ、微妙な味の相違にせいぜい気を配って、幾種類かの「東坡肉」を各々堪能するのが、最も賢明な対し方かも知れない。

ちなみに、黄州と杭州の調理法は大同小異、何れも豚の三枚肉を一度熱湯で茹でた後、醬油と砂糖をベースとした煮汁で時間をかけ煮込んだもの。我が国で最も一般的な「東坡肉」も、これと同じ部類に入る。

なお、「東坡肉」以外に、東坡の名を冠する料理があることも記しておこう。「東坡魚」「東坡豆腐」「東坡菜羹」等々。「東坡肉」を含め、どれも高級食材を使った料理ではない所が味噌であろう。東坡が大衆に愛される所以である。

一九九八年十月

13 東坡スピリットと東坡現象
――現代中国の蘇東坡――

「東坡スピリット」という言葉をご存じだろうか。

東坡生誕の地、四川省眉山で、近年しばしば用いられている新語である。「大力弘揚東坡精神」――東坡スピリットを大いに発揚せよ、というふうに用いられる。当地の説明によれば、「崇高なる人品」「善良なる性格」「人生に対する正しい姿勢」の三者を具現したもの、それが「東坡スピリット」なのだという。第二、第三の点は幾分分かりにくいが、東坡が民のために心を砕き、民のために実のある事業を興したこと＝「善良なる性格」で、逆境にあっても屈しない楽観的な人生スタイルを貫いたこと＝「人生に対する正しい姿勢」、という説明である。いかにも余所行きのかしこまった言い回しである。本音のところは、東坡のもつ全国的知名度にあやかり、東坡を商標として最大限活用してゆこうという戦略の一端であろう。そういう商魂を巧みにカムフラージュするものとして「東坡スピリット」という言葉が用意されたのであろう。

ともあれ、眉山はこの十年で景観が一変した。かつては繁華街ですらせいぜい百メートル四方に納まるほどの、誠に鄙びた田舎の小都市であったが、近年大規模な新街区が建設され、今や、大型商店が軒を連ねネオンサインの煌めく、中規模消費都市に大変貌を遂げた。

「東坡スピリット」は、街が装いを一新してゆく過程で、確かに町興しの原動力として有効に機能したようだ。標語だけではない。眉山では、東坡の生誕を記念して五年に一度、「東坡文化節」というフェスティバルが盛大に催されている。また、新街区の広大な中央広場には、天空の彼方を見つめるようにして立つ、巨大な三蘇の塑像がそびえている。目を転じれば、「東坡」や「三蘇」の文字を冠した看板や広告があちこちに掲げられてもいる。「東坡」の二文字は、もはやこの町の繁栄のシンボルである。

ひとり眉山ばかりではない。東坡終焉の地、江蘇省常州でも、東坡のテーマパーク建設が計画されていると仄聞する。湖北の黄州、浙江の杭州、広東の恵州、海南島の儋州では、早十数年前から東坡関連の遺跡修復に着手している、山東の密州（諸城）や蘇氏一族の本貫地・河北の欒城も、遅まきながら東坡印の幟を掲げ関連の遺跡を整備し始めた。

また、中国には全国蘇軾学会という学術組織があり、およそ二十年前から活動を開始している。東坡ゆかりの土地で全国大会が隔年で開催され、平均して百名前後の学者が国内外から集う。当初、やっとのことで開催にこぎ着けていた感のある学会であったが、ここ数年はほぼ毎年連続して開催されている。というのも、複数の土地がぜひうちでと名乗りを上げ、引く手あまたなのだという。ちなみに、今夏、第13回の大会が東坡逝去九〇〇周年を記念して眉山において開催された。

改革開放政策の進展に伴い、地方都市も独自に町興しの資金をたぐりよせ、自力で経済的発展を模索する時代となった。特に目立った観光資源を持たない地方都市は必死である。我が町を対外的に宣伝するために、持てるカードは全て切る。今日進行しつつある「東坡現象」が、観光資源の比較的乏しい諸都市を中心として沸き起こっていることも、このご時世と関係があろう。発生源は確かに東坡とゆかりある土地ばかりだが、これだけの地域的広がりをもてば、もうすでに立派な社会現象である。ことほどさように、東坡は、彼の国にあっては今なお強力な商標力をもつ、すぐれて現代的価値に富む存在である。

一方、わが日本はといえば、東坡はもはや知る人ぞ知る存在となった。東坡を知る人といえば、書道か漢詩、もしくは中華料理の愛好家と相場は決まっていて、いずれにせよ少数の通人《マニア》のみが愛好する対象と化している。「東坡現象」など、とうてい期待できる話ではない。そもそも昨今の日本は超緊縮財政で、かつてあったＮＨＫの大河ドラマ現象でさえここのところはとんと噂を聞かないほどだから、町興しどころの話ではないかもしれないが…。

では、彼我の違いはどこから生じてくるのだろうか。私見では、たぶん東坡をトータルに愛好してきたか否かの歴史的相違に起因する。我々は、東坡の文藝作品をたよりに、赤壁に思いを馳せ、海南の村を胸に思い描く程度が関の山だが、彼らは、小説や戯曲に脚色され折々に拡大再生産された、東坡の人情味溢れるエピソードの数々に、ごく自然に接することができる。「東坡肉」にしても、彼らにとっては特別な珍味ではない。場末のレストランでも普通に出てくる一品だ。地方へゆけば、歴代の愛好家たちが刻んだ東坡の石碑・石刻があちこちにある。このように、すぐ手の届くところに東坡の分身が実存するのである。庶民との距離が彼我の差を決定的にしているといってもよい。

ひょっとすると、草葉のかげで東坡も祖国の現状に苦笑しているかもしれない。だが、庶民派の彼としては、己の作品が博物館の奥深くに飾られ、一部の愛好家だけから熱い視線を注がれるよりも、「赤壁の賦」さえ知らない子供たちが「東坡《トンポー》」「東坡《トンポー》」と口にする中国の現状の方をきっと望んでいることだろう。「東坡スピリット」を売り物にできるという現実が、現代中国における東坡の地位をなによりも雄弁に物語っている。

二〇〇二年二月

14　一海外東坡愛好者としての願い

――湖北黄岡「東坡国際論壇」における発言――

まず始めに、私の「東坡体験」についてごく簡単に紹介したい。

私が初めて東坡の魅力に惹きつけられるようになったのは、今からおよそ四半世紀の昔、大学学部生の頃である。一九八五年の春、私は生まれて初めて中国の地を踏んだ。その際、杭州の西湖を訪れ、蘇堤を歩き、東坡肉を味わい、「水光瀲灧晴方好」の句に魅せられて、卒業論文のテーマを迷わず「蘇東坡の杭州時代」と定めた。以来、四半世紀の間、蘇東坡の文学を愛読し、また研究している。

その間、一九八八年~九〇年、復旦大学に留学し、中国を代表する東坡研究家、王水照教授に師事したが、この二年間に、私のなかの東坡イメージが根底から大きく変化した。実は「留学」とは名ばかりで、この間、私はしばしば上海を離れ、中国各地の蘇東坡ゆかりの土地を巡り歩いた。蘇東坡が官として一定期間滞在した都市に生誕の地と埋葬地を加えて、計十四ヶ所（四川眉山／河南開封・郟県／陝西鳳翔／浙江杭州・湖州／山東諸城・蓬萊／江蘇徐州・揚州／安徽阜陽／河北定州／広東恵州／海南儋州）あるうち、河北の定州、陝西の鳳翔、安徽の阜陽（潁州）の三カ所を除き、すべてに足を運び、関連の遺跡を捜し歩いた。それまで書物から得た知識のみで空想するほかなかった土地を実際に訪れ、その土地の空気を吸い、風景を我が目で見、その土地に残る様々な民間伝承に触れたことによって、私のなかにあった東坡のイメージが立体化し、より具体的で多様なものに変わった。むろん、東坡の時代からすでに一千年近く経過しているので、彼がかつて過ごしたのと同じ空間に身を置いたとしても、体感できることは非常に限られてはいた。しかし、その土地に固有な風土はそうそう変化していないはずであり、それゆえそれぞれの土地に立ったことで、ようやく実感できたこともけっして少なくはなかった。かつまた、私が留学した二年間は、中国の高度成長が本格化する前であり、大都市圏はともかくとしても、地方の中小都市には再開発の波はまだ及んでおらず、ひとたび郊外に足を延ばすと、千年このかたまったく変わっていないのではないかと錯覚させるのに十分な、とことん長閑な田園風景が広がっていた時代であった。

　留学の二年間を中心に、この四半世紀の間に私が訪れた蘇東坡関連の土地を列挙すると、以下の通りである。

〔四川〕眉山（三蘇祠、老人泉、蘇洵墳墓）、青神（中岩寺）、楽山（大仏、烏尤寺、東坡読書楼）
〔河南〕開封（龍亭）、許昌（西湖）、郟県（三蘇墳）
〔陝西〕盩厔（楼観台）
〔山東〕諸城（常山）、蓬萊（蘇公祠）
〔江蘇〕徐州（黄楼、快哉亭、戯馬台、雲龍山）、高郵（文遊台）、揚州（痩西湖、平山堂）、南京（王安石半山園、清涼寺）、鎮江（金山寺）、常州（艤舟亭公園）、宜興丁蜀鎮（東坡書院）、蘇州（虎丘）
〔浙江〕湖州（飛英寺）、杭州（蘇堤、孤山、呉山、龍井、天竺寺、霊隠寺等々）
〔湖北〕黄州（赤壁）、鄂州（菩薩泉、武昌西山）、宜昌（三遊洞）、荊州（息壌）
〔広東〕広州（六榕寺、南海神廟、浴日亭）、恵州（西湖、泗州塔、東坡記念館、白鶴峯、嘉祐寺跡、松風亭）、羅浮山
〔海南〕海口（蘇公祠）、儋県中和鎮（東坡書院、東坡井）等々

留学から帰国した後、今日に至るまでの約20年間に、二度三度と足を運んだ都市もある。もっとも多く足を運んだ

のは杭州で、十回以上訪れた。それに次ぐのが眉山の五回で、その次が黄州である。黄州は、今回で三度目となる。

＊

最初の黄州訪問は、一九八九年の秋である。当時の黄州は再開発の始まる前で、長江の対岸鄂州への渡し場から安国寺塔の辺りまで、ほとんど建物がなかった、と記憶している。赤壁公園も、漢川門下の正面広場はできておらず、今ほど広大ではなかった。最初の黄州訪問で、もっとも印象に残ったのは、赤壁の頂きに聳える棲霞楼の奥の裏門から、赤壁山に入り、山中を散策していた時、偶然に雪堂を発見したことである。予期せぬ出会いであったため、欣喜雀躍した。しかし、旅を終えて上海に戻り、雪堂の写真を眺めながら、ふと疑問が沸き起こった。というのも、雪堂は本来、東坡の側らに建てられていたはずであり、城東に位置していたはずだが、私が見つけた雪堂は、現在の黄州市街の明らかに北（北西）にある山中に位置していたからである。また、蘇東坡自身の記述によれば、「東坡」は南北に小丘を相望む立地にあったことが知られるが、この雪堂は山の谷間にあり、その条件も満たしていなかった。方志を調べてみても埒があかず、もう一度、実地調査をしてみたいと願っていたが、再訪の機会はなかなか訪れなかった。

二〇〇四年にようやく一年間中国に滞在する機会を得、かくて二度目の黄州考察が実現した。第二回のテーマは、「東坡を探せ」である。もしも、赤壁山中の雪堂が蘇東坡当時の遺跡でないのならば、北宋元豊年間の東坡はいったいどこなのか、その糸口を少しでも探し出すことが、二度目のメインテーマであった。二〇〇四年の十一月、約十五年ぶりに再訪してみると、街の景観はだいぶ変化していた。とくに、かつての郊外に新市街区が建設されており、市街区の面積が旧城の数倍にまで拡大していた。折悪しく寒波が襲来し、滞在した六日間のうち半分が降雨のため、自由に外を歩けなかったが、残りの三日は地図を片手に東西南北を歩き回り、少しでも高い土地を見つけると、そこまで出かけていって確認し、黄州の地勢を実地調査した。間違いなく東坡と断言できるような地点は結局探し当てられなかったが、一二の候補地を探すことはできた。この時の様子は「東坡安在哉（東坡 安《いず》くに在りや）」というタイトルの短い記録ビデオに整理・編集した（復旦大学陳尚君教授の令息、子耘君に制作してもらった）。

そして、今回が三度目の黄州訪問となる。

＊＊

今回、「東坡国際論壇」のこの機会を借りて、海外の一東坡愛好家として二つの提言をしたい。これから語る内容は、前回の黄州訪問の際、すでに黄岡師範学院中文系の若手の先生方数名に話したことと基本的に同じである。

一つ目は、前述の内容と重なるが、「東坡」の正確な位置を比定して、そこに記念のプレートなり記念碑を立てて、その場所を対外的に顕彰してほしい、ということである。新たに公園を建造するなどという多額の予算を必要とするものを求めているわけでは決してない。たとえささやかであれ、東坡の正確な跡地にそれを明示する標識を立ててほしいのである。東坡という空間がかつて黄州に存在したこと、そして蘇軾の人生および文学において、「東坡」がなによりも重要な意義を持つことを、東坡の愛好者ならば誰もが知っている。しかし、実際に黄州に訪れても、どこにもその地点が明示されていない、というのは、とても寂しい現実である。ぜひ、この論壇を契機として、黄岡の政府や地元の東坡研究家ならびに中国蘇軾学会の三者が協力して、より正確な場所を、ぜひとも早く特定してほしい、と切に望んでいる。

もちろんそれが決して容易いことでないことは、私も承知している。

たとえば、現在の旧城区は明代の黄州城を基礎としていて、宋城とは異なるという説がある。よって、明城を基礎にして考証しても、正確な位置が特定できない恐れがある。私の調査した限り、確かに明清の方志のなかに城の移転があったことを示唆する記事があった。よって、歴代の方志を徹底的に調査し、実際に城の位置が移動したのか否かという点から、検討を始める必要があろう。もしも黄岡人民政府に発掘資料や関連の記録が保存されていれば、それらの考古学的資料も活用する必要があるであろう。もちろん、蘇東坡自身が残した関連の記述をよく吟味した上で、彼と同時代の文人や南宋期の記述も詳細かつ慎重に検討する必要があろう。いずれにせよ、確かなことは、「東坡」は蘇軾の文芸世界をより高い境地へと誘った特別な意味を持つ空間であり、その空間は架空の場所などではけっしてなく、かつて確実に黄州に存在した、という事実である。よって、慎重に考証すれば、必ずや蓋然性の高い地点を特定できるはずである。そして、もしも「東坡」の位置を正確に特定することができたならば、黄岡に、東坡赤壁につづく二つ目の東坡関連の遺跡ができたことを意味する。しかもそればかりか、そこが蘇軾その人をもっともストレートに象徴する空間が誕生したことをも意味する。したがって、黄州の対外的宣伝効果は確実に倍増するであろう。以上が、一つ目の提言であり、願望である。

＊＊＊

二つ目は、私の大学における職務とも関係する内容である。私は早稲田大学の教育学部に所属する。教育学部は良質の教師を育成することが第一の任務であり、次代を担う若き人材を如何に育成するかというのが最大の課題である。黄州には、その名が国内外に知れわたる名門校、黄岡中学がある。黄岡中学には鄂東の各地から優秀な学生が集まるとのことだが、もしも彼らに郷土の文化を適切に教育できたならば、それはやがては中国に限らず、世界各国に黄州の郷土文化を宣伝することにつながる可能性のあることをここで強調しておきたい。なぜならば、北京大学や清華大学に進学した黄岡中学出身者は、その何割かは海外に留学するであろうし、そうでなくとも、大学卒業後、国内外で国際的に活躍する人材が少なくないからである。実は、私の妻がインターネットで知り合った若き友人の一人が黄岡中学の卒業生だった。彼はアメリカに留学した秀才であったが、妻に頼んで黄岡の蘇東坡関連の遺跡について尋ねてもらったところ、何一つ知らないという回答だった。彼は理系の学生だったから、古典には余り関心がなかったのかもしれないが、傍観者から見ると、黄州は大変もったいない好機を失っているように思えてならない。彼と同様、海外に出かけたり、中国各地で重職に就いたりする、黄岡中学出身の学生は必ずやたくさんいるはずである。黄州にとって、彼らは最高級の広告塔となりうるはずだからである。その広告塔は、中国国内のみならず、全世界を駆け巡るのであるから、なおさらである。

我々日本にも、中国古典を教える漢文という教科があるが、まことに遺憾ながら、今日では多くの学生の関心を惹きつける教科ではなくなってしまった。その原因の一つに、日本にあって中国古典を学んでも、臨場感に欠けるという難点がある。千年二千年と遡る時間的隔たりに加え、中国の大地も遥か彼方にある。このことが、教室から多くのリアリティーを奪っているのである。しかし、ここ黄州には、少なくとも長江があり、赤壁があり、対岸の鄂州にも西山が聳えている。また、筆者の願望のとおりに東坡が比定されれば、中国古典文化の第一級の名勝がさらに加わることにもなる。古典が誕生したその場所で、その古典を教えられるという条件はそうそう得られるものではない。このような有利な条件を活用しない手はない、と筆者は思う。国家に有為な人材を育てることが教育の重要な務めであることは確かだが、郷土の文化を深く理解し、郷土のよりよい発展を実現する人材を育てることも、教育の大切な務めであるはずだ。黄州の文化風土に深く根ざした、黄州に固有の教育内容があっていいはずである。

そこで、私は「東坡国際論壇」に相応しい具体的な提案をしたい。

それは、農暦の七月既望と十月望の日に、「赤壁の遊」に擬した文化的活動を挙行することである。小学生から高校生、さらには一般人に至るまで、それぞれのレベルに応じて、蘇東坡の赤壁遊を偲ぶ活動を実施したらどうであろうか。現在の赤壁に往時の迫力や臨場感がないというのなら、長江の岸辺に行って、実際に船の上で満月を鑑賞しても良いだろうし、東坡から赤壁まで、蘇東坡がたどったコースを散歩してみるのでもよい。あるいは全国の有識者を集めて、筆会を開催してもよいであろう。いずれにしても、現地の子供から大人まで皆が参加できる形の文化的活動をぜひ開いて欲しい。このような活動が持続的に挙行されたならば、黄州の文化的知名度は必ずや向上するはずである。そしてもしも、それが現実のものとなったならば、私も日本の蘇東坡愛好家を連れてぜひ参加したい。

蘇東坡に魅せられたのは、中国人ばかりではない。いわゆる漢字文化圏の各国各地域には、きまって東坡迷《マニア》が多数いた。日本にもむろん信奉者が多数存在した。池沢滋子氏が近年、『日本的赤壁会与寿蘇会』（上海人民出版社、二〇〇六年一月）という書を出したが、そこには18世紀から20世紀にかけ、中国古典に精通する文人たちがどのように蘇東坡の文芸を愛好したかを伝える、具体的なようすが記録されている。彼らは蘇東坡にあこがれ、蘇東坡の赤壁遊に擬して、七月の既望や十月の望の日に、日本の川べりの月見によい高台に集い、詩文を認め、蘇東坡を追慕したのである。また、蘇東坡の生日、十二月十九日に「寿蘇会」を催し、蘇東坡の風雅に思いを寄せた一群の文人もいた。彼らはたとえ心底から望んでも、黄州の赤壁に実際に遊ぶことは叶わなかった。しかし、黄州の人々は、その気になりさえすれば、今年の十月望からでも赤壁遊を実現できるのである。

私は、かつて蘇東坡にあこがれ、疑似赤壁遊に興じた日本の文人たちに成りかわって強調しようと思う。真の赤壁遊は誰もが実現できることではない、ということを。黄州に身を置くものでなければ、それは叶わぬ夢なのである。こういう、黄州ならではの固有の条件を最大限活かして、郷土の歴史や文化を深く理解する人材を育てて欲しい、これが第二の提言であり、願望である。

以上、海外の一東坡愛好者としての願いを二つ述べた。この二つは、ただたんに対外的に黄州という町を宣伝することに益するばかりではない。長期的にみて、郷土の文化に愛着と自信を持つ人材を育てるという、もう一つの重要な効果があることを記しておきたい。私が次に黄州を訪れるとき、このうちの一つでも実現してほしいと心より願っている。

二〇一〇年十月

15 黄庭堅と『論語』

宋代儒学史を語る場合に、黄庭堅（一〇四五―一一〇五、字は魯直、江西修水の人）の名前が登場することは、まずない。朱子学が公認されて以降、宋代儒学は、周敦頤～程顥、程頤～朱熹という不動の道統に基づき、所謂「道学」を中心として叙述されることが常となった。傍系として、欧陽脩、王安石等「経学」者の系譜が記されることはあっても、黄庭堅の名は通常その中にも登場しない。

我々にとって、黄庭堅はまず何よりも一代の名詩人であり、またすぐれて個性的な能書家である。この二領域において、彼は同時代的にすでに高い評価を得ていたから、彼自身が生前そこに相応のエネルギーを傾注したことは間違いない。とくに晩年の十数年間は熾烈な政争が繰り広げられた時代であったので、限られた自己表現の手段として、彼が文藝により多くの期待を付与したであろうことは、無理なく理解される。だが、彼は文藝の作家である以前に、紛れもなく――社会の先導者たることを期待された――士大夫であった。しかも彼の活躍した、北宋中～後期は、儒学復興の気運が士大夫社会を覆った時代でもある。したがって、彼がその根本において儒学と全く無縁でありえたはずはない。

とはいえ、小稿は黄庭堅を再評価し思想史的に彼を位置づけ直すことを目論むものではない。結論的にいえば、彼は思想史的に傑出した業績を何一つ残さなかった。しかしそれだからこそ、むしろ彼は北宋士大夫におけるごく平均的な儒学スタンスと水準をより濃厚に表現している、ともいいうる。このような観点から、彼の「論語断篇」（『豫章黄先生文集』巻二十）という一文を手掛かりに、道学がまだ多数派でなかった時代の、ごく平均的な北宋士大夫における『論語』への接し方を見てみたい。

「論語断篇」は、通説では、熙寧五年（一〇七二）に書かれた。時に庭堅28歳、進士及第の五年後に当たり、北京大名府国子監教授の任に在った（北宋の「北京」は、河北省の最南端大名県に在った）。気鋭の青年皇帝・神宗が王安石を抜擢し、彼の新法が陸続と施行されて、内外で大きな波紋を呼んでいた頃である。「断篇」というように、『論語』についてトータルに論じたものではないが、若き「教授」として後進の育成に当たる気概に満ちあふれた文章である。

文章は、大きく分けて、四つの段落から成る。第一段は『論語』を「義理の会」の書と規定した部分。まず冒頭で、『論語』が秦の焚書を経たにもかかわらず、他の儒教経典の伝注と比べても、極めて信憑性の高い書物であり、「六経の同異を考へ、諸子の是非を証する（可以考六經之同異、證諸子之是非）」ことができる、と最大級の評価を与えている。学問に志す者はそれゆえ「心を尽くし」てこの書を読むべきだと力説する。しかしその際、最も重要なのが「義理」を「領会」するという一点である、と黄庭堅は言う。弟子たちの問いかけに対し、孔子は常に同じように答えたわけではない。同じ質問内容に対してさえ、孔子の答えは一律ではなかった。その理由として黄庭堅は、孔子が弟子たちの長所短所をよく掌握していて、質問した弟子の個性に応じて回答したからという点を挙げている。したがって、学生＝読者は異なるという現象ばかりにとらわれず、孔子の言説に貫流する「義理」をしっかり読みとり、それを「領会」することこそが肝要なのだ、という主張である。

第二段は、当時の学生たちの、『論語』に対する姿勢について論評した部分である。黄庭堅は学生を「宿学者」と「晩学者」に区分している。前者は幼少から学問を積み上げてきた者、後者が壮年期に入って学問に志した者の謂いであろう。そして、「晩学者」の学習姿勢を痛烈に批判している。「晩学者」は、他人から教えてもらうことばかりを考え、自ら「心を尽くす」努力をしないから、テキストの意味は理解できても、いつまでたってもそれが心にしみわたらず、したがって得るものが全くないといい、甚だ手厳しい。若き「教授」ゆえ、学生の中には自分と同年輩、もしくは自分より年長の学生が含まれていたのであろう。教学の実体験が、このような手厳しい言葉を導き出したのかもしれない。

黄庭堅は学問の階梯を①「聞一知一」、②「聞一知二」、③「聞一知十」、④「一以貫之」の四段階にとらえている（『論語』公冶長篇の、孔子と子貢の会話を踏まえる）。①は「晩学者」によくみられる欠点、②は「善学者」、④は聖人の境地、であるとし、学問は③そして④を目指して進歩しなければならない、とする。②から③④へと到達するまでの道のりは遼遠だが、全ては「事事 諸《こ》れを己に反求し、忠信篤実にして、自ら欺かず、行ふ所敢へて其の聞く所に後れず、言ふ所敢へて其の行ふ所を過ぎず、毎《つね》に其の後《おく》れを鞭《むちう》ち、自得の功を積む（事事反求諸己、忠信篤實、不敢自欺、所行不敢後其所聞、所言不敢過其所行、毎鞭其後、積自得之功也）」ということにかかっている、と説く。

第三段は、漆彫開および宰予と孔子の対話を例として採り上げ、『論語』の読みの実例を示した部分である。漆彫開の例は公冶長篇の一節で、孔子が彼を仕官させようとしたのに対し、「私はまだ自信が持てません」と答えたことを孔子が喜んだ、という短い章句に対するものである。本来、仕官するのが正しい筋道であるが、漆彫開はうそ偽りのない精神で内省し、まだ己の心を篤く信じることができなかったからこそ仕官できないと答え、孔子もその姿勢を評価したのだと分析する。

宰予（宰我）の例は陽貨篇に見える一節。宰予が三年の服喪は長すぎる、一年でも十分ではないか、と孔子に問うたのに対し、孔子はそれで平気ならばそうしなさい、と彼を突き放した故事である。親不孝きわまりない宰予の言動の中から、黄庭堅は別の意味を抽出している。――宰予は確かにもって生まれた気質が薄情であったが、彼も己の内心を見つめ、努力したものの叶わなかったがために、やむにやまれぬ思いを孔子にぶつけたのである。その心は、孔子の至言によって自己の邪心を雪いでもらうことにあり、他人の非難など構ってはいられないような、ぎりぎりの問いかけであった、と分析している。黄庭堅は、漆彫開と宰予の例から、内省的な学問姿勢の必要性を訴えかけている。

第四段は、結論部分。教師がいて、学生がいて、友がいて、互いに切磋琢磨して物事の道理を明らかにしようとするのは、後世に伝えるべきよい文章を遺すためでもなければ、大勢の人を屈服させる弁論の術を獲得するためでもない。師について学ぶ際には、耳で聞かずに心で聞き、一人で復習する際には、外に答えを求めず己の内側に問いただす、そういう姿勢こそが大切だという。そして最後に、「楽しみて諸君と講学し、以て心を養ひ過《あやま》ちを寡《すくな》くするの術を求めん。士勇の作《おこ》らざること久し。同に諸君と之を勉めん（樂與諸君講學、以求養心寡過之術。士勇之不作久矣、同與諸君勉之）」と結んでいる。

原文は七百五十字前後、文字通りの「断篇」であるが、北宋中～後期における学問の気風をよく反映している。「断篇」に貫かれている主張は、テキストの内奥から「義理」を読みとり、常に自己に立ち返って内省的に学問を積み上げげよ、という一点であるが、基調は二程等の道学者たちのものと大差はない。黄庭堅は、道学の祖・周敦頤と一定の繋がりがあり、「濂渓詩」（『山谷詩別集』巻上）を詠じ彼の人となりを称賛している。よって、ここに彼と道学の繋がりを認めることも可能であろうが、やはりそれは穿ちすぎであろう。なぜなら、テキストの内奥から「義理」を抽出し、自己修練のために学問するという姿勢は道学者の独占物ではなく、北宋中期以来、繰り返し主張され、当時の士大夫社会にあってすでに普遍的な気風であったといっても過言ではないからである。

こう結論してしまうと、黄庭堅の個性は時代的空気の中に完全に埋没してしまうかのようであるが、宰予の心の動きを分析したところに、黄庭堅の個性が最もよく現れ出ていると筆者は感じる。ことの是非を離れて、宰予が如何なる心理的プロセスを経て、「天下至薄の行い」をするに至ったかを分析した条は、詩人・黄庭堅の面目躍如たる部分であろう。当否は別として、少なくとも道学者には容易に思い浮かばない発想に違いあるまい。

このように、『論語』は、特に傑出した思想史的業績を持たない平均的北宋士大夫にとっても、多くの「発明」を許容し、様々な分析を誘引する、まことに刺激的な自己修練のテキストであった。「断篇」は「教授」として学生たちに学問の心得を示した文であるが、ここには——常に自らの心に問いかけ、心の声を聞こうと努めた——若き黄庭堅の姿がある。それは同時に、黄庭堅の目に映った、漆彫開と宰予——孔子の弟子たちの姿でもあった。

二〇〇二年九月

16　東坡と山谷の万里の交情
――「黄州寒食帖」をめぐって――

一　「石庄蝦蟇」と「樹梢掛蛇」

蘇東坡（蘇軾《しょく》、一〇三七―一一〇一、字は子瞻《しせん》、東坡はその号、蜀眉山〈四川省眉山〉の人）の「寒食帖」が再び東京にやって来る。周知のように、「寒食帖」は、――関東大震災によってあわや灰燼に帰す危機一髪をも体験した――我が国とも格別な奇縁のある逸品である。およそ七、八十年ぶりの再来日となる。

「寒食帖」のメインは、むろんすでに円熟の域に達した東坡の詩と、その詩意を余すことなく体現した個性的な字様にほかならないが、後に附された黄山谷（黄庭堅、一〇四五―一一〇五、字は魯直《ろちょく》、山谷はその号、洪州分寧〈江西省修水〉の人）の題跋《だいばつ》も「寒食帖」の価値を高からしめる重要な要素となっている。「寒食帖」は、「蘇黄」という宋四家のうちの二人が、一巻の書軸で競演する現存唯一の真蹟である。

書の玄人の目には、「寒食帖」が「神品」と映るようだが、ずぶの素人の筆者には、そういう世俗から隔絶した神々しさよりも、――両者の温もりや人間臭さが千年の時を経てもなお仄かに伝わって来る――「人品」の極致と感じられる。そして、筆者がこの書を鑑賞する時、決まって思い起こし、思わず微笑んでしまうのが、次の逸話である。

東坡と山谷がとある日、書について議論した。東坡が言った。「魯直の最近の字は、清らかで力強いものの、筆勢が時としてひどく痩せていて、〈樹梢掛蛇〉――木の梢に蛇がひっかかったみたいだね」と。それを聞いて、山谷が言った。「私はもちろん、公の字について軽々しく批評できようはずもありませんが、けれども時々字が扁平で縮こまって見えます。また〈石圧蝦蟇〉――石がガマガエルを押し潰しているかのようです」と。二人は大笑いした。

北宋末南宋初の人、曾敏行の『独醒雑志』巻三に記録されたエピソードである。確かに言われてみれば、「寒食帖」にも「石に押し潰された蝦蟇」や「木の枝にひっかかった蛇」[1]があちこち顔を出しているではないか。

二 「寒食帖」の揮毫時期

山谷の跋文が書かれた背景はほぼ確定できる。[2]時は元符三年（一一〇〇）の秋冬の間、所は東坡の生まれ故郷、蜀の眉山に隣接する青神県においてである。一方、東坡の書の具体的な揮毫時期を特定することは難しい。確かなのは、上限が詩の製作された元豊五年（一〇八二）の春、下限が山谷の跋文の元符三年までの、約二十年間ということだけである（ただし、最後の五年間は東坡が嶺南や海南島にいたので、可能性は極めて低い）。

当時の文人は、近況報告代わりに、近作を親しい知友に送り合うことを習慣としていたから、一つの作品は常に複数回筆写された、と考えるべきである。かつまた、東坡は生前から文名が高く能筆家としても知れ渡っており、方々から揮毫を求められていた。流罪人として閉門蟄居していた黄州時代にあってすら、縁故者から所望されていたくらいである。[3]よって、この「寒食雨二首」の詩も、東坡が揮毫したのは一度や二度ではなかったであろう。

迫真の筆勢ゆえ、詩の製作と同時の作であると見なす説もある。もちろんその可能性も否定できないが、筆勢だけではおそらく決定打にはなり得まい。なぜならば、もしかりに元祐年間（一〇八六―九三）の政治的絶頂期において、東坡がこの詩を筆写していたとしても、自身が紡ぎ出した言葉であるがゆえに、筆を手にとれば、詩を創作した当時の心境がにわかに胸中に再現され、当時の思いが筆先に乗り移ったに違いないからである。

それに対し、山谷の跋文の方は、前述の通り、極めてはっきりしている。山谷はこの五年前（紹聖二年）、新法政権の報復人事によって、黔州（四川省彭水）に流され、三年前、さらに遠い戎州（四川省宜賓）に流されて配所の暮らしを強いられていた。(4)しかし、この年（元符三年）の初め、新法を信奉した哲宗が崩御し、皇太后向氏の摂政が開始されると、僻遠の地に流されていた旧法党官僚への処分が軽減され、山谷も流刑を解かれて、同年五月、鄂州（湖北省武昌）赴任の命を受けていた。しかし、山谷はすぐには任地に赴かず、約一月の船旅をして長江を遡り、岷江に臨む青神県へと向かった。

青神には、山谷の叔母と叔母が嫁いだ張氏一族が住んでいた。山谷の従妹もこの張氏に嫁いでおり、山谷とは浅からぬ姻戚関係にあった。親族の款待を受けて、山谷は五年に亘る配流の暮らしの疲れを癒やしたのであった。当時、「寒食帖」を所蔵していた張浩は、青神から二百キロ余離れた梓州塩亭（四川省塩亭）の事務官を勤めていたが、山谷が青神に長逗留していることを知って、遠路はるばる「寒食帖」を携え、山谷に直接揮毫を乞いに来たのである（張浩は、青神にいた張氏とは別の一族）。(5)時に山谷は56歳、死去の五年前のことである。

三　万里の交情

山谷が跋文を書いた時、東坡も同じ理由で、海南島を離れ海を渡ることが許され、北帰行を開始していた。だが、

蘇洵の墓（筆者撮影1989年９月）

旅はまだ始まったばかり、東坡は大陸の最南端、廉州〔広西壮族自治区合浦〕から広州〔広東省〕へと旅を続けている最中であった。したがってこの時、両者の間には、直線にして優に一千キロを超える距離が横たわっていた。

「寒食帖」を前にして、山谷はいったい何を思っただろうか。書帖には、懐かしい〈石圧蝦蟇〉の字が躍り、東坡その人を彷彿とさせる。その字様で綴られた配所の暮らしの侘びしさも、同じ体験をしたばかりの山谷には痛いほど理解できたであろう。だが、その人は万里彼方に在り、眼前にはいない。彼と東坡の距離、それはすなわち東坡と故郷の距離にほかならないことを、「寒食帖」が彼に語りかけていた。山谷は、はからずも己の目前に現れた「寒食帖」を、東坡の分身のように感じていたであろう。

当時の山谷の足跡で、あまりよく知られていない事実が一つある。山谷が青神の隣県眉山に出かけ、東坡の父、蘇洵の墓に詣でたことである。東坡・山谷両者と親交のあった李之儀〔一〇四八―一一二七、字端叔、号姑渓居士、楚州〔江蘇省淮安〕の人〕がこの事実を伝えている(6)。蘇洵の墓は、筆者もかつて参詣したことがあるが、眉山の街から東北に十キロほど離れた田園地帯の、なだらかな丘の斜面に立ち、街から徒歩で往復すれば半日はかかる辺鄙な場所にある。附近に名所旧跡もないので、自ずと墓参をもっぱらの目的とした小旅行となる。そこを当時の山谷がわざわざ訪れたのはなぜであろうか。むろん山谷は生前の蘇洵に会ったことはない。

筆者は、この墓参の旅は「寒食帖」によって促されたのではないかと臆測する。東坡の「寒食雨二首」の其二に、

　　君門　深きこと九重
　　墳墓　万里に在り

という句がある。流罪人ゆえに行動の自由のない当時の東坡が、公私ともに責務を果たせない八方塞がりの現状を嘆

いた句である。公――天子に仕える身でありながら、都は遥か彼方、君恩に報いる術がなく、私――故郷も万里彼方、亡き父を祭ることもできない、と。山谷は「寒食帖」に刻印されたこの断腸の思いに触発され、帰郷が叶わない東坡の代わりに、父蘇洵の墓参りを自ら買って出たのではないだろうか。

ちなみに、東坡は官途を歩み始めて以後、たった二度しか帰郷していない。最初は母程氏の喪に服するため、二度目にして最後の帰郷が治平四年（一〇六七）、父蘇洵の亡骸を葬り喪に服するためであった。時に東坡32歳の頃である。よって、「寒食雨二首」詩において吐露された、父の墓前に詣でる夢はついぞ果たせなかった。そして、山谷跋文の翌年（建中靖国元年〔一一〇一〕）の七月、常州（江蘇省常州）にて客死している。山谷は、――二首の詩が作られてから、彼がこの書帖に接するまでの――約二十年分の東坡の思いを、この時、しっかり受けとめたのではないだろうか。

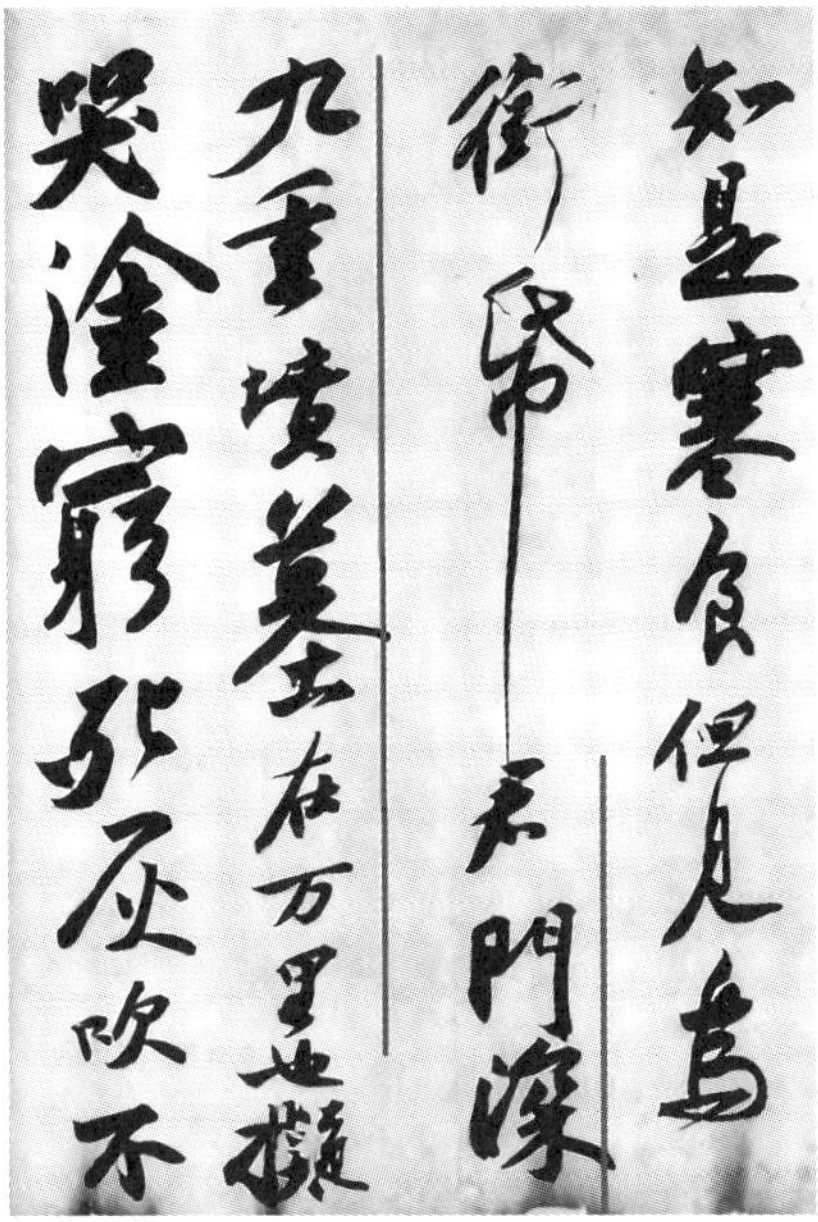

山谷の跋文は、東坡の詩と書に対する賛辞で埋め尽くされており、深刻な思いは何一つ綴られていない[7]。だが、もしも右の推測が正しければ、山谷は「寒食帖」に触発されて、蘇洵の墓前に足を運ぶことを実行に移した。つまり、東坡の分身「寒食帖」という媒介によって、この時二人は南海のほとりから蜀の青神に至るとてつもなく遠い距離と、二十年という長い歳月とを、瞬時に飛び超えて繋がり、確かな感情の行き交いを実現していたことになる。

四　東坡と山谷の関係

山谷は、蘇門四学士の一人に数え入れられ（他の三名は、秦観、張耒、晁補之）、東坡門下として語られることが多いが、両者の関係は通常の師弟関係とは明らかに異なっている。そもそも二人が空間をともにし、直に交遊し得たのは元祐年間の数年間だけで、両者が初めて顔を合わせたのも、元祐元年（一〇八六）、東坡51歳、山谷42歳の頃のことであった。もちろん、それ以前から両者はお互いを認め合い、書簡を介しての交流が始まっているが、それも元豊元年（一〇七八）、山谷34歳以降のことである。山谷はその時、官としてすでに十年余のキャリアを積み、文藝の方面でも確固とした思想と価値観をもち、独自の風格と個性を備えていた。

両者が初めて顔を合わせた時、官位や年齢の差はもちろん歴然としていたが、東坡は山谷を詩友として迎え入れ、対等の立場で交流を深めている。よって、師弟という縦の関係でこの両者をとらえるのは実情には即していない。

同時代の文藝を牽引した両者であるから、もちろん共通項も少なくないが、少し細やかに比較すれば、にわかに両者の相違も明らかになろう。書風は好対照でさえあるし、後世高い評価が与えられた詩は、東坡が古体詩であるのに対し、山谷は近体詩であった。かつまた、詩風もまったく異なる。このように、両者は相異なる独自の個性を備えていた。むしろ、その相違ゆえに、両者はお互いを認め合い、高く評価していたのであろう。

それをもっとも象徴的に示すのが、王安石（一〇二一―一〇八六）に対する姿勢である。(8) 周知のとおり、東坡にとっての王安石は、政治的ライバルであり、直接、関与していなかったとはいえ、投獄や流刑という人生の危機の原因をつくり出した人物である。その文藝や学問に対しては東坡も敬意を払っていたが、人物については極めて複雑な感情を抱いていたはずである。

それに対し、山谷は王安石に対し終始ストレートに敬慕の念を表現している。彼の詩と詩論も、東坡よりは王安石にずっと近い。書法に関しても、東坡は王安石の書を学ぶべからずと否定しているのに対し、山谷はむしろ絶賛し、彼の筆蹟を学んだとさえ述懐している。山谷は、東坡の文藝に対しては折にふれ批判的意見を述べたが、王安石に対しては一切含むところがなかった。

ではなぜ、山谷は最終的に東坡を選び、王安石を選ばなかったのであろうか。それはおそらく、両者の文藝に対するスタンスの相違によるであろう。王安石は政治であれ学問・文藝であれ、己と異質なものを排除し、いささか強引に持論を押し通す傾向をもっていた。それに対し、東坡は自由闊達な言論を愛し、異質なものを決して拒まなかった。また、王安石は政治権力の中心にあり、山谷から見れば、政治家としての印象を拭い去ることは困難であっただろう。それに対し、東坡の本領はなんといっても文藝である。彼の周辺には自ずと文藝を愛する者たちが集い、文人集団を形成した。山谷は己が官であるよりも本質的には文の人であることを重々理解しており、それゆえ、己の個性と能力をもっともよく引き出してくれる東坡に接近したのだと推測される。

東坡と山谷は「文の人」という強固な紐帯によって結びつき、そのことを強く自覚するがゆえに、ともに多様な価値観を許容し、自由な精神を重んじた。だからこそ、蘇黄というまったく異なる個性が排除し合うことなく融合できたのである。

「寒食帖」こそは、そのような蘇黄の大らかで自由な交遊の跡を今日に伝える第一の明証にほかならない。

二〇一四年五月

注

（1）　蘇黄が用いた比喩は、書聖王羲之の撰とされる「筆勢論十二章」の「節制章第十」（南宋・陳思編『書苑菁華』所録）

の言葉を踏まえる。長すぎる字、短すぎる字は大いに忌むべしとして、長すぎると「死蛇の樹に掛かるに似たり」といい、短すぎると「蝦蟆を踏死するに似たり」と形容している。

（2）近藤一成「東坡「黄州寒食詩巻」と宋代士大夫」に詳しい論証がある（同氏『宋代中国科挙社会の研究』所収、Ⅲ部第四章、三八四頁、汲古書院、二〇〇九年二月）。

（3）たとえば、「与子安兄七首」其一（中華書局『蘇軾文集』巻六十）参照。

（4）蘇東坡も、山谷とほぼ同じタイミングで、まずは嶺南の恵州に流され、その後、海南島の儋州へと流されている。

（5）山谷と青神の張氏、「寒食帖」を所有していた張氏との関係についても、前注近藤一成氏の論文に詳しい考証がある。

（6）李之儀『姑渓居士文集』巻三十九の「跋山谷帖」に、「既にして罪を得て、黔南に遷り、戎に徙り、凡そ五六年、而る後に帰る。嘉眉に展転し、蘇明允の墓に謁し、峨嵋山に上りて普賢大士に礼し、巫峡を下り、神女祠を訪ね……」とある（線装書局、宋集珍本叢刊所収、二〇〇四年）。

（7）山谷跋文の内容について詳論したものに、衣若芬（大野修作訳）「蘇軾「黄州寒食詩巻」山谷題跋新解」（書法漢学研究会『書法漢学研究』第9号、アートライフ社、二〇一一年七月）がある。

（8）山谷と王安石の関係については、下記の拙論で詳しく論じたので参照されたい。「黄庭堅と王安石―黄庭堅の心の軌跡―」（拙著『蘇軾詩研究――宋代士大夫詩人の構造』所収、第十五章、六〇一頁、研文出版、二〇一〇年十月）。

17 万里集九と宋詩

万里集九の一生

五山文化に深い関心を寄せる一部の読者を除けば、万里集九《ばんりしゅうきゅう》の名とその事績を知る者はきわめて稀であろう。そこで、まず始めに、彼の一生を粗々振り返っておきたい。

万里集九は、正長元年（一四二八）九月九日、近江安曇郡に生まれた。俗姓は速水氏、「万里」は道号、「集九」は法諱《ほうき》、室町時代中期の五山僧である。応仁の乱後、還俗してからは、法諱は用いず、「漆桶子《しっつうし》」「漆桶万里」「梅庵」「椿岩《ちんがん》」等の別号を用いている。

幼くして京都五山の東福寺（塔頭《たっちゅう》の永明院）に入って僧童となり、15、16歳の頃、同じく五山の相国寺（塔頭の雲頂院）に移籍し、大圭宗价《だいけいそうかい》に師事した。その後、順調に僧階を駆け上り、蔵主《ぞうす》（経蔵を司る役職）にまで昇進して、いよいよどこかの禅院の住持を任されるという時に、応仁の乱が勃発（一四六七）した。これを境に、万里は戦乱という抗いがたい時流に翻弄されながら、波瀾の後半生を歩み始めることになる。万里、40歳の夏のことである。

応仁の乱によって京が戦場と化すや、相国寺もほどなく灰燼に帰した。拠り所を失った万里は、当時の五山僧の多くがそうであったように京を離れた。まずは近江へ向かい縁故をたどって一年ほど諸寺を転々としたが、戦況はなおも混沌とし、京周辺の治安もますます悪化したため、安寧の地を求めて美濃へと向かった（文明元年（一四六九））。美濃に到着した後、竜門寺、天寧寺、尾張の妙興寺等に身を寄せたが、最終的に美濃の鵜沼《うぬま》（岐阜県各務原市）に卜居し、居室に「梅花無尽蔵《ばいかむじんぞう》」と名づけて、ここを生活の拠点とした（文明九年（一四七七）前後）。

鵜沼に居を構える前（文明四年（一四七二）の前後）に、万里は僧籍を脱し還俗している。彼と同じように、応仁の乱によって還俗を余儀なくされた五山僧は数多いたようである。しかし、彼にとってはむろん不本意かつ苦渋の選択であった。還俗し妻帯して二人の子をもうけた後も、万里は五山寺院や五山僧との関係を終生保ちつづけ、努めてその系脈の中に留まろうとしている。

文明九年から同十四年の間、万里は近在の僧侶に請われて宋代第一の詩人、蘇軾《そしょく》（蘇東坡、一〇三七―一一〇一）の詩を講義し、その講義録はのち『天下白《てんかはく》』（二十五巻）という名の書になった。この書は、さらに東福寺の僧・笑雲《しょううん》清三《せいさん》の手で『四河入海《しがにっかい》』に編入され、上梓されている。

文明十七年（一四八五）、58歳の晩秋、太田道灌《おおたどうかん》の招きにより、東海道を下って江戸に赴いた。九月七日に鵜沼を出発、富士の高嶺を望み、箱根の関を越えて、十月の初めに江戸到着、江戸城内に迎え入れられた。道灌は万里のため城内に居室を建て、万里はその居室にも「梅花無尽蔵」と命名している。道灌の手厚い庇護を得て、万里は新天地の生活を申し分ない形で開始したが、一年満たない内に、その基盤は脆くも崩れ去る。道灌が、主君上杉定正の策謀にかかり暗殺されたのである。定正に遺留されたため、道灌亡き後も一年余にわたり江戸に留まったが、長享元年（一四八七）秋八月、意を決してついに江戸を離れ、帰還の途につく。帰路は、越後に出て北陸道を通る約十ヶ月をかけた長旅だった。鵜沼の「梅花無尽蔵」に戻ったのは、長享二年（一四八八）五月のこと、万里61歳の夏である。江戸滞在中の足かけ三年間に、万里は黄庭堅《こうていけん》（黄山谷、一〇四五―一一〇五）の詩を講義し、後年、その講義録に手を加え、『帳中香《ちょうちゅうこう》』（二十一巻）という名の書に整理している。

鵜沼に戻った万里は、以後、どこかに旅することもなく、木曾川に臨む風光明媚な鵜沼の地に留まって余生を送った。没年は定かではないが、彼の残した詩文によって75歳までの生存を確認できる。ちなみに、万里75歳の年（文亀二年〔一五〇二〕）、斎藤道三はまだ9歳の少年であった。織田信長が誕生するのはこの30年余り後である。西欧ではルネサンスの最盛期に当たり、大航海時代の幕がポルトガルによって切って落とされた頃でもある。日本に鉄砲がもたらされたのはこの40年後のこと、我が国近世の胎動が始まる直前の時である。

万里集九の五山文学における意味

万里集九の業績は、もっぱら漢詩文の注釈と創作の方面に集中している。すでに触れたように、宋代を代表する詩人、蘇軾と黄庭堅の詩にそれぞれ詳細な注釈を残した他、当時五山において作詩教本として普及していた南宋・周《しゅう》弼《ひつ》の『三体詩（唐賢三体詩法）』についても講義録を残している（『暁風集』）。また、彼の創作した漢詩文が『梅花無尽蔵』七巻にまとめられ、今日に伝わっている。

まず彼が残した注釈については、我が国の中国古典受容史における一つのメルクマールといってよい。五山以前において、中国古典籍の解釈はすでに中国で権威化された注釈に忠実に依拠しながら行われていた。しかし、南北朝（中期五山）以降、五山僧の学識に基づく日本人独自の注釈が作られ始め、より能動的で主体的な解釈スタイルが生み出されるに至ったのである。万里の「蘇黄」詩に対する注は、我が国の中国古典受容史における、このような一大変革を具体的に示す物証であり、同時に五山における学問水準の高さを端的にもの語るものである。

漢詩の実作については、五山の双璧と称される絶海中津《ぜっかいちゅうしん》や義堂周信《ぎどうしゅうしん》はいわずもがな、万里と同世代の横川景三《おうせんけいさん》（一四二九―九三）のそれと比較しても、佳作や警句に乏しく、平板で単調な印象を拭い得ない。しかし、戦乱の時代に数奇な運命に翻弄された還俗僧の精神史と位置づければ、その史料的価値はきわめて高い。

さて、万里は還俗僧であるから、五山文学を代表する一人に数え入れることに疑問を感じる向きもあろう。さらにまた、彼の功績は漢詩文の方面に偏在して現れ、僧侶の本業たる求道者の印象がはなはだ薄いので、この点も五山文学の代表と見なすにはマイナスの要因となる。このようなことが災いしてか、今日、万里に対してかなり手厳しい評価も下す識者もいる。

そういう酷評に対し、筆者は声高に異論を唱えるものではない。しかし、万里という存在こそがむしろ五山という特殊な空間を良きにつけ悪しきにつけ明瞭に映し出す鏡であると筆者は考える。

今日の分業化した社会に生きる我々は、五山僧と聞いて真っ先に求道者としての姿を想像し、宗教者としての聖性や純度等、宗教的尺度によって彼らの功績を測ろうとするであろう。もちろん、そういう尺度は尊重されてしかるべきである。しかし、求道者という側面にのみ彼らを押し込めることは、当時の彼らが置かれた政治的、社会的、そして文化的環境をかなり狭小に見積もることになりはしないかと懸念する。

日本史の大状況は、近世に至るまで、中央政権と仏教界が分かちがたく密接に関わり合う中で作り上げられた。鎌倉以降、新興の武家勢力は、同じく新興の宗派禅宗（臨済宗）と深い関係を取り結び、奈良、平安朝とは異なる新たな「僧俗」のシステムを構築した。

禅宗（臨済禅）は、「不立文字《ふりゅうもんじ》」の語によって知られるとおり、――仏典の学習＝文献的アプローチよりも、師徒間の口頭による問答＝人的アプローチに重きを置く――新しい修行スタイルを標榜した中国起源の宗派である。したがって、初期五山の僧侶たちは、「印可」を得るためにまず中国から禅師が渡来することを希求し、かつまた中国の口語を修得する必要にも駆られた。南北朝以後の中期五山に入ってからも、本場の禅を学ぶために、大陸との交流ルートが確保され開かれていることを彼らは欲した。そのため、政権の庇護が不可欠であった。

一方、武家勢力にとっても、来日渡華する僧侶によってもたらされる情報や物品はたいへん貴重であったし、なにより五山僧のもつ中国語（白話、文言の双方を含む）運用能力は外交や貿易の各局面で必要不可欠なものであった。かくて、鎌倉から室町に至る、武家を中心とする為政者と五山の間には、双方の共通利害に基づく、宗教的関係を超えた広範囲の実利的関係が結ばれることになったのである。

したがって、政権が五山僧に対し期待した役割は、宗教家としての領分をはるかに超えて多岐にわたったと見なされる。とくに南北朝以降は、中国や朝鮮との外交のブレインもしくはシンクタンクとしての役割、交易の目利きとしての役割、禅宗関連に止まらず広く中国文化全般の受け皿となり、為政者もしくは同時代の知識人にそれを簡明に伝える媒介者としての役割等々が大いに期待された、といってよい。

よって、五山が果たした役割を、もっぱら宗教面に限定して論じることは、木を見て森を見ないのに等しく、きわめて縮小主義的な見方である、ということもできよう。五山は、たしかに臨済禅という強固な宗教的紐帯によって結びつく集団ではあるが、そもそもが——中国南宋の「五山十刹」という俗のシステムをモデルとし——武家政権の支配下にある官寺として発展したという経緯から見て、他の役割はともかくも、中国文化全般の受け皿としての役割を担うという世俗的責務については、その成立当初から課せられていたと見るべきである。

それゆえ、宗教的側面以外の役割をも包摂した五山文化の全体像の中で、万里の功績を測る姿勢があってもよいのではないだろうか。このような観点に立ち、改めて万里の残した業績を見つめてみると、彼こそは当時の五山に対する世俗的要求に、きわめて高い水準で応えた人物であった、と再評価できるように思われる。

読書の人

万里の詩文集『梅花無尽蔵』をめぐっていて気がつくことは、彼の詩が典型的な「学人の詩」としての風格をもつ、という点である。つまり、感情をストレートに表現するのではなく、読書から得られた知識にからめて、主知的に作詩するという姿勢である。これは、中国詩歌史において、宋詩と唐詩を対比的に論じる際、しばしば指摘される宋詩の特徴そのものである。とはいえ、宋代の詩人たちが外出を好まず、もっぱら書斎で書物を片手に詩作に耽っていたわけではない。実態はむしろ正反対であった。だが、万里の詩からは、居室に静坐する彼の姿ばかりが浮かんでくる。少なくとも還俗後の万里は自由に屋外に遊ぶことができたはずだが、江戸往還の旅中に作られた諸篇を除くと、他の作品からは生活圏の外に飛び出し詩材を捜し求めることを、あたかも彼は拒否しているかの印象さえ受ける。

この点はひょっとすると、——禅寺という閉ざされた空間で戒律を守って過ごした——前半生のライフスタイルと深く関係があるかもしれない。あるいは、戦乱の世ゆえの治安の悪さを恐れて、極力外出を控えたためかもしれない。しかし、何れにせよ彼の詩を読んでいると、外界の強烈な刺激からつとめて背を向け、書物の中の静かで安定した世界に無上の愉悦を見出す彼の姿が浮かび上がってくる。万里は、非日常の刺激を求めて屋外に出て、山水の美景を巡り歩くというような活動的詩人ではなかった。

応仁の乱によって京を離れて間もない逃避行の最中、彼は「立春の前一日　興《きょう》を寓《ぐう》す」（応仁元年）と題する、次のような詩と序文を記している（『梅花無尽蔵』巻一）。

余　平生　貯《たくわ》うる所は一床《いっしょう》の書、僅かに二十余部のみ。汗牛《かんぎゅう》充棟《じゅうとう》の富みに及ばずと雖《いえど》も、漁猟《ぎょりょう》を事《こと》として之を取れば、則ち楽しみ其の中に在るなり。丁亥《ていがい》の騒屑《そうせつ》（応仁の乱）以還《いかん》、大半は亡失せり。身に随《したが》うは唯だ一張《いっちょう》の紙被《しひ》（紙製のふとん）のみなるに、紙被も亦《ま》た江左の道上、賊兵之を求む。寔《まこと》に天歩艱難《てんぽかんなん》の時なるかな。亡失せる中、最も惜しむべきに堪えたるは、自ら謄書《とうしょ》（書写）する所の『文選』のみ。然《しか》りと雖も太虚《たいきょ》の一毫《いちごう》（取るに足らないもの）なれば、寧《いず》くんぞ懐《こころ》に繋《つな》がんや。今日寒《かん》甚だしく、炉背《ろはい》に就《つ》き宿火《しゅくか》を剔《えぐ》り、凍硯《とうけん》を煖《あたた》めて、漫《みだ》りに此《こ》の事を記すと云《い》う。

亂裏艱難涸轍魚　乱裏《らんり》の艱難　涸轍《こてつ》の魚
隨身失却被兼書　身に随《したが》いて失却《しっきゃく》す　被と書と
山童手倦雪飛夕　山童　手は倦《う》む　雪　飛ぶの夕《ゆうべ》
榾柮拾休爐火疎　榾柮《こつとつ》（たきぎ）拾うを休《や》むれば　炉火《ろか》　疎なり

騒乱の中で大切にしていた『文選』を失ったことに心を痛めつつ、「轍鮒の急」に瀕してなお、書物を漁るのが本業、楽しみは書物の中にあると、偽らざる本心を記している。この三年後、美濃に在った時、右の詩に次韻した次のような作品も詠じている（『梅花無尽蔵』巻一「岐陽来鳳主盟廷麟和尚……」）。

夙世吾唯小蠹魚　夙世《しゅくせ》（前世）　吾　唯だ　小蠹魚《しょうとぎょ》
未除業習借君書　未だ業習《ごうしゅう》を除かずして君が書を借《か》る
雨聲一案剪燈看　雨声《うせい》　一案《いちあん》　灯を剪《き》りて看れば
細字牛毛點畫疎　細字　牛毛にして　点画《てんかく》　疎なり

己の前世は「蠹魚」（書物につくシミ）であったといい、書物を前にじっとしていられない己の「業習」を諧謔的に詠じている。

万里集九と宋詩

読書こそを最高の悦びと見なす万里がもっとも愛読したのは、宋の詩である。

すでに述べたように、万里には、宋を代表する二大詩人、蘇軾と黄庭堅、すなわち「蘇黄」の詩に付した詳細な注釈があり、この二人に対する敬慕は、彼が愛好する宋代詩人の中でも別格であった。ただし、「蘇黄」は、万里だけでなく、五山僧の多くが愛読した中国詩人でもある。したがって、万里以外にも五山僧による「抄物《しょうもの》」（講義録）が複数残っている。しかし、いわゆる「抄物」は通常、写本の形態で僧院の奥深くに秘蔵され、広範囲に流布しないのが一般的である。そういう中で、万里が残した抄物は、いずれも江戸の初期に出版刊行されている。蘇軾詩の講義録『天下白』は、笑雲清三編の『四河入海』の中に、大岳周崇《だいがくしゅうすう》の『翰苑遺芳《かんえんいほう》』、桃源瑞仙《とうげんずいせん》（一韓智翃《いっかんちこう》抄録）の『蕉雨余《しょううよ》滴《てき》』、瑞渓周鳳《ずいけいしゅうほう》の『坡詩脞説《はしさせつ》』の三書とともに編入されて刊行され、黄庭堅詩の注釈書『帳中香』は単独で刊行されている。この事実が、万里の注釈の価値を客観的にもの語っていよう。とくに、『帳中香』は、五山の抄物の多くが日本語によって記されているのと異なり、漢文による注釈である点も際だった特徴をなしている（挿図参照）。

『梅花無尽蔵』には、「蘇黄」以外にも、宋代詩人の名がしばしば登場する。複数回登場する詩人の名を挙げれば、北宋では、林逋《りんぽ》、欧陽脩《おうようしゅう》、梅尭臣《ばいぎょうしん》、邵雍《しょうよう》、司馬光、王安石、蘇轍《そてつ》、李公麟、秦観、張耒《ちょうらい》、參寥子《さんりょうし》（釈道潜）、釈覚範（恵洪《えこう》）等が、南宋では、陸游《りくゆう》、楊万里、朱熹《しゅき》、劉克荘《りゅうこくそう》、白玉蟾《はくぎょくせん》（葛長庚）等がいる。このリストを一瞥するだけで、万里の愛好がひとり「蘇黄」に止まるものではなく、広く宋代全体にわたっていたことを知ることができよう。

では、万里はこれほど多くの宋代詩人の作品を、如何にして知りえたのであろうか。「蘇黄」および陸游、楊万里

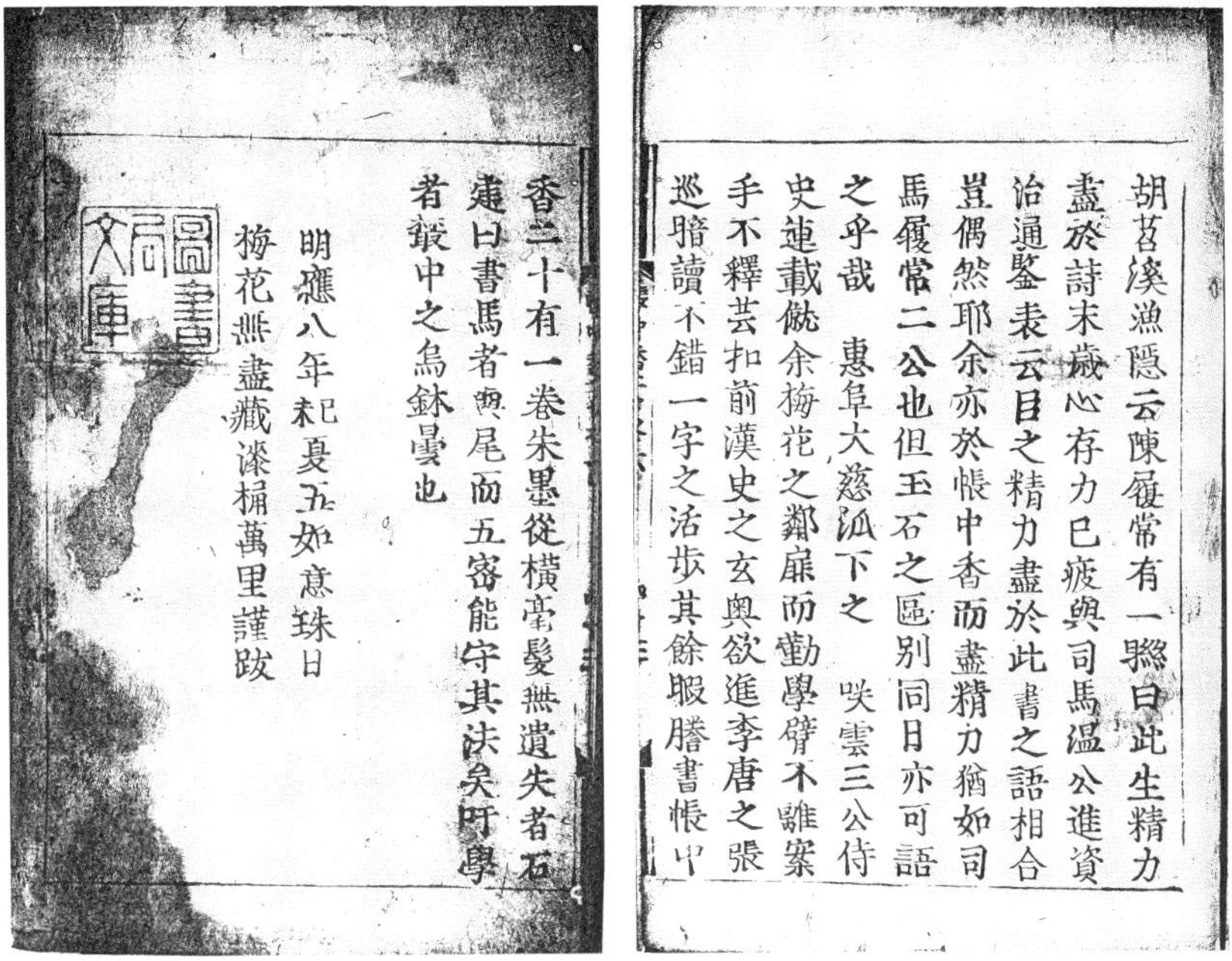
胡苕溪漁隱云陳履常有一聯曰此生精力
盡於詩末歳心存力已疲與司馬温公進資
治通鑑表云目之精力盡於此書之語相合
豈偶然耶余亦於帳中香而盡精力猶如司
馬履常二公也但玉石之區別同日亦可語
之乎哉　惠阜大慈泒下之　咲雲三公侍
史連載僦余梅花之鄰扉而勸學僻不離案
手不釋芸扣前漢史之玄奥欲進李唐之張
巡瞻讀不錯一字之活歩其餘暇謄書帳中
香二十有一卷朱墨從横毫髮無遺失者石
建曰書馬者與尾而五寄能守其法矣吁學
者猿中之烏鉢曇也
明應八年己未夏五如意珠日
梅花無盡藏漆桶萬里謹跋

古活字版『帳中香』（江戸初期、慶長・元和年間の刊）巻末の万里集九跋文
（国立公文書館内閣文庫蔵本）

については、いずれも五山における翻刻本（五山版）が現存する。よって、万里にとっても入手困難ではなかったに違いない。

その他の詩人の作品や逸事の多くは、おそらく『苕渓漁隠叢話《ちょうけいぎょいんそうわ》』前後集、『詩人玉屑《しじんぎょくせつ》』、『詩林広記』前後集等の詩話総集や、『唐宋聯珠《れんじゅ》詩格《しかく》』、『古文真宝』等の作詩作文教本を情報源としていたようである。この中、『苕渓漁隠叢話』は南宋初期の成立で北宋末までの詩人を対象とする詩話集である。その他はすべて南宋末から元初にかけて作られ通行したテキストで、南宋の作品をも収録する。『詩人玉屑』、『唐宋聯珠詩格』、『古文真宝』の三書には五山版があり（川瀬一馬『五山版の研究』一九七〇年）、五山僧にとって、もっともポピュラーな漢詩漢文の教材であった（残りの二書については、『梅花無尽蔵』に言及がある）。

しかし、中には特殊なケースも存在する。南宋後期の白玉蟾（もとの姓名は葛長庚。海南白氏

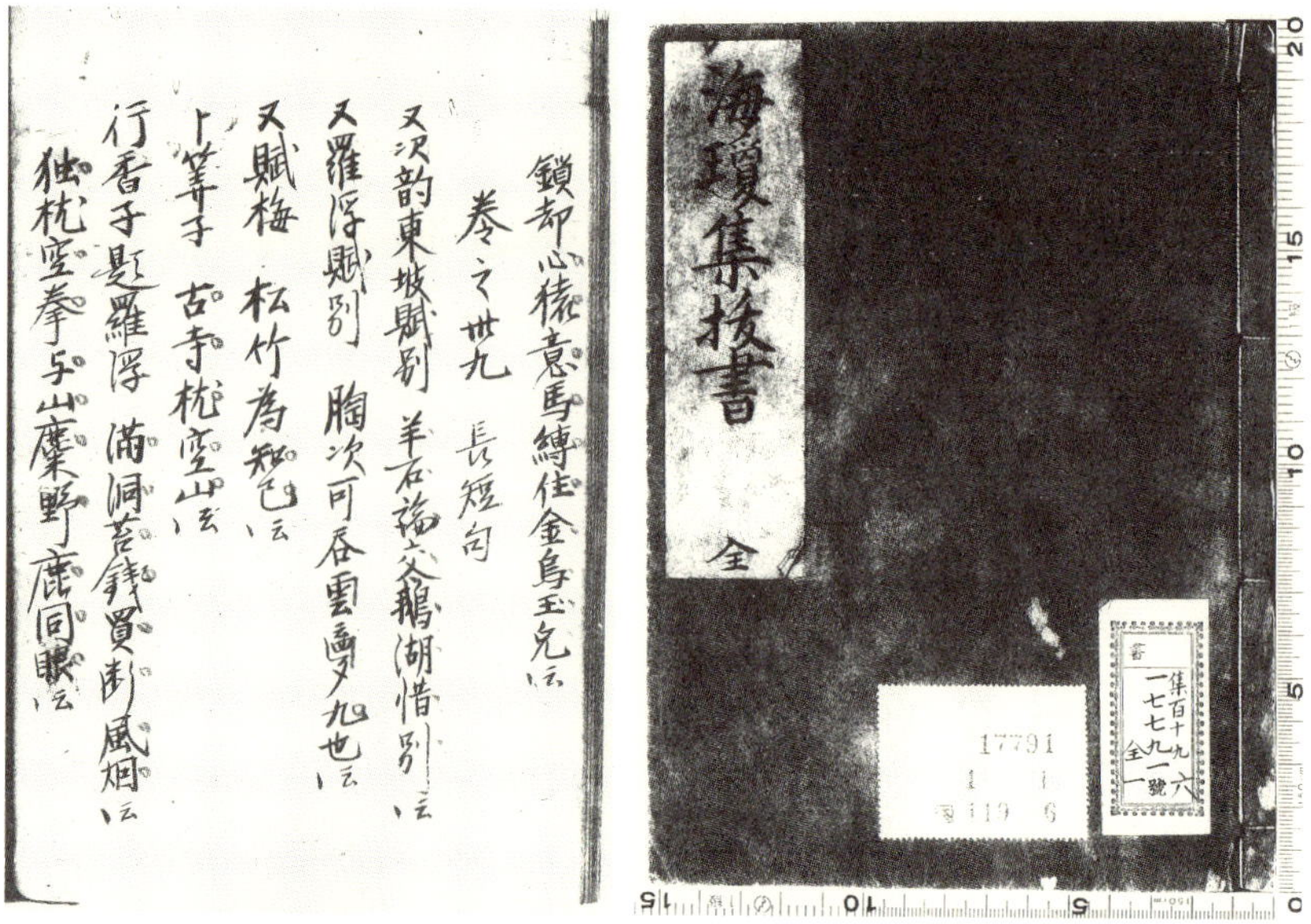

室町時代写本『海瓊集抜書』書影（国立公文書館内閣文庫所蔵）

の跡目を継ぎ改名。一一九四―？）がその例である。白玉蟾は、道教内丹派の南宗五祖と称せられる道士であり、宗教史的には重要人物であるが、文学史ではほとんど言及されることのないマイナーポエットである。しかし、万里は彼の詩集を所蔵し愛読した。玉村竹二氏によれば、万里自身が書写した写本も伝わり、その写本には次のような万里の識語が書き込まれている、という（『五山文学新集』第六巻、「万里集九解題」一一六二頁）。

　梅庵漆桶《しっつう》万里、此《こ》の集（白玉蟾の詩集）を渉猟《しょうりょう》すること三遍、洛（京都）に于《お》いて尾（尾張）に于いて武（江戸）に于いてなり。長享丁未《ていび》仲冬十七、江戸城が梅花無尽蔵下に之《これ》を書す。

長享元年（一四八七）十一月十七日に江戸城内で書き写したことが明記されている。玉村氏の解説によると、この写本は摘録本で、万里が気に入った詩句を抜き書きしたものであるらしい。実は、国立公文書館内閣文庫にも「海瓊《かいけい》集抜書」（内題「海瓊白先生詩集」または「海瓊先生文集」）と題する室町時代の写本一冊が所蔵されており、筆者も調査する機会を得た。もとは江戸城内の「紅葉山文庫」に所蔵されていたものなので、この写本も万里の抜き書きと同じものである可能性が高い。

もし、この内閣文庫本が、竹村氏によって紹介された万里の摘録本と同一内容であったとすると、この写本は当時の五山が持っていた漢籍（外典）収集能力を間接的にもの語る資料と見なすことができる。というのも、今日、現存する数種の白玉蟾集は巻数が六巻から十四巻の間に止まる。一方、内閣文庫本はそもそもが摘録であるので、依拠した原本の全貌を知ることはできないが、巻ごとに詩題と佳句が抜き書きされており、最終巻は「巻三十九」であった。

白玉蟾の歴代刻本の中で最も通行したのは、明の正統七年（一四四二）朱権序刊の『海瓊玉蟾先生文集』六巻、『続集』二巻である。その巻首には、南宋端平三年（一二三六）の潘牥《はんぼう》の序が掲げられており、潘牥のテキストはもともと「四十巻」であったことが序文に明記されている。このテキストはすでに散逸し伝わらないが、いずれにせよ現存テキストの中で、「巻三十九」が存在する白玉蟾集は一つもない。よって、万里が依拠したのも潘牥のテキスト、すなわちもっとも古い南宋端平本であった可能性がきわめて高い。

この事実は、五山という空間に、白玉蟾のごとき必ずしもメジャーとはいいがたい詩人の詩集、それも善本が収蔵されていたことを、はしなくも証明している（かつまた、白玉蟾が内丹派の南宗五祖であることを考慮に入れると、シンクタンクとしての五山が道教をも守備範囲に収めようとしていたことをもの語る）。そして、万里は、自ら発掘したお気に入りの詩人を他者に知らしめるために、自ら抜き書きしたノートを折に触れて書き写し、周辺の好事家に配ったのではないだろうか。ここには、五山が蓄積した宋代文化の媒介者として振る舞う万里の姿を見て取ることができよう。

杭州西湖の孤山にある林逋の墓

万里集九と梅

終の棲家を「梅花無尽蔵」と名づけ、自身の詩集にも同じ名を冠していることから知られるとおり、万里と梅の縁は深い。「梅花無尽蔵」の語は、南宋陸游（陸放翁　一一二五―一二一〇）の「梅を看て帰る馬上　戯れに作る」と題する七絶（其五）の一句を借用したものである。

梅花を好んで詠じた五山僧はむろん万里一人ではない。しかし、万里の場合、その傾倒ぶりが徹底している。そして、この傾倒の背景にあるのは、「梅花無尽蔵」という語の来歴に象徴されるように、宋代文化に対する彼の強い憧憬であった。

梅は『詩経』以来詠じられてきた中国古典詩のもっともポピュラーな題材の一つであるが、あらゆる花木の中で梅を格別な高みにまで釣り上げた最大の功労者は宋代の詩人である。ある統計（程傑『宋代詠梅文学研究』安徽文藝出版社、二〇〇二年）

によれば、唐詩全体における梅花を題材とした詩の比率は0・16%（唐以前では0・23%）であるのに対し、宋詩においては1・85%で、約10倍に比重が増している。量的にも、唐詩の90首（唐以前は26首）に対し、宋詩は4700首、実に50倍を超える。宋代の詩人たちは、寒冷に損なわれることなく美しく咲く梅花に、孤高不屈の精神や侵しがたい高潔さを見出し、世俗に背を向ける隠士の姿や、天界から降臨した仙女の像を投影した。

実は、万里がとりわけ好んだ宋代詩人はすべて「梅花」というキイワードによって一つに結びつけられる。「蘇黄」も陸游も白玉蟾も詠梅の佳句、警句を数多く残した詩人である。だがここで、宋代詠梅詩の開山祖師を忘れてはなるまい。北宋初期の林逋（林和靖　九六八―一〇二八）がその人である。万里の詩集においても、林逋の占める比重は「蘇黄」、陸游、白玉蟾のそれと比べて少しも遜色がない。

林逋は杭州西湖の孤山に隠棲し「梅を妻とし鶴を子とした」とされる隠士で、庵の傍らに梅を植え、梅花の詩を多数詠じた。その中で、

疎影横斜水清浅　　疎影《そえい》横斜《おうしゃ》して　水　清浅《せいせん》
暗香浮動月黄昏　　暗香《あんこう》浮動して　月　黄昏《こうこん》

の対句（「山園小梅」）こそは、宋代詠梅の風を開いた絶唱とされる。万里もまだ五山にあった頃（寛正五年〔一四六四〕）、次のような一文を書いている（「西湖図」。『五山文学新集』第六巻「松山序等諸師雑稿」）。

西湖は梅を以てして重く、梅は和靖《かせい》（林逋）を以てして重し。横斜浮動の香影、自然を享《う》くるの新画なり。天地開闢以来、此の梅有りと雖《いえど》も、和靖無くんば則ち梅は以て梅と為《な》す能《あた》わざるなり。西湖も只だ是れ一野水《いちやすい》なり。和靖は何人《なんぴと》なりや。能《よ》く梅花を九鼎《きゅうてい》の重きに定め、西湖を連城《れんじょう》の璧価《へきか》に倍《ばい》せしむるなり。

万里は、――西湖と梅を結びつけ、それぞれの価値を高からしめた人物として――林逋を絶賛している。

万里と林逋を結ぶ象徴的な事例を紹介する。万里が江戸城にいた文明十八年（一四八六）のことである。この年の初冬、万里は鎌倉五山僧との交流を求めて、鎌倉に旅した。その際、鎌倉の外港として栄えた金沢六浦（横浜市金沢区）の地を訪れている。

鎌倉の外港という土地柄、中世においてこの地は、経済・文化の集積地であり、関東にあっては中国にもっとも近い場所でもあった。かつてこの地に「三艘《さんぞう》」と呼ばれる町名があったが、それは中国船が三隻来港したことに因むという。また、北条実時が称名寺《しょうみょうじ》の境内に創設した金沢文庫には、数多くの貴重な漢籍や唐物（中国の舶来品）が収蔵されていた。さらに、この地には、江戸以降、西湖になぞらえられる、内海と岬と小島が織りなす山水の絶景が広がっていた。

しかし、万里にとって一番の目あては漢籍や唐物でも、絶景でもなく、杭州西湖から舶来され移植されたという「西湖の梅」であった。ところが万里が称名寺を訪れた時は折悪く開花の前で、花を賞でることがかなわなかった。

前朝金澤古招提　　前朝　金沢の古招提《こしょうだい》
遊十年遲雖噬臍　　遊ぶこと十年遅し　臍《ほぞ》を噬《か》むと雖《いえど》も
梅有西湖指枝拜　　梅に西湖有り　枝を指して拝す
未開遺恨翠禽啼　　未だ開かず　恨《うら》みを遺《のこ》せば　翠禽《すいきん》啼《な》く

（『梅花無尽蔵』巻二「二十有七己亥……三首」其二）

第二句「十年遅し」というのは、おそらく蘇軾の詩句を踏まえる。流謫された蘇軾が赦免され、かつての政敵で今は隠居の身の王安石を訪ねた時に贈った詩（「次荊公韻四絶」其三）に「公に従うこと已に覚ゆ十年遅しと」の句がある。

横浜金沢の称名寺
西湖の梅は今はもうない

ここでは、還俗前に僧として訪れここに暮らしたかった、ということであろう。

幸いにも、太田道灌によってこの梅は株分けされすでに江戸城内に移植されており、万里はいながらにして満開の「西湖の梅」を賞でる僥倖に恵まれた（『梅花無尽蔵』巻二「梅時会故人」）。しかし、肝心の称名寺の梅を見られず、たいそうがっかりしたようである。それでも後年（長享三年〔一四八九〕）万里は、この時のことを回顧して、称名寺の梅を、開花前であったにもかかわらず「東遊第一の奇観」と称している（『梅花無尽蔵』巻六「貼西湖梅詩序」）。

「西湖の梅」との出会いには後日談がある。万里が称名寺で花を見られず残念がったことを聞いた鎌倉建長寺の僧が、その花びらを摘んで、万里の許に送り届けてきたのである（長享元年〔一四八七〕）。万里はそれを鵜沼まで大事に持ち帰り、庇護者の梅心瑞庸《ばいしんずいよう》（一四三七―九六）に贈った。梅心は万里に命じて梅の枝を描かせ、そこにこの花びらを貼って、一幅の画軸に仕立て上げさせている（『梅花無尽蔵』巻三上「西湖梅貼軸詩」、同巻六「貼西湖梅詩序」）。

書物の大海を跋渉し書物の世界に遊ぶことを無上の楽しみとした万里が、例外的に心を躍らせ出向いた先が金沢称名寺の「西湖の梅」の前であった。それはこの梅が、瞬時にして彼を西湖湖畔へと運び、林逋を始め憧れの宋代詩人が共有したのと同じ美的感動を与えてくれる可能性を秘めていたからであろう。かの地に遊ぶことができなかった彼にとって、「西湖の梅」（および漢籍）は、酷薄な現実から心ゆかしき世界へと彼を導き誘ってくれる、ほとんど唯一の心のよすがだったのかもしれない。

二〇〇六年十一月

〔主要参考文献〕

○玉村竹二編『五山文学新集』第六冊所収「梅花無尽蔵」および「万里集九作品拾遺」（東京大学出版会、一九七二年）
○市木武雄『梅花無尽蔵注釈』四巻、別巻一巻、索引一巻（続群書類従完成会、一九九三〜九八年）
○中川徳之助『万里集九』（吉川弘文館、人物叢書、一九九七年）
○市木武雄、梅田薫『「梅花無尽蔵」の世界』（鵜沼歴史研究会、二〇〇五年）

IV

読書雑識

18 銭鍾書《せんしょうしょ》と『宋詩選注』

一　「銭学」

今日、中国には「銭学《チエンシユエ》」と呼ばれるホットな学問領域がある。むろん、いにしえの青銅銭についての考古の学でもなければ、「発財」を目指す実利の学でもない。『宋詩選注』の著者、銭鍾書を専門的かつ総合的に研究する学問領域を、こう総称する。

「銭学」は、ごく一部の好事家の間でのみ通用する特殊な呼称では決してない。少なくとも中国の読書界では現在ごく当たり前に使用され、すでに市民権を得たことばである。たとえば、『銭鍾書研究』（第一～第三輯／文化芸術出版社、一九八九年十一月～一九九二年五月）や『銭鍾書研究集刊』（第一～第三輯／上海三聯書店、一九九九年十一月～二〇〇二年一月）という刊行物が継続的に編集され、各々20～30篇の研究論文が収録されている。また、『銭鍾書研究叢書』（河北教育出版社）という叢書も刊行され、すでに10冊余の専著が上梓されている。シリーズ物ではなく単独の著書ということになれば、それこそ枚挙に暇がない。この事実が現代中国における銭鍾書の地位を何よりも雄弁に物語っている。

中国の「銭学」熱は、おおよそ一九八〇年代半ばから顕著になり始め、九〇年代に入って一気にヒート・アップした。爾後、今日に至るまで一度も衰えることなく過熱化の一途を辿っている。巷間の「銭学」熱に火をつけたのは、一九九〇年に中央電視台《テレビ》が銭氏の長編小説『囲城』（岩波文庫に日本語訳が収められている。邦題『結婚狂詩曲』。荒井健、中島長文、中島みどり訳。一九八八年）をテレビ・ドラマ化したことによる。全国ネットで放映されたことにより、銭鍾書の名は中国国内の隅々にまで響き渡った。

この小説の初版本が出版されたのは一九四七年のこと。四九年三月に第三版が出た後、中国国内では長期に渉って重版されず、八〇年に至って漸く改訂第一版が刊行された。一九四九年は、周知の通り、中華人民共和国建国の年（十月一日）である。したがって、この小説は新中国成立の後、忽然と一般社会から姿を消し、人々の記憶から一度完全に抹消された存在であった。それが、三十年の沈黙を破って一九八〇年に再版されるや、急速に読者を獲得し、十年の後にテレビドラマ化されるに至ったのである。中国ウォッチャーならば容易に察しがつくと思うが、『囲城』の評価にみられる浮沈の足跡は正しく、中国の知識人がこの半世紀の間、一様に歩まざるを得なかった変転の歴史を映し出している。そして、『囲城』および銭氏をめぐる今日の熱狂こそは、彼ら知識人の完全なる復権を最も象徴的に示す事象といってよい。

今日の「銭学」熱は、このような『囲城』の流行と大いに関連があるが、読者の関心がもっぱら小説にばかり向けられていたわけではない。確かに『囲城』は、文化大革命終了直後という時代的文脈を超越した規格外の作品であり、そのことが読者に新鮮な驚きを与え、作品への関心を高めた。だが、より重要なのは、作品同様、作者もまた全く規格外の知識人であることを、彼らが「発見」したという点である。著書の性格上、『囲城』のような広範囲の読者をにわかには獲得しなかったものの、実は『囲城』の再版に先立ち、彼の学術的巨編『管錐編《かんすいへん》』（一九七九年八月）が刊行されていた。さらに、もう一つの学術的代表作『談藝録《だんげいろく》』の修訂版も八四年に再版されている。――両書の中に縦横無尽に盛り込まれた古今東西の学術的知識は余人の追随をゆるさぬ質と量を誇る。

文革世代や改革開放後の若き知識人にとって銭鍾書は、彼らの常識をはるかに超えた知的スケールをもつ巨人であった。現代の貴種流離譚よろしく、同時代の同胞にそういう超級《スーパー》知識人が存在したということが、彼らには驚くべき発見であっただろう。その驚きはすぐさま憧憬と敬慕とに変わり、やがて彼らの知的好奇心が向かう対象となった。銭鍾書という「ブラック・ボックス」はどのようにして作り上げられ、また一体どのような構造をもつのか、こういう素朴な知的関心が、今日の「銭学」を基盤から支えている。

かくて、『囲城』の再版を契機として沸き起こった銭鍾書への高い関心が、「銭学」という学問領域を確立させた。その範囲は西欧文芸学、中国古典学、比較文学、近現代知識人論等々に及び、それぞれの領域で彼の創作・学術両面にわたる著作に関する具体的考察がうずたかく蓄積されている。

しかし、多くの日本人にとって、銭鍾書は完全に未知なる存在である。そこで本稿では、まず彼の一生を、彼の代表的著作の紹介を交えつつ、簡単に振り返りたい。その後に、『宋詩選注』について、一二の解説を加えることとする。

二　銭鍾書の青少年期

銭鍾書（一九一〇—一九九八）、字《あざな》は默存、号は槐聚《かいしゅう》、また早年（三〇年代）、「中書君」の筆名《ペンネーム》で『大公報』『新月刊』等の新聞や雑誌に文章を寄稿してもいる。江蘇省無錫《むしゃく》の人。——遠祖が十世紀五代十国時代の呉越国王・銭氏に連なるという——無錫の由緒正しき名族、いわゆる郷紳の出身である。父は基博（一八八七—一九五八　字は子泉）、生涯を教育と研究に捧げ、無錫国学専修学校、上海聖約翰大学、光華大学、国立浙江大学、国立師範学院等々の高等教育機関に奉職し、主として「国学」を教授した。著書に、『中国文学史』『中国現代文学史』『韓愈志』等がある。

無錫旧城内にのこる銭鍾書旧家

無錫は京杭大運河に沿って開けた江南の一大商工業都市である。大運河によって、東は蘇州に連なり、西は常州に接する。また、南は中国第三位の面積を誇る淡水湖、太湖に臨み、北は約四〇キロのところを中国最大の大河、長江が東流している。現在では城壁が取り払われたが、かつてこの商工業都市にも城壁に囲まれた旧城が存在した。運河に四周を囲まれ菱形をした、その旧城内の西隅に、前西渓という小巷がある。この一角に銭氏の旧家が現存する。再開発計画によって取り壊されるところを、巷の銭学ブームに後押しされ、一転して保存が決まり、二〇〇二年の秋、銭鍾書記念館として生まれ変わった（写真参照）。この旧家は一九二三年に建造されたもので、鍾書は十三歳から十九歳までをここで生活している。

十七世紀初頭、明朝の末期、朝廷の腐敗に異を唱え下野した無錫出身の高官・顧憲成は、帰郷後すみやかに——北宋の儒者・楊時が創建した——東林書院を再興した。爾来、在野の反体制勢力がここに集結し、朝廷は彼ら「東林党」の弾圧に躍起になった。鍾書は、この東林書院（次頁写真参照）を前身とする東林小学（無錫県立第二高級小学）に学んでいる。

知識階層の子弟が当時一様にそうであったように、鍾書も幼少期、私塾や学校に通う傍ら、四書五経を始めとする伝統的学問の素養を家庭内で授けられた。一つ下の従弟・鍾韓（父基博の双子の弟、基厚の長子）とともに、初めは伯父（基博の長兄）の基成から、やがて父から直接、学問を教授された。その一方で、鍾書は七歳前後までに家蔵の『三国演義』『水滸伝』『西遊記』等の長編小説をすべて読了し、やがて街の貸本屋から『説唐』『済公伝』『三俠五義』等の通俗小説を借りてきては、厳格な父の目を盗んで耽読した、という。――幼年時代から、鍾書のジャンルを問わぬ読書狂いはすでに始まっていた。

中学校は、鍾韓とともに蘇州にあるアメリカ系の全寮制ミッションスクール、桃塢《とうう》中学（六年制）に進学したが、中学三年生の時、この学校が閉校されたため、同じ系列の無錫輔仁中学に転校した。この頃、父が無錫国学専修学校に勤務していたので、鍾書は放課後、父の学校に向かい、ここで父から国文の補習を受けている。この頃の鍾書は、算数が全く苦手であったが、英語と国文は常に全校第一位の成績であった。読書熱はますます高じて、欧米文学の翻訳や原書、哲学書、辞典・百科事典の類が、新たに彼の読書対象に加わった。鍾書は次から次へと手当たり次第に読書し、そのつど克明な読書札記《ノート》をつけた、という。この読書習慣は終生続けられ、やがてそれが学術巨編『談藝録』や『管錐編』を生み出す基礎となっている。

一九二九年、最優等の成績で無錫輔仁中学を卒業した鍾書は、北京の清華大学外国語言文学

無錫旧城東門近くにある東林書院

系に入学した。入学試験で数学がわずかに15点（百点満点）という成績で、規定では不合格であったが、英語と国文が各々第一位という抜群な成績であったため、特別裁量によって破格の合格となった、という。清華時代の鍾書は、周囲から清華の「三傑」とか「人中の龍」と呼ばれ、学生はむろんのこと教師からも一目置かれる存在であった。それは主として彼の古今東西を貫通する博覧強記によるものであった。彼は大学図書館に入り浸り、国内外の新旧書籍を読みあさった。鍾書の在学中、――中国思想および歴史研究の泰斗であり同族の――銭穆《ぼく》（一八九五―一九九〇）が清華の教壇に立っていたが、当時の鍾書の印象を回想して、後年、次のように記している。(1)

（鍾書）中西の文学に兼通し、群書に博及して、宋以後の集部（文人の全集や詩文の総集・選集類）殆ど目を過《よぎ》らざるは無し。

ただし、鍾書は決して模範的な学生ではなかったようだ。講義を受講する際には、いつも講義内容と全く関係のない書を持参し、講義の間中それを読みふけり、ノートを全くとらなかった、という。また、当時清華の教壇に立っていた教授陣の学問を小馬鹿にするような言動が目立ったともいう。鍾書のやり玉に挙げられた教授の中には、朱自清（一八九八―一九四八）や馮友蘭《ふうゆうらん》（一八九五―一九九〇）等、超一流の学者も含まれている。もっとも、当時もしくは後年の言動を見れば、これは驚くに足らないかもしれない。魯迅の弟、周作人（一八八五―一九六七）が発表して、当時高い評価を得た『中国新文学的源流』（北京人文書店、一九三二年）に、相当手厳しい書評文を書いたのも清華在学中であったし、中国二〇世紀最高の史学者と目され、清華で教鞭を執ったこともある陳寅恪《いんかく》（一八九〇―一九六九）に対してさえ、彼は後年その学風を批判したくらいであるから。(3)

一九三三年夏、清華大学を卒業した鍾書は、上海の光華大学外文系（国文兼任）の講師となった。清華の教授たちは彼に大学院進学を強く勧めたが、鍾書は父が国文系主任として勤務していた光華大学に就職することを選択した。

鍾書が「清華には銭某を指導する資格のある教師は一人もいない」と豪語して清華を去った、という逸話も残っている。かくて、銭氏父子は創設間もない上海の私立大学で約二年間同僚として過ごしたのである。

実は、上海に赴任する直前、鍾書は——清華大学在学中に知り合い交際していた、同郷出身の——楊絳《ようこう》と婚約していた。楊絳は初め父（楊蔭杭）の勧めによって蘇州の東呉大学に入学し政治学を学んだが、元来政治学に関心の乏しかった彼女は、平素より親しんでいた外国文学を研究すべく、大学卒業後、清華大学大学院に進学した。そして程なく、当時本科三年生であった鍾書と知り合った。鍾書の就職直前に婚約した二人は、その二年後（三五年の夏）、正式に結婚している。結婚に先立ち、鍾書は英国への国費留学の資格を獲得していた。かくて、新婚ほやほやの二人は、共通の研究対象である西欧文学を研究すべくイギリスへと旅だったのである。

一九三五年～三七年の二年間を、彼らはオックスフォード大学で過ごした。そしてその大半の時間を、中世の香り漂うボドレイアン図書館で過ごした。清華を遥かに凌ぐ規模と歴史と蔵書数を誇るこの大学図書館で、鍾書は水を得た魚のように読書三昧の日々を過ごし、大量の読書札記を残した（この時期の札記は近々、『銭鍾書手稿集〔自筆原稿集〕』の一部〔『容安館札記』〕として刊行される予定という）。鍾書はオックスフォードの二年間で「十七、十八世紀英国文学における中国」という卒業論文を書き、学士号（B.Litt.）を取得した。一人娘の銭瑗《えん》が誕生したのも、オックスフォードにおいてであった。

三七年秋、二人はドーバー海峡を渡り、パリ大学に留学した。オックスフォードの二年間はあたかも修行僧のごとき単調な留学生活であったが、パリでは、勉強の合間にカフェで留学生仲間と談笑したり、古書街で掘り出し物を捜したりと、変化に富む楽しい留学の日々であったようだ。

しかし、彼らがパリに渡った年の七月、祖国では蘆溝橋事件が勃発、これを契機に日中全面戦争が始まった。日本軍は浙江・江蘇一帯にも総攻撃をかけ、彼らの故郷・無錫も戦火にまみれ陥落した。彼らの親族は概ねみな無事であったが、戦況は長期化の様相を呈し、事態はまったく予断を許さぬ方向に進行しつつあった。異国の空の下、ささやかな幸福に浸っていた彼らは、かくて留学生活にピリオドを打ち、三八年、帰国の途につくのであった。鍾書28歳の夏である。

三　銭鍾書の後半生と学術

帰国後、彼らを待ち受けていたのは、混乱の極にある祖国であった。むろん、英国留学以前においても、祖国は決して太平無事な状況にはなかったが、それでも鍾書には書物の大海を思う存分泳ぐだけの条件と時間が十分に用意されていた。しかし、戦争はそのような条件を彼から完全に奪い取った。戦争終結後も、それが著しく改善されることはなかった、といってよい。時代の大きなうねりが幾度となく彼に襲いかかり、抗いがたい命運に我が身をゆだねつつ、彼も同時代の多くの知識人と同様、許多の苦難を味わうことになった。

彼の後半生は、(Ⅰ)一九三八～四九年、(Ⅱ)一九四九～七六年、(Ⅲ)一九七六～九八年、の三期に大別できる。各時期に残した学術的著述を中心に、この三期を簡単に紹介する。

(Ⅰ)一九三八～四九年……四五年八月まで日中戦争が続き、終結後すぐに国共の内戦が始まった。約四年の内戦の末に共産党軍が勝利し、四九年一〇月に中華人民共和国を建国した。――こういう激動の一〇年余である。銭鍾書、28～39歳。

ヨーロッパ留学から帰国した鍾書は、清華大学外文系に教授として招聘されたが、当時、北京、天津、南京等の主要都市はすでに日本軍によって占拠されており、そういう論陥《りんかん》地区の大学は多くが地方に疎開していた。清華も、北京大学、南開大学と三校共同で西南聯合大学を創設し、雲南の昆明《こんめい》に疎開中であった。かくて鍾書は、フランスから乗った船が香港に到着すると、妻子と別れ単身、昆明へと赴いた（楊絳は一歳の娘を抱いて、父のいる上海へと向かった）。しかし結局、昆明を一年足らずで離れている。以後、湖南の藍田（邵陽）に疎開中の国立師範大学へ赴任し、再び父と同じ職場で苦楽をともにした（三九年一一月～四一年七月。父子ともに単身赴任）。

四一年の夏、鍾書は夏期休暇を利用し、妻子や母に会うため、湖南から上海へと出かけたが、時おりしも日本が太平洋戦争に突入する直前であった。三八年の日中全面戦争突入後、主要都市が次々陥落してゆく中で、上海だけは日本と英米仏とが微妙な勢力バランスを保っており、結果、市街の一部に日本軍の勢力が及ばない中立地帯（「孤島」という）が存在していた。銭・楊両家は何れも難を逃れてその中立地帯（フランス租界）に寓居していた。しかし、四一年の年末、日米関係が悪化、それにともない英米仏が上海から撤退すると、上海は完全に日本軍の支配下に入った。そもそもは一時的な滞在の予定であったが、このような戦況の急変によって、鍾書は上海を離れようにも離れられない状態となり、結局そのまま約九年もの間、上海に居住することになった。この間、鍾書は震旦女子文理学院の教授（～四五年夏）、南京国立中央図書館の英文紀要の編纂委員（四六年初～四八年）、国立曁南《きなん》大学外文系教授（四六年秋～四九年五月）等の職についている。

戦時下の上海にあって生活は決して楽ではなかったようであるが、彼の早期の創作及び学術的著述は、この一〇年間に最も多く発表されている。主要なものを挙げると、散文集『写在人生辺上』（一九四一年八月、開明書店）、短編小説集『人・獣・鬼』（一九四六年六月、開明書店）、長編小説『囲城』（一九四七年五月、晨光出版公司）、中国古典詩歌評論集『談藝録』（一九四八年六月、開明書店）がある。

『談藝録』は、一九三九年、鍾書が国立師範大学に奉職していた時分より書き始められ、四二年に初稿が完成、その後、修訂が加えられて、四八年に刊行された。文体は現代語ではなく、文言文（古文）が用いられ、伝統的な詩話の形式で、計九一のトピックが記されている。九一のトピックに内容上、相互緊密な連関があるわけではないが、採り上げられた詩人は、宋以降の詩人が多く、また晦渋な詩風や独特なレトリックで聞こえた詩人がより多く議論の俎上に載せられている。欧陽脩『六一詩話』以来の詩話形式を襲ってはいるが、ヨーロッパの文学知識がふんだんに盛り込まれているという点で内容はきわめて斬新である。

本書のもう一つの大きな特徴は、――時として本文を遥かに凌駕する字数からなる――厖大な「補訂」が付加されていることである。これらの多くは、八七年の改訂再版の際に増補編入された部分であるが、自著の修訂に対するあくなき追求は、銭鍾書の学風をもっとも端的に示すものである。なお、本書の部分訳が、荒井健氏等によって雑誌『飆風《ひょうふう》』（飆風の会、第30～34号、一九九四～九八年）に連載されている。

(Ⅱ)一九四九～七六年……中華人民共和国の建国から文化大革命の終結までの四半世紀。銭鍾書、39～66歳。

四九年の夏、銭氏一家は上海を離れ北京に転居した。鍾書は再び清華大学外文系に教授として迎え入れられた。実はこの前後、台湾大学、香港大学、オックスフォード大学からも招聘の申し出があったが、結局彼は祖国に残る決断をした。五二年の初め、全国高等教育機関の大規模な調整が実施され、鍾書は清華から北京大学文学研究所に配置換えになった。ちなみに、この文学研究所はすぐに中国科学院哲学社会科学部に吸収合併され、七七年以降は、中国社会科学院（Chinese Academy of Social Sciences）の所属となっている。文学研究所に配置された当初、鍾書は外国文学研究組であったが、鄭振鐸所長の命により臨時に古典文学研究組に回されて以降、再び外国文学研究組に復帰することはなかった。

四九年以降、鍾書は小説を全く書いていない。また、大胆かつシニカルな批評や言動も鳴りを潜めた。共産党主導による社会主義運動が進展するにつれ、思想統制、言論統制の網が徐々に拡大強化されていった。そういう時世の中で、鍾書は父が己に与えた字「黙存」の意味を生まれて初めて深く噛みしめたのであろう。大多数の知識人がそうであったように、彼も饒舌よりは沈黙を選び、我が身の保全を図ったのだと考えられる。しかし、そういう彼の身の上にも苦難は降りかかっている。文化大革命の最中、銭氏夫妻は「反動的学術権威」のレッテルを貼られ、紅衛兵から幾度となくいわれなき誹謗中傷や屈辱的な拷問を受けた、という。さらには六九年から七二年まで同僚とともに河南省の農村に下放され、肉体労働に従事することを余儀なくされた[4]。

したがって、この間の著述は決して多くはない。五八年九月に『宋詩選注』を執筆刊行したこと（後述）を除けば、文学研究所編の『唐詩選』（人民文学出版社、一九六八年八月）と『中国文学史』（人民文学出版社、一九七二年七月）の編集や執筆に部分的に加わったことくらいが特筆すべき事例であるに過ぎない。

(Ⅲ)一九七六〜九八年……文革終了後、経済政策の大転換（改革開放政策）により中国経済が好転し、やがて高度成長期を迎えた約二〇年間である。銭鍾書、66〜88歳。

文革が終了し、知識人の名誉回復が果たされると、銭鍾書の著述はあたかも時代の急変を象徴するかのごとく、一躍注目を集めるようになった。旧著の修訂版が刊行される一方、未公開の新著も刊行された。新著の代表は、四分冊計一五五〇頁余からなる学術的巨帙『管錐編』である。この著は、鍾書が河南の「幹部学校」から北京に戻った前後（一九七二年）から書き始められ、約四年の歳月をかけ七五年に初稿が完成した。内容は、『周易正義』『毛詩正義』『左伝正義』『史記会注考証』『老子王弼《おうひつ》注』『列子張湛《ちょうたん》注』『焦氏易林《えきりん》』『楚辞洪興祖補注』『太平広記』『全上古三代秦漢三国六朝文』の十種を対象とする学術的札記である。『談藝録』同様、文言文によって記され、古今東西の夥しい知識が盛り込まれている。ある統計によれば、この著には、計四千名余の作家による一万種以上の著作が引用されており、中でも西洋の文献は一七〇〇種余に上るという。また、欧文の引用原文は、英、独、仏語の他、イタリア語、スペイン語、ラテン語の六種類の言語に及ぶ。

『管錐編』は、一九七九年八〜十月に中華書局から刊行され、八二年九月に、『管錐編増訂』が単行出版された後、八六年六月に「増訂之二」「増訂之三」を併せて一冊とし、五冊本となって、再版された。なお、出版の前後に、鍾書はすでに続編を構想していた。その続編は、『全唐文』『杜甫詩集』『韓愈全集』等五部の書を対象とするもので、二十万字余を執筆する心積もりであった、という。(5) しかし、諸般の事情から、結局それを断念している。

また、七九年九月には、上海古籍出版社から『旧文四篇』という書も刊行された。これは、一九四〇年に発表された「中国詩と中国画」と、六〇年代前半に発表された論文三篇を収録した論文集である。八五年十二月には、この『旧文四篇』に、八〇年代初期に発表された論文三篇を加えて、『七綴集《しちてつ》』が刊行されている（上海古籍出版社。一九九四年八月に、修訂第二版が出版された）。

一九七八年九月、鍾書は約四十年ぶりに海外の地を踏んでいる。イタリア北部、ドロミテアルプス山間の避暑地（オルティセイ）で開催された学会に、中国学術代表団の一員として参加し、学術講演を行っている。その半年後、七九年四月には、中国社会科学院代表団の一員として一ヶ月間、アメリカ各地の大学や研究機関を訪問した。さらに、翌八〇年の一一月には日本を訪れ、東京、名古屋、京都等で講演もしくは学術交流を行っている。(6) この時、早稲田大学で行った記念講演「詩は以て怨むべし」は、前掲『七綴集』にも再録された。

この日本訪問を最後として、鍾書は二度と海外の地を踏んでいない。以後、彼は基本的にずっと北京を離れることなく、三里河の閑静な官舎で静かに読書の日々を送っている。人との応接を極力減らし、一日の内、午前中は読書の時間に当て、午後は多数寄せられる書簡に返事を認めるという日々であった。

一九九三年の冬、消化器系の内臓疾患により入院し手術を受け、一度は快方に向かうが、翌年夏、病状が再び悪化し再入院、以後、鍾書は三里河の自宅に帰ることなく、数年間を北京医院の病床で過ごすことになった。誠に沈痛なのは、鍾書の入院後、愛娘・銭瑗が末期ガンに冒され、最晩年の父を見舞うことさえ叶わなくなったことである。しかも、彼女は九八年三月、鍾書よりも早く帰らぬ人となった（享年六十一）。楊絳夫人は鍾書の病状が悪化するのを懸念して、愛娘の死をしばらく伏せていた。彼が娘の死を知ったのは、その年の夏であった。そして、愛娘の後を追うようにして、九八年十二月十九日、鍾書は静かに永遠の眠りについた。享年は八十八であった。

銭鍾書は生前、自分の全ての作品が公刊に値するわけではないと、己の全集を出版することに至って消極的であったが、周囲の熱意に折れて最後には同意し、北京の三聯書店から出版されている。死去の二年後に刊行された『銭鍾書集』13冊がそれである（二〇〇〇年五月）。

なお、銭鍾書の伝記資料として、最も価値が高く、また最も委曲を尽くしているのは、やはり楊絳夫人の手になる数々の回想録である。文革前後のことを記した三部作(7)の他、夫人には『銭鍾書と「囲城」』という小冊子もある（香港三聯書店、一九八七年一月／日本語訳がある。中島みどり訳『お茶をどうぞ―楊絳エッセイ集―』所収、平凡社、一九九八年七月）。わずかに三五頁の小冊子ではあるが、幼年時代〜一九四〇年代前半の、鍾書にまつわる様々なエピソードがここには紹介されており、彼の人となりを知るのに不可欠な書である。

四　銭鍾書と宋詩、『宋詩選注』

香港版『宋詩選注』の序文の中で、鍾書は宋詩との関わりを次のように述べている。

この選注は、文学研究所初代所長で今は亡き鄭振鐸《ていしんたく》氏が私にやるよう求めたものである。私はかつて彼の同郷の先輩・陳衍《ちんえん》（石遺）先生等に過分なお褒めのことばをいただいたことがあり、そのため彼は一つのイメージを抱き、私が宋詩を好んでいると思い込まれたのであろう。

右の文を読む限りでは、あたかも鄭振鐸の誤解によって彼が『宋詩選注』を執筆することになったかのごとくである。しかし、これは銭鍾書一流のレトリックであって、実情は決してそうではない。この著の作者として、およそ銭鍾書以上に相応しい人物は存在しなかった、といって過言ではない。その意味で、我々は鄭氏の慧眼に深く感謝すべきである。

右の文に登場する「陳衍（石遺）先生」は、中国最後の、生粋の伝統詩人であり、清末~民国初の詩壇にあって、最も重きをなした詩論家である。――陳衍（一八五六―一九三七）、字は叔伊、匹園または石遺と号す。福建侯官の人。著述は、はなはだ巻帙に富む。――この詩壇の重鎮は、鍾書と六〇歳ほど年齢が離れていたが、才気煥発の、この若き俊秀を愛し、自著『石遺室詩話続編』（巻一）の中でも彼に言及し、彼を称賛している。

陳衍は一九三〇年代に無錫国学専修学校で教鞭を執っているので、鍾書はおそらく父を介して陳衍と知り合ったのであろう。一九三二年の旧正月前夜（旧暦の除夜）、当時、清華在学中であった鍾書は、帰省した際、陳衍老人に招かれて蘇州の寓居を訪ね、この詩壇の長老と談笑のひと時を過ごした。この時の対談の内容は、後年『石語』という小冊にまとめられ上梓されている（中国社会科学出版社、一九九六年一月）。

さて陳衍は、清末に一世を風靡した「同光体」の代表詩人である。「同光体」詩人はその中心人物の出身地によって「閩《びん》（福建）派」「贛《かん》（江西）派」「浙《せっ》（浙江）派」という三つのグループに細分され、陳衍は「閩派」の領袖であった。流派によって主張に若干の相違はあるが、彼らが追求した共通の風格は、「詩人の詩」と「学人の詩」の融合であった。前者は学問的知識をちりばめずに心情を素直に表現した主情的な詩、後者は典故を多用し学問的知識を盛り込んだ主知的な詩、の意味である。これは、明代以来、侃々諤々の議論があった「唐詩」「宋詩」優劣論の延長線上にある主張であるが、換言すれば、彼らは唐風（詩人の詩）と宋風（学人の詩）の融合を目標に掲げた、ということができよう。しかし、融合の前提として、彼らはみな学問的修練を強く主張したので、彼らの実作品も往々にして「学人の詩」としての色彩をより強く放つことになった。結果的に、彼らは宋詩の風格を積極的に模倣し、宋詩を大いに鼓吹したのであった。

陳衍自身も、『宋詩精華録』を撰し、中国詩の三つの頂点として「三元説」を唱えた。「三元」は本来道教の用語で「上元」「中元」「下元」をいうが、陳衍はそれを詩歌の発展史になぞらえ、盛唐の「開元」年間＝上元、中唐の「元和」年間＝中元、北宋の「元祐」年間＝下元と主張した。蘇軾や黄庭堅が活躍した元祐年間を、李白や杜甫の時代（開元）、韓愈や白居易の時代（元和）と並べ、最高級に評価したわけである。――このように宋詩が鼓吹された時代に、父や詩壇の領袖から直接薫陶を受け、宋詩に対する親近感を抱きつつ、鍾書は青少年期を過ごしている。

銭鍾書の学術を考える時、我々がまず目を奪われるのは、彼の西欧文学に対する造詣の深さであり、それを可能ならしめた欧米言語の非凡な運用能力である。しかし、それらの知識を彼が文言文という中国三千年の文学史を貫く最も伝統的な文体を用いて表現したという事実にも、我々は十分な注意を向けるべきである[8]。しかも彼は、ひとり文言文のみならず、古今体詩（旧体詩）の実作者でもあった。『槐聚詩存』という詩集が晩年に刊行され、そこには計二七八首の詩が収められている（三聯書店、一九九五年三月）――この点において、彼は『詩経』以来の悠久なる伝統詩文の歴史に、紛れもなく連続しているのである。

古今体詩人（あるいは古文家）としての鍾書にとって、早年、詩壇の領袖・陳衍と忘年の交わりを結び、彼の著書の中で称賛されたことは、大きな自信と誇りとを与えたに違いない。もちろん、批評家もしくは学者としての鍾書は、古今東西の著名詩人を自在に議論の俎上に載せたほどであるから、陳衍の詩業を無条件に絶賛したりはしないであろう。しかし、少なくとも実作者の立場においては、早年、彼を峨峨《がが》たる高山のごとく仰ぎ見ていたはずである。なお、

『槐聚詩存』には、一九三七年、パリで陳衍の訃報に接して作った「石遺先生輓詩」が収められており、『石語』にも、英国留学中の銭氏夫妻に寄せた陳衍の詩が末尾に附録されている。

　そして、『槐聚詩存』に収められた彼の詩は、「詩人の詩」というよりは、明らかに「学人の詩」である。その限りにおいて、唐詩的というよりは宋詩的であった。つまり、詩人・銭鍾書は陳衍等「同光体」詩人に確かに連続している。彼の詩について多くを語る余裕はここにはないが、彼の残した詩に関して一点だけ興味深い現象を指摘すると、彼が六言絶句を六首残したという事実がある。六言絶句は、近年の研究によれば（周裕鍇《ゆうかい》「宋代六言詩研究」／宋代詩文研究会『橄欖《かんらん》』第十二号〔二〇〇四年三月〕）、宋代詩人、とくに黄庭堅をはじめ江西詩派が盛んに詠じたことによってポピュラーになった詩形である。この「宋詩的」な詩形を好んで用いている点に、詩人・銭鍾書の宋詩に対する姿勢が、はしなくも表れ出ている。

　こういう彼に『宋詩選注』執筆の依頼が舞い込んだのは、一九五五年前後のことである。彼は約二年の歳月でこの名著を完成させている。本書の最大の価値は、評と注の部分にある。銭氏の評注に関する具体的、個別的な特徴及び価値については、本書*19*の王教授と筆者の「対話録」を参照されたい。ここでは、『宋詩選注』における銭氏の執筆姿勢に関連して、二つの補足説明をする。すなわち、第一に、作品選択上の傾向について、第二に、銭氏の好んだ宋代詩人について、である。

　詞華集、作品選集において、どういう作品を選録するかという問題は、最も重要な意味を含んでいる。銭氏は序文において、選録の大原則を明記している。彼は、『宋詩選注』に収めなかった作品として、①韻を踏んだだけの文書のような詩、②典故や成句を過度に多用した詩、③過去の作品を模倣しただけの詩、④模倣の痕跡を消してはいるが、過去の作品を焼き直しただけの詩、⑤佳句を含んでいても全体として調和のとれていない詩、⑥当時流行したものでも今日良さを見出しがたい詩、の六種類を列記している。裏を返せば、文学性・芸術性を豊かに含んでいて、しかも晦渋ではなく、オリジナリティーに富み、均斉がとれ、今日的価値のある作品こそが、選録の対象となる詩であった。

この原則は、今日のわれわれから見ても、誠に理にかなっていて、大いに首肯できるものである。ただ実際に『宋詩選注』を通読して痛感するのは、二つの無視しがたい特徴である。一つは、民衆の労苦・苦難を訴えかける内容の社会批判詩の数の多さ。他の一つは、従来、宋詩の代表として選ばれることの多かった作品が、しばしば選外に漏れていることである。

第一の点は、この書がそもそもシリーズ物の叢書の一冊であったということと、編纂当時の時代背景という点に大きく関わっている。本書の作品選択は彼一人によってなされたわけではなく、研究所内の数度の会議によって決定されたものであった。当然のことながら、研究所を取り巻く当時の時世を色濃く反映した選択となっている。彼自身が香港版の序文の中で「私が選ぶべきだと思った詩を往々にして選び入れることができず、選ぶ必要もないと思った詩をむしろ選び入れる、ということになってしまった」と回顧している。

一九五〇年代後半の中国といえば、極左的な社会主義政策が本格的に実施され始めた時期に当たる。文化大革命の前哨戦ともいうべき「反右派闘争」が繰り広げられたのもこの時期であった。この時期、知識人は無産階級《プロレタリアート》労働者の対極にある存在と見なされ、批判・痛罵の対象となった。また、文学や芸術は政治や無産階級労働者に奉仕するものと位置づけられた。古典作品はそもそもが殆ど例外なく歴代知識人の創作にかかるものであるから、その評価も当時の知識人同様に非常に不安定な地位に置かれている。こういう中で、価値ある古典作品として安定的に顕彰されたのは、現実主義的な筆致による社会批判の詩であった。したがって、本書にも自ずとこの種の作品が多数選録されることになったわけである。

われわれから見ると、リアリズム重視の姿勢は本書においても十分に強調されているように感じられる。かつまた、序文で毛沢東の言葉が引用される等、政治的配慮も行き届いているように感じられるが、初版が出版された当時、真っ先にこの書に向けられた評価は、「資産階級的観念をもつ研究者による唯心主義的選集」というものであった(9)。これは当時にあっては、むろん最悪の評価である。銭氏がいうように、「当時の学術界の大きな圧力の下、私は為すべきことをわきまえ規則を遵守しようと考え」、「可能なかぎり当時の状況に適応しようとした」けれども、結局それが不十分、不徹底であった、ということであろうか。

第二の点も、初版刊行当時に物議を醸している。例えば、文天祥の「正気の歌」「零丁洋《れいていよう》を過《よぎ》る」が収められていないことに、大いなる不満が寄せられた。本書がそもそも普及的古典作品選の一つであり、本書に啓蒙的役割が強く期待されていたがゆえの不満である。しかし、これも銭氏が「終身制」「定年制」の比喩を用いて説明したように、選詩の作業には常に付帯する問題であり、避けがたい現象の一つということができる。なぜなら、全ての読者を満足させる万全の選択というのは、そもそも不可能だからである。文天祥の詩は、宋以降、確かに数多くの読者を獲得し、宋詩を代表するに相応しい作品の一つと見なしうる。しかし、それを選択するか否かというのは、選者のきわめて微妙な審美的判断に委ねられている。われわれは銭氏の選択を尊重する他ない。なお、文天祥の二篇は、陳衍の『宋詩精華録』の選にも漏れていることをここに記しておく。

『宋詩選注』は、以上のように、一九五〇年代後半という特殊な時代背景を抜きにしては語ることのできない性格を持つ選集である。しかしもし、そういう時代背景を離れ、銭鍾書が純粋に個人的な詩歌観をもとに宋詩を選択することが可能であったならば、一体どういう詩人のどういう作品が選録されたのであろうか。

実は、筆者はこの疑問を銭氏にぶつけてみたことがある。一九八九年一一月、筆者は当時七九歳であられた銭氏を北京のご自宅に訪問した。後日、書簡にてこの疑問に対する回答を頂戴したが、「話せば長くなりますし、もう数十年も昔のことですから、話すのが億劫です。ご勘弁下さい」というお返事で、残念ながら具体的なことは伺えなかった。(10) しかし、おおよその類推は不可能ではない。『宋詩選注』編纂当時の時代背景と無縁の時代に、銭氏はすでに『談藝録』を発表し、そこには数多くの宋代詩人が採り上げられているからである。

『談藝録』の中で複数回、トピックとして採り上げられた宋代詩人は、梅堯臣《ばいぎょうしん》、王安石、蘇軾《そしょく》、黄庭堅《こうていけん》、江西派、陸游《りくゆう》等である。この中、王安石、黄庭堅、江西派の三者は、「学人の詩」と総評される宋詩の中でも、最も鮮明かつ濃厚にその性格を誇示した系譜である。『宋詩選注』においても、この三者に銭氏の高い関心が向けられていることは容易に感じ取ることができる。だがこの三者の中、とりわけ黄庭堅は『宋詩選注』の中で、かなり特異な扱いを受けている。詩人評論の部分では多くの字数が割かれ、銭氏の最高級の関心が示されているにもかかわらず、実際に選ばれた黄庭堅の詩はわずかに三篇五首に過ぎないからである。

黄庭堅の詩は「学人の詩」の典型であり、誰もが一読してすぐに感動するような、万人に開放された詩ではない。つまり、黄庭堅の詩は読者を選ぶ。銭鍾書は『宋詩選注』の中で黄庭堅の詩を評し、「読者は彼が用いた古典的成語を理解しさえすれば、すぐに彼の思いを確実に知ることが出来る」と述べる一方、「彼の詩が人に与える印象は生硬かつ晦渋で、言語も透明さに欠け、まるで冬の窓ガラスが水蒸気でくもり、やがて凍りついて氷の花におおわれたかのようである」と形容している。

この難解さ、不透明さが、『宋詩選注』に彼の詩が三篇しか選録されなかった最大の理由であろう。しかし、これは同時に銭氏個人の知的好奇心を最も刺激する要素でもあり、「同光体」の影響を強く受けた彼の美意識に直結する要素でもあった。したがって、彼がもう一〇年早く宋詩の詞華集を編んでいたならば、少なくとも黄庭堅のウエイトは現在の『宋詩選注』よりも数段高まっていたと予想される。また、もしも彼がもう少し早く生をうけ、陳衍と同世代の人であったならば、あるいは単行の黄庭堅詩注を世に問うていたかもしれない（『談藝録』では、一部の作品について、任淵注と史容注の補訂を試みている）。そうなれば銭鍾書は、きっと選ばれし数少ない真の黄庭堅詩の読者として、その学識を誰に憚ることなく存分に発揮していたに違いないのである。

銭鍾書の詩人としての生い立ちは、彼独自の詩歌観形成にも当然のことながら大きな影響を及ぼしたはずである。しかし、彼がその思いをストレートに表現することを、時代は許容しなかった。よって、『宋詩選注』における彼の叙述は、時としてかなり屈折して表現されている。このことを、われわれはあらかじめ肝に銘じておく必要がある。

なお、銭氏には、『宋詩選注』の他にも、宋詩関連の専著がある。死後刊行された『宋詩紀事補正』12冊（遼寧人民出版社・遼海出版社、二〇〇三年一月）がそれで、清の厲鶚《れいがく》編『宋詩紀事』一〇〇巻を補正した書である。『宋詩選注』の序文で銭氏自らが述べているが、唐詩には『全唐詩』（九〇〇巻）という一代の総集があり、早くも一八世紀の初めに編纂されていたが、宋詩の総集は近年漸く『全宋詩』が刊行されたばかり（北京大学古文献研究所編、北京大学出版社、一九八八年十二月、全七二冊三七八五巻）で、銭氏が『宋詩選注』を執筆した当時には『全唐詩』に匹敵するテキストは存在しなかった。銭氏が当時利用できたものの中で最も浩瀚な宋詩のテキストは、清の呉之振、呂留良、呉自牧編『宋詩鈔』と『宋詩紀事』の二種であった。その一種『宋詩紀事』の活字本（万有文庫本）の天地左右の余白に、銭氏が書き込んだ自筆メモを整理し活字化したものが『宋詩紀事補正』である。楊絳夫人の序文によれば、この書き込みは、『宋詩選注』編纂時を中心として前後四十年近くの間ずっと続けられ、一九八二年に一度完結した。それが活字に起こされた後、銭氏の校閲と再補訂を経て八四年に決定稿が出来上がったが、その後も銭氏の手でさらに加筆補正されて成ったもの、という。『宋詩選注』の刊行後も、銭氏の宋詩に対する関心がずっと薄れることなく持続していたことを、本書の存在がはっきり示している。

五　『宋詩選注』の翻訳

最後に、『宋詩選注』の翻訳について、一言ふれておきたい。『宋詩選注』は、一九五八年九月の初版刊行以来、ロングセラーを続け、この半世紀近くの間に、約二〇万冊が印刷されている。その間、再版や重刷のたびごとに銭氏によって修訂が加えられ、大枠は変わらないが、少しずつ新しい変化が加わっている。われわれの翻訳は、原則として最新版（二〇〇二年一月、人民文学出版社、第二版北京第一次印刷本）に基づいた。

『宋詩選注』とわれわれの付き合いは、かれこれ二十年になる。二十年前、関東在住の大学院生が主体となり本書の読書会を立ち上げた。以来、週一回、隔週一回、月一回というように、開催頻度は減少したが、現在なお読書会は継続している。この読書会は、十数年前に、全国規模の集まりとなり、宋代詩文研究会という学会に変わった。そして、『橄欖』という機関誌を平均して毎年一度発行し、二〇〇三年時点で十一号を刊行している。われわれは、読書会の成果として、この会誌に毎号、『宋詩選注』の訳注を掲載してきた。

このたび、平凡社の東洋文庫に全訳を掲載するに当たり、われわれはこの読書会における研究成果を最大限活用した。ただし、『橄欖』所掲の訳注初稿は、本書の翻訳以外にも、関連の周辺情報をかなり詳細に盛り込んでいる。今回の翻訳では、そのような周辺情報を極力削り、訳者による補注や補足は必要最小限に止めて、銭氏の編著としての性格を努めて前面に出すように心がけた。

最後に、われわれ日本語訳の刊行に対し、終始、全面的にご支援下さった、楊絳夫人に心より感謝申し上げたい。また、復旦大学中文系王水照教授にも深甚の感謝の意を申し述べたい。王教授は銭鍾書先生の生前には、われわれの訳業を銭先生にご紹介下さり、銭先生他界の後は、本書刊行の件で楊絳夫人に連絡の労を執って下さった。あまつさえ本書に序文をお寄せ下さった。そして、われわれの翻訳を平凡社の東洋文庫に慫慂下さった、南山大学名誉教授の山本和義先生にも大いなる謝意をここに表したい。

二〇世紀の中国を代表する学者の手になるこの名著が、現代の日本人にとって必ずしも身近にあるとはいいがたい宋詩への関心を呼び覚ましてくれることを、秘かに念じている。

二〇〇三年夏

注

（1）銭穆『師友雑憶』七「無錫江蘇省立第三師範」の条（北京三聯書店、一九九八年九月）。

（2）一九三二年十一月、『新月月刊』第四巻第四期に発表。『銭鍾書散文』（浙江文藝出版社、一九九七年七月）所収。

（3）余英時「我所認識的銭鍾書先生」（当代世界出版社、『不一様的記憶——与銭鍾書在一起』所収、一九九九年八月）参照。

（4）下放当時の様子は、楊絳夫人の『幹校六記』（一九八一年七月、人民文学出版社。中島みどり氏による日本語訳がある。みすず書房、『幹校六記——〈文化大革命〉下の知識人』一九八五年）にユーモラスに描かれている。下放前後の苦難についても、楊絳夫人に『丙午丁未の年のこと』（日本語訳がある。中島みどり訳『お茶をどうぞ——楊絳エッセイ集——』所収、平凡社、一九九八年七月）や『摻沙子《チャンシャーズ》から流亡まで』という回想録があるので、それを参照されたい。後、この三部作は『丙午から流亡まで』という一書にまとめられている（中国青年出版社、二〇〇〇年一月）。

（5）彦火「銭鍾書訪問記」（田蕙蘭、馬光裕、陳珂玉編『銭鍾書・楊絳研究資料集』所収、華中師範大学出版社、一九九〇年十一月）参照。

（6）名古屋では、名古屋大学および愛知大学において講演が行われ、愛知大学における講演の原稿が追悼文集に掲載されている（『一寸千思——憶銭鍾書先生——』、遼海出版社、一九九九年四月）。また、京都大学における座談会の様子も中国に紹介されている（孫芳卿「銭鍾書京都座談記」、『銭鍾書研究』第二輯所収、文化藝術出版社、一九九〇年十一月）。

（7）三部作については、注（4）参照。また、楊絳夫人が最近、三人の家族史六十二年間を記した『我們仨《ウオメンサー》（私たち三人）』

という回想録を刊行した（北京三聯書店、二〇〇三年七月）。この書は元来、愛娘の銭瑗が企画していたものだが、不治の病に倒れたため、母が娘の遺志を汲んで執筆し完成させたものである。楊絳夫人は三人が過ごした日常の一齣一齣に無上の愛情を注ぎつつ一家を描き出している。夫人の名文によって、この書物の中に三人の家族が鮮やかに甦り、その息づかいさえ感じられるほどである。それゆえに、哀切きわまりない。ちなみに、この書が発売されるや、書店ではすぐさま売れ切れが続出、増刷につぐ増刷で、三週間に計十二万冊が印刷されたという。中国巷間における銭鍾書への関心が今なお極めて高いことを、この現象が証明していよう。

（8）『談藝録』と『管錐編』で文言文を用いた理由について、銭鍾書自身が、一九八八年にインタビューに答えて述べている（柯霊「促膝閑話鍾書君」、『銭鍾書研究』第一輯所収、文化藝術出版社、一九八九年十一月）。銭鍾書はそこでは、「保存」の便を考慮したことと、文言文の新しい可能性を探ったことの二点を挙げている。前者は、戦時中の検閲や紅衛兵の捜索に遭った時、より難解である方が、没収の憂き目に遭いにくいという判断を含むであろう。

（9）『宋詩選注』の初版が刊行されて間もなく、日本では小川環樹氏によって本書の書評が発表されている（京都大学『中国文学報』第十冊、一九五九年四月）。この書評は中国国内にも伝えられ、小川氏が本書に与えた最高級の評価が当時の銭氏に向けられた批判の声を鎮め、彼を苦境から救った、という。注（6）所掲、孫氏「銭鍾書京都座談記」参照。

（10）この対談の様子は、別稿において紹介した（本書所収 *20*「銭默存先生のこと」）。

19 『宋詩選注』の読み方
――復旦大学中文系王水照教授に聞く

はじめに

この対話録は、今から約十五年前、北京の中華書局の月刊誌『文史知識』（一九八九年第五期）に掲載されたものである。『文史知識』は、主として高校生以上の中国古典愛好者や中、高等学校の教師、少壮の研究者等を読者対象とする啓蒙雑誌で、創刊以来すでに四半世紀以上の歴史をもつ。この「対話」は、一九八八年の初冬に行われ、王先生の手で文字に起こされた。「対話」とはいうものの、実質的には私が王水照先生に質問し、王先生がそれに答える、という形式のインタビュー記事である。

王水照先生は、北京大学中文系を一九六〇年七月にご卒業の後、同年九月に中国科学院哲学社会科学部（中国社会科学院の前身）文学研究所に奉職された。当時、研究所では、ベテラン研究員が若手研究員の指導を兼ねる慣習があり、かくて王先生は銭鍾書先生に師事することになった。そして、一九七六年に復旦大学に転任するまでの約一七年間を、王先生は銭先生と同じ職場で研究生活を共にされている。この一七年の間には、文化大革命を始めとして極左的な社会主義運動が全国的に繰り広げられた十数年も含まれる。したがって銭・王両先生にとって正常な研究生活と呼びうる時間は、せいぜい五、六年しかなかったが、この短い時間の中にも、王先生の脳裏に鮮烈な記憶があまた刻まれている。

銭先生が中華人民共和国の建国後、奉職したのは研究所であり、教育機関ではなかったから、けっして不自然なことではないが、銭先生にはその衣鉢を継ぐ厳密な意味での門弟がいない。しかし、王先生は、まだ若かりし頃の銭先生の謦咳に接して直に学問的薫陶を受け、しかも銭先生が全幅の信頼をお寄せになった、数少ない研究所の後輩のお一人である。さらにまた、王先生は蘇軾の研究を中心として中国の宋代文学研究をこの数十年間つねに一線で支えてこられた宋詩の専門家でもある（現在、中国宋代文学学会の会長職に就かれている）。したがって、王水照先生こそは、『宋詩選注』を語るのにもっとも相応しく、余人をもって代えがたいお一人であるといって過言ではない。「対話」は、「銭学」ブームが最高潮を迎える以前のものだが、ブームが最高潮を迎えた後、「銭学」関連の著作にしばしば引用されるところとなり、今もなお恰好のガイドとしてよく読まれている。そして銭先生も生前、この「対話」をお読みになり、王先生に書簡を送り「印可」をお与えになった。一五年昔の、いまや旧聞に属するインタービュー記事ではあるが、あえてここに再録する所以である。

なお、文中の（　）内の補足は、原文にすでにある注で、〔　〕内の注は、今回新たに内山が加えたものである。

一　『宋詩選注』に見る銭鍾書先生の厳格な姿勢

王　銭先生の『宋詩選注』は、一般的な意味での文学作品選集ではありません。たしかに、普及啓蒙を旨とする一般書に属しますが、選録された南北両宋の詩人八〇家（初版本では八一家）、詩約三八〇首、計三百頁余には、きわめて高くかつ広い見識がちりばめられ、学術的色彩をも兼ね備えた詩学の専門書でもあります。

あなた方の日本語翻訳の作業〔宋代詩文研究会の会誌『橄欖』連載の訳注を指す〕は慎重かつ精緻で、原典に対して忠実な翻訳をしているばかりでなく、原典に引用された全ての書籍を紹介しています。そして、さらには日本の読者に対する配慮という点から、補注と備考の項目を加えています。このような着実で成果に富む作業を通じ、あなた方はきっとこの書に対する理解を深めたことと思いますが、いかがでしょうか。

内山　おっしゃるとおりです。翻訳が進んでゆくにつれて、この書に対する我々の評価はどんどん高くなってゆきました。まず何よりも我々が感服させられたのは、銭先生の引用資料における厳格さと、その博識ぶりに対してです。宋詩に関する資料は、今日にいたるまで、まだほとんど系統的な整理がなされていないという状態です〔この「対話」の当時は、『全宋詩』がまだ刊行されていなかった〕。しかし銭先生は、基本的な文献から零細な資料にいたるまで、ほぼ余すことなく書物を跋渉されております。銭先生が資料を引用される場合には、必ず孫引きではなく原資料から引用し、その巻数を注記されております。我々は、翻訳の必要上、それらを逐一原典にあたって再調査いたしましたが、ほとんど誤字脱字はございませんでした。引用資料の正確さは、あらゆる学術の前提であり、また基礎となりますが、再調査に耐えうる『宋詩選注』のような著書は必ずしも多くありません。

王　私はここで、銭先生が、南宋・范成大の田園詩を評し、注釈した際の例を二つ取り上げて補足しようと思います。一つは、「四時田園雑興」詩「夏日　其の九」の「少《しば》らく儂《わ》が家に住《とど》まり井の香しきに漱《くちすす》げ」句の「井香」に注釈した際、先生は最初に仏典の中の、清らかな水を「華水」もしくは「水華」と称した用例を引用されていました〔初版本〕。後に、道教典籍の方がより適切であると考えられ、改めて『雲笈七籤《うんきゅうしちせん》』等の用例を引用されています〔第三巻二四二頁（5）〕。他の一つは、スタンダールの「赤と黒」の中の、文学芸術に政治を混入させることの比喩、即ち音楽を合奏する際にピストルを一発打ち鳴らす、ということを述べたところです。最初〔初版本〕は、その引用箇所を、「第五二章」と注記されていましたが、後、善本によって「第二部第二二章」と改められております〔第三巻二〇二頁（10）〕。こうしたわずかなことをも忽せにしない先生の学問的態度には、本当に感服させられます。

内山　銭先生の引用資料の広さには本当に驚かされます。引用資料の中、希覯書も少なくなく、日本では捜し当てられないものもあり、それらに関しては中国で補充調査しようと考えております。

王　博引旁証し、中国にとどまらず、広く世界の文化的典籍の大海を自由自在に遊泳するさまは、すでに銭先生の全ての学術的著作に共通なひとつの鮮明な風格となっていて、これを「銭鍾書風格《スタイル》」と呼ぶ人もいます。銭先生は以前「私が興味あるのは、文学芸術の具体的な鑑賞と批評である」といわれたことがあります。先生は、苦心して捜し集めた大量の資料を基礎として、それを選別し、配列し、総合し、そして分析されます。あるいはまたこうもいえるでしょう。すべては、具体的で特殊な美的体験と事実からスタートし、体験的な描写から一般的な概括へ、さらにはそれを理論へと進化させてゆかれるのです。具体的なもの――事実――から抽象的なもの――理論――へと昇華させ、古今東西に共通する「文学的精神」や人類一般の芸術的思索を把握されようとしている、とも考えられます。こうした厳格な科学的方法は、むろん剽窃家流の資料の羅列と同じであるはずはなく、また衒学《げんがく》的姿勢とも異なります。たとえば、北宋末南宋初・徐俯《じょふ》の詩の有名な一聯「一百五日　寒食の雨、二十四番　花信の風」について、本書では、南宋の陸游、楼鑰《ろうやく》、敖陶孫《ごうとうそん》、銭厚等の詩人が模倣したこと、さらには金の詩人・張公薬《ちょうこうやく》が踏襲していることを指摘し、類例を列挙して傍証し、江西派による「換骨奪胎」がもたらした時代的風潮とその影響とを十二分に伝えています〔第二巻二二四頁〕。

内山　本当におっしゃるとおりです。我々の日本語翻訳の作業は、原典調査にかなりの精力を費やしておりますが（現在のところ、まだこの書の引用資料の種類や数量に関しては正確な統計を出せずにおりますが）、こうした作業は自分たちにとって本当によい資料捜査の訓練になり、今後の宋詩研究のもっともたしかな基礎になるはずであると、痛感いたしております。

王　日本の学術界では、この書に対して、どのような評価が与えられていますか。

内山　宋代文学の研究に従事している者の間では、この書に対して一様に高い評価を与えています。日本における漢学の権威、吉川幸次郎先生は、先生自身が宋詩の研究家でもあり、『宋詩概説』（岩波書店、中国詩人選集第二集）という名著を残されておりますが、その生前、この書を大変重視され、高弟の山本和義先生に翻訳して日本の読書界に紹介するよう勧められたことがあったそうです。山本先生は、一九八八年に出版された『宋代詩詞』（角川書店、鑑賞中国の古典21）の序文の中で、しみじみと感慨深く往時を偲んでおられます。

また、もう一人の漢学の権威、小川環樹先生は、一九五七年、本書の詩人評論の一部と「序」が学術誌『文学研究』（第一、第三期、人民文学出版社）に部分掲載された時にすでに早々と注目され、この書が公刊されることに期待を寄せられていました。そして、一九五八年、この書の初版が発刊されると、すぐさま『中国文学報』（京都大学、一九五九年四月）第十冊に長文の書評を発表され　最高級の熱い賛辞を贈り、「われわれは大きな期待をもって本書を迎えたが、その期待が裏切られなかったことを喜びとする」と述べておられます。

この二つの代表的な事例は、すでにこの書が日本において広範な影響力を持ち重要な地位にあることを十分に物語っていると思います。今日の日本において、宋詩の選集を編纂したり、宋詩を研究したりする際には、まずこの書に目を通すということが例外なく必要な過程となっております。日本の識者の間では、この書が宋詩の最も価値ある注本であり、宋詩の最も権威ある参考書として公認されている、といって過言ではないと思います。

中国における一流の学者の著作に相対した時、我々は翻訳の難しさをしばしば痛感いたします。慎重に慎重を重ねてはおりますが、それでもやはり誤りは免れえないものと思います。王先生はかつて直接銭先生のご指導を受けた体験をお持ちですから、ぜひ先生ご自身がこの書をお読みになって体得された心得をお尋ねしたいのですが。

二　宋代詩歌の変遷史の角度から作者紹介文を読む

王　銭先生のような大学者、しかも大文豪の手でこの一般向けの書は編纂されながら、成書には二年もの歳月がかけられ、さらに六度も増刷を重ね、再版のたびごとに修訂が加えられています。本書のすみずみに、豊かな学問的蓄積、広大なる気概、犀利な眼力、鋭敏な芸術感覚があふれ、私などにはとても「体得」することなどできようはずもありませんし、またそれをむやみやたらに語る蛮勇も持ち合わせておりません。私にはせいぜい私の個人的な四種類の読み方について語ることができるくらいです。

まずその第一が、宋代詩歌の変遷史の角度から、本書の「評」の部分を読むことです。本書の詩人評論文八〇篇は、どの篇にも新しさがあり、一字一字に重みがあります。私は以前、蘇軾の「八面受敵」の読書法〔大部の書物を最初から最後まで一度で熟読するのではなく、一つのテーマを決めて通読し、テーマをかえて幾度か繰り返して通読する読書法〕を用いて、一気にその評論部分だけを通読しましたが、ただ単に宋詩発展の歴史が要諦をとらえて述べられているばかりでなく、随所に宋詩に対する銭先生独自の巨視的な見解が述べられています。

たとえば、北宋初期の西崑《せいこん》体が「きわめて限定的であり、短時間の影響を及ぼしただけ」だったことを論じた部分〔第一巻二七〇頁〕や、北宋後期の詩壇が「蘇門」と「江西派」の二つの流派、およびその二つの流派の外にいた賀鑄《がちゅう》、唐庚《とうこう》等の詩人とに分けられることを論じた部分〔第二巻一三〇頁〕や、北宋末南宋初の詩風は黄庭堅を学ぶのが主流で、蘇軾を学んだのはわずかに蘇過、孫覿《そんてき》、葉夢得《しょうぼうとく》、汪藻《おうそう》等数えるほどの作家しかいないことを論じた部分〔第二巻二六四頁〕や、南宋中期の楊万里以後、宋詩が「江西体」と「晩唐体」の二派に区分され、一般の詩人は努めて江西体を脱却しようとする傾向にあったことを論じた部分〔第三巻五〇頁前後〕、そして「四霊」が「江湖派」を開いたことを論じた部分〔第三巻三二一頁〕等々がそれです。これらの論点には、先人がまだ気づいていなかったことを明らかにしたものもあれば、努めて旧説を退けようとしたものもあります。しかしいずれにせよ、これらの説は宋詩研究に明確な方向性を指し示しました。

たとえば、西崑体の影響が及んだ範囲と期間について、一般にそれはかなり多大で長期に渉ると見積もられていました。北宋・石介《せきかい》の「怪の説」では、「今の天下に楊億《ようおく》の道有ること四十年なり」〔『徂徠《そらい》石先生文集』巻五〕といっております。また、その「祥符詔書の記」では更に、〔西崑派のリーダーの〕楊億が「文章の宗主たること二十年」〔『徂徠石先生文集』巻一九〕ともいっています。具体的な時間の長さについてはくい違いがありますが、しかしいずれもその期間ははなはだ長いものです。欧陽脩《おうようしゅう》の『六一詩話』では、「〔西崑派のリーダーの〕楊億と劉筠《りゅういん》の文彩が、天下を驚かせ感動させた」といい、また「後進の者たちが、こぞって彼らの真似をし、詩文の道が一変した」ともいっていますので、その影響範囲ははなはだ広かったと解釈できますし、後世の文学史家はそのままこれに基づいて立論しています。ところが、銭先生は、北宋・文彦博《ぶんげんはく》や張詠《ちょうえい》等の詩人の現存文集の実態を調査され、それが「きわめて限定的であり、短時間の影響を及ぼしただけ」であった、と判断を下しておられます〔第一巻四四頁（6）〕。どうやら、石介等の人々は好敵手に反対するため、「敵情」を故意に誇大に述べたようです。

また、「江湖派」については、旧説では「四霊」と異なることが強調され、その命名は杭州の書店々主、陳起が『江湖詩集』を刊行したことに由来していると見なされておりました。しかし、銭先生は江湖派が「四霊」と同じであったことをはっきり示され、さらに「江湖派」という名称は、この流派に属する作者がおおむね無位無官の庶民か不遇な下級官吏であったことに由来している、と解説されております〔第三巻三二四頁〕。

この八〇篇の評論文には、宋詩の重大な問題に関する専論も含まれています。たとえば、北宋の王安石、蘇軾、黄庭堅、南宋の楊万里の条では、それぞれ典故の問題が論じられています〔第一巻二六五頁、第二巻一七頁、一七〇頁、第三巻四五頁〕し、南宋の劉子翬《りゅうしき》の条では、道学と詩歌の微妙な関係について論じられる〔第三巻二一頁〕等、どれもみな宋詩研究に新たな考え方と視点を提供しています。

各々の詩人の特徴に関する分析にも重要な指摘があります。たとえば、蘇軾の詩の「博喩《はくゆ》」について論じた部分〔第二巻一四頁〕や、范成大の田園詩が中国古典詩歌の三つの系譜が一つに合わさったものであることを論じた部分〔第三巻一九六頁〕は、ともにすでに学界において普遍的な称賛を受け、しばしば引用され論及されています。

内山　小川環樹先生も書評の中で、「宋代文学史は本書の出現によって、多くの部分が書き改められなければならないであろう」とおっしゃっています。

三　比較鑑賞学の角度から注を読む

王　第二が、比較鑑賞学の角度から、「注」を読むことです。銭先生の注釈は、――語句の訓詁解釈や名物考証、句や章ごとの解釈に重点を置いた――伝統的な注釈の枠組みを打ち破り、注釈と鑑賞そして評論とを結びつけました。先生が運用する基本的な方法は比較法です。比較の項目には、題材、境地、風格、意境《イメージ》、句式、用語等があり、比較の類型には、平行比較（Parallel Comparison）と影響比較（Influence Comparison）があり、言及する学問分野には、政治社会学、民俗学、心理学、論理学、方言学等があり、まさしくこのように広大な文化的背景の上にたった鑑賞と評論を目的とする多種多様な比較が展開されています。そして、それがこの書を詩歌鑑賞学の点で極めて斬新な存在へと押し上げ価値を高めているのです。流行のいい方でいいますと、「多角度」「全方位」の「立体式」鑑賞である、といえましょう。その最大の特徴は、直観的印象や主観的体験に基づいていた伝統的鑑賞を、芸術的規律に則った理性的認識にまで高めた点にあります。

たとえば本書では、王禹偁の「村行」詩の「数峰　語　無くして　斜陽に立つ」句を分析して、次のようにいっています〔第一巻一一〇頁（1）〕。「論理上、「反」には、その前提として「正」の存在が内包されている。すなわち、否定命題は常にあらかじめ肯定命題を前提としている。……詩人はしばしばこの理屈を用いている。山はもともとしゃべることのできない「無語」のものである」。しかし、この王禹偁の詩句は、「山々はもともとしゃべることができ、ことばを持ち、語りかけようとしているのだが、この時、突如として「無語」になった、といわんがばかりである」。「もしこれを真正面の言い回しに改めたならば」、「味わいはそがれてしまう」と述べておられます。注にはさらに唐の李白、司空図《しくうと》、徐夤《じょいん》、清の龔自珍《きょうじちん》の類例が引用され、この説が証明されています。

論理、心理、言語のあらゆる点から勘案して追究する、芸術的弁証法に満ちあふれた、こうした分析が、個々の用語の分析にも遺憾なく駆使されています。南宋・洪咨夔《こうしき》の「泥渓」詩中の詩語「塞」と「明」に関する「意味の上では矛盾しながらも、互いに作用し合って新たな効果を生み出している」という指摘、北宋・文同の「織婦の怨み」詩の「停」の一字に二つの相反する意味が備わっているという分析〔第一巻二四九頁（6）〕は、いずれも言葉の表相次元の解釈にとどまってはいません。

宋詩の幾つかの名句については、先人の称賛や評論の文句がすでにおびただしい数に上っており、銭先生がさらに独自の新たな意見を打ち出すためには、大きな困難をともないますが、むしろここに先生の力量が最もよく現れ出ています。王安石の「船を瓜洲に泊す」詩の「春風　又た江南の岸を緑にす」句の「緑」の字について、銭先生は唐詩にすでに見え、しばしば使われていることを指摘し、このことから続けざまに五つの問題を提起しています〔第一巻二九八頁（2）〕。銭先生はそれに何の回答も与えていませんが、その何も語らなかった姿勢にかえって素晴らしさがあります。我々が影響比較の研究をする時に、作家の複雑な心理状態に注意し、けっしてそれを単純化してはならないということを、先生はここで提示されているのです。

また、陸游の「剣門の道中　微雨《びう》に遇《あ》う」詩の「此《こ》の身　合《まさ》に是《こ》れ詩人なるべきや未《いな》や、細雨《さいう》　驢《ろ》に騎《の》りて剣門に入る」の一聯について、注の中に二つの方面の資料が引用されています〔第三巻一二〇頁（2）〕。一つが、李白、杜甫等の詩人が蜀に入る旅をしたことに関してで、他の一つは詩人がロバにまたがることに関してです。そしてこの二方面の資料を総合して、「入蜀の道中、ロバの背にある陸游は、――結局のところ、自分には詩人としての資質があるのだろうか――と、自問しなければならなかった」と、解説されています。詩人の心理状態に対するこの迫真の推測は、歴史的な文化背景を明らかにしたことではじめて可能となったものであり、だからこそこれほど説得力を持つのです。

葉紹翁《しょうしょうおう》の「春色　園に満ちて　関《と》ざすとも住《とど》まらず、一枝《いっし》の紅杏《こうきょう》　墻《かき》より出で来たる」の一聯について、注では五つの用例が引かれていますが、これはひいてはこの意境《イメージ》の進化の小史――唐詩人の詩句が葉氏の一聯のはっきりとしてわかりやすい点に及ばず、陸游の詩句が葉氏の一聯の斬新ではっとさせる点に及ばず、張良臣の詩句は葉氏の描写の具体的な点に及ばない――と見なすことができます。ここでは、進化の過程に関して整理が加えられ、また優劣長短に関する評論もあります。ある一つの意境は決して孤立的、静止的に誕生するものではありません。意境に対して、歴史的な変化を描写し分析する箇所が、この書の中には大量に含まれており、このことにもまた感服させられます。

総じて、注と評は本書のもっとも優れた部分です。まさしくあなた方の雑誌の名称「橄欖」のように、じっくりと咀嚼して回味を味わう必要がありますね。

内山　銭先生は、ある一つの意境の変遷過程を描写される時に、しばしば詩文以外の資料にも言及されています。たとえば、散曲や戯曲、白話小説等、通俗文学の中からも資料を引用されています。このことによって記述内容がより完全で豊かになったのみならず、詩歌の新しい鑑賞の角度が提供された、といってよいと思います。

四　版本学の角度から改訂箇所を研究する

王　第三が、版本学の角度から、銭先生の改訂箇所を研究することです。銭先生のこの書はすでに六度の重印（増刷）を経ており、重印のたびごとに増補改訂が加えられています。そのため、特殊な「版本の問題」が存在しているのです。私自身の習慣では、先生の著作を読む時にはいつも、新旧つき合わせて読む「対読」の方法を好んで用いています。先生の改訂の跡を研究し体得しようというわけです。

たとえば、北宋初期の鄭文宝《ていぶんぽう》の「柳枝詞」の「離恨《りこん》を載せ将《も》って江南を過ぐ」の句について、初版では蘇軾等の六つの類例が引用されていますが、再版の際、全てが削除され、新たに周邦彦《しゅうほうげん》等の四例が引用されています〔第一巻九一頁〕。北宋末・周邦彦の例は、鄭文宝の詩を詞に書き改めたもので、この詩の影響がとても広範であったことを説明しています。南宋の石孝友の詞は船を馬に替え、元の王実甫《おうじっぽ》の戯曲は船を車に替えた例で、これは運搬の手段という観点から着眼したものです。そして、明の陸娟《りくけん》の詩は、愁い、恨みを「春色」に替えた例で、これは運搬の積載荷物という観点から取り上げ述べたものです。初版の蘇軾をはじめ六つの用例も、厳密な選考を経た後のもので、容易に置き換えられるものではありません。しかしそれらは、この詩を踏襲する部分が多くても独創性に乏しいものです。改訂の後、芸術的意境の変遷の軌跡がより明確に見て取れるようになり、作家たちの創作上の発想がより細かく浮き彫りにされたといえましょう。

内山　我々の日本語翻訳本〔宋代詩文研究会の会誌『橄欖』連載の訳注を指す〕にも、新旧版本の校勘の項目がありますが、日本の先輩の学者の中には、このように校勘することが作者に対し失礼に当らないか、と善意に忠告される方もいらっしゃいますが。

王　銭先生の全ての著作には、『談藝録』、『旧文四篇』と『也是集』（この二著は一つに合わせられ『七綴集』に変わった）から『管錐編』にいたるまで、どれも繰り返し「増補」「補訂」「補遺」が加えられ、しかもそれらは書物にはっきりと明記されています。こっそりうわべを改め体裁を整えたりしてはいません。『管錐編』にはもっぱら「増訂」部分だけの一冊もありますし、『談藝録』（補訂本）は新旧が一冊にまとめられましたが、増補改訂した部分は全体のほぼ半分にも達しています。このような改訂は、少数の訂正に属するものを除いては、大多数が例証を増補し、各論点を発展させよりよい内容にしようとしたもので、銭先生の、一心にたゆまず、念には念を押して精確さを追求する精神と、大学者としての、のびやかな学術的性格とを表現しています。そして、これもまた「銭鍾書風格《スタイル》」の独特な表現の一つなのだというべきでしょう。先生はこれによって読書界のより大きな尊敬を集めています。

五　他の著書と相互に関連づけて読む

王　第四が、先生の他の著書を参照しつつ、本書全部を通読することです。体裁上の制約から、または当時の学術界の環境上の影響から、銭先生の他の著書と関連づけ合わせて読むことができたならばより一層理解が深まる箇所が、本書にはいくつかあります。『談藝録』や『管錐編』の中の、直接宋詩を論じた部分は、特に集めて記録し、つき合わせて読むべきです。

たとえば、『宋詩選注』の中の、江西派および宋詩の典故愛好の風習に対する手厳しい批評態度については、『管錐編』第四冊の「『詩品』の特識（特にすぐれた見識）」の条（一四四七頁）を参照するとよいでしょう。この条は南朝梁・鍾嶸《しょうこう》が展開した典故の弊害に関する批評を称賛し、同時に戯れてそれを「鍾嶸症」と称しておられます。もし、さらに『談藝録』の中の、王安石が「他詩人の佳句を見つけると決まって巧みにそれを奪いとった」ことを挙げた二〇数例（補訂本二四三頁「七四　王荊公の改字」の条）や、黄庭堅が古典から文句を抜粋して集めていたことを論じた部分（補訂本二二頁「二　黄山谷詩補註」の「附説一」）や、陸游の「踏襲の悪癖」を論じた部分（補訂本一一八頁「三三　放翁の詩」の「附説一三」）等を読めば、銭先生のこの手厳しい態度が容易にはっきり理解できることでしょう。

『談藝録』の「山水は理趣に通ずる」の条（補訂本二三七頁「六九　随園　詩中の理語を論ず」の「附説一九」）では、邵雍《しょうよう》、周敦頤《しゅうとんい》、程顥《ていこう》、朱熹《しゅき》等の道学者が、みな「心を花鳥風月に遊ばせることによって道を会得」したという「玩物為道《がんぶついどう》」の観点を提出し、それと「玩物喪志《そうし》」説とが一見相矛盾しつつも共通性を持っていることを論じていますが、これも本書の道学と詩歌の微妙な関係を論じた部分と一脈通じ合っています。

また、『宋詩選注』中の短い断片的指摘についても、先生の他の著書を参看することで得るところが大きい場合があります。たとえば、張耒に「部分的にではあるが、杜甫の勇壮な語気を模倣した七言律詩は、あたかも明の前後「七子」のために、前もってその秘訣を洩らしているかのような感じを抱く（明の七子の作風に似通ったものがある）」と論じた部分（第二巻九二頁）は、『談藝録』の「七律杜様（杜甫流の七言律詩）」の条（補訂本一七三頁）において、かなり詳しい説明がされています。

もっとも面白いのは、陸游の「酔歌」詩についてでしょう。この詩は、陸游がかつて従軍した際に虎を殺した時の豪快な心情を追憶して詠んだものですが、先生は長文の注の中で、この出来事の前後の陸游自身の記述を抜き書きし、この事に疑わしき点――「矢で射たといったり、刀で刺したといったり、血が白い上着に注いだといったり、貂の皮ごろもに注いだといったり、秋のことであるといったり、冬のことであるといったりしている」――があることを発見して、武器、情景、時間における事実関係の破綻を明らかにしています（第三巻一八八頁）。もし、『談藝録』中の、陸游が「好んで国家恢復の策略を談じたこと」と「役人口調」等に関する議論（補訂本一三二頁、「三

七　放翁の二癡事二官腔〔二つの愚かなことと二つの役人口調〕」、同四五七頁「補訂」）を読んだならば、この箇所における先生の言外の意を汲み取ることができます。

総じていって、銭先生の宋詩に関する見解はそれ自身が体系だっていて、首尾一貫していますから、先生の著作は互いに縦糸と横糸の関係でなりたっており、それらを通して読むことで互いに明らかにできる部分が多いといえます。

六　『宋詩選注』の作品選択に対する批判について

内山　あるいは不適切な問題かもしれませんがお尋ねいたします。長きにわたって、親しまれ愛誦されてきた作品のあるものが、本書では収められていない場合があります。これは、初学者が本書をもとに宋詩の概況を理解しようとする時に問題とはなりませんでしょうか。

王　銭先生は去年〔一九八九年〕香港天地図書公司出版の『宋詩選注』のために新たに前言を一篇お書きになりました。その前言「曖昧模糊とした銅の鏡」（人民日報、一九八八年三月二十四日にも掲載されている）がこの問題に対する回答を与えてくれます〔第一巻七七頁「香港・台湾版の序」〕。先生は次のように書いておられます。「この選集はあまりよくない。さまざまな理由から、私が選ぶべきだと思った詩を往々にして選ぶことができず、選ぶ必要もないと思った詩をむしろ選ぶ、ということになってしまった」。本書は、文学研究所の編纂校訂による「中国古典文学作品読本叢書」の第五種で、作品の選択は研究所内の合同討議を経て決定する必要がありました。当時の学術界が置かれた環境の影響を被り、編者本人がかえって自分自身の思いを自由に表現することができなかったのです。このような事情はあなた方にとっては不思議なことかも知れませんが、これが事実なのです。

しかし、そうはいっても、銭先生は「序」の中で、かの有名な「六つの選ばない」原則を主張されています〔第一巻四九頁「序」の「三」〕。つまりその主旨は、詩を詩と見なし、あくまで芸術的な審美基準を堅持する、という点にあります。これは当時、非常に大きな影響を及ぼしました。そして、先生は南宋末・文天祥の「正気の歌」を選ばなかったために、大きな代価を支払われました。しかし、作品の選択という点では、価値のある作家や作品を発掘されています。ロマン主義的精神に乏しい宋詩の中にあって、北宋・王令という「宋代で最も気概に富む〔ロマンチックな〕詩人」〔第一巻三三二頁〕は後世一度顧みられなくなって零落の憂き目に遇いましたが、本書による顕彰を経て、学術界で再び重視されるようになりました。これはその顕著な例といえましょう。

（完）

20 銭默存先生のこと

一九九八年十二月十九日、今世紀を代表する中国文学界の泰斗、銭默存（銭鍾書）先生が静かに館を捐てられた。私は、生前、親しく謦咳に接した門生ではない。かつまた、先生が残された偉業を総括する能力も蛮勇も持ち合わせていない。しかし幸運にも、北京のご自宅で銭先生のお話を直に伺うという得がたい僥倖に恵まれた。そこで、謁見の頃の先生の残影を追いながら、面謁のこと、また面謁にいたる道程について些か記し、銭先生を追慕するよすがとしたい。

＊

かれこれもう十年も昔のことになる。当時、大学院生だった私は復旦大学に留学中で、彼の地で二度目の秋を迎えていた。一九八九年、この年の夏は、時世を反映して、上海には全く似つかわしくない涼しい夏であった。陰鬱な短い夏が終わりを告げた頃、指導教授の王水照教授の許に、銭先生から一通の手紙が届いた。

内山先生惠過、當遵命晤談、以結文字因緣、亦杜詩所謂「蓬門今始爲君開」也、一咲。

折しも私は三週間に及ぶ四川～湖北への調査旅行を終え、疲労困憊して上海に帰ってきたばかりだったが、旅の疲労を拭う間もなく荷物をまとめ、一路北京へと飛び立った。十一月初めのことである。

銭黙存先生 1989年11月４日 筆者撮影

銭先生は人との応接を余り好まれず、不意の来客と面会されることは至って稀であった。前引の書簡の中で、銭先生が杜甫「客至」詩の一句を引用されたのも、その故である。ふつうならば、一留学生に過ぎない私がどう逆立ちしたところで、面謁のチャンスは与えられなかっただろう。にも拘わらず、お目にかかることができたのは、幾つかの幸運が重なったことと、後はひとえに銭・王両先生のゆかしき師弟関係があればこそであった。面謁のことを記す以前に、面謁に至る幾つかの幸運ついて、まず記しておく。

＊＊

大方の読者にとって、「銭鍾書」の名は、たぶん長編小説『囲城』の著者として脳裏に深く刻まれているであろう。しかし、当時の私にとって、銭先生はまず何よりも——遥か遠方にそびえ立つ巍巍たる高山にも似た——偉大なる学者であった。そして、この像は、銭先生が残された許多ある業績の中で、おそらく最も地味なお仕事の一つ、『宋詩選注』を通じて、日増しに強固になっていったものである。

私が初めて『選注』を手にしたのは、今から十七年前、八十年代初頭のこと。私は蘇東坡をテーマに選んで卒業論文に取り組んでいた。その資料収集の過程で、ふとした偶然から中国書籍店の店頭でこの書を手にした。銭先生のご

高名は、日本にあっても、中国文学研究者の間ではつとに知れ渡っていたに相違ない。しかし当時、――先行き全く不透明で、寥々たる基礎知識しか持ち合わせていなかった――私は、そうした世評の存在すら知る由もなかった。

かくて私は、卒論執筆当時、たまたま用意した幾種類かの参考書の一冊として、この書を繙いたに過ぎない。それも、卒論で扱った蘇東坡の詩数首について、他の注釈書と比較しつつ、部分的に閲読した限りである。しかし、この書のただならぬ水準を知るには、それだけですでに十分であった。私の卒論は誠に稚拙な出来だったが、それでも『選注』に啓発されて記した一章は、指導教授（松浦友久教授）からお褒めの言葉を頂戴し、私が研究の道へと進む第一歩を力強く後押ししてくれた。したがって、私にとって『選注』は、やはり忘れがたい運命的な一冊なのである。大学院進学後すぐ、私は数人の仲間と小規模な自主ゼミを組織し、その共通のテキストとして、『選注』を選んだ。この会は、参加者が任意に作品を選び、相互に意見を出し合って、訳注を製作する、という読書会で、週1回の集まりだった。具体的には、毎回、一人の担当者が一首の作品を選び、『選注』に引用された文献を全て原典に当たって資料を作成し、それを基にして発表し討論する、という形式を採っていた。

周知の通り、『選注』には、宋代の詩文に止まらず、広く古今東西の用例が雅俗とり混ぜ縦横無尽に引用されている。したがって原典調査の作業は、我々に多大な労力を要求した。しかし、この作業を通じて、我々はふつうの注釈本をテキストにしたならばとうてい知り得ない幅広い文学的知識を許多獲得することができたように思う。我々は、広い大学図書館の書庫の中、階上階下を幾度となく往復し原典を探し回った。こういう体験を通じて、我々は銭先生の読書範囲の広さを文字通り自らの身体で〝体感〟した。同時に、その読書量のすさまじさに、誰もが一様に唖然としたものであった。

＊＊＊

この会が発足して半年後、数年後の謁見へとつながる、予期せぬ幸運が訪れた。東坡研究の第一人者であり、銭先生の高弟でもある王水照先生が東京大学の外国人教師として来日され、私も先生の授業に参加する機会を得たのである。しかし当初、私は王先生が銭先生の高弟であることなど全く知らなかった。それを知ったのは、王先生の口から帰国の日程を伺った前後のこと、私が授業に参加してすでに一年以上が過ぎた頃であった。

当時、前述の『選注』読書会を通じて、銭先生に対する関心がとりわけ高まっていた頃であったので、たぶん私は中国におけるこの書の評価や銭先生のことをあれこれ質問したのだと思う。この質問を端緒として、王先生から、銭先生のこと、そして『選注』の価値について、様々なお話を伺えるようになり、両先生との心理的距離が一気に縮まったような気がした。

一九八六年三月に王先生が帰国の途に就かれてから約二年半の後、念願叶って、私は復旦大学に留学した。この間に、『選注』読書会は、メンバーが大幅に入れ替わり、完訳を目指して再出発し、同時に機関誌『橄欖』を創刊して、『選注』の訳注を誌面に掲載し始めていた。それにつれて、私の『選注』に対する見方も、卒論執筆時に比べれば、数段具体的になってきていた。留学の成果も手伝って、語学力が幾分上達し、王先生とかなり自由に会話ができるようになっていたことも幸いし、先生の口から折に触れて銭・王両先生の社会科学院文学研究所でのエピソードや「幹校」での生活ぶりなどを聞かせていただいた。

折しも、中華書局の『文史知識』編集部から、王先生宛に『選注』紹介文の執筆依頼が舞い込み、先生のご発案により、先生と私の問答形式による「関於《宋詩選注》的対話」文が、先生の手でまとめられ、翌八九年五月『文史知識』に掲載された（本書19「『宋詩選注』の読み方」）。かねてから私は、いつか銭先生にお会いして『選注』に関する幾つかの疑問を直接伺ってみたいという希望を王先生にそれとなく伝えてあったのだが、この一件で王先生がとうとう銭先生に手紙を書いて下さった。その返書が、冒頭の手紙である。

＊＊＊＊

一九八九年十一月四日土曜日の午前九時半、三里河のご自宅の門鈴を鳴らすと、紺の棉襖にグレーのスラックスというお姿で、銭先生がドアを開け、私を迎え入れて下さった。銭先生の背後には楊絳夫人が立っておられたようだったが、私がもっぱら『選注』のことで銭先生を訪問したことを承知されてか、すぐさま奥の部屋に姿を隠されてしまった。私は、入ってすぐ左手の二十平米ほどの一室に通され、先生から奥のソファーに座るよういわれ、そこに腰を下ろした。

部屋はおそらく書斎兼応接間のようであった。先生の人となりを反映してか、簡素にして機能的、虚飾の一切ない極めて清澄なる空間であった。浩瀚な学識を誇る大家の書斎にしては、蔵書の数は意外なほど少ない。書架は中型のものが五つ六つ並べられているだけで、汗牛充棟という風情にはほど遠かった。あたかも記憶容量無尽蔵のコンピューター宜しく、全ての学識はすでに脳裏に深く刻まれているから、先生はそもそも多量の蔵書を必要とされないのだろう。後に王先生から伺った話では、銭先生はメモで真っ黒になった読書ノートを持っておられ、そこにあらゆる情報が詰まっているのだそうだ。しかし、そのノートは余人が見てもとうてい理解不能で、銭先生というオペレーション・システムがあって始めて生動する、特殊なコードで記された暗号帳のようなものでもあったそうである。

私がソファーに腰を下ろすと、先生は机の横に置かれた肘掛け椅子に腰を下ろされ、私ににこやかな笑顔を向けられた。その瞬間、数日間の緊張が一気に和らいでいった。というのも、銭先生が余り来客を好まれないと漏れ聞いたその時から、きっと無口で気難しい学者に違いない、と私は心中秘かに覚悟していたからである。ところが、実際は『囲城』の語りそのままの、洒脱で軽妙な話しぶりで、先生は終始、次から次へと話題を提供された。しかも、目の前にいるのが異国の若者であることさえすっかりお忘れになったかのように、無錫なまりの少し混じった早口の普通語で、しかもしばしば英語、フランス語を交えつつ、話されるのだった。そのため、私は贔屓目に見積もっても八割程度しか正確に聞き取ることができず、対談内容を漏らさずここに再録できないのが残念である。

当時、銭先生は七十九歳の高齢であったが、謁見の約一時間半、私が先生の年齢を意識したことは一瞬たりともなかった。先生は椅子に腰掛けゆったりおしゃべりになったかと思うと、さっと立ち上がり、手振り身振りを交え私の前を右や左にゆっくり歩きつつお話される。

六四（一九八九年の天安門事件）の直前、香港の新聞に、学生を支持する著名人の一人として銭先生の名が掲載されていたことを思い起こし、そのことを尋ねてみたが、事後、先生に累は一切及ばなかったというお答えであった。国の内外から、幾件か同様の問い合わせがあったともいっておられた。さながら世俗から隔離されたかの如き三里河の閑静な住宅にお住まいであったが、毎日送り届けられる国内外からの書簡や、言葉を忘れないために定期的に送ってもらっているという欧文雑誌とによって、先生は意外なほど世間の動静に明るかった。

先生が訪問客を好まれない理由は、実はこの点にも関係がある。銭先生の尋常ならざる読書癖はよく知られているが、長年の読書で目を酷使されたのがたたって、もはや長時間の読書ができない、と苦笑されていた。そのため、一日の内、午前中の数時間だけを読書の時間とし、午後は日々寄せられる書簡に返事を書くのが日課なのだそうだ。無上の愉悦の時でもある読書と来客との応接とを両天秤にかければどちらに傾くかは、いわずと知れている。

当時、中央電視台が『囲城』のテレビドラマ化に着手し始めた頃だったので、話題は『囲城』に纏わることが多かっ

た。先生は何度も何度も「過去の遺物だから、今更取り上げて評論したり、研究するには値しないものだ」と繰り返し仰られていたが、ご自身の著作、とりわけ小説が、海外で翻訳され、国内でも好評を博していることに、素直にお喜びの様子であった。小説は若き感性によって書かれて初めて成功する、と銭先生が述べられた記事を、以前目にしたことがあるが、銭先生のこの持論によれば、『囲城』はあるいは先生の青春の鎮魂歌《レクイエム》であったといえるかもしれない。

しかし面謁当時、作家であるより、より多く学者であられた先生にとって、翻訳の問題は決して軽視できないことであったようで、刊行まで訳出上の疑問点を一切先生に尋ねて寄越さなかった欧州のとある翻訳家に対して不満を漏らしておられた。一方、わが国岩波文庫所収の邦訳（荒井健、中島長文、中島みどり訳、邦題『結婚狂詩曲』）については、訳者が度々訳出困難な箇所を書簡で尋ねて寄越したことにたいそう感心されていた。『管錐編』『談藝録』『七綴集』そして『宋詩選注』は、重刷のたびごとに、先生の少なからぬ改訂や増補が加えられている。自らの著作に対する厳格な姿勢を先生は終始保持された。翻訳に対する関心も、おそらく先生のこの基本姿勢の延長線上にあるものであろう。

この面謁の数年後に、大陸で『囲城』の「定本」をめぐって、先生と出版社とが「打官司」を繰り広げられたと仄聞するが、先生のこの姿勢をよく知る一人としてみれば、全くもっともな反応だと思われる。なぜなら、先生は平素から常に自らの著作全般に対し並々ならぬ責任を課していた方であるし、また何よりも『囲城』は先生にとって最も他人に土足で汚されたくはない神聖にして不可侵なる青春の残像でもあったのだから……。

私はこの日のために『選注』についての質問を幾つか用意しておいたのだが、資料が手許にないとの理由で、書簡にて回答して下さるということになった。

＊＊＊＊

今、私の前には、ボールペンで記された先生直筆のご回答がある。私が当時用意した質問は、『橄欖』創刊号掲載分の、『選注』全体から見ればごく一部分に対するものに過ぎず、かつ今読み返してみると、冷や汗が出るくらい稚拙で初歩的な内容である。B5の用紙4枚にわたって、のべ13の質問が記されており、その余白に銭先生の書き込みがある。半数は文字校勘上の問題で、我々の原典調査の結果が、『選注』の記載と齟齬した箇所に関する瑣末な質問である。

残る半数が、解釈にかかわる質問で、その中、三項目の内容を、ここに恥を忍んで紹介したい。

①**問**　序6頁注[4]康與之『昨夢録』の記述について——錢老師把《昨夢錄》裏的情況說明如下……兄弟被老人引入「西京中大穴」，内有「大聚落」……。但就我所査對的兩個版本（古今說海、五朝小說）來說，該部分都作「出穴」見「大聚落」。第一次看錢老師的這條引文的時候，我認爲這條引文說明「在西京山中洞穴裏頭有大聚落」，但原書中却說「出穴」，如何理解? 或者還有其他不同記載的版本?

【銭先生回答】「出穴」和我的解釋不矛盾。「穴」内另有天地（參看《西遊記》的「水簾洞天」），「穴」只是「穴口」不是「穴道」，進了「穴」，只彷彿進了門房，便是庭院或天井（open air），然後是廳堂、内室等々（參看陶潛《桃花源記》：「山有小口……便……歩入……行四五十歩，豁然開朗，邑室連接」）。

②問　本編1頁3行目柳開の字について――《宋詩選注》初版本作爲「紹元」，一九八二年重慶第一次印刷本換爲「紹先」，一九八八年湖北第五次印刷本又作爲「紹元」，一九八九年北京第二版換爲「紹先」。這些文字上的改訂有什麼樣的目的和意思？就老師的看法來説，「紹元」和「紹先」那一個比較妥當？

【銭先生回答】「紹元」「紹先」記載各異，我采「紹先」，因「先」包含柳宗元是祖宗的意思，而「元」字犯了祖宗名諱，等於直呼祖名了。

③問　老師在《模糊的銅鏡》裏説對《宋詩選注》裏所選的有些作品當時已經頗感不滿的事情。如果現在能編撰宋詩的選本的話，老師更要選什麼樣的作品，在《宋詩選注》裏的作品中，那一首老師要刪除？

【銭先生回答】説來話長，又事隔數十年，懶於更提了，請原諒！

①は、当時私が「洞天説」を知らなかったがゆえの愚問だが、この初歩的な問いに対しても銭先生は煩を厭わず丁寧に説明して下さっている。

③は、今なお興味津々の内容だが、残念ながら先生の具体的回答は得られなかった。しかし、『選注』の評注にちりばめられた先生の片言隻句を注意深く追ってゆくと、先生が好まれた詩人や作品のタイプもぼんやりとではあるが浮かび上がってくる。現在の私としては、先生の全き趣向を反映した宋詩選がもし編纂されたらば、いったいどんな詩人の顔ぶれで、どんな作品が並ぶのだろう、という関心がより強い。ひょっとすると、それは今ある『選注』と随分面貌を異にするかもしれない。しかし、世俗に配慮したのではない、そういうとことん私的なアンソロジーをぜひみてみたい、と思うのである。

しかし、それは最早かなわない夢に変わってしまった。いまは、せめて『選注』の訳注を速やかに完成し、少しでも早く先生の学恩にお応えしたいと、切に願っている。

〔附記〕

右のご回答と併せて同封されていた銭先生の書簡を以下に掲げる。

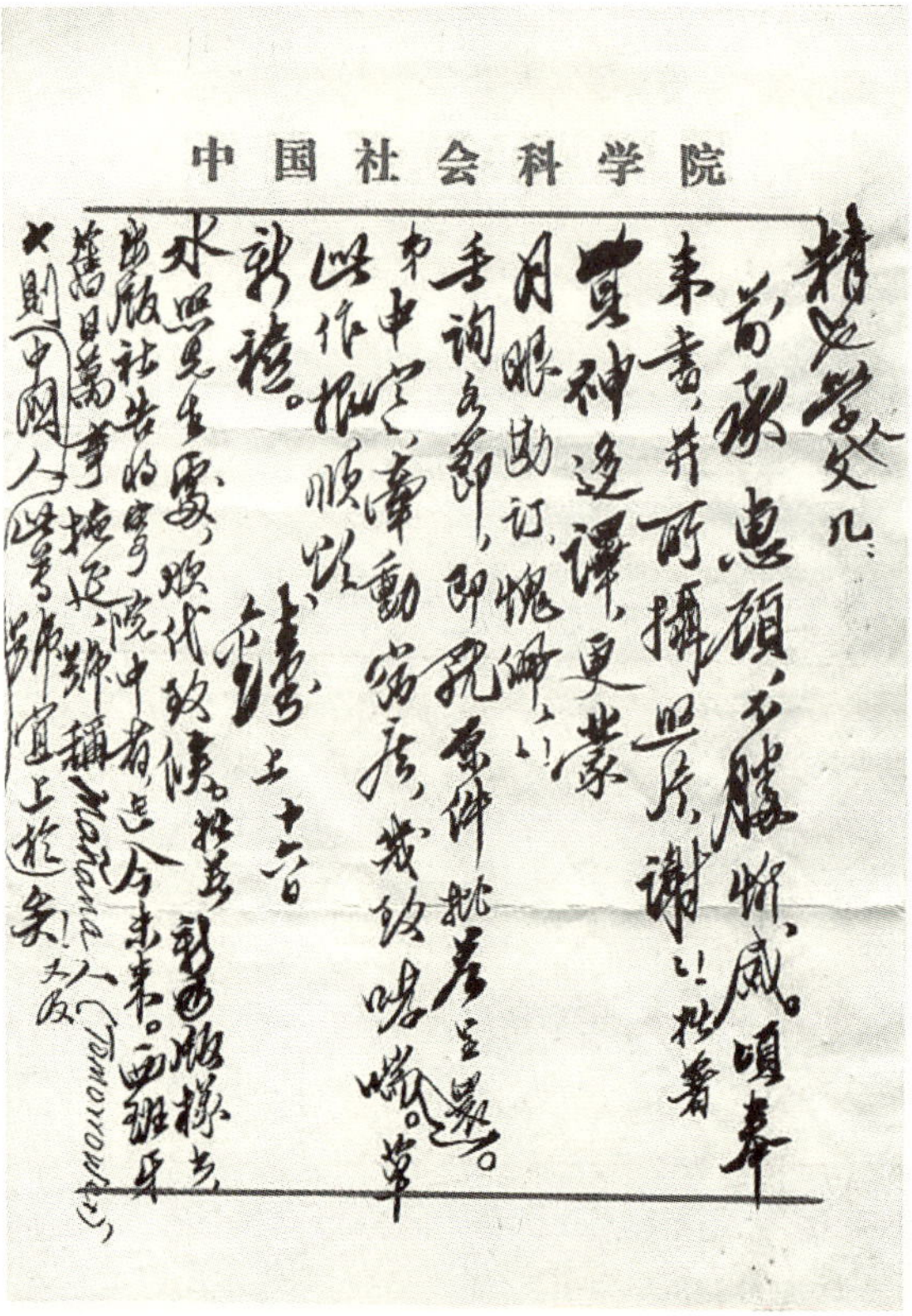

精也學人文几：

　前承惠顧，不勝忻感。頃奉

來書，幷所攝照片，謝謝！拙著

費神迻譯，更蒙

月眼勘訂，愧佩愧佩！

垂詢多節，即就原件批答呈還。

弟中寒，牽動宿疾，幾致哮喘。草

此作報，順頌

新禧。　　　鍾書上　十六日

21 蘇東坡愛読者に戦後最大級の福音

――山本和義著『詩人と造物　蘇軾論考』簡介

詩でいえば陶淵明、李杜、そして白楽天、小説でいえば「三国演義」「水滸伝」に「西遊記」、日中両国の読書子の間で今日なお共通して愛読され、第一級の知名度を誇る中国古典がある。一方、かの地で格別親しまれていても、現代のわが邦では今ひとつという古典もある。数え上げていけばきりがないが、小説ならばさしずめ「紅楼夢」、詩人ならば北宋の蘇軾（東坡）がその最たる例であろう。とくに蘇東坡は今なお多くの中国知識人を魅了する、彼らの一大偶像《アイドル》である。日中の間に現に存在するこのような温度差が、逆に次のような示唆を我々に与えてくれよう。――我々にとってなお未知なる部分の多い現代中国知識人の精神世界、その内なる謎を解きほどく秘密の鍵を、蘇東坡という存在が確かに隠し持っている、ということを。

さて、この四半世紀の間、わが邦の読書子が――右のように今日的意義に富む――蘇東坡文学の門を叩こうとした時、必ず手にした指南書がある。林語堂著、合山究訳『蘇東坡』（明徳出版社、一九七八年三月／のち講談社学術文庫、一九八七年一月）と小川環樹・山本和義選訳『蘇東坡詩選』（岩波文庫、一九七五年一月）である。この両書に導かれ蘇東坡に魅入られた読者が、さらに深くその世界に触れたいと希求すれば、その時にも山本氏による関連の論著があまた用意されていた。戦後のわが邦における蘇東坡文学の普及と研究は、山本氏の業績を抜きにして語ることはできない。

山本氏の蘇東坡関連の業績には、前掲『蘇東坡詩選』の他、散文選訳『蘇東坡集』（小川環樹氏と共著。朝日新聞社、中国文明選、一九七二年六月)、評伝『蘇軾』(筑摩書房、中国詩文選、一九七三年十月)、詩の全訳注『蘇東坡詩集』(小川環樹氏と共著。筑摩書房、一九八三年二月～一九九〇年九月。未完)等がある。これらは今やたやすく入手できるという書ではなくなったが、それでも各種図書館を捜せばわりあい容易に手にとることができる。しかし、山本氏個人の蘇東坡論が最も集中的に展開された研究論文は、その多くが――氏が長年勤務された――南山大学の紀要類に発表されたものであったから、少なくとも一般の読者にとっては半ば秘匿されたに等しい文章であった。したがって、それらの論文をほぼ余すことなく収めた、本書『詩人と造物　蘇軾論考』の公刊(研文出版、二〇〇二年十月)は、わが邦の東坡愛読者にとって、まさしく戦後最大級の福音である。もっぱら蘇東坡の詩文を対象としたものとしては、戦前戦後を通じ本書がおそらく本邦初の研究専著となろう。

本書は、第一部「蘇軾詩論考」、第二部「『赤壁の賦』論考」、第三部「宋代文学論考」の三部から構成されており、第一部と第三部にのべ五篇のエッセイと一篇の書評が付録されている。この中、山本氏の真骨頂は、蘇東坡関連の専論を収録した前の二部においてより多く発揮されている。そこで以下、この二部を中心に本書をかいつまんで紹介したい。第一部、第二部の内容は、エッセイを除くと、次の通りである。

○第一部

一、蘇軾の生涯とその文学
二、蘇軾詩論稿
三、詩人と造物
四、造物の諸相
五、詩人の長嘯

六、南行集とその周辺
七、南行集の蘇軾詩
八、望湖楼酔書詩
九、洋川園池詩
十、洋川吏隠詩
十一、嶺外の詩
○第二部
一、「前赤壁の賦」初探
二、黄州の蘇軾と「赤壁の賦」

第一部「一」において、東坡の文学と生涯のあらましが簡潔に整理され提示されている。前述のように、蘇東坡のディテールが必ずしも十全に知られていないわが邦読書界の実態を踏まえれば、この一文が本書の導入として重要な役割を果たすことになろう。新たなる東坡の読者に向けた、山本氏の細やかな心配りが感じられる配置である。

「二、蘇軾詩論稿」は、収録論文中、最も早期（一九六〇年）に発表された論文であるが、山本東坡学を斯界に知らしめた出世作であると同時に、完成度のきわめて高い東坡詩論でもある。視点を自在に変えつつ対象を多様に描き出す東坡詩の特徴、生涯を通じて頻出する「人生寄するが如し」という句に見られる、伝統的用法とは相異なる東坡独自の楽観的用法、そして、それを可能ならしめた逆境を相対化する「委順の思想」等が、委曲をつくして論述されている。一篇の論文でここまで東坡詩の特徴と意義をトータルに引き出すことに成功した例は、わが邦では殆ど類を見ない。かの国には、王水照氏の「蘇軾的人生思考和文化性格」（宋代詩文研究会『橄欖』第七、第八号に、大木尚子・矢田博士両氏による翻訳が掲載されている）という決定版があるが、王氏の論も「蘇軾詩論稿」から大きなヒントを得ている。この一篇は四十年を経た今日なお、燦然と光芒を放ち続けている。

「三」「四」の二篇は、本書のタイトル「詩人と造物」をキイ・ワードとして東坡の詩を読み解いた論文である。造物（＝天）が自然を創造し、自然は詩人のことばによって秩序だてられ初めて安定的な「美」を賦与される。そして、ことばを持たぬ造物は、詩人を困窮状態に置くことによって彼らの感性を研ぎ澄まさせ、混沌とした自然の中から「美」を抽出させる。――詩人がすぐれた詩歌を生み出すメカニズムを、山本氏は東坡の言説によりながら、造物と詩人・景物という三者の相互緊密な関係性の中に見出し、右のように解析した（「三」）。また、詩人が景物にことばを与えてゆく時、「見立て」という技法を運用することもこの文で強調されている。

東坡の詩に現れる「造物」は、絶対的唯一神のごとく不変の表情で詩人の上に君臨するそれではない。山本氏が「二」で解明された東坡詩の特徴さながらに、変幻自在に表情を改める。こういう東坡詩における多様な「造物」の諸相が、さらに「四」の中で類比され論述されている。

「五」は東坡の作品に見える「長嘯」の語を、魏の阮籍と唐の王維の場合と比較し、三者の異同に着目しながら論じた文である。氏は、東坡黄州時代の名作「後赤壁の賦」中の「長嘯」と、晩年海南島謫居期の詩中の「永嘯」を採り上げ、前者が阮籍型「長嘯」（世俗への不平を鳴らす慷慨型。但しこれは蘇東坡の解釈に基づく類別）と明らかに異質であり、王維のそれ（大自然との一体感からくる充足型もしくは自然畏怖型）に近いこと、後者はそれをも超えて自己存在への率直な悦びからくるものと分析し、後者が東坡独自の境地であることを説く。山本氏は、東坡の詩語に現れたわずかな表情の違いを的確にとらえ、その相違の中に詩人としての成長の跡を見出している。

以上の五篇を「宏観」の総論とするならば、続く「六」から第二部「二二」に至るまでの八篇は「微観」の各論と称すべき論文である。総論五篇で掲げられた「視点の多元化」「委順の思想」「詩人と造物」「見立て」「成長する詩人」

等々の観点は、各論の諸篇においてもしばしば採り上げられ、これによって一冊の書物としての有機的統合が保たれている。各論の八篇は、第二部の二篇を第一部末尾の「嶺外の詩」の前に挿入すれば、「南行集」＝蘇東坡24～25歳、「望湖楼酔書」＝37歳、「洋川詩」＝41歳、「赤壁の賦」＝47歳、「嶺外の詩」＝59～66歳というように、全篇が蘇東坡の人生の時間軸に沿って整然と並べられる形になる。総論とは異なる次元で、個の集合によって東坡文学の全体像を示そうとする用意に違いない。

各論部分の具体的な紹介は、紙幅に限りがあるため、ここでは割愛せざるを得ないが、その特徴をあえて一言で形容するならば、一字一句を忽せにしない個々の作品に対する精緻な読みと目配り、そして対象に対する無上の敬慕とに支えられた蘇東坡論といえるだろうか。ひどく当たり前のように聞こえるかもしれないが、後者の点はともかくとしても、前者は決して容易ではない。蘇東坡のように今日に伝わる情報量が夥しく多い対象を前にした時、全体を掌握するのに気がはやれば、作品一篇一篇への顧慮がなおざりにされ、細部に拘泥しすぎると、木を見て森を見ずという陥穽にはまりやすい。至当な要求が対象によってはきわめて至難なわざとなる。山本氏が終始、個と全体のバランスを失うことなく諸論を展開することができたのは、戦後長きに渉って小川環樹氏とともに第一線で蘇東坡文学の普及に努められてきた背景があればこそであろう。われわれは絶大なる信頼の下、安心して山本氏が導く東坡の世界に遊ぶことができる。

さて、二一世紀の今日、わが邦の東坡研究を取り巻く環境は劇的に変化してきている。ただし厳密にいえば、わが邦内部の変化ではない。本書が収める諸論の多くは一九七〇～八〇年代に発表されているが、このほぼ十年後、九〇年代を境として、中国の学術界が未曾有の劇的変化を遂げたのである。唐代文学研究と比べると、著しく後発分野であった宋代詩文にもスポットが当てられ、多くの人材が良質の研究成果を蓄積し始めている。基礎文献、工具書、電子検索等々の情報インフラも急速に整いつつある。そして、日中の学者が定期的に交流する場や機会も複数用意された。山本氏の遠い背中を追いかけながら進んできた後進のわれわれは、否が応もなく「本家」の現状と向き合わなければならなくなった。こういうと何やら「第二の開国」といわんがばかりの響きだが、われわれは決して不安に打ちのめされているわけではない。むしろ、わくわくする期待に胸躍らされている。なぜならば、われわれには山本氏が本書で高らかに示された東坡研究のゆかしき伝統がある。そして、この伝統と「本家」の伝統とがクロスオーバーする瞬間に際会しているからだ。本書を読み終えて、そういう思いをいっそう強くした。

〔附記〕　石本道明氏（國學院大学）による書評が、『橄欖』第11号（宋代詩文研究会、二〇〇二年十二月）に掲載されている。拙稿の粗略を補う周到な書評であるので、ぜひ参照されたい。

22 村上哲見著『宋詞研究　南宋篇』を読む

ひとり宋詞の研究者のみならず、宋代詩文を専攻する者にとっても、さらには楽府や唐詩・元曲を専攻する者にとっても、待望久しい『宋詞研究　南宋篇』がとうとう刊行された（創文社、二〇〇六年十二月）。この姉妹編『宋詞研究　唐五代北宋篇』が刊行されたのは一九七六年三月のこと、副題として「唐五代北宋篇」という六文字が加えられたその時から、本書の刊行はすでに約束されていた。それから、ちょうど三十年という時を隔て、我々の大なる期待に少しも違うことのない『南宋篇』が満を持して公刊されたことを、まず衷心より言祝ぎたい。本書は、本邦初の体系的な南宋詞の研究専著であり、村上氏によって打ち立てられた、日本詞学史上、二つ目の金字塔である。『唐五代北宋篇』がそうであったように、本書によって高らかに示された学問的水準が後学の目標となり、また規範となって、今後の南宋詞研究は進められてゆくに相違ない。

私は、前著『唐五代北宋篇』に就いて詞学の何たるかを学び、今日に至るまで無数の学恩を頂戴しつづけている後学の一人である。そういう私が、本書をはじめて手にした時、早く読破したいというはやる気持ちとそれを戒めようとする思いとが交錯し、にわかにはページを開けなかった。前者の思いは、より多くの読者の気持ちを代表するであろう。後者のそれは、つねづね氏の業績に導かれ、同じ時代を専攻してきた者にのみ共通する、特殊な感情かもしれない。そしてそれは、「三十年」という時の重みに由来する思いでもある。

『唐五代北宋篇』公刊後の三十年間に、村上氏が、科挙と唐宋文学の相関関係や中国文人論、陸游研究や日本漢詩研究等々の、多岐にわたる多様な研究成果を陸続と発表されてきたことを、我々は知っている。また、そのいずれもが、精確な考証と卓越した見識に裏打ちされた高水準の業績の数々であることも、よく承知している。しかしそれでもなお、これらの成果が、二大冊の『宋詞研究』の間に横たわる「三十年」の時をすべて語り尽くしているとは、私にはとうてい思われなかった。そういう非詞学の著作を、かりに白昼の太陽に喩えるならば、『南宋篇』に収められた詞学の専論は、三更半夜の月亮に喩えられるかもしれない。それを存分に味わうことのできる人は自ずと限られてくるが、とはいえ、それを理由に夜半の月より白昼の太陽の方が大切だという道理にはなるまい。それと同じく、一体どちらが氏の真面目なのかは、そもそも余人には量り難い。けれども私は――「陰晴円欠」を常とする月に似て、それが時に明るく時に暗くなることはあったにせよ――この三十年の間、氏が『南宋篇』の構想を忘れたことは片時もなかったはずだ、と勝手に決め込んでいる。三十年、それはとりもなおさず村上氏が南宋詞を凝視し続けた時の総和であり、日本の近代詞学のパイオニアをもってしても、南宋詞は、それだけの時間を要する、容易ならざる対象なのだ、と私は直感した。それゆえ、『南宋篇』を前にして、危座して襟を正さざるを得なかったのである。

＊

書評を始める前に、幾らか迂遠な形になるが、村上詞学の位相について、ここで記しておきたい。それが、本書『南宋篇』の特徴を語るのに、もっとも近道のように思われるからである。

詞学は、宋元以来千年に垂んとする長い歴史と伝統をもつが、とりわけ二十世紀前半の中国において、もっとも劇的な発展を遂げた。西欧起源の進歩主義的文学史観と表音主義的国語観が日本経由で輸入されるに及んで、韻文史における「唐詩宋詞元曲」説、国語における白話という路線が主流になり、その結果、宋代文学では詩と文は淘汰され、詞だけが教育界ひいては読書界において重視される時代が到来した。国民国家という新時代の到来が、詞学を一気に顕学の地位に押し上げたのである。この変化は、清末の梁啓超や王国維によって先鞭がつけられ、五四運動（一九一九）によって促進され、さらに胡適の『白話文学史』（一九二八）によって決定づけられた。胡適以後の文学史はこぞって、詞を宋代文学の代表として真っ先に採り上げ叙述するようになる。そして、当時まだ新進気鋭の学者であった、夏承燾（一九〇〇―一九八六）、唐圭璋（一九〇一―一九九〇）、龍沐勛（一九〇二―一九六六）、胡雲翼（一九〇六―一九六五）等々の巨星がこの時期、陸続と重厚な成果を積み上げ、中国詞学は空前の高みに登りつめた。

当時の詞学の息吹をよく伝えるものに、『詞学季刊』という専門誌がある。龍沐勛の主編により、一九三三年四月に創刊され、三六年九月の停刊まで、計十一号が刊行された（四号まで民智書局、五号以降は開明書局の発行）。新時代の詞学専門誌であるから、学術論文や伝記・文献考証等の近代的研究成果が毎号巻頭を飾っているのはもちろんであるが、この雑誌を特徴づけているのは、そういう近代性、先進性よりも、むしろそれを覆い隠すまでに濃厚な文雅の伝統である。三十年代当時における近現代詞人の詞作や詞話および書簡、彼らの行状・墓誌銘や序文、彼らが揮毫したり蒐集した書画の写真等々が掲載され、自ずと雅趣溢れる誌面となっている。文言対白話の比率もほぼ拮抗している。しかも、この独特な誌面構成は、『詞学季刊』の停刊をもって途絶したわけではない。一九八一年十一月に創刊された、施蟄存・馬興栄主編の学刊『詞学』（最新号は、二〇〇六年十一月刊の第十七輯）にも大枠が受け継がれて今日に至っており、中国詞学における一つの伝統にさえなっている。

『詞学季刊』に表象される雅趣は、より直接的には当時の詞壇の影響によるものであろうが、遡れば清朝の詞壇にまで行き着く。詞学は、元明二代の衰退期を経て清に入ると、江浙を中心に復興した。清初の雲間派、17世紀後半の陽羨派、17世紀後半～19世紀初の浙西派、18世紀後半～19世紀前半の常州派というように、次々と新しい流派が起こり、詞壇が一躍活気づいたのである。その間、模範とされた詞人や詞風は微妙に変化したものの、もっとも長期にわたり大きな影響力をもった浙西派が、南宋の姜夔と張炎を仰いだことによって、姜・張が標榜した「雅詞」と、北宋末の周邦彦を頂点と見なす彼らの詞学観が、清代詞学の主流となった。つまり、清朝の江南という、もっとも洗練された伝統文化の盛地にあって、文化的「通人」たちが、己の文雅を表現するための高等手段として、「雅詞」を選択し活用した結果、詞は言語芸術における独特な位相を獲得した。そして、それは二十世紀以降の近代詞学にも確実に受け継がれている。

一方、我が国において、この文雅の伝統は、ついに根づくことはなかった。江戸後期の田能村竹田や野村篁村、明治期の森槐南や森川竹磎のように詞学に傾倒した文人はいるにはいたが、やはりそれは例外中の例外にすぎない。したがって、日本において近代詞学を構築するには、自ずと中国の伝統を踏まえざるを得ない。村上氏は必然的に中国のそれを参照し、その枠組みを受け入れることから全てを開始した、と忖度される。そして、その成果が見事に結実したのが、三十年前の『唐五代北宋篇』に他ならない。古今体詩と詞の異同論を中心にすえた独自の視点に、中国近代詞学のお家芸ともいえる、考証を軸とする精緻な分析が加わった諸論は、日本国内のみならず、中国においてもきわめて高い評価を獲得し、中訳本がすでに出版されている（楊鉄嬰訳、『唐五代北宋詞研究』、陝西人民出版社、一九八七年）。村上詞学の目指すところは、中国近代詞学という、蕩々たる大河の本流に直接連続することにあり、日本詞学という、か細い支流に己の位置を定めることではなかった。

近代詞学の大家の一人、呉世昌（一九〇八―一九八六）の門弟、施議対は、「方筆与円筆―劉永済与中国当代詞学―」（『中国韻文学刊』二〇〇四年第一期）という論文の中で、二十世紀中国詞学の代表的人物60名を、五つの世代に分け列記している（ただし第五世代は空欄のまま）。ここに記された日本人は、第三世代の神田喜一郎と第四世代の村上氏の二人だけである。ちなみに、第三世代には夏承燾、唐圭璋をはじめ『詞学季刊』の同人や呉世昌等の名が列記され、第四世代には羅慷烈、葉嘉瑩、馬興栄、厳迪昌、呉熊和、王水照等の名が列記されている。このように、村上詞学は二十世紀の顕学、中国近代詞学史の上にも、すでに定位されている。

しかし、前著『唐五代北宋篇』には、清朝以来、詞壇がもっとも重視した姜夔を始めとする南宋の諸詞人の論が、当然ながら含まれてはいない。南宋詞は、村上詞学がより完全な内容に近づくために、避けては通れぬ最大の課題であった。そして今、我々の眼前にある『南宋篇』こそは、氏が三十年をかけ導き出した、この課題に対する回答なのである。

＊　＊

『南宋篇』は、以下のような五つの章と、附論三篇および附録からなる。

第一章　綜論
第二章　辛稼軒詞論
第三章　姜白石詞論
第四章　呉夢窗詞論
第五章　周草窗詞論
附論一　楊柳枝詞考
附論二　陶枕詞考――『全宋詞』補遺
附論三　文人之最――萬紅友事略
附録四則

第一章では、まず南宋詞が、北宋詞の展開を受け、主として二つの流れをもつことが説かれる。一つは、官僚文人が現実の日常生活に根ざし、現実に即して詠じた詞、他の一つは、非官僚の専業的文人が表現の洗練と典雅幽遠の境地を追求しつつ詠じた、唯美主義的な詞である。村上氏は、さらに前者を「現実派、士大夫の詞」、後者を「典雅派、文人の詞」とパラフレーズしている。これは、従来、「豪放」か「婉約」かという二項対立で色分けされることの多かった詞論の欠点を補うべく、新たに打ち出された指標である。

本書にも引用されるように（18頁）、すでに八十年代に呉世昌が、蘇軾を「豪放派」と見なすことに疑義を呈している。すなわち、「豪放派」の開祖とされる蘇軾であれ、「豪放」詞と見なしうる作例はきわめて少なく、綿綿かつ纏綿たる抒情詞が強半を占めること、しかも彼の周囲にも「豪放」詞をもっぱら多作した詞人がいないこと等を指摘し、それを根拠に、「豪放派」なる流派はそもそも実在しなかった、と主張した。

村上氏は、呉氏の説に賛同し、蘇軾と辛棄疾は「豪放派」詞人ではないことを追認するが、同時に両者の詞に否定しがたい類縁性のあることをも認め、それを説明する新たな枠組みとして、「現実派」という概括を行っている。これは、詞の風格によるものではなく、詞人の表現志向を基軸とする類別である。「現実派」詞人とは、日常の生活の中で見聞したり体験した事柄を、比較的ストレートに表現した詞人を指す。たとえ同一の時代に生きていたとしても、性差や社会的地位の如何によって、見えてくる世界や感じ方は一様ではない。したがって、「現実派」に類別される詞人の作品は、風格も内容も多種多様となるが、直叙のスタイルを主とし、作者と作品の関係が直線的に結ばれる、という点で大きな共通点をもつ。

とはいえ、いったいに新しい基準による分類は、従来にない新しい組み合わせを生む。たとえば、これまでは「婉約派」詞人と見なされ、反《アンチ》蘇軾として語られることの多かった李清照が、この分類によって、蘇軾と同じ「現実派」に組み入れられた。この点は、旧来の詞学観に慣れ親しんだ者にとっては、大きな驚きとなるかもしれないが、私はこれこそが、独自の南宋詞論を展開するために、村上氏が熟慮の末に導き出した、窮極の分類基準なのではないか、と考える。とりわけ、「典雅派」の独特な位相を際だたせるために、必要不可欠な分類であったに相違ない。

その「典雅派」は、本書では次のような輪郭をもつ一群であると性格づけられている。まず、正式な官職に就かなかったが、世俗に背を向ける隠者とは異なり、権貴と積極的に交わり、権貴に寄食した文人たちである。非官僚であったがゆえに、多くが経歴未詳であるが、一介の庶民ではなく、名家の出身者が多い（社会的身分）。その表現傾向としては、「現実派」がしばしば詠じた愛国憂国の情をほとんどまったく描かない、という点にまず大きな特徴がある。そういう、ますらおぶりは、あたかも塡詞に相応しくない、というごとくに排除される（主題の傾向①）。六朝貴族のサロンや初唐の宮廷における文学に似て、彼らは「何を」より「如何に」に執着し、修辞の洗練に傾倒する。よって、修辞技巧が示されやすい詠物詞を多作し、彼らの代表作も多くそこに含まれる（主題の傾向②）。具体的な修辞上の特徴としては、直叙よりも隠喩や象徴的手法を好む（表現の傾向①）。また、歌辞文学としての詞の本来性を強く自覚し、表現と音楽の諧和を追求した。音律に通じ、姜夔・呉文英のように自ら作曲を手がけた者もいる（表現の傾向②）。

右のような共通項をもつ「典雅派」の中にも、好対照な両極が存在することを、村上氏は指摘する。それは、姜夔と呉文英の二人である。ともに音律に通じ、周邦彦を祖述するものの、姜夔の詞が「清空」と評され、直叙を多用する（ただし、「現実派」の直叙とは質的に異なる）のに対し、呉文英詞は「渾厚」とか「凝渋晦昧」と評され、隠喩を多用し、両者の詞風は好対照ですらある。村上氏は、この異同を、両者がそれぞれ周邦彦から別のものを継承し発展させたからだ、と説く。周詞の典雅を継承しつつも、姜夔が修辞的には独自の手法を開拓したのに対し、呉文英は周詞の修辞的特徴をいっそう徹底させたとし、呉文英を「周邦彦の直系の後継者」（33頁）と位置づけている。

以上のような総括をもとに、『南宋篇』では、「現実派」詞人の代表として辛棄疾一人が、「典雅派」詞人の代表として姜夔、呉文英、周密の三者が、採り上げられ、各自専論一章が与えられている。

第二章「辛稼軒詞論」は、経歴、詞の諸相、歴代選本における評価、という三つの柱からなる。まず、辛棄疾の経歴については、中国ですでに多くの年譜や評伝が公刊されているが、村上氏の考証によって、通行の伝記研究における不足や不正確な部分が幾つか補正された。辛棄疾は、官としてきわめて特異な出自をもっている。金の支配下にある山東済南で生まれ育ち、成人後、抗金の義勇軍に加わり、その戦功をひっさげ、二十三歳の時、南宋に帰し、官位を授けられた。その時、与えられた「右承務郎、江陰軍簽判」という最初の官職を、不当に低い処遇と記す評伝が複数存在するが、村上氏はそれを否定する。科挙を経ていない「無出身」者に対する処遇としては、むしろ破格の厚遇であり、状元には劣るものの、一般の科挙及第者よりもずっと優遇されていたことを、当時の実態を精査した上で証明している。その他、彼は「無出身」の官僚としては異例なほど順調に昇進したが、村上氏はその理由を、難局に際して彼がしばしば見せた、果断な行動力と類まれなる危機管理能力に求め、その突出した治績に朝廷が応えた自然な結果であることを、具体的事例とともに示している。また、淳熙八年の落職についても、彼が対金強攻策を主張したため、とする通説に疑義を呈し、もっと複雑な官界の裏事情があったことを指摘する。村上氏は、当時、辛棄疾に向けられた「姦貪凶暴」という誹謗中傷を採り上げ、それが――赫々たる治績を上げ、型破りで実行力のある「無出身」官僚――辛棄疾に対する、「有出身」官僚の嫉妬もしくはアレルギー反応に起因するものであることを、リアルに描き出している。

稼軒詞の諸相については、同時代士大夫との交遊詞、閑居の詞、農村詞、晩年の詞、の四種が採り上げられ、「現実派」詞人の表現特徴が具体的作例に即して論じられている。

歴代選本における稼軒詞の扱いは、それぞれの時代の南宋詞評価、ひいては詞学観に直結する、きわめて重要な問題である。稼軒詞を多く選録し、辛棄疾を高く評価すれば、その対極にある典雅派の評価は相対的に低下し、その逆も同様の結果をもたらす。村上氏は、十三世紀半ばから二十世紀半ばに至る七種の代表的選本を調査し、辛棄疾と呉文英の作品収録数が、過半の選本において、ちょうど反比例の関係にある現象を指摘し、それが各選者の詞学観をストレートに反映していることを説く。なかでも、龍沐勛『唐宋名家詞選』の初刊本（一九三四）と修訂本（一九五七）

における異同を指摘し、変化の背景を推論した条が、興味深い。初版本で、龍沐勛は己の師である朱孝臧の詞学観を襲って、呉文英をもっとも多く選んでいたが、修訂本では、辛棄疾の作品をもっとも多く選び、呉文英の選録数を初版の三分の一以下に抑えている。村上氏は、抗日戦争や社会主義的運動等による世相の変化が、辛棄疾の評価を釣り上げた一方で、呉文英の評価を低下させ、それが龍氏選本の改訂にも反映されている、と分析する。――このように、辛棄疾（呉文英）の評価は、前近代の詞学観を測るリトマス試験紙となるばかりか、近現代においてもなお、世相を映し出す鏡として存在しつづけているかのごとくである。

第三章「姜白石詞論」では、第一章「綜論」で提示された、南宋詞人の二つの類型が再提示された上で、姜夔が南宋最初の「典雅派」文人であることが、まず確認される。その上で、生平と著述、周邦彦および呉文英との相違、歴代選本における評価、という三つの側面から姜夔が論じられる。

姜夔は非官僚であったがゆえに記録に乏しく、経歴の詳細はもはや分からないが、今日に名を伝える当時の名士、たとえば、蕭徳藻、尤袤、范成大、陸游、楊万里、楼鑰、葉適、朱熹、辛棄疾等々の何れもと交遊があり、その交遊関係の広さがひときわ我々の目を引く。村上氏は、中でも、張鎡と張鑑という二人の人物に着目している。両者はともに宋朝再興の功臣、張俊の曾孫で、南宋きっての名望家の子弟であった。張鎡一家の豪奢な暮らしぶりは、周密『武林旧事』等に克明に記録されており、姜夔を尊崇した張炎は、彼の曾孫に当たる。村上氏は、張鎡との親しい交遊が、彼の子孫である張炎の詞学観に影響を及ぼした可能性を指摘する。また、張鑑からは長期にわたって経済的庇護を受けていたとも指摘する。布衣文人がなにゆえ権貴の庇護を受け、かくも多くの一級の文士と交流し得たかについては、いまなお謎が多いが、このような個別の交遊関係が明らかにされれば、その真相に迫る糸口が探し当てられるかもしれない。そういう期待を大いに抱かせる考証である。

姜夔の著述に関しては、とくに歴代詞集諸本の系統について詳細な考証が加えられている。夏承燾をはじめ中国近代詞学の大家が、すでに版本考証を行っているが、村上氏はそれを検証した上で歴代諸本の系統を図によって示し、その結果、版本の影響関係が一目瞭然になった。

周邦彦および呉文英との異同については、第一章で示された内容がより細かく論じられている。村上氏は、南宋中期の詞を、辛・姜・呉という三者の鼎立状態と見なし、その源流として、蘇（軾）・柳（永）・周（邦彦）を想定している。

歴代選本における評価については、周済（一七八一—一八三九）『宋四家詞選』における特異な扱いと、宋代における評価の二点が採り上げられている。清朝常州派の理論家、周済の編『宋四家詞選』は独創的な選本で、周邦彦、辛棄疾、王沂孫、呉文英の四家を宋詞の代表と位置づけた上で、計46の詞人をこの四家の下に分属させる形態をとる。問題は、姜夔を、詞風のおよそ異なる辛棄疾の下に列している点である。村上氏は、この特異な扱いに苦慮しながらも、その要因を、この選本が塡詞学習の階梯、すなわち王沂孫を入門の手本とし、そこから呉文英へ進み、辛棄疾を経た後に、窮極の手本・周邦彦へと向かう、という道筋を示すためのものである、という編纂の目的に求め、その合理的な説明を試みている。さらには、常州派のライバル浙西派が姜夔を第一に推したのに対抗して、故意に彼を四大家から外したのではないか、とも推論している。村上氏が本論で周済『宋四家詞選』を採り上げたのは、おそらく第一に、この選本における姜夔評価が評価史的にきわめて特異であったこと、第二に、編者周済の近世詞学史における重要性に鑑みて、無視することが困難であったこと、の二点によるものであろうが、事実を前にまず厳粛たらんとする氏の学問的良心を垣間見る思いがする。

宋代の選本は、編者の詞学観の相違によって、辛棄疾と呉文英の選録状況がしばしば正反対になるが、姜夔の詞は概ねどの選本においても平均的に多く採られている。この事実を理由として、村上氏は、辛・姜・呉を三大家と見なす詞学観が南宋においてすでに確立していたと指摘する。

第四章「呉夢窗詞論」では、経歴、別集諸本の系譜、交遊関係と作詞、音楽的素養、周邦彦との継承関係、の五つの側面から論が展開される。

呉文英の経歴については、「典雅派」文人の常として不明の部分が多い。しかし、村上氏は、数少ない事実の中から、彼の出自に関して説得力ある説を導き出している。すなわち、彼に翁逢龍、翁元龍という兄弟がいた事実に着目し、にもかかわらず彼が翁姓ではなく呉姓である理由を、生母が卑賤の出であったがゆえに、翁姓を名乗ることが許されなかったためであろう、と推論する。彼が科挙に応じた形跡がない理由も、その出自ゆえに受験資格を得られなかったためだとし、旧説を否定する。旧説では、経義の成績が芳しくなかったからとか、科挙に関心がなかったから、という説明を加えている。それに対し村上氏は、そもそも南宋の科挙制度は経義と詩賦の二コースに分かれており、経義を受験しなくとも及第可能であったこと、彼がのちのち権貴と積極的に交わり、役人アレルギーがあったとは到底思えないこと、の二点を指摘し、旧説の成り立ちがたいことを逆に証明している。さらに、彼の出自がその作風にも大きな影を落としている可能性をも指摘する。彼の詞には我が身の懐才不遇をかこつ作品が殆どないが、それは、制度的に官になる道を断たれた現実を彼が受け入れ、職業文人としての立場に徹し切った結果であろう、と推論する。

つづいて、姜夔の場合と同様に別集諸本の系譜が整理されて図示された後に、呉文英詞の一大特徴をなす、権貴との交遊の間に作られた作品群が論じられる。彼が交遊した権貴には、皇族の趙与芮の他、宰執の呉潜、賈似道、史宅之等がいる。彼らに献じた作品から、あたかも幇間のごとき呉文英の立場や、彼ら「典雅派」の職業詞人が置かれた、士大夫詞人とは相異なる、塡詞創作の特殊条件が抽出されている。併せて、呉文英が権貴の生日を祝賀する「寿詞」を多く残している事実にも触れ、詞が社交の重要な具として活用されていた南宋当時の実情も紹介されている。

音楽の素養に関わる問題は、歌辞文学である詞の本質とも直結し、ひとり呉文英のみならず、すべての詞人を論じる際に不可避の問題である。とくに「典雅派」の職業文人にとって、音楽の造詣は、己の存在価値を左右する基本要件の一つであった。音律に頓着しない士大夫の詞に対して、専業詞人がしばしば手厳しい評価を下したのは、この点こそが平均的士大夫詞人に優越する彼らの強みだったからであり、それゆえ拘泥しないわけにはいかなかったからであろう。音楽に対する深い理解の有無が、詞人としてプロであるかアマであるかを分ける最終の基準となることを、村上氏は専業詞人の言説を引きながら我々に示している。そして、呉文英が音楽に通暁していたことは、彼の自度曲が複数存在する事実によって、すでに明らかであり、さらに、塡詞の教本『楽府指迷』の作者、沈義父がその序文において、呉文英とその兄翁逢龍から詞学を教わったと明記している事実からも裏づけられる。呉文英は自らの詞学観を何一つ語ってはいないが、彼がプロ中のプロの詞人であったことを、それらの事実がすでに雄弁に物語っているのである。

周邦彦との関わりについては、これまでの各章においても、村上氏の持論が繰り返し述べられている。村上氏は、呉文英詞の中に、周邦彦の詞風のいっそう純化された形を見出している。たとえば、次のように。

もともと詞、ことに慢詞は、「誰が」、「いつ」、「どこで」、「何をした」というような叙事の基本を無視するところに根元的な特色があると思うが、この点では、周邦彦を経て呉文英に至っていっそう純粋化され、ほとんど極限に達したといってもよいであろう。（154頁）

呉文英の「如詩家之有李商隠也」と評されるような華麗な措辞、「晦渋」とも評されるような隠微な表現は、むしろ周邦彦を超えるものがあるが、それは決して清真詞と方向を異にするものではなく、清真詞に本来的に内在する指向性をそのままに発展させたといえるように思う。（155頁）

村上氏は、このように周邦彦と呉文英の緊密な継承関係を指摘する一方で、それが呉文英の作家としての純粋な個性に全て由来していたわけでもないことを併せて主張している。なぜなら、権貴に奉仕する職業詞人の性として、彼も権貴の嗜好を第一に考え、それに沿うように詞を製作したはずだからである。したがって、彼が周邦彦に近似した詞を書いたのは、結局のところ、権貴がそれを欲したからだ、という論理に帰着する。南宋中後期の貴人たちは、北宋末徽宗朝の洗練された貴族的文化を愛好し敬慕した。周邦彦は徽宗朝の大晟府にあって、その爛熟した文化の一翼を確かに担った詞人であるから、その詞は彼らの好尚にもっとも合致したものであった。

呉文英は、今日の中国においてもホットな研究対象の一つであるが、修辞表現の特徴分析や風格の議論を主体とする作品論的アプローチが圧倒的に多い。村上氏の論のように、呉文英の詞の位相を、職業詞人としての彼の立場と当時の貴人階層を中心とする文人趣味に関係づけ論じた研究を、私は寡聞にして知らない。この論によって、呉文英詞を読み解くための新しい視点が、確実に付け加えられたといってよい。

村上詞学は、中国近代詞学の伝統を襲い、考証を軸に論が展開するのを最大の特徴とする。それゆえに、辛棄疾のように伝記資料が豊富に伝わっている対象ならばいざ知らず、呉文英のようにそれが殆ど伝わらない詞人はもっとも困難な対象と化すことが、容易に想像される。しかも、彼の作品は隠喩と象徴表現によって埋められ、散文的ロジックや考証的世界とはおよそ縁遠い場所に位置している。しかし村上氏は、凡愚の予想を見事に裏切り、この困難きわまりない対象と四つに組み、見事にそれを組み伏せて、従来にない呉文英論を導き出した。村上氏の呉文英論は、『南宋篇』の白眉ともいうべき一章であり、僭越ながら、私はこの一章を読んで、村上詞学が完成の域に達したことを確信した。

「綜論」を除く三章が、中国近代詞学において至高の評価をすでに獲得している南宋の三大家を対象とするものであるのに対し、第五章で採り上げられる周密は、村上氏によれば、今日、しかるべき正当な評価を得ていない詞人である。氏は、彼の家系および経歴と詞集、早期の詞、晩年の詞という三つの柱によって周密詞論を展開し、彼が辛・姜・呉三家に対しけっして見劣りしない詞人であることを強調する。

まず、彼の家系が申し分のない名家であり、「二窗」と並称される呉文英と比べ、遥かに恵まれた家庭環境であったことが説かれる。彼は一度地方官（義烏県令）に就いた経歴をもつが、すぐに宋朝が滅ぼされたために下野し、杭州にある妻楊氏の実家に身を寄せ、遺民として後半生を送った。彼の主要な詞集には、周密自編の『蘋州漁笛譜』と、乾隆年間の輯佚本『集外詞』があるが、前者は宋朝滅亡以前の作品しか収めず、滅亡後の作品はすべて後者に収められている。王朝の崩壊という大事件が与えた影響はむろん多大であり、周密の詞にもそれが如実に表れている。しかし、旧来の周密評価は殆どすべてが『蘋州漁笛譜』中の作品に基づいて行われており、彼が遺民となって以後の作品が顧みられていない。村上氏はこの点を不服とする。そこで、『蘋州漁笛譜』と『集外詞』の作例をそれぞれ分析することによって、彼の詞風の変化を明らかにし、それを基礎として新たなる周密詞論を構築しようとしている。

『蘋州漁笛譜』に収められる早期の詞には、文人仲間の会合や貴人の華やかな宴会、園遊において詠じられた作が少なくない。村上氏は、そういう機会に作られた作例を一篇（「瑞鶴仙・寄間結吟台……」）採り上げ、類似の背景のもと作られた呉文英の作例（「高陽台・豊楽楼……」）との比較を試みている。村上氏は、表現の洗練という点で周密の作が非凡であることを認めつつも、呉文英の作に認められる複雑な陰影や深みに乏しいことを理由に、呉文英の方に軍配を上げている。

一方、『集外詞』所収の晩年の作において、この種の題材は影を潜める。この一事をもってしても、宋朝滅亡後、彼の詞作環境が大きく変化したことを知ることができる。そして、現実に彼の詞も大きく変質し、彼の詞は晩年にいたって精彩を放ち始める、という。とくに、宋朝滅亡前夜、南宋帝后の陵墓が暴かれるという事件が起き、この事件に対する思いを十四名の文人が題詠の詞に寄託して詠じた作品群があるが、周密の三首は、王沂孫の詞と甲乙つけがたいほどの傑作である、と村上氏は絶賛する。また、梅を詠じた早期と晩年の作例を一つずつ挙げて比較し、早期の作が表現技巧を誇示するような詞風であるのに対し、晩年の作例には深い感慨が込められ、抒情詩としてきわめて高い境地に達している、とする。そして最後に村上氏は、周密を呉文英より一段低く見積もった周済（『宋四家詞選』）の見識を疑う一方、周密を史達祖、姜夔、呉文英、王沂孫、張炎と並んで評価した、──周済と同じく浙西派に属する──戈載（一七八六─一八五六／『宋七家詞選』）の慧眼を高く評価している。

以上、南宋詞に関わる五章の他にも、中唐の頃に盛んに作られ始める「楊柳枝」の源流と展開を音楽との関わりで論じた力作「楊柳枝詞考」、民間における詞の流行を具体的に伝える陶枕の詞についての論考、『詞律』の編者として知られる清初の文人、万樹について詳論した「文人之最」、の三篇が附論として掲載されている。いずれも従来、取り上げられることのなかった新しいテーマであり、きわめて高い価値が含まれるが、紙幅の都合により、細かな紹介はここでは割愛する。

＊＊＊

『南宋篇』で用いられた方法は、『唐五代北宋篇』のそれと基本的には変わらない。すなわち、村上詞学の基本型は、考証を軸とする実証的な作者論である。にもかかわらず、両著を読み終えて似通った読後感を抱く読者は、おそらくいないであろう。『唐五代北宋篇』の明快さが、『南宋篇』ではいささか後退し、その分より複雑で難解な印象を受けるに相違ない。この差はもちろん、対象とする詞人および詞の相違に由来するものである。

『唐五代北宋篇』で論じられた詞人は殆どが士大夫であり、その詞も、『南宋篇』の分類に従えば、大半が「現実派」

の作品である。よって、伝記資料が比較的多く残っている上、作品も総じてシンプルで分かりやすい。一方、『南宋篇』で採り上げられた詞人は、辛棄疾を除くと、すべてが非官僚の職業文人であった。彼らの伝記資料はきわめて少なく、修辞は総じて暗示的で難解である。したがって、彼らは、作者ばかりか、その作品においてさえも、考証を阻む様々な困難を内包しているのである。それが結果的に、『南宋篇』を、より難解に感じさせる要因となっていよう。

「現実派」の南宋詞人は、辛棄疾以外にも、李綱、張元幹、陳亮、劉過、劉克荘等々多数おり、数の上ではけっして「典雅派」詞人に引けをとらない。よって、彼らがより多く採り上げられ論じられていれば、『南宋篇』の読後感も大分変化したに違いない。しかし、村上氏が最終的にそういう構成を採らず、三対一の比率で「典雅派」詞人をより多く採り上げたのは、おそらく近世近代に至るまでの中国詞学史を視野に納めた上での決断であったに違いない。近世近代の詞学観は、択一的にいえば、「典雅派」を中心に構築された。そして、私見によれば、村上詞学の目指すところは、現在なお命脈を保つ、中国詞学の伝統に連続することにある。よって、『南宋篇』において、「典雅派」詞人が論究の中心に置かれるのは、必然であった。

幾らか難解だとはいえ、『南宋篇』に数多くの新しい見解が含まれることは、各章の紹介の中で具体的に言及したとおりである。これら新しい知見の数々は、『唐五代北宋篇』の時と同様に、再び中国の本流に大きな波紋を投げかけることになるであろう。その反響を、私も固唾を呑んで見守りたいと思う。

23 中国言語芸術の奥義を究める詞学研究
——松尾肇子著『詞論の成立と発展　張炎を中心として』刊行に寄せて

現代の中国にあって、「漢詩」のほかにも、多くの人々によって愛誦される伝統詩歌のジャンルがあることをご存じだろうか。十～十三世紀の宋代を中心に流行した歌辞文学、「詞」がそれである。卑近な例を挙げよう。蘇東坡が作った「水調歌頭（明月幾時よりか有る）」という詞がある。この詞は、中学生以上の中国人なら知らない人はまずいないといってよいほどポピュラーな作品だ。しかも、たいていは鼻唄で口ずさむこともできる。およそ一千年近く昔の古典詩歌を現代人が鼻唄で歌うという光景は、にわかには信じがたいかもしれないが、このような奇跡が、現実に今の中国で起きている。もっとも、少しばかり種明かしをすれば、彼らが歌うのは、一千年昔のメロディーではなく、新しく現代風にアレンジされたポップスである。また、流行の蔭に、近年の中国ポップス界をリードした、鄧麗君《テレサ・テン》、王菲《フェイ・ウォン》という二人の歌姫が前後してこの曲を歌った、という特殊事情も与っている。とはいえ、蘇東坡の歌詞はオリジナルのままなので、一千年昔の古典を現代人が鼻唄で、と表現したことにはいささかの誇張も含まれてはいない。このほか、「詞」は中学や高校の国語教科書にも多くの作品が掲載されているので、我が国の百人一首並みによく知られた作品も少なくない。「唐詩宋詞」という括りがあるように、今日の中国では、南北両宋約三世紀を代表する詩歌は「詞」である、とする認識が一般的だ。

このように、「詞」は現代の中国人にとってたいへん近しい存在だが、この詩歌について詳しく知る現代の日本人は必ずしも多くはない。漢文の教科書に掲載されることもほとんどないので、これからの日中関係を担ってゆく若い世代の大半がその存在を知らぬままである。我が国における享受・実作の歴史に乏しいという背景がそこに関わっているとはいえ、「詩」と「詞」の両方を愛する筆者としては、両輪のうちの一方に、若い世代が接する機会さえない現状は、とても残念でならない。というのも、「詩」と「詞」は、中国の抒情表現の伝統において、得意とする分野や担ってきた役割がそれぞれ微妙に異なるからだ。同じく漢字によって表現される伝統詩歌であるから、両者の間に明確な一線を引くことはとても難しいが、あえて大雑把で印象批判的な対比をすれば、両者には、硬と軟、明と隠、公と私、志と情、男と女……等々のイメージ・ギャップが存在する。「詩」が比較的ストレートな抒情を主とし、作者と作品が直線的な関係で結ばれやすいのに対し、「詞」は総じて、感情をストレートに表現することを好まず、纏綿たる想いを繊細な筆致で描き、たゆたう情感を作品全体の情調のなかに溶かし込んで表現することを得意とする。また、もともと妓女によって歌唱されることを前提として作られた歌詞でもあるので、作品と作者は必ずしも直線的には結ばれない。このように、「詩」と「詞」は、隣接して互いに寄り添う一方で、好対照な一面を保持し、それぞれ異なる抒情の伝統を中国詩歌史の上に刻んできた。よって、それらの伝統の上に立つ、現代中国人の言語感覚や美意識をより深くより完全に知ろうとすれば、「詞」に対する理解が自ずと不可欠になると筆者は考える。

＊

作品の一般読者における認知度が今ひとつとはいえ、研究の方は、戦後、我が国でも一定の成果を上げている。とりわけ、ここ十数年の躍進は目覚ましい。日本の近代詞学研究のパイオニア、村上哲見氏に日本学士院賞・恩賜賞が授与されたのは、つい数ヶ月前のこと、この一事に日本の詞学研究の今が象徴的に表されている。六年前には、中堅若手の研究者を中心とする宋詞研究会という研究組織が発足した。『風絮《ふうじょ》』という雅名を冠した専門の機関誌も発刊され、今年で第五号になる。また、研究会の設立に先立ち、全国同好の士が詞学の理論書『詞源』の翻訳に共同で着手し、詳細な校注を加え、『宋代の詞論』の名ですでに江湖に問うてもいる（中国書店、二〇〇四年三月）。そのほか、単行の概説書や研究書も、はや五指に余る。

そしてこのたび、松尾肇子氏の新著『詞論の成立と発展 張炎を中心として』（東方書店、二〇〇八年十二月）がこの列に加わった。日本の詞学研究も本著という新しい成果を得て、いよいよ安定的発展期に突入した観がある。思えば、ここ十数年の詞学発展の影には、つねに松尾氏奮闘の姿があった。村上哲見氏に師事し、その薫陶を一身に受けて研鑽を積まれ、ご自身の研究成果を次々と発表する一方で、全国に散らばる同好の士を一つにまとめる潤滑油の役目を見事に果たされ、世代と地域を超えた研究組織を軌道に乗せるのに大きく寄与された。研究会の運営や機関誌の発刊、さらには訳注書の刊行においても、松尾氏は縁の下の力持ちとして、中核的な役割を担ってこられたと仄聞する。

このたびの新著は、その『詞源』の共訳書と、表裏一体をなし、両著を併せ読むことにより相互に理解が深まる密接な関係にある。今後、「詞」の理論を研究する際、この両著はまずまっさきに繙くべき基本的な論著となるに相違ない。村上哲見氏に師事された大学院時代以来、松尾氏はおよそ四半世紀の間、張炎の『詞源』と終始格闘してこられた。本書は、松尾氏の積年のエネルギーが傾注された文字通りの力作であり、以下のような九つの章と二つの付論によって構成されている。

第五章　抒情の表現
第六章　姜夔の楽論と南宋末の詞楽
第七章　『詞源』諸本について
第八章　文芸論にみる張炎詞論の受容
付論一　李清照像の変遷―二度の結婚をめぐって―
付論二　王昭君考―古典にみる漢族女性の形象―

女性学の視点から記された付論の二篇を除けば、他はすべて直接『詞源』に繋がる研究である。序章では、「詞」に対する批評・評論がいつ頃から発生し、どのような展開を見せて、最終的に『詞源』に結実していったのかについて論じる。序章は、後世への影響を論じた終章と、ちょうど対をなし、両章を通読することで『詞源』の文学史的位置とその特徴とが自ずと理解されるように構成されている。

第一章は、『詞源』と同じく宋末元初に成立した、もう一つの詞学理論書『楽府指迷』と『詞源』を比較し、その異同を詳細に洗い出すことによって、『詞源』および作者張炎の詞学観と独自性を浮き彫りしたもので、本著所収の各論のなかで、もっとも早期にまとめられた論文を基礎としている。「あとがき」によれば、松尾氏の『詞源』研究は、本著における順序同様、この一篇からすべてが始まった。

『詞源』は音楽理論について述べる上巻と詞の文体理論について述べる下巻の二巻からなる。第二章では、その編集意図と、当時、張炎が置かれていた言説環境について論じる。後者については、下巻において口語表現が増える現象に着目し、張炎が当時、詞社を結び同人たちに講義したその痕跡ではないかと推論する。第三章は、『詞源』の詞学主張のなかで、もっとも重要なキイワード「清空」の輪郭を、用例分析を通じて、鮮明かつ簡潔に浮き彫りにした一章。第四、第五の二章は、張炎と同時代の作例を分析し、彼の理論構築が同時代の詞人たちの創作実践とどの様な関係にあるかを具体的に論じる。

第三から第五の三章は、主として『詞源』の下巻部分の表現論に対応した章である。それに対し第六章は、上巻の音楽論に対応する章。姜夔は、張炎が究極の理想と仰いだ南宋後期の職業詞人《プロフェッショナル》で、自ら作曲をも手がけている（彼の『白石道人歌曲』所収の作品の一部には楽譜が付されており、近年、その解読が試みられ、再現曲が実演されている）。当時の楽曲はごく一部を除き伝わらないので、姜夔の提唱した雅楽が当時の詞楽全体の中でいかなる位相にあったのかは、結局のところ定かではない。しかし、残された彼の言説から、あとう限りその内実を明らかにし、さらにそれがどのように『詞源』に移植されたかについて論じる。第七章は、『詞源』の歴代版本の系譜と相互影響関係について考証した一章である。

以上、駆け足で松尾氏の新著について紹介した。松尾氏とともにここ十数年の日本詞学の発展を支えてこられた萩原正樹氏が、すでに詞学研究プロパーの立場から専門的に書評を書いておられる（立命館大学中国藝文学会『学林』第四十九号、二〇〇九年三月）ので、詳細についてはそれを参照していただきたい。以下、残された紙幅で、本著の研究対象『詞源』の目指した「雅詞」が、中国言語芸術において如何なる特徴と意味をもったのかについて私見を述べ、本著と一般読者の橋渡しをしたい。

＊　＊

一口に「詞」といっても、風格や内容にはかなりの幅がある。村上哲見氏の分類に従えば、宋詞は「士大夫の詞」と「職業文人の詞」の二類に分けられる（『宋詞研究　南宋篇』第一章「綜論」、創文社、二〇〇六年十二月）。「士大夫」とは、科挙に及第して官僚になった者たちの称であり、宋代においては、伝統文化の正統的継承者として、中央文壇のリーダー的役割をも果たした。『詞源』の著者張炎は、後者の流れを汲む文人であり、彼が規範として仰いだ姜夔こそは、南宋職業文人の草分けであった。この両者はそれぞれ「詞」の発展と流行に大きく寄与し、ともに「詞」を伝統文化の殿堂に上げるために洗練を加え、より典雅な文体とすべく腐心したといってよい。しかし、一般論としていえば、「士大夫」の本業はあくまで政治であり、文学の創作は最重要の要件ではなかった。もちろん、それが求められる局面はしばしば訪れたが、社会的に強く彼らに求められた創作の能力は、もっとも伝統的なジャンル、詩や文においてであり、詞ではなかった。すなわち、彼らの多くは、「詞」における偉大なるアマチュアなのである。

一方、姜夔や張炎に代表される職業文人にとって、「詞」は生活の糧であり、彼らのアイデンティティーそのものである。士大夫も歌詞の創作には相応のエネルギーを注いだが、楽曲については頓着しなかった者が多い。しかし、職業文人は一体に音楽に通暁し、自ら作曲を手がけた者さえいる。歌詞ばかりでなく曲の方にも最大限の注意を払い、歌詞を創作する際には、曲調との諧和をとことん追求した。冒頭に蘇東坡の例を紹介したが、蘇東坡の詞はメロディーと調和しないという批判が後世起きている。結局のところ、職業文人の厳しい目から見れば、偉大なる蘇東坡も所詮はアマチュア詞人の一人に過ぎないと映ったであろう。

張炎ならびに姜夔は「雅詞」を標榜したが、その具体的なモデルは北宋末、徽宗の時代の雅楽にあるといわれる。周知のように、徽宗は亡国の君主であるが、文化的には北宋の貴族的宮廷文化を一気に爛熟の域に高めた人物である。北宋の滅亡とともにこの宮廷文化もひとたび雲散霧消したが、王室は辛くも江南に逃れ、皇宮も浙江の杭州に建造された。南渡の当初は、異民族との交戦によってつねに緊張状態を強いられ、さしもの皇室も居住まいを正したであろうが、有事の事態が日常へと変わり、膠着状態が持続するにつれ、皇室や一部の権貴たちは再び享楽的な現実逃避の道を歩みはじめる。かくて、彼らは徽宗時代の貴族文化に接近し、それを西湖の畔で再現し始めたのである。姜夔を始めとする一連の職業文人は、おおむね権貴と親交があり、彼らの貴族趣味と直接繋がっている。ことの善し悪しは別として、文化の洗練には、つねに収支を度外視したパトロンの影があり、その結果として、文化の水準は崇高の域に押し上げられる。よって、張炎の『詞源』が提唱した「雅詞」の世界は、皇室や権貴を中心とする南宋の貴族文化を背景に生み出されたものと見なすことができよう。それゆえ、彼らの作品は、とことん洗練された言語文化の粋《すい》というに値する雅趣を濃厚に漂わせるのである。

そして、なにより重要なことは、彼らの主張が、宋朝の滅亡とともに消滅したわけではないという点である。江南に移植されたこの貴族文化は、元や明の間にも命脈を保ち、清朝に至って一気に開花した。天下の富を集める清代江南において、彼ら文人の美意識を表現するに相応しい詩歌として、ふたたび「雅詞」は注目を集め、新たなる生命を注ぎ込まれたのである。清朝江南の文人たちは、おそらく『詞源』を座右に置き、それを教科書にして言語世界における文人的貴族趣味を体現していったのだと思われる。そして、この伝統は二十世紀の初め、民国の初期までは確実に持続し、そのため完全に江南文人の血肉と化している。

つまり、『詞源』を研究した本著は、宋から清に至る近世中国の貴族的な言語文化の伝統を知る上でも欠かせない重要な視点を間接的に我々に提供しているのである。その伝統は今日の中国においてさえ、完全に消え去ったわけではない。今は日本と同じく商業的大衆文化真っ盛りの中国ではあるが、「詞」は形を自在に変え、そういう時代を生き延びている。チャイニーズ・ポップスと化した蘇東坡の「水調歌頭」がその好例だ。「雅詞」に対しても、近年の学会では極めて高い関心が払われ、若き研究者が陸続と研究書を公刊している。かつて知人の学者の口から、姜夔や呉文英の詞は女子大生の密かな人気の的だと聞いたこともある。このように、「詞」ならびに「雅詞」は、今も中国の若き精神貴族の心を魅了しつづけている。

松尾氏の『詞源』論を手掛かりに、このゆかしき言語文化の粋に触れてみては如何だろう。そうすれば、「漢詩」とはいささか毛色の異なる、新感覚の詩歌世界に遊ぶことができるはずだ。そして、それは同時に、中国の言語文化の深奥を垣間見る瞬間ともなるであろう。

24 橄欖《かんらん》のこと

――会誌『橄欖』の創刊に寄せて

一

橄欖《カンラン》（gǎnlǎn）は、広東、広西、雲南、福建、台湾等中国南方に広く分布する常緑喬木である。五月に淡い黄白色の小さな花弁をつけ、晩秋に実を結ぶ。ラグビーボールのことを現代漢語で「橄欖球」というように、紡錘形をした三センチ許の緑色の果実である[1]。

彼の地では、その果実を、蜜漬けにしたり、油でいためて料理に用いたり、塩漬けにして保存食にする等して食用に供する。また、酒にひたして薬用酒としたり、乾燥させて健胃剤にする等、薬としても利用される、という。――三度の飯よりも杜康を愛する向きには、杯を傾けるときには恰好の肴となり、翌朝宿酔に悩まされるときには胃薬に早変わりする、まことに都合のよい果実といえるかもしれない……。その他、種子は圧搾して油をとり、磨いて数珠玉にする。幹は木材となり、樹脂は香の原料にもなる。このように、当地では甚だ重宝な樹木のようだ。

明・李時珍の『本草綱目』を繙くと、前述のこと以外にも実に様々な橄欖の効用そして利用法が記されている。[2] それらを記すことがこの文章の目的ではないから、その全てを記すことは差し控えるが、中に興味深い効用が記されていたのでそれを紹介しよう。

『本草綱目』（に引く『開宝本草』）に以下のようにいう――（橄欖の実を）生のまま食べたり、煮汁を飲むと、鯸鮐魚の毒に中らない、と。

「鯸鮐魚」とは、わが国関西でいうところの「てっぽう」、すなわち河豚のこと。冬から春にかけてなくてはならぬ海味の一つである。梅堯臣や蘇軾の詩[3]でも知られる彼の地の河豚は、日本近海で獲れるトラフグやマフグとは異なり、長江など、河川を産卵のため溯る種類（メフグ）ではあるが、トラフグ、マフグ同様、肝や卵巣に猛毒がある。

現代の薬学とは違って、様々な科学的実験を経た後の報告ではないから、いかに漢方のバイブルの如き書物にそう明記してあるからとはいえ、ただちにそれを実行にうつすような尚古趣味に固まった人はいないであろう。けれども、場末のあやしげな河豚料理屋に行く折に、橄欖の実を二三顆懐にしのばせておけば、幾らかの気なぐさみにはなるやもしれぬ。

二

西晋の人、嵇含《けいがん》（二六三―三〇六）の『南方草木状』に、この果実が三国時代呉の国に歳貢として献上され、呉王より近臣に下賜されていたこと、また晋の時代に入っても、太康年間（二八〇―八九）以降は南海諸国から歳貢として献上されていたこと等が記録されている。[4]

管見の及ぶ範囲では、中原における橄欖の扱いが記されたのはこの『南方草木状』が最初の書物である。産地嶺南での食用としての歴史は、更に何百年何千年かさかのぼることと思われるが、黄河流域の中原の地（晋の都は洛陽）にこの果実がもたらされたのは、この記述から推せば、三世紀の後半あたりであろうか。しかし、皇帝に貢物として献上されたほどであるから、少なくともこの当時、北方の一般庶民には縁遠い南方の珍果であった、と推察される。

この後、北魏の賈思勰の『斉民要術』や南朝梁の元帝（蕭繹）の『金楼子』、下って唐末・劉恂の『嶺表録異』(5)等にも、簡単な記載が見られるが、それらでは何れも北方においては容易に見られない珍果として紹介されているに過ぎない。『南方草木状』以降、この果実が中原（中土）の地でどのような扱いをうけていたかを知る手がかりとなる文献は、数百年のあいだ影をひそめる。

文学の領域でも、『南方草木状』とほぼ同じ頃、かの洛陽紙価を高からしめた、左思（二五〇？—三〇五？）の「呉都の賦」(6)に、特産の実果が列挙される中、橄欖の名がみえるものの、やはりそれ以降数百年のあいだ、主要なモチーフになることはなかった。この果実がにわかに脚光を浴びるようになるのは、晋の時代より七世紀余り下った北宋時代のことである。

三

江東多果實　　江東　果実多し
橄欖稱珍奇　　橄欖　珍奇と称せらる
北人將就酒　　北人　将に酒に就かんとし
食之先顰眉　　之を食らひて先づ眉を顰《ひそ》む

皮核苦且澁　　皮核　苦く且つ渋し
歴口復棄遺　　口を歴《へ》て復た棄遺す
良久有回味　　良久《ややひさ》しくして回味有り
始覺甘如飴　　始めて覚ゆ　甘きこと飴の如きを

王禹偁《うしょう》（九五四―一〇〇一）の「橄欖」（『小畜集』巻六）と題する詩の前半部である。一句目の「江東」は「江南」というに同じ。「南方」に作るテキストもある。(7) 七句目の「棄遺」は「遺棄」に同じ。すて去ること。右の大意は以下のようである。

――果実が豊富な江南の地でも、とりわけ橄欖の実はすばらしいともてはやされている。そんな噂を耳にしてか、北方出身の人も酒のつまみにこの果実を口に運んでみるが、歯をたてたとたん、口に広がるにがみと渋みに眉をしかめ、ぺっと吐きすててしまう。けれども、それを我慢してしばらく咀味していれば、本来の味がめぐってきて、舌先がとろけるような飴の如き甘味がするのだ。

この中で詠われている、橄欖の味覚の特徴――渋みの後に甘味がおとずれる――は、元来この果実にそなわったものでもあるゆえ、『南方草木状』にすでに同様の記述がある。(8) ただ「回味」ということばは、正に当を得た表現であったらしく、この詩以後、橄欖の味覚の代名詞の如く頻繁に用いられるようになる。

右の部分で特筆すべきは、橄欖が極めて詩人にとって近しい存在として描写されていることだろう。晋の頃には、おそらく皇帝とその側近のごくわずかな人にしか味わう機会のなかったであろうこの果実が、その気にさえなれば北方の人の手にも入るようになったことを、この詩から見てとれる。

一転して後半部分は以下のように詠われる。

我今何所喩　　我今 何の喩ふる所ぞ
喩彼忠臣詞　　喩ふるは彼の忠臣の詞
直道逆君耳　　直道すれば君の耳に逆らひ
斥逐投天涯　　斥逐して天涯に投ぜらる
世亂思其言　　世 乱れて 其の言を思ひ
噬臍馬能追　　臍《ほぞ》を噬《か》むも 馬 能く追はん
寄語採詩官　　語を寄す 採詩の官
無輕橄欖詩　　橄欖の詩を軽んずる無かれと

さて私はいま、この橄欖を一体何にたとえているのであろうか。それは、あの忠臣のことばにである。忠臣は直言して君主に疎まれ、放逐されて天涯海角の地に遠ざけられる。世の中が乱れて、君主はようやくかの忠臣の言を思いおこして臍を噬むが、もはや遅きに失し、とり返しがつかない。だからこそ言いたい、採詩官よ。私のこの橄欖の詩を決して軽々しく扱ってはならない、と。

王禹偁は、このように、橄欖の味覚の特徴を、忠臣の諫言と結びつけた。北宋太宗の雍熙元年（九八四）、当時蘇州長洲県令の任にあった(9)、若き王禹偁の、気概に溢れた作品によって、橄欖に新たなる生命が注ぎ込まれた。以後、橄欖の実は「忠果」あるいは「諫果」とも呼ばれるようになる。

四

やはり、橄欖の味覚に着目し、それを詩評の言辞に運用したのは、北宋中期文壇の領袖、欧陽脩（一〇〇七―七二）である。その「水谷の夜行、子美・聖兪に寄す」という詩（『居士集』巻二）に、

梅翁事清切　　梅翁　清切を事とし
石齒漱寒瀬　　石歯　寒瀬《らい》に　漱《くちすす》ぐ
……　　……
近詩尤古硬　　近詩　尤《もっと》も古硬にして
咀嚼苦難嘬　　咀嚼するに苦くして嘬《か》み難し
初如食橄欖　　初めは橄欖を食らふが如く
眞味久愈在　　真味　久しくして愈《いよい》よ在り

とある。

詩題にいう「子美」「聖兪」は、それぞれ、蘇舜欽（一〇〇八―四八）、梅堯臣（一〇〇二―六〇）の字。ともに欧陽脩の詩友である。引用部分は、一句目「梅翁」とあるように、梅堯臣の詩を評した箇所である。

梅堯臣の詩が最初目を通した時にはあまりに「古硬」（古風で硬質）でとっつきにくい印象をうけるが、読むほどに味わいがふかまってゆく点を、欧陽脩は橄欖の味覚にたとえた。後世の見方では、宋詩の方向を決定づけた人として、梅堯臣を位置づけている。このような観点からすると、欧陽脩の梅詩評は、単に梅堯臣個人の詩のみに限定されない、もっと大きな、宋詩全体にも適用できる評語と見なせるかもしれない。

また、欧陽脩には別に「橄欖」と題する五言二十二句からなる長詩もあり（『居士集』巻四）、その中の、

酸苦不相入　　酸苦　相ひ入れず
初争久方和　　初め争ひて　久しくして方《はじ》めて和す

という二句は欧陽脩よりやや後の人魏泰に、前掲の王禹偁の前半八句よりも適確ではるかにすぐれている、と絶賛されている。(10)

欧陽脩に、その詩を「橄欖の実を食べたようだ」と評された梅堯臣当人にも、詩名を慕う後輩（韓縝〔一〇一九―九七〕、字は玉汝）から橄欖の実を贈られて作った詩（「玉汝、橄欖を遺《おく》る」(11)）がある。あるいは韓縝は、先に欧陽脩の梅詩評を聞き及んで橄欖の実をわざわざ梅堯臣のもとに贈りとどけたのかもしれない。(12)ともあれ、梅堯臣の詩の冒頭の一句、

南國青青果　　南国の青青たる果

からも、〈青果〉という新たなる橄欖の呼称が誕生した。(13)

以上、北宋初・中期を代表する三人の詩人の作品によって、文学の素材としての橄欖の典型はほぼ完成されたといってよい。これより後の橄欖の詩は、彼ら三人が作り上げたイメージに基づきつつ、それを敷衍したり、表現に工夫をこらして、新味を出そうと努力している。登山にたとえるならば、基本ルートからの登頂はすでに踏破され、バリエイション・ルート開拓の時代に入ったといえようか。

五

劉敞（一〇一九―六八）が、すでに「一」においても言及した、橄欖の薬としての効力――河豚毒の解毒作用と宿酔にきくということ――にも材を取り、以下のように一篇を結んでいる。

豈殊魯連子　　豈に殊ならん　魯連子の
談笑解紛闘　　談笑して紛闘を解き
功成歸海濱　　功　成りて　海浜に帰り
不願千乗富　　千乗の富を願はざるに

〈魯連子〉は戦国時代の斉の智者、魯仲連のこと。戦乱の世にあって、どの国にも仕えず、持ち前の智謀で様ざまな紛争を解決したが、決して報賞を求めず、「吾、富貴にして人に詘《かが》むよりは、寧ろ貧賤にして世を軽んじ肆《ほしいまま》にせん」[14]ということばを残して、自ら甘んじて東海のほとりに隠棲した、とされる人物である。「千乗」とは、千の兵車のこと。強大な軍備をもつ諸侯や大国にたとえられる。

王禹偁においてすでに試みられた（広義の）擬人化を劉敞は更に一歩進め、比喩の対象もより具体化させて（狭義の）擬人化を試みている。「不願千乗富」という最後の句には若干無理が感じられるものの、この果実が河豚中毒（や宿酔等）という生命を縮めかねない病状を治癒せしめる力を秘めていながら、茘枝や竜眼の如き絶大な人気を博してはいない様子をこうたとえたのであろうか。何れにせよ、魯仲連という古人に橄欖の実を見立てたのは、劉敞の新しい着想といえよう。

北宋後期を代表する二人の詩人、蘇軾（一〇三七―一一〇一）、黄庭堅（一〇四五―一一〇五）にも、橄欖に材をとった作品が残されている。

蘇軾の詩は、朝政誹謗の詩を作った罪で御史台の獄につながれ、辛うじて死罪を免れた後に流謫された地――黄州

（湖北省）——において作られた[15]。黄州は、橄欖詩の開拓者王禹偁が、やはり晩年意に反して中央官を剝奪され赴任した土地でもある[16]。王禹偁の知黄州左遷の原因は定かではないが、平生彼は思うところを直言して憚らず、それを疎まれて幾度か左遷されており、そうした経歴が少なからずその要因を物語っているように思われる。

①（平生、言論がもとでしばしば左遷された）王禹偁が赴任したのと同じ黄州に、やはり言論がもとで蘇軾が流謫され、橄欖の詩を詠んでいること、②王禹偁がつくり出した橄欖のシンボルが「諫果」、「忠果」であったこと、等を考えあわせると、自ずと蘇軾の橄欖詩にも下世話な期待がかかるというものだが、そういう穿鑿好きの読者を嘲笑うかのように、蘇軾は実に淡々とうたっている。

紛紛青子落紅鹽　紛紛たる青子　紅塩に落ち
正味森森苦且嚴　正味　森森として　苦く且つ厳なり
待得微甘回齒頰　微甘の歯頰に回るを待ち得れば
已輸崖蜜十分甜　已に輸す　崖蜜の十分に甜きに

（『蘇文忠公詩合注』巻二十二「橄欖」）

起句は土俗にもとづく。橄欖の樹は高木になり、果実も手の届かぬ高所に実るが、根もとの幹に少しきずをつけ、そこに塩（一説にしょうが汁）を塗ると、ひと晩ほどたつと自然に果実が落ちてくるという。

蘇軾はこのように七言絶句という軽快なテンポを持つ詩形を選択し、全く政治的な臭いのしない橄欖詩を作っている。——むろん、漢代の儒者たちが『詩経』の諸篇を解釈したような目で鑑賞すれば話は別だろうが……。生死を分ける人生の一大事を経験してほどない頃だけに、かの蘇軾もことさら政治向きの話に慎重にならざるを得なかった、とするのはやはり穿ちすぎだろうか。ちなみに、蘇軾には「王元之画像賛并序[17]」なる作があり、平素から彼が王禹偁の人となりを敬慕していたことが知られる。

ともあれ、蘇軾の橄欖詩は、（期待に反して）彼の甘党ぶりを発揮し橄欖の甘みがごくごく微弱であることに不満があるかのように[18]、もっぱらその味覚のディティールを丹念に描写するだけである。

一方、蘇軾門下の黄庭堅も、同じ七言絶句で詩を作っている。亡国の君主徽宗の建中靖国元年（一一〇一）、流謫の地、戎州（四川省宜賓）から、恩赦で幽閉を解かれ長江を下り、荊州（湖北省江陵）に滞在した頃の作である[19]。

方懐味諫軒中果　　方《まさ》に懐ふ　味諫軒中の果
忽見金盤橄欖來　　忽ち見る　金盤もて橄欖の来るを
想共餘甘有瓜葛　　想へば　余甘と共に瓜葛有り
苦中眞味晩方回　　苦中の真味　晩に方《はじ》めて回る

起句の「味諫軒」は、黄庭堅が戎州に謫居した頃命名した、蔡次律なる人の家の軒——はなれ——のこと。軒の外に、余甘の木が植えられていたのでこう命名した、と黄庭堅の自注にある。承句は、起句の如き回想が起きた契機——金盤に盛られた橄欖の実が、思いがけず（王子予から）贈られてきたこと——を説いたものであろう。転句の「有瓜葛」とは、縁つづき、ということ。余甘と橄欖とが同族の木であることをいう[20]。

とりたてて面白味のある詩ではない。表面的にいえば、橄欖の実を贈られて、かつて謫居の地で賞味した余甘に思いを馳せ、両者をからめて起承転結の構成にうまくはめた、という感じである。

ところが、この詩に寓意が存すると説く穿鑿家がいた。南宋の岳珂がその人である。黄庭堅がこの詩を詠んだ当時、哲宗の旧法党弾圧がようやく終わり、沈滞していた国家大計に関わる議論が正常に行われるようになってきたことがこの詩では述べられている、と岳珂は解釈している[21]。——徽宗の時代といえば、『水滸伝』で知られるように、およそ善政とは程遠い政治腐敗の時代と後世では見なされている。が、哲宗が没した元符三年（一一〇〇）、その翌年建中靖国元年には、哲宗親政の時代に僻遠の地に放逐されていた旧法党の面々がこぞって召還されつつあった。一方、それまで朝政を牛耳っていた新法党の章惇等が嶺南に左遷されている。翌、崇寧元年からは旧法党弾圧が復活するわけであるが、かりに岳珂の如き解釈が可能であるとするならば、旧法党の一員であった黄庭堅が暗に指してうたったのは、このような旧法党員にとっては好ましい動勢を背景にしていることになろう。

しかし、先入観を持たずに、この詩を純粋にことばの面から鑑賞してみるに、この中で作者の寓意を辛うじて感じとれるとしたら、それはわずかに起句の「味諫軒」の「諫」の字だけのように思われる。しかし、この一字から岳珂の如き解釈に結びつけるには、飛躍がありすぎて無理があるようだ。

そう考えてみると、解釈の是非はともかく、岳珂をしてこの作に作者の寓意の意図ありと嗅ぎ取らせたものは、正しく、それまでの詩において作り上げられた橄欖のイメージをおいて他にない。「諫果」、「忠果」というイメージを重ねることなくして、こうした解釈はとうてい成り立たぬように思われる。

岳珂の黄庭堅詩の解釈によって、南宋の後期（13世紀初頭）には、橄欖＝諫果、忠果、ひいては直言の士というイメージが、相当浸透していたことを見てとれるのである。

六

これまで、北宋の六人の代表的詩人の作品を通して、橄欖の実に付加されたイメージを瞥見した。詩の題材となり、ある特定のイメージが作り上げられたことからもわかるように、橄欖は宋代に至って市民権を得た、といってよい。いまは、詩歌を通して橄欖の享受のされ方を見てきたが、宋代の首都の様子を、漢代の賦のように事細かに記録した

『東京夢華録』[22]――北宋の都開封（河南省開封）の陥落直前の賑わいを記した書――にも、『夢粱録』[23]――南宋滅亡前の臨安（浙江省杭州）の活況を記した書――にも、街で売られる果物の中に、橄欖の名を見いだすことができる。この事実からも、先の点を補強できるであろう。

とかくこの点に拘泥するつもりはないけれども、橄欖の実がポピュラーになっていく過程に、私は宋代の人、ことに士大夫たちの好尚の特徴が浮き彫りにされているような気がする。

むろん、橄欖の実が、産地嶺南を遠く離れて長江以北の人々に賞味できるまでになった前提に、宋代における経済――ことに流通経済――の飛躍的発展があることはいうまでもない。しかし、そうとはいえ、現代のように飛行機、大型船舶等の大量輸送手段、及び冷凍庫等の保存技術をまだ持たぬ時代の話であるから、それ相応の需要がなければ、南海の珍果が北方に大量に輸送されることは考えにくい。かりに、もの珍しさから、一時的にもてはやされることはあっても、中土の人々に広範に受け入れられることなくして、北方に継続的に供給されつづけることはまずないであろう。なぜなら、口に合わなければ、畢竟淘汰される運命にあるのが嗜好品――果実なのだから。

口に入れた瞬間にえもいわれぬ甘みを感ずるわけでもなく、さりとて柑橘類のような爽快な味がするわけでもない。それどころか、苦みや渋みがしてしばらく後に、ようやく微かな甘みがめぐってくる代物であり、とても一般受けしそうには思われない。ところが、宋代の人々（士大夫）は、この果実に瞬間的な美味しさを求めず、舌先でくりひろげられる味覚の変化に価値を見いだし、それをよしとして珍重した。

これに類する宋代の好尚の例を他に求めることはそう困難ではない。

梅花――あらゆる花木にさきがけ、晩冬早春の寒冷に耐えて開花する清羸なる姿を、高潔な隠者になぞらえ、そこはかとなく漂う淡く幽かな芳香を、宋人は愛した。

青磁――唐三彩の如き目をひく華やかさはなく、いつまで眺めていても飽きることのないその落ち着いた気品を、宋人は愛した。

禅――宗教的情熱を全て注ぎ込むかのように、節をつけ大声で読経するわけでもなく、もっぱら静坐の中から、そして日々の営みの中から、悟りの境地に到達せんとする中国仏教が宋代において最も広範な信者を得た。

茶――酒の如き、陶酔や精神の昂揚を得られるわけではない。時に酒が現実生活の憂いを忘れるため、すなわち日常性の離脱を求めて飲用されるのに対し、茶はむしろ陶酔からの覚醒、平静な精神状態を求めて喫せられる。前代に普及した喫茶の習慣がより一般化し日常生活まで浸透したのが宋代である。

もとより、ここに列挙した数例は宋人の好尚の断片的一面にすぎないであろう。宋人が、牡丹や桃李の花などの人目をひく華やかな花を嫌ったわけではないし、また彩り豊かな陶器を使わなかったわけでもない。そしていうまでもなく、漢民族が宋代に至って突如として下戸の大集団に変貌したわけでもない。むしろ、それらは前代にも増して愛好されたとさえいえるかもしれない。

私が強調したいのは、前代において花開いた文化（定着した好尚）の中にあって、光を奪われていた感のあった前掲の諸例も、宋代に至って、同等に注目され愛好されるようになった、ということである。唐以前からの、あるいは唐以来の伝統的（貴族的）嗜好をも宋人が兼ね備えているからといって、先に挙げたような諸例にみられる宋人の好尚の特徴の存在自体をも否定できるわけではない。静的観照の態度もしくは分析的姿勢があってはじめて理解できるようなものをも、彼らは積極的に自己の好尚の範囲に取り入れたのである。そして、その様な傾向がより微弱であった前代と比べるとき、その点がより一層くっきり浮かび上がって見えてくるのである。

唐が全世界に栄華を誇っていた頃、その絶対君主の寵愛をひとり恣にした美女によって茘枝が一躍その名を四海に馳せたのに対し、橄欖はその味覚の如くじわじわと時間をかけてようやく人に知られるようになった。片や、絶世の美女楊貴妃をとりこにし、間接的に名君玄宗の目をもくらませ国を傾けた果実、片や、士大夫の時代・宋にいたって、

――色香に溺れた玄宗に諫言して疎まれた張九齢のごとき――忠臣のイメージを投影された果実。ともに南海の一隅を故郷にもちながら、その味覚の相違ゆえに、かくも好対照な役回りを演ずる運命を荷った、茘枝と橄欖。この点を加味してあえて誤解を恐れずにいうならば、唐における南方の珍果は茘枝、宋におけるそれが橄欖であった、といえるのではないだろうか。

われわれ宋詩研究班の小誌に「橄欖」と命名する所以は、第一に橄欖が宋代に至って市民権を得た果実であること、第二にその味覚が宋人の好尚の特徴を象徴しているように思われること、そして第三にその味覚が宋詩の味わいをも象徴的に物語っているように思われること、の三点である。この小誌が号を重ねて、ゆくゆく「回味」ありと評される日が来らんことを切に願っての命名でもある。

昭和戊辰歳季春月

〔付記〕

先日、春の陽気にさそわれ、神保町をぶらついて中国書籍店に入ったとき、何気なく手にした本に、南方雲南の少数民族（彝族）の橄欖のうたが掲載されていた。

橄欖

山坡上的橄欖
喫時不甜喫後甜。
阿哥啊、我倆在一起

在時不想離時想

（『雲南彝族歌謡集成』、雲南民族出版社、一九八六年、三九七頁）

ここでは、宋代における無骨な橄欖のイメージとは全く違った、淳朴な男女の恋情が歌われている。

注

（1）橄欖はしばしば――西欧における平和の象徴――オリーブと混同されているが、これは、一八六二年、中国で聖書が漢訳された時オリーブを橄欖と誤訳したことに起因した誤解である。果実の形状はにているものの、植物学的にいうと、全く別の種類の植物である。

（2）『本草綱目』巻三十一果部参照。

（3）梅堯臣の詩は「范饒州の坐中の客、河豚魚を食らふを語る」（『宛陵先生集』巻五／朱東潤『梅堯臣集編年校注』巻八）。蘇軾の詩は「恵崇の春江暁景二首」其の一（中華書局『蘇軾詩集』巻二十六）。

（4）『南方草木状』巻下。

（5）『斉民要術』巻十参照。巻十は、「五穀、果蓏、菜茹の中国の物にあらざる者」を記している。『金楼子』は巻五「志怪篇十二」に見える。『嶺表録異』は巻中。また、この他、漢の楊孚の『異物志』、唐の段公路の『北戸録』（巻三）、にも見える。

（6）『文選』巻五、賦丙「京都下」所収。

（7）魏泰『臨漢隠居詩話』（『歴代詩話』所収）。なお、この第三、四句を四部叢刊所収『小畜集』では、「北人将就食、酒之先颦眉」に作るが、これでは意味をなさないので、『臨漢隠居詩話』に従って改めた。

（8）以下の様にいう。「味は苦渋と雖も、之を咀めば芬馥として、鶏香を含むに勝る（味雖苦澁、咀之芬馥、勝含鶏香）」。

（9）徐規『王禹偁事迹著作編年』（中国社会科学出版社、一九八二年）三七頁参照。

(10) 魏泰『臨漢隠居詩話』参照。
(11) 『宛陵先生集』巻二十九、『梅堯臣集編年校注』巻十七所収。朱東潤によれば、慶暦七年（一〇四七）、梅堯臣46歳の時の作である。
(12) 欧陽脩「水谷夜行～」詩は、『居士集』目録の題下に付された注によれば、慶暦四年（一〇四四）の作である。梅堯臣の詩の制作時期（前注参照）と約三年の隔たりが存し、時間的には不可能なことではない。
(13) 『本草綱目』巻三十一、果部「橄欖」の「釈名」の項参照。ただ、〈青果〉という語は果実の色からくるごく普通のネーミングでもあるから、必ずしも梅堯臣のこの句にもとづくとは断定し難い嫌いはある。
(14) 『史記』巻八十三参照。
(15) 蘇軾の編年詩集（施顧注本、査慎行補注本、馮王榴合注本、王文誥篇注集成本）は何れも元豊六年（一〇八三）、48歳の巻に収める。御史台の獄事件からおよそ四年の年月が経過している。翌年、蘇軾は〈黄州安置〉を解かれる。
(16) 徐規著前掲書、一五五頁以降参照。王禹偁が黄州に赴任したのは、咸平二年（九九九）、46歳の時である。咸平四年、黄州から蘄州（湖北省蘄州県）に移り、同年、王禹偁は蘄州にて卒した。
(17) 『東坡集』巻二十（七集本）、『蘇軾文集』巻二十一（中華書局刊校点本、一九八六年、六〇三頁）所収。
(18) 蘇軾の味覚については、青木正児氏にエッセイがある。（「蘇東坡と酒」、筑摩書房復刊、筑摩叢書二八九『酒中趣』所収、一九八四年）。また、氏には「橄欖の実」と題するエッセイもある（前掲書所収）。
(19) 任淵注本の目録に付せられた年譜による（世界書局刊、『黄山谷詩集注』所収）。
(20) （『本草綱目』に引く）『臨海異物志』では、余甘と橄欖とが実は同一のものであって名が異なるだけであるという指摘がある（巻三十一、果部「菴摩勒」の「集解」の項参照）。ただ李時珍は、両者の実および葉の形状が異なることから、「二物」であろう、と推論している。
(21) 『桯史』巻十二「味諫軒」の条（中華書局刊、唐宋史料筆記叢書本、一九八一年、一三八頁）。
(22) 孟元老の撰。その巻二「飲食果子」に見える（中華書局刊、中国古代都城資料選刊、『東京夢華録注』、一九八二年、七四頁）。
(23) 呉自牧の撰。その巻一六「分茶酒店」の中に見える（浙江人民出版社、一九八〇年、一四五頁）。また、『武林旧事』巻九の、高宗が行幸した折に出された料理の記録一覧の中にも、この果実の名が見える。

あとがき

前著『蘇軾詩研究　宋代士大夫詩人の構造』を公刊してから早、七年の歳月が流れた。前著に未収の文章があることを知って、研文出版の山本實社長は刊行直後に二冊目をすぐに出しましょう、と身に余るお言葉をかけてくださった。にもかかわらず、諸事雑事に忙殺されるうち、荏苒七年も過ぎてしまった。辛抱強くお待ちくださった山本社長に、まずは深甚の感謝を申し述べたい。また、校正については、宇都宮大学非常勤講師の荒井礼氏と、早稲田大学大学院教育学研究科修士課程在籍の柴田寿真氏の、若き俊秀お二人の手を煩わせた。ここに特記して謝意を表したい。

前著刊行の数年前から、筆者の研究対象は大きく変化した。時間的には、11世紀の北宋中後期から13世紀の宋末元初へと一足飛びに飛び、社会階層的にも、士大夫詩人から布衣詩人へと関心が移ろった。同じ王朝とはいえ、北宋と南宋とでは、政治・経済・文化いずれの面においても相当の違いがある。また、士大夫と布衣とでは、伝存資料の面において質量ともに大きな開きがあった。予想していたことではあったが、北宋士大夫詩の研究で幾らか蓄えた知識は、新たな対象を前に、ほとんど役には立たず、また一からの出直しとなった。しかし、かれこれこの十年、未知なる扉を一つ一つ開けてゆくにつれ、この時代の重要性をいよいよ強く実感するようになってきている。

したがって、本書には新旧二つの関心に基づく文章が混在している。四部構成のうち、前半のⅠとⅡに目下の関心に連なる論文計八篇を並べ、後半のⅢとⅣに前著に収めきれなかった宋詩に関わる評論随筆の類と書評とを収めた。

末尾の第24篇について、ここで一言触れておきたい。この文は、本書収録の24篇のなかでもっとも早く、筆者二十代半ばの作である。博士課程に進んで間もなかった当時、同好の仲間とともに『橄欖』という同人誌を創刊し、それに寄せた跋文である。この雑誌は、一昨年（二〇一六年）春に、ついに第20号をもって停刊した。もしも、筆者の宋詩研究に、幾らかの成長があるとすれば、この雑誌が紛れもなくそれを後押ししてくれたものである。少作ゆえ、今読み返してみると、面映ゆくもあるが、筆者にとってはやはり忘れがたい記念碑的文章でもある。われらが『橄欖』とわが青春への惜別を兼ね、本書の掉尾を飾る一文とした。

巻頭言にも記した通り、わが「惑問」の旅は、いまなお続行中である。江湖詩人という新たな研究対象を得て、「惑」いは深まりこそすれ、霧散する気配はない。一つの疑問が解決したかと思うと、大小様々な疑問がまた新たに湧き起こる。李杜韓白や蘇黄楊陸に対する時とは大分勝手が違うが、それでも彼らは相異なるレベルの新しい刺激を豊かに与えてくれる対象である。また、何年か後に第二の「惑問」の旅の報告ができればと切に願っている。

平成戊戌歳季春月

初出一覧

I 宋詩は近世を表象するか？——新しい詩人階層の興起と出版

01
宋詩は近世を表象するか？——江湖派研究事始 その一
もと*02*と併せた一篇で、原題「古今体詩における近世の萌芽——南宋江湖派研究事始」（宋代詩文研究会江湖派研究班『江湖派研究』第一輯、一～五三頁、二〇〇九年二月）。中文訳は「宋詩能否表現近世？」（朱剛訳、中国人民大学国学院『国学学刊』二〇一〇年第三期、一〇九～一二一頁／周裕鍇主編『第六届宋代文学国際学術研討会論文集』、巴蜀書社、二四四～二六〇頁、二〇一一年五月）。

02
宋代印刷出版業の発展と宋詩の「近世」化現象——江湖派研究事始 その二
中文訳「宋代刻書業的発展与宋詩的近世化現象」（朱剛訳、国立東華大学中国語文学系『東華漢学』第十一期、一二三～一六八頁、二〇一〇年六月）。

03
宋末元初の文学言語——晩唐体の行方

日本中国学会『日本中国学会報』第六四集、一七一～一八六頁、二〇一二年十月。中文訳は、「宋末元初的文学言語――晩唐体的走向」（朱剛訳、王次澄・斉茂吉編『融通与世変　世変下的中国知識分子与文化』、華藝学術出版社、一七九～二一一頁、二〇一三年十月／高克勤・侯体健編『半肖居問学録』、上海人民出版社、一七五～一九二頁、二〇一五年一月）。

04

中国近世黎明期の文学

原題「転回する南宋文学――宋代文学は近世文学か？」（名古屋大学中国文学研究室『中国語学文学論集』第二六号、横組一～一〇頁、二〇一三年十二月）。

05

南宋江湖詩人の存在意義

原題「南宋江湖詩人研究の現在地」（勉誠出版、アジア遊学一八〇、『南宋江湖の詩人たち　中国近世文学の夜明け』巻頭言、四～一二頁、二〇一五年三月）。

Ⅱ　宋詩と江湖

06

宋代八景現象考

中国詩文研究会『中国詩文論叢』第二〇集、八三～一一〇頁、二〇〇一年十月。中文訳は、「宋代八景現象考」（益西拉姆・陳広宏訳、王水照主編『新宋学』第二輯、上海辞書出版社、三八九～四〇八頁、二〇〇三年十一月）。

07

長淮の詩境――『詩経』から北宋末まで

宋代詩文研究会『橄欖』第十五号、五～三四頁、二〇〇八年三月。中文訳は「長淮詩境――『詩経』到北宋末之演変」（朱剛訳、鄧喬彬主編『第五届宋代文学国際研討会論文集』、暨南大学出版社、一六九～一九〇頁、二〇〇九年八月）。

08 長淮の詩境　南宋篇――愛国、憂国というイデオロギー

江湖派研究会『江湖派研究』第二輯、一五六～一八七頁、二〇一二年三月。中文訳は、「長淮詩境　南宋篇――愛国、憂国的意識形態」（朱剛訳、国立東華大学中国語文学系『東華漢学』第十七期、一〇五～一三六頁、二〇一三年六月／楊国安・呉河清編『第七届宋代文学国際研討会論文集』、河南大学出版社、三一〇～三二六頁、二〇一三年八月）。

Ⅲ　蘇学余滴

09 両宋檃括詞考

『村山吉廣教授古稀記念中国古典学論集』、汲古書院、七三一～七五一頁、二〇〇〇年三月。中文訳は、「両宋檃括詞考」（朱剛訳、広東省社会科学界聯合会『学術研究』二〇〇五年第一期、一二八～一三五頁／呉承学・何詩海編『中国文体学与文体史研究』、鳳凰出版社、二七〇～二八一頁、二〇一一年四月）。

10 蘇東坡の「文」を読む

大修館書店『月刊しにか』一九九八年十一月号「特集　蘇東坡」、四六～五三頁。

11
蘇軾「元軽白俗」弁
明治書院、新釈漢文大系『唐宋八家文読本五』季報一〇一、一～三頁、二〇〇四年七月。

12
東坡肉の本家争い
大修館書店『月刊しにか』一九九八年十一月号「特集　蘇東坡」、三六～三七頁。

13
東坡スピリットと東坡現象——現代中国の蘇東坡
芸術新聞社『墨』第一五四号、五四頁、二〇〇二年二月。

14
一海外東坡愛好者としての願い——湖北黄岡「東坡国際論壇」における発言
日本語原文は未公開。中文訳は、「海外東坡熱愛者的殷切願望」（益西拉姆訳、『東坡説東坡　東坡文化国際論壇文萃』、香港科技出版社、五〇～五四頁、二〇一〇年十月／『光明日報』二〇一〇年十一月四日第10—11版「光明講壇」）。

15
黄庭堅と『論語』
明徳出版社『孔子全書』月報七、一～五頁、二〇〇二年九月。

16
東坡と山谷の万里の交情——「黄州寒食帖」をめぐって
芸術新聞社『墨』第二二八号、五四～五七頁、二〇一四年五月。

17 万里集九と宋詩
勉誠出版、アジア遊学九三、『漢籍と日本人』、一一一〜一二二頁、二〇〇六年十一月。

Ⅳ 読書雑識

18 銭鍾書と『宋詩選注』
平凡社、東洋文庫七二二、『宋詩選注1』、三五五〜三八六頁、二〇〇四年一月。

19 『宋詩選注』の読み方 ——復旦大学中文系王水照教授に聞く
宋代詩文研究会『橄欖』第四号、二一六〜二三一頁、一九九一年十二月。平凡社、東洋文庫七三七『宋詩選注4』に再録、二九一〜三一二頁、二〇〇五年四月。

20 銭黙存先生のこと
宋代詩文研究会『橄欖』第八号、横組三一〜三五頁、一九九九年十二月。中文訳は、「我有幸見到銭黙存先生」（益西拉姆訳、アジア・パシフィック・コミュニケーションズ『留学生新聞』平成十一年三月十五日号、一九九九年三月／遼海出版社『一寸千思 憶銭鍾書先生（修訂版）』、四六三〜四六九頁、一九九九年九月）。

21 蘇東坡愛読者に戦後最大級の福音 ——山本和義著『詩人と造物 蘇軾論考』簡介
東方書店『東方』第二六七号、二四〜二七頁、二〇〇三年五月。

22
村上哲見著『宋詞研究　南宋篇』を読む
京都大学文学部中国語学中国文学研究室『中国文学報』第七四冊、一三九～一五七頁、二〇〇七年十月。中文訳は「『宋詞研究　南宋篇』書評」（朱剛訳、村上哲見著、楊鉄嬰・金育理・邵毅平訳『宋詞研究』、上海古籍出版社、付録、五八一～五九五頁、二〇一二年四月）。

23
中国言語芸術の奥義を究める詞学研究
――松尾肇子著『詞論の成立と発展　張炎を中心として』刊行に寄せて
東方書店『東方』第三四四号、二～六頁、二〇〇九年十月。

24
橄欖のこと　――会誌『橄欖』の創刊に寄せて
早稲田大学中国文学研究会宋詩研究班『橄欖』創刊号、一六一～一七七頁、一九八八年四月。

内山　精也（うちやま　せいや）
一九六一年、新潟県柏崎市生まれ
早稲田大学　教育・総合科学学術院教授　博士（文学）
著訳書　『宋人文集の編纂と伝承』（共著、中国書店）、『廟堂与江湖―宋代詩学的空間』（復旦大学出版社）、『南宋江湖の詩人たち―中国近世文学の夜明け』（編、勉誠出版、アジア遊学）、『蘇軾詩研究―宋代士大夫詩人の構造』（研文出版）、『伝媒与真相―蘇軾及其周囲士大夫的文学』（上海古籍出版社）、『宋詩選注1～4』（共訳、平凡社、東洋文庫）

宋詩惑問
――宋詩は「近世」を表象するか？

二〇一八年四月二五日　第一版第一刷印刷
二〇一八年五月一五日　第一版第一刷発行
定価［本体七〇〇〇円＋税］
著者　内山　精也
発行者　山本　實
発行所　研文出版（山本書店出版部）
〒101-0051
東京都千代田区神田神保町二―七
TEL　03（3261）9337
FAX　03（3261）6276
印刷　富士リプロ㈱
製本　塙　製　本

ISBN978-4-87636-435-0　C3098